JESSICA & DIANA
ITTERHEIM

Schloss der Engel

atb aufbau taschenbuch

Jessica Itterheim, Jahrgang 1995, und ihre Mutter Diana haben sich gemeinsam diesem Romanprojekt verschrieben. Nach einem mehrjährigen Aufenthalt in Portugal leben sie nun bei Waren an der Müritz. Jessica besucht ein Internat in Torgelow am See.

Der zweite Band »Tanz der Engel« ist bereits in Vorbereitung.

www.itterheim.com

Lynn wird von ihren Eltern auf ein Internat geschickt und verirrt sich in eine Schule für angehende Schutzengel. Hier begegnet sie Christopher, einem Racheengel. Nach anfänglichen Reibereien verliebt sich die sechzehnjährige Internatsschülerin in den zunächst anmaßenden und allzu selbstgefälligen Mister Perfect, der ihr die kalte Schulter zeigt. Doch Lynns Erscheinen in Christophers Welt weckt nicht nur sein, sondern auch das Interesse der anderen, der gefährlichen Seite des Universums der Engel.

Zwei mächtige Wesen, die Totenwächterin und ein dunkler Wächterengel, verstricken sie bei ihrem diabolischen Kampf um Einfluss und Macht in ihr unheilbringendes Spiel. Und Christophers Entscheidung, Lynn vor beiden zu schützen, verlangt mehr von ihm, als er bereit ist zu geben.

JESSICA & DIANA
ITTERHEIM

Schloss der Engel

Roman

atb aufbau taschenbuch

MIX
Papier aus verantwortungsvollen Quellen
FSC www.fsc.org
FSC® C083411

ISBN 978-3-7466-2855-4

Aufbau Taschenbuch ist eine Marke
der Aufbau Verlag GmbH & Co. KG

1. Auflage 2012

Umschlaggestaltung Mediabureau Di Stefano, Berlin
unter Verwendung eines Motivs von Hans Doddema / iStockphoto
und Yolande de Kort / trevillion images
Satz LVD GmbH, Berlin
Druck und Binden CPI – Clausen & Bosse, Leck
Printed in Germany

www.aufbau-verlag.de

Erkannt
berührt
geküsst
begehrt
unendliche Liebe
für immer verloren
auf ewig getrennt

Für Michael, Alexander und Niklas

Prolog

Die Macht des Feuers, die unfassbare Qual und das Wissen, es nicht mehr verhindern zu können, schwächten Christopher. Nur mit Mühe hielt er seine Wut zurück, als er die gebeugte Gestalt neben Sanctifer entdeckte – allein das Jadegrün seiner Augen verriet den Zorn in ihm.

»Ich habe früher mit dir gerechnet. Anscheinend ist euer Band nicht so stark, wie ich dachte«, stichelte Sanctifer.

Christophers Hand suchte seine Waffe, doch er bezwang den Wunsch, Sanctifer anzugreifen. Er war nicht gekommen, um sich provozieren zu lassen.

»Was willst du von mir?«

»Was *ich* will? Glaubst du, ich kann nicht mehr erkennen, was in dir vorgeht?« Sanctifers Mundwinkel zuckten belustigt. »In deinen Augen brennt eine Glut, die ich lange vermisst habe. Auch wenn es dir bisher gelungen ist, deine Gefühle unter Kontrolle zu halten, bei unserer letzten Zusammenkunft konnte nicht nur ich sehen, welche gefahrvollen Kräfte in dir schlummern.«

»Ich habe sie nie verheimlicht.«

»Aber auch nur wenigen offenbart – was dich quälen muss.«

Christopher schwieg. Allein dadurch war es ihm möglich, Zuflucht im Schloss zu finden.

»Bei mir bräuchtest du dich nicht zu verstellen«, fuhr Sanctifer fort. »Nicht nur mein Einfluss im Dogenpalast ist gewachsen, seitdem du deine Verpflichtung gebrochen hast – und sobald du das erkennst, wirst du wieder zu mir zurückkehren.«

»Niemals werde ich so sein wie du.«

»Bist du sicher?! Hat nicht ein Teil in dir sich gewünscht, dass ich deinen Freund töte, bevor das Urteil feststand? Damit du die Erlaubnis hast, mich zu jagen?«

»Ich war nicht lange genug dein Schüler, um ein Leben zu opfern.«

»Nein?« Sanctifers Blick wanderte zu seinem Gefangenen. »Dann hättest du früher hier sein müssen. Ehe der Tag beginnt, wird er ebenso tot sein wie das Mädchen, das du beschützen solltest. Dir hingegen gebe ich noch ein wenig Zeit. Aber warte nicht zu lange – es sei denn, du genießt es, Leid mitanzusehen.«

Christopher zögerte nicht länger, als ein heißer Feuerschwall den geschundenen Körper emporloderte. Bevor ihn der Schmerz seines Freundes erreichte, zückte er sein Schwert und griff an. Sanctifer hatte schon zu viel Unheil in dieser Nacht heraufbeschworen. Susan durfte ihm nicht auch noch in die Hände fallen. Ihre Prophezeiung musste bewahrt werden. Wenn sie starb, würde Sanctifers Einfluss unberechenbar.

Doch sein Gegner war vorbereitet, noch ehe Christophers Schwert ihn gefährden konnte. Mit einem gleißenden Feuerball erhellte Sanctifer die Dunkelheit und ließ den zornigen Engel allein mit seinem sterbenden Freund zurück.

Christopher fühlte, wie auch Susans Leben erlosch: spürte das eisige Wasser, das ihren Körper umschloss und unter die gefrorene Eisfläche zog. Hörte, wie sie verzweifelt um sich schlug und versuchte, dem Sog zu entkommen. Wie sie dagegen ankämpfte zu atmen und dennoch das kalte Wasser in ihre Lungen drang, bis er ihr Entsetzen erlebte in dem Augenblick, als sie erkannte, dass sie starb.

Trauer und unbändige Wut flammten in Christopher auf. Er hatte versagt! Sanctifer hatte in dieser Nacht beide getötet. Und er hätte sie beschützen müssen! Was sollte ihn nun noch davor bewahren, Sanctifers Macht zu widerstehen?

Kapitel 1

Abschied

Einer meiner schlimmsten Albträume ging heute in Erfüllung – nicht, dass ich von Monstern gejagt oder in Flammen aufgehen sollte. Mich erwartete eine besondere Art der Folter. Der Höhepunkt meiner Schulkarriere: Abitur in meiner alten Heimat – so jedenfalls sahen es meine Eltern. Ein abseits menschlicher Zivilisation gelegenes Internat, das mit den guten Noten seiner Schüler warb. Was nichts anderes heißen konnte als: *Bei uns wird gepaukt statt gepostet.*

Genervt stopfte ich meinen dicken Winterpulli tiefer in den prall gefüllten Reiserucksack und zog ein weiteres Mal an dem Zipper. Er schien genauso wenig begeistert zu sein wie ich.

»Bist du endlich fertig, Linde? Wenn du so weitertrödelst, kommen wir noch zu spät zum Flughafen!«

Linde! Konnte meine Mutter mich nicht wenigstens heute Lynn nennen, wie alle anderen? Bestimmt hatte sie im Anmeldeformular meinen richtigen Namen angegeben. Ein weiterer Grund, nicht abzureisen: *Linde?! Wurdest du etwa unter einem Baum gezeugt?* Die spöttischen Kommentare konnte ich schon hören.

Mit aller Kraft zerrte ich an dem störrischen Verschluss – er blieb, wo er war. Warum konnte *ich* nicht bleiben? Was hatte ich verbrochen, um verbannt zu werden? Ausgerechnet jetzt, da mein bester Freund seinen Führerschein *und* einen fahrbaren Untersatz besaß?

Zugegeben, ich hatte meine Eltern angefleht, mich wenigstens auf ein Internat nach Deutschland zu schicken, wenn ich schon zur Schule musste – vor fünf Jahren, als sie den Sitz ihrer Taschenfirma verlegt hatten und Italien noch fremd für mich war. Als ich mir wünschte, dass alles wieder so werden sollte wie vor unserem Umzug. Klar hatte ich mich über meine neuen Lehrer beklagt. Und über das marode Schulgebäude. Aber welcher halbwegs normale Schüler tat das nicht? Vielleicht wäre es auch klüger gewesen, *alle* ausgefallenen Stunden in der Stadt zu verbummeln, anstatt nach Hause zu fahren. Dass auf dem Internat alles besser sein sollte, bezweifelte ich – auch wenn es sich um ein Schloss an einem See handelte. Ich war sechzehn und glaubte nicht mehr daran, eines Tages Prinzessin zu werden.

Der Reißverschluss gab endlich nach. Ich schulterte den schweren Rucksack, zerrte meine Haare unter den Schulterriemen hervor und betrachtete ein letztes Mal mein Zimmer – meine Schutzzone für Notfälle –, bevor ich mit einem leisen Seufzer die Tür hinter mir zuzog. Das Schlimmste hatte ich bereits hinter mich gebracht, den Abschied von meinen Freunden, für die ich schon lange nicht mehr die *tedesca* – die Deutsche – war. Doch in ein paar Stunden würde ich wieder *die Neue* sein. Dort würde es keine Nanny geben, die ihren Neffen verpflichtete, sich um mich zu kümmern: Philippe – heute mein ältester und bester Freund.

In der Schule hatte er schnell klargestellt, dass ich unter seinem persönlichen Schutz stand, und da er zwei Jahre älter war als meine Mitschüler, wagte niemand mehr, mich blöd anzumachen. Ich hatte ihn vergöttert – meinen Beschützer –, drei lange Jahre, bis er mich wegen der Ersten seiner inzwischen zahlreichen Freundinnen im Stich ließ. Es hatte wehgetan, als er mir damals erklärte, dass er mich zwar mochte, aber nur so etwas wie eine kleine, nervtötend anhängliche Schwester in mir sah – doch ich war darüber hinweggekommen.

Und nun wiederholte sich das Ganze: Ich würde wieder *die Neue* sein – das ideale Opfer!

Ich verdrängte das flaue Gefühl in meinem Magen mit dem Gedanken an meine Abschiedsgeschenke. Ein dunkelrotes samtbezogenes Kästchen, gefüllt mit Erinnerungen – Muscheln von meinem Lieblingsstrand, Fotos unserer Clique und Tagebuchseiten meiner besten Freundin mit meinem Lieblingsbild vorne drauf, auf dem wir beinahe aussahen wie Schwestern: beide mit langen, dunklen Haaren und schokoladenbraunen Augen – meine eher Zartbitter als Vollmilch und in einem schmaleren Gesicht – das gleiche pinkfarbene T-Shirt, ausgewaschene Jeans und High Heels, die uns größer aussehen lassen sollten.

Und natürlich das zerkratzte Armband mit dem alten silbernen Engelsmedaillon an meinem Handgelenk, das Philippe mir geschenkt hatte – es sollte mir Glück bringen.

Kälte und Schneegrieseln empfingen mich in Berlin. Was hatte ich anderes erwartet? Eine halbe Stunde Aufenthalt auf dem Flughafen lag vor mir. Ich nutzte die Zeit und erledigte den Pflichtanruf bei meinen Eltern, damit sie wussten, dass ich gut angekommen war.

Nervös strich ich eine widerspenstige Haarsträhne aus der Stirn und wartete am vereinbarten Treffpunkt, wo einer der schuleigenen Minibusse mich abholen und zum Internat bringen sollte. Ich war die Einzige. Der Internatsleiter und die Rektorin wollten mich noch vor ihren wohlverdienten Winterferien kennenlernen.

Also durfte ich einen Tag früher anreisen zum zweiwöchigen Ferienlager, das interessierten Schülern die Möglichkeit bieten sollte, das Internat zu testen – was ich bei meiner Anmeldung im letzten Frühjahr verpasst hatte. Und da ich ja inzwischen angemeldet war, wurde mir, wie den paar Schülern, die ihre Ferien im Internat verbrachten, die Teilnahme an den Freizeitaktivitäten mehr oder weniger freigestellt – was immer das heißen sollte. Zudem hatte die Schulleitung sich für mich eine besondere Aufgabe ausgedacht: Ich sollte in den zwei Wochen meine Wissenslücken füllen. Und so was nannte sich dann Ferien!

Der Busfahrer, ein korpulenter Mann mit Halbglatze, half mir meinen Rucksack einzuladen, wobei er mir ein paar genuschelte Begrüßungsworte zumurmelte. Ich verkrümelte mich auf die hintere Sitzreihe, blätterte hin und wieder in dem Modemagazin, das ich aus dem Flugzeug mitgenommen hatte, oder schaute aus dem Fenster und weigerte mich, darüber nachzudenken, wie mich meine neuen Mitschüler wohl aufnehmen würden.

Schneebedeckte Felder und endlose Wälder wechselten sich ab mit alten, winterkahlen Alleen. Die Gegend hier war genauso menschenleer wie die einsamen Berggipfel der Abruzzen, die ich am Morgen hinter mir gelassen hatte. Allerdings wirkte sie kühler und weniger einladend.

Es war schon nach Mitternacht, als wir endlich die Zufahrt zum Internat erreichten. Ein schwarzes, aus spitz zulaufenden Metallstäben gefertigtes Tor, das von einem schmiedeeisernen Bogen überspannt wurde, versperrte den Weg. Dahinter verlor sich eine dunkle Allee mit knorrigen Baumriesen im Nichts. Ich war froh, dass ich im Bus bleiben konnte, während der Fahrer das Tor öffnete.

Als sich der schmale Weg durch eine weitläufige Gartenanlage schlängelte, drosselte der Fahrer das Tempo, bevor er den Bus vor meiner neuen Schule zum Stehen brachte.

Majestätisch erhob sich das weiße Schloss gegen den dunkelgrauen Nachthimmel. Schmale Türmchen mit schneebepuderten Hauben, hervorspringende Erker, zusammengesetzt aus filigranen Sprossenfenstern, und Gauben, die das Mansardendach ebenso zahlreich durchlöcherten wie die Schornsteine, wetteiferten um Aufmerksamkeit mit kunstvoll gearbeiteten Wasserspeiern, stuckverzierten Giebeln und dem von Säulen getragenen Bogengang, der die steinerne Eingangstreppe flankierte.

Zu allem Überfluss lag hinter dem Schloss ein von einer dünnen Eisschicht überzogener See: ein Wintertraum – Märchenschloss inklusive!

Ich atmete noch einmal tief durch – bei all der Schönheit –, um mir Mut zu machen. So hatte ich mir das nicht vorgestellt. Hoffentlich waren die Zimmer nicht ganz so museumsmäßig eingerichtet.

Eine verschlafen wirkende Frau, Anfang fünfzig, mit braunem Kräuselhaar, das wirr ihr rundes Gesicht umspielte, nahm mich in Empfang.

»Willkommen in Torgelow, Linde. Hattest du eine gute Anreise?«

»Ja, danke. Die hatte ich«, antwortete ich höflich. Linde – natürlich!

»Schön, dann zeig ich dir mal dein Zimmer, bevor du hier draußen noch erfrierst. Ich hoffe, du hast genügend warme Sachen zum Anziehen dabei. Deine Kisten aus Italien sind nämlich noch nicht eingetroffen. Ich bin übrigens Frau Schlatter.«

»Und mich nennen alle nur Lynn«, erklärte ich schnell, bevor Frau Schlatter auf die schwere Eichenholztür des Schlosses zusteuerte und mich mit einer einladenden Geste aufforderte, einzutreten.

Mit seinem großen, schwarz-weiß verkleideten Marmorkamin – sicher eine hervorragende Stelle für kitschige Familienbilder –, dem dazu passenden Mosaikfußboden und einer elegant geschwungenen Treppe stand das Foyer dem äußeren Prunk des Schlosses in nichts nach. Bestimmt gab es auch einen Ballsaal – mit Spiegeln, wie in Versailles.

Irgendwie fühlte ich mich fehl am Platz ohne Armani-Jeans und Prada-Täschchen, die ich nun mal nicht besaß.

»Während der Ferien wird in den anderen Gebäuden ein wenig renoviert. Bis dein Raum im Gelben Haus fertig ist und du umziehen kannst, bekommst du erst mal ein Zimmer im Schloss – ein Einzelzimmer unterm Dach«, betonte Frau Schlatter ehrfürchtig und bugsierte mich die Treppe hinauf.

Ob Schloss oder nicht, war mir im Moment ziemlich egal. Ich war müde von der langen Anreise und wollte nur eins: schlafen und nicht allzu viel über meine Zukunft nachdenken.

Ganz oben, im dritten Stock, steuerte Frau Schlatter auf eine einsame Holztür zu und kramte einen alten Messingschlüssel hervor.

»So, da sind wir. Vielleicht musst du noch ein bisschen lüften. Das ist eigentlich ein Gästezimmer und wird nur selten benutzt.« Sie öffnete die Tür und ließ mich ein, bevor sie sich mit einem flüchtigen Lächeln verabschiedete.

Ich versuchte flach zu atmen – mit dem Lüften hatte sie definitiv recht! Doch der Rest war besser, als ich erwartet hatte: ein weiß gestrichener Schrank mit Schnitzereien und einem dazu passenden Regal, in dem sich ein paar angestaubte Bücher stapelten, stand neben dem Schreibtisch mit einem – natürlich – royalblau gepolsterten Stuhl, der zu dem flauschigen Teppichboden passte. Das Schönste jedoch war das breite Bett, auf dessen meerblauem Bezug mindestens zehn weiße spitzenverzierte Kissen aller Form und Größe lagen, und – es stand direkt unter einem der beiden Dachfenster.

Ich kramte mein Waschzeug und einen Schlafanzug aus dem Reiserucksack, schob das Verdunkelungsrollo über meinem Bett nach oben und kuschelte mich kurze Zeit später in mein *Fast-Himmelbett*, mit Blick in die Wolken – die Sterne wollte ich mir herbeiträumen.

Leider verpasste ich sie. Stattdessen riss mich einer meiner Albträume aus dem Schlaf: Ein in fliegende Gewänder gehülltes Wesen zerrte an meiner linken, eine lichtlose, vermummte Gestalt an meiner rechten Seite. Beide wollten mich zu sich ziehen, bis ich schließlich mit zitternden Fingern meine Nachttischlampe anknipste, um mich zu versichern, dass ich tatsächlich allein in meiner Kammer war.

Dick eingepackt in meine neue Daunenjacke, um gegen die Kälte gewappnet zu sein, überquerte ich am nächsten Morgen den Hof und meldete mich pünktlich, zehn Minuten nach zehn, im Sekretariat. Das Frühstück ließ ich ausfallen. Ich war weder hungrig, noch hatte ich, nach dieser unruhigen Nacht, Lust früh aufzustehen, um mir in der Mensa neben irgendjemandem, den ich nicht kannte, einen Platz zu suchen.

Frau Germann, die Rektorin, wartete bereits auf mich. Der dunkel gebeizte Schreibtisch, auf dem neben einem Telefon und einer ledernen Schreibmappe nur ein auffallend roter Ordner lag, wirkte geradezu zierlich angesichts ihrer beeindruckenden Körpergröße.

»Hallo Linde. Schön, dich kennenzulernen. Konntest du in deinem neuen Zimmer gut schlafen?«

»Ja, wie eine Prinzessin«, antwortete ich – immerhin hatte ich ein Himmelbett in einem Schloss. Und dass ich schon in der ersten Nacht von Albträumen verfolgt wurde, brauchte sie ja nicht zu wissen.

Frau Germann schaute irritiert auf mich herab und strich sich mehrmals über den Rock ihres marineblauen Kostüms, bevor sie ihre rahmenlose Lesebrille zurechtrückte und mich aufforderte, Platz zu nehmen. Anscheinend hatte ich sie aus dem Konzept gebracht.

»Schön, ... dann können wir ja anfangen. Am besten erkläre ich dir zuerst, welche Räume du wo findest, bevor wir den Lernstoff der einzelnen Fächer durchgehen, damit du weißt, was du nachholen musst.«

Ich unterdrückte den Seufzer, den das Wort *nachholen* bei mir auslöste, und betrachtete das Luftbild, mit dessen Hilfe Frau Germann mir die verschiedenen Gebäude erklärte. Neben dem

Schloss gab es eine Sporthalle mit einem Kunstrasenplatz, mehrere Wohntrakte für die Unter- und Mittelstufe, natürlich die üblichen Klassen- und Fachräume sowie das Gelbe Haus, das die Schlafräume der Mädchen meiner Klassenstufe und die Kantine beherbergte.

Schließlich legte Frau Germann den roten Ordner in die Mitte des Tisches und öffnete ihn geradezu ehrfürchtig langsam. Für jedes Fach war fein säuberlich aufgelistet, was ich wissen musste. Nach zwei quälenden Stunden intensiven Verhörs fragte ich mich, wo oder eher ob ich mit dem Lernen überhaupt anfangen sollte.

»Die Schulbücher findest du in deinem Spind. Den Schlüssel und die Materialliste gibt dir Herr Sander. Und vergiss nicht, morgen deine Lernliste im Sekretariat abzuholen! Bis dahin habe ich sie fertig.« Frau Germanns strengen, stets wachsamen Gesichtszügen war abzulesen, dass sie nicht akzeptieren würde, wenn ich mich weigerte, ihren Plan bis Ferienende durchzuarbeiten.

»Und falls du deinen Eltern kurz Bescheid sagen möchtest, dass du gut angekommen bist, kannst du jetzt von meinem Apparat aus telefonieren. Oder du rufst nächsten Freitag an, der ist für die K1 reserviert – außer bei Notfällen natürlich. Bis das Sekretariat schließt, kannst du dort das Telefon benutzen. Mit dem Handyempfang ist es hier nämlich ein bisschen schwierig. Da musst du schon zur Meierei hoch oder ins Nachbardorf laufen, wenn du eine gute Verbindung haben möchtest. Dort bekommst du auch Handykarten. Ansonsten sehen wir uns erst nach den Ferien wieder. Bis dahin hast du dich bestimmt ein wenig bei uns eingelebt.«

Natürlich nutzte ich Frau Germanns Angebot, obwohl ich bereits am Abend zuvor mit meinen Eltern telefoniert hatte, doch leider war niemand zu Hause. So hinterließ ich nur eine Nachricht auf dem Anrufbeantworter.

Um noch rechtzeitig zum Mittagessen zu kommen, hetzte ich

zur Mensa. Das Wissenslückengespräch mit Frau Germann war mir auf den Magen geschlagen, weshalb ich mir erst mal nur eine Banane schnappte, die ich bei den großen Aussichtsfenstern verdrückte.

»Isst man in Italien nicht zu Mittag?«

Ich drehte mich zu der hübschen Rothaarigen mit den auffälligen, wasserblauen Augen um und hielt ihr die halbleere Bananenschale entgegen.

»Ich seh schon, du konntest dich nicht zwischen der orangeroten und der gelbgrünen Pampe entscheiden. Komm mit, ich zeig dir, was man essen kann und was lieber nicht – außer du stehst auf Gemüsematsche ... Linde, nicht wahr?« Sie zögerte. »Was für ein seltener Name.«

Ich bemühte mich, nicht überrascht zu wirken, dass sie wusste, woher ich kam und wie ich hieß, und brachte ein halbwegs freundliches Lächeln zustande. Sie konnte ja nichts für die exotischen Vorlieben meiner Mutter.

»Eigentlich nennen mich alle Lynn.«

»Schön – dann Lynn. Und ich bin Marisa.«

Marisa empfahl mir Putensteak, Kräuterkartoffeln und Salat vom Buffet. Mit zwiespältigen Gefühlen füllte ich meinen Teller und folgte ihr zu einer eifrig tuschelnden Gruppe, die mich bereits erwartungsvoll beäugte.

»Hallo Linde, oder war's Buche?« Die Jungs am Tisch brachen in schallendes Gelächter aus. Die Mädchen, ein paar zumindest, versuchten vergeblich, nicht mit einzustimmen, und kicherten albern hinter ihren vorgehaltenen Händen.

Na toll! – es begann schon wieder! Doch dieses Mal hielt ich mich zurück und kickte niemandem vors Schienbein – schließlich war ich lernfähig.

»Wie wär's mit Stechpalme oder Vergissmeinnicht, falls du dir das besser merken kannst?«, konterte ich. Niemand lachte über meinen Witz.

»Lynn. Sie heißt Lynn. Benehmt euch gefälligst, sie ist neu hier – für ... Su«, versuchte Marisa ein wenig verzweifelt die Situation zu retten.

Ich setzte mich auf einen der freien Stühle am Rand der Gruppe, aß schweigend meine Mahlzeit und überlegte, wie beliebt meine Vorgängerin bei ihnen wohl war. Von mir nahmen die meisten jedenfalls kaum Notiz – abgesehen von ein paar abschätzigen Blicken –, während sie sich mit ihren Urlaubszielen gegenseitig übertrumpften: Lech lag dicht hinter Sankt Moritz. Von ihnen verbrachte anscheinend keiner seine Ferien hier – und schon gar keiner mit Lernen!

Nach dem Mittagessen rief mich der Internatsleiter zu sich. Seine schwarzen Haare und dunklen Augen erinnerten mich an die Bewohner meines Dorfes in den Abruzzen. Schnell blinzelte ich die Erinnerung weg, als Herr Sander mich mit einem fragenden Blick musterte.

»Weißt du schon, an welchen Aktivitäten du teilnehmen möchtest?«

Ich stutzte. War das eine Fangfrage, um zu prüfen, ob ich tatsächlich vorhatte, etwas zu lernen?

»Also, eigentlich wollte ich ja in den Ferien meine Wissenslücken schließen«, begann ich vorsichtig.

»Zwei ganze Wochen lang?! Die müssen ja riesig sein.« Herr Sander schmunzelte, legte ein paar der Prospekte auf seinem vollbeladenen Schreibtisch zur Seite und wühlte in dem Papierchaos darunter, ehe er mit einem Schulterzucken aufgab.

»Linde oder lieber Lynn?«

»Lynn!«, sagte ich schnell.

»Also, Lynn, auch wenn du bei den Freizeitaktivitäten eigentlich nicht mit eingeplant bist und Frau Germann eine andere Meinung vertritt, würde *ich* es gut finden, wenn du wenigstens in ein paar der Kurse reinschnupperst.«

Bevor ich Luft holen konnte, um zuzustimmen, fuhr Herr

Sander fort. »Leider hab ich im Moment keinen Plan mehr übrig, aber ich werde dafür sorgen, dass morgen einer für dich im Sekretariat bereitliegt. Und falls du mal eine Lernpause brauchst, dann such dir einfach ein Angebot aus und geh hin. Wenn du im neuen Schulhalbjahr mit guten Noten glänzt, wird niemand danach fragen, was du in den Ferien gemacht hast. Und wenn nicht, hattest du wenigstens ein paar entspannte Tage, bevor Frau Germann dich mit Nachhilfestunden eindeckt.«

Herr Sander wurde mir von Minute zu Minute sympathischer. Auch wenn er mir anschließend erklärte, in welchem Gebäudetrakt ich meinen Spind mit den Schulbüchern finden konnte, und mir die Materialliste zum Abhaken überreichte.

»Und bitte kontrollier, ob alles, was du an Arbeitsmaterialien brauchst, in deinem Schrank ist – auch die Bücher«, fügte er mit einem süffisanten Unterton hinzu. »Der Schlüssel steckt.«

Da ich sowieso nichts anderes vorhatte, beschloss ich, gleich nach meinem Spind zu suchen. Die verwinkelten Korridore im Schulgebäude machten es mir mit meinem ohnehin schlechten Orientierungssinn nicht gerade leicht. Ich lief einmal im Kreis, bevor ich ihn endlich fand – ohne Schlüssel! Zumindest steckte er nicht, wie ich erwartet hatte, im Schlüsselloch. Stattdessen hing er, mit einem dünnen Faden befestigt, oben an der Tür. Zu hoch für mich, um ihn ohne weiteres erreichen zu können. Wirklich witzig!

Nach mehreren erfolglosen Sprüngen bekam ich ihn endlich zu fassen. Ungeduldig fummelte ich den kleinen Schlüssel in das zierliche Schloss. Wenn ich aufmerksamer gewesen wäre, hätte ich vielleicht die inzwischen im Flur herumlungernden Schüler bemerkt. Möglicherweise hätte ich auch kapiert, dass der klägliche Schrei aus *meinem* Schrank kam. Doch ich übersah alle Warnzeichen.

Ein schwarzes Fellknäuel sprang mir fauchend entgegen. Mit spitzen, ausgefahrenen Krallen landete die zornige Katze in meinen Armen und hakte sich in meiner veilchenblauen Bluse fest, ehe sie den zarten Stoff fein säuberlich in dünne Streifen riss. Ich kreischte um Hilfe – spöttisches Gelächter war die Antwort! Die verschworene Gemeinschaft der Internatsschüler amüsierte sich prächtig über meinen erfolglosen Versuch, mich aus den Fängen der verstörten Katze zu befreien.

Mein Magen rollte sich zusammen – wie immer, wenn ich wütend wurde. Was für ein arrogantes Pack! Nicht einer dachte daran, mir zu helfen. Ich bemühte mich, die Flüche, die mir auf der Zunge lagen, nicht laut auszusprechen. Auch wenn ich mir wirklich wünschte, dass die Hälfte von ihnen tot umfiel.

Während ich mich und die Katze langsam beruhigte, tippte mir plötzlich jemand auf die Schulter: Frau Germann.

»Linde?! Anscheinend sind dir unsere Internatsregeln noch nicht geläufig. Doch da du ganz neu bei uns bist, will ich heute mal ein Auge zudrücken. Aber dass du's weißt, lebende Tiere bleiben draußen!«

Ich nickte ergeben und versprach, die Katze ins Freie zu bringen. Dass ich sie in meinem Schrank gefunden hatte, verschwieg ich. Petzen war nicht mein Ding.

Um mich abzureagieren, beschloss ich, mein Zimmer später einzuräumen und trotz der Kälte einen Spaziergang am See entlang zu machen. In meine dicke Jacke gewickelt, genoss ich die Stille des Winterwaldes, der hier so anders war als in Italien – dunkler, geheimnisvoller, aber auch ein wenig beängstigend –, und versank in meinen Erinnerungen.

Eine Windböe holte mich in die Gegenwart zurück, als ich die eisigen Spuren fühlte, die meine Tränen hinterließen. Obwohl es nur ein paar Wochen bis zu den Osterferien waren, litt ich schon jetzt unter Heimweh, sehnte mich nach meinen Freunden, meinen Eltern und der Wärme Italiens.

Im Dämmerlicht stolperte ich über abgestorbene Wurzeln und vermodernde Äste. Ich musste die falsche Richtung eingeschlagen haben, weshalb ich am See auch nicht das Schloss, sondern einen halbverfallenen Pavillon entdeckte. Er war bestimmt wunderschön gewesen.

In Italien hatte ich eine Vorliebe für Kunst und alte Gemäuer entwickelt. Ich schleppte all meine Freunde – ob sie nun wollten oder nicht – mindestens zweimal im Jahr in ein Museum, eine Kirche oder zu sonst einer Sehenswürdigkeit. Hier, mitten im Wald, auf so ein interessantes Objekt zu stoßen, damit hatte ich nicht gerechnet. Natürlich zögerte ich nicht – noch konnte ich genügend sehen.

Wie auf Kommando erhoben sich Hunderte schwarzer Krähen gleichzeitig in die Luft, als ich auf den Pavillon zusteuerte. Ich fühlte den gespenstischen Hauch ihres Flügelschlags als Kribbeln auf meiner Haut, noch bevor ihr grelles Krächzen in meinen Ohren dröhnte. Mir wurde schwindelig. Alles in mir drängte wegzurennen, warnte mich weiterzugehen, doch meine Neugier siegte – zumal ich nicht mehr allein war.

Helle gewellte Locken, scharfgeschnittene Gesichtszüge und gefährlich sanft geschwungene Lippen. Er stand neben dem Pavillon und starrte gedankenverloren auf den See. Selbst als der eisige Wind durch sein weißes Hemd fuhr, so dass sein Körper sich darunter abzeichnete, rührte er sich nicht.

Mir hingegen stockte der Atem: perfekt!

Der durchdringende Schrei einer Krähe riss mich aus meiner Betrachtung. Im Sturzflug stieß sie herab. Ein Gewirr aus Federn, scharfen Klauen und schwarzen Flügeln schoss auf mich zu, verfing sich in meinen langen Haaren und versuchte vergeblich, sich zu befreien.

Ich schrie erschrocken auf, schlug nach der Krähe, riss meine Haare aus ihren Fängen und wehrte den aufgeregt flatternden Vogel ab, während ich in den Schutz eines überhängenden Gestrüpps flüchtete. Gleich zwei Mal an einem Tag von durchgedrehten Tieren attackiert zu werden, war mindestens einmal zu viel!

Als ich vorsichtig wieder aus meiner Deckung hervorkroch, war er verschwunden – noch so ein eingebildeter Kerl, der sich zu fein war, mir zu helfen! Solche Typen schien es hier wie Sand am Meer zu geben. *Schönheit kommt mit Arroganz* traf da eindeutig zu.

Inzwischen war es fast dunkel. Ich fühlte leise Panik in mir aufsteigen. Herr Sander hatte mich gewarnt, abends allein in den Wald zu gehen. Sumpfige Moorlöcher konnten schnell zu einer gefährlichen Falle werden. Außerdem gab es in der Gegend Wildtiere: Rehe, Wildschweine und seit kurzem sogar wieder Wölfe. Und ich traute den Beteuerungen nicht, dass Wölfe völlig harmlos waren – zumindest wollte *ich* keinem bei Nacht begegnen.

Nachdem ich, eine Stunde nach Sonnenuntergang, glücklich ins Schloss zurückgefunden hatte, begrüßte mich ein gelbes Post-it an meiner Zimmertür:

Deine Eltern wollen wissen, wie es dir geht. Bitte ruf sie zurück.

Ich knüllte den Zettel zusammen und schob ihn in meine Hosentasche. Das musste warten. Das Sekretariat war um diese Zeit längst geschlossen – ich wollte sowieso nicht unter Aufsicht telefonieren –, und ich hatte wenig Lust, noch mal die Gegend zu durchforsten, um herauszufinden, wo mein Handy funktionierte. Außerdem hatte ich mich bereits zweimal bei ihnen gemeldet. Und schließlich war es nicht meine Idee gewesen, so weit von zu Hause weg zu sein.

Schon während ich die Tür zu meinem Zimmer öffnete, flogen mir die ersten Federn entgegen: weiche, flauschige Daunenfedern. Der Inhalt eines meiner Kissen lag gleichmäßig über Boden, Schreibtisch und Bett verstreut, und an meinem Rucksack klebte ein weiteres Post-it:

Wage es nicht, mein Zimmer zu beziehen, bevor die Ferien zu Ende sind, Hannah!

Hannah? Schön, dass sich wenigstens meine neue Mitbewohnerin um mich kümmerte! Dass ich mich nach dem Chaos, das sie veranstaltet hatte, nicht besonders darauf freuen würde, sie kennenzulernen, war ihr bestimmt klar. Ein unangenehmes Ziehen breitete sich in meiner Magengegend aus. Hatte Hannah – oder wer auch immer – das Post-it an der Tür geschrieben?

Ich öffnete meinen Rucksack, den ich noch nicht ausgepackt hatte. Er war völlig durchwühlt. Mein Geld war da, aber mein Handy fehlte! Ohne lange darüber nachzudenken, stopfte ich alles zurück, schnappte mir den Rucksack und stürmte aus dem Zimmer. Ich wollte auf keinen Fall, dass sich noch einmal jemand an meinen Sachen vergriff, während ich meine Wertsachen und die Abschiedsgeschenke meiner Freunde in Sicherheit brachte. Zu meinem Spind. Den Schlüssel trug ich seit heute Mittag bei mir.

Leise eilte ich die Stufen hinab – vielleicht wartete diese Hannah irgendwo, um sich über mich lustig zu machen. Gut möglich, dass ich ihr auch die Überraschung mit der Katze zu verdanken hatte. Kurz bevor ich die Eingangshalle erreichte, hörte ich Frau Schlatter. In Windeseile suchte ich hinter einem der großen Pflanzkübel Deckung. Mit ein paar Mädchen stand sie am anderen Ende des Foyers. Sie unterhielten sich – zum Glück hatte mich keiner gesehen.

Ich kramte nach einer plausiblen Erklärung, falls sie mich doch bemerkten. Aber wie sollte ich – ohne mich lächerlich zu machen – erklären, warum ich mit meinem vollgepackten Reiserucksack in einer dunklen Ecke kauerte und mich versteckte? Genauer betrachtet, sah es nach Flucht aus. Besser, ich suchte einen geeigneten Platz, an dem ich wenigstens meinen Rucksack unauffällig deponieren konnte, ehe ich das Schloss verließ.

Wie der Zufall es wollte, sah ich gerade noch rechtzeitig – bevor ich aus meinem Versteck gekrochen kam –, wie ein großer, breitschultriger Junge mit tiefschwarzen, kinnlangen Haaren unter der Treppe auftauchte. Ich duckte mich tiefer hinter die großblättrigen Pflanzen, um ihn zu beobachten – was nicht bloß an seinem ansehnlich geformten Rücken lag. Obwohl ich nur einen kurzen Blick auf sein Gesicht werfen konnte, verriet seine Körpersprache, dass er etwas zu verbergen hatte. Klar, dass mich das interessierte.

Sobald er verschwunden war – Frau Schlatter und die Mädchen hatten sich inzwischen in den hinteren Teil des Schlosses zurückgezogen –, schnappte ich meinen Rucksack und huschte in die Nische neben der Treppe. Trotz des schummrigen Lichts entdeckte ich schnell ein kleines Loch in der Holzvertäfelung, gerade groß genug, um einen Schlüssel hineinzustecken. Mein Spindschlüssel passte natürlich nicht, doch nach einem kräftigen Ruck sprang mir die Tür entgegen – er hatte wohl vergessen, sie abzuschließen!

Als die dünne Wandtür zufiel, hüllte mich feuchte Finsternis ein. Es war stockdunkel. Nervös glitten meine Fingerspitzen an der kalten Wand entlang, bis ich den Lichtschalter fand. Die beinahe schon antike Glühbirne flimmerte auf – sie schien kurz vor dem Durchbrennen zu sein. Ein alter Wischmopp lehnte verloren in einer Ecke und auf der anderen Seite des Verschlags klaffte ein dunkles Loch – natürlich siegte mein Forscherdrang.

Eine steile, ausgetretene Treppe führte in die Tiefe. Sie endete vor einer alten, einst reichverzierten Holztür, deren Farbreste ihre vergangene Schönheit nur noch erahnen ließen. Ich wappnete mich, eine große Anzahl unliebsamer Insekten vorzufinden – oder gar pelzige Tiere –, und drückte mutig die Klinke nach unten. Ein großer Raum, unerwartet schön und von einem vergitterten Kellerfenster erhellt, lag dahinter. Überrascht trat ich ein, schloss vorsorglich die Tür und schob meinen Rucksack unter einen der Tische. So würde mir ein wenig Zeit bleiben, um mich zu verstecken, falls der dunkelhaarige Typ wieder auftauchte.

Neben dem Eingang stapelten sich, außer den Tischen und den dazugehörenden, blau gepolsterten Stühlen, riesige, bunt bemalte Leinwände. Ich hatte offenbar den Abstellraum des Theaterprojekts gefunden. Weiter hinten türmten sich andere Möbelstücke, ältere, verstaubte, manche mit großen, grauen Tüchern abgedeckt, die sicher einmal weiß gewesen waren. Hier konnte ich keinen Schritt wagen, ohne mich in einem der ebenso staubigen Spinnennetze zu verfangen. Doch das störte mich nicht – der Raum hatte mich zu sehr in seinen Bann gezogen.

Ich trat tiefer ein in das verwirrende Gewühl antiker Schätze und übersah den Gegenstand vor meinen Füßen. Haltsuchend klammerte ich mich an einem der Regale fest – dummerweise an einem recht betagten. Gemeinsam stürzten wir zu Boden. Mein Kopf schlug hart gegen eines der Möbelstücke. Kaum dass ich den Aufprall spürte, wurde mir auch schon schwarz vor Augen.

Als ich mich wieder aufrappelte, pochte mein Schädel, meine Knie waren aufgeschlagen, auf meiner Schläfe wuchs eine hässliche Beule und in meiner linken Hand steckte ein fieser Holzsplitter. Vor mich hin fluchend, zog ich ihn heraus und ballte meine Hand zur Faust – nicht nur um die Blutung zu stillen –, bevor ich mit zusammengebissenen Zähnen nach der Ursache für meinen Sturz suchte.

Das Ende einer großen Harfe lugte zwischen dem Gerümpel hervor. Unglaublich! Mein Ärger erlosch augenblicklich. Zu gerne hätte ich Harfe spielen gelernt. Meine Mutter weigerte sich jedoch, nach meinen vergeblichen Versuchen am Klavier, Schlagzeug und Saxophon, ein weiteres Instrument anzuschaffen, das in der Ecke verstauben würde.

Ich seufzte sehnsüchtig und ließ die Finger meiner unverletzten Hand über die Saiten der Harfe gleiten. Es hörte sich grausam schief an, aber das störte mich nicht.

Ein kalter Windhauch strich an meinem Gesicht vorbei. Ich zuckte zusammen. Hatte der Typ mich aufgespürt? Erschrocken schaute ich zur Kellertür. Keine Spur von ihm. Stattdessen entdeckte ich einen notdürftig verhängten Spiegel. Vorsichtig zog ich das vergilbte Tuch zur Seite und befreite das Prachtstück – eindeutig venezianische Abstammung.

Mein Herz jubelte und weinte zugleich. Ich hatte schon immer ein Faible für venezianische Kunst, und dieser Spiegel war etwas ganz Besonderes mit seinem ovalen, mit filigranen Schnitzereien verzierten Rahmen und dem atemberaubenden, weiß gekalkten Engel, der den krönenden Abschluss bildete – und mich an Italien erinnerte.

Mein Armband blitzte mir im Spiegel entgegen, was mein Heimweh verstärkte. Ich verdrängte das Gefühl. Es war sinnlos, der Vergangenheit nachzutrauern. Meine Eltern wollten, dass ich hier mein Abitur machte, und waren überzeugt, dass ich mich auch auf dem Internat schnell wohlfühlen und Freunde finden würde. Anscheinend hatten sie vergessen, wie schwer es beim letzten Mal gewesen war.

Das Pochen hinter meiner Stirn verstärkte sich. Dazu gesellte sich ein unangenehmes Schwindelgefühl. Als auch noch die Wände begannen, sich übelkeiterregend schnell im Kreis zu drehen, musste ich mich festhalten, um nicht umzukippen. Vielleicht hatte mein Kopf mehr abbekommen, als er vertragen konnte. Ich sollte mich lieber hinlegen und meine einzigartigen Fundstücke später begutachten.

So verließ ich, halb benebelt, den Keller, um mich in meinem Zimmer ein wenig auszuruhen. Nur am Rande bemerkte ich den tollen Service – jemand hatte die Federn und leider auch alle Kissen, bis auf eines, beiseitegeräumt und mein Bett frisch bezogen –, da eine dunkle, dumpfe Müdigkeit mich übermannte und ich beinahe augenblicklich einschlief.

Kapitel 2

Harfenklänge

Ich fühlte mich leicht schwummrig, als ich ein paar Stunden vor Sonnenaufgang erwachte. Doch erst nachdem ich aus der Dusche kam und vergebens nach meinem Rucksack suchte, fiel mir ein, wo ich ihn vergessen hatte.

Leise, um niemanden aufzuwecken, der mich fragen konnte, wohin ich mit nassen Haaren unterwegs war, schlich ich zu dem geheimnisvollen Raum im Keller unter dem Schloss. Mein Rucksack stand gleich neben der Tür, und da ich meine Abschiedsgeschenke auf keinen Fall in Hannahs Reichweite wissen wollte, deponierte ich das Kästchen in dem schlichtesten der alten Schränke und versteckte den Schlüssel darunter. Letztendlich wusste ich nicht, wer außer mir noch Zugang zu meinem Spind hatte. Das Schwindelgefühl stellte sich wieder ein, als ich mich aufrichtete. Vielleicht sollte ich mich lieber noch ein wenig hinlegen.

Äußerst vorsichtig lief ich die gewendelte Treppe zurück. Die Treppenstufen schienen ihre Form unter meinen Füßen zu verändern. Ich hielt schwankend inne und schloss die Augen – mein Kopf war wohl wirklich noch nicht ganz in Ordnung.

Unvermittelt stand er vor mir, der ungehobelte Typ aus dem Wald. Neben sich ein großes, blondhaariges Mädchen, das ihn fragend anschaute.

Ich keuchte vor Schreck kurz auf und klammerte mich am Treppengeländer fest – die Stufen unter meinen Füßen bebten gefährlich, was nicht nur an meiner Beule lag. Auch aus der Nähe betrachtet sah er verdammt gut aus. Die steile Falte zwischen seinen Augenbrauen, die erschien, während er mich von oben herab musterte, änderte daran nichts. Schließlich verschwand sie und wich einem halbwegs höflichen Lächeln. Anscheinend waren seine guten Manieren zurückgekehrt – na also, es ging doch!

Um einem Kreuzverhör zu entgehen, versuchte ich mich mit einem knappen »Hallo« an den beiden vorbeizudrängen, doch mit einem Schritt zur Seite blockierte *Prince Charming* mir den Weg.

»Du musst neu sein«, stellte er punktgenau fest. »Ich bin Christopher, einer der Tutoren hier im Schloss, aber die meisten nennen mich nur Chris.«

Ich zögerte, als er mir die Hand zur Begrüßung reichte, und blieb an seinen tiefgrünen Augen hängen – nun schien ich endgültig den Halt zu verlieren, weshalb ich anstatt seiner Hand wieder das Treppengeländer umfasste.

»Ich, ja, ich heiße Neu…«, stammelte ich, »nein, ja, ich bin neu, und ich heiße Linde. Nein, eigentlich Lynn.« Ich hoffte, dass die Treppe mich verschlingen würde – sie versagte mir diesen Wunsch.

Christopher lachte leise, aber ohne Spott und ließ seine Hand sinken.

»Dann willkommen im Schloss, Lynn. Hast du dich schon umgesehen?«

»Ja, ich meine, nein. Doch, eigentlich bin ich schon seit gestern hier.«

Was machte ich da bloß? Hatte der Schlag auf meinen Kopf mich über Nacht verblöden lassen? Wenn ich weiter so herumstammelte, würde er mich noch für schwachsinnig halten.

»Seit gestern? Sonderbar, dass mir keiner Bescheid gesagt hat.« Die Falte auf Mr Perfects Stirn vertiefte sich ein wenig. »Übrigens, das ist Susan, oder kennt ihr euch bereits?«

Offenbar war ihm gerade eingefallen, dass er mir nicht allein gegenüberstand. Das passte: die eine dumm anquatschen und die andere dabei vergessen!

»Nein, bisher habe ich noch niemanden getroffen, der freiwillig hierbleibt«, antwortete ich sarkastisch.

Ich unterdrückte den Impuls, zurückzuweichen – wahrscheinlich hätte ich die nächste Stufe verpasst und wäre die Treppe hinabgepurzelt. Wenn jemand finster dreinschauen konnte, so war es mein Gegenüber. Als Christopher meine Reaktion bemerkte, glätteten sich seine Züge, doch seine Anspannung blieb.

»Hallo Lynn!« Susan streckte mir ihre Hand entgegen.

Ich ergriff sie schnell, bevor ich auch bei ihr in Ungnade fiel.

»In welchem Zimmer bist du denn untergebracht?«

»Ganz oben.«

»Unterm Dach?«, hakte Christopher nach. Es schien ihm nicht zu passen, dass er nicht über alles informiert war – oder dass ich *ihrem* Händedruck nicht ausgewichen war.

»Gibt's da ein Problem?«, fragte ich gereizt.

»Nein, aber eigentlich ist es das Zimmer von …« Christopher brach ab. Offensichtlich hatte ich ein Talent, ihn zu verärgern. Auch wenn er bemüht war, sich nichts anmerken zu lassen, verriet ihn das Funkeln in seinen Augen.

»Oh, das kenne ich gar nicht. Kann ich's mal sehn? Ich hab im Moment sowieso nichts anderes zu tun.« Susan hatte wohl auch bemerkt, dass hier nicht alles rund lief. Schwungvoll hakte sie sich bei mir ein und eskortierte mich zu meiner Kammer unter dem Dach.

Nach ein paar Stufen drehte ich mich noch einmal um. Ich hatte das dumpfe Gefühl, dass Christopher uns nachstarrte. Und tatsächlich, er war stehen geblieben und beobachtete uns – mich, um genau zu sein.

Als in diesem Moment die aufgehende Sonne zum bunt verglasten Fenster hereinschien und ihn mit schillernder Helligkeit umhüllte, starrte ich für einen endlosen Augenblick zurück, in seine warmen smaragdgrünen Augen, die zu kaltem Jadegrün erstarrten. Bestürzt wich ich seinem Blick aus, bevor ich neben Susan die Treppe emporhastete.

Susan blieb noch eine Weile auf meinem Zimmer und versuchte, mich auszuhorchen. Obwohl ich wieder klar denken konnte, fiel es mir nicht leicht, ihren hartnäckigen Fragen auszuweichen. Erst nachdem ich ihr erzählt hatte, dass ich aus Italien kam – was ihre Neugier für meine Klamotten weckte –, schien sie zufrieden zu sein.

Mit untergeschlagenen Beinen beobachtete ich, wie sie meinen Rucksack auspackte und die Kleidungsstücke in meinen Schrank räumte – ich hatte zugestimmt, um sie von mir abzulenken. Entzückt holte sie ein Teil nach dem anderen heraus, hielt es vor sich hin und betrachtete sich eingehend im Spiegel. Irgendwann fragte sie mich, ob sie ein paar Sachen anprobieren dürfe. Auch wenn ich mir sicher war, dass sie ihr kaum passen würden, weil sie um einiges größer war als ich, willigte ich ein. Susan wirkte mit ihrer natürlichen Art angenehm erfrischend, und ich war froh, dass es auf dem Internat jemand Nettes gab, der auch die Ferien hier verbrachte.

Meine Gedanken schweiften ab: zu Christopher. Seine Augen gingen mir nicht mehr aus dem Kopf – der bedrohliche Blick, mit dem er mich fixiert hatte. Das war Rekordzeit, und ich hatte ihn nicht mal blöd angemacht.

»Hörst du mir überhaupt zu?« Susans fröhliches Lachen riss mich aus meinen Tagträumen.

»Ich, ja, nein. Entschuldige, ich war gerade in Gedanken ganz woanders.«

»Wo denn? Vielleicht bei Chris?«, fragte sie mit einem bohrenden Unterton – ich leugnete mit einem »Nein«.

Susan lächelte nachdenklich vor sich hin. »Ja, er hat wirklich etwas Besonderes an sich. Und das, obwohl es ihm bestimmt nicht leichtfällt, hier zu sein.«

Susans und meine Meinung von *etwas Besonderem* schienen weit auseinanderzuliegen. Ich mochte hilfsbereite Jungs, die nett zu mir waren und nicht versuchten, mir Angst einzujagen. Hatte seine schöne Fassade sie so geblendet oder lief da mehr zwischen den beiden? Aber das war nicht meine Sache!

Ich lenkte Susans Aufmerksamkeit auf meine Klamotten zurück, auch wenn ich neugierig war zu erfahren, was sie mit *obwohl es ihm bestimmt nicht leichtfällt, hier zu sein* gemeint hatte. Konnte man auch Tutoren zwingen, aufs Internat zu gehen? Oder war Christopher noch nicht volljährig? Viel älter als neunzehn sah er eigentlich auch nicht aus.

Kurz bevor es Zeit zum Frühstücken war, verabschiedete sich Susan, weil sie noch einmal auf ihr Zimmer zurück musste. Um sicherzugehen, dass ich nicht vor ihr in der Mensa eintraf, trödelte ich ein wenig und zupfte die blaukarierte Patchworkdecke, die Susan in meinem Schrank gefunden hatte, so lange zurecht, bis sie faltenlos war. Schließlich schnappte ich mir meine Daunenjacke und eine Mütze – obwohl ich Mützen hasste. Doch bei der Kälte blieb mir nichts anderes übrig, wenn ich nicht frieren wollte.

Ich hatte sie umsonst aufgesetzt. Das Wetter hatte umgeschlagen. Es war überraschend warm. Beim Blick auf den See bemerkte ich, dass die dünne Eisschicht geschmolzen war. Die vergangene Nacht musste ungewöhnlich mild gewesen sein, auch der Schnee auf den Bäumen war verschwunden. Meine Laune verbesserte sich ganz erheblich.

Auf der Suche nach Susan durchforstete ich den belebten Speisesaal. Christopher saß neben ihr und beobachtete mich. Schon wieder! Sein fragender Blick ließ mein Gute-Laune-Lächeln erstarren – nicht dass er auf die Idee kam, es wäre für ihn bestimmt.

Ich wandte mich ab und lief zur Essensausgabe, um mir Kaffee und einen Muffin zu holen. Als Christopher plötzlich neben mir stand, wich ich erschrocken zurück. Meine Reaktion ließ die Stirnfalte zwischen seinen Augen wieder auftauchen. Seine Stimme hatte er besser unter Kontrolle. Animateur-Charme-Training, tippte ich.

»Hallo Lynn. Da du heute zum ersten Mal beim Frühstück bist, werde ich dich ein wenig beraten, damit du die besten Sachen nicht übersiehst.«

Ich verkniff mir die Frage, ob er heute seinen hilfsbereiten Tag habe, und schnappte mir einen leeren Teller.

»Susan wartet schon auf dich, anscheinend hat deine italienische Kleidung es ihr angetan«, fuhr Christopher im nachsichtigen Kindergärtner-Plauderton fort.

Schneller, als ich reagieren konnte, nahm er mir den Teller ab, stellte mit gezieltem Griff einen Milchkaffee und ein paar Leckereien – darunter einen Schokoladenmuffin – auf einem Tablett zusammen und bugsierte mich zu seinem Tisch. Ich war viel zu perplex, um mich zu wehren. Und da Susan mich mit einem amüsierten Grinsen empfing und ich nicht als nörgelnde Zicke dastehen wollte, schwieg ich – dieses Mal. Auch wenn *er* hier als Tutor arbeitete, *ich* war jedenfalls kein Kleinkind, das er bevormunden konnte.

»Hi Lynn – tolle Wahl!« Leise, nur für mich hörbar, fügte Susan mit einem raschen Blick auf Christopher hinzu: »Ich hoffe, du genießt die Aufmerksamkeit.«

Ich wollte mit einer schnippischen Antwort kontern, doch Christopher kam mir zuvor.

»Was tuschelt ihr zwei da?«

»Nichts, was für deine Ohren bestimmt wäre.« Susan wechselte geschickt das Thema und beschwerte sich über ihren Kursplan. »Ich hab heute Morgen Lanze und Harfe auf dem Programm. Langsam beginne ich dieses Instrument zu hassen! Allein bis ich alle Saiten richtig gestimmt habe, dauert es sicher wieder eine Ewigkeit. Und du weißt ja, dass Emus besonderen Wert auf einen harmonischen Klang legt.«

Christopher grinste. Ein ehrliches Lächeln, das ich ihm wohl nie entlocken würde.

»Das wird schon, mit ein klein wenig Geduld.«

»Du hast gut reden. Dein Unterricht wäre mir lieber.«

»Bei Rafek?« Christopher schien überrascht. »Ich helfe ihm den ganzen Tag – auch am Nachmittag bei der Betreuung der Neuen.«

Ich ignorierte seinen fragenden Blick und schwieg angesichts der eigenartigen Kurse und Namen der Lehrer.

»Immer noch besser als Amiras *Tee*!« Susan verzog angewidert ihr Gesicht und nahm einen kräftigen Schluck Orangensaft.

Christopher schenkte ihr ein weiteres Lächeln, bevor er sich an mich wandte. »Und in welchem Fach wirst du heute unterrichtet?«

Ich presste meine Lippen aufeinander, während der letzte Rest meiner guten Laune verschwand. War das ein Spiel zwischen den beiden? Oder wollten sie mich für blöd verkaufen? Aber mit einer dämlichen Antwort konnte ich immer dienen. Abgesehen von meinem Auftritt auf der Treppe war ich nicht völlig auf den Mund gefallen. Also antwortete ich ins Blaue hinein mit »Schwertschwingen«.

»Was, jetzt schon? Warum wirst du schon jetzt mit dem Schwert unterrichtet? Ich muss mich bestimmt noch eine Weile mit dieser blöden Lanze rumschlagen. Hattest du denn schon Unterricht, bevor du hierhergekommen bist?« Susan hatte meine Antwort aufgegriffen und wartete nun gebannt auf eine Erwiderung.

Und so fuhr ich in überlegenem Tonfall fort: »Ja klar! Schon eine ganze Zeitlang.«

»Und, wie ist er so?«, bohrte Susan weiter.

»Wer?«, irritiert schaute ich zu Christopher, der uns mit wachsendem Interesse zuhörte.

»Na, Ekin, der Schwertmeister. Normalerweise testet er jeden, bevor man in seinen Kurs darf. Ich habe gehört, dass er wirklich wie ein Engel aussieht.«

Mein Blick huschte zu Christopher. Wenn hier einer aussah wie ein Engel, dann war er es. Ich zwang mich, ihn nicht anzustarren – nicht dass er dachte, ich würde ihn anschmachten. Obwohl es mir zugegebenermaßen schwerfiel, mich von seiner Erscheinung loszureißen – wenn er nicht gerade seinen *bösen Blick* aufsetzte.

»Ich, na ja, ich denke, das muss jeder für sich selbst entscheiden«, antwortete ich ausweichend.

Ein Sonnenstrahl, der sich im See brach, funkelte zum gegenüberliegenden Fenster herein und brachte Christophers Haare zum Leuchten – von Goldfäden durchzogenes Sonnenblond. Ich setzte ein gelangweiltes Lächeln auf, da er bemerkte, dass ich ihn doch anstarrte.

Als ich das Schulgebäude betrat, um im Sekretariat meinen obligatorischen Lernplan abzuholen, wurde ich von einem kleinen, untersetzten Mann aufgehalten.

»Du bist neu hier. Ich sehe dich heute zum ersten Mal. Du willst bestimmt deinen Stundenplan abholen.« Ohne auf meine Zustimmung zu warten, kramte er ein kleines, goldschimmerndes Büchlein hervor, das eher einem Notepad als einem Notizbuch glich.

»Wie war noch mal dein Name?«

»Lynn«, antwortete ich. »Nun ja, eigentlich Linde Beerwang.«

»Und von wo hat man dich hergeschickt?«

»Von Italien.«

Er studierte aufmerksam sein kleines Notepad, berührte fieberhaft die Oberfläche und schüttelte dann irritiert den Kopf. »Es tut mir leid, ich kann deinen Namen nicht finden. Manchmal sind sie hier in der Verwaltung ein wenig langsam. Aber spätestens heute Abend stehen mir deine Daten bestimmt zur Verfügung. Und da du neu bist«, er musterte mich von Kopf bis Fuß, während er mich einer eingehenden Prüfung unterzog, »geb ich dir einfach den Standardplan. In Gruppe B ist noch ein Platz frei. Komm morgen ins Sekretariat, dann hab ich einen kompletten Plan für dich.«

Der Mann notierte etwas in sein Kombi-Notebook, druckte eine Seite aus und überreichte mir den Zettel, auf den er Chor, Gruppe B, an oberster Stelle notiert hatte. Chor? Nicht unbedingt das, was ich auf meinem Lernplan erwartet hatte. Bestimmt dachte er, ich würde am Ferienprogramm teilnehmen.

»Eigentlich sollte ich in den Ferien ler…«

»Ferien?«, fiel er mir ins Wort und hielt sich seinen runden Bauch vor Lachen. »Du bist doch gerade erst angekommen! Egal was man dir erzählt hat, Ferien hast du hier keine – abgesehen vielleicht von deinem freien Tag. Hier weht ein anderer Wind, als du es vielleicht gewöhnt bist. Und glaub bloß nicht, dass du unbemerkt schwänzen kannst. Die Nachholstunden dauern doppelt so lang – und sind meistens mit *Anstrengung* verbunden.«

Ich schluckte – das hörte sich mehr nach Straflager als nach Schule an! Doch der Mann meinte es offenbar ernst. Dennoch brachte ich ein halbwegs freundliches Nicken zustande, auch wenn ich mir das mit dem Lernen anders vorgestellt hatte.

Um meine Wertsachen einzuschließen, ging ich zu meinem Spind. Ich suchte vergeblich. Als ich den Flur betrat, wo er gestern noch stand, gähnte mir vollständige Leere entgegen. Nicht nur mein Schrank, alle Schränke waren weg.

Lachen füllte den Raum, und ich zuckte unweigerlich zusammen, als meine Mitschüler an mir vorbei zu ihren Kursräumen strömten. Ein weiterer Streich auf meine Kosten?

Ich bemühte mich, Ruhe zu bewahren. Niemand war stehengeblieben, um sich über mich lustig zu machen – anscheinend sah ich schon Gespenster. Also kein Scherz. Schließlich erinnerte ich mich an die Renovierungsarbeiten, die Frau Schlatter erwähnt hatte. Sicher sollten nur die schlammgelben Wände im Flur neu gestrichen werden. Blöd, dass meine Bücher im Spind waren!

Ein Junge mit zurückgegelten Haaren, dem meine Ratlosigkeit auffiel, kam auf mich zu.

»Du suchst sicher deinen Kursraum. Da kann ich dir bestimmt weiterhelfen.« Ohne Zögern nahm er mir den Zettel ab. »Chor für Neuzugänge, Gruppe B, wird im kleinen Musiksaal unterrichtet.«

Er beschrieb mir umständlich den Weg zu meinem Kursraum und wünschte mir viel Vergnügen bei meiner ersten Chorstunde, bevor er sich freundlich verabschiedete. Hätte er nicht so überaus zuvorkommend reagiert, wäre ich vielleicht weniger skeptisch gewesen, ob er nicht auch neu war und sich genauso wenig auskannte wie ich. Immerhin, Chor im Musiksaal, das erschien mir plausibel. Der Korridor hatte sich bereits geleert, die anderen Schüler waren in den umliegenden Räumen verschwunden. Was blieb mir anderes übrig, als seiner verwirrenden Wegbeschreibung zu folgen?

Ich kam gerade noch rechtzeitig, bevor der Unterricht begann. Unauffällig stellte ich mich in die vorletzte Reihe. Laut Plan hieß mein Lehrer Gottlieb. In Gedanken hatte ich einen ewig lächelnden Chorleiter vor Augen, der sich berufen fühlte, Menschen zum Singen zu animieren. Herr Gottlieb lächelte tatsächlich hinter seinem schwarz lackierten Flügel hervor, und sein Lachen war warm und herzlich. Er war mir auf Anhieb sympathisch – und damit auch sein Unterrichtsfach –, jedenfalls bis die Klasse zu singen begann.

Ein Choral stand auf dem Programm, dessen Melodie ich kannte. Ich legte los, doch schon nach den ersten Tönen erstarben mir die Worte im Mund. Bislang hielt ich meine Stimme für durchaus brauchbar – zumindest traf ich einigermaßen die Töne –, aber ich wusste sofort, dass ich hier fehl am Platz war.

Ich schaute mich um. Abgesehen davon, dass meine Mitstreiter durch wahren Enthusiasmus glänzten, schienen sie ganz normal zu sein. Also akzeptierte ich, dass vermutlich der Großteil der Regensburger Domspatzen am Feriencamp teilnahm, und beschränkte mich aufs Zuhören, bis Herrn Gottliebs fragender Blick auf mich fiel. Sofort riss ich mich zusammen und folgte dem Chor: bewegte lautlos meine Lippen und flüsterte leise den Text vor mich hin.

Trotz meines Unvermögens war die Stunde göttlich, ein Gratiskonzert – obwohl ich normalerweise nicht auf Kirchengesang stand.

Bester Laune fragte ich mich zu meinem nächsten Unterrichtsfach durch: Instrumentalunterricht?! Offenbar standen heute Morgen die musischen Fächer im Vordergrund.

Frau Kiss erwartete mich im Flur. Ein Lächeln breitete sich auf ihrem herzförmigen Gesicht aus und betonte ihren kirschroten Mund. Der Name passte zu ihr!

»Komm rein …«, fragend hob sie ihre Augenbrauen. »Lynn?«

»Ja«, antwortete ich schnell.

»Ich freue mich, das Vergnügen zu haben, dich unterrichten zu dürfen.«

Ich zog die Stirn kraus. Was für eine seltsame Wortwahl! Meine Überraschung, als ich den mit barocken Wandgemälden geschmückten Raum betrat, erheiterte Frau Kiss. Eine Lyra, ein Kinnor – ein antikes Zupfinstrument – und eine riesige Harfe, nicht minder prächtig als das Instrument im Schlosskeller, warteten darauf, gespielt zu werden. Die Begeisterung, mit der ich die große Harfe musterte, war allzu offensichtlich.

»Ich sehe schon, du hast dich für den Engelsflügel entschieden. Die meisten treffen ihre Entscheidung auf Anhieb.«

Frau Kiss warf mir ein verschmitztes Lächeln zu, während ich mich beinahe ehrfürchtig dem Instrument näherte. Es war mit ähnlichen Verzierungen versehen wie der Spiegel, den ich im Schlosskeller gefunden hatte. Gab es auch venezianische Harfen? Das würde ich googeln, sofern ich den Computerraum fand.

Mit zitternden Händen strich ich sanft über die Saiten. Warme Samttöne! Spontanes Gänsehautfeeling. Sie hatte recht, ich hatte mein Instrument gefunden.

So verließ ich strahlend den Unterricht und ebenso strahlend schien die Sonne vom blauen Himmel. Meine Laune hatte ihr Tageshoch erreicht. Wem auch immer ich diesen Lernplan zu verdanken hatte – ich tippte auf Herrn Sander –, er lag mit seiner Kurswahl gar nicht so falsch.

»Hallo Lynn!«

Christophers unerwartetes Erscheinen ließ mich wieder einmal zusammenschrecken. Musste er andauernd aus dem Nichts auftauchen?

»Allem Anschein nach hast du den Unterricht genossen.«

Er betrachtete mich mit einem amüsierten Zucken um die Mundwinkel, was mich beunruhigte. Wollte er wirklich nur nett sein? Oder beabsichtigte er, sich für mein abweisendes Verhalten auf der Treppe zu revanchieren?

»Hier, das ist dein Plan für den Nachmittag.«

Seine Augen schillerten in dunklem Seegrün, als er mir einen orangefarbenen Zettel vor die Nase hielt. Ich erwischte ihn auf Anhieb. Ohne einen Blick darauf zu werfen, faltete ich das Blatt zusammen und steckte es in meine Tasche.

Christophers Gelassenheit verschwand. Er zögerte, als ob nun der schwierige Teil kommen würde. Abgesehen davon, dass es wohl unter seiner Würde war, mir den Zettel hinterhertragen zu müssen – bestimmt war er es gewohnt, dass die Mädchen *ihm* nachliefen.

»Du«, er holte kurz Luft – war er unsicher? – »hast noch nicht zu Mittag gegessen, und es wäre schön, wenn ich dir Gesellschaft leisten dürfte.«

Jetzt schnappte ich nach Luft, was nicht an der schwülstigen Formulierung seiner Bitte lag. Kurz erschien die steile Falte auf Christophers makellosem Gesicht, und ich hätte schwören können, dass das Grün seiner Augen für den Bruchteil einer Sekunde hell aufblitzte.

Ich entzog mich seinem prüfenden Blick, doch ehe ich etwas auf sein Angebot erwidern konnte, nahm er es zurück.

»Aber wenn du nicht willst …«

Dass er so schnell einen Rückzieher machte, verwirrte mich. Er wirkte verletzt – nicht nach gekränktem Machostolz, sondern eher wie zurückgewiesen. Ein Gefühl, das ich kannte. Und es bestürzte mich, dass ich es war, die es verursacht hatte.

»Nein, ich … ich würde gerne mitkommen.«

Christophers Stirnfalte tauchte wieder auf. Hatte ich mich getäuscht? War sein Angebot gar nicht ernst gemeint? Ich wollte mich schon mit einem *Aber ich muss vorher unbedingt noch …* aus der Affäre winden, als die Falte einem ziemlich unwiderstehlichen Lächeln wich.

Auch diesmal half mir Christopher bei der Essensauswahl. Allerdings beschränkte er sich aufs Beraten und ließ mich selbst entscheiden, nachdem ich klargestellt hatte, dass ich durchaus fähig war, mein Tablett selbst zu tragen.

Ich hielt Ausschau nach Susan. Der Speisesaal war nur halb besetzt, und ich entdeckte sie in einer Gruppe Gleichaltriger – das Alter der Teilnehmer war hier allerdings ohnehin sehr homogen. Christopher steuerte jedoch auf zwei freie Plätze zu, die abseits bei den großen Aussichtsfenstern lagen.

Ich versteifte mich. Was sollte das werden? Ein Verhör, wo ich mich heute Morgen herumgetrieben hatte?

Christopher bemerkte meine Abwehrhaltung und rückte mir

mit einer eindeutigen Geste den Stuhl zurecht. Hatte er Angst, ich würde flüchten? Widerstrebend setzte ich mich.

»Und, wie gefällt dir das Schloss?«, begann er. Also doch ein Frage-Antwort-Spiel!

»Gut. Es ist wirklich schön hier, wenn man mal davon absieht, dass es im Nirgendwo liegt.« Ich biss mir auf die Zunge. Vielleicht sollte ich nicht unbedingt alles laut aussprechen, was ich dachte.

Christopher schmunzelte nur. »Glaub mir, das ist gut so.«

Logisch, dann konnte niemand so leicht von hier abhauen.

»Und wenn du dich ein wenig eingelebt hast, wird es besser.« Christopher war ernst geworden.

Ich ließ die Gabel sinken. Sah man mir an, wie schwer es mir fiel, mein Zuhause zu verlassen? Welche Angst ich davor hatte, wieder gemobbt zu werden, wie in den ersten Monaten, bevor Philippe seine Beschützerrolle übernommen hatte? Offenbar musste ich dringend an meiner Selbstbeherrschung arbeiten.

Um meinen Händen etwas zu tun zu geben, spielte ich mit dem Reis auf meinem Teller, während ich nach einem unverfänglicheren Thema suchte. Christopher beobachtete mich eine Weile, bevor er mir zu Hilfe kam.

»Allerdings wird dir sowieso kaum Zeit zum Nachdenken bleiben. Schon deine täglichen Kursstunden werden dich auf Trab halten. Und wenn du erst ein paar Freunde gefunden hast, vergeht die Zeit hier wie im Flug – ansonsten werde ich mir etwas für dich einfallen lassen.« Sein letzter Satz klang so ehrlich bemüht, mich aufzumuntern, dass ich nicht anders konnte, als in sein Grinsen miteinzustimmen.

Nach dem Essen begleitete mich Christopher hinüber zum Schloss. Bevor er sich mit einem freundlichen »Bis später« verabschiedete, versprach er, mir am Abend ein paar meiner Mitschüler vorzustellen. Vielleicht war er doch nicht so übel. Zumindest schien er mir den Einstieg ins Internatsleben ein wenig erleichtern zu wollen.

Meine Zuversicht hielt nicht lange an. Mein angeblicher Stundenplan gab den Anstoß. Gefahren abwenden stand heute Mittag auf dem Programm. *Gefahren abwenden*? Ein seltsamer Stich durchfuhr mich. Noch mal der Scherz von heute Vormittag? Ich kämpfte die aufsteigende Bitterkeit nieder. Und wenn schon!

Vor Beginn der Nachmittagskurse ging ich ins Sekretariat. Anscheinend hatten sie mein Schulgeld nicht nur in Malerarbeiten, sondern auch in neue Möbel investiert. Anstatt des schon etwas ramponierten Empfangsmöbels stand heute ein prächtiger, antiker Schreibtisch – ich schätzte ihn auf Louis XIV. – neben zwei aus derselben Epoche stammenden Stühlen.

Nett, aber bestimmt schüttelte ein freundlicher, älterer Herr sein ergrautes Haupt, als ich ihm erklärte, dass ich meinen Kurszettel verloren hätte. Nach einem Blick auf sein Notepad schickte er mich ins Nebengebäude. Anscheinend kannte er die *Scherze*, die hier im Umlauf waren.

Mit zittrigen Fingern klopfte ich an die bereits geschlossene Tür und trat überrascht einen Schritt zurück, als Christopher öffnete. Nach einer Ewigkeit – die ich ihn sprachlos anstarrte – zog er mich mit sachter Bestimmtheit in den Raum. Seine flüchtige Berührung jagte mir einen elektrisierenden Schauer über den Arm und legte ganz offensichtlich auch meinen Verstand lahm. Wie hypnotisiert folgte ich ihm in das Zimmer und fand mich in einem völlig unmöblierten Klassenraum wieder. Ich versuchte, das Entsetzen über meine Reaktion zu verbergen, da Christopher mich aufmerksam beobachtete.

Fünf Gruppen mit je zwei Schülern standen sich paarweise gegenüber, sorgsam beobachtet von einem außergewöhnlich jungen Lehrer. Völlig unerwartet machte einer von ihnen einen Ausfallschritt nach vorne und der andere wich ihm geschickt aus.

Toll! Ein gefakter Kurs. Erwartete jemand, dass ich das abkaufte und mitmachte? Ich biss mir auf die Unterlippe. Auf keinen Fall wollte ich mir meine Unsicherheit anmerken lassen – Christophers Blick ruhte noch immer auf mir. Erfolglos!

Ohne Vorwarnung brach es über mich herein. Hannahs Begrüßungsfedern, der ätzende Spott aufgrund meines Namens, mein fehlendes Handy und die Szene auf dem Flur, bei der mir die Katze meine Lieblingsbluse zerrissen hatte, kehrten in meine Erinnerung zurück und mit ihnen meine hämisch lachenden Mitschüler. Und jetzt dieser abstruse Kurs, nachdem Christopher sich beim Mittagessen so viel Mühe gegeben hatte, mein Vertrauen zu gewinnen. Es schmerzte mehr, als es eigentlich durfte.

Plötzlich war die Stille im Raum greifbar. Alle Augen waren auf mich gerichtet. Tapfer kämpfte ich meine Tränen zurück, doch Christophers Blick verriet mir, dass er ahnte, was in mir vorging. Seine Hand fasste blitzschnell nach meinem Arm. Ich entzog mich seinem Griff und eilte zur Tür. Öffentlich wollte ich meinen kurz bevorstehenden Gefühlsausbruch nicht zur Schau stellen. Mit brennenden Augen hastete ich den Flur entlang. Ich musste raus aus dem Gebäude, weg von all dem hier.

Beinahe blind stolperte ich aus dem Haupteingang und floh in Richtung Wald. Ich brauchte frische Luft zum Atmen – die Schule schien mich zu ersticken. So lief ich weiter, angelockt von den dicht stehenden Bäumen, dorthin, wo der Wald am dunkelsten war. Gestrüpp und Unterholz erschwerten meine Flucht, aber ich rappelte mich jedes Mal wieder hoch, wenn ich mich verfing – noch war ich nicht weit genug entfernt.

Dann schlug mein Kummer erbarmungslos zu. Von Tränen überströmt sackte ich zusammen. Ich bemerkte nicht einmal, dass ich an der Stelle war, wo ich Christopher das erste Mal gesehen hatte, und nahm auch nicht die Veränderungen wahr, die diesen Ort umgaben.

Kapitel 3

Christopher

Niemals hätte ich gedacht, dass der Verzicht auf vertraute Menschen, auf Liebe und Geborgenheit, in Verbindung mit Gehässigkeit und Spott, mich so tief verletzen könnte. Vielleicht war auch meine äußere Schutzhülle durch die liebevolle Fürsorge meiner Eltern und Philippes Rückendeckung zu dünn geraten. Wohlbehütet hatte ich meine Kindheit verbracht. Zu Hause hätte meine Mutter mich tröstend in die Arme genommen. Und nun stand ich auf mich allein gestellt, schluchzend in einem fremden Wald – darauf war ich nicht vorbereitet!

Ich zuckte zusammen, als eine Hand sich sanft auf meine Schulter legte.

»Die erste Zeit ist für jeden schwer«, flüsterte Christopher mir beruhigend ins Ohr. »Der Verlust der uns am nächsten Stehenden ist für beide Seiten quälend, doch mit der Zeit wird der Schmerz erträglicher.«

Eine erneute Woge von Traurigkeit überfiel mich und verriet meine Hilflosigkeit. Da Christopher mich fürsorglich zu sich zog, ließ ich meinen Kopf an seine Brust sinken. Hier war er, der Trost, den ich gesucht hatte. Ich nahm ihn dankbar entgegen – auch wenn Christopher an meiner Verfassung nicht unbeteiligt war – und weinte haltlos in seinen Armen.

Ich zitterte, als seine Finger besänftigend über meine Haare strichen. Sofort verstärkte er seine Umarmung, was meine Reaktion noch vertiefte. Allzu deutlich fühlte ich seinen Körper, hörte seinen beruhigenden Herzschlag und atmete den betörenden Geruch ein, den er verströmte, bis ich spürte, wie seine

Gegenwart mich tröstete. Mein Kummer löste sich einfach auf. Christopher strahlte eine allumfassende, mir vollkommen unbekannte Sicherheit aus – dagegen erschien Philippes Beistand wesenlos. Es fühlte sich vollkommen anders an. In Christophers Armen konnte mir nichts passieren. *Niemals!* Davon war ich geradezu eigensinnig überzeugt.

Er hielt mich länger als notwendig, um meine Tränen versiegen zu lassen – zumindest kam es mir so vor. Und ich drückte mich geradezu gierig an ihn und sog seine Wärme und seinen fremden Duft in mich auf, als hätte ich gefunden, wonach ich schon immer gesucht hatte.

Nachsichtig löste Christopher mein Gesicht von seiner Brust, so dass ich ihn ansehen musste. Ein warmes Flackern leuchtete in seinen Augen, doch es verschwand so schnell, wie es gekommen war.

»Wir müssen zurück. Die Nacht ist bereits hereingebrochen, und so weit draußen bist du nicht sicher.«

Ich versuchte nicht zu verstehen, was er damit meinte – es war mir egal. Bei ihm fühlte ich mich geborgen, und ich wusste, dass mir nichts geschehen konnte.

Doch Christopher schob mich von sich. Wie um zu prüfen, ob ich auch ohne seine Hilfe stehen konnte, hielt er kurz meine Taille fest, bevor er mich losließ. Aufgewühlt durch seine Nähe, suchte ich seinen Blick. Christopher wich mir aus. Mit unbewegter Miene setzte er sich in Bewegung, und ich folgte ihm, verwirrt von meinen widersprüchlichen Gefühlen.

Ich hatte mich noch nie jemandem an den Hals geworfen. Auch wenn die temperamentvollen Jungs meiner ehemaligen Schule uns Mädchen in regelmäßigen Abständen ihre aufrichtige Liebe beteuerten, beließ ich es – nach meinen Erfahrungen mit Philippe – bei kameradschaftlicher Freundschaft. Was ich jedoch in Christophers Armen empfunden hatte, fühlte sich unendlich richtig an.

Ein Blick zu ihm half mir, zurückzufinden. Vor ein paar Minuten war Christopher mir so vertraut erschienen. Nun spürte ich deutlich die Distanz, die sich zwischen uns ausbreitete.

Der kalte Nachtwind drang durch meinen Pulli und legte sich mit eisiger Kälte auf meine Haut. Ich begann wieder zu zittern.

»Du frierst.« Es war eine Feststellung, keine Frage. Ohne Zögern zog Christopher seine helle Lederjacke aus und reichte sie mir. In seinem Blick lag Besorgnis – nicht mehr.

Nicht mehr?! Weshalb hatte er mich dann nicht früher losgelassen? Bevor ich begonnen hatte, mich bei ihm wohlzufühlen? Wieso hatte er mich überhaupt berührt? Ein paar tröstende Worte hätten doch genügt. Am besten wäre er mir gar nicht erst hinterhergekommen. Ich hätte mich auch allein wieder eingekriegt.

Ich spürte Wut in meinem Bauch aufsteigen, obwohl Christopher eigentlich nichts Schlimmes getan hatte. Im Gegenteil, er war nett gewesen, hilfsbereit. Dennoch war ich sauer. Ich wusste nur nicht, ob auf ihn oder auf mich.

Susan saß wartend auf der steinernen Treppe, die zum Eingang des Schlosses führte. Sie sprang auf, als sie uns entdeckte.

»Da seid ihr ja endlich!« Mitfühlend schlang sie ihre Arme um mich und hielt mich fest. »Lynn, ich weiß genau, wie du dich fühlst.« Tränen schimmerten in ihren Augen.

Mit einer Bestimmtheit, die keinen Widerspruch duldete, schob sie mich die Treppe zum Eingang hinauf. Ich blickte zurück, zu Christopher, doch er war bereits verschwunden.

Susan versorgte mich mit leckeren Schinken-Käse-Sandwiches, Schokolade und heißem Tee, nachdem sie mich ins Bett gesteckt und mit einer zusätzlichen Decke umwickelt hatte. Ich schlürfte dankbar das dampfende Getränk, das himmlisch nach Vanille, Mandeln und weiteren Zutaten roch, die ich nicht näher bestimmen konnte. Die Wärme breitete sich wohlig in meinem

Inneren aus, und auch wenn es noch nicht spät sein konnte, schloss ich müde die Augen – vielleicht befand sich in dem Tee mehr als nur eine Mischung aus Gewürzen.

Susans warme Finger glitten über meine eisigen Hände und nahmen mir die Tasse ab. »Heute Nacht werde ich über dich wachen«, hörte ich sie flüstern, aber ich fragte mich, ob ich das nicht schon träumte.

Ein melodisches Geräusch weckte mich. Susan trällerte leise vor sich hin. Ich lauschte der fremden Melodie. Susan besaß eine traumhaft schöne Sopranstimme.

»Ich weiß, dass du wach bist. Du kannst mir nichts vormachen, Lynn.«

Ich fühlte mich ertappt und bemühte mich um ein entschuldigendes Lächeln.

»Geht es dir jetzt besser?«

»Ja«, antwortete ich, und es war nicht einmal gelogen. Ich fühlte mich tatsächlich ausgeruht, erholt – und irgendwie glücklich. Misstrauisch beäugte ich Susan, die sich inzwischen auf meiner Bettkante niedergelassen hatte.

»Was hast du mir in den Tee gemischt?!«

Susans Augenbrauen zogen sich zusammen. »Wieso beschwerst du dich? Offensichtlich hat es dir gutgetan.« Um ihre Worte zu unterstreichen, legte sie prüfend ihre Hand auf meine Stirn. »Deine Temperatur liegt jetzt im Normalbereich. Du warst ziemlich unterkühlt, als du zurückkamst. Ich werde wohl ein ernstes Wort mit Christopher reden müssen.«

Mein Pulsschlag schnellte nach oben, als Susan Christopher erwähnte. Die Erinnerung an seinen Geruch kehrte zurück und natürlich das Gefühl, von ihm umarmt zu werden …

»Schließlich hatte er die Aufgabe, sich um dich zu kümmern.«

… und wieder losgelassen zu werden. Eine Pflichtumarmung also. Meine Wut kehrte zurück. Diesmal war ich mir sicher, dass sie Christopher galt.

»Und nicht, dich in der Kälte erfrieren zu lassen.« Susans Stimme klang ungewohnt hart.

Ich musterte sie verstohlen und versuchte, die Gründe für ihre veränderte Stimmung zu verstehen, doch Susan hüpfte mit einer geschmeidigen Bewegung vom Bett und kehrte mir den Rücken zu.

»Zieh dir heute eine Jacke an, bevor du rausgehst. Und beeil dich! Die Hälfte deines Vormittagsunterrichts hast du bereits verpasst. Und versäum nicht wieder die Schulversammlung«, mahnte sie.

Dann verschwand Susan und ließ mich allein mit meinen Fragen: Schulversammlung? Vormittagsunterricht? Wie lange hatte ich bloß geschlafen?

Meine Gedanken kehrten zu Christopher zurück. Pflichtumarmung! Seine Aufmerksamkeit war also nur Bestandteil seiner Aufgabe gewesen. Und dennoch durchschwirrte mich ein Kribbeln in der Magengegend, wenn ich an seine Umarmung dachte. Sie war so behutsam, beinahe zärtlich gewesen.

War ich enttäuscht? Und deshalb so sauer? Unmöglich, es musste etwas anderes sein. Schockiert, dass ich mich in seine Arme geflüchtet hatte?! Irgendwie ja – normalerweise hielt ich Abstand, wenn ich jemanden kaum kannte. Und vor Typen, die ihren Charme an- und abschalten konnten, erst recht. Doch Christopher war mir nähergekommen. Eindeutig!

Warum hatte ich das bloß zugelassen? War ich so verzweifelt gewesen? Oder war es eine Reaktion auf die fremde Umgebung, ein Bedürfnis nach Nähe und Geborgenheit – die Suche nach einem Ersatz für Philippe? Ja. Drei Mal ja!

Mein Blick blieb an der hellen Lederjacke hängen. Christopher hatte sie mir im Wald gegeben, weil ich fror. Er war nur seiner Aufsichtspflicht nachgekommen. Umsichtig. Sonst nichts. Ich zog sie vom Stuhl, über den Susan sie fein säuberlich gelegt hatte, und schnupperte an dem weichen Leder. Es roch genauso himmlisch wie er! Ich erblasste. War es nicht der Geruch, der Menschen anzog? Der innerhalb von Sekunden entschied, ob sie einander mochten oder sich gar verliebten?

Schwachsinn! Schmetterlingstheorie!

Dennoch malträtierte ich mein Gehirn, bis ich den ungewöhnlichen Duft einordnen konnte – Sommergewitter in den Bergen. Genug! Nicht noch mehr Heimweh!

Angekratzt stopfte ich die Jacke in meinen leeren Rucksack und öffnete eines der Dachfenster. Ich sollte Abstand zu Christopher halten, zumindest zu seinem Geruch. Auch wenn das bedeutete, in seiner Gegenwart nicht mehr zu atmen.

Es wunderte mich, dass Susan vor dem Schloss auf mich wartete.

»Wir haben zusammen Training«, beantwortete sie meinen fragenden Blick.

Gemeinsam liefen wir den mit Buchs eingefassten Kiesweg an den Gebäuden der Schulverwaltung entlang Richtung Sportgelände. Obwohl ich neugierig war, welche Disziplin diesmal auf dem Programm stand – hoffentlich nicht Kugelstoßen –, fragte ich nicht nach. Susan wirkte verschlossen oder nervös. So gut kannte ich sie noch nicht, um sicher zu sein.

Sie steuerte zu einer großen Wiese, die hinter einer alten Baumreihe verborgen lag, wo ein Dutzend Strohscheiben und fast ebenso viele Schüler auf den Kursbeginn warteten. Mir rutschte ein überraschter Pfiff durch die Zähne – eine schlechte, italienische Angewohnheit, wie meine Eltern es nannten. Bogenschießen. Super!

»Wer leitet den Kurs?«, fragte ich neugierig.

»Aron«, antwortete sie leise und verstummte, als wir in Hörweite kamen. Ich konnte sehen, wie die Härchen auf ihrem Arm sich aufrichteten. War er so schrecklich?

Ich machte mich auf einen bärbeißigen Kauz mit Warzen und einem großen Buckel gefasst, doch dann entdeckte ich den smart aussehenden Typen, der Bögen austeilte – er konnte kaum älter sein als ich.

»Ist er das?«, flüsterte ich.

Susan nickte nur, lief zu den anderen hinüber und nahm den letzten Bogen entgegen.

»Die Pfeile sind drüben, ihr könnt schon mal mit dem Üben beginnen, während ich in der Zwischenzeit eine passende Waffe für unseren Neuzugang aussuche.«

Damit meinte er mich.

»Du bist Lynn?«

Ich nickte. Auf den ersten Blick wirkte Aron nett, doch die gründliche Musterung, mit der er mich begutachtete, machte mich nervös. Vielleicht hatte Susan mich angesteckt.

Entschlossen erwiderte ich seine Begutachtung: Er sah blendend aus. Sportlich, gebräunt, dunkelhaarig, irgendwie italienisch – und er roch auch so, nach Meer und wilden Kräutern. Natürlich nicht zu vergleichen mit Christopher. Ich biss mir auf die Lippen und verbot mir jeden weiteren Gedanken an meinen Lieblingsduft. Seit wann war ich so gefühlsduselig?

»Ich weiß schon, was ich dir gebe, Lynn.« Arons unterdrücktes Grinsen war nicht zu übersehen.

Aus einer der bereitstehenden Holzkisten holte er einen kleinen, geschwungenen Bogen – offensichtlich traute er mir nicht allzu viel zu. Leicht angesäuert verfolgte ich seine Anweisungen mit gedämpfter Begeisterung. Als ich jedoch von Susan erfuhr – nachdem Aron sich endlich einem anderen Schüler zugewandt hatte –, dass die Form der Waffe, mit der ich übte, auf die römische Mythologie des Amorbogens zurückgehe, wurde ich richtig sauer. Meine Wut war anscheinend noch nicht verraucht.

Oder war das einer von Arons üblichen Scherzen? Argwöhnisch beobachtete ich meinen Lehrer, wie er einen Mitschüler korrigierte. Sicherlich kannten sich Aron und Christopher. Hatten sie über mich gesprochen? Gelästert?

Mit wachsender Unruhe schoss ich meine Pfeile. Einer rutschte mir von der Sehne und flog unkontrolliert über die Wiese, worauf mir unverzüglich die gesammelte Aufmerksamkeit der Gruppe zuteilwurde. Ich ignorierte die Blicke der anderen, widmete mich meinem Bogen und verwandte große Sorgfalt auf das Anlegen des nächsten Pfeils.

»Das Wichtigste beim Schießen ist, dass du dein Ziel erfasst.« Arons klangvolle Stimme ließ mich aufschrecken. Natürlich war ihm mein Fehlschuss nicht entgangen.

Ich stöhnte innerlich auf – so viel Aufmerksamkeit war erheblich zu viel! Immerhin hatte er mir bereits die letzte halbe Stunde gewidmet und ausführlich erklärt, worauf ich achten sollte.

»Dein inneres Auge muss sehen, was du treffen möchtest. Berühren, worauf dein Blick gerichtet ist.«

Ich nickte, zum Zeichen, dass ich verstanden hatte, auch wenn ich nicht wusste, wie ich aus dreißig Metern Entfernung die Scheibe *berühren* sollte.

»Gut. Dann schließ die Augen und richte deine innere Sicht auf das Wesentliche.«

Kaum hatte ich die Lider geschlossen, sah ich – Christopher! Meine Hände bebten, als ein unbekanntes Flattern in meinem Magen auflebte. Auch das noch!

»Der Punkt, den du anvisieren sollst, liegt vorne. Der rote Kreis in der Mitte der Strohscheibe ist dein Ziel.« Arons Belustigung über meine Reaktion war nicht zu überhören.

Ich öffnete verstört die Augen und starrte auf die gelbe Scheibe mit den bunten Kreisen. Hatte ihm Christopher *alles* erzählt? Röte stieg mir ins Gesicht. Mein Pfeil sauste in hohem Bogen über die Scheibe hinweg. Ich war sauer, auf Christopher. Gut so! Vielleicht würde Wut mich zur Besinnung bringen.

Am Ende des Bogenunterrichts war ich mir sicher, dass es funktionierte. Christopher hatte nichts getan, weshalb ich verärgert sein sollte. Dann allerdings eröffnete mir Aron, dass er von nun an Christophers Aufgabe übernehmen würde, und stellte sich als mein neuer Tutor vor.

»Ich hoffe, das macht dir nichts aus. Ihm war es lieber so.«

Natürlich brauchte ich nicht nachzufragen, wen er mit *ihm* meinte, und beeilte mich, ein »Nein, nein, überhaupt nicht« hervorzustammeln. Doch in mir brodelte es. Ich fühlte mich mies – wie aufgerissen und anschließend weggeschmissen. Auch wenn ich es irgendwie verdient hatte: Ich wusste, dass ich zu weit gegangen war. Schließlich hatte *ich* die Kontrolle verloren, während Christopher nur seiner Pflicht nachgekommen war, und hatte mich – mal wieder ganz die Klette – an ihn gehängt. Offenbar war ihm das äußerst unangenehm. Warum sonst hätte er Aron gebeten, sein Tutorat zu übernehmen?

War ich wirklich so nervtötend, wie es aussah? Anscheinend. Da half nur eins: vollständiger Rückzug.

Susan nahm mich nach der Stunde beiseite. »Ich hab gehört, dass Aron Chris ablöst.« Ihre Augen funkelten.

War sie etwa froh, dass Christopher nicht mehr mein Tutor war? Ich ignorierte den bohrenden Stich und nickte.

»Ja, du hast ganz richtig gelauscht, Aron ist jetzt mein Tutor.«

Mit dem Argument, nicht gefrühstückt zu haben, würgte ich ein weiteres Gespräch über Christopher ab und drängte zum Gelben Haus. Susan begleitete mich – schweigend. Trotzdem war ich froh, nicht allein zu sein.

Mein Blick schweifte durch die vollbesetzten Reihen. Ich fand, wonach ich nicht suchen wollte. Christopher saß mit einer Gruppe von Schülern am Tisch und unterhielt sich angeregt. Einen von ihnen kannte ich vom Chor. Als hätte ich ihn laut beim Namen gerufen – möglicherweise hatte ich das ja tatsächlich?! –, schaute Christopher zu mir herüber. Prompt schoss mein Puls in die Höhe, doch Christopher war schon wieder in seine Unterhaltung vertieft, bevor ich meine Frage zu Ende gedacht hatte.

Mürrisch stocherte ich in meinem Essen herum, nachdem meine Gabel das Gemüse auf meinem Teller zu einem unansehnlichen Brei zerquetscht hatte. Ich musste mich zusammenreißen, wenn ich nicht auch noch Susan vergraulen wollte.

»Und, ist Aron immer so umsichtig? Oder ist er das nur bei mir?«, versuchte ich ein Gespräch in Gang zu bringen.

Susan starrte mich für einen kurzen Augenblick an, bevor sie ihr Besteck beiseitelegte. Hatte ich etwas Falsches gesagt? Ich befürchtete schon, dass sie aufstehen und weggehen würde, doch dann entspannte sie sich, trank einen Schluck Orangensaft und lächelte – ihr Freundschaftslächeln.

»Nein, Aron ist immer so. Du hast wirklich Glück, ihn als Tutor zu haben. Er ist nicht nur ein toller Lehrer, sondern kümmert sich auch außerhalb des Unterrichts um seine Schüler. Du wirst viel Spaß mit ihm haben.«

Falls der Spaß nicht auf meine Kosten ging!

»Na, dann kann ja nichts schiefgehen, solange ich niemanden mit meinem *Liebesbogen* treffe«, entgegnete ich sarkastisch.

Susans helle Brauen hoben sich kaum merklich. Wusste auch sie inzwischen über meinen unangebrachten Klammeranfall Bescheid? Hatte sie deshalb nachgefragt, ob Christopher noch mein Tutor war? Von mir aus konnte sie ihn gerne haben!

Mein Blick wanderte zu Christopher hinüber, zu seinem breiten Rücken und seinen goldschimmernden Haaren, die das Licht zurückwarfen, wenn er sich bewegte. Fast schon glaubte ich, seinen Geruch wahrnehmen zu können, obwohl er am anderen Ende der Kantine saß. Doch nicht nur meine Sinne spielten verrückt, sondern auch mein Verstand. Ich war hin- und hergerissen – Anziehung und Abneigung kämpften gegeneinander.

Ich musste raus hier. Sofort! Hoffentlich besserte sich das mit der Zeit!

»Sorry, ich muss kurz ins Sekretariat, meinen Stundenplan abholen.« Bevor Susan etwas erwidern konnte, war ich aufgesprungen, hatte meine Sachen geschnappt und steuerte auf den Ausgang zu.

Zielstrebig lief ich zum Sekretariat. Eine zartgliedrige Frau mit langen, rotbraunen Haaren, die sie zu einem straffen Knoten geschlungen hatte, saß hinter dem riesigen Schreibtisch und schenkte mir ein höfliches Lächeln.

»Hallo Lynn«, begrüßte sie mich. »Wie kann ich dir helfen?« Offensichtlich waren meine Unterlagen angekommen. Ein Wunder, dass sie mich auf dem grässlichen Passbild überhaupt erkannt hatte.

»Ich wollte meinen Lernplan abholen.«

»Lernplan?« Die Frau hinter dem Schreibtisch warf mir einen irritierten Blick zu. »Hat Christopher dir deinen Stundenplan nicht gebracht?«

»Nein«, – natürlich nicht!

»Nicht? Das sieht ihm gar nicht ähnlich. Aber vielleicht hat er ihn Aron gegeben. Am besten fragst du Christopher danach.«

Ich brachte ein »Danke« hervor, dem man meine schlechte Laune nicht anmerken sollte. Neckische Spielchen im Feriencamp. Ha! Darauf konnte ich verzichten. Zum Glück hatte ich mit Christopher nichts mehr zu tun!

Kapitel 4

Feuernacht

Ich hielt den Atem an. Sommergewitter! Nicht schon wieder!

In Gedanken damit beschäftigt, wie ich an meinen Lernplan kommen sollte, war ich förmlich in Christopher hineingerannt. Er fing mich gerade noch rechtzeitig auf, bevor ich mit ihm zusammenprallte.

Als ich versuchte, mich aus seinem Griff zu befreien, verstärkte er den Druck seiner Hände.

»Lynn, was ist passiert?« In seiner Stimme schwang Besorgnis – er musste meine Verärgerung bemerkt haben. Gut so!

Ich wandte mich von ihm ab und zischte: »Nichts, was dich jetzt noch etwas anzugehen hätte.« Ich wagte nicht, noch einmal Luft zu holen – langsam wurde mir schwummrig.

»Du solltest dein Gegenüber anschauen, wenn du ihm nicht die Wahrheit erzählen möchtest. Dann wirkt es glaubhafter.«

»Ich lüge nicht«, log ich und blickte ihm dabei fest in die Augen. Das Schwindelgefühl nahm zu.

Seine herrlich grünen Smaragdaugen funkelten angriffslustig hinter seinen zusammengekniffenen Lidern. Er glaubte mir nicht. Eisern hielt er mich fest, bereit, mich zu provozieren. Doch ich wusste, ich würde verlieren, erneut in Tränen ausbrechen, und das wollte ich auf keinen Fall. Er hatte mich *weitergereicht* – wie einen lästig kratzenden Pullover. Warum kümmerte es ihn da noch, was mit mir los war?

Ein besorgniserregendes Flimmern wirbelte durch mein Blickfeld. Obwohl ich meinen Atemreflex unterdrückte, bemerkte ich seinen hypnotisierenden Duft. Ich musste die Notbremse ziehen, wenn ich nicht in seinen Armen ohnmächtig werden wollte.

»Lass mich los«, fauchte ich. »Du tust mir weh!«

Mit aller Kraft stemmte ich mich aus seiner Umarmung. Er gab mich unvermittelt frei, und ich taumelte beinahe gegen die rückwärtige Wand. Ohne Ziel stürmte ich zum Ausgang. Erst nachdem ich Susan meinen Namen rufen hörte, schnappte ich nach Luft – reiner, klarer *See-Luft*, ohne prickelnden Beigeschmack!

»Lynn, wo willst du hin? Zum Mentaltraining geht's in die andere Richtung.«

»*Mentaltraining?*« Ich zuckte zusammen. Amüsierte sich jetzt auch Susan auf meine Kosten?

Sie bemerkte meinen Zweifel und lenkte ein – mein Gesicht gab wohl meine Gedanken preis.

»Komm schon, Lynn. Du wirst sehen, Mentaltraining ist halb so schlimm, wie es sich anhört. Ein bisschen wie autogenes Training, Entspannung und Meditation in einem.«

Ich zwang mich, ein Lächeln aufzusetzen. Notfalls könnte ich ja gehen. Vielleicht auch fliegen – zurück nach Italien.

Susan führte mich in einen geräumigen, lichtdurchfluteten Saal, dessen Boden mit hellen Holzdielen ausgestattet war – Ahorn vermutlich, auch wenn es nach Tannennadeln roch. Die Oberlichter und die wandhohe Fensterfront verliehen dem Raum eine besondere Intensität. Ich fühlte mich wie draußen, im Freien: Die Sonne schien herein, wärmte meine Haut und hob meine Stimmung – trotz des unmöblierten Klassenzimmers. Diesmal würde ich die Stunde oder die zweieinhalb Stunden – so lange dauerte laut Susan jede Unterrichtseinheit – schon überstehen, ohne wegzulaufen. Schließlich war ich vorgewarnt. Danach wollte ich mir ein Telefon besorgen und meine Eltern anrufen. Es wäre gut, sie *vorzubereiten*, falls ich plötzlich krank wurde – oder so – und den Rest der Ferien zu Hause verbringen musste: So lange, bis wieder Lehrer anstatt Tutoren auf dem Internat unterrichteten.

Ich unterdrückte einen Seufzer und setzte mich, wie Susan, auf den Boden mit Blick zum Fenster. Dann atmete ich tief durch – bemüht, meine gereizten Nerven zu beruhigen. Kopfschmerzen kündigten sich an. Es gelang mir, mich auf die Landschaft zu konzentrieren: uralte Bäume, die ihre kahlen Äste bizarr in den Himmel reckten, in wolkenloses Blau, das mit der spiegelnden Wasseroberfläche um die Wette glitzerte.

Allmählich wurde ich ruhiger. Meine verkrampften Muskeln lockerten sich, meine Gedanken entwirrten sich. Ich fühlte mich schon beinahe wieder wohl in meiner Haut, als mich ein bekannter Geruch erreichte. Sonderbar, ich konnte seinen Duft tatsächlich zwischen dem der anderen wahrnehmen!

Um mich abzulenken, konzentrierte ich mich auf die Spiegelungen im See und versuchte, alle anderen Sinneseindrücke zu verdrängen. Die fremde Stimme, die beruhigend vor sich hin erzählte, nahm ich nur undeutlich wahr. Und obwohl ich mich weiterhin zwang, flach zu atmen, genügte es nicht, Christopher aus meinen Gedanken zu verbannen. Seine Anwesenheit schien mich förmlich zu durchziehen.

Ein Knuff in die Rippen brachte mich in die Wirklichkeit zurück. Susan musterte mich mit gerunzelter Stirn, verkniff sich jedoch die Worte, die ihr auf der Zunge lagen. Stattdessen deutete sie mit dem Kopf auf eine drahtige, dunkelhaarige Frau, die wartend neben mir stand. Ihre Miene verhieß nichts Gutes.

»Lynn, bist du endlich wach?«, fragte sie in scharfem Ton. »Du schläfst mit offenen Augen! Nun gut. Da du neu bist, will ich heute nachsichtig mit dir sein, aber ich erwarte, dass du in Zukunft dem Unterricht aufmerksamer folgst.«

Ich nickte stumm. Jeder Erklärungsversuch hätte weiteren Ärger nach sich gezogen, doch Kassandra Klar war noch nicht fertig mit mir. Als sie einatmete, um fortzufahren, rollte sich mein Magen auf.

»Christopher wird so lieb sein und mit dir üben, bis du Anschluss an die Klasse gefunden hast.«

»Nein«, entfuhr es mir. Das *»Nicht Christopher«* konnte ich gerade noch unterdrücken.

»Wie bitte?« Frau Klars Stimme durchschnitt die Stille im Saal. Die gesammelte Aufmerksamkeit des Kurses war mir sicher – wieder einmal.

»Das … das ist sehr großzügig, danke«, stotterte ich, nach einem schwarzen Loch Ausschau haltend, das natürlich mal wieder nicht zu finden war.

Ich hielt meinen Blick starr auf den Boden gerichtet, obwohl ich wusste, dass Christopher mir nun gegenübersaß.

»Wenn du so weitermachst, wirst du einen Fleck in die Dielen brennen.« Da ich nicht reagierte, fuhr er fort. »Kassandra wäre nicht begeistert davon. Bestimmt müsstest du nachsitzen – wenn du Pech hast, mit mir.«

Schließlich sah ich auf, doch nicht das amüsierte Lächeln, das er offensichtlich erwartet hatte, erreichte ihn, sondern zornig funkelnde Augen.

Christopher schrak zurück. »Selbst in der Hölle gibt es keine Farbe, die dunkler ist als die Iris deiner Augen.« Bestürzung schwang in seiner Stimme mit. »Was habe ich getan, dass du mich mit einem solchen Blick bedenkst?«

»Bist du jetzt wieder für mein Seelenheil verantwortlich? Ansonsten wüsste ich nicht, warum ich dir erzählen sollte, was ich von dir halte. Und selbst wenn: Es würde dir nicht gefallen!« Ich wich seinem durchdringenden Blick aus und starrte erneut zum Fenster hinaus. Von ganzem Herzen sehnte ich das Ende der Stunde herbei.

»Lynn, bitte«, Christophers Stimme klang eindringlich. »Lass es mich erklären.«

»Das brauchst du nicht. Du weißt ja, Taten sagen mehr als Worte.« Ich hatte meine Stimme erhoben. Wieder schauten alle zu mir herüber.

»Chris, bitte zeige Linde, wie es sich anfühlt, wenn du deinen Geist entspannst.« Kassandra Klar wurde mir soeben unsympathisch. Sie hatte mich bestimmt absichtlich Linde genannt!

Christopher schnappte sich meine Hände und zog sie an seine Schläfen.

»Lass das«, zischte ich aufgebracht. Ich war kurz davor, ihn zu ohrfeigen.

»Das gehört zur Aufgabe«, erklärte er, ohne mich loszulassen.

Ich fühlte Wut in mir aufsteigen. »Bislang waren dir deine Aufgaben doch auch nicht so wichtig. Warum gerade jetzt?«

Christopher zuckte zusammen, kaum merklich, aber trotzdem spürbar für mich – noch immer hielt er meine Hände fest.

»Gut, wie du meinst.« Er ließ mich los und unternahm keinen weiteren Versuch, mit mir zu reden oder mich zu berühren.

Und ich schloss die Augen, wie Susan neben mir, und blendete jeden Gedanken an Christopher, seinen Duft und den brennenden Abdruck, den seine Finger auf meinen Handgelenken hinterlassen hatten, aus.

Endlich beendete Frau Klar den Unterricht. Ohne mich noch einmal umzudrehen, eilte ich zum Kursraum hinaus.

»Lynn, Lynn, warte. Lynn, bitte!«, rief Susan hinter mir her.

Innerlich völlig aufgewühlt, hielt ich an.

Susan holte mich ein und blieb verunsichert vor mir stehen. »Was war das denn gerade eben?«

Ich täuschte Unwissenheit vor und zuckte die Schultern. »Was meinst du?«

»Erzähl mir nicht, dass nichts passiert ist! Du hattest Streit«, sagte sie, als mein vernichtender Blick sie traf.

»Was dachtest du?«, fragte ich gefährlich leise. Dass ich Christopher im Wald anmachen wollte?

»Ach nichts, ich hab mich wohl getäuscht«, wand sie sich heraus.

Ich beließ es dabei und wechselte das Thema. Das ging niemanden etwas an. »Jetzt findet die Schulversammlung statt, nicht wahr?«

Susan nickte. »Ja, und du wirst heute auf alle Fälle dabei sein!«

Die anderen Teilnehmer des Feriencamps waren bereits versammelt, als wir gemeinsam die Aula betraten. Das leise Murmeln verstummte, da ein dunkelhaariger Mann aus der Menge trat und uns mit einem herzlichen: »Schön, dass ihr alle gekommen seid« begrüßte.

»Das ist Coelestin, unser oberster Boss«, raunte Susan mir ins Ohr. »Abgesehen von seinem Haarschnitt und der gruseligen Narbe ist er ganz okay.«

»Heute darf ich euch zwei neue Gesichter vorstellen«, fuhr er fort.

Ich riss mich von den drei langen Schnitten los, die Coelestins linke Gesichtshälfte entstellten, und linste neugierig durch die Reihen.

»Lynn Beerwang und Markus Hasper. Bitte kommt nach vorne.«

Ich presste meine Lippen zusammen und unterdrückte einen Aufschrei. Ich hasste solche Auftritte! Nachdem Susan meinem Zögern mit einem kräftigen Stoß in den Rücken ein Ende gesetzt hatte, bemühte ich mich, nicht allzu dämlich dreinzuschauen, während ich vorne neben Herrn Coelestin stand und er erklärte, Markus wäre seit heute und ich seit zwei Tagen auf dem Internat.

Zwei Tage? Wohl eher drei! Bestimmt hatte er den Donnerstag nicht mitgerechnet. Aber warum war das eigentlich so wichtig?

Waren nicht die meisten der Campteilnehmer vor zwei Tagen angereist?

Um meine Anspannung – und die auftauchenden Kopfschmerzen – zu vertreiben, versuchte ich nicht länger darüber nachzudenken und stattdessen gleichmäßig ein- und auszuatmen. Christophers Duft stieg mir in die Nase. Ausgerechnet dieses Verärgerungsmittel! Ich zwang mich zur Ruhe. Sein Anblick machte mich wütend, und dass er nach Heimat und Geborgenheit roch, noch viel mehr.

Endlich wurde ich entlassen und durfte wieder in der Masse untertauchen. Ich kehrte nicht zu Susan zurück, sondern blieb dort stehen, wo das Gedränge am dichtesten war: vor der nach Schokoladencreme duftenden Kuchentheke, wo es im Anschluss an die Schulversammlung etwas zu essen gab. Ich schaltete ab, vergaß Herrn Coelestin und konzentrierte mich stattdessen auf die verführerische Schokoladentorte.

Aron schob sich zu mir herüber. »Ich hol dich heut Abend um acht.«

»Ich kann nicht«, wehrte ich automatisch ab.

»Und ob du kannst! Ich kenne deinen Stundenplan, schließlich bin ich dein Tutor. Außerdem würdest du sonst kein Abendessen bekommen.«

»Aber ich …«

Aron schnitt mir das Wort ab. »Pünktlich, drei Stunden nach Sonnenuntergang. Und zieh dir was Warmes an, wir werden ins Freie gehen.«

Die Menge neben mir drängte lärmend zum Kuchenbuffet. Die Schulversammlung war zu Ende. Erleichtert atmete ich auf und verkrümelte mich mit einem Stück Kuchen in meinem Zimmer. Wenigstens wusste ich jetzt, bei wem ich meinen Lernplan suchen musste.

Pünktlich, wie angekündigt, klopfte Aron an meine Zimmertür. Ich bemühte mich erst gar nicht, meinen Missmut zu verbergen.

»Entspann dich. Niemand will dir den Kopf abreißen. Im Gegenteil, ich denke, der heutige Abend wird dir gefallen.«

Aron lachte, als er meinen zweifelnden Gesichtsausdruck bemerkte, und schleppte mich einfach hinter sich her. Wir verließen das Schloss und steuerten auf den nahe gelegenen Wald zu.

»Wohin gehen wir?« Langsam wurde ich neugierig.

»Bis vor einer Minute sah es nicht so aus, als ob es dich interessieren würde, wo du den heutigen Abend verbringst. Und jetzt bin *ich* nicht mehr bereit, es dir zu verraten. Lass dich einfach überraschen!«

Zur Strafe funkelte ich ihn böse an, doch Aron grinste nur amüsiert zurück.

Der Anblick, der sich mir kurz hinter dem Waldweg zum Schloss bot, ließ mich fasziniert stehenbleiben. »Wow!« Mehr brachte ich nicht heraus.

Sieben mannshohe Lagerfeuer warfen ihren flackernden Lichtschimmer auf die halbrunde Lichtung und erhellten den See. Übermütiges Gelächter erfüllte die Wiese. Die ganze Schule war versammelt. Viele saßen in Gruppen beieinander und hielten aufgespießte Würstchen oder Stockbrot ins Feuer. Die meisten jedoch tanzten im Schein der orangegelben Flammen, deren Funken im schwarzen Nachthimmel verglühten.

»Einmal im Monat feiern wir mit einer Feuernacht das Fest des Lichts. Du solltest bei den Schulversammlungen ein wenig aufpassen, dann wüsstest du besser Bescheid, was hier läuft.« In seinen Worten schwang ein schelmischer Unterton mit, so dass ich mich nicht getadelt fühlte. »Und nun möchte ich dir ein paar deiner Mitschüler vorstellen.«

Aron lenkte mich zu einem der Feuer am Ufer des Sees und stellte mich reihum der Gruppe vor, die er als Tutor leitete.

»Das hier sind Paul, Andy, Sebastian, Peter und Thomas«, begann er mit den Jungs. »Charlotte, Leonie und Lara. Claudia, Lukas und Barbara kennst du schon vom Chor oder dem Bogentraining.«

Ich war überrascht, wie freundlich die Gruppe mich aufnahm, und fühlte mich erstaunlich schnell wohl unter ihnen. Aron wusste jedenfalls, wie er seine Schüler bei Laune hielt. Die Marshmallows hatte er beigesteuert.

Die Erinnerung an den unliebsamen Zusammenstoß mit Christopher hatte ich beinahe schon verdrängt, als der kühle Nachtwind seinen Geruch zu mir herüberwehte. Ich wickelte mich in meine dicke schwarze Daunenjacke, in der Hoffnung, das Frösteln zu vertreiben, und konzentrierte mich auf die lebhafte Unterhaltung.

»Wisst ihr noch?«, begann der hünenhafte Sebastian und schwang sich auf einen der Baumstümpfe, die als Sitzgelegenheiten dienten. »Unser Lockenköpfchen bei ihrem ersten *Versuch?*«

Die Gruppe brach in schallendes Gelächter aus – alle außer mir, Leonie und Paul, den ich wiedererkannte als denjenigen, der mir den Weg zum Chorraum beschrieben hatte.

»Nein, Sebastian!« Leonie verdrehte die Augen. Ich tippte aufgrund ihrer gekringelten Haare, dass sie das *Lockenköpfchen* war. »Wenn ich könnte, würde ich dich eigenhändig umbringen. Bitte. Nicht. Noch. Einmal!«

Doch ihr Flehen war umsonst. Die anderen waren sich einig, da ich die Geschichte ja noch nicht kannte. Genüsslich strich Sebastian seinen hellbraunen Haarschopf nach hinten und begann zu erzählen.

»Leonie hatte sich sorgfältig – wie es ihre Art ist – auf ihren ersten Auftritt vorbereitet. An alles hatte sie gedacht. Hundert Mal – mindestens – hatte sie Aron befragt. Die Löcher in seinem Bauch sind bestimmt heute noch sichtbar.«

Ein paar Mädchen begannen zu kichern.

»Ich glaube, am Ende kannte sie die Theorie besser als ich«, bestätigte Aron.

Auch ich musste schmunzeln.

»Emsig, wie eine Bergziege, kletterte sie auf den Baum. Sie wartete nicht mal auf Aron, der sie nach oben begleiten wollte«, fuhr Sebastian fort.

Bei dem Wort *Bergziege* fiel auch der Rest in das Gekicher mit ein. Ich warf einen verstohlenen Blick zu Leonie hinüber, die mit ihrem unschuldigen Puppengesicht und ihren kastanienbraunen Schillerlocken nicht so recht zu Sebastians taffer Beschreibung passen wollte. Sie tat mir leid. Doch zu meiner Überraschung war sie nicht weniger amüsiert als alle anderen. Sie musste sich ihrer Freundschaft ziemlich sicher sein. Bestimmt waren die meisten von ihnen Internatsschüler und keine Feriengäste.

Würden sie mich auch so einstimmig aufnehmen? Ich spürte, wie Aron mich beobachtete. Er nickte mir zu, als hätte er meine Gedanken erraten, was wahrscheinlich nicht besonders schwer war: Ich war die Neue und hatte noch keine Freunde.

Das Gelächter schwoll bedrohlich an, als Sebastian mit ausgebreiteten Armen, auf einem Bein balancierend, wie eine betrunkene Fliege hin und her schwankte, während er weitersprach.

»Mit ausgestreckten Armen stürzte sie mutig hinab – und landete mit einem ziemlich beeindruckenden Klatscher im Wasser.«

Andy und Lara, die neben Leonie saßen, krümmten sich vor Lachen und auch die anderen amüsierten sich prächtig, selbst Paul konnte nicht an sich halten. Ich wollte die Stimmung nicht verderben und fiel halbherzig mit ein, obgleich ich die Geschichte nicht gerade lustig fand.

Aus den Augenwinkeln sah ich, dass nicht nur Aron mich beobachtet hatte. Christopher musterte mich vom Nachbarfeuer aus. Also legte ich schnell noch ein bisschen zu und wischte mir eine nicht vorhandene Lachträne aus den Augen. Sollte er ruhig glauben, ich hätte unseren Disput vergessen – was natürlich nicht der Fall war.

Den ganzen Nachmittag hatte ich ihn förmlich vor der Nase. Erst nachdem ich Christophers Jacke auf dem untersten Treppenpfosten im Foyer entsorgt, meinen Rucksack in den Schrank geschlossen und gründlich gelüftet hatte, verschwand der Geruch nach hereinbrechendem Gewitter, den ich so liebte. Der jetzt aber dummerweise mit Christopher verbunden war. Blödmann! Wie konnte man nur wie ein Sommersturm riechen?!

Ich fröstelte trotz des wärmenden Feuers. Hoffentlich holte ich mir eine Erkältung – mit dickem Schnupfen!

Paul, der neben mir saß, verwickelte mich in ein Gespräch. Er war etwa in meinem Alter, mit dunkelblonden, zurückgegelten Haaren und stahlblauen Augen, und bemüht – oder von Aron angestiftet –, sich mit mir anzufreunden. Ich war ihm sehr dankbar für seine Ablenkung und schenkte ihm mein bestes Lächeln. Auch wenn er nicht verhindern konnte, dass ich hin und wieder zu Christopher hinüberlinste – warum auch immer.

»Lynn … Lynn?« Paul berührte sanft meinen Arm. »Träumst du?«

»Ich, ja … nein, natürlich nicht.«

»Du hattest einen so eigenartigen Blick, ich dachte schon …«

Oh nein! Ich hatte Christopher angestarrt! War es ihm aufgefallen? Ich wagte nicht, noch mal zu ihm hinüberzuschauen, und bevor Paul weiterspekulieren konnte, fiel ich ihm ins Wort.

»Drüben, am anderen Lagerfeuer … Ich dachte, ich hätte Susan entdeckt. Entschuldige.« Sofort wandte ich meine Aufmerksamkeit Paul zu. Hoffentlich bemerkte er im Flackerschein des Feuers nicht, dass ich rot angelaufen war.

»Hallo, ihr zwei! Löst euch nun bitte voneinander«, befahl Aron mit einem ironischen Unterton. »Auch der Rest der Schülerschaft möchte etwas von euch haben.«

Mir war entgangen, dass die Gruppe sich in der Zwischenzeit getrennt hatte und nur noch Paul und ich am Feuer saßen.

»Ich wusste nicht, dass ein Tête-à-Tête verboten ist«, scherzte ich. Ein Blick in Pauls Gesicht, das mindestens so rot war wie meines, ließ mich meinen flapsigen Spruch beinahe bereuen. Ich klopfte ihm aufmunternd auf den Rücken und stand auf.

»Na, dann woll'n wir mal auch die anderen beglücken.« Betont lässig hakte ich mich bei Paul unter und schlenderte mit ihm ans andere Ende der Lichtung – weit weg von Christopher.

Paul hatte sich schnell wieder im Griff – möglicherweise war ihm auch nur heiß geworden wegen des Feuers. Gelassen stellte er mir ein paar seiner Freunde vor. Schließlich blieb er bei Lina hängen, einer Mitschülerin seines Bogentrainings, die ihn zum Tanzen überredete.

Am liebsten wäre ich jetzt in mein Zimmer zurückgekehrt, aber dann hätte ich an Christophers Lagerfeuer vorbeigehen müssen. Also setzte ich mich auf einen umgefallenen Baumstamm am Rand der Lichtung und beobachtete das gesellige Treiben der Tanzenden. Die Musik war wie geschaffen für sie. Irische oder schottische Klänge – den Unterschied kannte ich nicht so genau – gaben mit ihrem einschlägigen Rhythmus einen wunderbaren Takt vor. Ausgelassen wirbelten die Paare in der Mitte zwischen den funkenspeienden Feuern umher.

Noch bevor ich seine Stimme hörte, verkrampfte sich mein Magen. Sein unverwechselbarer Duft hatte mich gewarnt.

»Möchtest du auch tanzen?«

»Nein, danke.« Es sollte sich gechillt anhören, stattdessen klang es schrill.

Christopher seufzte leise hinter mir. »Ich muss mit dir sprechen, Lynn.«

»Ich wüsste nicht, worüber«, antwortete ich – cool und schnippisch, wie beabsichtigt.

»Bitte, Lynn.« Christopher wurde eindringlich.

Ich erwiderte nichts. Vermutlich wurde ich ihn so am schnellsten los. Zumindest würde ich mich nicht in Rage reden.

»Danke.« Er nahm mein Schweigen als Zeichen meiner Zustimmung und setzte sich mit einer geschmeidigen Bewegung neben mich.

Mein Herzschlag verdoppelte sich. Vielleicht passte sein Duft doch zu ihm. Auf mich wirkte seine Nähe jedenfalls genauso aufreizend wie ein Gewittersturm kurz vor dem ersten Donnerschlag. Doch wo sollte das hinführen? Gerauft hatte ich das letzte Mal mit zwölf, und auf ein Wortgefecht wollte ich es im Augenblick nicht ankommen lassen. Dazu war mir der Zwischenfall gestern im Wald noch viel zu gut in Erinnerung. Und auf eine Entschuldigung, weil ich mich ihm an den Hals geworfen hatte, konnte Christopher lange hoffen. Also entschied ich, abzuwarten und ruhig zu bleiben. Ich war mir allerdings sicher, dass ihm meine Anspannung nicht entging.

»Lynn, ich wollte mich bei dir entschuldigen.«

Überrascht schnellte mein Kopf in die Höhe und blieb an seinem atemberaubenden Profil hängen, das sich vor dem lodernden Hintergrund der Lagerfeuer deutlich abzeichnete. *Er* entschuldigte sich bei *mir*?

»Ich wüsste nicht, wofür.«

Christopher ignorierte meinen Einwand. Ohne seinen Blick vom Feuer abzuwenden, wählte er seine Worte mit großer Sorgfalt.

»Ich hätte dir nicht so nahe kommen dürfen, das war falsch von mir. Du bist neu hier im Schloss und dadurch sehr verletzbar. Ich bereue, was ich getan habe, und bitte dich um Verzeihung.«

Ein dicker Kloß verstopfte meine Kehle. Mit Sicherheit würde ich in diesem Moment keinen Ton herausbringen – selbst das Atmen fiel mir schwer. Also schwieg ich und starrte, wie er, ins Feuer.

Er bereute es! Bereute, mich berührt, mich in die Arme genommen zu haben! Das schmerzte. Denn auch wenn ich die Wahrheit verdrängen wollte, *ich* hatte seine Umarmung genossen. Und würde sie wieder genießen – dämlich, wie ich war!

Ich biss die Zähne aufeinander. Ich musste mich zusammenreißen, wenn ich mit einem gewissen Maß an Anstand und Selbstachtung aus dieser Situation herauskommen wollte. Mühsam schluckte ich den Kloß hinunter.

»Es gibt nichts, weswegen *du* dich entschuldigen müsstest. Wenn, dann muss ich *dich* um Entschuldigung bitten.« Meine Stimme klang unecht in meinen Ohren, obwohl ich noch nicht gelogen hatte. »Ich hoffe, du siehst mir meine … Reaktion nach. Es … es tut mir leid, wenn du dadurch einen falschen Eindruck von mir hast. Das lag nicht in meiner Absicht. Aber wahrscheinlich hätte ich mich in diesem Augenblick an jedes lebendige Wesen geklammert.«

Ich blickte ihn bei meiner kleinen Ansprache unentwegt an – um keine Zweifel an meiner Aufrichtigkeit aufkommen zu lassen. Deshalb bemerkte ich auch das Flackern in seinen Augen, bevor er sich von mir abwandte.

»Gut, ich bin froh, dass wir das geklärt haben.« Anmutig, wie eine Gestalt aus dem Olymp, erhob er sich. »Wir sehen uns.«

Ich riss mich so lange zusammen, bis Christopher in der Menge verschwunden war. Erst dann gestattete ich meinem Körper zu reagieren. Ich zitterte. Überall. Völlig irrational! Er hatte mich nur einmal in seinen Armen gehalten – was *ihm* ganz offensichtlich leidtat –, und mir fiel nichts Besseres ein, als mich in ihn zu verlieben. Und verliebt war ich. Nicht wütend – jedenfalls nicht auf ihn. Das war mir inzwischen klar. Nichts, nicht einmal Philippes Zurückweisung, war damit vergleichbar, wie ich mich jetzt fühlte. Tränen stiegen mir in die Augen, doch ich wollte nicht weinen. Ich wollte weg, allein sein.

Wie in Trance kletterte ich von dem Baumstamm und kehrte meinen ausgelassen feiernden Mitschülern den Rücken. Dann lief ich los, hinein in den dunklen Wald, wo niemand mich sehen konnte.

Kapitel 5

Engel aus Stein

Es war schwierig, sich im Dickicht der Bäume zurechtzufinden. Der schmale Pfad forderte meine ganze Aufmerksamkeit, was mir half, meinen Kummer zu verdrängen. Der Weg führte tiefer in den Wald hinein, wo der fahle Mond nur noch die Wipfel der engstehenden Fichten erreichte.

Ein dunkler Schatten huschte zwischen dem Unterholz hindurch – alarmiert blieb ich stehen. Mein Herz raste. Ein wildes Tier! Jagende Wölfe vielleicht. In Panik hielt ich nach einem geeigneten Baum Ausschau, auf den ich flüchten konnte, doch meine Beine schienen mit der Erde verwurzelt.

»Buh!« Wie aus dem Nichts stand er neben mir. »Ich hoffe, ich hab dir einen gehörigen Schrecken eingejagt. Chris hatte recht. Man darf dich keine Minute aus den Augen verlieren. Was machst du hier, allein? Und erzähl bloß nicht, du hättest dich verlaufen!« Arons Miene wurde ernst, als er mir ins Gesicht sah.

Ich wandte mich ab. Es war dunkel und bestimmt hatte er nicht gesehen, dass ich geweint hatte. Nochmals getröstet zu werden, würde ich nicht verkraften. Also ging ich, anstatt mich zu verteidigen, auf Konfrontationskurs. Streiten war einfacher.

»Stehe ich unter Arrest oder nur unter Dauerbeobachtung?«

»Momentan nur unter Beobachtung, aber wenn dir so viel daran liegt, kann ich dich auch einsperren.«

Ich zwang mich, nicht vor Aron zurückzuweichen. Seine Bemerkung erschreckte mich – er scherzte nicht –, weshalb ich fieberhaft nach einer logischen Erklärung für sein merkwürdiges Verhalten suchte.

»Gibt es irgendetwas, das mir entgangen ist?« Ich wusste, dass es Sicherheitspersonal an der Schule gab, um die Kinder zu beschützen, deren Eltern vermögend oder berühmt waren. Doch darunter fiel ich nicht. Meine Eltern hatten zwar eine eigene Firma und konnten das Schulgeld für mich aufbringen, mehr Luxus war aber nicht drin.

»Wenn du ein paar der Grundregeln nicht nur kennen, sondern auch beherzigen könntest, wäre das schon mal ein Anfang«, erklärte Aron. »Ganz allein nachts im Wald umherschleichen gehört zum Beispiel nicht dazu.«

So etwas Ähnliches hatte ich schon von Herrn Sander gehört.

»Und vor was genau sollte ich mich fürchten?«

»Du könntest dich verlaufen«, wich Aron aus.

»Das hast du bereits verhindert.« Ich drängte weiter, da ich den Eindruck hatte, dass er das Thema beenden wollte.

»Eine wilde *Bestie* könnte dich anfallen.«

»Dann würde ich auf einen Baum flüchten.«

»Du wärst niemals schnell genug.« Aron warf mir einen undefinierbaren Blick zu. »Du musst noch viel lernen. Vor allem musst du lernen, deine spontanen Gefühlsausbrüche unter Kontrolle zu halten.«

Ich schwieg. Aron schien mehr über meine Begegnungen mit Christopher zu wissen, als mir lieb sein konnte.

»Sollte ich dich noch einmal erwischen, wie du dich nachts allein im Wald herumtreibst, werde ich dir Zimmerarrest erteilen.«

Sein strenger Tonfall unterstrich die Drohung, so dass ich keinen Zweifel an seiner Aufrichtigkeit hatte. Also trottete ich Aron folgsam hinterher. Er sorgte dafür, dass ich das Schloss ohne Umwege erreichte, und begleitete mich bis zu meiner Tür.

»Denk daran, Zimmerarrest kann sehr eintönig werden.«

Ich erwiderte nichts und verzog mich in meine Kammer. Ich war verärgert, obwohl ich einsah, dass es unvernünftig war, in der Dunkelheit allein durch die Gegend zu spazieren. Doch mein angeborener Widerstandsgeist drängte, Arons aufgestellte Regel erneut zu brechen – schließlich war ich auf einem Internat und nicht in einem Gefängnis.

Mein Kopf dröhnte, als ich mitten in der Nacht mit einem panischen Gefühl erwachte, wie in der Nacht, als meine Großmutter starb. Meine Eltern! Ich hatte von ihnen geträumt. Bitte nicht!

Dann fiel mir wieder ein, dass ich vergessen hatte, mich nochmals bei ihnen zu melden. Und dann erinnerte ich mich an den vergangenen Abend. An meine *Übereinkunft* mit Christopher und wie ich mich dabei gefühlt hatte. Was machte ich bloß falsch, dass ich den Jungs, die ich mochte, auf die Nerven ging?

Ich zog mir das Kissen, das beruhigend nach Lavendel duftete, über den Kopf. *Vergiss ihn*, flüsterte mein Verstand, und mein Herz gab nach, da es wusste, dass es stärker war.

Bis kurz vor Ende der Frühstückszeit blieb ich auf meinem Zimmer. Ich wollte weder Aron noch Christopher begegnen. In der Kantine traf ich dann tatsächlich nur auf Paul. Er hatte gewartet, um mich zum Tierkundeunterricht zu begleiten. Aron hatte ihn darum gebeten.

»Schade, dass wir so spät dran sind. Sonst hätte ich dir noch den Vorbereitungsraum gezeigt«, erklärte Paul, wobei ein diabolisches Grinsen über sein Gesicht huschte. Er glaubte wohl, mich mit dem Plastikskelett und ein paar ausgestopften Vögeln erschrecken zu können.

Wir betraten als Letzte den kleinen Hörsaal und stiegen die Holzstufen hinauf zu den beiden freien Plätzen in der oberen Reihe. Frau Kast, die Biologielehrerin – ich schätzte sie auf Ende zwanzig –, löschte das Licht und begann mit einer Smartboard-Präsentation. Katzen waren das heutige Thema. Nach ein paar Minuten schaltete ich ab und beobachtete die Spatzen vor dem Fenster – die Anatomie der kleinen Raubtiere kannte ich bereits. Allerdings hatten mir bei der Abfrage von Frau Germann ein paar Fachbegriffe gefehlt, was wahrscheinlich der Grund war, warum sie mich in diesen Kurs gesteckt hatte.

Als ich den Biologiesaal verließ, kam Aron auf mich zu. Er hatte mich abgepasst.

»Hast du Sportsachen dabei?« Kritisch musterte er meine Jeans.

»Warum? Sollte ich? Da hab ich anscheinend mal wieder was verpasst! Wie blöd, dass ich noch keinen Kursplan habe.«

»Deshalb bin ich hier. Ich warte vor dem Schloss, bis du dich umgezogen hast – damit du dich nicht verläufst.«

»Tausend Dank! Ohne deine Hilfe wäre ich aufgeschmissen«, antwortete ich ebenso sarkastisch.

»Immer wieder gern.«

Aron lachte und zückte einen himmelblauen Zettel, den er mir überreichte. Unter Tierkunde stand Lanze – was auch immer das bedeuten mochte. Wahrscheinlich war Lanze ein Kürzel für eine Kampfsportart wie Taekwondo oder so was wie Speerwerfen. Ich fragte nicht nach. Spannender als Bio war es bestimmt.

Aron wartete tatsächlich vor dem Schloss auf mich. Seine Gegenwart verunsicherte mich. Er schien eher mein Bodyguard als mein Tutor zu sein. Hatte ich etwas ausgefressen, wovon ich nichts wusste? Oder hatte er mitbekommen, dass ich ein neues Handy brauchte und deshalb die Schule verlassen wollte? Aber vielleicht war er gegenüber seinen neuen Schülern auch nur hilfsbereit – so, wie Susan ihn beschrieben hatte.

In dem Moment, in dem ich die Sporthalle betrat, vollführte mein Herz eine irrwitzige Bewegung: einen euphorischen Salto, da ich Christopher entdeckte, gefolgt von einem tiefen Absturz Richtung Magengrube, als ich in seine Augen blickte, die mich vorwurfsvoll musterten. Ich wollte schnell zu Aron aufschließen, bevor Christopher mich auf meinen nächtlichen

Waldspaziergang ansprechen konnte, doch er versperrte mir den Weg.

»Du bist meiner Gruppe zugeteilt«, war alles, was er sagte.

Ich zuckte gelassen die Schultern. »Wenn's sein muss.«

Christopher ging nicht auf mein Grummeln ein. Als wäre es das Normalste auf der Welt, eine bockige Schülerin zum Sport zu bewegen, brachte er mich zu Markus, dem blassen, zurückhaltenden Jungen, der gestern mit mir bei der Schulversammlung vorgestellt wurde, Erika, die seit Freitag hier war, und Susan, die mich – warum auch immer – böse anfunkelte.

Christopher demonstrierte uns die Grundlagen des Trainings, und ich folgte tatsächlich gebannt seinen Erläuterungen. Obwohl ich versuchte, mich dagegen zur Wehr zu setzen – seiner Anziehungskraft konnte ich nicht widerstehen. Ich wusste, ich sollte wegschauen, anstatt jede seiner Bewegungen zu verfolgen; die Augen verschließen, anstatt das Spiel seiner Muskulatur unter dem hellen T-Shirt zu studieren.

Christophers Darbietung zeugte von jahrelanger Übung. Er bewegte sich schnell und anmutig, fast als würde er schweben. Mit unglaublicher Geschwindigkeit wirbelte er herum, dann griff er zur Lanze und vollführte dieselben Muster.

Mit offenem Mund schaute ich ihm zu, obwohl ich Kampfsportarten mit todbringenden Waffen eigentlich nicht besonders mochte. Christopher allerdings schien mit der Lanze zu tanzen. Er bildete eine Einheit mit ihr, als wären sie ein eingespieltes Paar.

Meine Fantasie ging mit mir durch: Ich übernahm die Rolle der Waffe – wiegte mich in Christophers Armen, fühlte seinen aufregenden Körper und seine Hände, die mich festhielten. Sein Duft strömte zu mir herüber. Ich hielt den Atem an und schloss die Augen. Das. War. Zu viel!

Ich spürte, wie er vor mir stehen blieb, hörte bereits, wie er mich mein Aufmerksamkeitsdefizit erklären ließ. Als ich die

Augen öffnete, sah er mich nur an – prüfend, dann unergründlich. Schließlich wandte er sich wortlos ab.

Und ich wäre vor Scham am liebsten im Boden versunken. Warum hängte ich mir nicht gleich ein Schild um den Hals, auf dem stand: *Bitte nimm mich noch einmal in die Arme!*

Markus drückte mir einen Stab in die Hand, und ich überspielte meine Verlegenheit, indem ich mich auf Markus statt auf Christopher konzentrierte. Doch ich war viel zu abgelenkt, um auch nur annähernd irgendeine Bewegung kopieren zu können. Mehrmals glitt der Stab aus meinen zitternden Fingern.

Erika und Markus bemühten sich erfolglos, ihr Gekicher zu unterdrücken. Selbst Susan grinste. Christopher zuckte nicht einmal mit den Wimpern – er ignorierte mich.

Nach dem Kurs sprach Markus mich an. Offenbar suchte er Anschluss.

»Und, wie findest du unseren Trainer?«

»Gut, und danke, dass ihr mich nicht aus eurer Gruppe geschmissen habt«, lenkte ich ab. Auf keinen Fall wollte ich über Christopher reden.

»Nichts zu danken. Es war sehr lustig, dir zuzusehen.«

»Das glaub ich sofort. Schließlich war es ja nicht eure Schuld, dass ich mich lächerlich gemacht hab.«

Markus' blasse Haut wurde um einen Tick heller, so dass er mit seinen dunklen Haaren aussah, als wäre er einem Schwarzweißfilm entsprungen. Anscheinend wusste er, wovon ich sprach.

»Hat man dich auch mit ein paar Streichen begrüßt?«, fragte ich.

»Hier? Nein. Warum? Dich etwa?«

»Na ja, am Anfang. Obwohl ich finde, dass auch einige der Kurse gewöhnungsbedürftig sind.«

»Klar. Aber das ist ja gerade das Coole. Ich bin so froh, dass ich hier gelandet bin. Noch nie hat mir Schule so viel Spaß gemacht, dir etwa nicht?«

»Ich dachte, du wärst gerade dabei gewesen!«

Wie erwartet, begann Markus zu lachen. Das Rekrutierungsprogramm für zukünftige Schüler war bei ihm wohl erfolgreich.

Vor der Sporthalle wartete Susan. Ihre Miene verhieß nichts Gutes.

»So, du wirst also schon mit dem Schwert unterrichtet und kannst dir das Lanzentraining sparen!«

Sie war sauer und glaubte, dass ich sie belogen hatte. Doch mir fehlte im Moment die Geduld, mich auf eine längere Diskussion einzulassen. So entschuldigte ich mich nur mit einem knappen: »Es tut mir leid. Das war nicht meine Absicht«, bevor ich zum Gelben Haus eilte.

Mein Bedürfnis, allein zu sein, um wieder einen klaren Kopf zu bekommen, war größer als der Wunsch, mich zu rechtfertigen: Ich wurde in martialischer Waffenkunde unterrichtet, von einem Lehrer, dem ich auf die Nerven ging – der mir aber den Atem raubte –, und ich hatte keine Ahnung, wie ich gegen seine Unwiderstehlichkeit immun werden sollte. Also schnappte ich mir am Buffet einen Apfel und ein paar Müsliriegel und verkroch mich in meinem Zimmer.

Arons himmelblauer Zettel leuchtete mir vom Schreibtisch entgegen. *Mentaltraining*. Das konnte ja heiter werden!

Es wurde schlimmer als befürchtet. Christopher wurde mir und Markus als Spezialcoach überstellt. Markus befolgte eifrig Christophers Anweisungen, was ihm ein Lob unserer Kursleiterin einbrachte. Allerdings erwartete sie von mir jetzt dieselbe Begeisterung.

»Konntest du eine Veränderung bei Christopher fühlen?«, hakte sie nach.

Ich schüttelte wahrheitsgemäß den Kopf. Sehen – ja, fühlen – nein. Ich hatte mich Christophers Nähe entzogen und auf das Beobachten von ihm und Markus beschränkt. Schlimm genug, dass ich zuschauen musste, wie er mich unergründlich musterte, während er mit Markus übte.

Frau Klar kniff die Augen zusammen. »Zeig mir, wie du vorgehst«, verlangte sie.

Ich versteifte mich, als Christopher mir seine Hände anbot.

»Nun, worauf wartest du?« Der ungeduldige Tonfall meiner Lehrerin ermahnte mich, zu handeln.

Christopher bemerkte meine abweisende Reaktion und zog fragend eine Augenbraue nach oben. Ich blieb weiterhin reglos sitzen. Ich konnte ihn nicht berühren – schließlich war ich auf Entzug!

Obwohl meine Ablehnung offensichtlich war, ergriff Christopher meine Handgelenke und führte meine Finger an seine Schläfen.

»Schließ deine Augen und konzentrier dich auf Christopher«, befahl Kassandra Klar.

Ich wehrte mich nicht – äußerlich. Innerlich jedoch kämpfte ich gegen den Gefühlssturm, den seine Nähe, sein Duft, seine warme Haut unter meinen Fingerspitzen entfachte. Ich biss die Zähne zusammen, um meine Gefühle zu unterdrücken, wusste ich doch, dass sie mir nichts als Kummer einbrachten.

»Fühlst du etwas?« Frau Klars Stimme klang fordernd.

Ich nickte – und ob ich etwas fühlte!

»Gut. Übt weiter«, entschied sie.

Meine Fingernägel gruben sich ungewollt in Christophers Stirn, bis er meine Hände von seinen Schläfen löste – erleichtert atmete ich auf.

»Es tut mir leid, wenn es dir zuwider ist, mit mir zu arbeiten. Ich werde Kassandra bitten, dir einen anderen Betreuer zuzuweisen.«

Wie ein eisiger Regenguss rann Christophers Stimme meinen Rücken hinunter. Er klang grausam kalt. Ich wagte nicht, ihm in die Augen zu sehen. Sie würden mehr verraten, und ich fürchtete mich davor, etwas Schlimmeres als Ablehnung in ihnen zu finden.

Ich schaffte es bis zum Ende der Stunde, meine Gefühle zusammenzuhalten. Aufgewühlt schnappte ich meine schwarze Jacke und zog meine bequemen Stiefel an. So konnte das nicht weitergehen! Ich musste meinen Verstand zurückgewinnen, damit er mir über meine irrationale Gefühlsduselei hinweghelfen konnte. Bestimmt würden ein Vier-Kilometer-Marsch durch den Wald und ein Gespräch mit meinen Eltern mir helfen, mich wieder zu beruhigen.

»Wo willst du hin?« Noch bevor ich das Schloss verlassen konnte, lief ich Aron in die Hände.

»Es ist noch nicht dunkel«, erwiderte ich mühsam beherrscht. Ich war stocksauer – Aron überwachte mich!

»Aber das wird es bald.«

»Ich werde pünktlich zurück sein.«

»Darauf lasse ich es nicht ankommen.«

Ich verdrehte die Augen. Er würde nicht lockerlassen. »Na gut, dann komm mit, wenn du mir nicht traust.«

Somit verschob ich mein Vorhaben, im Nachbarort ein neues Handy zu kaufen, damit ich endlich ungestört telefonieren konnte, und schlug den direkten Weg zum See ein. An der alten Steinmauer blieb ich stehen und beobachtete die Enten im Licht der tiefstehenden Sonne, wobei ich vorgab, mich ausgiebig der vor mir liegenden Natur zu widmen. Zufrieden spürte ich Arons wachsende Ungeduld.

»Wenn ich dich langweile …«, ich ließ den Satz unvollendet. »Ich finde auch ohne dich zurück. Es sind nur ein paar Meter.«

»Wie kommst du darauf, dass du mich langweilst? Ganz im Gegenteil. Wir haben selten Schüler, die so sind wie du.«

»Wie meinst du das?« Ich war auf der Hut.

»Du bist irgendwie … Ich weiß nicht, wie ich es dir erklären soll. Es ist nur so ein Gefühl, als ob du anders schwingen würdest.«

»Vielen Dank, dass endlich mal jemand den Mut aufbringt, mir zu sagen, dass ich anders ticke.«

Aron runzelte die Stirn. »Nein. So meine ich das nicht.« Nun starrte auch er auf den See. »Du reagierst anders. Einerseits bist du impulsiv, andererseits versuchst du, dich zurückzuziehen, um deine Gefühle zu verbergen. Du erlebst alles sehr intensiv, fast als wärst du ...« Aron brach ab, und ich war froh darüber. So viel Wahrheit wollte ich gar nicht hören.

Der Wind frischte auf und blies schneidend über den See. Ich hüllte mich in meine Daunenjacke. Die Kälte konnte ich dennoch nicht vertreiben. Vermutlich war ich wirklich anders: dachte zu viel nach und suchte nach etwas, von dem ich selbst nicht genau wusste, was es war, anstatt mich einfach zu amüsieren wie die meisten in meinem Alter.

»Du solltest heute früher zu Bett gehen, auch wenn morgen unterrichtsfrei ist. Du siehst müde aus«, unterbrach Aron meinen Gedankengang. »Übrigens, Susan möchte gern mit dir reden. Vielleicht könntet ihr gemeinsam zu Abend essen.«

Ich nickte, froh, dass am nächsten Tag frei war und Susan mich nicht abgeschrieben hatte, und versprach, mich bei ihr zu melden.

Als Versöhnungsangebot überraschte ich Susan mit einer Kanne heißem Tee und meinen letzten Süßigkeitsvorräten. Wir machten es uns in ihrem Zimmer mit Keksen, Chips und ein paar Kräckern gemütlich. Ich war noch immer aufgewühlt von meinem verpatzten Mentaltraining, doch Susan schnitt weder das Schwert- noch das Christopher-Thema an, wofür ich ihr sehr dankbar war. Stattdessen unterhielten wir uns lange über die zurückliegende Feuernacht, und Susan erzählte ausführlich von ihren Tanzpartnern, bis ich tatsächlich müde wurde und mich von ihr verabschiedete.

Ich war die Erste beim Mittagessen, das Frühstück hatte ich verschlafen. Heute war unser freier Tag, und ich hatte Susans

Angebot, eine Kanutour mit ihr, Paul und ein paar anderen zu machen, ausgeschlagen, weil ich endlich mit meinen Eltern telefonieren wollte. Da laut meiner Berechnung Dienstag sein musste, stand meinem Handykauf nichts mehr im Weg.

Noch bevor die anderen in der Kantine auftauchten, befand ich mich auf dem Feldweg, der zum Nachbarort führte. Nach den letzten beiden Sonnentagen erschien mir der heutige Mittag besonders grau und trüb. Dunkle Wolken jagten am Himmel vorüber und verdeckten die tiefstehende Wintersonne.

Ich passierte den Abzweig zur Wiese, auf der die Feuernächte stattfanden. Schnell blendete ich die Erinnerung an Christopher, wie sein Gesicht vom flackernden Feuerschein erhellt wurde, aus und lief zügig weiter, bevor Aron oder sonst jemand mein Fehlen bemerken konnte.

An einer Kreuzung folgte ich dem schmalen Pfad Richtung See und stieß auf eine kleine, verlassene Kapelle. Der Ort kam mir seltsam bekannt vor. Das achteckige Gebäude mit seinem sternförmig zulaufenden Dach hatte ich allerdings noch nie zuvor gesehen. Neugierig umrundete ich die Kapelle – sie musste uralt sein. Efeuranken überzogen die mit rötlichen Feldsteinen ausgefachten Wände. Sechs Öffnungen, fünf bunt verzierte Fenster und eine Tür, durchbrachen das Mauerwerk. Ich zögerte nicht lange und öffnete die schwarze Eisentür, bevor ich ehrfürchtig den Innenraum betrat.

Das süße Aroma frisch geschnittener Blumen erreichte mich. Ein kleiner Altar, geschmückt mit einer Schale blühender Christrosen, stand vor den beiden fensterlosen Nischen. In einer thronte eine überlebensgroße Skulptur: ein aus weißem Stein geschlagener Engel – eine perfekte Mischung aus Michelangelos und Donatellos David. Bildschön und zugleich furchterregend, blickte er allwissend auf mich herab. Seine Züge waren so rein und makellos und dennoch so vertraut, so menschlich – unglaublich, wie der Künstler das fertigbringen konnte.

Ich fragte mich, ob es auch eine zweite Skulptur gegeben hatte, und kletterte in die leere Nische, um nach verbliebenen Spuren zu suchen. Der Engel sah mir zu, als würde er mich beobachten. Ich schüttelte den gruseligen Gedanken ab, doch der missbilligende Blick des Engels kam mir beunruhigend bekannt vor. Wären seine Augen grün, hätte ich gewusst, wer dem Bildhauer Modell gestanden hatte.

Als ich die Kapelle verließ, neigte sich der kurze Wintertag schon seinem Ende entgegen. Ich hatte völlig die Zeit vergessen und musste mich jetzt beeilen – eigentlich wollte ich bei Nacht den Wald verlassen haben. Wahrscheinlich würde ich mit dem Taxi zum Internat zurückfahren müssen. Mir schauderte, wenn ich an Arons Drohung dachte. Zimmerarrest war mir sicher!

Um abzukürzen, lief ich quer durch den Wald. Trotz des dichten Gestrüpps glaubte ich, schneller voranzukommen als unten am See. Die Dämmerung setzte ein, und es begann zu nieseln. Ich verfluchte mich, keine Mütze mitgenommen zu haben, und zog den Kragen meiner Daunenjacke nach oben. Weit konnte es nicht mehr sein. Hoffte ich zumindest.

Ich vernahm ein Flüstern. Mir schauderte. Die leisen Geräusche des Waldes hatten im Zwielicht eine bedrohliche Intensität angenommen. Vielleicht hörte ich sie auch nur besser, da meine Augen Unterstützung brauchten. Was würde ich wohl bei Nacht wahrnehmen? Besser, ich dachte gar nicht erst darüber nach.

Erneut kündigten sich Kopfschmerzen an. Ich ging schneller. Bei Nacht würde ich sowieso nicht mehr im Wald sein. Der Wind frischte auf. Klagelaute übertönten das Rascheln. Nur Äste, die sich berührten, beruhigte ich mich. Kein Grund zur Panik.

Als in der Ferne flackernde Lichter vor mir auftauchten, entfuhr mir ein geflüstertes »Danke!«. Das musste die Siedlung sein. Na endlich! Der harmlose Nieselregen hatte sich inzwischen zu einem wahren Sturm entwickelt. Dicke Regentropfen klatschten herab. Heftige Windböen peitschten mir schonungslos meine nassen Haare ins Gesicht. Ich fror erbärmlich.

Um die Kälte zu vertreiben, begann ich zu rennen, immer den Lichtern entgegen. Die zunehmende Dunkelheit erschwerte es mir, einen sicheren Weg zu finden, und ich verfing mich immer öfter in den dürren Zweigen des wild wuchernden Gestrüpps. Ein besonders störrischer Ast riss mir ein großes Loch in die Hose – und wenn schon. Nun wurde mein Oberschenkel eben direkt beregnet, meine Hose war eh schon völlig durchnässt und schützte mich kaum noch vor dem heftigen Niederschlag. Außerdem hatte ich im Moment andere Probleme.

Die Lichter schienen sich im Kreis zu bewegen – oder ich mich! Das eisige Band, das sich um meinen Kopf gelegt hatte, verstärkte anscheinend nicht nur meine Kopfschmerzen, sondern beeinträchtigte auch meine Wahrnehmung. Und dann gab es da noch Arons Drohung. Vermutlich war es gut, dass ich gerade nicht so klar denken konnte. Aber wenn ich nicht bald einen Platz zum Aufwärmen fand, würde ich eh erfrieren und der Zimmerarrest wäre hinfällig.

Ich stolperte vorwärts, ohne mein Ziel zu erreichen. Ein abgebrochener Baumstamm brachte mich zu Fall. In seinem Schutz blieb ich einfach liegen. Meine Kräfte waren am Ende. Ich konnte nicht mehr. Ohnehin hatte ich keine Ahnung, in welche Richtung ich weiterlaufen sollte.

Ich verbarg mich so weit wie möglich unter dem dicken Stamm, zog meine Jacke über meinen schmerzenden Kopf und presste die Beine gegen meinen Körper, um mich vor dem prasselnden Regen zu schützen. Neben meinem Verstand lähmte die Kälte inzwischen auch meine Muskeln. Ich konnte beinahe fühlen, wie sie tiefer kroch – bis ins Innerste meiner Knochen.

Ein unregelmäßiges Klappern ließ mich aus meinem Dämmerschlaf aufschrecken. Meine Zähne schlugen aufeinander. Ich zitterte am ganzen Leib. Die eisige Luft war unerträglich.

Geäst knackte in meiner Nähe, doch ich war zu müde, um nach Hilfe zu rufen.

Starke Arme hoben mich hoch und trugen mich durch den Wald. Ich glaubte Christophers Geruch wahrzunehmen. Seine Stimme wiederholte meinen Namen, verfluchte meinen Eigensinn und meine Dummheit, mich von Irrlichtern verwirren zu lassen.

Kerzen erhellten flackernd die kleine Kapelle und füllten den Raum mit einem weichen Schimmer. Tausend Gefühle rasten durch mich hindurch: Christopher hielt mich schützend in seinen Armen – ich war mir sicher, dass es ein Traum war.

Ich musste geschlafen haben – ich fühlte mich besser –, aber ich träumte wohl noch immer. Sanfte Finger strichen mir über die Haare. Ich kämpfte gegen den Drang, die Augen aufzuschlagen, und ließ mich in den Schlaf zurückfallen, damit dieser wundervolle Traum nicht verblasste …

Sein alarmierender Duft brachte mich schließlich zurück in die Wirklichkeit: Christopher. Ich zwang meine Lider, sich zu öffnen. Da waren sie, seine funkelnden Smaragdaugen, die mein Herz schneller schlagen ließen. Auf Ärger gefasst, erwartete ich eine scharfe Zurechtweisung – immerhin hatte ich Arons Anordnungen zuwidergehandelt –, doch ich las nichts davon in Christophers Zügen. Warm und voller Zärtlichkeit sah er auf mich herab. *Das* konnte unmöglich wahr sein. Ich musste tot und im Himmel sein!

Damit Christophers Geruch mir nicht den letzten Rest meines Verstandes raubte, hielt ich den Atem an. Den Schmerz, ihm zu nahe gekommen zu sein, kannte ich bereits. Eine Erfahrung, die ich nicht noch einmal machen wollte.

Entgegen meinen geheimsten Wünschen unternahm ich einen vagen Versuch, mich aus seinen Armen zu winden. Doch ich konnte mich nicht bewegen. Als hielt die Kälte, die bis tief in mein Innerstes vorgedrungen war, mich noch immer mit ihrem eisernen Griff gefangen – oder Christopher. Etwas lag in seinem Blick, das mich verwirrte: Sehnsucht, gemischt mit Traurigkeit.

»Lynn, schließ die Augen und ruh dich aus! Die Lichter haben dich verwirrt, aber ich werde dafür sorgen, dass sie dir nichts tun. Und morgen wirst du ohnehin nicht mehr wissen, was passiert ist.«

Christophers Finger strichen sacht über meine Augenlider. Doch ich wollte sie nicht schließen, ich wollte mich erinnern, an ihn, seine Berührungen und die Wärme in seinen Augen – auch wenn ich es anschließend bereute.

Unsere Blicke kreuzten sich, verloren sich ineinander. Stunden oder vielleicht auch nur Sekunden konnten vergangen sein, während ich in seinen tiefgrünen Augen versank. Zärtlich strich er meine nassen Haare aus der Stirn und ließ seine Finger über meine Wange gleiten – vorsichtig, um diesen unwirklichen Moment nicht zu zerstören. Sein Atem streifte mein Gesicht, bevor seine betörende Wärme und sein verwirrender Geruch endgültig meinen Verstand lahmlegten.

Weiche Lippen fanden meine Lider. »Schlaf – und vergiss«, flüsterte er, während ich dem sanften Druck nachgab und meine Augen schloss. »Und vergib mir«, flehte Christopher, bevor er mich küsste. Unendlich behutsam, als fürchte er, mich zu verängstigen.

Die Stimmen, die sich der Tür näherten, hörte nur er. In mir gab es keinen Platz mehr, etwas anderes wahrzunehmen als ihn. Seine Hände, seine Wärme, seine Zärtlichkeit ließen mich tatsächlich alles vergessen, und die Welt versank im funkelnden Nebel meiner Gefühle.

Kapitel 6

Verborgene Ruinen

Als ich erwachte, konnte ich mich nicht mehr erinnern, wie ich auf mein Zimmer gekommen war. Sicherlich enthielt der heiße Tee, den Aron mir in der Kapelle eingeflößt hatte, ein Schlafmittel – K.-o.-Tropfen vielleicht. Das Einzige, was mir im Gedächtnis geblieben war, waren die Spekulationen über mich, die Aron anheizte.

»Eigentlich dürfte sie nicht mehr so frieren.«

»Sie ist erst seit ein paar Tagen hier«, verteidigte mich Christopher.

»Ja, ich weiß, doch normalerweise genügt das. Aber auch sonst finde ich sie *anders.*« Aron zog das letzte Wort deutlich in die Länge.

Ich hörte, wie Christopher angespannt die Luft einzog, bevor er etwas entgegnete. Allerdings war ich zu diesem Zeitpunkt schon so müde, dass ich dem Gespräch nur noch verschwommen folgen konnte. Wahrscheinlich war es mein eigener Seufzer, nachdem ich erkannt hatte, dass ich mich gegen die Droge nicht länger zur Wehr setzen konnte.

»Gib ihr Zeit, sie hat noch nicht akzeptiert, wo sie sich befindet« war das Letzte, was ich wahrnahm – und es beunruhigte mich.

»Endlich wach?«

Ich schrak zusammen, als ich Arons Stimme hörte, obwohl er sehr behutsam mit mir sprach.

»Du hast sehr lange geschlafen, Lynn. Dafür siehst du jetzt

wesentlich … *ruhiger* aus. Als wir dich in der Kapelle fanden, hast du einen ziemlich verwirrenden Anblick geboten.«

Plötzlich war ich hellwach. Arons zweideutige Anspielung ließ mich aufhorchen. »Wie meinst du das?«

»Nun, deine Kleider, deine Haare, alles klebte klitschnass an dir. Du hast schrecklich gezittert und trotzdem glühten deine Wangen, als hättest du Fieber.«

Ich schwieg.

Den Grund für mein *Glühen* kannte ich – und Aron anscheinend auch! Ich prüfte den Duft in meiner Umgebung: ein wenig Lavendel von meinem Kissen und Arons frischer Meeresgeruch – sonst nichts. Vorsichtig schaute ich mich um, doch außer Aron war niemand da.

»Wie fühlst du dich?« Aron blickte mir prüfend ins Gesicht.

Was wollte er hören? Wie euphorisch und gleichzeitig verunsichert ich mich nach Christophers Kuss fühlte? Auf dieses Eingeständnis konnte er lange warten.

»Ausgeschlafen, dank des Gebräus, das ihr Tee nennt«, grummelte ich.

Aron lachte, fröhlich und ansteckend. Ich fiel halbherzig mit ein.

»Dann lasse ich dich jetzt allein, damit du dich umziehen kannst. Offensichtlich hast du keine größeren körperlichen Schäden davongetragen« – und offenbar fand er es lustig, mich mit Christopher erwischt zu haben.

Bevor Aron zur Tür hinausging, drehte er sich noch einmal zu mir um. Sein amüsiertes Grinsen war verschwunden.

»Übrigens, ich hab dir etwas zu essen auf deinen Schreibtisch gestellt. Vom Nachmittagsunterricht bist du heute befreit. Genieß die paar Stunden bis zum Sonnenuntergang – du hast mildernde Umstände bekommen. Wenn es nach mir gegangen wäre, hättest du Zimmerarrest. Aber wage es nicht, noch einmal allein in den Wald zu gehen!«

Mein Schweigen entging ihm nicht, ich hörte den leisen Seufzer, ehe er die Tür hinter sich schloss.

In Windeseile zog ich mich an. Alles in mir drängte zu Christopher. Ich musste ihn sehen – und in seine grünen Augen blicken. Sie würden mir verraten, ob er dasselbe empfand wie ich.

Ich stolperte beinahe die Treppe hinunter, so eilig hatte ich es. In zehn Minuten war die Mittagspause zu Ende – ich hatte wirklich lange geschlafen.

Außer Atem erreichte ich das Gelbe Haus und hastete in die Kantine. Susan saß mit Paul, Leonie und Markus an einem Tisch. Von Christopher war keine Spur zu entdecken. Als Susan mich sah, sprang sie überrascht auf und eilte mir entgegen.

»Was tust du denn hier? Hat Aron dir dein Mittagessen nicht gebracht?«

»Doch, das hat er, aber ich ...«, ich suchte verzweifelt nach einer Ausrede – auf keinen Fall wollte ich direkt nach Christopher fragen. »Ich hab noch Hunger.« Ich schnappte mir einen Teller, füllte ihn mit dem Erstbesten, was mir in die Hände fiel, und setzte mich zu Susan.

Sofort bombardierten mich Paul und Markus mit Fragen über mein nächtliches Abenteuer im Wald. Selbst Leonie ließ nicht locker, bis ich ihnen alles erzählt hatte – fast alles. Christophers Kuss verschwieg ich natürlich. Nicht jeder musste wissen, was in der Kapelle passiert war. Schlimm genug, dass Aron uns gesehen hatte.

Beiläufig erkundigte ich mich nach meinem Retter. Das Einzige, was ich erfuhr, war, dass Christopher nach dem Essen auf sein Zimmer gehen wollte. Irgendwie war ich enttäuscht. Eigentlich hatte ich gehofft, dass auch er mich schnellstens wiedersehen wollte.

Susan räumte ihr Tablett zusammen und wünschte mir einen erholsamen Nachmittag, bevor sie zum Unterricht ging. Und Paul ermahnte mich – mit einem ironischen Augenzwinkern –, nahe beim Schloss zu bleiben, damit *er* mich finden könnte, falls ich mich noch einmal verlaufen sollte. Die Buschtrommeln funktionierten offenbar perfekt.

Schließlich saß ich allein in der Kantine. Ich stocherte gedankenverloren in meinem Salat herum. Wich Christopher mir aus? Weil es ihm peinlich war, da alle wussten, dass er mich geküsst hatte? Oder weil er es bereute – wie beim letzten Mal, als er mich getröstet hatte? Ich spürte Mutlosigkeit in mir aufsteigen und hatte plötzlich Angst davor, Christopher zu begegnen und Ablehnung in seinen Augen zu lesen.

Nach dem Essen schlenderte ich zur Seemauer vor dem Schloss. Die Wolken hatten sich verzogen, und die Sonne strahlte frühlingshaft vom Himmel. Ich schob die Ärmel meiner Jacke hoch, setzte mich auf die warme Mauer und beobachtete die Enten auf dem See, die friedlich zu ihren Nistplätzen am gegenüberliegenden Ufer schwammen.

Christophers Duft wehte zu mir herüber. Bei seinem Anblick wäre ich beinahe von der Mauer gestürzt. Wie gewelltes Gold leuchteten seine Haare im Licht der Sonne und umgaben ihn mit einem irisierenden Schimmer. Eigentlich war er viel zu perfekt für diese Welt. Dann begegnete ich seinen Augen – hart wie Jade blitzte seine Iris. Kälte sprach aus ihnen, Reue und Ablehnung.

Erschrocken wich ich zurück, bevor ich mich eines Besseren besann und ungelenk von der Mauer sprang. Er sollte nicht merken, wie sehr mich seine Zurückweisung verletzte.

»Bist du heute mein Bodyguard?« Ich hoffte, dass meine Stimme gelangweilt klang. Noch bevor er antworten konnte, fuhr ich fort. »Gib dir keine Mühe, ich werde brav sein und auf mein Zimmer gehen.« Um meine Enttäuschung zu verbergen, wandte ich mich schnell von ihm ab.

»Eigentlich hatte ich gehofft, du würdest mich begleiten. Ich wollte nach frischen Christrosen suchen für …« Er beendete seinen Satz nicht, doch ich wusste, wofür er die Blumen brauchte.

Hatte ich mich getäuscht? Bedauerte er diesmal nicht, mir nähergekommen zu sein? Ich kämpfte meine Euphorie zurück. Nichts sprach dafür, dass er etwas für mich empfand: kein Lächeln, keine Umarmung, kein Begrüßungskuss. Möglicherweise wollte er nur klären, dass ein Kuss für ihn nicht viel bedeutete.

Ich beschloss, ihm entgegenzukommen. Wenn er mir etwas sagen wollte, konnte er das auch hier tun. »Darf ich denn überhaupt so weit weg vom Schloss?« Mein provozierender Unterton war unschlagbar.

»In Begleitung schon.«

»Wenn das so ist.« Ich zuckte ergeben die Schultern und verbot mir, mehr zu erhoffen als eine Erklärung.

Schweigend liefen wir nebeneinanderher, und ich vergaß seinen ablehnenden Blick. Wahrscheinlich hatte ich das Jadegrün in seinen Augen falsch gedeutet. Oder seine Gegenwart blendete mein Urteilsvermögen: Liebe machte eben nicht blind, sondern blöd!

Ich kämpfte mit mir. Sollte ich beginnen? Ihn fragen, ob er sich anders entschieden hatte? Oder ob er mich nur aus einer Laune heraus geküsst hatte – ein spontaner Blackout oder eine Art Wiederbelebungsversuch? Und warum eigentlich hatte er sich davor entschuldigt? Glaubte er etwa, er würde schlecht küssen? Diese Angst konnte ich ihm nehmen!

Je näher wir der Kapelle kamen, umso nervöser wurde ich. Was wollte er ausgerechnet dort? Schließlich hielt ich das Schweigen nicht länger aus.

»Christopher, wegen gestern Abend.«

Er blieb abrupt stehen. Seine Augen weiteten sich, als hätte ich mich in ein Gespenst verwandelt. Wie immer hatte er sich schnell wieder unter Kontrolle. Vielleicht sollte ich auch einen Animateurkurs belegen.

»Ja? An was kannst du dich denn noch erinnern?«

Ich schnappte nach Luft. Hatte ich richtig gehört? Feigling! Er erwartete von mir doch nicht etwa, dass ich so tat, als wäre nichts passiert? Ich verbarg meine Hände hinter dem Rücken, damit er nicht sehen konnte, dass ich sie zu Fäusten geballt hatte. Es wurde Zeit, dass ihn jemand von seinem hohen Ross schubste.

»Also … was soll ich sagen. Ehrlich, ich war gestern ziemlich fertig. Du weißt schon, der Wald, der Regen, die Kälte und so«, faselte ich. »Ich bin so lange gelaufen und war so müde, und in der Kapelle, mit den paar Kerzen, da … da dachte ich …«, – ich stammelte absichtlich, obwohl sich mir vor lauter Lügen der Magen umdrehte – »du … du wärst …« Mit einem schmachtenden Seufzer brach ich ab. »Aber Philippe, nun ja, er … er küsst besser.«

Ich blickte zu Boden. Tapfer hatte ich mich dazu gezwungen, Christopher anzusehen, damit er nicht auf die Idee kam, meine Geschichte wäre erfunden, doch das Funkeln in seinen Augen traf mich wie ein Fausthieb. Abscheu, gemischt mit Verachtung, las ich in ihnen – und diesmal lag ich ganz sicher richtig mit meiner Deutung.

»Dann wäre ja alles geklärt. Ich bin froh, dass ich dir *helfen* konnte.« Er klang sarkastisch, verletzend, aber ich hatte nichts anderes verdient. Meine Lügen waren zu offensichtlich.

»Möchtest du umkehren?«

»Nein, wieso denn?«, fragte ich unschuldig, blickte ihn verständnislos an und lief weiter.

Wenige Minuten später bog Christopher auf einen schmalen, selten benutzten Trampelpfad ab. Ich zögerte. Ich wollte noch klären, wie ich ins nächste Dorf kam – für meinen Handykauf.

»Ist das die Richtung zum Nachbarort?« Ich deutete den Weg entlang, der weiterführte.

Christopher musterte mich so gründlich, dass ich wegschauen musste, um nicht rot anzulaufen.

»Warum willst du das wissen?«

Ich beschloss, die Wahrheit zu sagen. Ihn noch einmal zu belügen, würde ich nicht fertigbringen.

»Mein Handy scheint sich in Luft aufgelöst zu haben, und ich würde gerne ungestört mit meinen Eltern telefonieren. Im Sekretariat geht das ja wohl kaum.«

»Lynn?!«

Christophers Reaktion verblüffte mich. Mit einem schnellen Satz war er bei mir und umfasste meine Arme. In seinen Augen lag der weiche, beinahe traurige Blick, der mir den Verstand raubte. Trotz besseren Wissens genoss ich die tausend prickelnden Perlen, die seine Berührung über meine Haut jagte.

»Lynn, auch wenn es dir schwerfällt, du musst anfangen loszulassen und die Tatsachen zu akzeptieren.«

Ich starrte ihn verwirrt an. Was meinte er mit *loslassen*? In meinem Kopf krampfte sich plötzlich alles zusammen und begann sich zu drehen. Meine Eltern! Ich hatte von ihnen geträumt – wie damals bei meiner Großmutter. Ich spürte, dass meine Knie nachgaben.

Christopher hielt mich fester. Im Gegenzug wurde seine Stimme sanfter. »Lynn, du kannst nicht mehr mit deinen Eltern oder Freunden sprechen. Nie wieder.« Die letzten Worte flüsterte er nur.

Ein hysterisches Lachen hallte durch den Wald – meines! Laut Christopher musste halb Italien im Meer versunken sein.

Er schüttelte mich, damit ich wieder zur Vernunft kam, aber ich konnte nicht anders. Etwas Blöderes hätte ihm nicht einfallen können, das mich davon abhalten sollte, allein durch den Wald zu laufen, um mir ein neues Handy zu besorgen.

Mein Lachen stockte, als ich seinen samtgrünen Augen begegnete. Sein Blick brachte mich zum Schmelzen, erinnerte mich daran, dass er mich noch immer festhielt. Mehr denn je fühlte ich seine Wärme, atmete seinen berauschenden Duft ein, bis mein Herz aufhörte zu schlagen.

Doch bevor ich mich ihm an den Hals werfen konnte, brachte mich – völlig unerwartet – ausgerechnet mein Verstand wieder zur Vernunft. Es gab einen Grund für seinen dümmlichen Spruch und die vorgeschobene Blümchensuche: Er spielte mit mir! Wollte er sich für meine allzu offensichtlichen Lügen rächen und mir beweisen, dass *er* ein toller Typ und *ich* ihm verfallen war?

Nie gekannte Wut keimte in mir auf. Obwohl Christopher mich um Haupteslänge überragte und eindeutig stärker war als ich, schaffte ich es, mich aus seiner Umklammerung zu befreien. Mit aller Kraft holte ich aus und schlug ihm ins Gesicht.

Mein Angriff überraschte ihn, und ich nutzte meine Chance, um ihn beiseitezustoßen. Doch Christopher war schnell – viel zu schnell. Mit einem einzigen Schritt war er bei mir.

»Du glaubst mir nicht?« Seine Lippen pressten sich zu einer geraden Linie zusammen.

Ich schüttelte den Kopf und blitzte ihn herausfordernd an. »Wie könnte ich?! Da musst du dir schon etwas Besseres einfallen lassen, wenn du mich aufhalten möchtest.«

Christophers Stimmung veränderte sich. Mitleid lag nun in seinen Augen und etwas, das ich als Angst definiert hätte. Allerdings fand ich keine vernünftige Erklärung für dieses Gefühl – aber ich war ja auch kein geschulter Von-den-Augen-Ableser.

Zweifel schlichen sich in Christophers Züge, während er mich betrachtete. Schließlich rang er sich durch, mir zu antworten: »Gut. Ich werde es dir beweisen.«

Ohne auf meinen Protest zu achten, schob er mich vor sich her. Wir folgten einem kleinen, munter plätschernden Bachlauf, der sich durch den Wald schlängelte. Christopher drängte mich unnachgiebig weiter, wenn ich versuchte, stehenzubleiben oder mich aus seinem Klammergriff zu befreien. Als der

Bach eine große, blassgrüne Aue erreichte, entfuhr mir ein erstaunter Pfiff. Rechts und links vom Ufer des Bachlaufs erstreckte sich eine uralte Siedlung – eigentlich waren nur noch Ruinen übrig, die zum größten Teil von Gras, Unkräutern und niedrigen Büschen überwuchert wurden. Die einstmalige Anordnung der Gebäude war jedoch deutlich zu erkennen.

Christopher ließ mich los, und ich trat schnell einen Schritt zurück. Seine Nähe beunruhigte mich – nicht nur aufgrund seiner Anziehungskraft. Er wirkte fremd, beinahe beängstigend.

»Als ich ein Kind war, befanden sich diese Häuser in einem besseren Zustand, doch schon damals begannen die Bewohner ihr Dorf zu verlassen.« Mit einer fließenden Bewegung sprang Christopher auf die steinernen Überreste einer der Grundmauern.

Beeindruckt verfolgte ich seinen anmutigen Sprung.

»Die Bewohner trugen die verwaisten Hütten ab und nutzten die Steine, um die Kapelle am See zu errichten.«

Ich schluckte – die Kapelle am See war mindestens dreihundert Jahre alt!

»Das ist einer der Gründe, warum ich sie aufsuche. Sie erinnert mich an meine Kindheit.«

Ich schwieg. Er scherzte nicht. Und gerade das beunruhigte mich. Auch wenn ich manchmal an meinem Verstand zweifelte, war ich mir sicher, dass hier nicht *ich* der Verrückte war.

»Du glaubst mir immer noch nicht.«

Christopher beobachtete mich prüfend, als wäge er seinen nächsten Schritt genauestens ab. Sorge lag in seinem Blick, dann zögerte er erneut, als hätte er sich anders entschieden. Seine Stimme nahm den vertrauten, weichen Klang an, den ich so liebte, und ich konnte nicht anders, als ihm zuzuhören – beim Weglaufen hätte ich eh den Kürzeren gezogen.

Ausführlich erklärte Christopher mir die Geschichte der alten Siedlung und verlor sich in Details, die unmöglich auf archäologische Untersuchungen zurückzuführen waren. Ich schwieg weiter – ich hatte gehört, dass man Menschen in verwirrtem Zustand nicht unterbrechen sollte. Zugleich schlugen mich seine lebendigen Schilderungen in ihren Bann. Alte Steine, geheimnisvolle Gemäuer und spannende Geschichten faszinierten mich eben.

Als seine Stimme unvermittelt erstarb, schaute ich automatisch von den Ruinen zu ihm auf. Er stand reglos, als wäre er selbst ein Teil der Mauern, mit verschränkten Armen und zu Fäusten geballten Händen. Ich erschauderte, Christophers Erscheinung jagte mir Angst ein. Er wirkte bedrohlich – unnachgiebig.

»Warum hast du mich belogen?«

Alles Blut wich aus meinem Gesicht. Ich rang um Fassung, wusste ich doch genau, was er meinte. »Wann … wann meinst du?«

»Ach, du hast nicht nur einmal gelogen?« Seine Züge versteinerten.

Meine Angst verwandelte sich in Ärger. *Er* regte sich auf, weil *ich* zu ein, zwei Notlügen greifen musste?

»Warum hast du dein Tutorat abgegeben?«

»Ich glaube nicht, dass das von Bedeutung ist.«

»Ach nein?!«

»Nun, es lag auf der Hand.«

Ach so! Ich sollte meine Ausreden rechtfertigen, und er durfte ganz nach Lust und Laune meine Gefühle an- und ausknipsen? Nicht. Mit. Mir!

»Was willst du von mir, Christopher? Warum hast du mich hierhergebracht? Macht es dir Spaß, mich … mich … zu demütigen?« Meine Wut verpuffte mit einem Schlag, als mir klar wurde, wie ich mich fühlte. Verletzt starrte ich zu Boden.

Plötzlich stand Christopher direkt vor mir. Ich zuckte zusammen, da ich ihn nicht bemerkt hatte. Seine Hände berührten mein Gesicht und hoben es an, so dass ich ihn anschauen musste. Sein Blick verschlug mir den Atem. Weich, warm, voller Sorge.

»Lynn, du musst die Wahrheit wissen, die *ganze* Wahrheit, damit du dich nicht für etwas entscheidest, das du später bereust.«

»Nur zu. Ich werd schon nicht weglaufen!« Meine Stimme klang fest, beinahe abwehrend. Seine Stimmungsschwankung stachelte mich an.

»Ich bin mir nicht sicher, ob du es verkraftest.«

»Keine Angst, ich bin stärker, als ich aussehe.«

Meine Antwort war flapsig, doch Christopher ging nicht darauf ein. Er blieb ernst und musterte mich – eingehend. Dann traf er eine Entscheidung. Mit einem gigantischen Sprung erklomm er die höchste Erhebung der Ruinen. Er stand im Gegenlicht der untergehenden Sonne. Sein Haar leuchtete Orangegold und ein flammender Schein umgab ihn.

Mein Puls raste. Alles in mir schrie nach Vergebung: für alles Unrechte, das ich je getan hatte, für all die schlechten Gedanken, die ich je gedacht hatte.

Christophers Züge erhellten sich – erstrahlten. Grüne Smaragdaugen funkelten ehrfurchtgebietend und schienen bis tief zum Grund meiner Seele zu blicken. Ich erschauderte. Sein ohnehin aufsehenerregender Körper schien über sich hinauszuwachsen, doch was mir endgültig die Fassung raubte, waren seine Flügel.

Zwei riesige, goldglänzende Schwingen, zusammengefügt aus unzähligen, irisierend schimmernden Lichtbündeln, überragten sein Wesen. Selbst die Sonne wurde von ihnen überstrahlt.

Ich wäre auf die Knie gefallen, wäre er mir in meinem Dorf erschienen, aber ich wusste, dass es sich um Christopher handelte – Christopher, den ich liebte. Er war ein *Engel*!

Alles in mir sträubte sich, das Offensichtliche zu akzeptieren.

Ein himmlisches Wesen und ich?! Niemals! Nicht in tausend Millionen von Jahren.

Warum hatte ich mich ausgerechnet in ihn verliebt? Hatte mich ihm aufgedrängt, *ihm* – einem Engel, einem göttlichen Wesen? Wie konnte ich nur?!

Tiefe Scham erfüllte mich. Ich wagte nicht, ihn länger anzuschauen. Sein Anblick führte mir allzu deutlich das Unmögliche vor Augen. Und ich konnte – oder wollte – im Grunde meines Herzens nicht wahrhaben, was ich gesehen hatte.

Mein Entsetzen schlug in Panik um, und ich war nicht fähig, sie zu kontrollieren. Alles, woran ich geglaubt hatte, wovon ich dachte, völlig sicher zu sein, löste sich auf. Nichts war mehr wie vor ein paar Stunden. Meine Welt splitterte und zerfiel in Bruchstücke, wie die Ruinen der alten Siedlung.

Doch was ich brauchte, waren feste Mauern, die mir Halt gaben. Etwas Vertrautes, das mich stützte. Einen Ort, an dem ich mich verstecken und allein über alles nachdenken konnte, um meine Welt wieder ein wenig zusammenzupuzzeln.

Ich schaute weder zurück noch hielt ich an. Ich blendete einfach alles aus und stolperte zum Schloss, zu meinem Keller, den ich beinahe vergessen hatte. Dort würde mich niemand finden – dort würde *er* mich nicht finden, nicht sofort. Geistesgegenwärtig verriegelte ich die Tür und zog den Schlüssel ab, bevor ich verzweifelt zusammensackte.

Tränen liefen über mein Gesicht und tropften auf meine Hände. Philippes Armband blitzte mir entgegen. Ich umklammerte es, presste es gegen mein Handgelenk. Es beschützte mich, gab mir Sicherheit, sagte mir, dass alles noch genau so war wie immer. Es beruhigte mich, und ich fand allmählich wieder zu mir zurück.

Christopher war ein Engel! *Unerreichbar!*

Matt legte ich meinen Kopf auf die Knie und schlang die Arme um die Beine, um meinem zitternden Körper Halt zu geben. Warum hatte ich nicht einfach akzeptiert, dass es kein *Lynn und Christopher* geben konnte, als er sein Tutorat Aron überließ? Warum hatte ich nicht bemerkt, dass er anders war? War ich so blind, so unsensibel?

Ich kämpfte meine Tränen zurück. Er hatte mich geküsst – und davor um Verzeihung gefleht. Zu mir? Wohl kaum. *Und vergib mir* kannte ich aus der Kirche.

O Gott! Was hatte er getan? Mir verbotenerweise das Leben gerettet, nachdem ich erfroren war, oder …?

Seine Worte drängten in mein Gedächtnis: *Lynn, du kannst nicht mehr mit deinen Eltern oder Freunden sprechen. Nie wieder.* Mir wurde schlecht. War ich tot?

Nein, ich war nicht tot! Ich wollte nicht tot sein. Aber wer wurde schon gefragt, ob er bereit war, zu sterben? Konnte ich Christopher deshalb als Engel sehen, weil ich nicht mehr lebte?

Entsetzen schnürte mir die Kehle zu. Meine Eltern! Meine Freunde, meine Nanny! Wussten sie es schon? Ich bekam kaum Luft. Meine Gefühle schienen mich zu ersticken. Doch wenn ich tatsächlich tot war, warum fühlte es sich dann so echt an? Warum konnte ich Schmerz, Kummer und Liebe, Liebe, wie ich sie noch nie empfunden hatte, fühlen? Musste nicht alles mit mir gestorben sein? War es das, was man Seele nannte, was überlebte? Das Denken, die Gefühle?

Ich blickte an mir hinunter. Nur meine Umrisse waren in dem dunklen Keller zu erahnen, aber ich wusste, dass ich aussah wie immer. Mein Gesicht, mein Körper, nichts hatte sich verändert, alles an mir war geblieben, wie es war. Die Tatsache beruhigte mich und half mir, meine Panik zu verdrängen und weiter zu denken.

Gut. Wenn ich wirklich nicht mehr lebte – es fiel mir schwer, das zu glauben, obwohl es nicht minder abstrus war zu akzeptieren, dass Christopher ein Engel sein sollte, und das hatte ich ja mit eigenen Augen gesehen –, wenn ich also wirklich tot war, warum um alles in der Welt war ich dann auf einer *Schule*? Konnte der Himmel wirklich *so* grausam sein? *NEIN!*

Und außerdem hatte ich Aron und Susan vor *und* nach dem Kuss gesehen – unverändert. Ich konnte nicht tot sein. Dazu fühlte ich mich viel zu verletzlich. Christopher musste etwas anderes damit gemeint haben.

Mein Blut begann wieder rascher zu zirkulieren, wärmte mich ein wenig und weckte mich aus meiner Erstarrung. Vielleicht musste ich lernen zu akzeptieren, dass Christopher ein Engel war – auch wenn das bedeutete, dass meine Liebe hoffnungslos blieb.

Aber warum hatte er mich geküsst? Und was hatte Christopher damit gemeint, dass ich die Wahrheit wissen müsste, die *ganze* Wahrheit. Gab es noch mehr zu begreifen, als dass er ein himmlisches Wesen war?

Ich stand auf, drückte meine Knie durch, die ganz steif vor Kälte waren, und straffte meine Schultern. Meine alte Zuversicht kehrte zurück und stärkte mich. Entschlossen drehte ich den Schlüssel im Schloss und verließ den Keller. Ich war mir sicher, dass nicht nur ich über Christopher Bescheid wusste – und irgendjemand auf diesem sonderbaren Internat musste mir Rede und Antwort stehen und erklären, welche Bedeutung der Kuss eines Engels hatte!

Kapitel 7

Raben und andere Geschöpfe

Der Wecker auf meinem Nachttisch zeigte Viertel vor fünf. Halb hatte ich erwartet, jemanden vorzufinden, doch meine Kammer war leer, als ich sie betrat. Lediglich ein kanariengelber Zettel, auf dem Wetterkunde, Tierkunde, Mittagspause und Mentaltraining stand, lag auf meinem Schreibtisch.

An Schlafen war nicht mehr zu denken, dazu war ich viel zu aufgewühlt. Tausend Fragen und mögliche Antworten, die ich anschließend wieder verwarf, schwirrten in meinem Kopf herum, während ich unruhig in meinem Zimmer auf und ab lief. Es war sinnlos. Allein würde ich nicht weiterkommen.

Um mich abzulenken und aufzuwärmen, wandte ich mich pragmatischeren Dingen zu: Ich duschte. Ausgiebig. Lange ließ ich das heiße Wasser über meinen Kopf fließen, in der Hoffnung, damit auch ein paar der vielen Fragen wegzuschwemmen – was natürlich nicht funktionierte.

Als die Kälte endlich aus meinem Körper gewichen war, wickelte ich mich mit schrumpeligen Fingern in ein flauschiges Handtuch. Ich fühlte mich wohler, aber es ging mir nicht besser. Ich musste mit Christopher reden, und ich war mir nicht sicher, ob ich das jetzt noch konnte. Vielleicht sollte ich zuerst mit Aron sprechen. Mit Menschen kannte ich mich besser aus als mit Engeln.

Mit erzwungener Ruhe wählte ich meine Kleidung. Mehrere T-Shirts landeten auf dem Boden, bevor ich das passende Teil zu meiner Stimmung fand – einen karminroten Pullover.

Endlich war es so weit. Erleichtert verließ ich mein Zimmer.

In einer viertel Stunde öffnete die Kantine. Dort hoffte ich, endlich Antworten auf meine bohrenden Fragen zu finden.

Susan traf als Erste ein. Ihre Miene verfinsterte sich, als sie mich entdeckte, doch sie zögerte nur kurz, bevor sie zu mir herüberkam. In ihrer gewohnt freundlichen Art begrüßte sie mich, obwohl mir ihre Unsicherheit nicht entging. Dazu strich sie viel zu oft ihre langen blonden Haare aus der Stirn. Ich ließ ihr ein paar Minuten Zeit, ehe ich auf Christopher zu sprechen kam.

»Warum hast du mir nichts über Christopher erzählt?«

Susan versuchte, meine Frage zu umgehen. »Chris? Hat er etwas angestellt?«

»Es wäre schön, wenn du antworten könntest, anstatt mir auszuweichen«, zischte ich. »Du weißt, was ich meine!«

Susan stellte den Becher, aus dem sie gerade trinken wollte, auf den Tisch zurück. Gedankenverloren fuhr sie mit einem ihrer Finger über den Rand der Tasse. »Ich glaube schon, aber ich denke, du solltest lieber mit Aron darüber reden.«

Sie wich mir aus.

»Bitte, Susan«, flehte ich, doch sie schüttelte abwehrend den Kopf. »Dann … dann verrate mir wenigstens, wie ich hier an ein Telefon komme, bei dem nicht jeder mithören kann, *was* und *mit wem* ich rede.«

Susan sah mich an. Ein irritierter Ausdruck lag auf ihrem Gesicht, den ich nicht deuten konnte.

»Ich muss noch etwas erledigen. Du solltest wirklich mit Aron reden.« Ohne zu Ende zu frühstücken, stand sie auf und verließ den Speisesaal.

Susans Verhalten verunsicherte mich. Der Blick, den sie mir zugeworfen hatte, war eindeutig: Sie hielt mich für durchgeknallt. Und vielleicht war ich das ja auch. Ich wurde von einem Jungen geküsst, von dem ich glaubte, dass er ein Engel war.

In Gedanken versunken rührte ich in meinem Tee. Gab man mir Drogen, damit ich mir solche Absurditäten ausdachte? Hatte ich halluziniert, als Christopher mir als Engel erschienen war? Angewidert schob ich den Teebecher von mir. Wahrscheinlich sollte ich nicht jeden nach Christophers *Entfaltung* fragen.

Paul und Markus betraten mit Leonie und ihrer Freundin Lara, die versuchte, einen Fussel aus Leonies Lockenpracht zu ziehen, die Kantine. Gut gelaunt kamen sie zu mir herüber – unbeschwert, wie immer. Ihr Gespräch drehte sich um den vergangenen Tag und ihre Kanutour über den See. Im Gegensatz zu Susan schienen sie nichts über meine eigentümliche Begegnung mit Christopher zu wissen. Wobei Susans Reaktion, genauer betrachtet, nicht unbedingt darauf schließen ließ, dass sie alles über Christopher wusste.

»Was hast *du* eigentlich gestern gemacht?«, wollte Paul wissen.

Ich zuckte die Schultern. »Ich hab ausgeschlafen, und danach war ich noch spazieren. Ansonsten ist nichts Besonderes passiert.«

Gespannt wartete ich auf eine Reaktion – sie blieb aus. Offenbar war meine Himmelserscheinung nicht allgemein bekannt, was mich irgendwie erleichterte. Der Gedanke, dass ich mir alles nur eingebildet hatte, wurde stärker. Stresshalluzination – oder Liebeswahn. Möglicherweise waren die Flügel, die ich gesehen hatte, reflektierende Sonnenstrahlen – oder etwas in der Art. Verzweifelt klammerte ich mich an diesen Gedanken, obwohl ich wusste, dass ich mich selbst betrog.

Bis zum Beginn der ersten Stunde wartete ich in der Kantine – weder Aron noch Christopher erschienen zum Frühstück. Auch im Schloss und auf dem Bogenschießplatz war niemand. Und im Grunde war ich froh, noch ein wenig an meiner Illusion festhalten zu dürfen.

Mit Verspätung betrat ich den Kursraum. Eine Entschuldigung vor mich hin nuschelnd, huschte ich zu Leonie, der Einzigen, die ich kannte.

»Wo warst du? Du hattest doch bereits gefrühstückt, als wir in die Kantine kamen. Herr Knoll hat schon nach dir gefragt.«

Leonie zwirbelte ihre Schillerlocken zwischen den Fingern und rutschte zu mir herüber. Ich warf ihr einen beschwichtigenden Blick zu. Sie war in Plauderlaune – ich eher nicht.

»Ich wollte noch auf Aron warten«, entgegnete ich kurz angebunden.

»Aron? Den hab ich gesehen, bevor ich zum Frühstück ging. Er war mit Christopher unterwegs.«

»Und, weißt du auch, wohin?«

»Nö, aber …« Eine Böe zerzauste Leonies Locken. Sie verstummte und schaute schuldbewusst nach vorne, wo Herr Knoll uns mit einem Kopfschütteln fixierte.

Noch eine Halluzination? Unsicher blickte ich mich um. Alle Fenster waren geschlossen, und eine Lüftung konnte ich nicht sehen. Woher war dann der plötzliche Windstoß gekommen? Ich hatte ihn mir nicht eingebildet. Auch Leonie hatte ihn bemerkt.

Das begeisterte Murmeln meiner Mitschüler lenkte meine Aufmerksamkeit auf einen Behälter mit darin herumwirbelnden Papierschnipseln, den Herr Knoll der Klasse zeigte. Ein Zaubertrick? Ich spürte, wie mein Blut ins Stocken geriet.

Detailliert schilderte Herr Knoll, wie ein karibischer Hurrikan entstand, wie man seine Stärke kontrollieren und seine Richtung beeinflussen konnte. Mit wachsendem Entsetzen verfolgte ich seine Ausführungen, die er mit einem kleinen Wirbelsturm krönte, den er durch die Reihen schickte.

Meine Gedanken überschlugen sich. Kein Mensch auf dieser Welt konnte aus dem Nichts einen Sturm entstehen lassen – zumindest nicht ohne eine entsprechende technische Einrichtung. Und die musste wirklich gut versteckt sein.

Ich befahl meinem Verstand, nicht weiter zu denken, keine voreiligen Schlüsse zu ziehen und bis zum Ende der Stunde abzuwarten. Zuerst beobachten, dann analysieren und auswerten. Gingen so nicht Wissenschaftler vor, wenn sie sich die Welt nicht erklären konnten?

Gerade als ich die vielen Knöpfe am Lehrerpult genauer unter die Lupe nehmen wollte, kam Paul in den leeren Klassenraum gestürmt.

»Wo bleibst du denn? Ich wollte dir doch den Vorbereitungsraum zeigen.« Er stockte, da er meine Verlegenheit bemerkte. »Was hattest du vor? Die Jalousien rauf und runter lassen?«

»Ähm. Nein. Ich wollte nur wissen, wozu die vielen Schalter da sind.«

Paul starrte mich verwundert an. »Ich hätte nicht gedacht, dass du ein Technikfreak bist. Aber wenn du willst, zeig ich dir heute Nachmittag all die Raffinessen, die hier eingebaut sind.«

»Ja, das wär super.«

Ein wenig beruhigter folgte ich Paul zum Tierkunderaum. Obwohl wir nur ein paar Minuten hatten, schleppte er mich in den Vorbereitungsraum. Die Zeit reichte völlig.

Die Ausstellungsstücke in den gläsernen Vitrinen waren alles andere als Vorzeigeexponate eines Biologieunterrichts. Sie erinnerten eher an die Zutaten einer mittelalterlichen Hexenküche oder an Präparate eines akademischen Sammelsuriums genetischer Absurditäten. Föten mit Doppel- oder Elefantenköpfen, bizarr geformten Auswüchsen, wie Hörnern oder Geschwüren, reihten sich neben aalförmigen Schlangen und furchterregenden Riesenegeln. Aschgraue, eklig gelbe oder blutrote Gespinste, anscheinend aus dem Körper ihrer ehemaligen Besitzer entfernte Innereien und sonstiges Gedärm, kräuselten sich zu verwirrenden Knäueln zusammen.

Ich zwang mich, meinen rebellierenden Magen zu ignorieren, und schluckte mein aufsteigendes Frühstück wieder hinunter. Während des gesamten Unterrichts kämpfte ich entweder gegen meine Übelkeit oder gegen meine vielen Fragen, deren

Zahl sich beängstigend schnell erhöht hatte. Paul und die sonderbare Lektion lenkten mich dankenswerterweise ein wenig ab – Rabenvögel standen heute auf dem Programm.

Nach der kurzen Einführung in die Anatomie und die Farbstruktur der schwarzen Federn, währenddessen Paul von seinem Schwerttraining berichtete, verlegte Frau Kast ihre Erklärungen auf die mythologische Bedeutung der Raben und Krähen. Besonders auf ihre Funktion als Mittler zwischen den Welten.

Ich horchte auf und suchte – wie konnte es anders sein? – einen Zusammenhang zu Christopher. Eine Krähe hatte mich verjagt, als ich ihn das erste Mal sah. Hatte sie ihn vor mir gewarnt? Oder mich vor ihm? Oder war alles nur esoterischer Quatsch und mittelalterlicher Aberglaube?

Ich war vollkommen in meine Überlegungen vertieft, während ich Paul zum Gelben Haus folgte. Zu spät, um ihn aufzuhalten, entdeckte ich Christopher, der eilig das Schloss verließ. Doch der gehetzte Blick, den er mir zuwarf, während die schwere Eichentür hinter ihm zufiel, sprach Bände.

Betreten biss ich mir auf die Unterlippe und starrte ihm hinterher. Erst Pauls Nachfrage, ob ich mit offenen Augen träumen würde, erinnerte mich an seine Gegenwart.

Ich hörte, wie Paul mit einem Seufzer aufgab, meine Aufmerksamkeit auf sich zu lenken. »Anscheinend weilst du heute nicht in unserer Welt«, zog er mich auf, da ich erneut meinen Gedanken nachhing.

Ich lächelte entschuldigend. Pauls Äußerung kam der Situation ziemlich nahe.

In der Kantine entdeckte ich Aron. Er diskutierte aufgeregt mit Herrn Coelestin, bevor er fluchtartig den Speisesaal verließ. Er auch?! Und ich hatte gehofft, wenigstens ihn beim Essen abzupassen.

Ich beschloss, das Mentaltraining zu schwänzen, um nach Aron und Christopher zu suchen. Beim Bogenschießplatz traf ich auf Aron. Er fixierte mich schon von weitem und nahm mich beiseite, bevor ich seine Unterrichtsgruppe erreichte. Er wirkte unruhig.

»Du hast heute kein Bogentraining.«

»Aron, ich muss mit dir reden – oder mit Christopher.«

Er kniff seine Augen zusammen und betrachtete mich abwägend. »Christopher ist beschäftigt, und ich gebe jetzt Unterricht – und du verpasst deine Stunde!«

»Aron, bitte!«

Er musste die Verzweiflung in meiner Stimme gehört haben. Sofort veränderten sich seine Gesichtszüge. »Also gut, obwohl ich nicht genau weiß, was passiert ist. Aber zuerst gehst du zu deinem Kurs! Und erst danach werde ich dir deine Fragen beantworten.«

Frau Klars Kommentar, als ich verspätet den Kursraum betrat, war weniger freundlich. Sie verwies mich barsch auf meinen Platz. Susan warf mir einen besorgten Blick zu. Ich ignorierte ihn und setzte mich neben sie, als hätte ich nichts bemerkt. Christopher fehlte, wie ich wenig überrascht feststellte.

»Susan, du wirst Lynns Gedanken lesen«, befahl Frau Klar.

Ich hielt die Luft an. Ein ungutes Gefühl beschlich mich. Ein Engel, Wirbelstürme, esoterische Raben und nun auch noch Gedankenlesen? Wo war ich bloß gelandet?

Susan griff nach meiner Hand und hinderte mich daran, sie fortzuziehen. Meine Unruhe war ihr nicht entgangen. Sie schüttelte kaum merklich den Kopf und flüsterte so leise, dass nur ich es hören konnte: »Keine Sorge, ich werde nicht … – nicht heute. Ich kann auch so sehen, dass dir gerade viel zu viel durch den Kopf geht. Es würde dir schwerfallen, deine Gedanken gezielt zu lenken. Und ich will nicht neugierig sein.«

Ich sagte nichts. Mein Verstand streikte. Susan war überzeugt, meine Gedanken lesen zu können!

»Gib mir deine andere Hand und schließ die Augen, mehr brauchst du nicht zu tun.« Sie ergriff vorsichtig meine zweite Hand und drückte sie beruhigend – meine Finger zitterten. »Lynn, du kannst mir vertrauen.«

Konnte ich das? Wollte ich überhaupt noch jemandem glauben? Ich war nicht einmal mehr sicher, ob ich mir selbst trauen konnte. Vermutlich litten meine Augen und Ohren unter einer Funktionsstörung, und ich sah und hörte Dinge, die gar nicht existierten.

Ich bemerkte, wie Frau Klar sich näherte. Nein, ihre Gestalt war wirklich. So biestig konnte nur sie mich ansehen. Schnell befolgte ich Susans Aufforderung, um einer erneuten Zurechtweisung zu entgehen. Im Grunde war es nicht wichtig, ob Susan etwas in meinem Geist lesen konnte oder nicht. Wenn – was ich nicht glauben wollte –, dann würde sie an meinen vielen Fragen sicher verzweifeln. Jedenfalls fühlte ich keinerlei Veränderung, nichts, das versuchte, in meinen Verstand einzudringen. Letztendlich musste ich mich auf Susans Versprechen verlassen.

Sie fragte nicht nach, warum ich im Anschluss an die Stunde nicht mit ihr zum Schloss zurückging. Möglicherweise hatte sie doch etwas in meinen Gedanken gelesen.

Aron erwartete mich bereits. Er wirkte angespannt, und ich hatte Mühe, meine erste Frage zu formulieren. Seine ansonsten so unbekümmerte Art hätte mir geholfen.

»Aron, was ist hier los? Und warum weicht Christopher mir aus?«

Aron holte tief Luft. Offensichtlich bereitete er sich auf ein schwieriges Gespräch vor. »Es ist vielleicht besser, wenn wir uns setzen.«

Er führte mich zu einer alten Steinbank am Rand der Wiese, die im Schutz der hohen Bäume stand. Er klang beruhigend, fast wie ein Therapeut, als er weitersprach.

»Lynn, du bist nicht mehr in der Welt, die du aus deinem

bisherigen Leben kennst. Der Übergang ist für alle verwirrend. Einige meistern ihn schneller, andere langsamer.«

Und ich gehörte anscheinend zu den Langsameren! Wahrscheinlich verstand ich deshalb nicht, was er damit sagen wollte.

»Okay, also wenn ich dich richtig verstanden habe, bin ich nicht mehr da, wo ich vorher war.«

Aron nickte.

»Und wo bin ich denn dann jetzt?«

Ich war auf alles gefasst, von der Spezialschule über die Irrenanstalt bis hin zum geheimen Spionagecamp, doch mit seiner Antwort hatte ich nicht gerechnet.

»Lynn«, Arons Stimme tönte ehrfurchtsvoll, »du bist im *Schloss der Engel*.«

Ich schwankte. Mein Blut sackte mir in die Beine und erschwerte mir, die Bedeutung seiner Worte zu begreifen. Im Schloss der Engel? Der Strohhalm, an den ich mich so verzweifelt geklammert hatte, brach. Christophers Erscheinung war wohl doch kein Hirngespinst.

Ich rang nach Luft und glaubte dennoch, zu ersticken. Die Welt drehte sich um mich und mir wurde schwarz vor Augen. Aron fing mich gekonnt auf, bettete mich auf die Bank und schob seine Jacke unter meine Beine. Er machte das anscheinend nicht zum ersten Mal.

»Deine Reaktionen sind noch allzu menschlich. Aber keine Angst, das gibt sich mit der Zeit.« Besorgt beobachtete er, wie mein Kreislauf sich regenerierte.

»Dann bin ich … bin ich tot?«

»Es scheint so.«

»Und ich bin auf einer *Schule* gelandet, in der es *Engel* gibt?«

»Jepp!« Arons Gelassenheit kehrte zurück. »Es hätte schlimmer kommen können«, setzte er mit einem zweideutigen Grinsen hinzu.

Ich brauchte eine Weile, um seine Worte zu glauben. Bis ich sie *akzeptieren* konnte, würde es länger dauern. Und welche Rolle mir in der Welt der Engel zugedacht war, blieb mir schleierhaft – gewiss würde ich es noch herausfinden. Eins jedenfalls war sicher: Christopher war tatsächlich ein Engel. Sein sonderbares Verhalten erklärte sich dadurch allerdings nicht. Weshalb hatte er mir auf solch eindrucksvolle Weise seine Gestalt enthüllt? Und warum hatte er mich geküsst – und um Verzeihung angefleht? War das normal bei Engeln, oder gab es einen anderen Grund?

Aron beobachtete mich wie ein Luchs auf der Lauer, als ich mich aufsetzte. Falten zeigten sich auf seiner ansonsten glatten Stirn, da er meine Unruhe bemerkte. Wie immer schien er mir anzusehen, wenn ich an Christopher dachte.

»Aron, wo ist Christopher? Warum geht er mir aus dem Weg?«

Seine Stirnfalten vertieften sich. »Das sind gleich zwei Fragen.«

»Und du versuchst, mir auszuweichen!«

Aron trat einen Schritt zurück und betrachtete mich misstrauisch. »An was kannst du dich noch erinnern?«

Ich zögerte. Wusste er doch nicht, dass Christopher mich geküsst hatte? Sollte ich ihm die Wahrheit sagen? Aber wer sonst – außer Christopher selbst – konnte mir erklären, warum Engel küssten?

»Ich … Christopher. Er hat mich im Wald gefunden und in die Kapelle gebracht. Mir war kalt, und er hat mich … gewärmt und – und geküsst«, flüsterte ich.

Aron starrte mich an, als hätte ich eine Todsünde begangen. Mir wurde flau, und ich lehnte mich schnell zurück, damit ich nicht noch einmal umkippte.

»Das … das ist unmöglich.«

»Ja, ich weiß.« Inzwischen kannte auch ich die Definition von Unmöglichkeit.

»Du weißt nicht das Geringste!«

Aron war wütend. Er gab mir die Schuld. Aber wenn er mich schon verurteilte, wollte ich wenigstens wissen, warum.

»Dann erklär mir, was ich falsch gemacht hab!«

»Du?« Er schüttelte den Kopf. »Nichts. Das Einzige, was man dir vorwerfen könnte, ist, dass du dich erinnerst.«

»Wie bitte?!« Mein Magen regte sich – er rollte sich auf. Ich zwang mich zur Ruhe. Aron würde mir nicht weiterhelfen, wenn ich ihn anschrie. Vielleicht war es weniger schlimm, da Christopher mich nicht als Engel geküsst hatte.

»So unmöglich war der Kuss nun auch wieder nicht. Schließlich hat er mich nicht in seiner Engelsgestalt …«

Weiter kam ich nicht. Aron hatte meine Arme gepackt und zwang mich, in seine granitgrauen Augen zu schauen.

»Wann hat er dir sein Wesen offenbart?«

Ich wollte der Frage ausweichen, aber ich konnte es nicht. Sein Blick war wie ein dunkler Sog, der die Wahrheit aus mir heraussaugte.

»Gestern Nachmittag. Bei der alten Siedlung.«

»Das hat er mir nicht erzählt.« Aron ließ mich los und setzte sich zu mir auf die Bank. Er hob kurz den Arm, als ob er mir tröstend eine Hand auf die Schulter legen wollte, doch dann überlegte er es sich anders.

»Lynn, das tut mir wirklich leid. Er hätte das niemals tun dürfen.«

»Was genau meinst du?« Ich wusste nicht, ob Aron von Christophers Entfaltung oder seinem Kuss gesprochen hatte.

»Dir Angst einjagen.«

»Das hat er nicht!«

Aron schüttelte den Kopf, als ob er mir nicht glaubte. »Ich gehöre zu den wenigen, die Christophers wahre Erscheinung kennen. Du brauchst mir also nichts vorzumachen.«

»Du glaubst, ich lüge?« Aufgebracht sprang ich von der Bank.

»Du bist weggelaufen!«

»Ja, das stimmt, ich bin weggerannt. Er war schließlich der erste Engel, den ich je gesehen hab. Wenn ich gewusst hätte, wie Engel aussehen, wäre ich geblieben.«

Aron erhob sich und blieb vor mir stehen. »Hattest du denn keine Angst vor ihm?«

Die Frage erschien mir sonderbar, doch Arons dunkle Augen hefteten sich erneut auf mich – warnten mich. Meine Antwort war wichtig. Sein Blick glitt prüfend über mein Gesicht, erfasste jeden Zentimeter, jede Unsicherheit, jeden Hinweis auf eine Lüge.

»Nein, ich bin davongelaufen, weil ich nicht glauben wollte, *was* ich gesehen habe. Nicht, weil ich mich vor Christopher gefürchtet hab.«

Aron schien unschlüssig. Das Grau in seinen Augen wurde heller. Schließlich stand seine Entscheidung fest. »Es fällt mir schwer, aber ich glaube dir.«

Ich atmete erleichtert auf. Offenbar hatte ich seinen Test bestanden, und er war bereit, mir zu helfen.

»Dann sag mir bitte, wo er ist.«

»Das kann ich nicht.«

Im ersten Moment dachte ich, ich hätte mich verhört. Doch das hatte ich nicht, wie er schnell klarstellte.

»Christopher will dich nicht sehen, und ich habe ihm versprochen, dich aufzuhalten.«

Wut schäumte in mir hoch, zugleich brannten meine Augen, und ich musste blinzeln, um meine Tränen zurückzudrängen.

»Warum?« Meine Frage war kaum lauter als ein Flüstern.

Aron spürte meine Hilflosigkeit. Ein befremdeter Ausdruck huschte über sein Gesicht – vielleicht befürchtete er, ich könnte ihn erzürnt angreifen oder erneut kollabieren. Vorsorglich schnappte er sich meinen Ellbogen und drückte mich auf die Bank zurück. Mit verschränkten Armen blieb er vor mir stehen.

»Lynn, auch wenn ich kaum glauben kann, was Christopher getan hat, so weiß ich doch, dass er nicht dasselbe für dich empfinden kann wie du für ihn.«

»Woher willst …« Aron ließ mich nicht ausreden.

»Ich kenne ihn. Sein Wesen ist vielschichtig. Es beherbergt Emotionen, die außerordentlich stark sind. Deshalb ist er so wichtig für uns. Doch Christopher wird niemals so empfinden wie du oder ich. Er hat die Grenzen nicht auf demselben Weg überschritten wie wir. Deshalb wird er von anderen Gefühlen beherrscht. Sie bilden den mächtigsten Bestandteil seines Wesens und werden bei ihm immer stärker sein als Zuneigung – oder Liebe.

Er hat sich dir offenbart, weil er wollte, dass du sein wahres Wesen erkennst. Damit du ein wenig von dem begreifst, wie er in Wirklichkeit ist, und aufhörst, dir etwas vorzumachen.« Aron brach ab. Noch einmal unterzog er mich einer prüfenden Kontrolle.

»Und obwohl du ihn so gesehen hast, fürchtest du dich nicht vor ihm. Du bist tatsächlich anders.«

Ich sah, wie Aron mit sich kämpfte. Spürte, wie seine Überzeugung kippte. »Er hätte mir sagen müssen, was passiert ist, bevor er mir das Versprechen abnahm, dich abzufangen. *Ich* kann dir nicht erklären, warum er dich geküsst hat.« Arons Iris verdunkelte sich wieder. »Doch wenn du dir sicher bist, dass deine Liebe wirklich stark genug ist für euch beide, solltest du besser selbst mit ihm reden. Du weißt, wo du ihn finden kannst.«

»Aber …«, meine Verwirrung stand mir sicher ins Gesicht geschrieben, doch dann begriff ich. Mir fiel nur ein Ort ein, an dem er sein konnte.

»Danke, Aron.« Aufgewühlt hauchte ich ihm einen flüchtigen Kuss auf die Wange.

Ich war schon ein paar Schritte entfernt, als Aron mich zurückrief. »Lynn, du darfst nicht an ihn denken, wenn du zu ihm gehst, sonst weiß er, dass du auf der Suche nach ihm bist.«

Kapitel 8

Flügelrauschen

Es kostete mich meine ganze Konzentration, *nicht* an Christopher zu denken. Ich schaffte es dank der rosa Elefanten, die ich vor meinem inneren Auge vorbeischweben ließ.

Als ich die Kapelle erreichte, wusste ich – spürte ich –, dass er da war. Vorsichtig spähte ich durch die geöffnete Tür, anstatt einfach einzutreten. Christophers Anblick verschlug mir den Atem. In sich versunken stand er vor der Engelsstatue, wie vor seinem eigenen Spiegelbild, und schien in die Unendlichkeit zu blicken.

Ich zögerte. Er war nicht von dieser Welt. Wie konnte ich jemals glauben, ihn lieben zu dürfen?

»Warum bist du gekommen?« Christophers eisiger Tonfall riss mich aus meiner Verzückung, so dass ich erschrocken zusammenfuhr. Ein Schatten huschte über sein Gesicht, der meine Zuversicht auflöste wie Morgentau in der Sonne.

War ich im Begriff, den größten Fehler meines Lebens zu begehen? Konnte ich wirklich *so* anmaßend sein, einem Engel meine Liebe zu gestehen? Einem Engel wie ihm?

Ich nahm allen Mut zusammen, der mir in seiner Gegenwart geblieben war. Etwas in mir zwang mich, meine Lüge, ihn nicht zu lieben, einzugestehen. Unsicher trat ich über die Schwelle, doch seine versteinerte Miene ließ mich innehalten. Er wirkte unnahbar, kalt wie der Engel aus Stein neben ihm. Ich fühlte, wie die Angst, von ihm zurückgewiesen zu werden, in mir hochkroch. Zugleich wusste ich, dass es keine zweite Chance geben würde. Ich musste ihm die Wahrheit sagen – doch ich wagte es nicht.

»Du bist ein Engel, weißt du es denn nicht?«

Er überging meine Frage. Furchteinflößend baute er sich vor mir auf und betrachtete mich mit einem triumphierenden Blick, als ich erneut zusammenzuckte.

»Du fürchtest dich vor mir.« Seine Augen glühten bedrohlich.

»Nein, warum sollte ich?« Ich schüttelte den Kopf und zwang mich, ihn anzusehen.

»Vielleicht nicht in dieser Erscheinung!«

Meine Augen konnten Christophers Verwandlung zum Engel nicht folgen. Plötzlich stand er vor mir, erhellt vom schimmernden Licht seiner Flügel, keine Armeslänge entfernt. Seine beeindruckenden Schwingen umspannten den Innenraum beinahe von Wand zu Wand, sein außergewöhnliches Wesen jedoch füllte die Kapelle zur Gänze.

Ich befahl meinem Körper, nicht vor ihm zurückzuweichen. Mit geballten Fäusten hielt ich ihm stand – seinem Blick, seinen funkelnden grünen Augen, mit denen er auf mich herabschaute.

»Du hast Angst vor meiner wahren Gestalt. Auch wenn du versuchst, es vor dir selbst zu leugnen.« Seine Stimme war nicht weniger ehrfurchtgebietend.

Ich bebte. Die Macht, die von ihm ausging, erschreckte mich – sie gebot über Leben und Tod. Doch ich wusste, dass mir von Christopher keine Gefahr drohte. Hatte ich nicht in seinen Armen dieses unglaubliche Gefühl der Sicherheit empfunden?

»Wie könnte ich fürchten, was ich liebe?« Meine Stimme zitterte ebenso sehr wie ich.

Seine Antwort folgte rasch, hart und unerbittlich. »Indem du erkennst, dass es unerreichbar ist.«

Ich schloss die Augen und widerstand den Tränen. Er war nicht für mich bestimmt – *unerreichbar!*

Meine Gefühle drohten mich zu überwältigen. Die Kälte, die von ihm ausging, legte sich wie ein eiserner Mantel um mein Herz, schnürte es zusammen und erstickte meine Liebe. Ich sträubte mich gegen diese dunkle Kraft, doch je heftiger ich mich zur Wehr setzte, umso stärker wuchs etwas anderes in mir: unbändige Wut.

Warum bekämpfte er meine Liebe? Konnte er mir nicht einfach sagen, dass aus uns nichts wurde? War ich so unwürdig, dass er sicher sein wollte, dass ich ging und ihn nie wieder belästigte?

Entsetzt spürte ich, wie die Wut sich in mir ausbreitete, meine Gedanken beherrschte und drohte, meine verbliebenen Gefühle für Christopher endgültig auszulöschen. Doch auch wenn er für mich nicht erreichbar war, *das* durfte ich nicht zulassen!

Ich zwang mich, meinen Körper zu spüren. Grub meine Fingernägel in meine Handflächen, fügte mir Schmerzen zu, um zu mir zurückzufinden.

»Tu das nicht!« Christophers Hand streifte meine Haare, berührte mein Gesicht, mein Kinn, bog meinen Kopf zurück und zwang mich, ihn anzusehen.

»Du hättest nicht kommen dürfen.« In seiner Stimme lag Wärme und eine Sorge, die sich in seinen Augen widerspiegelte und den Rest meiner Wut hinwegspülte. »Ich werde nicht zum Schloss zurückkehren.«

»Du wolltest gehen, ohne dich zu verabschieden?«

»Es wäre besser gewesen.«

Seine Worte schmerzten. Ich entwand mich seinem Griff, und Christopher ließ es zu.

»Schon als ich dich zum ersten Mal sah, auf der Treppe im Schloss« – ich erschauderte, da ich an die Begegnung zurückdachte –, »schon damals wusste ich, dass du verloren warst. Deshalb habe ich versucht, mich dir zu entziehen, und dein

Tutorat abgegeben, in der Hoffnung, du würdest nichts für mich empfinden. Ich hätte gehen sollen, doch stattdessen beging ich einen weiteren Fehler.« Christophers Blick wanderte zu meinen Lippen, und ich wusste, dass er von dem Kuss in der Kapelle sprach.

»Ich werde nicht länger in deiner Nähe bleiben. Die Gefahr wäre zu groß für dich.« Er zögerte. »Ich wünschte, wir wären uns niemals begegnet.«

Ich zuckte zusammen. Meine Gefühle waren zu mächtig, um sie länger zurückzudrängen. Christopher bereute nicht nur den Kuss, sondern auch, mich getroffen zu haben. Meine Wut kehrte zurück und verwandelte sich in lodernden Zorn. Ich kämpfte ihn zurück, doch was blieb, war quälend. Ich biss die Zähne zusammen und zwang den Schmerz, sich zurückzuziehen, so weit, bis ich mir sicher war, dass er mein Gesicht nicht mehr erreichte.

»Es tut mir leid, dass du so denkst. Doch ich bin nicht stark genug, meine Gefühle zu verleugnen und dich zu vergessen – egal, wie gefährlich es ist, einen Engel zu lieben.«

Ein dunkler Schatten trübte Christophers Züge, als wäre meine Wut auf ihn übergesprungen. »Das kannst du nur behaupten, weil du die Gefahr nicht kennst.«

»Und deshalb fürchte ich mich nicht vor ihr, weil ich weder sie noch die Zukunft kenne. Oder weißt du etwa, was mich erwartet?«

»Nein, aber ich habe erlebt, was denen widerfährt, die uns zu nahe stehen.« Christophers Stimme klang fest. Auf sein Gesicht legte sich jedoch eine Traurigkeit, die selbst in mir Kummer auslöste.

Hatte er einen Freund verloren? Seine *Freundin*? Mein Herz zog sich erneut zusammen. Ich verdrängte den Gedanken und hoffte auf eine andere Erklärung.

»Sag mir, was passiert ist, damit ich verstehen kann, warum … warum du das Schloss verlassen willst.«

Christopher betrachtete mich auf die gleiche Weise, mit der Aron mich beobachtet hatte, bevor er mir verriet, wo ich Christopher finden konnte. Doch Arons prüfender Blick war oberflächlich, verglichen mit Christophers – er suchte nicht nur nach Aufrichtigkeit.

Ich wich nicht vor ihm zurück, obwohl die Intensität in seinen Augen alle Warnsignale in mir aufblinken ließ, jetzt lieber zu verschwinden. Schließlich gab er mich frei. Ich taumelte, als hätte er mich nicht nur mit seinem Blick festgehalten, doch Christopher bemerkte nicht, wie ich mein Gleichgewicht suchte. Seine Aufmerksamkeit hatte sich auf die Engelsskulptur geheftet, und seine Miene erstarrte.

»Wir haben uns im Schloss der Engel kennengelernt. Coelestin hatte mich bei sich aufgenommen, damit ich meine Ausbildung vollenden konnte. Schon bei unserem ersten Zusammentreffen wusste ich, dass uns etwas Besonderes miteinander verbinden würde.«

Ich biss die Zähne zusammen. Das Gefühl kannte ich – von *meiner* ersten Begegnung mit Christopher.

»Coelestin begriff schnell, dass es ihm allein nicht gelingen würde, die Gräuel meiner vergangenen Ausbildung zu vertreiben. So unterstützte er unsere Freundschaft. Bis ich allerdings so weit war, dass uns mehr verbinden konnte, benötigte seine Zeit.« Christopher unterbrach seine Erzählung und beobachtete mich wieder.

Doch ich hatte genug gehört. Er hatte seine große Liebe gefunden – und ich war es nicht! Stattdessen war ich so dämlich und hatte ihm mein Herz zu Füßen gelegt wegen eines einzigen Kusses – weil ich zu blöd war zu erkennen, dass ich ihm nichts bedeutete.

Am liebsten wäre ich weggerannt, um mich in einem dunklen Loch zu verkriechen, doch Christopher versperrte mir den Rückzug.

»Meine Geschichte hat noch nicht einmal begonnen, und du suchst schon nach einer Möglichkeit zur Flucht? Willst du nicht auch erfahren, wie das Ganze geendet hat? Sagtest du nicht, dass du bereit bist, der Gefahr zu trotzen?«

Ich mied seinen forschenden Blick und nickte. »Ja, das hab ich.«

»Ein ehrliches Nein genügt, und du kannst die Kapelle verlassen.« Eine Gefährlichkeit lag in seiner Stimme, die mich beängstigte.

Ich straffte meine Schultern, was Christopher nicht entging. Auch wenn ich mich zum Narren gemacht hatte, meine Gefühle verletzt waren und ich kurz davorstand, davonzulaufen, wollte ich doch einen kleinen Rest meiner Selbstachtung wahren.

»Warum liegt dir so viel daran, mir Angst einzujagen? Hast du Spaß dabei oder hoffst du, mich so am schnellsten loszuwerden?«

Das irisierende Licht von Christophers Flügeln flammte für den Bruchteil einer Sekunde auf wie ein sich entladender Blitz. Instinktiv wusste ich, dass ich meinen ersten Treffer gelandet hatte. Wut, Hass und Entsetzen spiegelten sich auf Christophers Gesicht wider, und in seinen Augen brannte eine Verzweiflung, die mich zutiefst bereuen ließ. Ich hatte verloren – aber durfte das ein Grund für mich sein, ihn zu verletzen?

»Lass mich gehen!« Noch immer stand er zwischen mir und der Tür.

»Warum dein plötzlicher Sinneswandel?«

»Bitte.«

»Du siehst nicht so aus, als hätte dich dein Mut verlassen – noch nicht!«

Ich hatte geglaubt, keine Angst vor seiner machtvollen Engelsgestalt zu haben, bis ich sah, dass sein Körper sich spannte wie der eines Kriegers vor dem Angriff und seine Augen zur tödlichen

Bedrohung wurden – was mich zu einem der Stützpfeiler zurückweichen ließ. Gefährlich langsam folgte er mir bis auf Armeslänge und hielt mich mit seinem Blick gefangen.

»Keiner deiner Mitschüler hätte gewagt, hierherzukommen, nachdem ich ihm meine Engelsgestalt offenbart habe. Anscheinend bist du ein wenig zu begriffsstutzig, um auf Anhieb zu verstehen, *was* ich bin.«

Bedrohlich blitzten seine Flügel und erhellten die Kapelle mit einem unwirklichen Leuchten, doch ich war mir sicher, dass er mich niemals angreifen würde. Ein Lächeln stahl sich auf meine Lippen. Zu seiner grollenden Stimme und seinem unverwechselbaren Duft fehlte nur noch der Regen auf meiner Haut, und die Illusion des Sommergewitters wäre perfekt. Vielleicht fürchtete ich mich nicht so sehr vor ihm, wie er es erwartete, weil ich Gewitter so sehr liebte.

Meine Reaktion verwandelte Christophers Ärger. Das Jadegrün seiner Augen wurde dunkler, wärmer, zu sattem Smaragdgrün. Ich hielt die Luft an. Deutlich konnte ich sehen, wie sein Vorhaben, mich einzuschüchtern, verblasste. Schließlich schüttelte er den Kopf, wandte sich ab, um sich so weit wie möglich von mir zu entfernen, und gab den Ausgang frei. Er wollte, dass ich ging. Ich würde mich zum Vollidioten machen, wenn ich diese Aufforderung ignorierte.

Kurz bevor ich die Tür erreichte, rief er mich zurück. »Bitte, geh nicht!« Seine Stimme hatte ihre Schärfe verloren.

»Warum?« Ich blieb stehen, ohne mich zu ihm umzudrehen. Ich wollte nicht, dass er mich aus Mitleid zurückhielt – weil er in meinen Augen lesen konnte, wie verzweifelt ich war.

»Weil ich möchte, dass du verstehst – dass du die Wahrheit erkennst und begreifst.«

»Die Wahrheit?« Ich hatte sie verstanden – und begriffen. Ganz so blöd war ich dann doch nicht: Er wollte mich nicht. Was konnte ich daran missverstehen? Meine Augen brannten.

Ich wollte gehen, doch seine Hand auf meiner Schulter hielt mich zurück.

»Bitte, Lynn.«

Obwohl Christopher in seiner Engelsgestalt zu mir sprach, lag in diesen zwei Worten so viel Menschlichkeit, so viel Vertrautes. Und als ich mich zu ihm umdrehte, entdeckte ich zum ersten Mal nicht nur Wut oder Verzweiflung, sondern auch Hoffnung in seinen Engelszügen – doch sie verschwand, als er zu erzählen begann.

»Uns verband eine außergewöhnliche Freundschaft. Es gab niemanden, dem ich mehr vertraute. So nahm ich Simon mit zu meinesgleichen – was ihm zum Verhängnis wurde.«

Ich atmete auf – vor Erleichterung. Ich war froh, dass Simon nicht Simone hieß, doch das Jadegrün, das in Christophers Iris aufblitzte, brachte mich zur Besinnung. Hier ging es um mehr als Eifersucht.

»Er verliebte sich in Gabriella. Die Entscheidung, bei ihr zu bleiben, fiel Simon nicht leicht – er wusste genau, was sie war –, und er befürchtete, damit unsere Freundschaft aufs Spiel zu setzen.«

Ohne mich aus den Augen zu lassen, beantwortete Christopher meine unausgesprochene Frage. Jedes Stirnrunzeln, jede Gefühlsregung schien von Bedeutung.

»Es gibt einen Grund, warum jedem von uns ein eigenes Territorium zugeteilt ist: Wir kommen nicht besonders gut miteinander aus, um es vorsichtig zu formulieren.«

Ich nickte. Wenn alle über so viel Macht verfügten wie Christopher, konnte ich mir lebhaft vorstellen, wie *hitzig* eine Auseinandersetzung unter seinesgleichen – was genau auch immer das hieß – ausfallen würde.

»Gabriella und ich begegneten uns öfter als vorgeschrieben, und als ich erkannte, dass Simon in ihr tatsächlich seine wahre Liebe gefunden hatte, begann auch ich, sie zu akzeptieren – was nicht immer einfach war.« Christophers Blick legte sich auf den Engel aus Stein, verhärtete und verlor sich in der Vergangenheit.

»So beeinflusste ich auch ihr Schicksal. Mein ehemaliger Lehrmeister nutzte die Gelegenheit, sie zu sich einzuladen, während Simon mich besuchte. Er hofierte sie, umgarnte sie und zog sie in das Netz, das er einst auch für mich ausgelegt hatte. Als sie das erkannte, war es zu spät, denn dieses Mal hatte er dafür gesorgt, dass im Falle eines Misserfolgs sein Opfer nicht überleben würde: Gabriella wurde des Hochverrats beschuldigt.

Als sie zu den roten Säulen des Dogenpalastes geführt wurde, verlor Simon die Kontrolle und stürzte sich auf die Wachen. Ich konnte ihn gerade noch zurückhalten und ihm zur Flucht verhelfen, bevor er einen von ihnen tötete. Doch sein Los war besiegelt. Simon wurde in Abwesenheit zum Tode verurteilt, und mein einstiger Lehrmeister stürzte sich förmlich auf die Aufgabe, ihn zu jagen – er wusste schon immer, wie er mich am besten verletzen konnte.«

Ein eisiges Frösteln durchzog meinen Körper. Christopher sprach nicht nur von seelischer Grausamkeit, und ich wagte nicht, mir auszumalen, was er bei seiner Ausbildung ertragen musste. Doch gleichzeitig wusste ich, dass sein Eingeständnis einen Grund hatte, der mir ganz bestimmt nicht gefallen würde. Sorge erfasste mich, als ich bemerkte, dass Christopher mich wieder beobachtete. Trotz seiner undurchdringbaren Maske spürte ich, dass er meine Erkenntnis begrüßte.

»Obwohl ich die Jagd auf Simon unterstützen sollte, versuchte ich, ihn zu schützen, und gewährte ihm alle Hilfe, die ich aufbringen konnte. Für mich gab es glücklicherweise eine andere Aufgabe, die ich zu übernehmen hatte.«

Christophers Haltung veränderte sich. Für einen kurzen Moment wirkte er gealtert – und gebrochen. Mir schauderte vor dem, was kommen würde.

»Um mich von meiner Aufgabe zu locken, wählte er Simon als Köder. Unsere Bindung bestimmte seinen Tod. Er quälte, verstümmelte und folterte ihn. Ich kam zu spät. Er starb in meinen Armen.«

In Christophers Augen spiegelten sich Wut, Trauer und Selbstvorwurf. Ich wollte widersprechen – er kam mir zuvor.

»In dieser Nacht verlor nicht nur Simon sein Leben. Da ich meine Aufgabe vernachlässigt hatte, starb eines der sechs Engelskinder, die den Nachfolger auswählen, weshalb die Gefahr, dass er in die falschen Hände geraten könnte, weiter steigt. Und ohne die richtige Erziehung ist er verloren.«

Ich wich Christophers unheilvollem Blick aus. Sein Versagen und der Verlust seines Freundes hatten ihn verhärtet. Er war nicht bereit, ein weiteres Mal seine Gefühle zu investieren – und schon gar nicht in mich.

»Wirst du ihn suchen?«

»Nein. Das ist unmöglich.«

»Weshalb verlässt du dann das Schloss?«

Christopher antwortete nicht – es war offensichtlich, warum. Dennoch brauchte ich seine Bestätigung.

»Meinetwegen, nicht wahr?«

Ich sah ein *Ja* in seinen Augen und wusste, was ich zu tun hatte.

»Das musst du nicht. Die Schule braucht *dich* – auf mich kann sie verzichten. Sicher gibt es einen anderen Ort, wohin ich gehen kann. Ich werde Aron fragen.« Am besten sofort! Die Kapelle barg zu viele Erinnerungen und viel zu viele Emotionen. »Bitte, lass mich durch.«

Christopher stand wieder zwischen mir und dem Ausgang, doch anstatt mich vorbeizulassen, kam er näher auf mich zu und umfasste meine Arme.

»Versprich mir, nicht noch einmal das Schloss zu verlassen!«

Ich antwortete nicht. Seine unerwartete Berührung lähmte mich.

Christopher wurde eindringlicher. »Lynn, versprich es!«

Mein Verstand warnte mich: Ich war bereit, ihm alles zu versprechen. Angriff war meine einzige Rettung.

»Du bist nicht mein Tutor, und ich bin dir nicht verpflichtet!«

Der Druck seiner Hände verstärkte sich. »Du kennst unsere Welt noch nicht. Außerhalb des Schlossgeländes bist du nicht geschützt.«

»Und wenn schon. Zudem ist es nicht deine, sondern Arons Aufgabe, sich um mich zu kümmern!«

Ich versuchte Christopher abzuschütteln. Seine übernatürliche Ausstrahlung setzte mir zu, und lange konnte ich meine vorgeschobene Aggressivität nicht mehr aufrechterhalten. Meine Verzweiflung schnürte mir schon jetzt die Kehle zu.

»Lynn, ich kann nicht gehen, wenn ich dich nicht in Sicherheit weiß.«

»Dann … dann geh nicht!« Meine Selbstkontrolle brach. Tränen traten in meine Augen.

Christopher ließ mich los und wich zurück. »Ich kann nicht bei dir bleiben. Ich habe schon genügend Schaden angerichtet. Bitte, versprich mir, dass du das Schloss nicht ohne Begleitung verlässt, bis du deine Ausbildung beendet hast.«

»Warum?«

»Weil du stark sein musst, wenn du den Schutz der Schule verlässt.« Christophers Züge gefroren. »Es ist meine Schuld. Ich hätte verhindern müssen, dass du mir näherkommst. Doch wenn ich jetzt gehe, ist es vielleicht noch nicht zu spät für dich, und das, was meinen Freund getötet hat, wird dich vergessen.«

»Mich? Mich kennt hier doch niemand außer den Schlossbewohnern.«

»Er würde dich kennenlernen, weil er danach trachtet, alles

zu zerstören, was mir etwas bedeutet – und ich könnte es nicht ertragen, dich zu verlieren.« Christophers Smaragdaugen schmolzen zu flüssigen Edelsteinen, bevor er mich in seine Arme zog und seine Schwingen mich umschlossen, um mich vor der Welt zu beschützen.

Ich drängte mich an ihn und versank in ihm. Verbarg mich zwischen seinen himmlischen Flügeln, die er behütend um mich hüllte, und klammerte mich an ihm fest, so dass nichts und niemand mich von ihm trennen konnte – diese kurze Ewigkeit sollte nur uns beiden gehören.

Die kalte Nachtluft ließ mich erschaudern. Christopher hatte wieder seine menschliche Gestalt angenommen, so dass seine Flügel mich nicht länger umgaben. Noch einmal spürte ich sein Engelswesen, bevor ich mich aus seiner Umarmung löste. Die Zeit war abgelaufen.

»Wirst du ins Schloss zurückkehren?« Ich musste wissen, ob er wiederkam.

Christopher sah mich an. Unsicherheit lag in seinem Blick. »Möchtest du, dass ich gehe?«

»Habe ich denn Einfluss auf deine Entscheidungen?«

»Schon seit unserer ersten Begegnung.«

»Dann bleib!«

Meine Knie wurden weich, als seine Arme sich um meine Taille legten und sein Mund meine Lippen fand. Ich war überglücklich, berauscht von ihm, von seinem Versprechen, bei mir zu bleiben. Und in diesem Augenblick war ich fest davon überzeugt, dass es nichts auf dieser Welt geben konnte, das so mächtig war, meine Liebe zu ihm zu zerstören. Ich war naiv genug zu glauben, sie wäre stark genug für uns beide.

Kapitel 9

Himmel und Hölle

»Wir sollten zum Schloss zurückgehen.« Christopher drängte zum Aufbruch. Schützend legte er einen Arm um mich, während wir zur Schule liefen.

Ich spürte seine Unruhe, es war Schlafenszeit – und schon lange dunkel. Doch ich wollte mich noch nicht von ihm verabschieden. Irgendwie befürchtete ich, er könnte am nächsten Morgen nicht mehr da sein. Und anscheinend fühlte auch er meine Unsicherheit. Anstatt mich auf mein Zimmer zu bringen, nahm er den Abzweig zur Schlossmauer am Seeufer.

An Christopher gekuschelt, beobachtete ich, wie das blassgelbe Mondlicht über das dunkle Wasser zog, bevor der Morgen ein purpurfarbenes Tuch über den See breitete. Trotz all der Schönheit war für mich nur wichtig, dass Christopher mich in seinen Armen hielt.

»Du musst müde sein.« Besorgt glitt sein Blick über mein Gesicht. »Wenn du möchtest, werde ich dich für heute entschuldigen, damit du ein wenig schlafen kannst.«

»Nein, das brauchst du nicht.« Ich fühlte mich so lebendig wie nie zuvor – unmöglich, jetzt an Schlafen zu denken!

Ein Lächeln huschte über Christophers Lippen, dann erreichte es seine Augen und ließ sie erstrahlen. »Gut.« Mehr sagte er nicht. Sein Lächeln blieb, selbst als er das Thema wechselte. »Lass uns frühstücken gehen, hungrig bist du ja wohl.«

Erst jetzt bemerkte ich, dass mein Magen deutliche Zeichen aussandte. Ich nickte und ließ mir von ihm von der Mauer helfen, wollte mich aber mit seinem allzu offensichtlichen Ablenkungsmanöver nicht zufriedengeben.

»*Gut?! Was* ist gut?«

»Dass du deinen Unterricht nicht versäumst.«

Ich verdrehte die Augen, da Christopher mir auswich. »Und was bringt dich dann dazu, so ... so unwiderstehlich zu grinsen?«

»Tue ich das?«, fragte er unschuldig und kam meinem Gesicht gefährlich nah.

»Ja, allerdings.« Ich zwang mich, ihn anzuschauen und mich seiner verführerischen Anziehungskraft zu widersetzen – was mir unheimlich schwerfiel. Aber wo sollte das hinführen, wenn er mich so leicht um den Finger wickeln konnte, ohne dass ich wenigstens versuchte, Widerstand zu leisten?

»Hab ich heute etwas Besonderes auf dem Stundenplan?« Mein Herzschlag beschleunigte sich. »Vielleicht mit dir?«

Christophers Lächeln verzog sich zu einem schiefen Schmunzeln. »Nein, leider wird sich heute ausschließlich Aron um dich kümmern. Aber keine Sorge, ich werde dich nicht aus den Augen verlieren.« Seine Lippen berührten sanft meine Stirn, bevor er mich zum Gelben Haus manövrierte.

Aron schien auf mich gewartet zu haben. Seine Freude über unser gemeinsames Erscheinen war ihm deutlich anzumerken, doch er hielt seine Fragen zurück. Und nachdem sich Paul, Leonie und Markus zu uns gesellt hatten, widmete er ihnen seine ganze Aufmerksamkeit.

Ich hingegen hatte nur Augen für Christopher.

Aron räusperte sich. »Es wird Zeit, Lynn. Bist du schon aufgeregt?«

»Sollte ich das?« Meine Verwirrung war mir anzusehen.

»Hat Chris dir nichts verraten?«

»Nein.« Christophers spitzbübisches Grinsen ließ mich aufhorchen.

»Gut.«

Gut? – schon wieder! »Was, *gut?*«

Ein nicht minder schelmischer Ausdruck überzog Arons Gesicht. »Lass dich einfach überraschen, Lynn.«

Ich seufzte theatralisch. Anscheinend hatten sich die beiden gegen mich verschworen – und bei so viel männlicher Geheimniskrämerei war ich machtlos.

Nach dem Frühstück führte Aron Markus und mich durch den Park und steuerte auf eines der Nebengebäude zu. Erst als er Markus zur Seite zog und ihm aufmunternd auf die Schulter klopfte, bemerkte ich Markus' rot geäderte Augen, die sein fahles Gesicht noch blasser machten als sonst. Betroffen blieb ich ein paar Schritte zurück – Markus brauchte Aron im Augenblick dringender als ich. Ich fing Arons Blick auf, der mir signalisierte, ihm nicht zu folgen.

Ich setzte mich auf die nächstgelegene Bank und wartete. Es schien mir ungerecht, dass ich so glücklich war, während Markus vermutlich um sein zurückliegendes Leben trauerte – und falsch. Mein schlechtes Gewissen erwachte. Auch ich hatte geliebte Menschen hinter mir gelassen, die mich sicherlich vermissten: meine Eltern, meine Freunde, Philippe. Trauerten sie um mich? Übelkeit stieg in mir hoch. Ich wäre zusammengebrochen, falls einem von ihnen etwas zugestoßen wäre.

Tränen liefen mir übers Gesicht. Ich ließ es zu. Sie trösteten, und schließlich beruhigte ich mich mit dem Gedanken, dass sie mein Glück teilen und mich mit Vorwürfen überhäufen würden, wenn ich auch nur eine Minute damit verschwendete, es nicht zu genießen.

Bis Aron zurückkehrte, hatte ich mich wieder unter Kontrolle. Er kam allein und setzte sich zu mir auf die Bank.

»Geht es Markus besser?«

»Ja. Spätestens in ein paar Tagen wird er wieder strahlen – wenn auch kaum so sehr wie du heute Morgen beim Frühstück.«

Seine Anspielung brachte mich in Verlegenheit.

»Ich bin froh, dass du ihn zurückgebracht hast«, fuhr Aron nach einer Weile fort. »Niemand sonst hätte das geschafft.«

»Wie meinst du das?« Ich zog ungläubig meine Augenbrauen nach oben. War ich es nicht, die ihn vertrieben hatte?!

»Ich kenne Christopher schon seit langem, und noch nie habe ich ihn so aufgewühlt erlebt. Zuerst dachte ich, ich würde etwas sehen, das nicht sein konnte, und nachdem ich ihn mit dir in der Kapelle am See gefunden hatte« – Arons Augen ruhten auf mir, mit einem flüchtigen Lächeln quittierte er mein Erröten –, »machte ich mir große Sorgen um ihn. Als du dann am nächsten Tag wie von Geistern verfolgt ins Schloss geflüchtet bist, ahnte ich, dass etwas passiert war. Ich versuchte, Christopher zum Bleiben zu überreden. Natürlich hörte er nicht auf mich. Im Gegenzug nahm er mir das Versprechen ab, dich aufzuhalten.« Aron schwieg und starrte in die Ferne. Mit Sicherheit dachte er an unsere letzte Begegnung.

»Glaub mir, ich wollte dich nicht zu ihm lassen. Du wirktest so … so verletzlich, doch in deinen Augen lag eine Gewissheit …« Aron brach ab und zuckte die Schultern. »Lynn, es ist für Christopher nicht einfach, ein Gefühl wie Freundschaft zu akzeptieren. Dass er jemals mehr empfinden könnte, hielt nicht nur ich für unmöglich. Ich hoffe, du enttäuschst ihn nicht.«

Arons heitere Gelassenheit kehrte zurück, doch seine letzten Worte hatten ihr Ziel nicht verfehlt, und ich wäre beinahe aufgesprungen, um ihn zu ohrfeigen.

Für was hielt er mich? Glaubte er, dass ich meine Freunde so oft wechselte wie er seine Unterhosen? Ich schluckte meine zynische Bemerkung, dass er nicht von sich auf andere schließen sollte, hinunter und folgte ihm schweigend zu einem der Klassenzimmer. Schließlich hatte ich keinen Grund, mich vor ihm zu rechtfertigen.

Zwei Stunden lang erklärte er mir die Theorie des Fliegens, erläuterte den Nutzen von Aufwinden und die Gefahren der

Fallwinde. Am Ende war mein Ärger verraucht und mir schwirrte der Kopf vor lauter Fakten, aber ich hatte ungefähr begriffen, wie Engel flogen.

Nach der anstrengenden Theoriestunde genoss ich die wärmenden Sonnenstrahlen. Während wir auf den See zusteuerten, hielt ich nach Christopher Ausschau. Endlich entdeckte ich ihn, unten, am Steg vor dem Gelben Haus. Seine Augen leuchteten, als er mich sah – was mir natürlich sofort weiche Knie bescherte. Erst Markus' Jubelschrei lenkte meine Aufmerksamkeit auf das umliegende Geschehen.

Eine riesige Plattform, erbaut aus aneinandergebundenen Flößen, trieb in der Mitte des Sees. Zwei schmale, im Wind hin und her schaukelnde Röhren, verziert mit roten, gold- und silberfarbenen Ranken, ragten nebeneinander in die Höhe. Oben erweiterten sie sich zu breiten, tulpenförmigen Kelchen, an deren Rändern sechs doldenförmige Gebilde herabhingen.

Meine Beine drohten nun doch nachzugeben, als ich die anmutigen Gestalten entdeckte, die in halsbrecherischer Geschwindigkeit über den See flitzten: Engel! Aber Christophers Arm hatte sich bereits um meine Taille gelegt und gab mir Halt. Ich schmiegte mich dankbar an ihn, um den Schock zu verkraften, dass meine Mitschüler Engel waren, bis Arons tadelnder Blick mich wieder zur Vernunft brachte.

»Steigt ein! Chris wird euch zur Plattform rudern.«

Noch während er Markus und mich aufforderte, im Boot Platz zu nehmen, verwandelte sich Aron in einen Engel. Markus entfuhr ein beeindrucktes »Wow!«, während ich Aron überrascht musterte.

Auch er war bemerkenswert, allerdings unterschied sich seine Erscheinung deutlich von Christophers Engelsgestalt: Arons Körper blieb unverändert, und das Licht seiner Flügel besaß bei weitem nicht die Vielfalt von Christophers gigantischen Schwingen – sie schimmerten nur weiß, wie Schnee. Der größte

Unterschied jedoch lag in seiner Ausstrahlung. Wirkte Christopher als Engel mächtig und ehrfurchtgebietend, so strahlten Arons Züge weich, beinahe fürsorglich. Eine beruhigende Wärme ging von ihm aus, als wäre er von einem schützenden Mantel umgeben.

Aron schien die Fragen, die mir durch den Kopf schossen, zu erahnen. »Später, Lynn. Nach dem Spiel werde ich euch alles erklären. Und nun genießt das Match und lernt.«

Auf der Plattform, die einen fantastischen Blick über den See bot, war die ganze Schule versammelt. Die Bohlen gaben unter meinem Gewicht ein wenig nach, doch ich schaffte es, aus dem Boot zu klettern und die für uns reservierte Holzbank zu erreichen, ohne ins Wasser zu fallen.

Christopher blieb vor uns stehen und begann zu erklären. »Was ihr gleich sehen werdet, ist eines der ältesten und beliebtesten Freizeitspiele unter Engeln. Es wird schon seit Ewigkeiten gespielt und wurde ursprünglich nicht zum Vergnügen, sondern zur Ertüchtigung erfunden – eigentlich dient es auch heute noch dazu. Aber die wenigsten sehen das so.«

Es gab zwei Mannschaften mit je sechs Spielern und einem Kapitän, die abwechselnd spielten. Ein Ball pro Runde mit sechs Scheiben mussten eingefangen und in die kugeligen Auswüchse am Ende des Kelchs gelegt werden – natürlich wollte die gegnerische Mannschaft das verhindern. Gewonnen hatte, wer die Dolden an seinem Kelch am schnellsten füllte.

Ich entdeckte Aron, der hoch über der Plattform schwebte. Rechts und links von ihm gruppierten sich die Mannschaften, bereit zum Spiel. Meine Überraschung wuchs, als ich die Engel genauer betrachtete – alle waren wie Aron, keiner glich Christopher. Ich warf ihm heimlich einen Blick zu. Christopher entging meine Aufmerksamkeit nicht – Besorgnis schlich sich in seine Züge, und ich beeilte mich, ein Lächeln zustande zu bringen und meine Fragen auf später zu verschieben.

Ein markerschütternder Ton hallte aus den Kelchen über den See und läutete den Beginn des Spiels ein. Rhythmischer Applaus unterstützte Aron, der mehrere Ringe nach oben hielt, sie mit einer geschickten Drehung zum Rotieren brachte und aus ihnen einen hell leuchtenden Ball formte. Schwungvoll schleuderte er die Kugel senkrecht in den Himmel, während der Kapitän der ersten Mannschaft versuchte, ihr zu folgen und den Ball mit einem länglichen Paddel von unten so schnell und hart wie möglich zu treffen. Die Kugel zerbarst unter dem mächtigen Schlag und zerfiel in ihre Bestandteile. Sechs schimmernde Ringe, Frisbeescheiben ähnlich, stoben in alle Himmelsrichtungen über den See.

»Wie groß ist das Spielfeld?«, wollte ich wissen.

»So weit wie der See.«

Ich schwieg beeindruckt.

Die Mannschaften formierten sich. Ich erkannte Paul unter ihnen. Auf seinem Gesicht lag eine lauernde Anspannung, die ich nicht bei ihm erwartet hätte. Seine Flügel zuckten unruhig. Alles in ihm drängte, seiner Scheibe nachzujagen. Doch erst nachdem sie die Wasserfläche durchbrochen hatte, stob er mit dem Rest der Sammlermannschaft davon – Sekunden darauf verfolgt von seinem Gegner.

Einen Engel zu sehen war beeindruckend, ihn im rasenden Verfolgungsflug zu erleben unglaublich. Wie ein Pfeil schoss Paul auf die Wasseroberfläche zu. Kurz bevor er eintauchte, verschwanden seine Flügel, und er glitt elegant ins Wasser. Sein Gegenspieler versank nur wenig nach ihm in der Tiefe mit dem Ziel, den Ring vor Paul zu finden.

Ich kaute nervös auf meiner Unterlippe und beobachtete gebannt die Schiedsengel, die dicht über dem See den Weg der Kontrahenten verfolgten. Paul war schon ziemlich lange unter Wasser, weshalb ich mir die entsetzlichsten Dinge ausmalte.

»Es ist nicht so einfach, wieder aufzutauchen. Der See ist tief und man sollte ihn nicht unterschätzen. Nicht umsonst heißt das Spiel *Himmel und Hölle*.«

Christophers Erklärungen beruhigten mich nicht gerade, doch der Jubel, als der erste Spieler wieder auftauchte, riss mich aus meinen Überlegungen, was hier alles im See verborgen sein könnte.

Es war einer der Sammler. Mit Schwung stob er aus dem Wasser und verwandelte sich zum Engel. Noch während er auf den Kelch zuhielt, schleuderte er seinem Kapitän die Scheibe zu, der sie zielsicher in eine der durchsichtigen Dolden warf, wo sie sich schillernd im Kreis drehte.

»Wenn das Gefäß mit sechs Scheiben gefüllt ist, wird aus ihnen wieder eine Kugel«, erläuterte Christopher.

Der nächste Engel erschien – auch ein Sammler. Danach tauchte einer der Gegner, ein sogenannter Jäger, aus dem Wasser. Mit einer triumphierenden Geste schleuderte er die Scheibe zu seinem Kapitän, der sie beinahe an den Mannschaftsführer der Sammler verlor, bevor er sie in der Mitte des Kelches versenken konnte. Rotierend fiel der gegnerische Ring durch den Stiel und galt als verloren.

Endlich tauchte Paul wieder auf. Stolz präsentierte er seine Scheibe und warf sie zu seinem Teampartner, der sie mit den beiden anderen vereinte – drei Ringe wirbelten glitzernd umeinander. Vier zu zwei endete die erste Runde.

Die nächsten Spielzüge gingen an die gegnerische Mannschaft, die ihre erste Kugel zum Leuchten brachte, was mit stürmischem Beifall belohnt wurde. Mit zunehmender Dauer wurde ersichtlich, wie anstrengend das Spiel war. Die ständigen Wechsel zwischen Fliegen und Schwimmen sowie das präzise Timing beim Ein- und Auftauchen erschöpften die Spieler, was mich gleichzeitig beruhigte und nervös machte: Zum einen war ich froh, dass auch Engel nicht über unbegrenzte Kräfte verfügten – obwohl ich mir da bei Christopher nicht so sicher war –, zum anderen hatte ich Mitleid mit den vor Nässe triefenden Engeln, und ich fror mit ihnen.

Fast am Ende, Pauls Mannschaft fehlten nur noch drei Ringe zum Sieg, verlor eine Spielerin ihre sicher geglaubte Scheibe, da ihr der Sprung aus dem Wasser misslang. Ein ängstliches Raunen lief durch die Menge, als das Leuchten ihrer Flügel erlosch. Unaufhaltsam sogen sie sich voll Wasser und zogen das Mädchen hinab in die Tiefe. Plötzlich herrschte Totenstille.

Mit einem gewaltigen Sprung tauchte Christopher in den See. Ich starrte entsetzt auf die Stelle, an der er verschwunden war. Aron und einer der Schiedsengel, die das Spiel überwachten, folgten seinem Beispiel.

Niemand regte sich.

Der Schiedsengel tauchte wieder auf. Ein paar Minuten danach Aron. Wie lange konnte ein Engel unter Wasser bleiben? Es war schon viel zu viel Zeit verstrichen. Ich fühlte, wie mein Blut ins Stocken geriet, wie die Furcht um das Mädchen und um Christopher mich lähmte.

Ich schloss die Augen. Die Stille war erdrückend, selbst der Wind hatte sich gelegt.

Schrille Freudenschreie rissen mich aus meinen Gedanken. Christopher hob das erschöpfte Mädchen aus dem Wasser. Sie lebten! Gemeinsam mit Aron hievte er den schweren Engelskörper an Land.

Die Reihen um mich lichteten sich. Mit angehaltenem Atem verfolgte ich das einschüchternde Schauspiel. Einer nach dem anderen verwandelte sich. Alle wurden zu Engeln, breiteten ihre Schwingen aus und erhoben sich in die Luft. Das Rauschen der vielen Engelsflügel klang unheilbringend – allzu sehr erinnerte es mich an die Krähen, die mich vor nicht allzu langer Zeit im Wald attackiert hatten, nur dass der Flügelschlag der Engel um ein Vielfaches beängstigender war. Sämtliche Härchen auf meinen Armen und im Nacken richteten sich auf.

Jetzt spürte ich die Angst, die Christopher von mir erwartet hatte.

Ich blickte zu Markus. Wie ich hatte er keine Flügel. Unbeeindruckt zuckte er die Schultern und sprang ins Wasser, und ich blieb allein zurück – vor Kälte und Anspannung zitternd. Auch wenn ich eine gute Schwimmerin war, bestimmt wäre ich vor Angst auf halber Strecke ertrunken.

Schließlich landete Aron auf der Plattform. Er beobachtete mich aufmerksam, half mir ins Boot und ruderte mich zurück an Land.

»Ich bringe dich am besten ins Schloss.«

Um ihm zu zeigen, dass ich mich nicht so leicht einschüchtern ließ, wollte ich widersprechen, doch Aron kam mir zuvor.

»Chris geht es gut. Er kümmert sich um Estell, und ich denke, du solltest dich erst ein wenig beruhigen, ehe er dich …«

Aron verstummte. Christopher stand plötzlich vor uns. Entsetzen spiegelte sich in seinen Augen, als er mich sah.

Ich versuchte, ein Lächeln aufzusetzen, doch noch bevor mir das gelang, hatte er seine Arme um meine Taille gelegt und mich an sich gezogen. Seine Wärme vertrieb die Kälte in mir und mit ihr verschwand auch die Angst. Nur Arons Blick, mit dem er Christopher musterte, verunsicherte mich.

Hatte er ihm nicht zugetraut, dass er sich verlieben würde – in *mich* verlieben würde?! Oder missgönnte Aron mir Christophers Zuneigung, da er davon ausging, dass ich ihn enttäuschen würde? Aber warum? Meine Gefühle für Christopher waren echt, und ich war alles andere als untreu! Vielleicht würde sich Arons Misstrauen legen, wenn er begriff, dass ich keine Spielchen spielte.

Christopher begleitete mich auf mein Zimmer und drängte mich, auszuruhen.

»Du bist kreidebleich und hast kaum geschlafen. Ich werde Aron bitten, deine Stunde am Nachmittag auf später zu verschieben.«

Auf keinen Fall! Aron sollte nicht glauben, dass Engel mich überforderten. »Nein, das brauchst du nicht. Mir geht es gut. Ich bin nur ein bisschen durcheinander wegen des Mädchens.«

Christopher schüttelte den Kopf, schob mich Richtung Bett, schlug die Patchworkdecke zurück, rückte das Kissen für mich zurecht und bugsierte mich zwischen die Laken.

»Du bist störrisch wie ein Maulesel. Estell geht es gut. Sie ruht sich aus, und du solltest das auch tun.« Mit einem sanften, aber bestimmten Kuss auf die Stirn drückte er mich auf mein Kissen und zog die Bettdecke hoch bis unter mein Kinn.

»Schlaf schön. Ich werde dich rechtzeitig wecken.«

Kaum hatte ich die Augenlider geschlossen, überfiel mich eine bleierne Müdigkeit. Und mein Versuch, dem Schlaf zu widerstehen, um Christopher zu zeigen, wie schlecht er mich einschätzen konnte, scheiterte kläglich.

Christophers Duft übertrumpfte den Wohlgeruch des Essens, das er mitgebracht hatte. Meine Mundwinkel zuckten, als er mir das Tablett mit Steak, Pommes und Salat ans Bett stellte – er bemutterte mich!

»Es scheint dich zu amüsieren, dass ich mich um dich kümmere.«

Christophers Ton war streng, darum bemühte ich mich, meine Lippen zu einer geraden Linie zusammenzupressen – was mir gänzlich misslang.

»Es ist nur … Nun ja, meine Mutter bringt mir auch immer das Essen ans Bett, wenn ich krank bin.«

Die Erinnerung an zu Hause entzauberte den Moment. Noch bevor sie sich ausbreiten konnte, spürte ich Christophers tröstende Umarmung.

»Kann ich … werde ich sie je wiedersehen?« Der Gedanke, meine Eltern niemals wieder in die Arme schließen zu können, riss ein schmerzendes Loch in meine euphorischen Gefühle.

»In ein paar Wochen darfst du sie besuchen.«

»Warum nicht früher?«

Ein Hoffnungsfunke erwachte in mir, doch Christopher schüttelte bestimmt den Kopf. Seine bekümmerte Miene verriet mir den Grund: Erst wenn sich ihre Trauer etwas gelegt hatte, durfte ich zu ihnen. Eine Träne lief über meine Wange. Dann noch eine. Christopher fing alle auf.

»Sie wären nicht traurig, wenn sie wüssten, dass du hier bist.«

Eine Stunde vor Sonnenuntergang lieferte Christopher mich bei Aron ab, der an einem mächtigen, weit über den See ragenden Baum lehnte und sich mit Markus unterhielt. Aron unterzog mich einem prüfenden Blick, der reichte, um meinen Kampfgeist anzustacheln.

»Schön. Da ihr nun in der Theorie beide auf dem gleichen Stand seid, werden wir zur Praxis übergehen. Kannst du ohne Hilfe auf den Baum klettern, oder soll ich dich nach oben bringen?« Arons Frage galt mir.

Ich blitzte ihn empört an – anscheinend hatte er an Markus' Fähigkeiten keine Bedenken.

»Selbstverständlich kann ich das!«

Ohne darüber nachzudenken, warum ich mein Können ausgerechnet auf einem Baum unter Beweis stellen sollte, klammerte ich mich an einen der tiefhängenden Äste und schwang mich kurzerhand hinauf. Dank seiner Krümmung war der Baum einfach zu erklettern – fast wie mein Olivenbaum, auf dem mein Vater mir eine Aussichtsplattform gebaut hatte. Erst nachdem Aron hinter Markus oben ankam, erkannte ich, dass er mich absichtlich provoziert hatte.

»Ich sehe schon, dein alter Kampfgeist ist zurückgekehrt. Nach dem Spiel hatte ich doch tatsächlich ein wenig Zweifel an deiner Courage.« Ich blitzte ihn böse an, doch Aron blieb unbeeindruckt. »Wer von euch beiden will beginnen?«

Markus meldete sich mit einer Begeisterung, die ich ihm nicht zugetraut hätte.

»Womit?« Ein ungutes Gefühl beschlich mich.

»Mit deinem ersten Versuch!«

»Mit. Was?«

»Mit deinem ersten Sprung – um fliegen zu lernen! Was sonst?!«

In Arons Grinsen lag eine unverschämte Arroganz, die ganz und gar nicht zu seinem bisherigen Verhalten passte. Wollte er mich für blöd verkaufen? Oder mir demonstrieren, was mich von einem Engel unterschied?

Ich spähte den Baum hinunter – viel zu hoch, um einen Sprung zu riskieren. Mein Kopf begann zu dröhnen. Zwanzig, vielleicht dreißig Meter unter mir glitzerte der See in der tief stehenden Sonne. Augenblicklich sackte mir das Blut in die Beine, und ich musste mich festklammern, um nicht vom Baum zu fallen.

Arons Miene veränderte sich, als er meine Reaktion bemerkte. »Du schaffst das schon. Alle lernen es – die meisten auf Anhieb«, munterte er mich auf, doch ich hörte nur die Zweideutigkeit in seinen Worten.

Markus drängte nach vorne, und ich ließ ihn bereitwillig passieren.

»Denk daran, du musst es glauben, dann werden sich deine Flügel ganz von selbst entfalten.«

Markus nickte. Seine Wangen glühten vor Aufregung, während er geschickt auf einen kahlen Ast kletterte.

Ich presste die Hände vor den Mund, um nicht laut aufzukreischen, als er sprang. Viel zu schnell näherte er sich der Wasseroberfläche. Dann – völlig aus dem Nichts – wuchsen ihm Flügel. Durch seine Kleidung bohrten sich weiß schimmernde Engelsflügel und breiteten sich anmutig aus.

Markus' Freudenjuchzen hallte zu uns herauf. Aron zollte ihm anerkennenden Beifall. Ich jedoch presste mich mit schlotternden Knien haltsuchend gegen den Baum. Das war nichts für mich. Ich war hier falsch! Merkte das denn keiner?

Arons Hand legte sich beruhigend auf meine Schulter. »Ich weiß, dass du es kannst!«

Ich blieb, wo ich war. Die Szene am Morgen, als die schweren Flügel den Engel nach unten zogen, drängte sich in mein Bewusstsein. Aron schien meine Gedanken zu erraten.

»Ein Unfall, wie heute beim Spiel, ist sehr selten. Außerdem werde ich dir sofort hinterherspringen, falls du mit deinen Flügeln unter Wasser gerätst – was nicht passieren wird. Sie werden dich tragen, du wirst es sehen. Fliegen ist ganz einfach. Wie atmen.«

Ich rührte mich nicht.

»Lynn, was ist los?«

»Ich … ich dachte, ich weiß nicht, ich … bin ich denn auch ein Engel?«

Arons Lachen tönte warm durch die Baumwipfel. »Lynn, was dachtest du denn? Hast du bei der Einweisung nicht aufgepasst? Im Schloss der Engel werden Schutz- und Wächterengel ausgebildet. Deshalb bist du hier. Auch du wirst bald einer sein – bestimmt ein besonders beeindruckender«, setzte er hinzu.

Sein belustigter Unterton entging mir nicht, doch der Tatsache, dass ich ein Engel sein sollte, traute ich nicht. Und an eine erklärende Einweisung konnte ich mich auch nicht erinnern. Obwohl ich zugeben musste, dass alle meine Mitschüler Engel waren und das mit der Engelschule sicher stimmte.

Noch einmal wagte ich, nach unten zu sehen. Sofort wurde mir schwummrig, und ich klammerte mich am nächstbesten Ast fest.

»Sieh dir Markus an. Schau, wie glücklich er jetzt ist.«

Ich wagte einen Blick zu ihm. Markus glitt mühelos über den See. Die Flügel ausgebreitet, genoss er mit sichtlicher Freude seine neue Fähigkeit. Ich hingegen blieb, wo ich war. Maulesel hin oder her. Im Moment hätte ich nicht einmal den Abstieg vom Baum geschafft.

Aron seufzte, dann zückte er sein letztes Ass. »Schade, Christopher hat sich so darauf gefreut, dich endlich in deiner Engelsgestalt zu sehen. Aber ich werde dich nicht drängen. Wenn du willst, bringe ich dich wieder nach unten.«

Ich presste die Zähne zusammen. Christopher beobachtete uns? Und ich stand stur wie der besagte Esel und traute mich weder vor noch zurück! Arons Taktik, mich herauszufordern, ging auf. Warum sollte ein anderer Zeitpunkt besser geeignet sein als dieser?

Mit hämmerndem Herzen ließ ich den Zweig los und schob mich auf den fußbreiten Ast vor mir. Ein Blick in die Tiefe ließ mich erschaudern, und ich schloss schnell die Augen, um den bohrenden Schmerz dahinter zu vertreiben. Bloß nicht nach unten sehen!

»Glaub an deine Fähigkeiten! Lynn, du musst vertrauen.«

Arons Stimme schenkte mir Zuversicht, und ich öffnete mutig die Augen, atmete noch einmal tief durch – und sprang.

Der Fall schien kein Ende zu nehmen. Ich stellte mir Flügel vor, die meinen Körper trugen, malte mir aus, wie gigantische Schwingen sich auf meinem Rücken ausbreiteten, den Wind einfingen und mich in die Lüfte emporhoben – doch nichts geschah. Näher und näher rückte die spiegelnde Oberfläche. Panik breitete sich in mir aus, als ich die Dunkelheit in der Tiefe entdeckte. Sie würde mich nicht mehr hergeben – ich würde in ihr ertrinken.

Der Schmerz, als mein Körper die Wasseroberfläche durchdrang, raubte mir den Verstand. Wütend schien er mich entzweizureißen. Allzu schnell sank ich hinab.

Grüne Pflanzen umgaben mich, hüllten mich ein in ihr wabberndes Gewand und schlangen sich um meinen Körper. Ich schrie, doch mein Hilferuf verhallte und mit ihm meine Reserve an lebensnotwendiger Atemluft.

Die Dunkelheit streckte ihre Fühler nach mir aus, verdichtete sich zu etwas Greifbarem, das mich zu sich zog – und ich fiel weiter, hinab in die Tiefe, hinein in das undurchdringbare Pflanzennetz.

Ich fühlte, wie meine Lungen nach Sauerstoff verlangten, mich drängten, meinen Brustkorb auszuweiten. Entschlossen widerstand ich dem Zwang, einzuatmen. Ich musste nach oben. Sofort! Zurück zum Licht.

Mit aller Macht versuchte ich, mich aus dem dichten Blätterwald zu befreien, und verstrickte mich nur noch tiefer in seinen Fängen. Je heftiger ich mich wehrte, umso fester hielt er mich umschlungen. Es war ein aussichtsloser Kampf – er würde mich nicht freigeben. Ich war gefangen, wie die Fliege im Spinnennetz, und je mehr ich zappelte, umso fester zog sich die Falle um ihre Beute – um mich!

Mein Kopf dröhnte. Vernunft kämpfte gegen Panik. Mein Körper reagierte mit Flucht – Lähmung wäre so viel klüger gewesen.

Vor meinen Augen verschwammen die Pflanzen zu einer schemenhaften Gestalt. Kälte griff nach mir und schnürte mein Herz zusammen. Ich schloss die Augen und blendete das Trugbild aus. Trotz meiner Angst ließ ich alle Muskeln erschlaffen und verharrte reglos in meinem grünen Gefängnis. Der Griff der Schlingpflanzen lockerte sich. Langsam gaben sie mich frei.

Meine Lungen brannten unbarmherzig und forderten nach frischer Luft. Ich zwang mich zu äußerst vorsichtigen Bewegungen – jedes hektische Rudern, jede unerwartete Erschütterung weckte die grüne Flora erneut zum Leben.

Der Schmerz in meiner Brust wurde unerträglich. Ich ahnte, dass ich die rettende Oberfläche nicht mehr erreichen würde. Meine Aufwärtsbewegung geriet ins Stocken, und ich sank zurück, hinab in die frostige Finsternis.

Zwei Hände packten mich und rissen mich nach oben. Christophers Lippen legten sich auf meinen Mund.

Wie konnte er mich ausgerechnet jetzt küssen?!

Ich spürte, wie er meine Lungen füllte. Willkommener Sauerstoff belebte meinen Körper und linderte den Schmerz in meiner Brust.

Als ich endlich die Sonne wieder erblickte, schnappte ich keuchend nach Luft. Ein unsagbares Glücksgefühl, den Tiefen des Sees entronnen zu sein, erfüllte mich – bis ich in Christophers jadegrüne Augen blickte. Lodernde Blitze schossen aus ihnen hervor. Ich ruderte mit den Armen, um Abstand zu gewinnen. Er sah so wütend aus, als hätte er mich nur gerettet, um mir eine Standpauke zu halten und mich danach wieder auf den Grund des Sees zu befördern.

»Lynn! Halt endlich still!« Entschlossen schnappte Christopher meine Arme, unterband meine Gegenwehr, drehte mich auf den Rücken und schleppte mich zum Ufer.

Zum zweiten Mal an diesem Tag packte er mich in dicke Decken und verordnete mir Bettruhe. Ich wagte nicht, ihm zu widersprechen, und schluckte den süßen Tee, den er mir verabreichte. Mein ausgekühlter Körper zitterte erbärmlich und benötigte dringend Wärme und Erholung.

Das Letzte, was ich noch fühlte, waren seine Hände, die zärtlich eine verirrte Strähne aus meinem Gesicht strichen. Christopher war bei mir. Alles würde gut werden. Mit einem Lächeln auf den Lippen schlief ich ein.

Kapitel 10

Heilmittelkunde

Ungeduldig fummelte ich die Knöpfe meiner Bluse zu, zog meinen Pulli darüber und schlüpfte in das nächstbeste Paar Schuhe. Alles in mir drängte hinaus aus meinem Zimmer, hinein in die fremde Welt der Engel – zu Christopher. So schnell ich konnte, sauste ich über den spärlich beleuchteten Vorraum zur Treppe.

»Was treibt dich denn so zur Eile?« Christopher stand lässig an die Wand gelehnt, während seine grünen Augen mir erwartungsvoll entgegenfunkelten.

Noch bevor ich Luft für ein *Lauerst du öfter in dunklen Fluren herum und erschreckst kleine Mädchen?* holen konnte, zog er mich in seine Arme. Und ich wusste, dass nichts auf dieser Welt so richtig war, wie hier bei ihm zu sein.

»Ich habe dich vermisst«, flüsterte mir Christopher ins Ohr.

Sein Geständnis brachte mich zum Lachen – und ihn zum Grübeln.

»Du amüsierst dich über meine Aufrichtigkeit?«

»Wie könnte ich?«, fragte ich betont ernst und kuschelte mich an seine Brust, um ihn vom Nachdenken abzulenken.

Doch Christopher durchschaute mein Manöver, umfasste meine Schultern und schob mich von sich. Sein Blick glitt forschend über mein Gesicht und blieb auf meinen Augen hängen. Ich schob das Gefühl, dass Aron mit seinem *Ich hoffe, du enttäuschst ihn nicht!* recht behalten könnte, beiseite und suchte nach einer ehrlichen Antwort.

»Eigentlich ist es doch erst ein paar Minuten her, seit wir uns das letzte Mal gesehen haben – wenn man die Zeit, die ich verschlafen hab, nicht mitzählt.«

»Für dich vielleicht, nicht für mich. Und deshalb: eindeutig zu lang!«

Mit dem Hauch eines Kusses – viel zu wenig für meine aufgewühlten Gefühle – löste Christopher sich vollends von mir, als die ersten Schüler die Eingangshalle bevölkerten. Und ich beschloss, Arons Unkenrufe in den Wind zu schlagen und das Grün von Christophers Augen als amüsiert zu deuten.

Bestens gelaunt genoss ich nach dem Frühstück meine Chorstunde. Christopher und ich hatten uns zum Mittagessen verabredet, und ich freute mich schon jetzt auf den gemeinsamen Unterricht danach – auch wenn es sich um Gefahrenabwenden handelte.

Während wir zusammen zum Kursraum gingen, erklärte mir Christopher die theoretische Vorgehensweise, und ich bemühte mich, nicht allzu blöd dreinzuschauen.

»Vielleicht ist es einfacher, wenn ich es dir zeige, anstatt es zu erklären«, endete er, kurz bevor wir unser Ziel erreichten, wobei mir wieder einmal bewusst wurde, wie viel ich noch über Engel im Allgemeinen und Christopher im Besonderen zu lernen hatte.

Konnte er meine Gedanken lesen? Susan sollte das beim Mentaltraining. Oder besaß Christopher nur ein besonders ausgeprägtes Gespür? Meine Darbietung, Gefahren abzuwenden, wäre kein Problem für mich, konnte unmöglich *so* schlecht gewesen sein. Oder doch?! Nun, das ließ sich leicht überprüfen.

Ich konzentrierte mich und spulte den gleichen Gedanken immer wieder ab. *Ich hasse dich, du arroganter Möchtegern-Macho, und bin nur nett zu dir, damit du mich beim nächsten Mal nicht im See ertränkst.*

Christophers Miene blieb unbewegt – weder Verwunderung noch Belustigung war darin zu entdecken.

Ich probierte etwas anderes. *Wenn er wüsste, wie viele Jungs ich schon hatte, würde er mich auch für eine Schlampe halten, wie Aron.*

Christopher blieb stehen und betrachtete mich mit einem Stirnrunzeln. »Ich wüsste zu gern, was dir gerade durch den Kopf geht.«

Ich konzentrierte mich auf *Ich bin eine Schlampe* und antwortete: »Sieht man mir das nicht an?«

»Schon möglich.«

»Und, an was denke ich?«

Ein zweideutiges Grinsen huschte über Christophers Gesicht. »Also, du erkennst gerade, dass ich nicht nur ein toller Typ, sondern auch ein ganz exzellenter Menschenkenner bin.«

»Und, es schockiert dich nicht?«

»Was?«

»Zu glauben, dass ich eine Schlam…«, ich brach ab, als mir klar wurde, dass Christopher mich reingelegt hatte. »Gib's zu, du kannst gar keine Gedanken lesen!«

»Nein. Nur wenn du es zulässt oder wenn du etwas Unvernünftiges planst und dich in Gefahr begibst.« Christopher schob mich ohne weitere Erklärung durch die nächste Tür, während ich endlich begriff, warum Aron mir geraten hatte, nicht an Christopher zu denken.

Rafek, ein drahtiger Typ, der – nach menschlichen Maßstäben – aussah wie zwanzig, begrüßte Christopher mit einem freundschaftlichen Klaps auf die Schulter, wobei er mich mit einem argwöhnischen Blick begutachtete. Er schien über unser gemeinsames Erscheinen nicht besonders begeistert zu sein und ihm lag wenig daran, das vor mir zu verbergen.

Natürlich teilte er mich nicht Christophers, sondern seiner Gruppe zu, was seine Sympathiepunkte nicht gerade erhöhte. Mit einem knappen Befehl beorderte er mich zu Paul und bat ihn, nach einer ausführlichen Erklärung, die Augen zu schließen.

»Und du, Lynn, machst bitte einen Schritt auf Paul zu. Er wird dir ausweichen – also mach es ihm nicht allzu schwer und öffne ihm deine Gedanken.«

Ich nickte mit vorgetäuschtem Selbstbewusstsein und stellte mich Paul gegenüber ohne den geringsten Plan, was ich tun sollte – abgesehen von dem Schritt nach vorn.

»Und noch etwas«, setzte Rafek hinzu. »Versuche dieses Mal bitte, bis zum Ende des Unterrichts auszuharren.«

Mit Höchstgeschwindigkeit schoss mir das Blut in die Wangen. Ich war aus seinem Unterricht geflohen. Also deshalb konnte er mich nicht leiden.

Rafeks Kommentar und meine Schuldröte weckten die Neugier meiner Mitschüler. Auch Christopher beobachtete mich. Ich ignorierte alle – ausnahmslos. Ich hatte nicht überreagiert! Woher sollte ich denn beim letzten Mal wissen, dass das hier kein Scherz war, wenn niemand es für nötig gehalten hatte, mir zu sagen, wo und was ich war?!

Völlig überhastet begann ich die Übung und rannte förmlich in Paul hinein, dem es nicht gelang, rechtzeitig auszuweichen. Paul, peinlich berührt, im Mittelpunkt zu stehen, manövrierte mich verärgert zurück auf meine Position.

»Wenn du die Liebenswürdigkeit besitzen und kurz warten könntest, bis ich meine Vorbereitungen abgeschlossen habe, würden wir den Kursraum mit deutlich weniger blauen Flecken verlassen«, raunte er mir zu.

Ich stammelte eine Entschuldigung und bat ihn, mir ein Zeichen zu geben, wann ich beginnen konnte. Drei Runden später, bei denen ich jedes Mal mit Paul zusammengerasselt war, beendete Rafek unsere Übung. Seine Unzufriedenheit versuchte er erst gar nicht zu verbergen.

»Genug!«, unterbrach er uns und nahm Pauls Position ein. »Lass mich erst einmal prüfen, ob *sie* es richtig macht.«

Das *sie* betonte er alles andere als freundlich, und ich fragte mich, was ich – außer aus seinem Unterricht zu flüchten – noch angestellt hatte. Aber wenn ich schon hier sein musste, war jetzt vielleicht der Zeitpunkt, meinen verpatzten Flugunterricht wettzumachen.

Also atmete ich tief durch, feuerte mich mit dem Gedanken *Ich bin ein Engel, ich kann das* an und bemühte mich, meinen Geist zu öffnen – oder zumindest das, was ich darunter verstand –, bevor ich einen Schritt nach vorn machte.

Rafek wich mit einer hastigen Bewegung zur Seite, die eher nach Reflex als nach Vorhersehung aussah, riss die Augen auf und funkelte mich ungläubig an.

»Du bist verschlossen, als ob es dein erster Tag an der Schule wäre. Hast du beim Meditationstraining nicht gelernt, wie du deinen Geist öffnest? Oder hattest du Besseres vor, als dem Unterricht zu folgen?«

Rafeks Strafpredigt ließ mich innerlich schrumpfen. Sein Tonfall erinnerte mich an unseren Pastor, wenn er die Jungs unseres Dorfes abkanzelte, nachdem sie etwas wirklich Schlimmes angestellt hatten. Bevor ich mich rechtfertigen und ihm erklären konnte, dass – zumindest in meinem bisherigen Leben – noch kein Meister vom Himmel gefallen war, befahl er mir, beiseitezutreten und mich aufs Zuschauen zu beschränken.

Ich rührte mich den Rest der Stunde nicht von der Stelle – selbst Christophers aufmunternde Blicke konnten meine zunehmende Aversion gegen Rafek nicht vertreiben – und flog förmlich zur Tür hinaus, als er den Unterricht beendete.

Kaum hatte ich das Schulgebäude verlassen, legte sich Christophers Arm um meine Schulter. Seine unerwartete Nähe überraschte mich, und ich wäre beinahe vor ihm zurückgewichen.

»Was hast du?« Die Stirnfalte zwischen Christophers Augen blitzte auf.

»Nichts«, beschwichtigte ich. Da er seine angespannte Haltung beibehielt, fügte ich hinzu: »Ich bin es nicht gewohnt, auf diese Weise getröstet zu werden, wenn ich etwas vermasselt hab – aber ich könnte mich durchaus daran gewöhnen.«

Christophers Gesichtszüge glätteten sich, doch seine achtsame Körperhaltung blieb.

»Dann betrachte meine Aufmerksamkeit während des nächsten Meditationstrainings als weiteren Zuspruch. Ich habe Rafek versprochen, ein wenig mit dir zu üben.«

Ich verkniff mir einen Kommentar über Rafek. Eine Meditationsstunde unter Christophers Aufsicht hörte sich vielversprechend an und half mir, nicht länger über die offensichtliche Abneigung meines Gefahrenabwenden-Lehrers nachzudenken.

Wir ließen das Schulgelände hinter uns und steuerten auf die verlassene Siedlung zu. Ich genoss Christophers Nähe – sie beruhigte mich nicht nur, sondern ließ mich auch meine Unzulänglichkeit vergessen. Gleichzeitig suchte ich nach Antworten auf die vielen Fragen, die sich angesammelt hatten.

»Ich kann immer noch nicht so recht verstehen, wie ich gestorben und im Schloss der Engel gelandet bin. Werden denn alle Menschen nach ihrem Tod zu Schutzengeln?«

Christopher, der auf einem Mauersockel Platz genommen hatte, entspannte sich ein wenig. »Fragestunde, wie es scheint.«

Ich nickte und blieb vor ihm stehen.

»Natürlich werden nicht alle Menschen Schutz- oder Wächterengel, sonst wäre es hier schnell überfüllt.« Das amüsierte Grinsen über meine anscheinend dämliche Frage verschwand und wich einem undefinierbaren Ausdruck. »Nur wenigen wird diese Aufgabe zuteil. Es bedarf gewisser Eigenschaften, um Schutz gewähren zu können.«

Die Christopher in meinen Augen im Überfluss besaß – aber offenbar nicht in seinen. Ich verschob meine drängendste Frage auf später. Es gab so vieles, was ich wissen wollte.

»Gibt es nur diese eine Schule hier?«

»Nein. Engelschulen gibt es überall auf der Welt. Je nachdem, in welchem Alter man stirbt und welche Eigenschaften einem obliegen, wird man einer entsprechenden Einrichtung zugeteilt.«

»Dann«, ich runzelte vor Unbehagen automatisch die Stirn, »dann behalten Menschen, die im hohen Alter sterben, ihre gebrechlichen Körper?«

Christophers samtwarmes Lachen hallte über die Wiese. Als er meine Verärgerung bemerkte, nahm er meine Hand, drehte sie um und küsste entschuldigend die Innenfläche.

Ich widerstand dem Impuls, meine Augen zu schließen und mich dem verlockenden Prickeln hinzugeben, das meinen Arm emporkroch – und Christopher fuhr mit seinen Ausführungen fort.

»Ab einem gewissen Alter darf man sich aussuchen, ob man eine seiner jüngeren Erscheinungsformen annehmen möchte. Aber du wärst überrascht, wie viele das ablehnen, wenn ihr betagter Körper erst einmal von den Gebrechen des Alters befreit ist.«

Ich entzog Christopher meine Hand – seine Berührung erschwerte mir das Denken, und so leicht wollte ich mich nicht ablenken lassen.

Eine Zeitlang lief ich auf und ab, um über seine Erklärungen nachzudenken. Ich war noch jung und auch so geblieben – was völlig okay war –, und bei all meinen Mitschülern war es genauso. Doch nicht jeder Mensch wurde zum Engel, was in mir wiederum ein ungutes Gefühl hinterließ. Und nicht alle Engel besaßen dieselben Eigenschaften. Selbst einem Blinden wäre der Unterschied zwischen Aron und Christopher aufgefallen. Aber war es überhaupt wichtig, zu erfahren, was ihn von den anderen unterschied?

Mein Blick wanderte zu Christopher hinüber. Er wartete auf meine nächste Frage, doch ich wusste nicht, ob ich für seine Antworten bereit war.

»Drei Fragen? War das alles?« Christophers provozierender Unterton erstickte meine Bedenken.

»Sehen sich Schutz- und Wächterengel ähnlich?«

»Ja.« Christopher nickte gelassen, doch seine Züge verhärteten sich ein wenig. Er wusste, worauf ich hinauswollte.

»Warum gleichst *du* ihnen nicht?«

»Weil es viele verschiedene Arten von Engeln gibt, um die Aufgaben abzudecken, die sich uns stellen. Nimm zum Beispiel die Wächterengel. Sie sind Schutzengel mit besonderen Fähigkeiten, die sich im Laufe ihrer Ausbildung herauskristallisieren – so wie bei Paul.«

»Paul? Er hat besondere Fähigkeiten?!«

»Ja, die hat er. Und wenn du dich mit ihm ein wenig genauer beschäftigst, müssten sie dir auch auffallen. Oder hast du etwa ein Problem damit, dass er anders ist?«

Christophers Frage sollte gelassen klingen, doch ich ließ mich nicht täuschen und schon gar nicht fiel ich auf sein unerwartetes Ablenkungsmanöver herein, mich mit seinen funkelnden Smaragdaugen becircen zu wollen.

»Und, welche spezielle Aufgabe hast du?«

Das Leuchten in Christophers Iris verblasste und an seine Stelle trat das kalte Jadegrün. Als er antwortete, wich er meinem Blick aus.

»Ich betreue in der Schule ein paar Neuzugänge und helfe ihnen dabei, ein guter Schutzengel zu werden.«

»Und was hast du *davor* getan?«

Die Härte in seinem Gesicht jagte mir Gänsehaut über den Rücken. Erschrocken wich ich einen Schritt zurück, bis ich den Schmerz in seinen Augen sah. Tiefe, uralte Pein spiegelte sich darin wider. Ohne Zögern stürzte ich auf Christopher zu, schlang meine Arme um seinen Hals und erstickte seine Antwort mit einem Kuss.

»Ich will es nicht wissen«, raunte ich und versuchte, ihn am Sprechen zu hindern.

Leider hatte ich Christophers Stärke nichts entgegenzusetzen.

Er schob mich von sich und hielt mich auf Abstand, wobei ich wieder die Kraft fühlte, die von ihm ausging.

»Du hast ein Recht, es zu erfahren.«

»Es ist mir egal«, versicherte ich.

»Das sollte es aber nicht. Du musst wissen, auf was du dich einlässt.« Anmutig straffte er seinen Körper und streifte mich mit dem Anflug einer Warnung im Blick, die sicherstellen sollte, dass ich ihm aufmerksam zuhörte, bevor seine Augen sich in der Ferne verloren.

»Meinem Vater gehörte das Land, der See und die alte Burg, in der ich geboren wurde. Ich war das Einzige, das ihm von seiner Liebe blieb, als meine Mutter bei der Niederkunft meines totgeborenen Bruders starb. Er schenkte mir seine ganze Zuneigung und verkörperte alles, was ich werden wollte.

Als ich acht war, zerschlug ich mit meinem Schwert vor Wut sämtliche Äpfel, die in den Gewölben eingelagert werden sollten, da er mich nicht mitnahm, um die herumziehenden Plünderer zu verjagen. Es war das letzte Mal, dass ich ihn sah. Ich war zu stolz, mich von ihm zu verabschieden, und habe ihn im Zorn verlassen.« Christophers klare Stimme war rau geworden, so dass ich den Selbstvorwurf in ihr wahrnehmen konnte.

»Mein Onkel übernahm die Vormundschaft. Er sollte sich um mich und das Anwesen kümmern, bis ich mit einundzwanzig mein Erbe antreten konnte. Doch er ließ mich spüren, dass ich nicht sein eigener Sohn war. So oft wie möglich schlich ich mich aus der Burg, um hierherzukommen. Im Dorf fand ich das, was ich verloren hatte: Zuneigung, Geborgenheit – und Liebe.«

Ich schluckte – meine Eifersucht. Vielleicht hatte ich sie auch lautstark hinuntergewürgt. Christopher war es jedenfalls nicht entgangen.

»Nein, nicht die Liebe eines Mädchens, sondern die seiner Mutter. Ich wurde zu dem Sohn, den sie nicht hatte, und zweifelsohne hoffte sie, dass ich eines Tages ihre Tochter als Gemahlin in Betracht ziehen würde.«

»Und, war sie hübsch?« Natürlich konnte ich mir diese Frage nicht verkneifen.

Christopher sah mich an und in seinem Gesicht lag so viel Zuneigung, dass ich das Atmen vergaß, denn sie gehörte nicht dem Mädchen, sondern mir. So kam ich auch darüber hinweg, dass sie groß, blond und wunderschön war.

»Als ich neunzehn war, traf mein Vormund alle Vorbereitungen, mich loszuwerden. Der Krieg kam ihm zuvor. Soldaten überfielen das Dorf, jagten alle Frauen und Kinder in die Kapelle und steckten sie in Brand. Kurz bevor ich zu Hilfe eilen und die Tür eintreten konnte, wurde ich *abberufen*.«

Ich sah den Zorn in Christophers Augen und kämpfte gegen den Impuls, vor ihm zurückzuweichen. Meine Angst würde seinen Glauben bestärken, dass er das todbringende Wesen war, das er hasste und das nicht fähig war, die Menschen, die er liebte, vor dem Tod zu retten.

»Mein Übergang verlief anders als der der meisten Engel. Ich wurde in Zorn und Wut wiedergeboren. Meine Ausbildung war gnadenlos und grausam. Sie steigerte diese Gefühle in mir ins Unermessliche. Lehrte mich, aus tiefstem Herzen zu hassen, und eröffnete mir dadurch den Blick auf das Böse. Dank Coelestin widerstand ich seinen Verlockungen, seinen leichtfertigen Versprechungen und wurde zu dem, was ich heute bin.«

Nun wusste ich, warum er anders war und warum es ihm so schwerfiel, meine Liebe zu ihm zuzulassen. Ich war bereit, alles zu tun, um ihn davon zu überzeugen, dass er es wert war, geliebt zu werden. Doch während Christopher fortfuhr, musterte er mich mit einer Bitterkeit, die Zweifel in mir weckte, ob ich das jemals schaffen würde. Im Augenblick schien er meine Gefühle eher zu dulden als zu glauben, dass ich ihn wirklich liebte – und das schmerzte mehr, als ich erwartet hatte.

»Es gibt nicht viele Tage, an denen der Zorn in mir schläft. Früher wurde er oft so mächtig, dass ich darum bitten musste, mich einzusperren, und noch immer fällt es mir schwer, ihn zu beherrschen.«

Christopher erhob sich – nur eine Armeslänge trennte uns voneinander, was meine Anspannung zum Zerreißen brachte. Er hatte eine Warnung ausgesprochen und mir eine elegante Möglichkeit gegeben, einen Rückzieher zu machen – oder sich selbst!

»Hier, im Schloss, bin ich abgeschottet vor dem, was außerhalb lauert. Und trotzdem ist die Wut mein ständiger Begleiter.«

Ich begann zu zittern. Er hatte eine Entscheidung getroffen, und ich fürchtete mich davor, dass er mich wegschicken könnte. Christopher bemerkte meine Reaktion. Sein Blick wurde weich und mich durchströmte ein unbändiges Glücksgefühl.

»Doch mit dir hat sich alles verändert«, flüsterte er, bevor er mich an sich zog.

Mit seiner Berührung verflogen all meine Zweifel und Fragen. Wen interessierte es, wie weit sich die Siedlung erstreckte, was mit den Menschen geschah, die keine Schutzengel wurden, und was er denn nun genau war, wenn sein Mund unwiderstehlich sanft meine Lippen streifte, sie vorsichtig erkundete, bevor er mich küsste, um dann noch mehr zu ergründen? Er liebte mich – mehr brauchte ich nicht! Dachte ich zumindest.

Auch am nächsten Morgen erwartete mich Christopher. Mit einem innigen Kuss, der mir den Atem verschlug, begrüßte er mich. Bevor wir uns zum Unterricht trennten, nahm er mich noch einmal beiseite. Ich musste blinzeln, um meine Aufmerksamkeit von seinen verführerischen Lippen abzulenken.

»Treffen wir uns zum Mittagessen?«

Christopher lockerte seine Umarmung, zugleich verhärteten sich seine Züge. »Leider nein. Ich kann nicht. Und auch heute

Abend können wir uns nicht sehen«, kam er meiner nächsten Frage zuvor.

»Dann vielleicht morgen.« Ich verbarg mein Gesicht an seiner Brust, um meine Enttäuschung zu überspielen, doch Christopher hob behutsam mein Kinn, damit ich ihm nicht ausweichen konnte, und hauchte mir einen Abschiedskuss auf die Nase.

»Versprich mir, auf Aron zu hören und keine Dummheiten zu machen, während ich fort bin.«

Ich nickte artig. Schließlich war Aron mein Tutor und für mich verantwortlich, nicht Christopher. Dennoch beschlich mich das Gefühl, wieder einmal abgeschoben zu werden. Schließlich hatte er mir weder verraten, wohin er ging, noch wann er wieder zurückkommen würde. Und seit gestern wusste ich, dass es für Christopher außerhalb des Schlosses gefährlich werden konnte – was mich nicht gerade beruhigte.

Modrige Luft strömte über die enge Wendeltreppe empor, als ich mich zu der wartenden Schülergruppe in den Keller gesellte. Dass Heilmittelkunde in einem zweiten Kellergeschoss unter einem der Türme unterrichtet wurde, übertraf selbst meine klischeehaften Vorstellungen von mittelalterlicher Medizin.

Ernesta, unsere Lehrerin, öffnete die eiserne Tür, um uns einzulassen. Ich rümpfte angewidert die Nase, da der Gestank eine Intensität annahm, die zwischen Kuhmist, ranzigem Schweineschmalz und altem Turnschuh mit einer Prise Mottenkugeln lag. Unter der gewölbten Kellerdecke entdeckte ich die Ursache. Endlos spannten sich Schnüre von einer Wand zur nächsten. Jede Reihe bestückt mit einem Kraut oder sonst etwas, dessen Herkunft ich gar nicht wissen wollte. Dass es schon lange tot war, roch man, auch wenn in dem düsteren Raum nur Umrisse erkennbar waren. Denn anstatt elektrischer Beleuchtung bevorzugte Ernesta brennende Ölschalen, um ihren Kursraum zu erhellen.

In dem Moment, in dem ich den Raum betrat, warf sie eine Handvoll *erlesener* Kräuter hinein. Mein Magen rebellierte, als sie lodernd in den Flammen aufgingen. Ich steuerte die hintere Reihe an, doch Ernesta tippte mir bestimmt auf die Schulter und wies mir einen Platz neben Markus und Erika zu.

»Die Neuen sitzen bei mir immer vorne«, dabei wedelte sie mit ihren fleischigen Fingern, die penetrant nach den undefinierbaren Zutaten rochen, die sie gerade in Öl siedete, und scheuchte mich zu meinem Tisch.

Mit feurig erhobener Stimme begann sie ihren Unterricht, wobei ihre orangeroten, vom Kopf abstehenden Locken bei jeder Bewegung auf und ab wippten. Ich presste meine Lippen zusammen, um ein Grinsen zu unterdrücken. Beim besten Willen konnte ich mir Ernesta nicht als Engel vorstellen – zu sehr glich sie mit ihrer wilden Mähne, ihren Knitterfalten und den Utensilien, die sie für den Unterricht brauchte, einer durchgedrehten Kräuterhexe.

Ehe ich mich mit der Unterstützung eines fortgeschrittenen Schülers – zu meiner Freude mit Paul – an die Zubereitung meiner ersten Kräutermischung heranwagen durfte, wiederholte Ernesta den Unterrichtsstoff der vergangenen Stunde. Sie mahnte uns zur Vorsicht beim Umgang mit Fingerhut und Küchenschelle sowie weiteren Pflanzen, deren Namen mir nicht geläufig waren, oder anderen Zutaten, deren Ursprung meine anfänglichen Befürchtungen bestätigten.

»Du siehst ziemlich blass aus«, begrüßte mich Paul mit einem seit meiner Unaufmerksamkeitsnummer offenbar für mich reservierten Grinsen an unserem Arbeitsplatz in einer der bogenförmigen Nischen der Turmwand.

»Der Geruch scheint mir nicht zu bekommen«, entgegnete ich.

»Gestank trifft's wohl eher. Aber keine Sorge, du wirst dich daran gewöhnen, wenn dir deine Duftmischung gelingt.«

Ich hob besorgt die Augenbrauen. »So wie bei *Bös muss Bös vertreiben?*« Eine Mischung, die diesen Gestank überlagern konnte, wollte ich mir gar nicht ausmalen, geschweige denn selbst zusammenmixen.

»So in etwa«, antwortete Paul mit einem verzückten Ausdruck auf dem Gesicht. Anscheinend standen angehende Wächterengel auf skurrile Sachen: in Formaldehyd eingelegte Monster, stinkende Kräuter und verwesende – was auch immer!

Ich verschränkte die Arme und warf ihm einen gelangweilten Blick zu, was seine Erwartung, dass ich zu würgen begann, zunichtemachte.

»Also gut. Dann eben Unterricht und keine Freistunde, in der ich mit dir zum Frische-Luft-Schnappen nach draußen gehe.«

Ausführlich erklärte mir Paul die Verarbeitungsmethode und Wirkungsweise der einzelnen Zutaten, mit denen sich jeder in seiner ersten Stunde ein sogenanntes *Schlafsäckchen* anfertigte.

»Das legst du dann am Abend vor der nächsten Heilmittelstunde unter dein Kopfkissen. Wenn du alles richtig gemacht hast, riechst du nach dem Aufstehen bestimmte Gerüche eine Zeitlang nicht mehr. Deshalb solltest du auch nicht vergessen, an welchem Tag du Heilmittelkunde hast.«

Er überreichte mir eine Liste der Kräuter und erklärte mir, wie ich sie in der chaotischen Anordnung von Schubladen, Kästen und Kästchen finden konnte, die sich in den restlichen Nischen des Turmkellers stapelten. Bevor ich zur Tat schritt und die erste Schublade öffnete, verpasste mir Paul mit einem weiteren unverschämten Grinsen eine überdimensionale Nasenklammer.

»Glaub mir, es wird auch mit ihr schlimm genug.«

Ich bedachte Paul mit einer garstigen Grimasse, doch schon nach der ersten Zutat wusste ich, was er meinte.

Das *stinkende Übel* – wie ich mein Kräutersäckchen nannte – verlor seinen widerlichen Geruch, noch bevor ich es in mein Zimmer bringen konnte, wo es völlig unscheinbar in einer Schublade meines Schreibtisches auf seinen ersten Einsatz wartete.

Kapitel 11

Steingrab

Nach Unterrichtsende beschloss ich, den alten Ruinen einen Besuch abzustatten. Sie schienen weit mehr zu verbergen, als auf den ersten Blick zu erkennen war. Vor allem aber würden sie mir etwas über Christophers Kindheit verraten.

Ich schritt das Gelände der Siedlung ab. Sie war wesentlich größer, als ich ursprünglich angenommen hatte; vor allem entlang des Bachlaufs reihten sich viele der alten Grundmauern aneinander. Bis weit in den Wald hinein verfolgte ich ihre Spuren.

Es war herrlich, am Ufer des munteren Bachs durch den sonnenbeschienenen Wald zu laufen und hin und wieder Zeugnissen der Vergangenheit zu begegnen. Ich folgte dem verschlungenen Wasserlauf und malte mir aus, wie Christopher hier mit seinen Freunden gebadet und Fische gefangen hatte, bis ich mir sicher war, auf keine weiteren Überreste mehr zu stoßen, und auf direktem Weg zur Siedlung zurücklief.

Kaum hatte ich den Flusslauf verlassen, lichtete sich der Wald und eröffnete den Blick auf eine Ebene mit einem kleinen Hügel in der Mitte. Ein überraschter Pfiff rutschte mir durch die Zähne: Ein altes Hünengrab, bestehend aus sechs mächtigen Grund- und zwei noch größeren Decksteinen, thronte auf ihm. Natürlich machte ich mich gleich an seine Erkundung.

Der Grabhügel war aufgeschüttet, und sein Fundament bestand wahrscheinlich ebenfalls aus einer Schicht von Steinen. Dazwischen musste der Hohlraum liegen, in dem die Toten einst bestattet wurden.

Ein Frösteln durchrieselte mich, da mir bewusst wurde, dass ich vor einem Massengrab stand, in dem mit Sicherheit noch alle sterblichen Überreste ruhten. Als ich schließlich darüber nachdachte, was wohl mit den Resten *meiner* sterblichen Hülle geschehen war, verstärkte sich die Kälte in mir. Das Hünengrab erschien mir auf einmal nicht mehr so verlockend, und da es noch früh am Nachmittag war, beschloss ich, auf dem Rückweg ein paar Blumen zu pflücken und bei der Kapelle am See vorbeizuschauen. Bestimmt konnte ich Christopher überreden, mich bei Gelegenheit zu dem Steingrab zu begleiten.

Auf dem kürzesten Weg durchquerte ich den blumenlosen Wald – Christopher musste eine verborgene Fundstelle kennen – und erreichte einen Pfad, der zum See führte. Ich freute mich, dass es mir in dem verwirrenden Dickicht gelungen war, die Orientierung zu behalten. Kurz vor der Kapelle erreichte mich die Spur eines wohlvertrauten Dufts – Gewitterregen! Mein Herz schlug sofort um zwei Oktaven höher, hatte ich doch mit Christopher heute eigentlich nicht mehr gerechnet. Bestimmt war er auf der Suche nach mir.

Freudestrahlend umrundete ich die letzte Biegung, bevor mir das Lächeln auf den Lippen gefror. Unweit der Kapelle stand Christopher – in seinen Armen Susan!

Ich starb in dieser Sekunde.

Was für ein eigenartiges Gefühl. Wut wäre mir lieber gewesen. Damit konnte ich umgehen. Aber anstatt loszuschreien, zu toben oder etwas gegen die Wand zu werfen, erstarrte ich. Alle Wärme in mir erlosch und zerfiel zu eiskaltem Staub – war ich mir seiner Liebe doch so sicher gewesen!

Tränenüberströmt schlich ich zu den Steingräbern zurück. Ich wollte allein sein und weder Christopher noch sonst jemanden sehen. An dem verlassenen Grab sank ich schluchzend zu Boden. In diesem Moment glaubte ich, niemals wieder mit Weinen aufhören zu können – haltlos strömten die Tränen aus mir heraus.

Warum? Warum hatte er mir gestern seine Gefühle offenbart, wenn er mich heute schon vergessen hatte? Konnten, *durften* Engel so unbarmherzig sein? Verzweifelt ertrank ich in meinem Schmerz.

Eine zierliche Hand legte sich vorsichtig auf meinen Rücken. Ein Funke Wut erwachte in mir. Ich fuhr herum und blickte in das Gesicht einer jungen Frau. Sie war beinahe wunderschön. Irgendetwas, das ich auf Anhieb nicht sehen konnte, passte nicht – vielleicht ihre tiefschwarzen Augen.

»Kann ich dir irgendwie helfen?«, fragte sie freundlich.

»Ja! Indem du mich in Ruhe lässt«, zischte ich, was die Frau zurückweichen ließ.

Doch anstatt zu verschwinden, taxierte sie mich mit einem mitfühlenden Blick. »Du hast jemanden verloren, der dir sehr am Herzen liegt, nicht wahr?«

»Kannst du nicht einfach gehen?«

»Nein«, antwortete sie ungerührt. »Nicht, solange du mir nicht verrätst, wohin du gehörst. Kommst du vom Schloss?«

»Ja, und ich möchte alles andere, als mich mit jemandem zu unterhalten.« Das *Verpiss dich endlich!* schluckte ich hinunter. Die Hartnäckigkeit der Frau verunsicherte mich, weshalb ich mir verärgert die Tränen aus dem Gesicht wischte.

»Es könnte dir helfen, wenn dir jemand Trost spenden würde. Und da du offensichtlich allein bist, werde ich das übernehmen.«

Sie nahm ihr schwarzes Schultertuch ab, wickelte es um meinen bebenden Körper und setzte sich schweigend neben mich. Sonderbar berührt, von einer wildfremden Frau umsorgt zu werden, ließ ich ihre Nähe zu und versank erneut in meinem Kummer.

»Nimm. Deine. Hände. Von ihr!«

Christophers beherrschte Stimme dröhnte bedrohlich über den Grabhügel. Noch ehe ich zu ihm aufsehen konnte, wurde ich nach hinten gegen das Hünengrab gestoßen und durch eine gut verborgene Öffnung gezwängt. Schwarze Leere empfing mich und zog mich hinab. Der Aufprall war schmerzhaft. Viel schlimmer jedoch das Wissen, *worauf* ich gelandet war: Knochen, skelettierte Körper und menschliche Schädel empfingen mich mit einem morbiden Knirschen, und der modrig dumpfe Geruch, der sie umgab, half nicht gerade, mich zu beruhigen.

Panisch kreischte ich um Hilfe, aber die rauen Steinwände erstickten meine Schreie, noch bevor jemand sie hören konnte. Verzweiflung und Wut, genährt von Angst und der Eifersucht durch Christophers falsches Spiel, besiegten meinen Verstand. Wie besessen hämmerte ich gegen die unverrückbaren Steine, schlug auf sie ein, als könnte ich sie mit bloßer Willenskraft verschieben. Blut rann über meine aufgeschlagenen Knöchel – doch ich spürte nichts.

Schließlich gab mein erschöpfter Körper nach, und ich fiel in den aufstöhnenden Skelettteppich zurück. Unfähig, vernünftig zu denken, saß ich in meinem kalten Verlies, starrte ins Nichts und verlor mich in meinen trüben Gedanken, als die Wut verraucht war und nur noch die Eifersucht blieb. Ich nahm weder das Seil, das neben mir hinabglitt, noch Arons Rufe wahr. Erst als ein kleiner Kieselstein auf meinem Kopf landete, erwachte ich aus meiner Trance.

»Lynn, komm zu dir und nimm endlich das Seil!«

Es dauerte eine Weile, bis ich den Strick im Dunkeln fand. Wie ein Blinder tastete ich durch die Luft mit dem Gefühl, jeden Augenblick von einem Skelett umarmt zu werden. Schließlich bekam ich das Seil zu fassen und gab Aron ein Zeichen.

»Zieh dich daran hoch oder bind es dir um die Taille, damit ich dich nach oben ziehen kann.«

Arons Stimme klang befehlend. Ein leiser, beunruhigter Unterton schwang in ihr mit, der mich zur Besinnung brachte. Ich war gut im Klettern, ich brauchte keine weitere Hilfe, um dem

Grab zu entkommen. So schwach war ich nun auch wieder nicht – oder wollte es zumindest nicht sein.

Zügig kletterte ich das Seil empor und zwängte mich durch den schmalen Ausstieg. Arons Hände halfen mir beim letzten Stück und rissen mich förmlich auf die Beine. Ohne ein weiteres Wort zu verlieren, zerrte er mich hinter sich her. Trotz seiner Eile konnte ich einen Blick auf Christopher werfen, der in seiner Engelsgestalt drohend über der kleinen Menschenfigur schwebte. Er wirkte mächtig, bedrohlich, und in diesem Moment fürchtete ich mich zum ersten Mal vor ihm.

Mit schreckgeweiteten Augen starrte ich ihn an, bis Aron mir den Blick verstellte. Es musste meine Fassungslosigkeit gewesen sein, die ihn dazu veranlasste, mich weiterzudrängen.

Nur wenig später hielt Aron an. »Hier bist du sicher.«

Kaum dass er zu Ende gesprochen hatte, erschien Christopher hinter uns. Ohne das geringste Zögern eilte er zu mir, um mich in seine Arme zu ziehen.

»Rühr mich nicht an!« Meine Stimme spiegelte meine Entschlossenheit wider: Was für ein arroganter Mistkerl! Wie konnte er es wagen, mich umarmen zu wollen, nachdem er kurz zuvor mit Susan Zärtlichkeiten ausgetauscht hatte? Für wen hielt er sich? Für Casanovas Bruder?

Christopher blieb stehen. Verunsichert streckte er eine Hand nach mir aus – langsam, in der Art, wie man sich einem verängstigten Tier nähert.

»Lynn, es ist vorbei. Du bist in Sicherheit.«

»Und ich sagte, dass du mich nicht anfassen sollst!«

Christophers Hand blieb auf halbem Weg stehen. Sein Blick wanderte zu Aron. Als Aron nickte, sank sie kraftlos herab. Kummer lag in Christophers Zügen, und ich musste mich von ihm abwenden, um seiner Anziehungskraft nicht zu erliegen.

»Lynn, wie konntest du nur so leichtsinnig sein?« Aron mischte sich ein und durchbrach die angespannte Stille.

Ich funkelte ihn böse an, doch anstatt mich auf ein Wortgefecht einzulassen oder nachzufragen, was da gerade passiert war, drängte ich mich an ihm vorbei. Ich war viel zu durcheinander, um einen klaren Gedanken fassen oder Christopher noch einmal in die Augen sehen zu können.

Erst nachdem ich den alten Burghügel neben dem Schloss erreicht hatte, begann ich zu rennen: über den Kiesweg zum Schloss, durchs Foyer, die Treppe nach oben. Und erst als ich die Tür meiner Kammer hinter mir zuzog, brachen die Tränen hervor, die die ganze Zeit in meinen Augen gebrannt hatten.

Ich wusste nicht, wie ich Christopher ausweichen konnte, also beschloss ich, eine Begegnung mit ihm so lange wie möglich hinauszuzögern. Anstatt zu frühstücken, legte ich mir zwei kalte Kompressen auf die Augen, in der Hoffnung, die Rötung zu lindern.

Kaum hatte ich meine Kammer verlassen, kam Aron die Treppe hochgeeilt. Ich zögerte. Vielleicht wäre es besser, einfach zurück in mein Zimmer zu flüchten. Arons Kopfschütteln signalisierte mir, dass ich damit nicht durchkommen würde.

»Coelestin möchte dich sprechen – nach deinem Tierkundeunterricht.«

Ich seufzte erleichtert.

»Dacht ich's mir doch, dass du heute nicht besonders scharf auf ein Lanzetraining mit Christopher bist«, erriet er meine Gedanken.

Aron holte mich nach Tierkunde ab und begleitete mich bis zur Tür des Schulleiters, um sicherzugehen, dass ich den Termin nicht verpasste. Ich versuchte mich zu sammeln, klopfte an und betrat zögernd den Raum.

Coelestin legte seine Schreibfeder beiseite und begrüßte mich. Die Narben, die seine linke Gesichtshälfte durchzogen, wirkten angesichts seines aufmunternden Lächelns weit weniger furchterregend. Unzählige Falten blitzten in seinem Gesicht auf. Er war wesentlich älter, als ich angenommen hatte – wenn das bei Engeln überhaupt eine Rolle spielte.

Coelestin wies mir einen der gemütlichen Sessel zu, der, wie sein aufgeräumter Schreibtisch, die schwarzpolierten Regale und der gläserne Beistelltisch, überraschend modern war, und nahm mir gegenüber Platz.

»Christopher hat mir berichtet, was gestern passiert ist.«

Ich zuckte unmerklich zusammen, als er Christophers Namen erwähnte.

»Du hast unfreiwillig mit der Gruft der Toten und ihrer Wächterin Bekanntschaft gemacht. Erstaunlich, dass du so einfach zu ihr vordringen konntest. Du musst alle Warnsignale ignoriert haben.«

»Anscheinend.« Ich zuckte mit den Schultern. Abgesehen davon, dass mir das Steingrab von Anfang an nicht geheuer war, hatte ich nichts bemerkt.

»Dann muss in dir ein wahrer Gefühlssturm getobt haben, wenn sie dir entgangen sind«, sinnierte er.

Ich presste die Lippen aufeinander, schwieg und hoffte, dass er meine Gedanken nicht erraten konnte. Doch ich ahnte, dass Coelestin wusste, wie ich zu Christopher stand. Schließlich hatte der ja schon mit ihm gesprochen.

»Lynn, ich kann dich zwar noch nicht bitten, mir in deiner Engelsgestalt zu antworten, aber ich gehe davon aus, dass du mir trotzdem ehrlich antworten wirst.« Coelestins ganze Aufmerksamkeit war nun auf meine Augen gerichtet, als wolle er durch sie hindurch in meine Seele blicken. »Gab es irgendetwas in der Gruft, das dir sonderbar vorkam, dich beunruhigt oder verängstigt hat?«

Ich schluckte, während ich an mein schauriges Gefängnis zurückdachte. Alles dort unten war sonderbar *und* beängstigend. Nicht nur der Inhalt, auch meine unkontrollierbaren Gefühle. Aber Coelestin hatte nicht nach meinem Befinden gefragt.

»Nun ja, ich bin noch nie zuvor auf einem Skeletthaufen gelandet.«

Coelestin nickte, ohne mich aus den Augen zu lassen. »Konntest du auch etwas anderes wahrnehmen? Etwas ein wenig Lebendigeres, vor dem du dich gefürchtet hast?«

Ich schüttelte wahrheitsgemäß den Kopf. »Nein, außer der Dunkelheit und dem Wissen, in einem modrigen Grab festzustecken, gab es nichts. Oder ist das nicht genug, um Angst empfinden zu dürfen?«, erwiderte ich sarkastisch.

Coelestins für den Bruchteil einer Sekunde nach oben zuckende Mundwinkel entgingen mir nicht. Auch nicht, dass seine Konzentration sich verstärkte, als er auf den springenden Punkt kam.

»Fürchtest du dich vor Christopher?«

Plötzlich hielt ich Coelestins durchdringendem Blick nicht länger stand. Ja, Christopher konnte furchteinflößend sein. Auch ein Mitschüler, der mit geballter Faust auf einen losstürmte, war das, aber das war nicht der Grund, warum ich Christopher aus dem Weg gehen wollte.

»Nein, nicht … nicht wirklich.«

»Was meinst du mit *nicht wirklich*?«

Meine Antwort reichte Coelestin nicht, und ich suchte nach einer besseren Erklärung. »Ich konnte sehen, wie mächtig Christopher ist, und weiß, dass er gefährlich werden kann, doch ich bin mir sicher, dass er keinem seiner Freunde jemals«, ich geriet in Stocken. Ich wollte *wehtun* sagen, doch das stimmte nicht. Er hatte mir wehgetan, aber so meinte ich das nicht. »Er würde keinen seiner Freunde absichtlich verletzen.«

Coelestins Hand wanderte zu seiner linken Gesichtshälfte, bevor er es sich anders überlegte und sie auf die Armlehne zurücksinken ließ. »Danke, Lynn. Du hast mir sehr geholfen – und ich stimme dir zu, was Christopher betrifft.«

Coelestins Aufmerksamkeit löste sich von meinen Augen – das Verhör war beendet. »Und du, Lynn, kann ich dir irgendwie weiterhelfen? Gibt es etwas, das du wissen möchtest?«

Das gab es. Vieles! Doch nicht von ihm.

Ich schwänzte den Rest des Lanzentrainings und fragte in der Kantine, ob ich schon etwas vom Nachspeisenbuffet stibitzen durfte. Sicherheitshalber zog ich mich rechtzeitig, bevor der Unterricht endete, auf mein Zimmer zurück.

Ich ignorierte das Klopfen und Christophers Bitte, ihn einzulassen, und vergrub stattdessen meinen Kopf unter dem Kissen. So verbrachte ich auch die Zeit des Nachmittagsunterrichts in meinem Zimmer – gemeinsames Mentaltraining mit Christopher würde ich momentan nicht verkraften.

Irgendwann wurde aus dem sich wiederholenden Klopfen ein lautes, durch Arons aufgebrachte Stimme unterbrochenes Hämmern.

»Wenn du nicht sofort die Tür öffnest, werde ich sie eintreten!«, donnerte er.

Da er sich vermutlich problemlos den Zweitschlüssel besorgen konnte, befolgte ich ausnahmsweise seine Anweisung.

»Du siehst schrecklich aus!«, begrüßte er mich und zog die Tür hinter sich zu.

Ich schlang die Arme um meinen Körper, um die Kälte, die sich seit dem gestrigen Abend in mir ausbreitete, zu vertreiben, und trat ans Fenster.

»Bist du gekommen, um mein Aussehen zu begutachten?«, fragte ich abweisend.

»Ich bin hier, weil ich dein Betreuer und somit verantwortlich für dich bin.«

»Ach so, dann kommst du also lediglich deiner Pflicht nach. Keine Sorge, ich werde brav sein und keine weitere Stunde schwänzen.« Am nächsten Tag hatten wir frei. Ob ich danach für den Unterricht mit Christopher bereit war, wusste ich nicht.

Aber das musste ich Aron nicht auf die Nase binden – er würde es früh genug herausfinden.

»Lynn, wegen gestern. Wenn du verdrängst, was …«

Ich schnitt ihm das Wort ab. »Ich werde schon kein Trauma davontragen. Schließlich bin ich wohl kaum die Erste, der so etwas passiert ist.«

Aron musterte mich mit gerunzelter Stirn. »Nun, eigentlich ist es nicht üblich, dass sich unsere Schüler mit der Totenwächterin einlassen.«

Ich zuckte die Schultern. »Ich wusste nicht, wer sie ist. Sie war freundlich und wollte mich aufmuntern.«

Arons Miene versteinerte. »Sie hat dich aufgemuntert? Warum?«

»Das geht dich nichts an«, fauchte ich.

»Ich denke schon, dass es mich etwas angeht, wenn du die Grenze überschreitest und dich mit der Totenwächterin anfreundest.«

»Das hab ich nicht!«

»Ach nein? Wie bist du dann bis zur Gruft gekommen? Und sag nicht, du wärst geflogen!«

»Doch! Natürlich bin ich das! Hast du noch nicht meine tollen Flügel gesehen?« Meine Wut brach wieder durch. Und meine Enttäuschung: versagt zu haben *und* betrogen worden zu sein.

»Wenn du sicher sein willst, dass ich nicht noch mehr Fehler mache, solltest du deine Drohung wahrmachen: Schließ mich ein und sorg dafür, dass ich rechtzeitig zum Unterricht gebracht werde! Aber jetzt hab ich frei, und du verschwindest besser aus meinem Zimmer, bevor ich mal wieder etwas Dummes mache und einen Stuhl auf deinem Kopf zertrümmere.«

Ich meinte es ernst – Aron spürte das und trat den Rückzug an. Und ich blieb den Rest des Tages allein in meinem Zimmer. Als es klopfte, widerstand ich dem Drang, die Tür aufzureißen und an Christopher den Stuhl auszuprobieren.

Am Abend kam Aron zurück und brachte mir etwas zu essen. Trotz der netten Geste war mir klar, dass er nur einen Vorwand gesucht hatte, damit ich ihn einließ.

»Ich habe Christopher getroffen. Er möchte mit dir reden, aber anscheinend ignorierst du seine Bitte.«

»Ja, und du kannst ihm gern ausrichten, dass sich daran auch nichts ändern wird!«

Aron nickte, als hätte ich ihm eine Frage bestätigt, doch die Missbilligung auf seiner Miene behagte mir nicht. Er sah mich an, als hätte er seine Meinung über mich grundlegend geändert.

»Ich wusste, dass du ihn enttäuschen würdest.«

Ohne ein weiteres Wort wandte er sich zur Tür und verschwand aus meinem Zimmer, während ich ihm fassungslos hinterherschaute und sich wieder einmal Tränen in meinen Augen sammelten.

Auch am nächsten Tag überhörte ich Christophers flehendes Klopfen. Zur Mittagszeit schlich ich mich aus dem Schloss, da ich befürchtete, dass er sich nicht mehr allzu lange hinhalten ließ. *Seiner* Drohung, beim nächsten Mal die Tür einzutreten, glaubte ich aufs Wort.

Ich umrundete die Mauer am See und setzte mich auf das schmale Uferstück, den Rücken an die Wand gelehnt. Mit einem Seufzer schloss ich die Augen und versuchte, die wärmenden Sonnenstrahlen in mich aufzunehmen und an Italien zu denken, um das immer wieder auftauchende Bild von Christopher und Susan zu verdrängen.

»Warum fliehst du vor mir?«

Der Schmerz in meinem Inneren riss wieder auf, und mit ihm erwachte ein tiefer Zorn. »Das fragst du noch?«, fuhr ich Christopher ungewollt scharf an.

Vor Angst, noch mehr die Kontrolle zu verlieren, krallte ich meine Hände in das feuchte Gras, damit ich ihm nicht an die

Gurgel sprang. Die Genugtuung, dass er mich mit derselben Leichtigkeit abschüttelte, wie er seine Freundinnen austauschte, wollte ich ihm nicht geben.

Christopher wich zurück, als er meine Reaktion bemerkte. Ungläubigkeit lag in seinem Blick.

»Was zur Hölle habe ich getan, das dich so verärgert hat?«

»Was du getan hast?!« Außer mir über seine Unverfrorenheit, sprang ich auf. Ich hielt die Luft an und zählte bis drei, um nicht wie eine Furie rüberzukommen – besser hätte ich bis tausend gezählt.

»Wenn du es nicht mehr weißt, dann kann vielleicht Susan dein Gedächtnis ein wenig auffrischen«, schleuderte ich ihm entgegen, bevor ich ihn stehenließ und wütend davonstapfte.

Kapitel 12

Bekenntnisse

Es dauerte nicht lange, bis Susan mich aufsuchte – sie sah elend aus. Zähneknirschend ließ ich sie in mein Zimmer. Sie lief zielstrebig zu dem einzigen Stuhl und setzte sich, unbeeindruckt von meiner abweisenden Miene. Ohne mich anzusehen, begann sie mit ihrer Geschichte.

»Vor zwei Monaten habe ich meine Familie das letzte Mal umarmt. Wir hatten ein altes Bauernhaus in den Voralpen, wo ich – dank meiner beiden Stiefbrüder – sehr behütet aufwuchs. Weshalb ich wahrscheinlich auch auf die Idee kam, meine letzten Schuljahre in einem Internat zu verbringen. Es war genial. Ich hatte beides: Geborgenheit und Unabhängigkeit.« Susan schloss die Augen und sammelte sich, bevor sie fortfuhr.

»Als der See zufror, war ich kaum zu bremsen. Ich packte meine Schlittschuhe und kostete jede freie Minute auf dem Eis aus. Nachdem es wärmer wurde und wir aus Sicherheitsgründen den See nicht mehr betreten durften, war ich todunglücklich.«

Susan hielt inne und seufzte. »Na ja, wohl eher enttäuscht. Wenn ich damals auch nur geahnt hätte, was ich heute weiß, hätte ich es vielleicht verhindern können. Jedenfalls träumte ich in der Nacht, dass das Eis noch halten würde. Als ich aufwachte, schlich ich mich hinaus – die Versuchung war so groß, dass ich einfach nicht widerstehen konnte. In Hochstimmung lief ich los und drehte meine Runden: Ich hatte die wachehaltenden Mentoren ausgetrickst und den See ganz für mich allein.«

Susan blickte auf, und ich sah Tränen in ihren Augen schimmern. »Als das Eis unter meinen Füßen brach, konnte niemand meine Hilfeschreie hören. Die Strömung zog mich nach unten. Es war … es war schrecklich! Dunkel, eisig. Es war überall. Ich … ich hatte keine Chance.«

Susan verstummte für einen kurzen Moment und sammelte sich erneut. »Gestern durfte ich meine Familie zum ersten Mal wiedersehen. Ich weiß nicht, was schlimmer war!«

In einem Anflug von Mitleid wollte ich meine Arme um Susan legen, doch sie wehrte mich ab. »Ich bin noch nicht fertig. Ich war nicht allein, als ich sie besuchte.«

Eine furchtbare Ahnung stieg in mir auf. »Christopher? Er ist – dein Tutor?!«

»Ja.«

»Und … und woher wusstest du, dass ich euch …?« Bei der Erinnerung an die beiden blieben mir die Worte im Hals stecken.

»Ich war mir nicht ganz sicher, aber als Chris zu mir kam und von deiner Anschuldigung erzählte, habe ich mir zusammengereimt, dass du es warst.«

»Dann … dann seid ihr nicht …?«

»Nein! Er stand mir zur Seite, als ich Trost brauchte.«

Ich fühlte, wie mir das Blut aus dem Gesicht wich. Ich hatte Christopher verdächtigt, mich zu hintergehen, und ihm nicht einmal die Chance gegeben, sich zu verteidigen. War meine Liebe zu ihm so schwach und zerbrechlich, dass ich dermaßen schnell an ihm zweifelte?

»Worauf wartest du?«, fragte Susan.

»Ich weiß nicht, wie und wo ich …«

»Wie, wird dir schon noch einfallen, und wo? Er ist in der Kapelle am See.«

Außer Atem erreichte ich den Abzweig zur Kapelle. Mein Herz hämmerte mit einer Wildheit gegen meine Rippen, dass es schmerzte. Je näher ich meinem Ziel kam, umso unsicherer und langsamer wurde ich. Würde Christopher mir verzeihen? Konnte er das? Aron hatte mich gewarnt, dass ich stark sein müsste, doch schon beim ersten Zweifel hatte ich versagt – wieder einmal!

Mein Puls raste, als ich vor der schweren Eisentür der Kapelle stand. Das bange Gefühl in meinem Brustkorb drohte mich zu erdrücken.

Christopher drehte sich zu mir um, als ich eintrat. Seine Smaragdaugen schimmerten unergründlich. Ich blieb stehen, obwohl es an mir war, den ersten Schritt zu tun. Aber ich wusste immer noch nicht, wie ich ihn überzeugen sollte, mir meinen Fehler zu verzeihen. Doch das brauchte ich auch nicht.

Noch bevor ich etwas sagen konnte, nahm er meine Hände, betrachtete die Handrücken und küsste vorsichtig meine aufgeschürften Fingerknöchel. Ich hielt still, innerlich vor Anspannung zitternd, und genoss seine Berührung.

»Tu das nie wieder!«, flüsterte er in mein Ohr, als er mich mit einer Bestimmtheit an sich zog, die keine Zweifel an seinen Gefühlen ließ. Schließlich umfasste er mein Gesicht und hielt es fest. »Versprich, zu mir zu kommen, wenn dir etwas auf dem Herzen liegt, und zieh dich nicht in dich selbst zurück. Verschließ dich nicht vor mir – nie wieder!« In seinen Augen blitzte das steinerne Jadegrün auf. »Wenn du wüsstest …« Christopher ließ den Satz unvollendet und zog mich wieder an sich.

Ich war froh, dass er so nicht sehen konnte, wie sehr die Härte in seinem Blick mich erschreckt hatte – es würde seinen Glauben bestärken, dass er tatsächlich ein Angst und Schrecken verbreitender Engel war.

Trotz Christophers Nähe zwängte sich die zunehmende Kälte in der Kapelle zwischen uns. Wärmesuchend drückte ich mich an ihn und sonnte mich in seinem unvergleichbaren Duft, der mich wie immer verzauberte.

»Du zitterst!« Christopher schob mich ein klein wenig von sich, um mich besser betrachten zu können. Sorge lag auf seinen Zügen. »Geht es dir gut?«

»Mir könnte es nicht besser gehen«, erwiderte ich und wollte meinen Kopf wieder an seine Schulter legen, doch Christopher wich zurück.

»Aron hat mir erzählt, dass du mich und die Wächterin an der Totengruft beobachtet hast.«

»Ja. Und?« Die Unsicherheit, die ich beim Betreten der Kapelle empfunden hatte, stellte sich wieder ein.

»Warum bist du gekommen, wenn du solche Angst vor mir hast? Und versuche nicht, deine Furcht zu leugnen.«

Seine Frage verstärkte die Kälte in mir, so dass ein weiteres Frösteln meinen Körper durchzog. Christophers Aufmerksamkeit entging das nicht. Er ließ mich augenblicklich los.

Ich schlang die Arme um meine Taille. Obwohl ich viel lieber ihn umschlungen hätte, rührte ich mich nicht von der Stelle. Seine Anschuldigung weckte Hilflosigkeit in mir. Ich konnte es nicht abstreiten, ja, ich hatte Angst empfunden, als er am Hünengrab die Totenwächterin in Schach gehalten hatte, aber das war nicht das entscheidende Gefühl für meine Zurückweisung. Liebe brachte Eifersucht hervor, nicht Furcht.

»Was ich für dich empfinde, ist stärker als Angst.«

»Und wenn sie eines Tages deine anderen Gefühle verdrängt? Was, wenn die Angst überhandnimmt?«

Christophers eisige Stimme schnitt tief, und ich konnte mein Zittern nicht länger unterdrücken.

»Erwartest du, dass ich dich aufgebe? Dass ich einfach leugne, was ich für dich empfinde, damit ich nicht eines Tages aufwache und mich vor deiner Engelsgestalt fürchte?« Ich schüttelte den Kopf. »Das kann ich nicht.«

Christopher schwieg. Während ich verzweifelt auf seine Antwort wartete, bekam ich einen Vorgeschmack, wie es sich anfühlen würde, wenn ich ihn verlor.

»Soll ich … möchtest du, dass ich gehe?« Ich brachte nur noch ein Flüstern zustande.

»Wie könnte ich von dir verlangen, mit solch widerstreitenden Gefühlen zu leben?«

»Indem du *mich* entscheiden lässt, wie und wen ich lieben möchte, und nicht versuchst, die Verantwortung dafür zu übernehmen. Ich habe einen Fehler gemacht, und ich weiß, dass du denkst, ich wäre zu schwach für meine Gefühle – aber das stimmt nicht!«

Ich streckte meine Hand nach ihm aus und berührte seinen Arm, unsicher, ob er nicht wieder vor mir zurückweichen würde. Christophers Miene blieb verschlossen. Langsam wagte ich mich näher und strich vorsichtig mit meinen Fingern über seine angespannten Züge. Ich spürte, wie sein Widerstand bröckelte, und näherte mutig meine Lippen.

»Als ob *du* jemals der Schwächere sein könntest!« Stürmisch zog er mich an sich und nahm mir mit seinem Kuss jeden Zweifel, dass er meinen Fehler nicht verzeihen konnte.

Trotz Christophers Wärme fror ich.

»Du zitterst noch immer.«

Ich versuchte erst gar nicht, ihm etwas vorzumachen – er hätte es sofort durchschaut. »Hier drin ist es eisig. Ich bin schon ganz durchgefroren.«

Bestürzung folgte Christophers Besorgnis, doch er unterdrückte eine Erwiderung. Stattdessen hüllte er mich fester in seine Arme, gab mir einen Kuss auf die Stirn und brachte mich zurück zum Schloss.

Im Aufenthaltsraum waren Paul, Markus und Erika mit Aron in eine heftige Diskussion verstrickt. Susan saß bei ihnen, mischte sich jedoch nicht ein. Der tiefe Kummer in ihrem Gesicht ließ mich erschaudern, stand mir das Wiedersehen mit meiner Familie ja noch bevor.

»Ich werde dich begleiten – wenn du möchtest«, flüsterte Christopher und drückte aufmunternd meine Hand.

Ich nickte dankbar und zwang mich zu einem Lächeln, da

Aron uns bemerkt hatte. Vorwürfe lagen in seinem Blick, und ich war froh, mich neben Christopher aufs Sofa setzen zu können, bevor Paul mich in das Gespräch mit einbezog.

»Was denkst du darüber, Lynn, da du dich ja offensichtlich auch so über die Grenzen der Schule hinwegsetzt. Sollten wir nicht alle schon frühzeitig mit dem, was uns außerhalb begegnet, konfrontiert werden?«

»Ich … ich kann dir nicht ganz folgen, Paul.«

»Kannst du nicht?« Provozierend starrte er mich an. »Hast nicht *du* gestern Kontakt mit der Totenwächterin aufgenommen?«

Mein Körper versteifte sich. »Ich habe sie nicht mit Absicht aufgesucht.«

»Und trotzdem hast du die Grenzen der Schule überschritten. Sag schon, wie hast du das angestellt?«

Alle Augen waren auf mich gerichtet, selbst Susan sah mich neugierig an.

»Ich … ich weiß es nicht. Vielleicht übersehe ich sie leichter, da ich ja noch kein richtiger Engel bin.« Es fiel mir wirklich schwer, das auszusprechen, aber es war die einzige Erklärung, die plausibel klang.

»Das mag sein«, stimmte Aron zu. »Und genau aus diesem Grund wird es Zeit, dass du endlich deine Engelsgestalt annimmst. Vielleicht wird die Bürde deines Tutorats dann ein wenig leichter.«

Die anderen lachten. Ich jedoch erkannte die Mahnung, die hinter Arons Worten steckte. Um von mir abzulenken, wechselte ich das Thema.

»Da wir gerade beim Tod sind: Wie bist du eigentlich gestorben?«, fragte ich Paul. Zu spät bemerkte ich Susans versteinerndes Gesicht, doch Paul hatte bereits begonnen.

»Eigentlich gibt es da nicht viel zu erzählen. Ich war mit meinen Eltern unterwegs – witzigerweise zur Beerdigung meiner

Großtante. Wie so oft waren wir spät dran, und mein Vater jagte seinen BMW zur Höchstleistung. In einer unübersichtlichen Kurve passierte es: Er verlor die Kontrolle über den Wagen, und das Fahrzeug überschlug sich. Meine Eltern waren sofort tot – ich starb im Krankenwagen. Ich kann mich noch genau daran erinnern, dass der Arzt alles tat, um mich zu retten. Selbst als ich schon tot war, arbeitete er fieberhaft weiter.«

Ich unterdrückte ein Schaudern. Paul berichtete von seinem Tod mit einer Leichtigkeit, die ein unangenehmes Kribbeln auf meiner Haut hinterließ. Aber vielleicht konnte er ihn so gut verkraften, weil er gemeinsam mit seinen Eltern ums Leben kam. Susan hingegen war förmlich in sich zusammengesunken.

»Ich kann mich auch nicht über die Art meines Ablebens beklagen«, bestätigte Erika. »Irgendein Idiot hat mir einen ganz besonderen Cocktail gemixt – dabei schmeckte er gar nicht mal so übel. Es ging schnell. Ich tanzte, beschwingt durch den Drink, und brach dann einfach zusammen. Jegliche Hilfe kam zu spät.«

»Du meinst, du hast dich zu Tode ge…trunken?« Markus' Augen weiteten sich vor Überraschung.

»Nein, aber der Kerl, der mich verführen wollte, ist wohl etwas zu unbesorgt mit seinem Chemikalienmix umgegangen. Ich hätte besser auf meine innere Stimme gehört und ihn abblitzen lassen, anstatt seine Einladung anzunehmen. Ich starb an einer Überdosis. Den Typen hat man geschnappt. Er sitzt jetzt für eine Weile ein. Hoffentlich werde ich ihm nicht als Schutzengel zugewiesen«, fügte Erika grimmig hinzu und straffte ihren zierlichen Körper.

»Keine Sorge«, meinte Aron, »man muss nie jemanden beschützen, den man aus seinem vorherigen Leben kennt.«

»Dann bitte ich um seinetwillen, dass mein Protegé ihm niemals begegnet.«

Markus räusperte sich. Blass und angespannt saß er neben

Erika. Sie legte ihre Hand in seine. Es freute mich für ihn – die beiden schienen sich nähergekommen zu sein.

»Ich war acht, als bei mir Leukämie festgestellt wurde. Meine Eltern ließen nichts unversucht. Leider gab es in meiner Heimat nur wenige Spender, und meine Eltern hatten nicht das nötige Geld, um mich im Ausland behandeln zu lassen. Trotzdem war ich zäh und kämpfte gegen das Unvermeidliche. Meine *Leidensgeschichte* zog sich über mehrere Jahre und nahm meine Eltern ziemlich mit. Ein Krankenhausaufenthalt reihte sich an den anderen. Als niemand mehr daran glaubte, dass ich gerettet werden konnte, fanden sich zwei Spender: einer, dessen Zellen zu mir passten, und ein anderer, der die Operationskosten übernehmen wollte.«

Paul knetete gedankenverloren seine Hände. Meine Aufmerksamkeit wanderte zu Susan. Eine tiefe Sorgenfalte teilte ihre Stirn, bevor sie unvermittelt aufstand und aus dem Raum eilte. Bekümmert schaute ich ihr hinterher. Christophers Blick kreuzte meinen – die gleiche Sorge, wie auch ich sie empfand. Ein Schatten verdunkelte seine Züge, und ich erkannte den Grund: Statt Susan zu trösten, blieb er bei mir.

»Geh ihr hinterher«, flüsterte ich ihm ins Ohr.

Christophers Miene verfinsterte sich noch mehr und ließ ein widerwärtiges Schuldgefühl in mir wachsen, dem ich schnellstens entgegenwirken musste.

»Bitte! Es tut mir wirklich leid, was ich dir und Susan unterstellt habe. Aber wenn du meinetwegen deine Pflichten vernachlässigst, wird mein Fehler nur noch schlimmer.«

Christophers Blick überprüfte meine Aufrichtigkeit. Natürlich bestand ich. Der Brechreiz in meinem Magen schwächte sich ab, als er aufstand und Susan folgte.

Mit einem leisen Seufzer sank ich tiefer in die Kissen des Sofas zurück und hörte den Rest von Markus' tragischer Geschichte.

»Mit einem glücklichen Leuchten in den Augen besuchten mich meine Eltern im Krankenhaus. Zwei Tage später sollte es so weit sein – ich starb noch in derselben Nacht.«

Alle schwiegen betroffen. Schließlich hefteten sich die Blicke der anderen auf mich.

»Und du, wie bist du gestorben?«, durchbrach Paul die Stille.

Ein lähmendes Gefühl betäubte meine Gedanken. Alle kannten ihre Todesursache und waren in der Lage, ihr Ableben detailgetreu zu schildern – nur ich nicht.

»Ich … ich hab keine Ahnung«, gestand ich.

»Oh nein! So leicht kommst du uns nicht davon, auch wenn dein Tod noch so banal war. Oder war er eher grausam und blutrünstig?« Mit einer bestialischen Grimasse verzog Paul sein Gesicht und schenkte mir sein bestes *Lynngrinsen.*

»Nein. Ich weiß es einfach nicht!«

Sonderbarerweise hoffte ich auf Arons Beistand. Doch anstatt einer Erklärung entdeckte ich, dass Aron sein Entsetzen über mein Geständnis nicht verbergen konnte. Er musterte mich mit einem ungläubigen Blick, bevor er sich abwandte.

»Ist das denn möglich, Aron?« Markus schien aufrichtig interessiert zu sein.

»Ich höre das zum ersten Mal. Aber wenn Lynn sich nicht mehr an ihren Tod erinnern kann, wird es wohl so sein. Und nun ist es Zeit für euch Jungengel, schlafen zu gehen.«

Aron scheuchte uns auf und komplimentierte uns aus dem Aufenthaltsraum. Ich erhob mich als Letzte und zögerte meinen Aufbruch hinaus. Arons ausweichende Antwort und seine plötzliche Eile ließen mich vermuten, dass er nicht ganz die Wahrheit gesagt hatte. Irgendwann waren nur noch wir zwei übrig.

»Aron, was verschweigst du mir?«

»Wie kommst du darauf? Ich habe keinen Grund, dir etwas zu verheimlichen.« Mit einer befehlenden Geste bugsierte er mich zur Tür.

»Dann erklär mir, warum ich mich nicht mehr an so etwas Einschneidendes wie meinen Tod erinnern kann.« Aufmüpfig blieb ich im Türrahmen stehen.

»Lynn, ich bin nicht allwissend! Ich sagte dir ja von Anfang an, dass du *anders* bist.« Sein Tonfall sollte gelassen wirken, doch ich akzeptierte sein Ablenkungsmanöver nicht.

»Anders? Anders, so wie Christopher?«

Aron zuckte zurück. »Nein! Christophers Wesen unterscheidet sich vollkommen von deinem. *Du*, du bist unsicher und wenig gefestigt in deinen Entscheidungen.«

Ich biss mir auf die Lippe, wusste ich doch genau, dass er auf mein zweifaches Versagen anspielte. Ohne einen weiteren Kommentar drehte ich mich um und ließ ihn einfach stehen. Ich kannte meine Fehler und hatte heute nicht mehr die Kraft, mich ihnen noch einmal zu stellen.

Aber Aron nahm darauf keine Rücksicht und ließ es sich nicht nehmen, mir meine Schwächen aufzuzeigen.

»Lynn, es ist an der Zeit, dass du dich entschließt, ein Engel zu sein. Vielleicht kannst du dich ja bei unserem nächsten Flugtraining dazu durchringen, eine Entscheidung zu treffen.«

Aron, der bis vor kurzem stets heiter und hilfsbereit zu mir gewesen war, bemühte sich erst gar nicht, seinen Sarkasmus zu verbergen – mir grauste bereits jetzt vor der nächsten Flugstunde.

Kapitel 13

Gefahrenkunde

Voller Sehnsucht stürmte ich aus meiner Dachkammer in der Hoffnung, vor Unterrichtsbeginn Christopher zu sehen. Und tatsächlich wartete er auf mich vor meiner Tür. Wir verabredeten uns für die Mittagspause – Christopher betreute heute keine meiner Stunden. Schlafwächter, Geschichte und Gefahrenkunde standen auf dem Programm. Fächer, die ich letzte Woche versäumte, nachdem ich mich im Wald verlaufen hatte.

Markus und ich betraten gemeinsam den Unterrichtsraum. Ein benebelnder Duft kroch mir in die Nase, und ich wünschte, ich hätte Pauls Nasenklammer bei mir – nicht, dass es unangenehm roch. Der Duft war süßlich und harmonisch, seine Wirkung beinahe berauschend. Aber ich musste hart dagegen ankämpfen, um nicht in ein albernes Gekicher zu verfallen, besonders als ich die Möblierung des Zimmers genauer betrachtete. Sechs samtbezogene Kissen, groß genug, um als bequeme Schlafstätten zu dienen, füllten den Raum. Neben ihnen lag je ein dickes, rundes, rot leuchtendes Sitzpolster.

Noch während ich mich umschaute, steuerte eine rundliche Frau auf mich zu. Tiefe Falten durchzogen ihre Haut – sie musste weit über hundert sein!

»Lynn, endlich lerne ich dich kennen!«

Amiras Stimme strafte meine Einschätzung Lügen – jugendliche Frische lag in ihr. Ich stutzte. Durfte sie nur eines ihrer gealterten Körperteile auffrischen? Hatte sie ihre Stimme gewählt, weil sie die Ohren ja nicht verschließen konnte, aber ihre Spiegel verhängen? Amira erschien mir suspekt. Ich konnte sie noch viel weniger einschätzen als Ernesta – unseren *Kräuterengel*.

»Paul kümmert sich um dich, er wird sicher gleich hier sein.« Viel zu schwungvoll – für ihr Alter – hakte sie sich bei mir unter und führte mich zu einer freien Ruhestätte. »Du kannst es dir schon mal bequem machen. Nein, nicht auf dem Sitzpolster«, säuselte sie geheimnisvoll lächelnd, als ich es mir auf dem Hocker bequem machen wollte. »*Du* darfst den Schlafplatz nehmen.«

Mit untergeschlagenen Beinen setzte ich mich auf das große, weiche Polster und wartete angespannt auf Paul. Er begrüßte mich nicht mit dem für mich reservierten Grinsen. Stattdessen schenkte er mir einen mitleidigen Blick, der meine Nervosität noch verstärkte.

»Ich hatte mir schon gedacht, dass du mir zugeteilt wirst. Die jüngeren Semester sind bei Schlafkunde stets die *Opfer*. Hoffentlich stellst du dich nicht so ungeschickt an wie in Gefahrenabwenden.«

Mein Vorsatz, Ruhe zu bewahren, schmolz dahin. Was auch immer Paul unter *Opfer* verstehen mochte, seine Anspielung versetzte mich in Alarmbereitschaft. Als Amira mir dann einen heiß dampfenden Becher, gefüllt mit einer dunkelroten Flüssigkeit, reichte, schüttete ich das Getränk beinahe über Pauls Schoß.

»Was hast du vor? Du sollst es trinken und nicht mich damit verbrühen!«

Angewidert von dem süßlich penetranten Geruch, stellte ich die Tasse auf den Boden.

»Da wird dir wohl nichts anderes übrig bleiben. Auch wenn sie noch so gebrechlich aussieht, Amira hat ein paar ganz besondere Tricks auf Lager, um widerspenstige Schüler gefügig zu machen. Ich würde mich an deiner Stelle nicht mit ihr anlegen.«

Ein unangenehmer Schauer kribbelte über meinen Nacken. Obwohl ich mir nicht sicher war, ob Paul mich nur aufziehen wollte, glaubte ich seiner Einschätzung von Amira aufs Wort.

Paul hob den Becher an und reichte ihn mir. »Was ist nun, trinkst du freiwillig oder soll ich Amira um Hilfe bitten?«

Ich schüttelte den Kopf und schnappte nach der Tasse.

»Nein, gib schon her!« Mit angehaltenem Atem schluckte ich das widerlich süße Gebräu.

»Und nun legst du dich am besten hin, bevor der Trank zu wirken beginnt – und träum was Schönes.«

Noch bevor ich etwas erwidern konnte, spürte ich die lähmende Müdigkeit. Ich kippte langsam zur Seite und schlief auf der Stelle ein.

Mein Kopf schmerzte, als der Umriss einer Frau im Dämmerlicht vor mir auftauchte. Sie streckte ihre Hände nach mir aus und rief – nein, sang – mich zu sich. Leichte, glasklare Sirenentöne zogen mich zu ihr. Sie waren so verlockend, dass ich ihnen bereitwillig folgte. Doch bevor ich sie erreichte, hielt eine andere, eine männliche Gestalt mich zurück: Es war wie in dem Albtraum, den ich vor Wochen in einer anderen Welt geträumt hatte. Erneut stand ich zwischen zwei Wesen, die händeringend um mich eiferten.

Ich versuchte aus dem Traum zu erwachen oder zumindest ihn in andere Bahnen zu lenken – so wie ich es meistens tat bei gruseligen Träumen –, doch es gelang mir nicht. Klauenbewehrte Pranken packten mich, bohrten sich in mein Fleisch und stritten um mich. Ich wimmerte vor Angst, als mein Körper auseinanderzureißen drohte. Sie erstickten meine Stimme und verwoben mich in ihre wehenden Gewänder, bevor ich schließlich im Gewirr ihres endlosen Kampfes versank.

Hände schlugen hart auf mein Gesicht. Ich fühlte den Schmerz – er war real! Völlig außer mir öffnete ich die Augen und spürte erneut, wie Amiras Finger auf meine Wange klatschten.

»Wow!«, rief Paul, »das war ja gleich ein Volltreffer! Nicht so ein langweiliger Traum wie *Ins Leere treten* oder *Von der Treppe stürzen.*«

»Lynn!« Amira schüttelte unsanft meine Schulter. »Bist du wach?«

Ich nickte schlaftrunken.

»Ganz wach, meine ich.« Noch einmal rüttelte sie mich durch.

»Ja, das bin ich.« Mühsam richtete ich mich auf.

»Gut. Paul, dann kannst du jetzt an die Analyse gehen, und du, Lynn, ruhst dich für den Rest der Stunde aus. Aber schlaf nicht wieder ein!«, mahnte Amira.

Ich blieb sitzen und bemühte mich, meine Augen offen zu halten, was mir nur gelang, weil Paul mich in den Arm zwickte, sobald sie zufielen.

Immer noch benebelt, schwankte ich später mit Markus, der auch unter den Nachwirkungen zu leiden hatte, zu Geschichte. Herr Alto beäugte uns argwöhnisch.

»Warum wird Geschichte immer nach Schlafwächter unterrichtet?«, grummelte er vor sich hin. »Die Hälfte des Unterrichts – mindestens – werdet ihr nichts mitbekommen. Verhaltet euch still und stört nicht.« Er wies uns zwei Plätze in der hinteren Tischreihe zu, und ich war dankbar, mich setzen zu können.

Die erste Stunde verstrich tatsächlich, ohne dass ich das Geringste mitbekam. Mein Verstand lichtete sich nur langsam. Obwohl ich versuchte, Herrn Altos Unterricht zu folgen, umgab mich noch immer dieser zähe Nebel, aus dem die Figuren meines Traums aufstiegen.

»Ist das immer so?«, flüsterte ich Markus in einer klaren Minute zu.

»Ich glaub schon. Wahrscheinlich schickt man uns nur in Geschichte, damit wir aufgeräumt sind.«

Ich starrte erneut in den Nebel vor mir. Bestimmt hatte er recht. Ein Drittel der Klasse setzte sich aus den sogenannten *Opfern des Schlafwächterunterrichts* zusammen.

In den letzten Minuten konnte ich dem Unterricht endlich ein wenig folgen. Auch wenn ich mir nicht sicher war, ob meine Augen mir bereits die Wirklichkeit zeigten. Herr Alto projizierte Bilder barbarischer Schlachtszenen an die Wand, deren Kämpfer aus grausamen Albträumen entsprungen schienen, und fütterte uns mit Daten und Fakten, die angeblich zu den Illustrationen passen sollten. Weder Markus noch ich konnten glauben, dass die offensichtlich übertriebenen Darstellungen mit dermaßen genauen Zahlen belegt waren.

Christopher rümpfte die Nase, als er mir in der Mittagspause einen Kuss auf die Wange drückte. Selbst sein Geruch konnte den süßlichen Geschmack des *Tees*, den ich immer noch auf der Zunge hatte, nicht überdecken.

»Du hattest Schlafwächter?!«

»Ja! Das absonderliche Gebräu steckt mir immer noch in den Knochen.«

»Iss etwas, dann wird es dir besser gehen. Hattest du wenigstens einen schönen Traum?« Seine grünen Augen leuchteten schalkhaft.

»Wenn du Paul danach fragen würdest, mit Sicherheit. Er war ganz begeistert.«

»Und du?«

»Für mich kam er eher einem Horrortrip gleich«, erwiderte ich grimmig.

»Das tut mir leid.«

Liebevoll strich Christopher eine Strähne aus meinem Gesicht. Seine Berührung ließ elektrisierende Schauder durch meinen Körper laufen und weckte endlich meine schlafenden Sinne.

»Das nächste Mal werde ich von *dir* träumen«, versicherte ich ihm und zauberte damit ein unwiderstehliches Lächeln auf seine Lippen.

Bei Gefahrenkunde hatte ich etwas Ähnliches erwartet wie

im Fach Gefahrenabwenden. So überraschte es mich, dass Aron den Unterricht leitete. Er verfolgte mich mit seinem kritischen Blick, und ich setzte mich schnell zu Paul.

»Aus gegebenem Anlass werde ich den Unterricht ein wenig abwandeln«, begann Aron. Sein Augenmerk blieb unverwandt auf mich gerichtet, während er fortfuhr. »Wir widmen uns heute dem Reich der Toten, insbesondere den Gefahren, die von diesen harmlos scheinenden Orten und ihren Wächtern ausgehen.«

Ich versank in meinem Stuhl und wünschte, noch immer in Amiras Schlafkabinett zu ruhen. Mit größter Sorgfalt betrachtete ich die Maserung der Tischplatte vor mir und ignorierte Aron – in zweieinhalb Stunden wäre der Spuk vorbei. Ich rechnete damit, dass er mich in Ruhe lassen würde, doch ich täuschte mich. Anscheinend hatte er vor, mir eine Lektion zu erteilen.

»Lynn kann uns mit der Schilderung ihrer Begegnung den Einstieg in dieses Thema sicherlich erleichtern.«

Seine Aufforderung schreckte mich aus meiner Versenkung auf. Ich verfluchte Aron insgeheim und bombardierte ihn im Geiste mit den hässlichsten Schimpfwörtern, die ich kannte, bis mein Ärger erlosch. Was blieb, war Enttäuschung über sein Verhalten.

Während ich von meiner Begegnung mit der Totenwächterin berichtete, verhakte ich meine klammen Finger ineinander und sackte immer tiefer in meinen Stuhl zurück. Bewusst hielt ich die Erzählung sachlich und vermied, den Grund für meinen Aufenthalt bei den Steingräbern anzusprechen. Dabei gab ich vor, sie zufällig während meiner Erkundung der alten Siedlung entdeckt zu haben, und schilderte die ersten Minuten meines Zusammentreffens mit der Wächterin. Anschließend beantwortete ich die Fragen meiner Mitschüler, soweit ich konnte, und lehnte mich danach erleichtert in meinem Stuhl zurück. Ich hatte es überstanden – ohne panisch zu wirken!

»Ich glaube, das ist noch nicht alles«, drängte Aron weiter.

»Es wäre für uns sicher interessant, wenn du auch vom Inneren der Totengruft erzählen könntest.«

Ich fühlte die Todeskälte in mir. Ohne dass ich es wollte, sah ich die Gebeine der Verblichenen. Wie auferstandene Tote tanzten sie in ihrem modrigen Grab, erhellt vom diffusen Licht des Spaltes, durch den die Totenwächterin mich gestoßen hatte. Ich blinzelte das Trugbild fort – wahrscheinlich eine Auswirkung von Amiras Traumgebräu.

Nicht gerade begeistert, setzte ich meinen Bericht fort: Beschrieb detailbesessen den architektonischen Aufbau der Gruft, erklärte die Fundamentlegung des Hügelgrabes und streifte nur kurz seinen Inhalt. Das Grauen und die Kälte, die ich dort empfunden hatte, verschwieg ich.

Erschöpft, wie nach einem langen Lauf, schloss ich die Erzählung mit meiner Rettung durch Aron. Der anerkennende Beifall für seine Heldentat erfüllte den Raum. Aron erstickte schnell den Jubel. Ohne dass ich es bemerkt hatte, war er hinter mich getreten.

»Eine schöne Geschichte, Lynn. Aber was einer solchen Erzählung erst die nötige Würze verleiht, sind die Gefühle, die jemand empfindet, wenn er ins Reich der Toten blickt.«

Ich erstarrte, als sich Arons Hände auf meine Schultern legten. Sie hinderten mich daran, meinem Impuls nachzugeben: aufzuspringen und aus dem Kursraum zu flüchten.

»Was fühltest du, als du allein unten bei den Toten ausharren musstest? Konntest du ihre Nähe spüren? Ihre verzweifelten Schreie, endlich erlöst zu werden?«

Ich schauderte und schüttelte den Kopf. Erneut tanzten die fahlgelben Gebeine vor meinem inneren Auge, berührten mich ihre knorpeligen Finger und drängten mich an die kalte Grabeswand. Ich krallte meine Fingernägel in die Handflächen, um dem grausamen Tagtraum zu entrinnen. Der Schmerz brachte mich in die Wirklichkeit zurück.

»Ich fühlte nur die Dunkelheit um mich und erdrückende Stille«, erwiderte ich mit einem Zittern in der Stimme, das ich nicht vermeiden konnte.

Ebenso plötzlich, wie er hinter mir stand, ließ Aron mich los. Ich schwankte ein wenig, überrascht von der unerwarteten Freiheit, verbot mir aber, aufzustehen und aus dem Unterricht zu rennen. Hätte ich in diesem Moment zu Aron aufgesehen, so hätte ich erkannt, dass er seine Entscheidung, mich zu provozieren, von ganzem Herzen bereute – doch ich bemerkte nichts. Stattdessen saß ich auf meinem Platz und wünschte ihm die Pest – oder etwas Vergleichbares für Engel – an den Hals, starrte auf meine geschundenen Fingerknöchel und ergötzte mich innerlich an meinen Flüchen. Vielleicht wäre ich in der Hölle besser aufgehoben als unter Engeln!

Paul stupste mich mit dem Ellbogen.

»Es ist Zeit für den praktischen Teil. Hilfst du mir, den Tisch und die Stühle beiseitezuschieben?«

»Praktischer Teil?«, krächzte ich.

»Ja, der eigentliche Höhepunkt der Stunde. Wobei ein leibhaftiger Besuch in der Totengruft wohl kaum zu überbieten ist.«

Mit weichen Knien setzte ich mich an eine der Linien, die Aron um ein weiß schimmerndes Prisma zog, das er in der Mitte des Raumes platziert hatte. Mit einer leuchtenden Feuerkugel, die er mit einer Armbrust abschoss, erweckte er das Gebilde zum Leben.

Sich windender schwarzer Rauch quoll aus der Spitze des Prismas, drehte sich mit hoher Geschwindigkeit um eine imaginäre Achse und manifestierte sich als menschenähnliches Wesen: die Totenwächterin! Ihr Anblick fuhr mir durch Mark und Bein. Die Kälte der Totengruft breitete sich in meinem Inneren aus. Um ihrem Anblick zu entgehen, schlug ich die Hände vors Gesicht, doch ihre unverkennbare Stimme zwang mich, sie anzusehen.

»Welch übler Trick von dir, Aron, wenngleich ich schon befürchtet habe, dass du mir keinen Frieden lassen würdest.« Gespenstisch wirbelte sie herum und starrte mich an. »Und wen haben wir denn da? Lynn? Tatsächlich, du bist es!«

Ich biss mir auf die Zunge, um einen Aufschrei zu unterdrücken.

»Schade, dass ich von dir abgelenkt wurde. Du bist ein äußerst interessantes Objekt.«

Ihre Finger griffen gierig nach mir. Ich rutschte entsetzt weg von ihren beharrlichen Händen, die offensichtlich nicht über die Linien fassen konnten.

»Neulich hattest du noch keine Angst, als meine Hände dich berührten. Warum weichst du jetzt vor mir zurück? Komm, sei mutig, ich tu dir nichts.« Sie klang wie die böse Stiefmutter Schneewittchens, als sie ihr den vergifteten Apfel schenkte.

Ich wusste, ich war der Hase vor der lauernden Schlange und trotzdem konnte ich ihrer Anziehungskraft nicht widerstehen. Vorsichtig näherte ich mich ihren ausgestreckten Armen. Sie versprachen Trost und Wärme, eine Wärme, die mich anlockte.

»Halt! Keinen Schritt weiter!«

Arons drohende Stimme schallte durch den Raum. Seine angelegte Armbrust zielte auf den Mittelpunkt des Sterns, auf die Stelle, an der sich das Prisma befand. Gebannt verfolgten meine Mitschüler das Geschehen.

»Ach, Aron. Zuerst rufst du mich, und dann kann es dir nicht schnell genug gehen, mich wieder loszuwerden. Ein klein wenig mehr Aufmerksamkeit hätte ich schon von dir erwartet«, gurrte die Totenwächterin.

Arons Miene verfinsterte sich – er schien ihre Tricks zu kennen. »Lynn, geh zurück«, befahl er mir.

Ich ignorierte seine Anweisung. Im Gegenteil, unaufhaltsam näherte ich mich der jungen Frau, die mich mit ihren großen Augen gefangenhielt.

»Lynn!«

Arons Warnschrei sickerte durch mein verschleiertes Bewusstsein, aber ich verringerte mein Tempo nur ein wenig – zu verlockend erschien mir die Gestalt.

Zwei Hände schubsten mich grob nach hinten, und ich taumelte zu Boden. Paul stand heftig atmend zwischen mir und der Totenwächterin. Der Blickkontakt zu ihr brach ab und mit ihm der Bann, der mich gefangengehalten hatte. Ich wich entsetzt zurück – erst jetzt wurde mir bewusst, wozu ich bereit gewesen war.

»Es ist nur eine Frage der Zeit, bis du zu mir zurückkehrst, Lynn. Und ich glaube, ich muss nicht mehr lange auf dich warten.«

Mit einem gellenden Lachen wirbelte sie herum und verschwand im aufwallenden Rauch, auf demselben Weg, wie sie erschienen war. Ich lag noch immer am Boden und fixierte zitternd den Punkt, an dem die Wächterin ihre Finger nach mir ausgestreckt hatte.

»Lynn, Lynn?«

Pauls besorgte Stimme erreichte mich. Ich starrte weiter vor mich hin.

»Kannst du aufstehen?«

Er bot mir helfend seine Hand an, weshalb ich entsetzt zusammenzuckte – erinnerte die Geste doch allzu sehr an die der Totenwächterin.

»Lynn, ich bin es, Paul!«

Ohne auf mein Zurückweichen einzugehen, packte er meinen Arm und zog mich auf die Beine. Leichte Schwindelgefühle zwangen mich dazu, mich an ihm festzuklammern.

»Bring sie auf ihr Zimmer, und bleib bei ihr, bis ich nachkomme«, befahl Aron.

Er ließ nicht lange auf sich warten. Mit einer Tasse Tee auf einem Tablett – wie ich es nicht anders erwartet hatte – betrat Aron meine Kammer.

»Danke, Paul, du kannst jetzt gehen. Ich kümmere mich um sie.«

Aron zog die Tür zu, nachdem Paul den Raum verlassen hatte. Ich wandte mich demonstrativ zum Fenster.

»Ich rühr keines von euren exotischen Getränken mehr an!«

»Der Tee wird dich entspannen, damit du besser schlafen kannst.« Aron klang ungewöhnlich besorgt.

»Oh nein! Schlaftrank habe ich heute schon genug gekostet. Da bleib ich lieber die ganze Nacht wach, bevor mich ein Albtraum nach dem anderen jagt. Außerdem ist es noch viel zu früh zum Schlafen.«

»Lynn, ich weiß, was ich tue und was du jetzt am nötigsten brauchst.«

Aron hielt mir den Becher vor die Nase. Noch bevor ich seinen Arm von mir stoßen konnte, legte er schützend die Hand über das Getränk, damit es nicht überschwappte.

»Guter Versuch.« Arons Züge wurden ernst. »Trink! Ich möchte dich ungern dazu zwingen. Aber wenn du mir keine andere Wahl lässt, werde ich dir das Zeug auch gegen deinen Willen einflößen.« Aron sah die Ungläubigkeit in meinen Augen. »Auch ein Engel muss manchmal zu drastischen Maßnahmen greifen – aber ich glaube nicht, dass du besonders begeistert wärst.«

Aron würde seine Drohung in die Tat umsetzen. Seine Haltung ließ keine Zweifel aufkommen. Ich würde den Tee trinken, ob ich wollte oder nicht.

»Und ich werde mit Sicherheit nicht träumen?«

»Ja, das verspreche ich dir.«

Aron erkannte seinen Sieg, doch er zeigte keinen Triumph. Folgsam schluckte ich das lauwarme Gebräu, das angenehm nach Honig duftete, und fühlte schnell, wie seine betäubende Wirkung einsetzte und mir die Augen zufielen.

Kapitel 14

Flugunterricht

Ich gönnte mir einen weiteren Zug seines Aromas – ob diese Sucht wohl genauso negative Folgen mit sich brachte wie eine herkömmliche Droge? Auf meine Lippen legte sich ein Lächeln – ich spürte Christopher neben mir auf der Bettkante sitzen, worauf ein unbeschreibliches Glücksgefühl mich durchrieselte, das die grauenhaften Erscheinungen der letzten Tage verdrängte. Voller Zuversicht öffnete ich meine Augenlider und begegnete seinem engelhaft leuchtenden Gesicht. Seine tiefgrünen Augen betrachteten mich mit einer Zuneigung, die mich – ob ich wollte oder nicht – zum Schmelzen brachte.

»Ich dachte schon, ich müsste dich wach küssen, Dornröschen. Du schienst in einem hundertjährigen Schlaf gefangen.«

Ich verzog schmollend den Mund und schloss schnell wieder die Augen.

Christophers weiches Lachen klang verführerisch. »Wahrscheinlich muss ich es doch tun.«

Mein Puls beschleunigte sich, als seine Lippen sanft meine Stirn streiften. Ich hielt erwartungsvoll den Atem an – nichts geschah. Also ließ ich meine Augenlider geschlossen, rührte mich nicht und genoss sein Samtlachen, das mir Glückshormone durch die Adern jagte.

»Wach auf, Dornröschen, sonst versäumst du noch den Tag mit mir.«

Trotz seiner Ermahnung – immerhin konnte ich bereits den vergangenen Abend nicht mit ihm verbringen – kam ich seiner

Bitte natürlich nicht nach. Mich mit ein paar Worten abzuspeisen: So einfach wollte ich es ihm auch wieder nicht machen!

Ein theatralisch langgezogener Seufzer folgte. »Du scheinst kein normales Dornröschen zu sein. Das hätte ich mir ja denken können.«

Ich presste meine Lippen zusammen, um das Glucksen, das mir in der Kehle saß, zu unterdrücken.

»Oh?! Anscheinend erwachst du doch!«

So gut ich konnte, entspannte ich meine Lachmuskeln und gab vor, wieder zu schlafen. Christopher stellte meine Geduld auf die Probe, und ich war äußerst versucht, ihm einfach die Arme um den Hals zu schlingen und ihn zu mir herabzuziehen. Ich widerstand – mit Mühe!

Nach einer Ewigkeit, in der ich immer ungeduldiger wurde, spürte ich endlich seine Lippen. Zart, wie der Flügelschlag eines Schmetterlings, hauchte er mir einen Kuss auf die Wange. Seine Lippen wanderten weiter, berührten meine empfindsame Haut und liebkosten meinen Mund. Es kostete meine ganze Willenskraft, mich zurückzuhalten, sein Spiel mitzuspielen und mich von ihm verführen zu lassen. Irgendwann hielt ich es nicht mehr länger aus und versuchte, ihn zu mir aufs Kissen zu ziehen. Vergeblich! Ich hätte auch eine Marmorstatue bitten können, sich zu einer Brezel zu verbiegen.

»Du solltest dich jetzt besser umziehen. Ich möchte nicht, dass du meinetwegen den Unterricht versäumst oder hungerst. Schließlich hattest du gestern kein Abendessen.« Noch während er sprach, hatte er sich aus meiner Umarmung gelöst, war aufgestanden und zur Tür gegangen. »Ich warte draußen auf dich«, fügte er hinzu, bevor er verschwand.

Der Tag wurde perfekt – abgesehen von dem abrupten Ende des Wachküssens, dem Albtraum der darauffolgenden Nacht und den Kopfschmerzen, die mich am Wiedereinschlafen hinderten.

Nach dem äußerst realen Traum war ich länger unter der Dusche geblieben als sonst, um die Kälte zu vertreiben, die wahrscheinlich die Totenwächterin hinterlassen hatte. Da ich spät dran war, musste das Haareföhnen ausfallen.

Christopher betrachtete mich mit einem Kopfschütteln. »Hoffentlich trocknen deine Haare noch, bevor der Unterricht beginnt. Ich sehe dich schon bibbernd am Seeufer sitzen. Am besten nimmst du deinen dicken Anorak mit.«

Obwohl die Sonne schien, war mir kalt – trotz Jacke. Ein eisiger Wind wehte vom See, aber das war mir egal. Den ganzen Vormittag hatte ich Christopher für mich allein – abgesehen davon, dass er das Flugtraining der knapp zweihundert Engelsschüler überwachte.

Mit angespannter Aufmerksamkeit beobachtete er die Übenden, die in halsbrecherischen Manövern über den See flitzten. Wie beim Lanzentraining waren sie in Gruppen eingeteilt, die jeweils von einem Tutor geleitet wurden.

Ich erkannte Aron unter ihnen, mit Markus und Erika, und beobachtete ihn eine Zeitlang. Er schien nicht mehr der grausame Aron aus Gefahrenkunde zu sein, sondern der heitere, fröhliche Aron, den ich ins Herz geschlossen hatte. Hoffentlich war er das auch noch später, wenn ich an der Reihe war, das Fliegen zu lernen.

Ein leiser Seufzer entfuhr mir, der Christophers Aufmerksamkeit auf sich zog. Er wandte sich vom Ufer ab, setzte sich zu mir ins Gras und legte fürsorglich einen Arm um mich.

»Ich wusste, dass du frieren würdest. Vielleicht solltest du besser ins Schloss zurückgehen.«

»Jetzt, da ich es endlich geschafft hab und du neben mir sitzt? Auf keinen Fall!«, protestierte ich, doch als mich seine Wärme erreichte, spürte ich, wie recht er hatte: Ich zitterte vor Kälte, ohne es bemerkt zu haben.

Nach der Mittagspause hastete ich in mein Zimmer zurück,

um meine Jacke gegen einen Windbreaker zu tauschen. Er wärmte zwar nicht so gut, dafür würde er mich beim Fliegen, oder schlimmstenfalls beim Tauchen, nicht so sehr behindern. Zur Sicherheit zog ich noch einen dünnen Fleecepullover darunter. Die Erinnerung an den eisigen See weckte alles andere als Vorfreude in mir.

Mit einem mulmigen Gefühl ging ich die Treppe hinunter. Aron wollte unten auf mich warten, war jedoch nirgends zu sehen. Meine Anspannung wuchs. Ziellos lief ich durch die prunkvolle Eingangshalle.

Ein Hauch von Christophers Duft erreichte mich, und ich folgte automatisch seiner Spur. Zwei aufgebracht diskutierende Stimmen drangen aus dem hinteren Teil des Gebäudes: Christopher und Aron. Natürlich schlich ich näher. Schließlich war ich neugierig, vor allem als ich meinen Namen hörte. Wie gut, dass die Tür nur angelehnt war.

»Ich bezweifle, dass Lynn heute ihre Engelsgestalt entdeckt«, sagte Aron.

»Heißt das, dass du ihr keinen Flugunterricht erteilst?«

»Oh doch, keine Sorge. Ich werde sie vor eine ganz besondere Herausforderung stellen.«

Mir sträubten sich die Nackenhaare. Was auch immer Aron unter einer *besonderen Herausforderung* verstehen mochte, nach meinen gestrigen Erfahrungen in seinem Unterricht war mir nicht danach zumute, noch mal eine Sonderaufgabe zu bekommen.

»Und trotzdem bin ich überzeugt, dass sie versagt.«

Ein dicker Kloß bildete sich in meiner Kehle. Mühsam schluckte ich ihn hinunter. Aron gehörte nicht zu meinen Befürwortern – nicht mehr. Was hatte ich anderes erwartet?!

»Du hättest sie hören sollen. Sie war so sicher, so überzeugt«, fuhr Aron fort.

Ich beherrschte mich, meinem Impuls zu folgen und die Tür

aufzureißen, um Aron zur Rede zu stellen. Jetzt warf er mir, neben Unfähigkeit, auch noch Arroganz vor? Meine Abneigung vor der nächsten Stunde wuchs.

»Christopher, wie auch immer. Ich bezweifle, dass sie hier richtig ist.«

Christopher fiel ihm – endlich! – ins Wort. »Du solltest nicht voreilig über sie urteilen, vor allem nicht, da du verantwortlich für sie bist.« Er klang verärgert, beinahe wütend. Trotzdem freute es mich, dass er mich verteidigte.

»Ich werde mein Möglichstes tun«, beschwichtigte Aron. »Aber die Entscheidung, ein Engel zu sein, muss sie selbst treffen.«

Ich hörte, wie sich jemand der Tür näherte, und eilte, so schnell und leise, wie ich konnte, ins Foyer zurück. Dann öffnete ich die Ausgangstür und gab vor hinauszugehen, als Aron die Eingangshalle betrat.

»Ich dachte schon, ich wäre zu spät dran, und wollte gerade draußen nach dir suchen.«

Meine Lüge klang nicht besonders überzeugend, doch Aron schien sie zu akzeptieren. Mit unbewegter Miene verließ er das Schloss und führte mich am südlichen Seeufer entlang, zu dem alten, schief stehenden Baum. Erst dort schien er wieder aus seinen Überlegungen zu erwachen.

»Hast du eine Entscheidung getroffen?« Aron blickte mir prüfend in die Augen. »Bist du so weit, ein Engel zu werden?«

»Ja, das bin ich«, antwortete ich, um eine feste Stimme bemüht.

»Wie viel bist du bereit zu wagen?«

Ein unangenehmes Kribbeln breitete sich in meinem Magen aus. Er prüfte, ob ich so weit war, mich der Herausforderung zu stellen. Obwohl ich darauf vorbereitet war, schreckte ich zurück.

»Aron, warum tust du das? Seit meiner Begegnung mit der

Totenwächterin hackst du auf mir herum. Ich hätte mich niemals auf sie eingelassen, wenn ich gewusst hätte, wer sie ist. Und du kannst dir sicher sein, dass ich meine Lektion gelernt habe, während ich in der Totengruft feststeckte.«

Ich blickte auf meine aufgeschürften Handrücken und dachte mit Grauen daran, wie ich in panischer Angst auf die Steinwände eingeschlagen hatte.

»Es wäre nicht nötig gewesen, mir eine zweite Lektion zu erteilen.« Der Kloß, den ich hinuntergeschluckt hatte, drohte erneut aufzusteigen. Ich kämpfte gegen ihn an. Er blieb schwer wie ein Stein in meinem Magen liegen. »Was hast du vor, Aron? Möchtest du mir heute schon wieder zeigen, wie fehlerhaft ich bin?«

»Wie kommst du denn darauf?!« Aron funkelte mich an und drängte mich durch seine Frage in die Offensive.

»Ich hab dein Gespräch mit Christopher gehört«, gab ich zu.

»Du hast uns belauscht?«

»Ich … es war keine Absicht«, stammelte ich.

»Wie viel bist du bereit zu wagen?«, wiederholte er seine ursprüngliche Frage, ohne auf mein Geständnis einzugehen.

Ich erblasste. Er schien sich von seinem Vorhaben nicht abbringen zu lassen.

»Um ein Engel zu werden?«

Aron nickte.

Meine Gedanken wanderten zu Christopher. Meine unausgesprochene Sehnsucht, ihm endlich als vollwertiger Engel gegenüberzutreten, erwachte. Vielleicht würde dadurch die Sorge aus seinen Augen verschwinden, die immer dann auftauchte, wenn er versuchte, mich unauffällig zu beobachten.

»Alles. Ich bin bereit, alles zu wagen.«

Arons Blick wurde weicher. Anerkennung spiegelte sich in ihm, gemischt mit einer leisen Spur von Besorgnis.

Ich schluckte angesichts seiner Bedenken, aber ich hatte mich entschieden. Etwas in mir schrie danach, den Sprung vom Baum zu wiederholen, um endlich ein Engel zu werden.

»Nein, Lynn. Ich habe etwas anderes mit dir vor«, rief Aron mich auf meinem Weg zum Übungsbaum zurück.

Der Stein, der immer noch in meinem Magen lag, wurde schwerer – ich ignorierte ihn und folgte Aron, der weiter am Ufer entlanglief. An einem kleinen Steg blieb er stehen und bat mich, in einem der bunt bemalten Holzboote Platz zu nehmen.

Ohne nachzufragen, was er vorhatte, setzte ich mich. Ich hatte ihm erklärt, dass ich bereit wäre – für was auch immer. Ein Rückzieher kam nicht infrage. Schon allein deshalb nicht, um Aron zu beweisen, wie falsch er mit der Vermutung lag, dass ich nicht ins Schloss der Engel gehörte – und nicht zu Christopher!

Aron löste die Leine, mit der das kleine Ruderboot am Steg festgetäut war, und paddelte hinaus auf den See. Er hielt auf die Übungsplattform zu, an der noch die filigranen Zylinder mit ihren kelchartigen Verdickungen vom heutigen Flugtraining befestigt waren.

Ich versuchte mein Entsetzen zu unterdrücken, als ich die hohen Kelche über mir sah. Mir dämmerte, was Aron geplant hatte, und ich spürte, wie die Angst vor dem Sprung mir in die Knochen kroch.

Ungeschickt kletterte ich aus dem Boot und klammerte mich an Arons helfende Hand. Er drückte sie kurz – aufmunternd –, bevor er sie losließ, und ich sah den liebenswerten Aron vor mir stehen, den ich am Morgen beim Flugtraining beobachtet hatte.

»Keine Sorge, ich helfe dir, so gut ich kann.« Ein amüsiertes Lächeln huschte über sein Gesicht. »Eigentlich ist es eines unserer Sommervergnügen. Auf jeden Fall wird es dir mehr Zeit verschaffen, dich zu verwandeln, als du normalerweise hast, wenn du vom Baum springst.«

Ich bemühte mich zurückzulächeln – erfolglos – und beäugte

misstrauisch die im Wind hin und her schaukelnden Stängel. Dass meine Muskeln sich versteiften, half nicht gerade, meine Entschlossenheit zu demonstrieren.

»Soll ich dich hochbringen oder kommst du allein zurecht, wenn ich den Kelch festhalte, damit er nicht schwankt, während du nach oben kletterst?«, fragte er mich.

Obwohl ich sie dieses Mal deutlich fühlte, ignorierte ich alle Warnzeichen und machte mich daran, den Stängel zu bezwingen. Es war einfacher, als ich befürchtet hatte. Die vielen Verzierungen halfen mir, sicheren Halt zu finden, und Aron hielt, wie versprochen, das obere Ende mit der unerschütterlichen Entschlossenheit eines Engels.

Ich war etwas außer Puste, als ich oben ankam: ein wenig vor Anstrengung, hauptsächlich aber aufgrund der schwindelerregenden Höhe. Dennoch hatte sich der Aufstieg gelohnt. Atemberaubend schön glitzerte der See zu meinen Füßen, eingebettet in dichte Wälder und sanft ansteigende Hügel.

»Hübsch, nicht wahr? Wenn du fliegen kannst, wird sich dir eine völlig neue Welt erschließen. Selbst nach so vielen Jahren genieße ich es, wenn ich den Wind unter meinen Flügeln spüre.«

Arons Enthusiasmus war ansteckend, und dass er wieder so zu mir war wie vor meiner Begegnung mit der Totenwächterin, beruhigte meinen nervös flatternden Magen.

»Alles in Ordnung mit dir?«

Ich nickte.

»Dann mal los. Halt dich gut fest!«

Aron drückte das obere Ende der Stange langsam nach unten, Richtung Wasser. Obwohl ich vorbereitet war, klammerte ich mich an den schwankenden Kelch wie ein Ertrinkender an seinen Retter.

»Was hast du vor?!«, keuchte ich.

»Ich drücke den Stängel nach unten, um ihn anzuspannen. Wenn du bereit bist, lasse ich ihn los, und er wird dich weit nach oben katapultieren. So hast du genügend Zeit, deine Entscheidung zu treffen.«

Ich schnappte nach Luft. »Das ist nicht dein Ernst!« Von dem hohen Kelch abzuspringen, war eine Herausforderung. Durch die Luft geschleudert zu werden, war schlichtweg wahnsinnig.

»Eigentlich schon. Wie gesagt, wir nutzen die Vorrichtung im Sommer, um uns in den See zu katapultieren.«

Ich verstummte. Ob mein Mut so weit gereicht hätte, nach oben zu klettern, wenn mir Arons Plan bekannt gewesen wäre, wagte ich zu bezweifeln. Doch jetzt war es zu spät, umzukehren. Starr vor Angst wartete ich, bis er den Kelch in die Endposition gedrückt hatte.

»Bist du so weit?«

Ich rührte mich nicht.

Mit ausgebreiteten Flügeln balancierte Aron zu mir herüber. Als er sich neben mich auf die Stange setzte, sackte der Stab ein wenig tiefer und mit ihm mein Selbstvertrauen.

»Lynn, es kann dir nichts passieren.«

Ich musste einen erbärmlichen Anblick bieten. Aron bemühte sich sehr, mich zu beruhigen. Doch selbst die Überredungskünste eines Engels versagten manchmal.

»Möchtest du umkehren?« Er sprach behutsam, ohne den Unterton eines Vorwurfs.

»Ich … glaube nicht.« Endlich fand ich meine Stimme und ein wenig meiner Entschlossenheit wieder. Ich war so weit gekommen, ein zweites Mal *freiwillig* hier hochzuklettern war unvorstellbar.

»Lynn, alles wird gutgehen, glaub mir. Ich bin bei dir, und ich vermute, dass auch Christopher sich irgendwo bereithält.«

Christopher – mein Stichwort. Suchend wanderte mein Blick über die Uferlinie. Er war hier. Bei ihm war ich in Sicherheit. Der Gedanke minderte meine Angst und schenkte mir Zuversicht. Ich konnte es – wollte es: ein Engel werden!

Noch einmal atmete ich tief durch, bevor ich meine verkrampften Hände von der Stange löste und Aron zunickte.

Ein kräftiger Flügelschlag und er war verschwunden. Mit rasender Geschwindigkeit schwang der Stängel nach oben. Ich zwang mich, die Augen offen zu halten. Die Wucht des Katapults beförderte mich in ungeahnte Höhen. Ich flog, flog durch die Luft, wie ein Geschoss. Ich betete um Flügel. Flehte um tragende Schwingen. Doch mein Wunsch blieb mir versagt. Die spiegelnde Wasserfläche rückte unaufhaltsam näher.

Ich füllte meine Lungen und bereitete mich auf den schmerzhaften Aufprall vor, auf die unerbittliche Kälte und die erschreckende Dunkelheit.

Ein Rauschen erhob sich. Zwei Arme packten mich kurz über der Oberfläche und rissen mich empor. Ich fühlte Christophers Körper an meinem Rücken und seine schützende Nähe. Mit eisernem Griff hielt er mich fest und flog mit mir über den strahlend blauen See.

Meine Angst löste sich in nichts auf und wich dem Gefühl der Sicherheit, das ich bei Christopher empfand. Tatsächlich genoss ich meine Rettung und den Flug in vollen Zügen. Es stimmte: Fliegen war unglaublich. Ich fühlte mich frei wie nie zuvor.

Ungläubig betrachtete Christopher mich von Kopf bis Fuß, nachdem er mich auf festem Boden abgesetzt hatte. »Sag mir, wieso du so … so unbekümmert aussiehst, nachdem du beinahe im See gelandet bist? Was um alles in der Welt zaubert dir ein solches Lächeln auf die Lippen?«

»*Du*. Du und der Flug mit dir!«, entgegnete ich.

Christopher schüttelte den Kopf. »Ich kann nicht glauben, was du da von dir gibst«, herrschte er mich an.

Seine Verärgerung überraschte und ernüchterte mich. »Aber es … es war unbeschreiblich. So lebendig!«, versuchte ich zu erklären.

Christopher starrte mich nur verständnislos an. Irgendetwas

hatte ich falsch gemacht. War er enttäuscht, dass Aron recht behalten hatte? Dass ich versagt hatte? *Sie gehört nicht hierher!* War es so? War ich zu schwach, zu unentschlossen, ein Engel zu werden? Und wenn ja: Würden sie mich fortschicken?

Meine Erkenntnis kam spät, aber sie kam. Ich hatte meine Bewährungsprobe verpatzt! Mir wurde schlecht.

Doch dann nahm Christopher mich in seine Arme und drückte mir einen zärtlichen Kuss auf die Stirn, und ich schöpfte wieder Hoffnung. Er liebte mich. Er würde das nicht zulassen!

Erst als Aron uns aufstöberte, ließ er mich los.

»Wie konntest du, Aron!« Ein wütendes Funkeln spiegelte sich in Christophers Augen.

Aron blieb stehen. Sein wachsamer Blick verriet seine Anspannung. »Ich wusste, dass du das Schlimmste verhindern würdest«, antwortete er vorsichtig.

»Und das scheint dir das Recht zu geben, sie durch die Luft zu schleudern?«

»Komm schon, Christopher, wir machen das den ganzen Sommer über«, lenkte Aron ein.

»Mit Engeln, die fliegen können, und nicht mit denen, die dabei sind, es zu lernen.« Christophers Ärger wuchs durch Arons Versuch, das Geschehene zu beschönigen.

Ich spürte Arons zunehmende Verunsicherung, als Christopher fortfuhr. »Zwinge sie nicht noch einmal, eines deiner *Experimente* durchzuführen!« Christophers Augen schimmerten kälter als Eis. Ein Frösteln lief durch meine Glieder.

Auch Aron hatte Christophers unausgesprochene Drohung wahrgenommen. Er zwang sich, nicht vor ihm zurückzuweichen, doch sein Zwiespalt war nicht zu übersehen. Sie waren Freunde – dennoch fürchtete er sich vor ihm.

Entschlossen stellte ich mich zwischen die beiden. Christopher brauchte Arons Freundschaft. Ich durfte nicht zulassen, dass sie meinetwegen stritten.

»Aron hat mich nicht gezwungen, zu springen.«

Die Kälte aus Christophers Augen verschwand, als er zu mir sah. »Du hast das freiwillig gemacht?«

Ich nickte mit einer Selbstsicherheit, die ich momentan nicht besaß, aber es reichte, um Christopher zu besänftigen.

»Ja, die Möglichkeit, dass du so etwas machst, besteht durchaus. Allerdings wäre es hilfreich, wenn du mich beim nächsten Mal vorwarnst.«

»Um mir den Spaß zu verderben?!«, erwiderte ich lachend. Als ich zu Aron sah, entdeckte ich mehr als nur Verwunderung in seinem Blick.

Kapitel 15

Mären einer Totenwächterin

Auch in den folgenden Nächten besuchte die Totenwächterin meine Träume und zog mich in ihren Bann.

In der zweiten Nacht erwachte ich, als eine heftige Windböe durch meinen Pyjama schnitt. Mein Kopf dröhnte und weigerte sich, mir zu verraten, warum ich mitten in der Nacht das Schloss verlassen, die Seemauer passiert und geradewegs den Weg zum Wald eingeschlagen hatte. Ich war doch noch nie im Schlaf umhergewandelt! Warum heute? Lag es an dem Kräutersäckchen, das ich mir unters Kopfkissen gelegt hatte? Oder an den Albträumen?

Ich rief mir noch einmal meinen letzten Traum ins Gedächtnis. Allzu deutlich sah ich die Totenwächterin, wie sie ihre Hände nach mir ausstreckte und eindringlich meinen Namen wiederholte. Erneut fühlte ich ihren Lockruf, und ich musste meine ganze Willenskraft aufbringen, um mich ihrer Anziehungskraft zu entziehen. Ihr Bild konnte ich nicht vertreiben.

Es ist nur eine Frage der Zeit, bis du zu mir kommst.

Die Erinnerung an ihre Prophezeiung in Arons Gefahrenkundeunterricht bescherte mir eine Gänsehaut. Ich schlang bibbernd die Arme um meinen frierenden Körper, als sich die feinen Härchen in meinem Nacken aufrichteten. Der kalte Wind auf meiner Haut verstärkte meine Unruhe.

Warum schlich sich die Totenwächterin in meine Träume? Was wollte sie von mir? Mich in ihre Gruft zurückholen? Aber warum ausgerechnet mich? Weil ich so blöd war, mich auf sie einzulassen, oder weil ich Schwächen zeigte – da ich immer noch kein richtiger Engel war?

Ich verdrängte meinen Frust, kehrte dem Wald den Rücken und schlug den Weg zum Schloss ein. In meinem warmen Zimmer könnte ich mir ebenso gut den Kopf darüber zerbrechen wie hier in der eisigen Nachtluft.

Als das Schloss in Sichtweite war, entdeckte ich eine menschliche Gestalt über die Wiese zum Schloss huschen: Aron! Eindeutig!

Was hatte er ausgerechnet jetzt hier draußen zu suchen? Mich? Dann wäre er nicht aus der Richtung gekommen, wo die Steingräber lagen. Hatte er etwas mit der Totenwächterin zu schaffen? So, wie sie sich unterhalten hatten, schienen sie sich mehr als gut zu kennen.

Sie gehört nicht hierher, hatte er zu Christopher gesagt. Hatte Aron etwas geplant, als er die Totenwächterin herbeirief?

Ein übler Verdacht keimte in mir auf.

Ich spurtete über den knirschenden Kiesweg und bekam Aron gerade noch zu fassen, bevor er im Schloss verschwand.

»Wo warst du?«, fragte ich ihn mit eisiger Stimme, damit er nicht abstreiten konnte, dass er weg war.

Aron musterte mich, sichtlich überrascht von meinem nächtlichen Erscheinen, und ging zur Gegenwehr über – sicher um mich einzuschüchtern.

»Ich? Das sollte ich dich fragen! Hatte ich dir nicht verboten, nachts das Schloss zu verlassen?! Was tust du hier, allein, mitten in der Dunkelheit?«

»Ehrlich gesagt bin ich mir darüber selbst nicht so genau im Klaren, aber ich gehe davon aus, dass *du* mehr darüber weißt als ich.«

»Was soll das, Lynn! Merkst du nicht, wie lächerlich du klingst?«, höhnte Aron.

Ich ließ mich nicht beirren. »Du warst bei ihr, nicht wahr?«

Mit einer übertrieben langsamen Geste zog Aron seine linke Augenbraue nach oben. »*Ihr?*«

»Ja, der Totenwächterin! Ich hab genau gesehen, aus welcher Richtung du gekommen bist. Und ich weiß auch, warum: Ihr beide kennt euch besser, als du je zugeben würdest.«

Aron schenkte mir ein müdes Lächeln, bevor sein Blick auf meinem Pyjama hängenblieb. »Wir sollten das besser drinnen besprechen – du frierst dich sonst noch zu Tode.«

Ich schüttelte mein Unbehagen über seine letzten Worte ab und folgte ihm ins Schloss.

In der gemütlich eingerichteten Bibliothek, die normalerweise nur den Tutoren und Lehrern zur Verfügung stand, bat er mich, auf einem der moosgrünen Ledersofas Platz zu nehmen, bevor er die Glut in dem großen, offenen Kamin neu entfachte. Danach holte er einen riesigen Wollpulli aus einem der Nebenzimmer und eine Decke, die er um meine zitternden Schultern legte.

»Du bist weiß wie ein Leichentuch. Wärm dich erst einmal auf, bevor wir uns unterhalten.«

Aron ließ mir Zeit – oder sich. Ich war froh, dass er diesmal auf den Tee, den er mir bei solchen Gelegenheiten gerne einflößte, verzichtete.

»Lynn, was hat dich aus dem Schloss getrieben?«, begann er milde.

»Deine Freundin, wer sonst!«

»Meine Freundin?« Aron sah mich an, als stünde ich kurz davor, einen Nervenzusammenbruch zu erleiden.

»Ja, die Totenwächterin. Sie hat mich gerufen!«, zischte ich aufgebracht.

Alle Sanftmütigkeit verschwand aus Arons Miene. Stattdessen kniff er seine Augenlider zusammen und betrachtete mich wieder mit diesem seltsamen *Luchsblick*. Vermutlich, um in meinem Gesicht – oder Geist? – irgendetwas Aufschlussreiches zu entdecken.

»Was ist? Hat es dir die Sprache verschlagen?«, blaffte ich ihn an. »Oder ist es dir peinlich, zugeben zu müssen, dass du mit ihr unter einer Decke steckst?«

»Stopp!« Aron war sichtlich bemüht, sich unter Kontrolle zu halten. »Was du mir da vorwirfst, ist ungeheuerlich! Aber ich kann dir versichern, dass mich nichts dergleichen mit der Totenwächterin verbindet.«

»Warum solltest du sonst bei ihr gewesen sein?« Ich hoffte, die Oberhand über das Gespräch gewinnen und Aron zu einem Eingeständnis zwingen zu können, indem ich ihn zu einer Antwort drängte.

»Deinetwegen habe ich ihr einen Besuch abgestattet.«

Meine Miene versteinerte. »Meinetwegen?«

»Ja, aber bevor ich dir alles erzähle, möchte ich von dir eine Erklärung, warum du offensichtlich Hals über Kopf dein Zimmer verlassen hast und aus dem Schloss gelaufen bist.«

»Kannst du dir das nicht denken? Wenn du gerade bei *ihr* warst, müsstest du das eigentlich wissen!«

Aron schüttelte den Kopf. »Tut mir leid. Ich habe nicht die blasseste Ahnung.«

»Nein?!« Ich glaubte ihm kein Wort. »Sie hat mich zu sich gerufen. Allerdings weiß ich – im Gegensatz zu dir – nicht, wie sie es angestellt hat, in meine Träume einzudringen. Und heute hat sie es auch noch geschafft, mich aus dem Bett zu zerren. Wenn mich die kalte Nachtluft nicht geweckt hätte, wäre ich jetzt wahrscheinlich bei ihr.«

»Das wäre vielleicht gar nicht das Schlechteste.«

Ich sprang vom Sofa, als ich die Bedeutung von Arons Worten begriff. »Also doch?!«

Aron, der ebenfalls aufgestanden war, wartete auf eine weitere Reaktion. Vielleicht, dass ich mich auf ihn oder aus dem Zimmer stürzte. Doch ich war wie gelähmt – vor Wut und Enttäuschung.

»Warum?«, flüsterte ich, zu schockiert, um ihm selbstbewusster gegenüberzutreten.

»Weil du nicht in unsere Welt gehörst. Du musst gehen, Lynn.«

»Es ist wegen Christopher, nicht wahr? Du willst nicht, dass ich mit ihm zusammen bin, weil du denkst, dass ich zu viele Fehler mache. Dass ich mich anders entscheide – gegen ihn.« Meine Stimme wurde fester. »Das könnte ich nicht – ich liebe ihn.«

Aron lächelte ein bittersüßes Lächeln. »Vielleicht glaubst du das, aber denk daran, wie schnell du ihn aufgegeben hast. Wie leicht es dir gefallen ist, an seiner Liebe zu zweifeln. Du bist nicht stark genug für ihn.«

»Doch, das bin ich!«

Aron trat einen Schritt auf mich zu. In seiner Haltung lag Ablehnung und tiefe Gewissheit. »Deine Liebe müsste ewig währen, und das kann sie nicht.« In seiner Stimme lag beinahe Bedauern. »Du bist kein Engel.«

Meine Beine drohten nachzugeben. Schwankend suchte ich Halt und griff nach der Sofalehne.

»Du lügst!«

»Warum sollte ich?«

»Du willst mich und Christopher auseinanderbringen.«

»Nachdem ich dir geholfen habe, ihn zurückzuholen? Lynn, denk nach! Warum fällt es dir so schwer, dem Unterricht zu folgen? Wieso reagiert dein Körper immer noch so, als wärst du ein Mensch? Weshalb kannst du dich nicht an deinen Tod erinnern? Und warum gelingt es dir nicht, dich in einen Engel zu verwandeln?«

Arons Anschuldigungen versetzten mir einen schmerzhaften Stich. Tatsächlich konnte ich keine seiner Fragen beantworten.

»Bist du stark genug, um die Wahrheit zu erfahren?«

Ich nickte – eher aus Trotz als aus Gewissheit.

»Gut, dann komm mit!« Schneller, als ich ihm ausweichen konnte, packte Aron mich am Arm und zog mich auf den Flur hinaus.

»Wohin bringst du mich?«

»Zu ihr. Sie wird dir alles erklären.«

»Du … du willst mich zur Totenwächterin bringen?« Fassungslos blieb ich stehen und befreite mich aus Arons Griff.

»Ja.«

»Ohne mich! Wenn du glaubst, ich würde auf diesen billigen Trick reinfallen, irrst du dich!«

»Lynn, sie kennt die Wahrheit.«

Ich entfernte mich von Aron, doch er hielt blitzschnell meinen Arm fest, bevor ich außer Reichweite war – dieses Mal mit deutlich härterem Griff.

»Lass mich los!«, fuhr ich ihn an.

»Du wirst mitkommen«, befahl Aron. »Ob du willst oder nicht!«

Plötzlich stand er in seiner Engelsgestalt vor mir und ließ keine Zweifel an seiner Drohung.

Er zwang mich gewaltsam die Außentreppe hinunter und schleppte mich in den Wald. Obwohl ich mich nach Kräften wehrte, hatte ich keine Chance. Kurz bevor wir die Totengruft erreichten, blieb er stehen, ließ mich los und versperrte mir mit seinen Flügeln den Rückweg. Auch wenn sie nicht so bedrohlich zuckten wie die von Christopher, flößte Aron mir Angst ein.

»Ich verspreche dir, dass dir nichts geschehen wird. Wenn du die Grenze nicht überschreitest, kann sie dir nichts anhaben.«

Ich funkelte ihn wütend an. »Lüg mich nicht an, Aron. So blöd bin ich nun auch wieder nicht! Warum sonst hättest du mich hierhergebracht, wenn du mich nicht an sie ausliefern wolltest?«

»Wie ich schon sagte: weil du kein Engel bist und einen Beweis dafür brauchst. Wenn ich unrecht habe, hast du etwas gut bei mir.« Arons Stimme wurde sanft, geradezu hypnotisierend. »Vertrau mir, Lynn. In meiner Gestalt als Engel kann ich dich nicht belügen.«

»Und das soll ich glauben?« Natürlich tat ich das nicht – wollte es nicht –, doch etwas an Arons Erscheinung ließ mich meine Meinung ändern. Außerdem hatte ich nichts zu verlieren. Aron lag falsch und würde mir bald einen Gefallen schulden.

»Also, wo … wo ist diese Grenze?«

»Du spürst sie nicht, kein bisschen?«

»Nein! Hätte ich sonst nachgefragt? Keine Flügel – keine Grenze.« Langsam nervte Aron. Schon das war Grund genug, die Totenwächterin aufzusuchen, damit er mich endlich in Ruhe ließ.

»Entlang der Baumreihe.«

Mehrere dicke Eichen standen in einer Linie, wie Bäume einer alten Allee, und markierten das unsichtbare Ende des Schlossgeländes.

»Ich lasse dich jetzt allein – sie kommt. In meiner Gegenwart würde sie nicht mit der ganzen Wahrheit herausrücken. Aber vergiss nicht: Bleib hinter der Grenze«, mahnte Aron und verschwand im dunklen Geäst.

Ich hatte kaum Zeit, mir über Arons unerwarteten Rückzug Gedanken zu machen, als auch schon der Umriss der Totenwächterin zwischen den dichtstehenden Bäumen sichtbar wurde.

»Lynn, welch Freude, dich zu sehen. Und wie ausgesprochen hilfreich von Aron«, säuselte die Wächterin mit ihrer lieblichen Stimme. »Es war anstrengend, in deine Träume einzudringen, also habe ich Aron gebeten, dich zu mir zu führen.«

Aron! Was für ein Mistkerl! Also hatte ich doch recht, was

seine Absichten betraf: Er wollte mich loswerden. Wie konnte ich nur so blöd sein, ihm zu vertrauen?! Ich schluckte meinen Ärger hinunter. Die Totenwächterin stand vor mir, mit ausgestreckten Armen – ich hatte andere Sorgen.

»Lynn, Liebes, komm zu mir.«

Ich spürte ihren Blick wie eine Berührung. Ihre Augen waren tief wie der See – und ich ertrank in ihnen. Ich folgte ihrem Ruf und schritt gehorsam der schützenden Grenze entgegen.

»Bald hast du es geschafft. Nur noch ein paar Schritte, und du wirst frei sein. Ich werde dich erlösen.«

Ich zögerte. Mein Verstand suchte nach etwas, auf das er momentan keinen Zugriff hatte, das jedoch von enormer Bedeutung war.

»Ja, mein Kind, geh weiter. Ich werde dich alles vergessen lassen.«

Vergessen! Ich hatte etwas Wichtiges vergessen! Fieberhaft dachte ich nach, durchkämmte jede Windung meines Gehirns. Stechende Kopfschmerzen hinderten mich am Nachdenken. Dann fiel es mir ein: Christopher!

Der Gedanke an Christopher holte mich in die Wirklichkeit zurück, brach den Bann der Wächterin und ließ mich wieder klar denken.

Die Augen der Totenwächterin blitzten boshaft, als ich kurz vor der Grenze stehenblieb.

»Was willst du von mir?«

»Ich von dir?«, die Wächterin hob ihre Stimme. »Du bist es, die eine Gunst erbitten wird.«

»Ich?! Wohl kaum. Auf deine Hilfe kann ich locker verzichten!«, erwiderte ich sarkastisch. »Auch wenn du und Aron das nicht wahrhaben wollt. Ich weiß, was ich bin!«

Die Totenwächterin schenkte mir ein mitleidiges Lächeln, das sich in ein spöttisches Feixen verwandelte. »Wie dumm von dir, bin ich doch die Einzige, die dir helfen könnte.«

»Wobei?«

»Zurückzukehren in deine Heimat, zu deiner Mutter und deinem Vater. Das willst du doch, nicht wahr?«

Ihr Versprechen lockte mich. Das Bild meiner Eltern zeichnete sich vor meinem inneren Auge ab – ihr wehmütiger Blick, als sie mir am Flughafen zuwinkten. Für einen kurzen Moment gab es nichts, das ich lieber wollte, als bei ihnen zu sein, bevor mir wieder bewusst wurde, wer vor mir stand: die Totenwächterin. Sie hatte mich in ihre Gruft gestoßen und versucht, mich in ihre Gewalt zu bekommen. Von ihr konnte nichts Gutes ausgehen.

»Nein! Nicht mehr. Ich weiß, wohin ich gehöre: zu Christopher.«

Sie zuckte kaum merklich zusammen, als ich seinen Namen aussprach, doch ihre Furcht entging mir nicht.

»Christopher«, genüsslich dehnte sie dieses Wort, als könnte sie damit den Schrecken, den sie empfunden hatte, verdrängen. »Du liebst ihn?«

Ich schwieg. Das ging sie nichts an, doch sie nickte wissend.

»Ja, das Leuchten in deinen Augen, wenn du an ihn denkst, verrät dich. Aber ich muss dich enttäuschen. Auch wenn du es nicht zugeben möchtest, im Grunde deines Herzens weißt du selbst, dass du nicht genug für ihn bist.«

Ich zwang mich zu einem Lachen. »Solange es Christopher genügt.«

»Wie lange wird das wohl noch sein?«

Die Wächterin näherte sich bedrohlich der Grenze. Ich wich erschrocken einen Schritt zurück. Ihre Augen glitten allzu begehrlich über mich.

»Du kannst nicht bei ihm bleiben, auch wenn du es dir noch so wünschst. Deine Zeit ist schon lange abgelaufen. Du wurdest mir versprochen, und ich hasse es, warten zu müssen. Aber da du so freundlich warst, mich in deine Träume einzulassen, konnte ich das Ganze ein wenig, sagen wir: *vorantreiben.*« Ihre Freude an der Macht, die sie in meinen Träumen über mich hatte, ließ mich frösteln.

»Morgen wirst du zu mir kommen und mich anflehen, dir zu helfen. Wenn nicht, wird der nächste Tag dein letzter sein. Du stirbst – für immer!«

Die Wächterin betrachtete mich mit einem Blick, der wie ein eisiger Windstoß durch mich hindurchfegte und mir den Atem nahm. Ich hatte Mühe, mein Zittern zu kontrollieren, und reagierte mit einem Gegenangriff.

»Woher willst *du* das wissen?«, fragte ich hochmütig.

»Ist das nicht mehr als offensichtlich? Du bist kein Engel! Sieh dich doch nur an! Denk an dein Versagen! Außerdem habe ich ein Gespür für menschliche Seelen. Schließlich muss ich die Wartenden im Zaum halten, deren Schicksal noch nicht entschieden ist – und du bist weder tot noch ein Engel. *Du* gehörst *mir*!«

Die Wächterin löste ihren fesselnden Blick von mir, und ich bekam endlich wieder Luft zum Atmen. »Und wer, wenn ich fragen darf, hat das Recht, über meinen Kopf hinweg zu entscheiden und mich jemandem wie dir zu versprechen?!«

»Die Mächtigen. Frag deinen *Engelsfreund* – er kennt sie. Aber mehr darf ich dir nicht verraten.«

»Ach ja?! Wie schade!« Damit hatte ich gerechnet. Die Wächterin log. Sie wollte mich haben. Nur warum, war mir ein Rätsel. »Vielleicht kannst du mir dann wenigstens erklären, wie ich ins Schloss der Engel gekommen bin. Oder fällt dir dazu auch nichts ein?«

»Das, mein Liebes, war einfach. Coelestin sollte dringend seine Vorkehrungen überprüfen, damit so etwas nicht noch einmal passiert.«

Als die Totenwächterin antwortete, verstärkte sie erneut ihren Zugriff auf mich – ein leichtes Pochen hinter meiner Stirn und ihr intensiver Blick verrieten sie. Ich biss verärgert die Zähne zusammen, dachte an Christopher und widerstand ihrer Anziehungskraft. Sie wusste gar nichts. Sonst würde sie nicht in Rätseln sprechen. Und solange Christopher bei mir war, konnte sie mir auch nichts anhaben. Weder morgen noch übermorgen noch sonst irgendwann!

»Bevor ich dich hier allein zurücklasse, interessiert mich nur noch eins: Wann lässt du mich endlich in Ruhe?!«

Das schöne Gesicht der jungen Frau verzerrte sich zu einem widerlichen Grinsen. Ich schlang instinktiv die Arme um meinen Körper.

»Du ungläubige Menschenseele. Spürst du noch nicht die Kälte, die dich umgibt? Den Hauch des Todes? Morgen wirst du glauben, dein Inneres würde erfrieren – und das tut es auch. Deine unreife Seele wird erkalten. Wenig später wirst du dir wünschen, nie das Licht der Welt erblickt zu haben. Wenn deine erstarrte Seele in deinem Körper erkennt, dass sie in dir gefangen ist, wird die Kälte unerträglich. Doch dann, mein Kind, ist es zu spät. Dann wirst du sterben, noch ehe der Tag anbricht – unwiderruflich.«

Der hässliche Zug, der ihr Gesicht entstellte, wich wieder dem weichen, anziehenden Ausdruck. »Lynn, komm zu mir. Jetzt!« Sie erhob ihre Hände und erwartete mich mit offenen Armen. Alles an ihr wirkte anziehend, verlockend – allzu betörend.

Bilder erwachten in meinem Inneren: Mein Zuhause, meine Freunde, meine Familie lagen nur einen Schritt entfernt. Heimweh flammte in mir auf. Ich könnte zurück und mein altes Leben weiterführen. Sie hatte es versprochen.

Und Christopher?!

Der Gedanke an ihn veränderte alles. Ein Leben ohne ihn? Niemals! Eine Träne lief über meine Wange – eine Abschiedsträne –, doch ich hatte mich entschieden.

Kapitel 16

Verzehrende Stunden

Weit vor Sonnenaufgang erreichte ich das Schloss.

»Was treibt dich denn schon so zeitig aus dem Bett?«

Christophers vertraute Stimme besänftigte mein angegriffenes Gemüt und zog mich zu seinem wärmenden Körper. Seine Gegenwart beruhigte mich. Die Anspannung, die seit dem Zusammentreffen mit der Totenwächterin in mir steckte, löste sich in seinen Armen auf.

»Was ist los mit dir?«

»Nichts, mir ist nur ein wenig kalt«, erwiderte ich, um Christopher zu beschwichtigen.

Er hob mein Kinn und sah mir forschend in die Augen – was bei mir seltsamerweise ein Glücksgefühl hervorrief, anstatt mich zu warnen, vorsichtig zu sein, was ich ihm erzählte und was lieber nicht. Nicht dass er meinetwegen das Schloss verließ und die Totenwächterin aufsuchte.

»Lynn! Was versuchst du, vor mir zu verheimlichen?«

»Nichts, ich …«

»Glaubst du, ich sehe nicht, dass mit dir etwas nicht stimmt?« Behutsam strich seine Hand durch meine Haare. »Hast du Ärger mit Aron?«

»Mit Aron? Wie kommst du darauf?« Obwohl Christopher mit seiner Vermutung nicht danebenlag, wollte ich auf keinen Fall, dass er Aron nach mir ausfragte. Bestimmt würde der ihm von meinem nächtlichen Besuch bei der Wächterin erzählen. Was wiederum zur Folge hätte, dass Christopher ihr einen Besuch abstattete.

»Dann mit Paul – oder Susan?« Christopher wurde nachdenklich. Meinen Eifersuchtsanfall hatte er wohl noch nicht vergessen. »Lynn, was auch immer es ist, ich werde zu dir halten.«

Er würde nicht lockerlassen. Anscheinend blieb mir nichts anderes übrig, als ihn hinzuhalten.

»Gib mir drei Tage Zeit.«

»Drei Tage? Wie meinst du das?«

»Gib mir drei Tage und versprich mir, so lange abzuwarten und nicht nachzufragen. Wenn du das durchhältst, werde ich dir alles erzählen.« Dann hätte sich die Drohung der Totenwächterin in nichts aufgelöst. »Schließlich wolltest du doch, dass ich lerne, mich zu behaupten. Und wenn du dich immer schützend vor mich stellst, wenn mich jemand blöd anschaut, werde ich das nie lernen.«

»Zwei Tage!«

»Keine Chance. Ich lasse nicht mit mir handeln!« Meine Stimme war schärfer als beabsichtigt, und ich hatte Christopher unbewusst von mir geschoben.

Er lenkte ein. »Gut, dann an unserem freien Tag. Bis dahin werde ich dich nicht aus den Augen lassen.«

»Das hoffe ich doch«, neckte ich ihn und zerzauste seine goldblonden Locken.

Heilmittelkunde war schrecklich. Nach einer halben Stunde verließ ich fluchtartig den Raum und stürmte zur nächstgelegenen Toilette. Das Kräutersäckchen wirkte nicht – wie auch, wenn ich kaum geschlafen hatte.

Mein Magen rebellierte, nachdem Ernesta die Überreste einer Schlange in eines ihrer Ölfeuer geworfen hatte. So verbrachte ich den Rest des Unterrichts zusammengekrümmt auf dem Boden des alten Waschraums und kämpfte gegen den Brechreiz.

Obwohl mir noch immer speiübel war, schleppte ich mich zu

Arons Bogentraining – nicht dass er auf falsche Gedanken kam und mich zur Totenwächterin schleppte, um mich zu *erlösen*. Mit gestrafften Schultern und einem Lächeln auf dem Gesicht betrat ich die Wiese mit den Strohscheiben.

»Was ist denn mit dir passiert?«, begrüßte mich Susan. »Du siehst aus, als hättest du einen Stock verschluckt und würdest dich darüber auch noch freuen.«

Ich lockerte meine steife Haltung und erstickte jede weitere Erwiderung im Keim, indem ich auf Susans wunden Punkt zielte.

»Ist es verboten zu lächeln, nur weil *du* deinen Tod nicht so gut verkraftest?«

Susan zuckte gequält zusammen. Ihre Reaktion traf mich. Ich verdrängte das ungute Gefühl, sie verletzt zu haben, und wählte eine weit entfernt von ihr stehende Scheibe.

»Das hast du fein gemacht!«, beglückwünschte mich Aron, der unser Gespräch mit angehört hatte. »Schutz bieten ist unser Motto und nicht Salz in offene Wunden streuen. Aber wie solltest *du* davon etwas verstehen?« Mit einem verächtlichen Seitenblick strafte er meine Tat. »Und, hast du wenigstens den Mut besessen, Christopher zu informieren?«

»Das geht dich nichts an!«, zischte ich.

»Also nicht. Das macht nichts, er wird es auch so bald merken.« Aron zuckte die Schultern, ging weiter und widmete sich einem anderen Schüler.

Ich atmete tief ein und aus. Die Übelkeit war wieder da. Trotzdem entschied ich, den Unterricht durchzustehen, und schoss meine Pfeile – einen nach dem anderen. Es half. Die Konzentration auf das Ziel vertrieb meine unkontrollierten Gedanken an Christopher, die Wächterin und ihre Prophezeiung – kurzfristig zumindest.

Eine heiße Spitze durchdrang meine Haut und bohrte sich durch meine Brust. Loderndes Feuer breitete sich aus. Der

Schmerz raubte mir den Atem. Er fraß sich schnell und unerbittlich in mich hinein und bereitete der nachfolgenden Kälte ihren Weg.

Meine Beine knickten unter mir weg, und ich stürzte zu Boden. Während ich fiel, sah ich Aron mit angelegter Armbrust. Sein kriegerischer Anblick brannte sich in mein Gedächtnis. Wie konnte ich so dumm sein und ihm jemals vertrauen?

Das Feuer erreichte meinen Verstand, griff nach meinem Körper *und* meinem Geist. Das Einzige, wozu ich noch fähig war, war fühlen: den Schmerz, das Feuer – und die Kälte. Als sie folgte, gab ich auf. Erlag der unerträglichen Qual und flüchtete mich in eine rettende Ohnmacht.

»Lynn, bitte! Komm zurück!« Wie ein wärmender Sonnenstrahl vertrieb Christopher die Kälte und den Schmerz in mir.

Ich lag auf der Wiese hinter dem Schloss, umringt von meinen Mitschülern und Christopher, dessen Sorge ihm deutlich ins Gesicht geschrieben stand. Ich lächelte – seine Gegenwart war alles, was ich brauchte, um wieder zu mir zu finden –, und sein bekümmerter Gesichtsausdruck verschwand.

Aron tauchte in meinem Blickfeld auf und mit ihm sein furchterregendes Bild als Krieger. Meine Finger tasteten nach einer feuchten Blutlache oder einem Pfeil, während mein Körper den Schmerz suchte, den das Geschoss hinterlassen hatte. Fehlanzeige. Außer dass ich stechendes Kopfweh hatte, war ich vollkommen unversehrt. Nichts wies auf irgendeine Verletzung hin.

Christophers Arme hoben mich vorsichtig hoch. »Es ist besser, wenn ich dich auf dein Zimmer bringe.«

»Nein, das ist nicht nötig. Es geht mir gut.« Ich wollte nicht schwach sein. Nicht vor Aron.

Christophers zweifelnder Blick verriet, dass er mir nicht glaubte – und er hatte recht. Was mir nicht gefiel. Dennoch blieb ich dabei: »Lass mich runter!«

»Ich denke nicht …«

»Aber ich! Ich kann auf meinen eigenen Beinen stehen!«, zischte ich.

Mein Fauchen zeigte Wirkung. Vorsichtig setzte Christopher mich ab. Einen Arm ließ er an meiner Taille – wofür ich ihm insgeheim dankbar war.

»Außerdem bin ich hungrig«, fügte ich hinzu, um ihn auf andere Gedanken zu bringen.

Solange Christopher an meiner Seite blieb, ging es mir gut – abgesehen von dem eigenartigen Gefühl, das mich begleitete. Als lauerte die Kälte auf eine zweite Chance.

Am Abend, als Christopher den Rückweg zum Schloss einschlug, verstrickte ich ihn in ein Gespräch mit tausend Küssen, um ihn so lange wie möglich bei mir zu haben.

»Lynn, was hast du?« Christopher löste sich von mir und schob eine verirrte Strähne hinter mein Ohr, wobei er zärtlich die Linien meines Gesichts nachzeichnete.

»Nichts, wirklich. Gefällt es dir nicht, wenn ich dich küsse?«, lenkte ich ab, doch Christopher durchschaute meine Taktik.

»Lynn, du hast mich um drei Tage Zeit gebeten. Aber wenn es etwas mit dem Vorfall beim Bogenschießen zu tun hat, dann bitte, vertrau dich mir früher an.«

Christophers tiefe Sorge erschreckte und bestärkte mich, weiter zu schweigen. Er hätte mein nächtliches Treffen mit der Totenwächterin aufs Schärfste verurteilt und Arons Beihilfe mit Sicherheit nicht auf sich beruhen lassen. Obwohl mir inzwischen jeglicher Grund fehlte, Aron zu schützen – abgesehen davon, dass er mein Geheimnis kannte.

»Drei Tage, du hast es versprochen!«, erinnerte ich ihn, bemüht, einen scherzhaften Tonfall anzuschlagen. »Und wenn dir meine Küsse zuwider sind, ist es wohl besser, dass ich jetzt auf mein Zimmer gehe.«

Meine offensichtliche Aufforderung zeigte ihre Wirkung, und

wir kehrten später als üblich ins Schloss zurück. Ich legte mich nicht schlafen. Auch wenn ich es niemals laut zugegeben hätte: Insgeheim fürchtete ich mich vor meinen Träumen. Also schnappte ich mir eines meiner Bücher und las.

Die Kälte kam mit beängstigender Heftigkeit – ihr voran das zerstörerische Feuer. Mein Schrei erstarb, noch bevor ich Luft holen konnte. Dunkelheit nahm Besitz von mir. Unbarmherzig drang sie weiter. Ich kämpfte, versuchte aus dem Albtraum zu erwachen oder ihn zu lenken – und scheiterte.

Zu spät erkannte ich, dass es kein Traum war: Zu klar sah ich die Wörter in dem aufgeschlagenen Buch, das neben meinem Kopf auf dem Schreibtisch lag. Ich war wach und bewegungsunfähig. Die Totenwächterin oder Aron hatten ihre Finger im Spiel: Eine besondere Zutat im Essen oder ein Kräutersäckchen mit einer speziellen Mischung mochten der Grund für meine Lähmungserscheinungen sein.

Ich verfluchte alle beide, als der Schmerz sich weiterfraß und tief verborgene Ängste in mir aufleben ließ: Was, wenn sie recht hatte? Wenn ich tatsächlich eine – wie sie es nannte – unreife Seele besaß und diese sterben würde? Für immer?! Ich würde Christopher niemals wiedersehen!

Der Gedanke an Christopher weckte etwas in mir. Die Totenwächterin hatte gelogen, um mich in ihre Gewalt zu bringen. Ich musste durchhalten – für Christopher.

Sich ihn mir vorzustellen, stärkte mich. Das Bild seiner mächtigen Flügel, die mich umhüllten, wärmte und hielt den Schmerz in Schach.

Als ich endlich aus meiner Starre erwachte, war die Dunkelheit verschwunden. Die Kälte blieb. Geschwächt, wie nach einer fiebrigen Grippe, schleppte ich mich aus meinem Zimmer und wartete auf Christopher.

»Schon wieder so früh auf den Beinen? Oder konntest du nicht schlafen?«, begrüßte mich Christopher. Obwohl ein Lächeln auf seinen Lippen lag, bemerkte ich seine Besorgnis.

»Nein, die Sehnsucht hat mich aus dem Bett getrieben«, flirtete ich und genoss seine Wärme.

Christophers Gegenwart vertrieb die Schrecken der vergangenen Nacht. Immer wenn ich ihm nahe war – auch nur in Gedanken –, konnte nichts und niemand meiner wie auch immer gearteten Seele Schaden zufügen. Wenn das überhaupt möglich war.

Meine Ängste, dass die Totenwächterin Einfluss auf mich nehmen konnte, verblassten. In Tierkunde holten sie mich schnell wieder ein. Krampfhaft bemühte ich mich, Christophers Bild vor Augen zu halten, doch die Kälte schlug ihre eisigen Krallen tief in mich hinein und klammerte sich an mir fest.

Im Eiltempo raste ich in die Übungshalle, zum Lanzentraining. Christophers Anwesenheit würde mich zurückbringen in die Wärme. Nur noch diesen Tag und die kommende Nacht müsste ich durchhalten, dann – so war ich mir sicher – wäre der Spuk vorbei. Nicht umsonst hatte die Totenwächterin von zwei Tagen gesprochen. Bestimmt war ich danach gegen ihre Kräfte immun.

Nicht Christopher, sondern Aron erwartete mich. Sofort verstärkte sich die Kälte und verdrängte meine Zuversicht.

»Lynn, du solltest in deinem Zustand auf das Lanzentraining verzichten.«

»Ich bin nicht schwanger! Lass mich vorbei, Aron!«

Er ignorierte meine Erwiderung und kam bedrohlich näher. »Hast du es ihm endlich erzählt?«

»Warum sollte ich Christopher mit Märchen belästigen?«, erwiderte ich feindselig.

Arons Miene verdunkelte sich, obwohl er versuchte, sie zu kontrollieren. »Du solltest ehrlich zu ihm sein. Er wäre meiner

Meinung, dass es das Beste für dich ist, dem Ruf der Wächterin zu folgen. Es ist erstaunlich, dass du dich noch auf den Beinen halten kannst. Die Wächterin war sich sicher, dass du nicht mehr lange durchhalten würdest.«

Arons Augenlider verengten sich zu Schlitzen, als er einen prüfenden Blick über mich gleiten ließ. »Ich sollte dich zu ihr bringen, solange es noch nicht zu spät ist. Aber leider musst du die Entscheidung selbst treffen. Doch glaub mir, der Schmerz wird unerträglich sein. Im schlimmsten Fall bist du nicht mehr in der Lage, Hilfe herbeizurufen.«

Ich erblasste. Gleichzeitig bestätigte seine Warnung meinen Verdacht – Aron schürte meine Angst. Woher sollte er sonst von meinem nächtlichen Aussetzer wissen, wenn er nicht selbst dafür gesorgt hatte?

Seine Falschheit machte mich wütend. Ich blitzte ihn zornig an und wiederholte meine Forderung, mich vorbeizulassen. Es half. Er gab den Weg frei – meine Entschlossenheit musste ihn überzeugt haben.

Trotz des Sieges blieb das eisige Gefühl in meiner Brust, und dieses Mal löste es sich auch nicht auf, als Christopher mich vor dem Training beiseitenahm.

»Lynn, bitte! Sag mir endlich, was dich bedrückt.«

Ich zwang mich, ihn anzulächeln, hielt seinem durchdringenden Blick aber nicht lange stand. »Aron. Er hat mich geärgert.«

»Geärgert?«

»Er hat mich abgepasst, und wir hatten einen kurzen Meinungsaustausch. Das war alles.«

»Und worum ging es bei eurer Auseinandersetzung? Oder soll ich Aron fragen?«

Auf keinen Fall! Lieber hörte er meine Geschichte als die von Aron. »Er ist wohl der Ansicht, dass ich mich lieber nicht mit dir treffen sollte.«

»Ja, ich weiß«, bestätigte Christopher und zog mich kurz an sich, wie um zu beweisen, dass Aron sich irrte.

Nachdem die Übungslanze mehrfach aus meinen steif gefrorenen Fingern geglitten war und Erika, die vor mir stand, einen dunkelroten Fleck auf ihrer zarten Wade verpasst hatte, wies mir Christopher einen Platz auf der Bank zu.

»Es ist besser, wenn du heute nur zuschaust. Du bist kreidebleich. Nicht, dass du noch mal umkippst.« Obwohl Christopher versuchte, scherzhaft zu klingen, hörte ich seine Besorgnis heraus.

Der Abstand zu ihm verstärkte die Kälte, und sie brannte weitere Spuren in mich. Mein Blick fiel auf Aron, der mit seiner Gruppe am anderen Ende des Saals trainierte. Lauernd beobachtete er mich. Ich schloss schnell die Augen, als sich die Kälte in mir wie flüssiges Eis ausbreitete, presste die Zähne aufeinander, erstickte den Schrei, der mir auf der Zunge lag, und konzentrierte mich auf Christopher.

Sorge lag in seinen tiefgrünen Augen, als er nach dem Unterricht zu mir herüberkam. Die Anspannung seiner Kiefermuskulatur verriet, dass er sich nur mühsam beherrschte – offensichtlich wollte er sein Versprechen, drei Tage abzuwarten, nicht brechen.

»Du solltest dir eine Auszeit gönnen. Ich werde dich beim Mentaltraining entschuldigen.«

Ich nickte, worauf sich Christophers Züge merklich entspannten. Anscheinend hatte er nicht damit gerechnet, dass ich so schnell nachgab – und natürlich hatte ich das auch nicht vor.

»Unter einer Bedingung.«

»Und die wäre?« Misstrauisch beäugte er mich.

»Dass du in meiner Nähe bleibst.«

»Wenn du nur dann Vernunft annimmst, bleibt mir wohl keine andere Wahl, als deiner Forderung nachzukommen.«

Ich aß nur wenig zum Abendbrot. Selbst Christophers Gegenwart konnte die Übelkeit nicht vertreiben, die sich durch die eisige Umklammerung verstärkte. Mehrmals musste ich mein Gesicht abwenden, wenn eine Schmerzwelle mich überrannte, damit Christopher mir nicht in die Augen sehen konnte.

Er schwieg, doch sein Blick flehte förmlich, dass ich mich ihm anvertraute. Ich sah jedoch keinen Sinn darin, ihn in das böse Spiel der Totenwächterin mit einzubeziehen. Sein erschreckender Anblick, als er ihr bei den Steingräbern gegenüberstand, war mir im Gedächtnis geblieben – seine jadegrünen Augen und die riesigen Flügel, die wütend in der Dunkelheit aufblitzten. Hätte ich ihn eingeweiht, hätte ich seinen *und* den Zorn der Totenwächterin geschürt. Wenn ich es allein durchstand, würde nicht nur sie erkennen, dass ich stärker war als vermutet. Also schwieg auch ich, was mir zunehmend schwerfiel.

Am Abend weigerte ich mich, Christopher zum Schloss zurückzubegleiten. »Ich bin noch nicht müde und bleib noch ein wenig am See.«

»Obwohl dir beinahe die Augen zufallen?! Lynn, kannst du mir nicht endlich sagen, was dich zu zerreißen droht?« Die Qual, die in Christophers Augen lag, kam meiner ziemlich nahe.

»Drei Tage, du hast es versprochen! Es sind nur noch ein paar Stunden bis zum Morgengrauen.«

»Warum? Was willst du dir beweisen?«

Eine frostige Welle flutete mein Herz, breitete sich in mir aus und hinderte mich am Atmen. Christopher war sofort bei mir.

»Lynn, bitte!« Als ich ihn abwehrte, verfärbten sich seine Augen für einen kurzen Moment. »Lass mich dich zu Coelestin bringen, wenn du dich mir schon nicht anvertrauen möchtest.« Es lag Bitterkeit in seiner Stimme, die nicht weniger schmerzte als die eisige Attacke der Totenwächterin.

»Nein. Du hast versprochen, nicht einzugreifen.«

»Dann wenigstens auf dein Zimmer. Du kannst nicht die ganze Nacht hier draußen in der Kälte bleiben. Du siehst jetzt schon aus wie erfroren.«

Seine Antwort erschreckte mich. Ich hatte darauf gehofft, meine Empfindungen besser vor ihm verbergen zu können.

»Das liegt am Mondlicht. Aber wenn dir kalt ist, solltest du lieber reingehen.«

»Ich wusste, dass du ein Dickkopf bist«, seufzte Christopher. »Aber so schnell wirst du mich nicht los. Und sobald die Sonne aufgeht, erwarte ich eine Erklärung von dir.«

An die Steinmauer gelehnt, saßen wir aneinandergekuschelt und beobachteten, wie der Mond seine glitzernden Spuren auf dem See hinterließ. Christopher hielt mich die ganze Nacht in seinen Armen. Trotz seiner Nähe konnte ich die Eiseskälte nicht mehr zurückdrängen. Beharrlich schob sie sich voran, breitete sich aus wie feuchte Nachtluft und überzog mein Innerstes mit einer frostigen Schicht.

Ich kämpfte dagegen an, klammerte mich an Christophers Wärme, aber die Dunkelheit war mächtig. Sie riss mich hinab in ihren eisigen Strudel und verstrickte mich in unbarmherzige Träume.

Christopher hob mich auf seine Arme und trug mich fort. Ich erwachte.

»Was hast du vor?«

»Ich bringe dich zu Coelestin!«

»Nein! Lass mich runter! Ich schaff das auch so.«

»Dann schließ mich nicht länger aus!«

»Kannst du nicht abwarten? Hat man dich denn keine Geduld gelehrt?« Es war die falsche Frage. Christophers Augen blitzten jadegrün.

»Doch! Und gerade deshalb ist es jetzt Zeit, Coelestin um Hilfe zu bitten.«

Ich wehrte mich gegen seinen Klammergriff und drängte ihn,

anzuhalten. »Du hast mir das Versprechen gegeben, nichts zu unternehmen.«

Erbost funkelte Christopher mich an. »Du verschweigst es mir, weil du befürchtest, ich könnte die Kontrolle verlieren?«

Seine Verärgerung verstärkte die Kälte in mir. Ich presste die Hand vor den Mund, um nicht laut aufzuschreien. Christopher setzte sich wieder in Bewegung, und ich war in diesem Moment zu schwach, um ihn aufzuhalten.

»Bitte, es ist nicht so, wie du denkst«, erklärte ich, als der Schmerz ein wenig nachließ.

»Dann erzähl mir endlich die Wahrheit!«

Ich nickte, und er setzte mich auf einer der steinernen Bänke bei der Wiese hinter dem Schloss ab. Die Kälte kroch tiefer in mich hinein, und ich begann hilflos zu zittern. Er blieb vor mir stehen und wartete geduldig – mit einer tiefen Falte auf seiner Stirn –, bis der Schüttelkrampf sich abgeschwächt hatte.

»Es ist die Totenwächterin. Sie hat mir ein Ultimatum gestellt.«

Christopher schwieg. Aus seiner Miene konnte ich nicht entschlüsseln, was in ihm vorging. Seine Augen verrieten jedoch unterdrückte Wut.

»Wenn ich bis morgen früh durchhalte, bin ich ihren Bann wahrscheinlich los.«

»Wahrscheinlich? Aber sicher bist du dir nicht!«

»Kann man denn einer Totenwächterin überhaupt trauen? Sie hat damit gerechnet, dass ich spätestens nach einem Tag zu ihr zurückkomme. Nun sind es schon zwei. Am liebsten hätte sie mich gleich bei sich behalten. Doch ich widerstand ihr, als sie mich zu sich rief.«

»Du warst noch einmal bei ihr?« Christophers Stimme klang rau. Sein Ärger galt mir: Ich hatte ihn nicht eingeweiht, weil ich mich davor fürchtete, dass er wieder seine kriegerische Engelsgestalt annehmen würde.

»Nicht freiwillig«, beschwichtigte ich.

»Sie hat dich zu sich gerufen?«

»Sozusagen«, wich ich aus.

Eine weitere Kältewelle schüttelte meinen Körper, und dieses Mal spürte ich, wie sie tief in mir etwas zu fassen bekam. Gequält schrie ich auf – der Schmerz war zu gewaltig, um ihn zu unterdrücken.

Christopher wartete, bis ich wieder zu Atem gekommen war, bevor er mich grob an den Schultern packte. »Was genau hat sie gesagt?«

»Sie hat …« Frostige Finger schlossen sich um die empfindsame Stelle. Drückten zu – quälend langsam.

»Lynn!« Christopher rüttelte mich aus meiner Benommenheit. »Was? Sag es!«

»Sie hat … meinen Tod prophezeit.«

Ohne ein Wort zog Christopher mich in seine Arme. Er schwieg und traf eine Entscheidung.

»Ich werde nicht zulassen, dass sie dir etwas antut.«

»Dann bleib bei mir, bis die Nacht zu Ende ist und sich ihre Prophezeiung als Lüge herausstellt.«

Offenbar hatte ich mal wieder das Falsche gesagt. Anstatt mich festzuhalten, ließ Christopher mich los.

»Eine Prophezeiung? Lynn, ich muss wissen, was mit dir passiert.«

Bevor ich antworten konnte, verwandelte sich die Kälte. Erschreckende Dunkelheit hüllte mich ein. Hilfesuchend klammerte ich mich an Christopher. Dieses Mal stieß er mich nicht zurück, und ich fand die Sicherheit bei ihm, die ich dringend brauchte, um mich gegen den Angriff der Wächterin zur Wehr zu setzen.

»Sie … sie behauptet, ich würde erfrieren«, stammelte ich. »Besser gesagt, meine *unreife Seele* würde erstarren, weil ich weder tot noch ein Engel bin.« Erschöpft sank ich in Christophers

Arme zurück. Seine Wärme linderte den tobenden Schmerz, so dass ich wieder Kraft zum Reden fand. »Aber ich weiß, dass sie lügt. Sie will mich nur zu sich locken!«

»Und wird dich nicht bekommen. Ich werde dafür sorgen, dass dir nichts geschieht.« Christopher zog mit seinen Fingern die Kontur meiner Wangen nach, bevor er mich küsste, als wäre es das letzte Mal. Dann nahm er mein Gesicht in seine Hände und sah mich mit dunklen Augen an.

Mein Herz zog sich zusammen, da ich die Trauer in ihnen erkannte. »Du darfst ihr nicht glauben. In ein paar Stunden ist der Spuk vorbei.«

Christopher wandte seinen Blick von mir, unfähig, seine Gefühle zu verbergen. »Es gibt kein Zeitlimit, das den Todeshauch aufhält. Nur die Wächterin kann ihn kontrollieren.«

»Aber sie sagte doch, dass, wenn ich es bis …«

»Es war eine Schätzung, keine Vorhersage, wie lange du es ertragen würdest, bis deine unvollkommene Seele stirbt.«

»Meine Seele?«

»Ja. Wir müssen sofort zu ihr.«

»Dann … dann bin ich kein Engel?«, flüsterte ich.

»Nein. Die Totenwächterin irrt sich niemals. Sie bewacht die unreifen Seelen, deren Schicksal noch nicht entschieden ist.«

Ich stöhnte auf, als sich die Dunkelheit in mir weiter ausdehnte und ich ihr nur noch wenig entgegensetzen konnte.

»Es kann nicht mehr lange dauern.« Christophers Gesichtszüge waren hart wie Stein, während er mein Urteil verkündete. Seine abweisende Haltung steigerte meinen Schmerz ins Unermessliche.

Erst als ich den Druck seiner Hände spürte, die mich festhielten, um mich am Umkippen zu hindern, kam ich wieder zu mir.

»Ich werde nicht zu ihr gehen.« Mit aller Kraft klammerte ich mich an die Bank – zumindest versuchte ich es.

»Lynn, begreifst du nicht?! Du wirst sterben, wenn sie dich nicht zurückbringt – für immer!«

»Ich kann nicht. Ich habe mich entschieden!« Verzweiflung erfasste mich. Ich konnte ihn nicht verlassen!

»Dir bleibt keine andere Wahl.«

»Bedeute ich dir so wenig?«

»Du wirst es verschmerzen.«

Christophers Antwort schnitt tief. Er brach mir das Herz, ohne mit der Wimper zu zucken. Seine Zurückweisung zerstörte den Widerstand, mit dem ich die Dunkelheit zurückdrängte. Allmächtig schlug sie zu und erstickte mich in ihrer Schwärze.

Ich hörte das Laub unter Christophers Füßen rascheln, als ich aus meiner Ohnmacht erwachte.

»Nein! Bring mich nicht zu ihr! Sie wird mich nie wieder gehen lassen!«, flehte ich. »Sie will mich in ihrer Gruft einschließen. Bitte, tu mir das nicht an!«

Christopher blieb stur. Er hatte einen Entschluss gefasst, von dem er sich nicht abbringen ließ. Ein paar beruhigende Worte hatte er trotzdem für mich übrig.

»Es wird alles wieder gut werden, ich verspreche es dir.«

Ich glaubte ihm nicht, denn ich wusste es besser. Ohne ihn konnte nichts *wieder gut werden*. Also schlug ich so lange auf ihn ein, bis er sein Tempo verlangsamte.

»Du schickst mich zurück, ohne mir einen letzten Wunsch zu erfüllen?« Ich hatte noch nicht aufgegeben – der Morgen dämmerte bereits.

Mein Plan ging auf. Christopher blieb stehen. »Nur wenn du mich nicht darum bittest, hierbleiben zu dürfen.«

»Flieg mit mir – ein letztes Mal!«

Christophers Züge wurden weich. Die Bedenken, ich würde etwas von ihm fordern, das er nicht erfüllen konnte, verschwanden. »Wenn es das ist, was du möchtest.«

Das Leuchten, das von ihm ausging, als er sich in einen Engel verwandelte, stärkte mich und drängte die eisige Nacht zurück. Ein vages Gefühl der Hoffnung keimte in mir auf – vielleicht würde sich doch noch alles zum Guten wenden.

»Ich werde dich auf meinem Rücken tragen, dann kannst du das Gefühl von Freiheit während des Fliegens am besten spüren.«

Kaum dass ich Christophers lichtumwobene Flügel berührt hatte, erhob er sich in die Lüfte. Das Gefühl, mit ihm durch den Wind zu gleiten, war berauschend. Die Geschwindigkeit füllte meine Augen mit Tränen, aber das war nicht der einzige Grund, warum ich weinte.

Atemberaubend schön ging die Sonne hinter dem See auf und verzauberte die Landschaft mit ihrem warmen Schimmer. Trotz dieser Schönheit festigte sich die Kälte in meinem Inneren – unabwendbar. Das Ultimatum war verstrichen! Es blieb nur noch eine letzte Möglichkeit: Ich musste ein Engel werden.

Ich schloss die Augen und ließ mich von Christophers Rücken in die Tiefe fallen. Nichts gab es, das ich mir in diesem Moment sehnlicher wünschte, als Flügel zu bekommen. Inbrünstig beschwor ich den Himmel, mich endlich aufzunehmen. Wie schon zuvor verweigerte er mir den Zutritt. Christopher fing mich auf, bevor ich den Boden erreichte.

»Tu es nicht«, beschwor ich ihn. »Lass mich bei dir bleiben!«

Statt einer Erwiderung drückte er mich nur an sich, doch selbst sein Engelswesen konnte die Finsternis nicht länger aufhalten.

Ein schwarzer Schleier trübte meinen Blick, noch bevor wir die Totengruft erreichten. Die Wächterin erwartete uns. Und Aron.

Christopher legte mich behutsam auf einem der großen Decksteine nieder. Die Traurigkeit, die schon am Anfang unserer Begegnung Besitz von ihm ergriffen hatte, zog wieder bei ihm ein. Seine Finger strichen zärtlich über mein Gesicht, bevor er mit unendlicher Liebe meine Lippen berührte – ein Abschiedskuss.

»Geh jetzt. Ich werde tun, was er von mir verlangt«, hörte ich die Totenwächterin sagen, und Christophers warmes Wesen zog sich zurück. An seine Stelle legte sich der kalte Todeshauch der Wächterin und hüllte mich ein.

Ich ertrug die Dunkelheit und trat noch einmal aus ihrem Schatten. Er durfte mich nicht im Stich lassen – allein mit Aron und der Totenwächterin. Aus tiefstem Herzen rief ich Christopher zurück, flehte ihn an, mich nicht zu verlassen. Es blieb nichts als tödliche Stille. Sosehr ich auch kämpfte, im Licht zu bleiben, es reichte nicht, um ihn zurückzuholen. Er hatte mich aufgegeben, und mit seinem Willen erlosch auch meiner.

Gebunden an den mächtigen Stein der Totengruft, war ich ihren Bewohnern hilflos ausgeliefert, die mit ihren gespenstischen Händen nach mir griffen und mich hinabzogen in ihre Hölle, bis ich in dunkelstem Schwarz versank.

»Du wirst ihn vergessen. Die Erinnerung an deine Liebe wird verblasst sein, sobald du wieder die Welt der Lebenden betrittst. Doch *ich* werde an dich denken«, waren die letzten Worte, die ich hörte.

Kapitel 17

Meeresbrandung

Bleib!

Der Schrei erstickte in meiner Kehle, bevor er zu hören war. Meinem Körper fehlte die Kraft, dem Licht zu folgen. Erneut verdichtete sich der Nebel zu zäher Schwärze, drängte in mein Bewusstsein, bis mein Widerstand brach. Was blieb, war unendliche Leere.

Meine Augen füllten sich mit schweren Tränen, die ich nicht weinen wollte. Die Traurigkeit in mir war nicht real – durfte es nicht sein. Ich versuchte aufzuwachen und suchte nach etwas Vertrautem: die Bettdecke fühlen oder das morgendliche Vogelgezwitscher hören.

»Schhh! Du bist in Sicherheit«, flüsterte eine Stimme.

Ich klammerte mich an ihren Klang, zwang die beängstigenden Gefühle beiseite und kämpfte mich in die Wirklichkeit zurück. Das Gewicht neben mir und die behutsamen Finger, die über meine Stirn streichelten, halfen mir dabei. Mit einem tiefen Atemzug sog ich den vertrauten Geruch ein, bis die Dunkelheit nur noch ein weit entfernter Schatten war.

Ich unterdrückte ein Stöhnen, als ich versuchte, mich aufzurichten – mein Kopf drohte auseinanderzuplatzen. Kopfschmerzen waren übel, aber Nervenzellen, die einen Tobsuchtsanfall erlitten? – Höllisch!

Mir wurde schlecht. Ich presste eine Hand vor die Augen, um das grelle Licht auszublenden, das brennend meinen Sehnerv entlangkroch. Vergeblich.

Warum wollte ich noch mal aufwachen?

Ich sehnte mich nach der Dunkelheit, doch etwas in mir warnte mich, und im selben Moment schrumpfte der Schmerz zu einem erträglichen Ziehen hinter meiner Stirn. Okay. Damit konnte ich umgehen – eine Weile zumindest. Vorsichtig öffnete ich meine Augenlider.

»Hallo Süße. Wie fühlst du dich?« Die steile Stirnfalte zwischen den Brauen verriet die Sorge, die die fröhliche Stimme verheimlichen wollte.

Hatte ich irgendetwas verpasst? Offensichtlich: Der dumpfe Schmerz erreichte meine Glieder, als ich mich aufsetzte, und ich ahnte, dass – abgesehen von dem erneuten Gewitter in meinem Kopf – etwas ganz und gar nicht in Ordnung war. Aber ich kam erst darauf, als mir klar wurde, dass ich mich in der Dachkammer befand, in die ich vor kurzem eingezogen war.

»Mam, was machst du denn hier?«

»Sachte, Lynn. Du musst liegen bleiben. Du hast eine Gehirnerschütterung.« Sanft, aber bestimmt drückte meine Mutter mich auf das Kopfkissen zurück.

Ich schluckte den Einwand, dass ich schon wüsste, was gut für mich ist, hinunter und gab nach. Es musste ernst sein – sie hatte mich *Lynn* genannt!

Im selben Moment, in dem mein Kopf das Kissen berührte, verhallte das Gewitterdröhnen. Danke! Wem auch immer.

»Eine Gehirnerschütterung? Wieso das denn?«

Die Sorgenfalten in dem perfekt geschminkten Gesicht meiner Mutter vertieften sich. Sie strich ihre glatten, dunklen Haare hinters Ohr, was sie immer dann tat, wenn nicht sie, sondern ihr Gegenüber die Antwort wissen sollte.

»Kannst du dich nicht mehr daran erinnern?«

Eine Gegenfrage – klar. Ich schüttelte den Kopf, worauf das Donnern, begleitet von einem hässlichen Schwindelgefühl, neue Kraft gewann und mich daran hinderte, intensiver über ihre Frage nachzudenken.

»Nein. Erzähl du es mir«, bat ich, während sich der Sturm in meinem Kopf allmählich beruhigte.

»Nun, es … Ich … ich kann es dir auch nicht sagen.« Meine Mutter verstummte – was völlig untypisch für sie war. Wollte oder konnte sie nicht?

»Und wie bin ich ins Bett gekommen? Vielleicht hilft das meinem Gedächtnis wieder auf die Sprünge.« Es war besser, *sie* reden zu lassen – dann konnte *ich* mir inzwischen eine passende Ausrede überlegen.

Meine Mutter nahm meine Hand und drückte sie leicht, wobei sie mit einem flüchtigen Blick meinen Unterarm streifte. Als ich die Finger zurückzog, um die roten Striemen auf meiner Haut zu betrachten, wo mein Armband sein sollte, presste sie für einen kurzen Moment ihre Lippen zusammen. Sie war unsicher, was bei ihr nur selten vorkam. Doch sie fing sich schnell wieder und zwang sich zu einem Lächeln.

»Die Jogginggruppe hat dich im Wald gefunden – mit einer Platzwunde. Du wusstest nicht mehr, wo du warst und wie du das Internat finden solltest. Also schafften sie dich ins Krankenhaus. Dort wurdest du untersucht und danach ins Schloss zurückgebracht.«

Meine Finger wanderten zu meiner Stirn und ertasteten den Verband an meiner Schläfe. Ich kramte in meinem Gedächtnis. An das Krankenhaus hatte ich eine vage Erinnerung. Aber sonst …?

Meine Mutter kämpfte gegen ihre aufsteigende Besorgnis an, als sie meine Unsicherheit bemerkte, doch ich kannte den Schimmer in ihren Augen, der sich immer dann dort zeigte, wenn ich krank war oder etwas angestellt hatte. Dass es mir nicht besonders gut ging, war offensichtlich, dass mich eine Gardinenpredigt erwartete, gut möglich. Doch viel schlimmer war, dass mir nichts Passendes zu meiner Verteidigung einfallen wollte. Vielleicht stand ich unter Drogen?! Aber auf die Idee würde ich sie besser nicht bringen.

»Linde, wo warst du?«

Ich sollte schneller denken – meine Mam wurde ernst.

»Du hast dich in keine der Projektgruppen eingetragen, obwohl wir vereinbart hatten, dass du dir wenigstens die Angebote anschauen würdest. Sonst hättest du die Winterferien gleich zu Hause verbringen können!«

»Doch dort war ich nicht?«, rutschte mir mein Gedanke laut heraus.

Die Frage verwirrte meine Mutter. »Linde, was soll das? Du solltest die Ferien auf dem Internat verbringen, um dich dort einzuleben, bevor die Schule losgeht, nicht damit du dich auf dein Zimmer verdrückst oder allein im Wald umherschleichst!« Ihre Stimme verlor den scharfen Ton, während ihre Finger über meine Haare streichelten. »Warum hast du dich aus den Ferienaktivitäten gemogelt? Gab es da wirklich nichts, das dich interessiert hätte?«

Ich zuckte mit den Schultern, da ich es selbst nicht wusste.

Meiner Mutter entwich ein leiser Seufzer. »Lass gut sein. Wahrscheinlich sollten wir darüber lieber ein anderes Mal reden – wenn es dir besser geht.«

War das alles? Ich musste wirklich schlimm aussehen. Zu meiner Überraschung ließ sie das Thema tatsächlich fallen. Allerdings war das Feriencamp auch nicht meine Idee gewesen.

Meine Mutter stand auf, füllte aus der bereitstehenden Thermoskanne dampfenden Tee in eine Henkeltasse, stellte sie auf ein Tablett, auf dem bereits zwei Sandwiches lagen, und brachte es zu mir ans Bett.

»Hier, trink etwas Warmes. Es wird dir guttun.«

Ich schnupperte an dem dunkelroten Gebräu und verzog angewidert die Nase: Der Tee war mit Honig gesüßt.

»Gibt es auch was anderes zu trinken? Wasser vielleicht?« Angeekelt schob ich den Becher von mir.

»Ja, natürlich.« Meine Mutter zog verwundert ihre schmalen

Augenbrauen zusammen. »Aber du warst doch sonst immer so verrückt nach Tee mit Honig. Und bei dieser Kälte dachte ich … Nun, wenn du willst, hol ich dir auch ein Glas Wasser.«

Sie verließ das Zimmer, um kurz darauf mit einer vollen Wasserflasche und einem Glas zurückzukehren. »Wenigstens hast du Hunger«, stellte sie zufrieden fest, da ich schon eines der beiden Sandwiches verschlungen hatte.

Abgesehen von meinen Kopfschmerzen, die der Arzt, der mich später besuchte, mit einem Schmerzmittel vertrieb, und gelegentlichem Ohrensausen, fühlte ich mich in meinem Zimmer beinahe wie zu Hause – zumindest am ersten Tag.

Dank der Bettruhe, die mir verordnet wurde, bekam ich nicht nur Frühstück ans Bett, sondern auch meine Hausaufgaben. Marisa, die Rothaarige mit den auffallend wasserblauen Augen, an die ich mich sonderbarerweise noch erinnern konnte, besuchte mich am nächsten Tag gleich nach dem Mittagessen. Als ob sie mich schon ewig kennen würde, setzte sie sich zu mir aufs Bett.

»Hi Lynn. Ich bin Marisa, deine Schülerpatin«, stellte sie sich mir nochmals vor – anscheinend hatte sich mein Gedächtnisschwund schon herumgesprochen. »Ich soll dich auf dem Laufenden halten, damit du auch ja nichts verpasst!«

»Nett!«, entgegnete ich trocken. Wo war ich hier? Durfte man nicht mal entspannt krankfeiern?

Marisa grinste – offensichtlich war sie meiner Meinung. Doch sie widerlegte ihre Zustimmung, indem sie einen vollgekritzelten Aufgabenzettel und die dazugehörenden Bücher aus ihrer Tasche kramte und auf meinen Schreibtisch stapelte.

»Damit du dich nicht langweilst. Und glaub bloß nicht, dass deine Hausarbeiten nicht kontrolliert werden«, antwortete sie nachdrücklich, bevor sie mit einem unmissverständlichen Lächeln fortfuhr. »Aber wenn du willst, bring ich dir die korrigierten Lösungen vorbei.«

Marisa wurde mir noch sympathischer. Was sich auch nicht änderte, als meine Erinnerungen an den ersten Tag im Internat zurückkehrten. An den Tag, als sie mich in der Kantine verteidigt hatte, an dem mein Handy geklaut und mein Kissen geschlachtet wurde. Doch abgesehen davon fehlte mir jede Erinnerung an das, was ich während der Ferien gemacht hatte.

Meine Mutter drängte mich nicht, über meinen *Unfall* – wie sie es nannte – nachzudenken. Obwohl ich ihr ansah, wie brennend es sie interessierte, mehr zu erfahren. Stattdessen unterhielt sie mich mit dem wenigen, was in der kurzen Zeit zu Hause passiert war.

»Übrigens, Philippe will sich am Samstag mit dir treffen«, erwähnte sie betont gelassen. Wahrscheinlich dachte sie, dass sich meine Mädchenträume endlich erfüllten. Doch wir waren nur Freunde.

»Was? Philippe kommt hierher?«

»Nein, aber wenn der Arzt es erlaubt, nehme ich dich am Freitag mit nach Hause – nur für ein paar Tage. Frau Germann und Herr Sander denken auch, dass dir ein wenig Erholung guttun würde.« Meine Mutter starrte für einen kurzen Moment auf mein geschundenes Handgelenk, ehe sie bemerkte, dass ich sie beobachtete.

Sie umschiffte auch am nächsten Tag das *Unfallthema*. Erst als wir nebeneinander im Flugzeug saßen, kam sie darauf zu sprechen.

»Linde, sag mir endlich, was los ist! Ich hatte gehofft, du würdest es von selbst erzählen. Ohne dass ich dich dränge – doch anscheinend habe ich mich geirrt.« Ihr verzweifelter Unterton war nicht zu überhören.

»Mam, du hast nichts falsch gemacht.«

»Dann erklär mir bitte, woher die Schnittwunden auf deinem Arm kommen!«

Lange genug hatte sie ihre schlimmsten Befürchtungen zurückgehalten. Doch erst jetzt wurde mir klar, warum ihr Blick so oft besorgt – manchmal beinahe hysterisch – zu meinem verletzten Unterarm gewandert war.

»Ich … du, du glaubst, ich hätte …?« Ich brach ab, als sich ein paar neugierige Köpfe zu uns umdrehten. Offenbar war ich ein wenig zu laut geworden. Ich wusste nicht, ob aus Wut oder Schock über ihre absurde Vermutung.

»Okay, Mam, es … es klingt vielleicht verrückt, aber auch wenn ich mich nicht mehr daran erinnern kann, warum ich allein im Wald spazieren war: Wie die Verletzung an meinen Arm kam, weiß ich« – vermutete ich.

Meine Mutter presste ihre Lippen zusammen, um mir nicht ins Wort zu fallen. Und ich fuhr schnell fort, bevor sich meine erzwungene Gelassenheit wieder verlor.

»Kannst du dich noch an die Kette erinnern? Das von Philippe?«

»Das alte Ding mit dem Engelsmedaillon, das er dir zum Abschied geschenkt hat?«

Ich zuckte unweigerlich zusammen. Ich mochte das *alte Ding*. Es passte zu mir – es hatte Macken und Kanten.

»Ja, genau. Ich wollte die Kette nicht ablegen, solange ich auf dem Internat bin. Jetzt ist sie weg. Ich muss irgendwo hängengeblieben sein, als ich gestürzt bin« – so erklärte man meinen Unfall. »Und als das Band riss, habe ich mir die Haut aufgeschürft.«

Da die Besorgnis nicht aus ihren dunklen Augen weichen wollte, redete ich weiter, obwohl ihr offensichtlicher Zweifel an meiner Geschichte es mir nicht gerade leichter machte, selbst daran zu glauben.

»Mam, auch wenn ich nicht mehr weiß, was in den beiden Ferienwochen passiert ist, so schlimm kann es nicht gewesen sein. Sonst hätte ich mir ein Ticket besorgt und wäre nach Hause geflogen. Warum sonst habt ihr mir eine Kreditkarte auf ein Internat mitgegeben, wo es weit und breit nichts zu kaufen gibt?«

Endlich löste sich ihre Anspannung ein wenig. Ich sprach vom Shoppen – das Stichwort für meine Mam –, es musste mir wieder bessergehen.

»Entschuldige. Ich … du bist zum ersten Mal von zu Hause weg, und ich mache mir Sorgen um dich.« Fürsorglich legte sie ihre Finger auf meine Hand.

Ich schluckte. Auch wenn mir das irgendwie klar war, so direkt hatte sie das noch nie gesagt.

Mein Vater erwartete uns am Flughafen in Rom. Trotz seiner freudigen Begrüßung zeigte sich auch bei ihm ein besorgter Zug um seine hellblauen Augen, als er mich in die Arme schloss und an seine breite Schulter drückte, wie ein verlorengegangenes Kind.

Zur Feier des Tages durfte ich das Restaurant für unser Abendessen auswählen. Natürlich entschied ich mich für die Trattoria in unserem Ort, da ich hoffte, Emilia dort zu treffen – die Tochter der Besitzer und meine beste Freundin.

Als hätte sie gewusst, dass wir vorbeikommen würden, stand sie wartend am Eingang. Freudestrahlend rannte sie mir entgegen, so dass ihre dicken dunkelbraunen Zöpfe hin und her schaukelten, bevor sie mich mit einer Herzlichkeit begrüßte, die mir Tränen in die Augen trieb. Kaum hatte ich die Trattoria betreten, stürzte sich ihre Mutter auf mich, als wäre ich nicht nur drei Wochen, sondern drei Jahre fort gewesen.

Mit einem erleichterten Nicken, mich so fröhlich und unbeschwert zu erleben, entließen mich meine Eltern nach der ausgiebigen Pasta-Mahlzeit, und ich zog mit Emilia los, auf der Suche nach unseren Freunden. Es fühlte sich gut an, mit ihr und dem schlaksigen Stefano, einem Klassenkameraden von Philippe, durch die engen Gassen unseres Dorfes zu schlendern. Und es roch herrlich: nach Frühling. Der milde Winter, der in diesem Jahr nur wenig Schnee gebracht hatte, trat bereits seinen Rückzug an – und ich würde übermorgen wieder in die sibirische Kälte geschickt werden!

»Lynn, wenn du so weitermachst, läufst du bald rückwärts. Philippe und Antonio warten auf uns«, drängte Stefano weiter, als ich an einer zartrosa Kirschblüte schnupperte, die über eine Gartenmauer lugte.

Das Leuchten in Philippes dunkelbraunen Augen verriet, dass ich ihm mehr gefehlt hatte als er mir. Stürmisch umarmte er mich. Vielleicht lag es daran, dass er endlich erkannte, was er an mir hatte – hätte haben können! Er ließ mich erst los, als Antonio, sein jüngerer Bruder, der ihm zum Verwechseln ähnlich sah, ihn grob zur Seite schubste.

»Philippe, du erdrückst sie ja! Geh weg und gib mir auch ein Stück von ihr, bevor sie erstickt. Du hast sie ja morgen den ganzen Tag für dich.«

»Ich … ich weiß nicht, ob Lynn vielleicht schon etwas anderes vorhat«, antwortete er beinahe *schüchtern*?!

Was war los mit dem großgewachsenen, selbstsicheren Philippe? Verunsicherte ich ihn? Ich presste meine Lippen zusammen, bis ich mir sicher war, dass mir nicht irgendetwas Dummes herausrutschte.

»Meine Mutter hat mich schon darauf vorbereitet, dass ich den Samstag mit dir verbringen muss. Und ich könnte mir nichts Schöneres vorstellen als eine Spritztour mit euch allen.«

Emilia quietschte vor Vergnügen. Philippe hingegen schien wenig begeistert zu sein und fuhr sich durch seine schwarzen Wuschelhaare, hatte ich doch, durch meine großzügige Einladung an die anderen, seinen allzu offensichtlichen Plan zunichtegemacht. Aber ich wollte nicht einen ganzen Tag allein mit ihm verbringen – nicht wenn er solo *und* so drauf war. Seine großzügige Vorliebe für alles Weibliche zwischen fünfzehn und fünfundzwanzig, einschließlich der dazugehörenden Baggertechniken, kannte ich nur allzu gut. Und ich wollte unsere Freundschaft nicht gefährden. Er war mein bester Freund – und das sollte auch so bleiben!

»Wenn du nur unter dieser Bedingung bereit bist«, knurrte er.

Doch seine gute Laune ließ nicht lange auf sich warten, als wir mit vier riesigen Freundschaftsbechern meine unerwartete Rückkehr in unserem Lieblings-Eiscafé feierten, bis uns die Bedienung kurz nach ein Uhr rausschmiss.

Wie üblich brachte Philippe mich nach Hause. Das hatte sich eingebürgert, seit er seine Beschützerrolle übernommen hatte. Er drückte mir einen Kuss auf die Wange – ungewohnt linkisch, als wäre es sein erster Abschiedskuss.

Was war bloß in ihn gefahren?

»Ich freu mich schon auf morgen«, flüsterte er, bevor er mich losließ.

Ich trat schnell einen Schritt zurück, als mein Vater die Tür öffnete. Er musterte mich überrascht, und in seinen hellen Augen stand eine unausgesprochene Frage. Dann zog er eine seiner ausgebleichten Brauen nach oben, so dass sie beinahe seine strohblonden Haare berührte, während er mahnend auf seine Armbanduhr schaute.

»Du bist später dran als vereinbart.«

»Ich muss fast einen ganzen Monat nachholen. Im Internat ist um halb elf Zapfenstreich«, übertrieb ich und mogelte mich an ihm vorbei, da ich wusste, dass seine ernste Miene nur aufgesetzt war.

Martin, mein Vater, war alles andere als streng. Fürsorglich, ja, und nachgiebig, wenn meine Mutter oder ich etwas von ihm wollten.

»Weck mich bitte nicht vor zehn. Ich möchte ausschlafen. Außerdem wird es morgen noch um einiges später. Stefano, Emilia und Antonio kommen mit zu unserem Ausflug.«

Mein Vater sah mir kopfschüttelnd hinterher. Er mochte Philippe, der ab nächsten Sommer in Rom Wirtschaft studieren wollte, obwohl er seine schlechte Angewohnheit, was Mädchen betraf, kannte. Denn er wusste, dass ich von meiner Schwärmerei geheilt und gegen Philippes italienischen Charme inzwischen immun war.

Glücklich und müde kuschelte ich mich unter die Bettdecke und genoss meine vertraute Umgebung: die Bilder in den weißen Rahmen an der Wand, die erdbeerrot gestrichen war, meinen meerblauen Teppich, den ich selbst ausgesucht hatte, und meinen vertrauten Kuschelbären mit meinem aufgestickten Namen, der meine Schlafbrille aufhatte, die ich nie benutzte, aber unbedingt haben wollte. Ich war wieder zu Hause – bei allem, was ich liebte!

Philippe kam eine Stunde, nachdem ich mich aus dem Bett geschält hatte, mit Antonio vorbei, um mich abzuholen.

»Brauchst du noch lange?«, fragte er mit einem ungeduldigen Blick auf meine halbvolle Cappuccinotasse.

»Ja. Ich muss den Kaffee hier genießen. Im Internat bekomme ich so was nicht!«

Ich leerte die Tasse mit einem Schluck, schnappte mir meine Strandtasche und folgte Philippe zu seinem Wagen. Wir holten Emilia und Stefano ab, der sich mit seinen langen Beinen in dem kleinen Fiat Punto zwischen Emilia und Antonio auf die Rückbank quetschte.

Philippe wählte den Umweg über die Berge – trotz Antonios und Stefanos Protest. Es wäre schließlich *mein* Tag, erstickte er ihre Einwände. Ich dankte ihm im Stillen und genoss den Anblick der malerischen Bergdörfer, deren bescheidene Häuser sich dicht gedrängt an die schroffen Bergrücken schmiegten.

Als wir die Stelle passierten, an der zum ersten Mal das Meer zu sehen war, hielt ich den Atem an. Tiefblau erstreckte es sich unter dem wolkenlosen Himmel bis zum Ende des Horizonts.

»Danke«, nuschelte ich Philippe zu, da er die nächstmögliche Parkbucht ansteuerte.

»Ist schon okay. Ich weiß ja, wie sehr du das Meer liebst.«

Philippes Augen richteten sich auf mich, als suchte er etwas anderes als Dankbarkeit. Hatte er eine Abfuhr erhalten, während ich im Internat war? Eigentlich dachte ich, wir hätten geklärt, dass ich nicht die Lückenbüßerin spielen würde.

Nachdem der Fiat angehalten hatte, stürmte ich förmlich zur Tür hinaus. Die Kieselsteine knirschten unter meinen Sohlen, als ich, leicht außer Puste, die schmale Steinmauer am Rand der Felskante erreichte. Wie einen glitzernden Teppich, gewebt aus Millionen von Edelsteinen, ließ die Sonne das kristallklare Blau des Meeres auffunkeln. Kein Wunder, dass mir der Atem stockte.

Ein gleißender Lichtstrahl spiegelte sich auf der glatten Oberfläche und bohrte sich meinen Sehnerv entlang. Tränen schossen mir in die Augen – meine Kopfschmerzen kehrten zurück. Vielleicht hätte ich meine Medizin besser doch genommen.

Am anderen Ende des Parkplatzes knallten Autotüren. Anscheinend hatte Philippe die Jungs überredet, auszusteigen. Ich wischte mir die Tränen aus dem Gesicht – nicht dass einer von ihnen auf die Idee kam, mich trösten zu wollen.

Feuchter Nebel stieg vom Abgrund herauf. Wohltuende Schatten in der Tiefe versprachen Schutz vor der unerträglichen Helligkeit. Schon der Gedanke an die grelle Sonne verstärkte das Pochen hinter meinen Augäpfeln. Ich lehnte mich über die niedrige Brüstung, um mein Gesicht in dem sanften Hauch zu kühlen.

Komm zu mir.

Bei mir findet dein Schmerz ein Ende.

Ich erlöse dich.

Vertrau mir.

Mein Kopf explodierte. Dröhnende Stimmen wühlten sich durch meinen Schädel und jagten Schmerzwellen durch ihn hindurch. Übelkeiterregender Schwindel ließ mich taumeln. Haltsuchend klammerte ich mich an die Mauer. Steine lösten sich aus der dünnen Wand, und ich verlor das Gleichgewicht.

Ein aufheulender Wind trieb den kalten Nebel ins Tal hinab. Gleichzeitig schlangen sich zwei stählerne Arme um meine Taille und rissen mich zurück.

Ich schloss die Augen. Tausend Empfindungen schossen durch mich hindurch: Angst, Kälte, Tod, aber auch Sicherheit, Wärme und vertraute Nähe, verbunden mit den Vorzeichen eines heraufziehenden Sturms. Die Luft um mich begann zu vibrieren, verdichtete sich und raubte mir den Atem. Ich verlor mich in dem berauschenden Gefühl. Ich kannte es – brauchte es. Es schützte mich. Und ich hielt mich an ihm fest, obwohl es versuchte, mir zu entkommen.

»Lynn!«

Der Klang meines Namens spülte mich fort. Ich kämpfte mich zurück. Tief verborgene Erinnerungen warteten, das fühlte ich – wusste ich!

»Lynn?!« Philippes Stimme riss mich in die Wirklichkeit, und meine Vergangenheit verblasste zusammen mit meinen Kopfschmerzen zu einem undeutlichen Gefühl.

»Was um Himmels willen hast du vor?!«

Philippes Stimme holte mich aus meiner Starre. Dreißig Meter, vielleicht auch mehr, stürzte der Abhang vor mir in die Tiefe. Noch immer hallte der Aufschlag der hinabkullernden Steine empor.

»Ich … ich wollte nur …« Sprachlos vor Entsetzen verstummte ich. Erst jetzt erkannte ich, dass ein Sturz in die Tiefe wahrscheinlich mehr als Schürfwunden nach sich gezogen hätte. Meine Beine knickten ein. Zitternd klammerte ich mich an Philippe, der noch immer meine Taille umschlossen hielt.

»*Non è successo niente!*«, beruhigte er mich und zog mich dichter an sich.

Ich ließ es zu, genoss Philippes Gegenwart und seine tröstenden Hände, die behutsam über meinen Rücken glitten. Erst ein Blick in Stefanos und Antonios betretene Gesichter holte mich zurück. Verlegen befreite ich mich aus Philippes Umarmung.

»Nichts passiert«, wiederholte ich Philippes Beteuerung. »Mir geht's gut. Es ist noch alles dran.« Zum Beweis drehte ich mich mit einem erzwungenen Lächeln im Kreis. »Ich hab genug gesehen, wir können weiterfahren, bevor auch ihr euch von der Aussicht überwältigen lasst.«

Emilia verarbeitete ihren Schreck, indem sie pausenlos auf Stefano und Antonio einredete. Philippe schwieg und konzentrierte sich auf die kurvige Straße. Ich verdrängte mein mulmiges Gefühl mit dem Blick aus dem Fenster.

Wir passierten die *Costa dei Trabocchi* mit ihren gespenstischen Pfahlbauten. Als Kind hatte ich mich immer vor den zum Fischfang errichteten Gebilden gefürchtet. An dem nebeligen Tag, an dem ich zum ersten Mal eines von ihnen sah, konnte ich nur die Umrisse erkennen. Wie eine im Meer stehende riesige, dürre Spinne, ragte es mit seinen langen Beinen gespenstisch aus dem Wasser. Und auch heute jagte mir der Anblick der im Dunstschleier stehenden Gebilde eine Gänsehaut über den Rücken. Noch nie wirkten sie lebendiger, und ich war froh, als wir unsere kleine Bucht erreichten.

Wie übermütige, junge Hunde tollten Antonio und Stefano ausgelassen über den einsamen Strand, bevor Philippe sie zum Beachvolleyballspielen überredete. Er hatte tatsächlich seine Tauchausrüstung zu Hause gelassen, obwohl wir in der Nähe seines Lieblingsreviers waren. Meinetwegen! Ich hatte ihm am Abend zuvor gesagt, dass ich wegen der Gehirnerschütterung nicht tauchen durfte.

Während Emilia und die Jungs ein improvisiertes Netz aus

altem Strandgut montierten, beobachtete ich das Auf und Ab der Wellen und ließ die feinen Sandkörnchen zwischen meinen Zehen hindurchrieseln. Sie fielen schnell. Ich erschauderte. Was war an der Klippe passiert?

Der Abgrund hatte mich gelockt. Ich hatte Stimmen gehört – wie gruselig! Und dann das Gefühl, das die Windböe in mir ausgelöst hatte. Meine Kehle schnürte sich zusammen. Es war neu, aber nicht fremd. Und ich wollte es noch einmal fühlen – es war so unglaublich gewesen und doch so real, dieses tiefe Vertrauen, die allumfassende Sicherheit.

Meine Kopfschmerzen kehrten zurück, da ich versuchte, mich an meinen zweiwöchigen Blackout zu erinnern. Ich ignorierte sie und kramte weiter in meinem Gedächtnis. Das letzte Bild, das mir geblieben war, zeigte einen dunkelhaarigen, breitschultrigen Typen, der, wenn er nicht so riesig gewesen wäre, als Italiener durchgegangen wäre. Ich hatte ihn im Treppenhaus gesehen, wo ich …

Moment! Im Treppenhaus? Was wollte ich mit meinem vollgepackten Rucksack auf der Treppe?

Ich bohrte intensiver, um ein weiteres Stück des verschütteten Puzzles aus meinen Erinnerungen hervorzuholen. Ich hatte ihn beobachtet, nachdem ich mich hinter einer Pflanze versteckt hatte.

Ich hatte mich versteckt? Warum? Wollte ich unbemerkt abhauen? Das passte nicht. Wenn, dann hätte ich die Sache vorher geklärt.

Das Dröhnen in meinem Kopf wurde bösartig. Ich holte die Tabletten aus meiner Tasche, die ich schon am Morgen hätte nehmen sollen, und schluckte sie – auch wenn sie meinen Verstand benebelten. Ich würde schon noch dahinterkommen. Später.

Die laute Musik und das Tanzen in der Diskothek, in die Philippe uns am Abend reinschmuggelte, hatten mich mehr erschöpft als sonst. Müde kuschelte ich mich in den Autositz und überließ mich Philippes Fahrkünsten. Das leise Nach-Disko-Summen in meinen Ohren und das sanfte Vibrieren des Motors schläferten mich ein, und ich begann zu träumen.

Philippe stand vor mir und lud mich mit einem breiten Grinsen ein, ihm zu folgen. Hand in Hand schlenderten wir am Meeresufer entlang. Obwohl es sich eigenartig anfühlte, so vertraut an seiner Seite zu sein, genoss ich es, bis das Gefühl umschlug – in heißes Verlangen. Verwundert blieb ich stehen und blickte in seine – *grünen?* – Augen, die mir alles zu versprechen schienen, bevor er mich an sich zog.

Seine Hände erahnte ich eher, als dass ich sie spürte. Voller Ungeduld sehnte ich mich nach mehr – und bekam mehr: *viel* mehr, als ich wollte. Scharfe Klauen bohrten sich in meine Haut und hinterließen blutige Striemen auf meinem Rücken. Ich schrie, aber meine Lippen wurden von einem brutalen Mund verschlossen, dessen raubtierhafte Fangzähne sich hart gegen meine Kiefer pressten.

Ich wehrte mich, trat und boxte, doch das Monster hielt meine Taille in einem eisernen Klammergriff gefangen. Mit unaufhaltsamer Kraft drängte es gegen meinen Körper und sog mich in sich hinein, bis sich alles, was ich jemals war, in nichts auflöste.

Ich keuchte, als ein zarter Kuss mich aus meinem Albtraum riss.

»Lynn, wir sind da.« Wie zufällig streiften Philippes Lippen mein Gesicht, als er mich weckte.

Ich zuckte nicht zurück – schlaftrunken war ich zu langsam zum Reagieren –, obwohl mir seine sanfte Berührung einen Angstschauer über den Rücken jagte.

O Gott! Was war los mit mir? Philippe war mein bester Freund! Fürchtete ich mich so sehr vor seiner Berührung, dass ich schon von ihm als grünäugiger Bestie träumte?

Er half mir beim Aussteigen und begleitete mich zur Tür – ganz Gentleman, was nicht unbedingt seine übliche Anmache war. Auch versuchte er nicht, den coolen Typen zu spielen, wie normalerweise, wenn er ein Mädchen rumkriegen wollte. Trotzdem verhielt er sich anders als sonst, vorsichtiger und zugleich liebevoller. Hatte er mich vermisst? Lächerlich! Ich bildete mir etwas ein.

Entschlossen stellte ich mich auf die Zehenspitzen und drückte ihm zum Abschied einen Kuss auf sein stoppeliges Kinn. Er sollte meine Unsicherheit nicht bemerken. Und schließlich waren wir befreundet!

»Danke, Philippe. Du hast mir heute das Leben gerettet!«

Er hatte mehr verdient – aber ich wusste nicht, wie ich auf sein ungewohntes Verhalten reagieren sollte.

Seine eindeutig dunkelbraunen Augen leuchteten noch, als mein Vater die Tür öffnete, um mich einzulassen. Vielleicht sollte ich Philippe an unsere Abmachung erinnern, dass wir nur Freunde bleiben wollten.

Kapitel 18

Tanzstunde

Mir war kalt, als ich aufwachte. Ich hatte geträumt – einen wunderschönen Traum: von einer glücklichen Zukunft, von einem erfüllten Leben in einem wunderschönen Haus an einem wunderschönen Ort mit zwei entzückenden Kindern und einem wunderbaren Mann an meiner Seite, der mich liebte und für mich da war: Philippe!

Zitternd tapste ich ins Badezimmer. Eindeutig zu viel Philippe. Ich drehte die Dusche auf heiß, um die Kälte zu vertreiben. Die wohlige Wärme würde nicht lange anhalten – der Norden wartete auf mich! Und davor noch das Gespräch mit meinen Eltern.

Sie zögerten es bis kurz vor meiner Abreise hinaus. Wahrscheinlich hofften sie auf einen Flashback, doch ich musste sie enttäuschen. Mein Gedächtnis blieb stumm.

»Bis Ostern fällt dir bestimmt wieder ein, mit wem du alles geflirtet hast«, scherzte mein Vater, als er mein Gepäck nach unten trug.

Ich verzog das Gesicht. Sah ich so aus, als bräuchte ich dringend einen Freund? Erst Philippe und jetzt auch noch mein Vater – von dem ich solche Sprüche am wenigsten erwartete.

»Oder warum ich in den Wald geflüchtet bin«, erwiderte ich bissig.

»Solange du in der Probezeit bist, werden sie dich nicht gleich köpfen, wenn du etwas ausgefressen hast. Du kannst uns ruhig sagen, warum du …«

»Probezeit?!« Ich blieb auf dem Treppenabsatz stehen. Niemand hatte mir etwas von einer Probezeit erzählt.

Meine Mutter stand in der Diele und warf meinem Vater einen beschwörenden Blick zu. »Nur bis zu den Osterferien. Bis dahin wirst du dich eingelebt haben«, antwortete er.

»Und wenn nicht?«

»Dann kannst du …«

»Dann hast du Zeit bis zum Sommer«, fiel meine Mutter meinem Vater ins Wort und erstickte meine aufkeimende Hoffnung, zurück auf meine alte Schule gehen zu dürfen. Ohne einen weiteren Kommentar öffnete sie die Tür und schob meinen Vater nach draußen, bevor der sich noch mehr verquasselte. Vielleicht konnte ich ihn an Ostern überreden, mich vom Internat zu nehmen.

Als am Abend das weiße Schloss wie in einem Märchen hinter den knorrigen Bäumen auftauchte, begann mein Herz schneller zu schlagen. Freute ich mich, wieder hier zu sein? Es fühlte sich beinahe so an. Oder war es Angst? Aber wenn, wovor – oder vor wem?

Energisch schob ich meine Befürchtungen beiseite: Vielleicht wurde ich ja positiv überrascht. Ich bezahlte den Taxifahrer und schnappte mir meinen neuen Lederrucksack vom Rücksitz. Meine Mutter hatte ihn extra für mich anfertigen lassen, damit er zu meinen rotbraunen Stiefeln passte. Ich mochte ihn auf Anhieb.

Es wartete mehr als eine Überraschung auf mich.

Die erste überbrachte Frau Schlatter. Sie fing mich ab und informierte mich, dass meine Sachen aus Italien endlich angekommen waren und in meinem neuen Zimmer im Gelben Haus für mich bereitstanden.

Die zweite Überraschung war, dass Hannah – meine Mitbewohnerin – unsere gemeinsame Behausung offensichtlich für sich allein beanspruchte. Sie hatte das ganze Zimmer im Barbie-Style eingerichtet. Barbierosa Wände, ein pastellblau lackierter

Beistelltisch mit zwei rosa-weißen Sitzkissen im Kuhdesign auf einem rosaroten Flokatiteppich. *Autsch!*

Ich beruhigte meine Sehnerven mit einem Blick auf den weißen Schrank und das mit Kartons beladene Bett in der Ecke, das wohl mir gehörte, trat ins Zimmer und schloss die Tür.

»Kannst du nicht anklopfen, bevor du in ein fremdes Zimmer stürmst?!« Erst jetzt entdeckte ich das platinblonde Mädchen, das sich auf einer – natürlich rosafarbenen – Tagesdecke die Fingernägel lackierte. »Aber was kann man von jemandem aus der italienischen Provinz schon anderes erwarten?«

Mit einem verächtlichen Zug um die Lippen stand sie auf, während sie ihre Nägel trockenblies. »Und lass bloß deine Finger von meinen Sachen! Außerdem würde ich dir raten, dich zu beeilen und aus meinem Zimmer zu verschwinden, bevor ich zurück bin.«

Mir klappte die Kinnlade runter. Ich war zu verblüfft, um eine schlagfertige Antwort zustande zu bringen, und noch bevor ich Luft holen konnte, räkelte sie sich zur Tür hinaus.

Was hatte ich ihr getan? Sie kannte mich doch gar nicht! Dass sie nicht gerade erpicht darauf war, das Zimmer mit mir zu teilen, war mir nach dem zerrupften Kissen schon klar gewesen, obwohl ich – blöd, wie ich war – gehofft hatte, dass jemand anderes die Dachkammer verwüstet hatte. Anscheinend ging der Scherz doch auf ihr Konto. Ob sie auch mein altes Handy geklaut hatte? Zutrauen würde ich es ihr – allerdings war es rot, nicht rosa!

Ich warf meinen neuen Rucksack auf den leeren Schreibtisch, atmete dreimal tief durch, bis ich ruhiger wurde, und begann die erste meiner fünf Kisten auszupacken. Doch als ich meinen Kleiderschrank öffnete, verschwand meine erzwungene Ruhe. Die Hälfte meines Schranks war mit Hannahs Klamotten gefüllt!

Mein Magen rollte sich zusammen, wie immer, wenn ich am

liebsten jemanden angeschrien oder auf etwas eingehämmert hätte. Aber ich hatte gelernt, mit meiner Wut umzugehen, sonst wäre ich bestimmt noch öfter in einen Busch geschubst worden, bevor Philippe zu meinem Beschützer ernannt wurde.

Beinahe gelassen pflückte ich Hannahs teure Designerkleidung von den Bügeln und drapierte sie über ihre Barbie-Kuh-Möbel, bevor ich zufrieden mein Werk betrachtete und mich ans Auspacken machte.

Dabei erlebte ich eine weitere Überraschung – eigentlich war es eher ein ungutes Gefühl. Bei den Teilen aus den Kisten bemerkte ich noch keinen Unterschied, als ich jedoch meinen alten Reiserucksack auspackte, lief mir ein eisiger Schauer die Arme hinauf. Es waren meine Sachen, aber sie rochen nicht so, wie sie sollten. Alles gehörte mir, auch die Schuhe und Bücher, doch selbst meine Schultasche roch anders. Fremd. Ich konnte nicht einmal sagen, ob gut oder schlecht, als fehlte mir die Erinnerung an diesen Geruch. Hatte meine Amnesie auch Auswirkung auf meine Sinne?

Ich ließ mich auf mein Bett fallen und ignorierte mein wiederauftauchendes Kopfweh – es hätte mich am Nachdenken gehindert.

Hatte ich irgendetwas getan, das ich verdrängte? Weil es so übel war? Wusste Hannah mehr als ich und war deshalb so ätzend zu mir? Gut informiert war sie jedenfalls, aber auf einem Internat war das wohl zu erwarten.

Ich stand auf und ordnete meine Schulsachen auf dem Schreibtisch neu. Verdammt – ich *musste* mich erinnern! Also kramte ich weiter in meinem Gedächtnis: Versteckt hinter dem Pflanzkübel hatte ich den – zumindest von hinten – heißen Typen beobachtet, wie er unter der Treppe hervorkam. Ich stutzte. Unter der Treppe? Was sollte da sein?

Mein Schädel brummte, als mir endlich einfiel, dass ich irgendetwas – mich vielleicht – vor Hannah in Sicherheit bringen wollte. Und obwohl der Gedanke, hierzubleiben und Hannah die Stirn zu bieten, mich reizte, trieb es mich ins Schloss. Die Konfrontation mit Hannah konnte warten – ausbleiben würde sie auf keinen Fall.

Während des Abendessens war nicht viel Betrieb im Foyer, und ich konnte unbemerkt hinter der Treppe verschwinden. Die vertäfelte Wandtür fand ich sofort, und als ich mit dem Rücken an die Tür gelehnt in dem dunklen Raum stand, war ich mir sicher, dass hier Stufen nach unten führten.

Zielsicher fand meine Hand den Lichtschalter und knipste die funzelige Glühbirne an. Sie erhellte das Chaos nur unzureichend, aber es genügte, um mich in einen schockartigen Zustand zu versetzen. Eimer, Lappen, Besen, Wischmopps, Putzmittel, alles, was man in einer Besenkammer vermutete, türmte sich bis zur Decke – keine Stufen, keine Treppe!

Mein Kopf dröhnte in Höchstform. Vorsichtshalber stützte ich mich an der Wand ab und schloss die Augen. Ich war mir so sicher gewesen!

Um meine tobenden Nerven zu beruhigen, atmete ich tief durch. War mein Unfall daran schuld? Versuchte ich, die fehlenden Tage durch Fantasiegespinste zu ersetzen?

Ein zweiter Blick auf den Abstellraum bestätigte, dass ich mitten in einer Besenkammer stand. Ich tickte wohl nicht mehr richtig. Hoffentlich ging das wieder vorbei.

Ich hatte die Wandtür schon einen Spalt breit geöffnet, als mein Bauchgefühl meinen Verstand besiegte. Kurze Zeit später waren sämtliche Eimer, Besen und sonstigen Teile, die den Zugang zu meiner Fantasietreppe versperrten, weggeräumt. Das Ergebnis war frustrierend. Nichts, auch nicht das kleinste Anzeichen, dass hier jemals Stufen nach unten geführt hatten. Alte dunkelbraune Holzdielen mit fleckigen Rändern waren das Einzige, was zum Vorschein kam.

Nachdem ich alles an seinen Platz zurückgeräumt hatte,

fühlte ich mich ziemlich angeschlagen. Schlimm genug, dass mein Gedächtnis eine Lücke aufwies, nun konnte ich mich nicht einmal mehr auf meine Erinnerungen verlassen.

Schon bevor ich unser gemeinsames Zimmer betrat, erreichten mich Hannahs wilde Flüche. Kampfbereit ballten sich meine Hände zu Fäusten. Ich war in bester Streitlaune.

»Du Miststück! Ausgerechnet so eine Provinzassel wie dich hat man mir aufs Zimmer gesteckt!«, begrüßte sie mich.

»Bestimmt, weil ich die Einzige bin, die es nicht abgelehnt hat, mit dir ein Zimmer zu teilen.«

Das saß. Hannahs rosafarben bemalter Mund schnappte nach Luft und suchte verzweifelt nach einer Antwort. Ich drehte ihr den Rücken zu – zufrieden über ihre Sprachlosigkeit –, bevor mir selbst der Atem wegblieb. Während meiner Abwesenheit hatte Hannah ihre Kleider eingesammelt und in ihrem eigenen Schrank verstaut. Aber sie hatte sich nicht nur um ihre Klamotten gekümmert, sondern auch um meine. Hinter den offen stehenden Schranktüren starrte mir gähnende Leere entgegen.

»Was hast du mit meinen Sachen gemacht?« Obwohl mein Magen erneut begann, zu rebellieren, blieb ich ruhig – fast so, als wäre Philippe an meiner Seite.

Hannah trippelte wie ein kleines Mädchen in zu hohen Stöckelschuhen auf mich zu und kräuselte ihren Mund zu einem widerwärtigen Grinsen.

»Weißt du, erst einmal möchte ich mich bei dir bedanken, dass du deinen Fummel nicht mit meinen Kleidern zusammen aufgehängt hast«, säuselte sie honigsüß. »Wer weiß, ob sie jemals wieder tragbar gewesen wären? Übler Gestank kann oft jahrelang haften bleiben. Um mich zu revanchieren, wollte ich dir etwas Gutes tun – leider ohne großen Erfolg, fürchte ich.«

»Was hast du mit meinen Sachen gemacht?«, wiederholte ich. Äußerlich noch immer gelassen, war mein Magen inzwischen ein harter Klumpen.

»Oh, ich hab nur versucht, sie zu waschen.«

»Wo?«

»In der Dusche.«

Ich ließ Hannah, die mit ihrer gehässigen Tat offensichtlich zufrieden war, stehen und eilte zum Duschraum. Unter dem tropfenden Duschkopf türmten sich in den aufgeweichten Kartons meine völlig durchnässten Klamotten. Der Anblick meines neuen Rucksacks, der jetzt formlos in sich zusammengesunken oben auf einem der triefenden Kleiderstapel lag, trieb mir Zornestränen in die Augen. Doch wenn ich gegen Hannah bestehen wollte, durfte ich mich nicht auf ihre fiesen Spielchen einlassen. Also biss ich die Zähne zusammen, drängte meine aufsteigende Wut zurück und bemühte mich, *nicht* an Rache zu denken.

Nachdem ich die Kartons ins Trockene gezerrt hatte, sortierte ich die Teile in brauchbar, vielleicht brauchbar und Müll. Die ruinierten Sachen entsorgte ich, den Rest trug ich in die Waschküche, um ihn zum Trocknen aufzuhängen. Anschließend stärkte ich mich in der Kantine an dem, was meine Mitschüler übrig gelassen hatten. Nun war ich bereit.

Der Aufenthaltsraum erschien mir genau der richtige Ort, um meine Stellung zu behaupten. Ich ließ mich laut in einen der schwarzen Clubsessel fallen – direkt gegenüber von Hannah, die auf der überdimensionalen Lümmelcouch mit ein paar Jungs flirtete.

»Was machst *du* denn hier?«, platzte sie heraus, als sie mich bemerkte.

»Warum? Hast du Angst, ich könnte dir in die Quere kommen? Keine Sorge, ein Internat kann nur eine Xanthippe verkraften.«

»Du meinst doch nicht etwa mich?«, trällerte Hannah. »Wenn ich mich nicht irre, bist du hier das *No-go*, für das sich keiner interessiert und das niemand vermisst. Also verschwinde – du bist hier nicht erwünscht!«

Die Gespräche in dem gut gefüllten Raum verstummten angesichts der drohenden Auseinandersetzung. Abschätzende Blicke trafen mich, die klarmachten, dass niemand mir zutraute, gegen Hannah zu bestehen. Das spornte mich an.

»Auch wenn du wahrscheinlich daran gewöhnt bist, dass alles so läuft, wie du es gerne hättest, werde *ich* nicht nach deiner Pfeife tanzen. Ob dir das passt oder nicht!«

Mit verschränkten Armen trotzte ich Hannahs hochnäsigem Blick. Es würde ihr nichts anderes übrigbleiben, als meine Gegenwart zu akzeptieren. Kampflos ergab sie sich natürlich nicht.

»Da hat wohl jemand seinen ganzen Mut zusammengenommen. Aber bleib nur hier – Asylantenkind.«

Darauf kannst du Gift nehmen, Prinzessin Viel-zu-lange-verwöhnt. Ich verbiss mir meinen Kommentar. Sollte sie doch glauben, etwas Besseres zu sein, weil ihre Eltern offenbar nicht nur das Internat bezahlen, sondern, ihrer Kleidung nach zu urteilen, es sogar kaufen konnten. Mich ließ das kalt – sollte es zumindest. Aber als sich zu der Gruppe um Hannah noch einige Mädchen scharten, die mich mit unverhohlener Abneigung anstarrten, fühlte ich mich schon ein wenig allein auf meinem Sessel. Trotzdem blieb ich sitzen.

»Das hast du gut gemacht. So was hat sie schon längst verdient«, flüsterte mir jemand ins Ohr.

Ich zuckte zusammen.

»Ich bin's nur, Marisa. Komm, lass uns von hier verschwinden, bevor ihr Hofstaat sich zusammenrottet.«

»Ich kann nicht – noch nicht.« Marisa nickte. Sie verstand, dass ich nicht klein beigeben wollte, und setzte sich auf den Hocker neben mir.

Marisa und ich waren nicht die Einzigen, die mit Hannah ein Problem hatten. Juliane, Florian und Max – allesamt Freunde von Marisa – hatten anscheinend nur darauf gewartet, dass jemand den Mut aufbrachte und sich vor gesammelter Mannschaft gegen sie stellte.

»Willkommen im Anti-Hannah-Club«, begrüßte mich Max. »Du hast schneller als ich herausgefunden, wie sie tickt.«

»Kein Wunder. Sie muss ja auch ein Zimmer mit ihr teilen«, erklärte Juliane, ein hellhäutiges Mädchen mit aschblonden Haaren und einem schmalen Gesicht. »Du tust mir echt leid«, tröstete sie mich. »Aber wir haben immer einen Platz in unserem Zimmer, falls du es nicht mehr mit ihr aushältst.«

Eine halbe Stunde später kam ich auf das Angebot zurück, und wir machten es uns bei Juliane und Marisa gemütlich, knabberten Chips, tranken Fruchtshakes und *beschnupperten* uns. Sie waren okay. Alle vier.

Als Hannah lange nach mir unser Zimmer betrat, lag ich bereits in meinem Bett und stellte mich schlafend. Am nächsten Morgen würde mein Durchsetzungsvermögen erneut auf die Probe gestellt werden.

Ich hatte wahllos einen von Hannahs Pullovern aus ihrem Schrank gezogen – meiner hatte rote Kirschsaftflecken und meine anderen Sachen waren noch nass. Eine ihrer Jeans anzuprobieren, konnte ich getrost vergessen: Ihren ausgeprägten XXL-Rundungen hatte ich nur sanfte Hügel entgegenzusetzen.

Nach einem Blick in den Spiegel bereute ich jedoch meine voreilige Entscheidung. Der raffinierte Ausschnitt enthüllte mehr, als er verbarg, doch es war zu spät – Hannah kam gerade aus dem Badezimmer zurück.

»Was fällt dir ein?!«, fauchte sie. »Zieh sofort meinen Gucci-Pullover aus!«

»Das würde ich ja gerne, aber leider hab ich nichts zum Anziehen. Irgendwer hat gestern meine Kleider ruiniert.«

»Kleider? No-names! Los, her mit meinem Pulli!«

»Bist du dir sicher? Bestimmt interessiert es die Internatsleitung, wie meine neue Mitbewohnerin mich aufgenommen hat.«

Hannah erblasste. Doch sie fasste sich schnell wieder und drohte mir: »Das wagst du nicht!«

Ihr Blick wurde mörderisch. Die Folgen, wenn ich petzte, wollte ich mir lieber nicht ausmalen, aber zurückstecken konnte ich auch nicht.

»Und warum nicht? Weil du dann dafür sorgst, dass ich von der Schule fliege?« Ich lachte. »Glaub mir, das wäre mir so was von egal!« Ohne ihre Antwort abzuwarten, drehte ich mich um und ließ die fassungslose Hannah einfach stehen.

»Wow! Du hast dich aus Hannahs Kleiderschrank bedient?«, begrüßte mich Juliane in der Kantine.

Nicht nur ihre Augen blieben auf dem Oberteil hängen. Ich versuchte, den Ausschnitt unauffällig nach oben zu ziehen.

»Lass das«, raunte Marisa leise und setzte sich mit Toast, Frühstücksei und Kaffee neben mich. »Du siehst aufsehenerregend aus. Hannah ist schon ganz grün vor Neid.«

Mit einem Kopfnicken deutete sie zum Nachbartisch. Und tatsächlich starrte auch Hannah mich an – stocksauer! Ich musste zugeben, dass mir ihre Reaktion gefiel, auch wenn es bestimmt nur an dem Schaut-her-was-ich-zu-bieten-habe-Pulli und den damit verbundenen Blicken der Jungs lag.

Mein Mathelehrer, Herr Julzke, war weniger begeistert – vielleicht hielt er auch nur Mädchen mit aufreizender Kleidung für unbegabt in Mathe. Er liebte es, zu Beginn jeder Stunde ein paar Aufgaben zu stellen, bei denen Kopfrechnen gefragt war – nicht gerade meine Stärke.

»Im Süden Europas nimmt man's wohl nicht so genau mit dem Rechnen. Da musst du noch etwas nacharbeiten«, verkündete er betont nachsichtig, während er mir den Test zurückgab.

Ich unterdrückte eine bissige Bemerkung über seine Vorurteile, beschloss, ihn von meinen mathematischen Fähigkeiten zu überzeugen, und meldete mich besonders oft – Integralrechnung kannte ich schon.

Englisch war besser. Frau Kupferberg, eine quirlige Mittdreißigerin, war ganz zufrieden mit meinen Sprachkenntnissen, vor allem mit meiner Aussprache. Gut, dass meine italienische Lehrerin in Oxford studiert hatte.

»Habt ihr ihn schon gesehen?« Juliane war ganz aufgekratzt, als Marisa und ich sie auf dem Weg zur Schulversammlung aufgabelten. Ihr ansonsten so fahles Gesicht schimmerte rosig, was ihr ausgesprochen gut stand.

»Wen?«

»Den Neuen!«

Marisa runzelte die Stirn. Julianes überschwängliche Begeisterung überraschte sie. »Noch nicht. Aber wie's aussieht, hat er bei dir einen bleibenden Eindruck hinterlassen – und das, nachdem ich schon dachte, dir müsste erst noch einer gebacken werden. Bist du auch so kompliziert?«, fragte sie mich.

»Eigentlich nicht – nur wählerisch.« Ziemlich wählerisch, also genau betrachtet: kompliziert.

»Anscheinend habt ihr Konkurrenz bekommen«, zog Marisa Max und Florian auf, die in der Aula auf uns warteten.

Max, der nicht gerade Modelmaße besaß, grinste breit. Florian hingegen warf Marisa einen missmutigen Blick zu – irgendwie hatte ihre Behauptung ins Schwarze getroffen. Der Neue musste wahrlich ein Prachtexemplar sein, sonst hätte der durchtrainierte Florian, der sicher schon vielen Mädchen den Kopf verdreht hatte, anders reagiert.

Nicht nur ich wurde neugierig. Fieberhaft suchte Marisa mit ihren wasserblauen Augen die Reihen ab, und auch ich begann Ausschau nach unserem *Neuen* zu halten.

Massenweise verdrehte und verrenkte Mädchenhälse entdeckte ich, nur keinen, an dem ihr Blick klebte. Selbst Hannah, die mit ihrer Röhrenjeans und der eng anliegenden Bluse ihre Kurven besonders gut zur Geltung brachte, schaute sich um, anstatt einfach dazustehen und die Blicke auf sich zu ziehen.

Frau Germann eröffnete die Schulversammlung und zog die gesammelte Aufmerksamkeit auf sich – zumindest die der Mädchen –, da sie nicht allein erschienen war. Sie hatte Raffael Montecelli, den neuen Schüler, mitgebracht. Er kam mir irgendwie bekannt vor, was wohl daran lag, dass er aus Italien kam – wie ich.

Juliane entfuhr ein leiser Seufzer, und auch ich musste zugeben, dass der Typ seinem vorausgeeilten Ruf gerecht wurde. Wie er da so lässig und souverän mit seinen halblangen, schwarz gewellten Haaren neben der Direktorin stand, hatte schon etwas Anziehendes an sich. Er war breitschultrig, hatte dennoch schmale Hüften und überragte unsere großgewachsene Direktorin beinahe um einen Kopf.

»Sieht er nicht umwerfend aus?«, fragte Juliane, ohne den Blick von Raffael zu wenden.

Ich grummelte ein »Ja, der ist schon ganz okay«, woraufhin sich Florians Gesichtszüge deutlich entspannten.

»Ganz okay? Brauchst du eine Brille?« Juliane warf mir einen verständnislosen Blick zu und wandte sich an Marisa – mein Kommentar war wohl zu wenig begeistert ausgefallen. »Aus der Nähe sieht er noch besser aus. Und hast du schon bemerkt, wie lecker er riecht? Wie eine frisch gefällte Tanne«, erklärte sie verzückt.

Ich unterdrückte ein Grinsen, als ich mir meinen neuen Mitschüler mit Christbaumkugeln, Lebkuchenherzen und Lametta geschmückt vorstellte.

Florian verarbeitete Julianes Schwärmerei weniger dezent. »Anscheinend benutzt er das richtige Deo!«

Max und ich prusteten gleichzeitig los, als er Massen unsichtbaren Parfums in die Luft sprühte und lasziv mit den Hüften kreiste, woraufhin Juliane uns für den Rest der Schulversammlung nicht weiter beachtete.

Raffael zog auch im Unterricht die Aufmerksamkeit auf sich. Juliane und ich hatten Französisch, Geo und Informatik mit ihm. Ihr Enthusiasmus ging auch mir langsam auf die Nerven. Ständig informierte sie mich über die neuesten Ereignisse, die ich selbst vor Augen hatte: Mit wem Raffael sprach oder gesprochen hatte, wem er ein Lächeln zuwarf oder wer mit ihm gemeinsam zum Unterricht gegangen war und neben ihm saß.

»Vielleicht solltest du ihn einfach mal ansprechen«, schlug ich vor, um ihren Redefluss zu unterbrechen.

»Ich?!«

»Klar, wo ist dein Problem? Nicht jeder steht auf Hannah Platinblond.«

Am Ende der Stunde hielt ich ihre Begeisterung nicht länger aus. Ich schnappte mir Juliane und verstellte Raffael den Weg.

»Hallo«, begrüßte ich ihn. »Willkommen in Torgelow. Ich bin Lynn, und das ist meine Freundin Juliane.«

Ich schubste Juliane unauffällig in seine Richtung, doch sie brachte nur ein gestammeltes »Hi« zustande.

»Ich habe mich schon gefragt, wann ich die zwei hübschen Mädchen aus der hinteren Reihe kennenlerne«, erwiderte Raffael mit einem hörbar italienischen Akzent und ließ seine Augen über meinen enganliegenden, viel zu tief ausgeschnittenen Hannah-Pullover gleiten.

Ich verzog meinen Mund zu einem müden Lächeln – sein italienischer Charme imponierte mir nicht, dazu hatte ich zu lange in Italien gelebt –, aber Julianes Blick schien geradezu an seinen Lippen zu kleben. Das konnte ja heiter werden! Ihr hatte es doch tatsächlich die Sprache verschlagen! Also musste ich aktiv werden, um die peinliche Pause zu füllen.

»Ich kann verstehen, dass du am Anfang noch etwas schüchtern bist, da ich auch noch nicht allzu lange hier bin«, konterte ich – keine gute Eröffnung.

»Dann haben wir also etwas gemeinsam?«

»Scheint so«, antwortete ich unsicher. Seine Stimme hatte einen weichen Klang angenommen, den ich mochte, obwohl ich das eigentlich nicht wollte.

»Und sie kommt auch aus Italien – wie du«, warf Juliane verträumt dazwischen.

Ich verdrehte die Augen. Musste sie ihm auch noch das Stichwort liefern?

»Wirklich? Du sprichst akzentfrei Deutsch!«, antwortete Raffael, ohne Juliane eines Blickes zu würdigen, während seine schwarzen Augen versuchten, mich zu hypnotisieren.

»Das ist eine lange Geschichte«, wehrte ich ab.

»Nun bin ich erst recht neugierig. Lass uns zusammen mittagessen«, schlug er vor.

Gezwungenermaßen willigte ich ein. Schließlich war er neu und kannte niemanden. Außerdem wollte ich nicht unhöflich sein.

Juliane verkrümelte sich, da die Einladung eindeutig an mich gerichtet war, und ich verbrachte ungewollt die Mittagspause mit Raffael – was mir ziemlich viele giftige Blicke einbrachte. Die Tatsache, dass ich ein paar Jahre im selben Land wie er gelebt hatte, schien für ihn Grund genug zu sein, sich eingehend mit mir zu beschäftigen.

Ich beschleunigte das Ganze und schlang mein Essen hinunter, während ich erzählte, wie ich nach Italien und danach aufs Internat gekommen war. Anschließend hastete ich zu Marisa und Juliane, beschwerte mich über Raffaels Aufdringlichkeit und seine langweilige Gesellschaft – was gelogen war, denn eigentlich war er ein ganz passabler Gesprächspartner.

Juliane glaubte mir nicht.

»Warum bist du dann mit ihm essen gegangen, wenn du ihn so *schrecklich* findest?«

»Hallo? Du warst doch dabei! Es wär ziemlich unfreundlich gewesen, wenn ich ihn abgewimmelt hätte.«

»Bestimmt hätte er Ersatz gefunden«, erwiderte Juliane sarkastisch. »Im Übrigen fand ich es nicht gerade nett von dir, dass du mich vorgeschoben hast, um ihn anzuquatschen.«

»Wie kommst du bloß auf die Idee?« Ich brauchte eine Weile, um ihre Anschuldigung zu verarbeiten. Sie hatte zwar anquatschen gesagt, aber anmachen gemeint.

»Weil es mehr als offensichtlich ist, dass du was von ihm willst!«

Ich schaute an mir herunter. Da war was dran – auch wenn das mit dem Pulli nicht geplant war, sah ich so aus, als hätte ich vor, jemanden aufzureißen.

Natürlich ging ich sofort zur Waschküche im Schlosskeller, um nach meinen Sachen zu sehen und mich umzuziehen. Bis auf meinen neuen Rucksack, der aussah wie verschrumpelte Hühnerhaut, war alles trocken. Mit der ersten Ladung auf dem Arm lief ich durchs Foyer, vorbei an der Wandtür, hinter der die Besenkammer lag – und die nicht vorhandene Treppe. Beim dritten Mal hielt ich es nicht länger aus und warf einen Blick hinein. Natürlich gab es immer noch keinen Zugang nach unten, aber ich konnte mich wieder daran erinnern, dass ich meine Abschiedsgeschenke vor Hannah in Sicherheit bringen wollte. In meinem Reiserucksack waren sie nicht mehr – und irgendwo musste ich sie ja versteckt haben. Nur wo, fiel mir einfach nicht ein.

Meine erste Schulwoche auf dem Internat wurde ziemlich stressig. Abgesehen davon, dass ich mich bemühte, Hannah aus dem Weg zu gehen – weshalb ich mein Zimmer nur zum Schlafen benutzte –, holten mich meine *Wissenslücken* ein. Frau Germann verordnete mir nach unangekündigten Kontrolltests Extrastunden in Französisch, Biologie und deutscher Rechtschreibung. Auch am Wochenende.

Anstatt mit Marisa, Max und Florian meine ersten Schritte auf dem zugefrorenen See zu wagen, saß ich jeden Nachmittag im Studierzimmer und lernte. Mit Raffael. Auch er hatte einiges nachzuholen. Zudem war ich für ihn wohl so anziehend wie ein Magnet: Nicht nur, dass er mit mir die Zeit bis zum Abendessen verbrachte und sich danach in der Kantine zu mir setzte – was ich und vor allem Juliane völlig in Ordnung fanden. Immer wenn ich versuchte, unbemerkt im Besenschrank zu verschwinden, tauchte er auf.

Erst nach meinem Pflichtanruf – seit dem Unfall bestanden meine Eltern darauf, dass ich mich jeden Freitag meldete –, gelang es mir, Raffael abzuschütteln. Ich behauptete, wegen Kopfschmerzen früh ins Bett zu wollen. Davor hatte ich dafür gesorgt, dass er in *angenehmer* Gesellschaft war, indem ich ihn in den Aufenthaltsraum schleppte, wo ein paar Mädchen sich sofort auf ihn stürzten.

Ich wollte mir den Putzmittelraum noch einmal genauer anschauen. Meine Überlegungen hatten mich immer wieder in einen darunterliegenden, nicht existierenden Kellerraum mit allen möglichen Kuriositäten geführt. In bester Erinnerung waren mir ein mannshoher Spiegel und eine Harfe geblieben. Ich war über sie gestolpert und hatte mir – wie so oft in letzter Zeit – den Kopf angestoßen. Eventuell hatte sich schon damals mein Gedächtnis getrübt, obwohl die Bilder vom Zusammenstoß mit dem Instrument zu lebhaft waren, um sie nur geträumt zu haben.

Mit größter Sorgfalt strich ich über den Boden des Putzraums. Nichts, keine Vertiefung, keine Erhebung, keine Unregelmäßigkeiten. Wenn hier jemals eine Treppe nach unten geführt haben sollte, hatte jemand wirklich gute Arbeit geleistet!

Schon in der Woche darauf stand die erste Prüfungswelle an. Sonderbarerweise häuften sich Klassenarbeiten immer, egal auf welche Schule man ging.

Marisa hatte mir angeboten, mit ihr und Juliane zu lernen. Ich willigte dankbar ein. Eine Unterstützung in Französisch hatte ich bitter nötig, und ich war gerne bereit, mit meinen Mathekenntnissen zu helfen. Zudem konnte ich so Raffaels Bitte, gemeinsam mit ihm zu üben, ablehnen, ohne lügen zu müssen. Auf keinen Fall wollte ich Juliane noch mehr Grund zur Eifersucht geben: Ich hatte schon den vorigen Abend komplett mit ihm verbracht. Er hatte eines meiner Lieblingsthemen angeschnitten – italienische Kunst –, weshalb ich länger mit ihm zusammenblieb, als ich beabsichtigt hatte.

»O Mann! Langsam wird mir die Büffelei zu viel«, seufzte Marisa.

»Allerdings. Ich nehm mir morgen Nachmittag frei. Sonst werd ich niemals fertig und sitz hier noch die ganze Nacht«, erwiderte Juliane, die sich mit Max und Florian im Gemeinschaftsraum verabredet hatte – wo auch Raffael sein würde.

Obwohl er sich deutlich weniger mit den anderen unterhielt als mit mir, verstand Raffael es, seinen Charme in der nötigen Dosierung einzusetzen, um das Interesse erstaunlich vieler Mädchen aufrechtzuerhalten. Auch wenn er für mich davon immer eine besonders große Portion reserviert hatte!

»Du willst schwänzen? Und wenn dich jemand erwischt?«, nahm ich Julianes Ankündigung auf. Mich interessierte, welche Konsequenzen Blaumachen hatte.

Juliane lachte über meine Naivität. »Wenn du mir sagst, wie man Magenschmerzen nachweist? Du darfst dich nur nicht draußen erwischen lassen, sonst gibt's Arbeitsdienst.«

Ich widerstand am nächsten Tag, mein Kunstprojekt zu schwänzen und mich auf die kommende Klausur vorzubereiten. Deutsch würde schon irgendwie hinhauen.

»Meinst du nicht, dass die Flügel etwas zu groß geraten sind?« Frau Kluck, unsere Kunsterzieherin, inspizierte die Skizze für meine Projektarbeit mit einem abschätzenden Blick durch ihr rot gerahmtes Brillengestell.

»Nein, ich glaub nicht«, erwiderte ich selbstbewusst. Ich mochte die Größe der Flügel. Sie passten zu der Engelsskulptur, die ich modellieren wollte.

Frau Kluck verzog nachdenklich ihre akkurat gezupften Augenbrauen. »Du solltest dir eine Vorlage suchen – bei Tintoretto vielleicht, der hat viele Engel gemalt – und nicht ganz so viel von deiner Fantasie miteinfließen lassen. Vor allem bei den Flügeln!«

Ich ersparte mir einen Kommentar. Frau Kluck zog weiter, und ich atmete erleichtert auf. Wozu gab es künstlerische Freiheit? In meinen Augen waren die Flügel perfekt. Tintoretto hin oder her.

Um uns bei Laune zu halten, hatte sich die Schulleitung für die jährlichen Kulturtage etwas Besonderes einfallen lassen: ein langes, lateinamerikanisches Wochenende.

Mehrere Südamerikaspezialisten, darunter ein Geschichtsprofessor für präkolumbische Kultur, der Übersetzer eines bekannten brasilianischen Autors und eine argentinische Tanzlehrerin, waren eingeladen. Zudem gab es chilenisches Essen.

Überraschenderweise war der Vortrag des grauhaarigen Geschichtsprofessors spannender als die Lesung. Er stellte uns Chan Chan vor, eine gigantische Wüstenstadt in Peru. Der Tanzunterricht übertraf jedoch alles.

Meine Klassenstufe sollte Tangotanzen lernen! Die meisten der Mädchen brezelten sich auf wie für einen Tanzabend. Ich hatte meine Jeans anbehalten. Juliane, deren pastellfarbenes Kleid ausgesprochen gut zu ihren hellen Haaren passte, warf mir einen kritischen Blick zu.

»Du hättest ruhig auch einen Rock anziehen können. Immerhin hast du ja welche in deinem Schrank hängen.«

»Die sind ausschließlich für Schönwetterperioden reserviert. Bei diesen Arktistemperaturen ist es mir im Rock viel zu kalt – und Strumpfhosen hasse ich!«

Marisa stieß zu uns. »Ich auch«, bekräftigte sie und stolzierte in ihren Stilettos und ihrer ausgeblichenen Stretchjeans neben uns zum Festsaal.

Der Raum war mit schwarzen Fächern, roten Tüchern und künstlichen Blumen auf den Tischen geschmückt und wirkte tatsächlich ein wenig lateinamerikanisch – wenn man die florale Wandbemalung, die Brokatvorhänge und den Kronleuchter ignorierte. Vielleicht hätte ich wenigstens andere Schuhe anziehen sollen.

Natürlich fiel der Blick der strengen Tanzlehrerin, die ihre schwarzen, von silbergrauen Strähnen durchzogenen Haare zu einem schlichten Knoten geschlungen hatte, auf meine Füße.

»Beim nächsten Mal bitte ich alle Teilnehmer, passendes Schuhwerk zu tragen. Turnschuhe lasse ich dann nicht mehr durchgehen!«

»Beim nächsten Mal?«, flüsterte ich Marisa ins Ohr.

»Ja. Hast du denn bei der Schulversammlung nicht zugehört? Der Kurs wird jeden Donnerstag fortgesetzt und endet mit einem Abschlussball vor den Pfingstferien.«

»Was?« Mein entgeisterter Aufschrei lenkte erneut die Aufmerksamkeit der Tanzlehrerin auf mich. Ich verstummte augenblicklich, lächelte und ließ mir meinen Schock nicht anmerken. Paartanz war nicht mein Ding.

Im Anschluss an die erläuternde Einführung teilte die Argentinierin jedem von uns einen Partner zu. Ich bekam Harald, einen plumpen Tollpatsch, der besser aussah, als er tanzen konnte, und war froh, Sneakers zu tragen. In meinen offenen Sandalen – den einzigen Schuhen mit hohen Absätzen, die ich dabeihatte – wären meine Zehen bei weitem nicht so gut geschützt gewesen.

Nach einer kurzen Pause durften wir Mädchen unseren Partner selbst wählen. Ich wollte Max auffordern, der schon einen Tanzkurs hinter sich hatte und mir mit Sicherheit seltener auf die Füße trampeln würde als Harald. Er stand neben Raffael. Ich vermied, Max ein Zeichen zu geben – nicht dass Raffael etwas missverstand –, und kämpfte mich durch den Raum.

Ausgestreckte Beine, am T-Shirt und meinen Haaren zerrende Hände behinderten mich. Hannah hatte ihr Gefolge gut im Griff. Noch bevor sich ein Mädchen Raffael nähern konnte, wurde es aufgehalten. Bei mir waren sie besonders gründlich. Ein Büschel Haare und mindestens zwei blaue Flecken musste ich einstecken. Ich blieb ruhig – was mir extrem schwerfiel. Aber Gelassenheit würde Hannah sicher mehr ärgern als jeder Wutanfall.

Natürlich war sie die Schnellste beim Gerangel um Raffael. Mit siegessicherem Lächeln blickte sie auf ihre Untertanen – einschließlich mir – und ließ sich von Raffael, der sich als ausgezeichneter Tangotänzer entpuppte, über das Parkett schieben.

Max war noch solo, als ich ihn endlich erreichte. Er war mir eine große Hilfe, da ich – außer in der Diskothek – noch nie getanzt hatte. Geduldig bugsierte er mich in die richtige Richtung, wenn ich mal wieder einen anderen Weg einschlagen wollte.

In der Pause kam Juliane mit erhitztem Gesicht an unseren Tisch und stürzte ihre Cola hinunter. Auch ihr war Hannahs Getrickse und wie dicht sie mit Raffael getanzt hatte, nicht entgangen. Sie kochte vor Wut.

Gut, dass ich andere Probleme hatte – wie meine Gedächtnislücke zum Beispiel. Vielleicht gab es da aber auch gar nichts Besonderes, und ich sollte endlich aufhören, mir meinen Kopf darüber zu zerbrechen.

Ich warf Max einen auffordernden Blick zu, als die Jungs die

Wahl hatten. Raffael, der am Nebentisch Platz genommen hatte, kam ihm zuvor.

»Darf ich bitten?«, fragte er mit einer eleganten Verbeugung und hielt mir seine Hand entgegen.

Ich nickte – schließlich war uns vorher ausdrücklich erklärt worden, dass es unhöflich war, abzulehnen – und stand auf, ohne Juliane anzusehen. Ihren Gesichtsausdruck konnte ich mir auch so vorstellen. Vielleicht sollte ich sie mit Raffael verkuppeln, dann wäre sie sicher ein wenig entspannter.

»Ich habe zugesehen, wie du tanzt«, begann Raffael, nachdem er mich an der Hand genommen und wir die ersten gemeinsamen Schritte hinter uns hatten.

»Ach ja? Kaum zu glauben, dass du bei Hannahs Zuwendung dazu in der Lage warst.«

Raffaels Mund verzog sich zu einem breiten Grinsen. Gleichzeitig hob er fragend eine Augenbraue.

Ich stutzte. Dachte er etwa, ich wäre eifersüchtig? Ich geriet aus dem Konzept und tanzte nach hinten anstatt zur Seite. Raffael glich meinen Fehltritt gekonnt aus und verstärkte den Druck seiner Hände.

»Mit der richtigen Führung würdest du schnell lernen. Aber ich lasse meiner Partnerin natürlich viel lieber ihren Freiraum. Vor allem, wenn sie so viel Geschick beim Tanzen aufweist wie du.«

Sein zweideutiges Kompliment beschäftigte mich. Ich freute mich, dass es etwas gab, bei dem ich mich nicht allzu blöd anstellte. Gleichzeitig fragte ich mich, ob er mich für völlig naiv hielt und glaubte, mit dieser Art Anmache bei mir punkten zu können.

Erst als ich am Abend in meinem Bett lag, der verärgerten Hannah die Schlafende vorspielte und noch einmal über die Tanzstunde nachdachte, fiel mir die Ungereimtheit an Raffaels Kompliment auf: Ich konnte gut tauchen und ein wenig klettern. Außerdem malte und modellierte ich gern, weshalb ich auch das Kunstprojekt gewählt hatte. Seit wann glaubte ich eigentlich, ungeschickt zu sein?

Kapitel 19

Traumgesichter

Es dauerte lange, bis ich einschlief. Meine Kopfschmerzen waren wieder da, und ich hoffte, sie auch ohne Medikament loszuwerden – keine gute Entscheidung. Die Nacht zog sich unendlich in die Länge und mit ihr meine ebenso verworrenen wie erschreckenden Träume. Mal befand ich mich mit Philippe Händchen haltend am Meer, mal betrachteten mich diese eigenartig grünen Augen, bei deren Anblick tausend Schmetterlinge in mir aufflatterten. Gerade als ich begann, die Schmetterlinge zu genießen, verwandelten sie sich in ebenso viele Kieselsteine, die mich hinabzogen in finsterste Dunkelheit, wo die Bestie auf mich wartete.

Schweißgebadet schreckte ich aus meinem Albtraum. Noch eine Stunde bis zur Weckzeit, doch ich hatte genug vom Schlafen. Lautlos, um Hannah nicht aufzuwecken, zog ich mich an und schlich aus dem Zimmer. Bei der Mauer am See wartete ich auf den anbrechenden Tag. Das Licht der aufgehenden Sonne über dem gefrorenen See – und vielleicht auch die Schmerztablette – verjagte die Schatten der Nacht und mit ihnen verschwanden auch meine Traumdämonen.

Marisa und Max überredeten mich am Nachmittag zum Schlittschuhlaufen. Es war mein erstes Mal. Mit geborgten Schlittschuhen an den Füßen und Max an meiner Seite betrat ich mit wackeligen Schritten den See. Es fühlte sich komisch an: unter mir ein wenig Eis und darunter eisig kaltes Wasser. Aber die anderen schafften es schließlich auch. Juliane und Marisa grinsten ebenso breit wie die Jungs, als sie meine Unsicherheit bemerkten.

Während Florian die Technik vorführte, blieb ich bei Max. An seinem Arm fühlte ich mich aufgehoben, und nach einiger Zeit wurden auch meine Schritte sicherer. Schließlich ließ Max mich los, und ich war auf mich allein gestellt. Es klappte. Schlittschuhlaufen war gar nicht so schwierig – wenn man es konnte.

Ich schaffte es nur ein paar Meter. Dann stolperte ich, verlor das Gleichgewicht und landete auf meinen Knien. Das Eis knirschte, als ich aufschlug. Das Geräusch fuhr mir in die Knochen – bis unter die Schädeldecke. Meine Kopfschmerzen setzten wieder ein. Schwarze Punkte flimmerten vor meinen Augen. Ein Mädchen starrte mich traurig an. Von unten. Durchs Eis!

Ich war kurz davor, hysterisch loszukreischen, als sich eine Hand auf meinen Rücken legte.

»Das passiert schon mal«, tröstete mich Max. »Gib mir deine Hand. Ich helf dir auf die Beine.«

Ich griff nach seinem Arm wie nach einem Rettungsanker.

»Lynn, was ist los?! Hast du dir wehgetan?«

»Nein, aber …« Ich verstummte. Das Mädchen war verschwunden. Das Eis unter meinen Knien war spiegelblank, und undurchsichtig – unmöglich, da hindurchzusehen. Ich musste mich selbst gesehen haben.

»Lynn, ist alles okay?«

»Ja, danke. Mir geht's gut.«

»Und dein Kopf?« Marisa ließ sich nicht so leicht täuschen. Als sie herausfand, dass ich Kopfschmerzen hatte, bestand sie darauf, das Schlittschuhlaufen zu beenden.

Sie begleitete mich ins Gelbe Haus zurück und sorgte dafür, dass ich am Abend früh zu Bett ging und eine Kopfschmerztablette nahm. Ihre Wirkung hielt nicht lange an.

Wie beim letzten Mal begann mein Traum am Meer. Neben mir die vertraute Gestalt mit den grün funkelnden Augen, die mein Herz höherschlagen ließ. Langsam wandelte sich das blaue Wasser zu einer spiegelnden Fläche, und ich rannte voller Freude hinaus auf das vom Mondlicht beschienene Eis. Ausgelassen schlitterte ich über den glitzernden See, bis die Eisdecke aufriss und mich hinabzog in die schwarze Tiefe. Grausame Kälte und erstickende Dunkelheit empfingen mich.

Obwohl ich wusste, dass es ein Traum war, konnte ich dem Sog nicht entrinnen. Ich war mir sicher, dass ich sterben würde, und gab auf, gegen das Unvermeidliche anzukämpfen. Erlag dem Schmerz, der sich quälend, wie ein zu enges Band, um mein Herz gelegt hatte – und ertrank in der Finsternis.

Keuchend erwachte ich aus meinem Albtraum. Noch immer tobte die unerträgliche Kälte in mir, schmerzte in meinen Lungen, als hätten sie tatsächlich keinen Sauerstoff bekommen. Ich schnappte nach Luft, aber ich konnte nicht atmen. Meine Kehle war wie zugeschnürt und ließ nicht den leisesten Hauch passieren.

Ein Asthmaanfall?

Meine Panik wuchs angesichts meiner Hilflosigkeit.

Ungelenk kletterte ich aus dem Bett und torkelte zu der schlafenden Hannah hinüber. Sie musste jemanden holen, der mir half. Kurz bevor meine zitternde Hand sie berührte, gab mich die eisige Umklammerung frei. Ich sackte auf meine Knie und rang nach Luft. Jeder weitere Atemzug vertrieb die quälende Enge.

Völlig aufgelöst kauerte ich vor Hannahs Bett. Wenn sie jetzt aufgewacht wäre, hätte sie mich nicht nur für verrückt erklärt, sondern auch zum Gespött der ganzen Schule gemacht. Doch Hannah schlief friedlich wie ein Baby.

Es dauerte lange, bis ich die Kraft fand, mich aufzurichten. Mit dem Rücken gegen Hannahs Bett gelehnt, saß ich auf dem Boden und wartete, bis das flaue Gefühl aus meinem Körper verschwunden war. Dann schlüpfte ich in meine Kleider und verließ das Gebäude. Die frische Morgenluft beruhigte mich auch dieses Mal.

»Hallo Lynn, hast du gut geschlafen?« Marisa runzelte die Stirn, während sie mich genauer betrachtete. »Wohl kaum! Du hast dunkelblaue Schatten unter den Augen!«

»Ich hab beim Lesen die Zeit vergessen – dank dem Buch, das du mir gegeben hast«, redete ich mich heraus. Meinen Albtraum und den Erstickungsanfall erwähnte ich nicht. Sie würde mir nur wieder eine Tablette aufzwingen oder mich zur Krankenschwester schleppen, wenn ich mich weigerte.

»Du hättest mir sagen sollen, dass du keine Gruselgeschichten verträgst. Dann hätte ich dir ein anderes Buch ausgeliehen.« Marisa schaute mich belustigt an. »Hilfst du mit, die Bar für Florians Geburtstagsfeier zu dekorieren?« Ich versprach mitzuhelfen, froh über die willkommene Ablenkung.

Wir feierten bis zur Internatssperrstunde. Als ich mir sicher war, dass Hannah schlief, schlich ich zu Marisa und Juliane. Die beiden wollten noch ein wenig weiterfeiern, und da ich nicht das geringste Bedürfnis hatte, schlafen zu gehen, schloss ich mich ihnen an.

Kurz vor zwölf erwischte uns die zuständige Mentorin und schickte mich auf mein Zimmer. So lange wie möglich versuchte ich, die Augen offen zu halten. Letztendlich übermannte mich die Müdigkeit und trieb mich erneut hinein in meinen wahrlich atemberaubenden Albtraum.

Als die eisige Strömung mich hinunter in den See zog, erwartete ich, jeden Moment aufzuwachen. Mit zusammengebissenen Zähnen ertrug ich das Brennen meiner Lungen und den Schmerz in meiner Brust – gleich würde es vorbei sein –, doch der See gab mich nicht frei. Meine Gedanken begannen zu kreisen und ich fühlte, wie die Dunkelheit meine Sinne benebelte. Nur noch ein paar Sekunden und ich würde in ihr ertrinken.

Wie aus dem Nichts tauchten die grünen Augen vor mir auf. Zwei Hände legten sich um meinen Kopf und zogen mich heran. Das Gefühl, das durch meinen Körper strömte, während seine Lippen mich berührten, war unglaublich. Es erweckte eine verborgene Sehnsucht, die mir sonderbar vertraut und dennoch fremd war.

Als ich aufwachte – ohne Atemnot oder sonstige Erstickungsanfälle –, war das Einzige, was von meinem Traum geblieben war, mein schnell hämmerndes Herz, das unruhig gegen meine Rippen trommelte.

Bis zum Ende der Woche hatte ich mich an meinen rasenden Pulsschlag gewöhnt. Bald sehnte ich mich danach, ins Eis einzubrechen und vom Kuss meines Retters erlöst zu werden.

Unsere lange Nacht bescherte Marisa, Juliane und mir Arbeitsdienst am Samstag. Für mich war es halb so schlimm wie für die beiden, die nicht tausend Kilometer weit weg wohnten. Wie Florian und Max hatten sie geplant, ihr Wochenende zu Hause zu verbringen.

Der Temperaturumschwung hatte Tauwetter mit sich gebracht und den Schnee auf den Wegen in graubraunen Matsch verwandelt. Unsere Aufgabe bestand darin, die Hauptwege freizuschippen. Wir begannen schon am Freitagnachmittag. Raffael half uns.

Trotz Mitstreiter und Vorarbeit dauerte es am Samstag bis weit in den Nachmittag, bevor wir mit unserem Strafdienst endlich fertig wurden. Erschöpft ließen wir uns auf die weichen Polster im Aufenthaltsraum fallen und gönnten uns eine Tasse heiße Schokolade.

»O Lynn. Deine Hand zittert ja, wenn du die Tasse hältst. Das Schmuddelwetter scheint dir ziemlich zuzusetzen«, bemitleidete mich Juliane, die selbst unter dem nasskalten Wetter zu leiden schien. Ihre blasse Haut sah noch ein wenig heller aus als sonst, so dass sie mit ihren aschblonden Haaren ziemlich fahl wirkte. Daran konnte auch Raffael nichts ändern, der neben ihr Platz genommen hatte.

»Ja, auch deine Augenringe schimmern noch ein wenig dunkler«, bekräftigte Marisa. »Wenn das Buch dir wieder Albträume beschert, werde ich's dir wegnehmen«, scherzte sie.

»Nein, es ist nicht das Buch.«

Marisa wurde hellhörig. Ihre wasserblauen Augen leuchteten besorgt. »Was dann? Lynn, du bist weiß wie ein Milchbrötchen. Bist du sicher, dass dir nichts fehlt?«

»Völlig sicher. Mir geht's prima. Wahrscheinlich liegt's am Wetter. So viel Kälte bin ich nicht gewohnt«, griff ich Julianes Vermutung auf.

Dass mich das überwältigende Ende eines Traums erschöpfte, konnte ich ihr ja wohl kaum erzählen. Nach dem Kuss und den widersprüchlichen Gefühlen, die danach in mir tobten, fiel es mir schwer, wieder in den Schlaf zu finden. Und wenn ich endlich eingeschlafen war, summte kurz darauf mein Wecker. Die verlorenen Stunden in Hannahs Anwesenheit nachzuholen, war undenkbar. Sich mit ihr auseinanderzusetzen, hatte sich als sinnlos erwiesen. Am Ende der wenigen Diskussionen fühlte ich mich stets ausgelaugt – auch wenn ich die Oberhand behalten hatte. Es war nervenschonender, ihr aus dem Weg zu gehen. Besonders nach der letzten Tanzstunde.

Hannah hatte sich Raffael förmlich an den Hals geschmissen und mir drei ihrer übelsten Anhänger geschickt, die mich alle zum Tanzen aufforderten: Patrick, den Verunsicherten mit der schiefen Nase, Sören, der nicht alle Tassen im Schrank hatte, und Timothy, den Schlaksigen, der kaum ein Bein vor das andere setzen konnte. Glücklicherweise hatte Raffael es geschafft, sich aus ihren Fängen zu winden, um mich zu erlösen.

»Wenn du die Kälte nicht magst, solltest du die Osterferien bei mir verbringen. Ich besuche meinen Onkel in Venedig.

Wenn du willst, kannst du gern mitkommen. Er hat genügend Platz und freut sich immer über Gäste«, mischte Raffael sich ein.

Juliane wurde ein wenig blasser: Sie himmelte ihn immer noch an, wenn auch deutlich zurückhaltender. Mir hingegen wurde wärmer. Raffael war süß – eigentlich eher heiß! –, aber die Ferien bei ihm verbringen? Ich kannte ihn erst seit drei Wochen, und auch wenn Venedig verlockend klang, fühlte es sich irgendwie nicht richtig an – im Augenblick zumindest. Also lehnte ich ab. Raffael lächelte nur und versprach, sein Angebot zu wiederholen.

Auch in der folgenden Nacht litt ich unter Schlaflosigkeit. Nach dem berauschenden Kuss erwachte ich in einem Wald. Ein leises Schluchzen führte mich zu einem Mädchen mit langen, blonden Haaren. In sich zusammengesunken saß die junge Frau an einem aus riesigen Findlingen errichteten Steingrab und weinte. Ihr Anblick schnürte mein Herz zusammen, bis ich kaum noch Luft bekam und schließlich nach Atem ringend aus meinem Traum erwachte.

Natürlich entgingen Marisa meine Gähnanfälle beim Sonntagsbrunch nicht.

»Hattest du heute schon einen Spiegel vor den Augen? Du bist noch weißer als gestern! Bis zur Leichenblässe fehlt nicht mehr viel.«

Wie gewöhnlich versuchte ich, mich herauszureden. Aber Marisa ließ nicht locker. Sie drängte mich auf ihr Zimmer und redete so lange auf mich ein, bis ich ihr schließlich von meiner Eis-Fata-Morgana erzählte. Bis zu meinen Träumen kam ich nicht. Die Pupillen in Marisas wasserblauen Augen hatten sich schon bei meiner Schlittschuhstory zu riesigen schwarzen Scheiben erweitert.

»Du hast was? Ein Mädchen im Eis gesehen? Das … das hört sich gruselig an, vor allem wenn man bedenkt, dass …« Sie brach ab, mit Tränen in den Augen. »Su war meine beste Freundin. Vor den Weihnachtsferien ist sie durchs Eis gebrochen.«

Marisa holte tief Luft, bevor sie fortfuhr, und wischte sich die Tränen aus den Augen. »Alle haben sie gemocht – selbst Hannah. Susan war ein ganz außergewöhnlicher Mensch. Liebenswürdig, hilfsbereit. Die ganze Schule war wie gelähmt, als wir von ihrem … Unfall erfuhren.«

Neue Tränen liefen über Marisas Gesicht – mir sackte das Blut in die Beine.

Besorgt legte mir Marisa ihre Hand auf den Arm. »Du wirst mir doch nicht etwa umkippen?«

Ich riss mich zusammen. Ich musste die nächste Frage stellen, obwohl ich mich vor der Antwort fürchtete. »Ist … ist sie nachts verunglückt?«

»Ja, warum?«

Marisa hatte sich wieder ein wenig unter Kontrolle und wartete auf meine Antwort. Ich hingegen fühlte das eisige Wasser, das mich verschlang.

»Lynn, was ist los?« Marisa versuchte, mich zu beruhigen. »Du musst dich nicht schlecht fühlen, weil du ihren Platz bekommen hast. Niemand trägt die Schuld an ihrem Tod.«

Marisa redete unentwegt weiter, teils um mich, teils um sich selbst abzulenken. Ich jedoch verfolgte nur noch einen Gedanken: Sah ich in meinen Träumen, was mit mir hätte passieren können, oder erlebte ich den Tod meiner Vorgängerin?

Die Nacht wurde schrecklich. Verzweifelt bemühte ich mich, einen Blick auf mein Traumbild zu ergattern. Auf die Hände oder irgendetwas, das mir die Gewissheit gab, dass mein Unterbewusstsein mit dem Traum versuchte, mein eigenes Eiserlebnis zu verarbeiten.

Sosehr ich mich auch anstrengte, es gelang mir nicht, die Szene auf dem See von einem anderen Standpunkt aus zu betrachten. *Ich* schien das schlitternde Mädchen zu sein, das auf dem See herumwirbelte. Auch ein Blick auf die matte Eisfläche verriet nichts von meinem Ebenbild. Ich war so sehr in den Versuch vertieft, mich zu entdecken, dass mir beinahe der einzig mögliche Moment entging. Kurz bevor ich in das Wasser eintauchte, sah ich ein Gesicht auf der dunklen Oberfläche – und es war nicht meines! Es glich dem Mädchen aus dem Wald.

Sobald der Schulbereich geöffnet wurde, eilte ich zum Sekretariat. Im Flur hingen die Jahrgangsbilder sämtlicher Internatsschüler. Ich benötigte eine Weile, bis ich ihr Gesicht entdeckte, doch es bestand kein Zweifel: Es handelte sich um das Mädchen aus meinem Traum. Um das Mädchen, das im eisigen See ertrank und von *ihm* gerettet wurde.

Ich zählte bis zehn und dann noch mal bis zehn. Mein Kreislauf spielte mal wieder verrückt, aber ich schaffte es, aufrecht stehen zu bleiben und die bedrohliche Welle, die meinen Körper in die Knie zwingen wollte, abzuwehren. Dann nahm ich meinen ganzen Mut zusammen und betrachtete das gesamte Bild noch einmal. Anschließend begutachtete ich das nächste. So arbeitete ich mich chronologisch vor, bis zum Gründungsjahr des Internats. Nichts. *Er* war auf keinem der Bilder – *er* war wohl doch nur ein Traum.

Die Tatsache beruhigte mich. Es war schon schwierig genug, zu begreifen, warum ich von einem verstorbenen Mädchen träumte, das ich gar nicht kannte. Wahrscheinlich hatte ich auf der Internetseite oder bei einer Projektvorstellung ein Bild von Susan gesehen. Möglicherweise hatte jemand ihren Namen erwähnt oder von ihrem schrecklichen Tod erzählt. Schließlich war ich mir sicher, dass meine Gedächtnislücke schuld daran war, dass ich mich nicht mehr erinnern konnte, wo ich sie schon einmal gesehen hatte.

Was der coole Typ mit den grünen Augen zu bedeuten hatte, erschien mir dagegen einfach. Er war eine Traumvorstellung. So jemanden wie ihn gab es nicht auf dieser Welt – abgesehen vielleicht von Hollywood. Dass er im Grunde nicht mich, sondern Susan küsste, war leicht zu erklären: So viel Glück hatte ich nicht. Wenn, dann würde ich von einem pickligen, schiefnasigen Zwerg gerettet.

Obwohl – Raffael war auch nicht gerade übel. Genau genommen alles andere als das – und er hatte mich gerettet. Wenn auch nicht aus Lebensgefahr, sondern nur vor fragwürdigen Tanzpartnern. Aber dennoch …

Ich pfiff meine Gedanken zurück. Juliane war in ihn verknallt – ich fand ihn bloß nett.

Kapitel 20

Nebelschwaden

Susans tränennasses Gesicht wurde Hauptbestandteil meiner nächtlichen Träume. Sie verdrängte die Erstickungsanfälle – und auch den Rettungskuss. Dafür begann sie zu sprechen. Hart und hölzern – anders, als ich erwartet hatte. Was ich gruselig fand, sehr sogar. Nicht nur, da sie mir dabei in die Augen schaute und meinen Namen rief. Mit einem Blick, der Statuen zum Heulen gebracht hätte, flehte sie mich an, ihr zu helfen. Natürlich gab ich mein Bestes, doch immer, wenn ich meine Hand nach ihr ausstreckte, löste sie sich in Nebel auf.

Als Mathe ausfiel, da Herr Julzke sich eine Erkältung eingefangen hatte, nutzte ich die Gelegenheit. Ich hatte schon eine Zeitlang darüber nachgedacht, meinem Traum auf die Spur zu gehen, um sicher zu sein, dass es wirklich nur ein Traum war.

Dick verpackt in meine schwarze Daunenjacke, stapfte ich den aufgeweichten Weg zum Schlossgelände hinaus. Nach dem heftigen Regen in der Nacht waren vom Schnee nur vereinzelte Reste geblieben und riesenhafte Wasserlachen. Je weiter ich mich vom Schloss entfernte, umso ausgewaschener wurde der Untergrund. Damit ich nicht die Orientierung verlor, folgte ich einem Pfad Richtung See. Es schien mir der richtige Weg zu sein. Vielleicht war ich hier schon mal gewesen: in meinen Träumen – oder während des Feriencamps.

Der Trampelpfad schlängelte sich durch den Wald und führte zu einer offenen Fläche, nicht weit vom Ufer. Ich suchte nach Hinweisen, irgendetwas, das mir bekannt vorkam. Aber alles sah so aus wie überall im Wald: kahle Bäume, Unterholz, Schneereste, dürres Gestrüpp und knöcheltiefer Schlamm.

Ich lehnte mich an den nächsten Baum und schloss die Augen. Ich war schon einmal hier gewesen, das fühlte ich, und wenn ich nur lang genug darüber nachdachte, würde mir auch wieder einfallen, weshalb.

Der durchdringende Schrei eines Vogels brachte eine Erinnerung zurück. Ich stand genau an dieser Stelle, als mich eine Krähe angegriffen hatte. Doch meine Vorstellung unterschied sich vollkommen von der Realität. Auf der freien Fläche stand damals ein Pavillon – oder vielleicht auch eine kleine Kapelle. Jedenfalls erinnerte ich mich noch genau an die Form des achteckigen Holzgebälks – und nicht nur daran.

Schon der bloße Gedanke, wie der Wind seine goldblonden Locken zerzauste und seine viel zu perfekten Konturen erahnen ließ, raubte mir auch dieses Mal den Atem. Was mich jedoch am meisten verwirrte, war die Gewissheit, dass er grüne Augen hatte, obwohl ich mir vollkommen sicher war, ihre Farbe nicht erkannt zu haben.

Ich vermied es, allzu intensiv in meinem Gedächtnis zu kramen, und vertagte, eine Entscheidung zwischen Wahrheit und Trugbild zu fällen, während ich im Dämmerlicht zum Schloss zurücklief. Meine nächtlichen Träume waren realistisch genug, um meine Gefühle durcheinanderzuwirbeln. Es musste nicht auch noch eine tatsächlich existierende Gestalt zu den faszinierend grünen Augen geben. Ich wollte nicht noch einmal einem Traum nachjagen.

Also verdrängte ich sein Bild aus meinem Kopf. Träume waren nicht real – und auch nicht die Erscheinung am See. Es hatte weder einen Pavillon noch eine Kapelle gegeben und schon gar niemanden, der mein Herz schneller schlagen ließ.

Noch bevor ich die Schule erreichte, begann es zu regnen. Besser gesagt, zu schütten. Ich fluchte leise vor mich hin. Meine

Schuhe waren durchweicht, und ich fror schon jetzt bis auf die Knochen.

Raffael saß vor dem Schloss im strömenden Regen auf der Mauer am See, als warte er auf jemanden.

»Wo warst *du* denn?«, begrüßte er mich.

»Spazieren. Warum?«

»Bei dem Wetter?«

»Da wird man auch nicht nasser als auf der Mauer. Außerdem hat es noch nicht geregnet, als ich losgegangen bin«, erwiderte ich.

»Du bist wohl gern allein unterwegs.«

»Manchmal.« Ich zuckte mit den Schultern. »Dann lenkt mich niemand ab, und ich kann meinen Gedanken nachhängen.«

»Gedanken? An was?«

»An alles Mögliche: an Italien, meine Freunde ...«

»An jemand Bestimmten?«, unterbrach er mich.

»Nein.«

Sein Gesicht hellte sich auf. Ich biss mir auf die Zunge. Vermutlich wäre es besser gewesen, ich hätte gelogen. Inzwischen dämmerte mir, dass er vielleicht auf mich gewartet hatte.

»Ich geh dann mal. Wenn ich noch länger im Regen bleib, wird mir nie wieder warm werden. Wir sehen uns später – bei der Nachhilfe.« Ich ließ ihn stehen und eilte die paar Meter zum Gelben Haus hinüber, um schnellstens eine heiße Dusche zu nehmen.

Frau Germann, die Rektorin, teilte uns die Arbeitsblätter diesmal selbst aus: Kontrolltests in Deutsch. Obwohl ich in meinen Gedanken immer wieder den blonden Schönling vor Augen hatte, schaffte ich es, frühzeitig fertig zu werden – im Gegensatz zu Raffael. Er schrieb noch. Während ich wartete, blieben meine Augen an seinem breiten Rücken hängen. Er hatte ziemlich große Ähnlichkeit mit meiner Traumerscheinung, abgesehen von der Haarfarbe. Seine waren schwarz, wie Philippes.

Ich geriet ins Grübeln. Hatte ich Raffael abgewimmelt, weil er mich an Philippe erinnerte? An dessen Sprunghaftigkeit? Philippe hätte nicht gezögert und wäre schon lange auf Hannahs Angebot eingegangen. Raffael hatte sie auf Abstand gehalten und auch mit keinem der anderen Mädchen etwas angefangen, obwohl sie eindeutige Zeichen aussandten.

»Schon fertig, Linde?« Frau Germann warf mir einen skeptischen Blick über den Rand ihrer Lesebrille zu. Ich nickte und gab ihr die Zettel, in der Hoffnung, früher gehen zu dürfen. Weit gefehlt! Frau Germann korrigierte sie sofort. Erst als sich ein halbwegs zufriedener Ausdruck auf ihr Gesicht legte, atmete ich auf.

»Offenbar erinnerst du dich wieder, wie man fehlerfrei schreibt. Auch deine Hausarbeiten sind besser geworden, wie mir Herr Müller bestätigt hat. Deine Wochenendstunden sind ab sofort gestrichen.«

Ich grinste über beide Backen, als ich Marisa die Neuigkeit erzählte. Raffael hatte weniger Glück. Er bekam noch eine Extrastunde Sprachtraining obendrauf, um seinen italienischen Akzent abzutrainieren – völliger Blödsinn in meinen Augen.

Trotz des Regenwetters bestand mein Geo- und Deutschlehrer, Herr Müller, auf seiner Exkursion. In seinen Augen gab es nur falsche Kleidung und kein schlechtes Wetter, weshalb er auch bei strömendem Regen joggte. Glücklicherweise verzog sich die Sturmfront, bevor wir mit Klappschaufeln bewaffnet loszogen.

Natürlich war der Weg schlammig und aufgeweicht. Bei jedem Schritt quoll nasse Erde unter meinen Sohlen hervor. Am liebsten wäre ich umgekehrt. Zweimal nasse Füße in einer Woche mussten nicht sein.

Herr Müller überhörte unseren Protest und drängte weiter. Nach kurzer Zeit verließ er den Weg und jagte uns einen überschwemmten Pfad entlang, der nicht viel weniger Wasser führte als der Bach daneben.

Nicht nur ich atmete erleichtert auf, als er abbog und in einem Waldstück stehenblieb. Mit einer Hingabe, die ihresgleichen suchte, buddelte Herr Müller ein Loch und erklärte, wie wir die Sedimentschichten bestimmen konnten. Dann kramte er eine Landkarte hervor und zeigte uns, wo wir unsere Untersuchungen durchzuführen hatten.

»In der nächsten Stunde besprechen wir dann die Ergebnisse. Und falls ihr auf einen archäologischen Fund stoßen solltet: Lasst die Finger davon, lauft zur Schule und holt mich!«, scherzte er, bevor er jeden in eine andere Richtung davonschickte.

Ich orientierte mich nach Nordwesten. Die Bäume standen hier dichter beieinander, und da in dem feuchten Wald an vielen Stellen Nebel aufgezogen war und ich auch niemanden von den anderen mehr sehen oder hören konnte, fühlte ich mich nicht gerade wohl in meiner Haut. Erst recht nicht, als ich ein Flüstern hörte. Genauer gesagt: ein leises Schluchzen.

Meine Nackenhärchen stellten sich auf – ich sollte lieber nicht weitergehen –, aber ich wusste genau, wer da weinte. Ich hatte ihr Flehen schon so oft gehört und das Steingrab zu oft gesehen, um nicht zu wissen, dass sie dort auf mich wartete.

Susan war nicht da, als ich das Hügelgrab entdeckte. Erleichtert blieb ich stehen. Es war still – zu still. Mein Ohrensausen war lauter. Ich spürte, wie leise Furcht in mir aufstieg: Das Grab sah anders aus als in meinen Träumen. Ein Tragstein war abgerutscht und hatte einen der Decksteine mit sich gerissen, wodurch eine kleine Öffnung freigelegt wurde. Doch ich wusste, dass die eigentliche Grabstätte darunterlag.

Als das Schluchzen wieder einsetzte, kroch mir ein eisiger Schauder über den Rücken. Es klang unfassbar verzweifelt – und kam aus dem Inneren der Totenstätte!

Noch war es Zeit, umzudrehen und das Ganze zu vergessen. Schließlich hatte ich nur geträumt, dass Susan hier auf mich wartete – was im Grunde gar nicht sein konnte, da sie tot war.

Aus dem Weinen wurde ein Wimmern. Ich riss mich zusammen. Traum oder nicht, da drin war jemand, der Hilfe brauchte.

Ich betrachtete die dunkle Fläche, die zwischen mir und dem Grabhügel lag. Das Gelände war ein einziger, matschiger Morast. Das dunkle Nass sah wenig einladend aus. Vielleicht sollte ich meine Rettungsaktion lieber jemand anderem überlassen. Einem, der nicht von toten Mädchen zu einem Grab gelockt wurde und im Gegensatz zu mir Traum und Wirklichkeit unterscheiden konnte. Aber würde ich jemanden finden, der mir glaubte – außer einem Psychiater?

Eigentlich war es schon genug, nasse Füße zu haben. Musste ich wirklich durch ein schlammiges Sumpfloch waten? Ich seufzte und dachte an zukünftige Therapiestunden. Ja, ich musste! Und wenn es nur dazu diente, mir zu beweisen, dass ich zu viel träumte.

Ein alter, umgekippter Baum, der den größten Teil des Wasserlochs überbrückte, war – wenn mir an seinem Ende ein guter Sprung gelang – die einzige Möglichkeit, einigermaßen trocken zur anderen Seite zu kommen. Ich scheuchte eine Krähe auf, als ich laut fluchend auf den Stamm kletterte und vorsichtig dem Steingrab entgegenbalancierte.

Du wärst besser im Schloss geblieben.

Die Stimme war nur ein Flüstern, das durch den Wald rauschte, doch ich erkannte sie sofort: dieselbe Stimme, die mich in den Abgrund gelockt hatte! Mein Kreislauf sackte ab. Meine Beine wurden weich, und ich hatte Mühe, mich auf dem schmalen Baumstamm zu halten, als ich die von dickem Nebel verschleierte Gestalt entdeckte, die oben auf der Grabstätte thronte. Sie war gekommen, um mich zu holen!

»Was willst du von mir?«, krächzte ich, um meine eigene Stimme zu hören.

»Was glaubst du wohl?«

Ich schwieg, wusste ich doch ganz genau, was sie wollte.

»Eigentlich ist es zu früh für dich – noch! Aber spielt das eine Rolle? Früher oder später, was macht das für einen Unterschied, wenn du freiwillig zu mir kommst?«

Ihr Mund verzog sich zu einem hässlichen Grinsen, das mich an einen Traum erinnerte, in dem mir eine zähnefletschende Bestie erschienen war. Ich fühlte, wie ihre Augen sich an meine hefteten, wie ihr Bann sich auf mich legte. Mein Kopf begann zu schmerzen. Schwarze Schleier tanzten vor meinem Gesicht. Warum musste ausgerechnet jetzt mein Kreislauf verrücktspielen? Ich ballte meine Hände zu Fäusten und versuchte, mich zu wehren.

»Warum? Warum ich?« Ich war kaum fähig, zu reden – ihr Anblick schnürte mir die Kehle zu.

»Du bist ein besonderer Leckerbissen. Man bekommt nicht oft das … Verzeih! Das darf ich dir ja nicht verraten! Aber ich hätte dich schon bei deinem letzten Besuch bei mir behalten, wenn es mir möglich gewesen wäre.«

Ich glaubte zu ersticken. Der Triumph in den schwarzen Augen verriet, dass sie mich bereits sehnsüchtig erwartet hatte. Ich zwang meine Beine, sich zu bewegen. Langsam setzte ich einen Fuß nach dem anderen – Hauptsache weg von ihr.

»Du wirst mir nicht entkommen. Du hast schon zu viel gesehen«, höhnte sie. »Hier, allein mit mir, kannst du dich meinem Ruf nicht entziehen. Also wehr dich nicht, dann wird es einfacher – für uns beide!«

Eine Windböe zerzauste ihre langen Haare. Ihre gierigen Gesichtszüge veränderten sich. Unglaube spiegelte sich in ihren Augen. Und Angst.

Ich zögerte nicht länger und hastete über den schmalen

Stamm zurück. Kurz bevor ich mein Ziel erreichte, hörte ich meinen Namen. Es war nicht ihre Stimme. Sie war warm, weich – und männlich!

Mein Herz hörte für einen endlos langen Augenblick auf zu schlagen. Ich blieb stehen und drehte mich um. Die Gestalt war verschwunden. Aufgelöst im Nebel, der das Steingrab umgab.

Ich schloss die Augen, um den Anblick des düsteren Grabes auszublenden, und sog die Luft in mich ein. Da musste etwas sein, ich fühlte es – wusste es: ein Duft, den ich kannte, eine vertraute Nähe, die ich vermisst hatte.

Doch da war nichts. Gar nichts! Weder der Hauch eines Dufts noch sonst irgendetwas. Ich kämpfte die Tränen zurück, die sich in meine Augen gestohlen hatten – ich träumte wirklich zu viel.

»Lynn!«

Ich schrak zusammen und verlor das Gleichgewicht. An der Stelle, an der eben noch die schattenhafte Gestalt gestanden hatte, starrten mir zwei ebenso schwarze Augen aus dem Nebel entgegen: Raffael.

Das morastige Wasserloch verschluckte mich mit Haut und Haar. Zum Glück war es nicht tief.

»Lynn. Es tut mir leid. Ich wollte dich nicht erschrecken.«

Keine Sekunde später stand Raffael neben mir, mit bis zu den Oberschenkeln durchweichter Hose – wie ich beinahe zufrieden feststellte.

»Gib mir deine Hand, ich zieh dich raus.«

Vorsichtig, damit ich auf meinen wackligen Beinen nicht noch mal im Schlamm untertauchte, hielt Raffael meine Arme fest. Ebenso vorsichtig ließ er mich los, nachdem er sicher war, dass ich allein stehen konnte, und begann, mir den Schlamm aus dem Gesicht zu wischen.

Ich zuckte nicht zurück. Nach der Auferstehung meiner Albträume war ich dankbar über jede menschliche Zuwendung.

»Mach die Augen zu, damit dir der Matsch nicht reintropft«,

befahl Raffael, während er mir die Brühe aus dem Gesicht strich.

Ich befolgte seinen Rat und spürte, wie seine Hände über meine Haare streiften, um den restlichen Schlamm zu beseitigen. Seine Bewegungen wurden sanfter, als er seine Finger wieder über meine Wangen gleiten ließ.

»Ach, sieh einer an!« Hannah!

Ich riss die Augen auf. Raffaels Gesicht war nur ein paar Zentimeter von meinem entfernt. Es musste so aussehen, als ob er mich küssen wollte. Wollte er das???

Ich wich so schnell zurück, wie der Morast unter meinen Füßen das zuließ, doch es war zu spät. Hannah hatte eine Entscheidung getroffen. In ihren vor Wut funkelnden Augen stand es geschrieben: Sie würde mir das Leben auf dem Internat zur Hölle machen.

Ich war froh über die Jacke, die Raffael mir beim Rückweg zur Schule gegeben hatte, auch wenn sie nur einen Teil meiner Kleidung verdeckte. Schlammbefleckt ragten meine Beine unter ihr hervor. Dennoch hoffte ich, unbemerkt ins Gelbe Haus zu kommen, nachdem er im Jungstrakt verschwunden war. Es reichte, dass Raffael und Hannah mich in den peinlichsten Momenten gesehen hatten.

Natürlich stolperte ich geradewegs über Max und Florian. Wie zwei ungleiche Statuen – Max klein und kompakt, Florian groß und durchtrainiert – standen sie am Eingang und warteten.

»Meine Güte, wie siehst du denn aus? Bist du unter die Schlammcatcher geraten?«, wollte Florian wissen. Er konnte sich das Lachen kaum verkneifen.

»He, warum hast du nichts gesagt? Wer war deine Gegnerin? Hannah?«, schlug auch Max in dieselbe Kerbe.

»Ach verschwindet«, herrschte ich sie an. »Geh mir aus dem Weg, Max!« Ich streckte meine matschige Hand nach ihm aus, um ihn beiseitezuschieben, doch er wich freiwillig zurück.

»Rühr mich bloß nicht an mit deinen ekligen Fingern!«

Ich ließ ihn stehen und drängte mich an ihm vorbei.

Florian stellte sich mir in die Quere. »Lynn, was ist passiert?« Jeglicher Spott war aus seiner Stimme gewichen.

»Nichts. Ich bin ausgerutscht und in ein Schlammloch gefallen.«

»Und die Jacke blieb wie durch ein Wunder verschont?«

Ich biss mir auf die Lippen. »Es ist nicht meine. Und jetzt lass mich durch, ich möchte duschen.« Sie würden früh genug erfahren, wie nahe ich Raffael gekommen war.

In diesem Augenblick stürmten Marisa und Juliane die Treppe herunter.

»Was ist denn mit dir passiert? Bist du in dein Sedimentloch gefallen?«, fragte Juliane und musterte mich voller Ekel.

»Nein, natürlich nicht, aber … Ach, lass mich durch! Ich werde euch später alles erklären!« Bis dahin war mir hoffentlich eine plausible Geschichte eingefallen.

Ich lief an Juliane vorbei, doch Marisa packte mich am Arm und hielt mich zurück. In ihrem festen Griff und ihrer Stimme lag eine seltsam vertraute Intensität.

»Habe ich dich nicht gewarnt, allein in den Wald zu gehen?«

Ich zuckte zusammen. Das hatte *sie* niemals getan – trotzdem kam mir die Warnung bekannt vor. Ich schüttelte den Gedanken ab. Er ging über alles Vorstellbare hinaus.

Während ich unter der Dusche stand und mich von dem stinkenden Schleim befreite, versuchte ich, das Ganze einzuordnen. Offenbar träumte ich nicht nur wirres Zeug, hörte fremde Stimmen und sah nebulöse Gestalten, sondern fantasierte auch noch. Wenn das so weiterging, war ich bald reif für die Klapsmühle. Am besten, ich vergaß alles Sonderbare, was ich geträumt und erlebt hatte. Das waren sicher nur Auswirkungen meines Schädeltraumas.

Obwohl mich keine weiteren Albträume heimsuchten und

ich nur bruchstückhaft von Philippe, grünen Augen oder anderen, mehr oder weniger harmlosen Sachen träumte und auch keine Geistererscheinungen mehr hatte, wurden die nächsten Tage höllisch. Hannah hatte die richtige Taktik gewählt. Anstatt offen vorzugehen, stachelte sie meine Freunde gegen mich auf – allen voran Juliane.

Im Aufenthaltsraum machte sie sich an Raffael ran: »Wirklich edel von dir, Lynn aus dem Sumpfloch zu retten und ihren Körper vom Schlamm zu befreien. Sicher hast du die kleine Abwechslung genossen. Aber wenn du auf was richtig Heißes stehst, brauchst du's nur zu sagen.«

Da Raffael den Vorfall nicht abstritt, war klar, dass was gelaufen sein musste. Meine Beteuerungen, dass er mir nur geholfen und den Schlamm abgerieben hatte, konnten da auch nichts mehr einrenken. Im Gegenteil. Meine missglückte Formulierung machte das Ganze nur noch schlimmer.

Marisa war sauer, weil ich ihr nichts erzählt hatte. Florian, weil ich mich dem *Aufreißer* – wie er Raffael heimlich nannte – an den Hals geworfen hatte. Und Juliane sprach kein Wort mehr mit mir. Der Einzige, der keine Probleme damit hatte – außer Raffael natürlich –, war Max.

So war ich beinahe froh, als sich am letzten Schultag vor den Osterferien alle Schüler in der Aula versammelten. Unter Beifall verteilten Frau Germann und Herr Sander Schokoladenosterhasen. Während sie uns verabschiedeten, schöne Feiertage und eine sichere Heimreise wünschten, überlegte ich, wie ich meinen Vater am besten überreden konnte, mich vom Internat zu nehmen. Meine alte Schule war deutlich einfacher, sowohl, was die Leute, als auch, was die Klausuren betraf. Aber vor allem war es zu Hause viel erholsamer: Ich träumte seltener und weit weniger intensiv.

Kapitel 21

Madonna che scappa in piazza

Es gelang mir nicht, das Bild zu vertreiben. Sobald meine Gedanken abschweiften, fanden mich diese smaragdgrünen Augen, die mich mit einer Sehnsucht betrachteten, für die wohl die meisten weiblichen Wesen alles aufgegeben hätten. Erst nachdem ich Philippe am Ausgang des Flughafenterminals entdeckte, verblasste die Illusion.

Philippes Umarmung und sein gehauchter Begrüßungskuss waren echt – greifbar. So ließ ich meine Arme etwas länger auf seiner Schulter liegen. Seine körperliche Nähe besänftigte meine aufgewühlten Gefühle, und ich nahm mir eigennützig, was ich brauchte, um nach der langen Anreise mit viel zu viel Zeit zum Nachdenken zu mir zurückzufinden.

Schließlich war es Philippe, der sich meiner Umarmung entzog. Er betrachtete mich mit einem eigenartigen Blick, bevor er sich geradezu übereifrig meinem Gepäck zuwandte und meine Reisetasche zu seinem Wagen bugsierte.

Die Fahrt von Rom nach Sulmona dauerte beinahe drei Stunden, und ich fühlte mich ziemlich erschöpft, als wir endlich das Haus meiner Eltern erreichten. Philippes Enttäuschung, dass ich nicht zu Stefano mitkommen wollte, stand ihm ins Gesicht geschrieben. Da ich ihm jedoch hoch und heilig versprach, mir dieses Jahr die Karfreitagsprozession anzusehen, hellte sich seine Miene wieder auf.

Philippe durfte als Ersatz für seinen kranken Onkel als Sänger im Chor am Festzug teilnehmen – und er war sehr stolz darauf. Die Osterfeierlichkeiten in Sulmona waren in ganz Italien bekannt. Die nächtliche Prozession am Karfreitag und am Ostersonntag die *Madonna che scappa in piazza* lockten Tausende Besucher in die Stadt.

Wie üblich quetschten wir uns zu fünft in Philippes kleinen Fiat. Da er rechtzeitig vor Beginn der Prozession in Sulmona sein musste, ergatterten wir hervorragende Plätze in der vorderen Reihe. Nach und nach füllten sich die festlich beleuchteten Straßen, bis wir dicht nebeneinanderstanden: ich neben Emilia, hinter uns Stefano und Antonio.

Das Spektakel begann. Von weitem hörten wir die Trommeln der herannahenden Musikanten. Ernst dreinblickende Männer, gekleidet in die traditionellen roten und grünen Gewänder, näherten sich. In ihren Händen hielten sie lange Stangen, an deren oberen Enden Laternen flackerten. Hinter ihnen folgte der Spielmannszug, danach die Sänger.

Emilia stupste mich in die Seite. »Da, da ist Philippe.« Sie hielt sich die Hand vor den Mund, um ihr Kichern zu verbergen. »Sieht er nicht putzig aus in seinem knielangen Kleidchen und dem weißen Latz?«

Ich biss mir auf die Lippen, um nicht ebenfalls laut loszukichern. Philippe nahm seine Sache sehr ernst und es wäre unfair, ihn aufgrund des weißen Tuches auszulachen, das in fein säuberlich gelegte Falten sein Gewand schmückte – auch wenn es wirklich eine gewisse Ähnlichkeit mit einem Latz besaß.

Zielsicher, als hätte er gewusst, wo wir standen, wanderte Philippes Blick zu uns herüber. Stolz und Ehrfurcht spiegelten sich in seiner Haltung. Ich schenkte ihm ein Lächeln und warf einen Kussmund in seine Richtung.

»Wenn ich nicht wüsste, dass es *unser* Philippe ist, könnte er mir direkt gefallen«, kommentierte Emilia Philippes Erscheinung, woraufhin Stefano ihr besitzergreifend seine Arme um die Taille schlang.

»Zu spät. Du bist schon an mich gebunden«, scherzte er – Emilia war seit kurzem mit ihm zusammen.

Als sie mir am Tag nach meiner Ankunft die Neuigkeit anvertraute, war ich nicht allzu begeistert. Schließlich brachte dies die langjährige Freundschaft zwischen uns allen durcheinander, und ich befürchtete, dass Emilia und Stefano sich ausklinken würden. Doch die vergangenen Tage hatten gezeigt, dass sich nichts verändert hatte. Im Grunde standen sich die beiden schon immer sehr nahe.

Meine Aufmerksamkeit kehrte zu den Feierlichkeiten zurück. Dem Chor folgte der eigentliche Höhepunkt der Prozession. Auf einen mit vier kunstvoll gestalteten Engeln geschmückten Katafalk gebettet, führten die Würdenträger die Figur des verstorbenen Christus an uns vorbei. Ihr folgte die Marienstatue, aus deren Leib der Schaft eines Dolchs ragte – das Symbol ihres Leidens.

Ein leises Kribbeln zog über meine Haut. Angeregt durch den getragenen Gesang des Chors, drängten die Menschen näher. Jeder wollte einen Blick auf die Madonna werfen. Ich spürte Antonio in meinem Rücken, der nach vorne geschoben wurde, und war froh, in der ersten Reihe und nicht mittendrin zu stehen.

Nach einer Stunde endete der Festzug. Die meisten Besucher schlossen sich der Prozession an und folgten ihr durch die nächtliche Stadt. Wir schlugen den entgegengesetzten Weg ein – Philippe im Gedränge der Masse wiederzufinden, wäre aussichtslos. Darum hatten wir einen Treffpunkt vereinbart, der abseits lag.

Während wir auf Philippe warteten, überredete Emilia Stefano, auch das Spektakel der *Madonna che scappa* anzuschauen. Ich stöhnte innerlich auf – eigentlich hatte ich nach dem heutigen Abend genug von Menschenansammlungen.

Meine Eltern waren am Sonntag bei Freunden eingeladen,

deren Palazzo direkt an die große Piazza grenzte. Da ich den Tag lieber mit meinen Freunden verbringen wollte, anstatt dem Spektakel zuzusehen, hatte ich abgelehnt, sie zu begleiten. Wie es aussah, blieb mir nichts anderes übrig, als mit nach Sulmona zu fahren und die *rennende Madonna* anzuschauen, wenn ich nicht allein zu Hause bleiben wollte.

Nach italienischer Tradition hatte ich Riesenostereier für meine Freunde besorgt – nach meiner eigenen Tradition weitere Leckereien und für jeden ein passendes Geschenk, die ich bei mir zu Hause verstecken wollte. Obwohl wir inzwischen eigentlich zu alt für derartigen Unfug waren, bestand ich auch in diesem Jahr auf meiner Ostersuche und meine Freunde taten mir den Gefallen und spielten mit.

Es fühlte sich gut an, in mein altes Leben abzutauchen. Nach den Albträumen waren auch die grünen Augen verschwunden und meine Angst, bald ein Fall für die Psychiatrie zu werden, legte sich. Vielleicht half auch, dass ich ausschlafen konnte und mich kein Internatsstress erwartete.

Am späten Nachmittag hatte ich alle Vorkehrungen getroffen und das letzte Geschenk an seinem vorgesehenen Platz verstaut, als das Telefon klingelte.

»Hallo Lynn, ich bin's«, meldete sich Emilia. »Ich … ich kann heute nicht bei dir übernachten. Ich muss meinen Eltern in der Trattoria helfen.« Sie klang wenig begeistert.

»Dann komm vorbei, wenn sie dich nicht mehr brauchen. Ich bleib wach, bis du da bist.«

»Nein, das geht nicht. Unsere Küchenhilfe ist krank, und ich muss auch noch morgen früh in der Küche aushelfen.«

»Soll das heißen, dass du nicht zu unserer Ostersuche kommst?«

»Sieht ganz so aus«, jammerte sie.

»Und wenn ich dir helfe? Kannst du dann wenigstens morgen frei machen?« Ohne Emilia wäre die Suche nur der halbe Spaß.

»Das ist lieb von dir, aber …«

»Kein *aber*! In zehn Minuten bin ich bei euch.«

Emilia seufzte dankbar. »Wenn es dir nichts ausmacht, in der Küche Gemüse zu schnippeln und Salat zu putzen …«

Eine viertel Stunde später stand ich in der kleinen Küche und befolgte die Anweisungen von Emilias Mutter. Für den nächsten Tag hatten sich drei große Familien angemeldet, so dass ausreichend Arbeit anstand.

Ich hatte immer noch nicht alle Teigtäschchen gefüllt, die nach dem Gemüse und dem Salat auf mich warteten, als sich Emilia zu mir gesellte. Sie hatte den ganzen Abend im Gastraum bedient.

»Ich übernehme den Rest. Du solltest nach Hause gehen. Es ist nach zwölf und deine Eltern warten bestimmt schon auf dich.«

»Was? So spät schon?« Ich warf einen Blick auf die noch zu füllenden Tortellini. »Und du willst die alle allein füllen? Dafür brauchst du mindestens zwei Stunden.«

Emilia lachte. »Wenn ich mit *deiner* Geschwindigkeit arbeite, schon. Aber du hast recht, es sind noch ganz schön viele«, seufzte sie.

»Dann bleib ich hier und helf dir.«

»Das … Nein. Ich glaub nicht, dass deine Eltern begeistert wären, wenn du bei uns so lange in der Küche stehst.«

»Das müssen sie ja nicht wissen. Ich ruf sie an und sag ihnen, dass ich bei dir übernachte – wenn das geht.«

»Klar, du hast doch schon oft bei mir geschlafen.« Emilia warf mir einen warmen Blick zu. »Danke«, nuschelte sie. »Ich bin froh, dass du bleibst.«

Eine halbe Stunde später brachte ich das letzte Teigstück in seine obligatorische Form, die angeblich einem weiblichen Bauchnabel gleichen sollte.

»Lass uns in mein Zimmer gehen. Ich bin hundemüde. Das Bedienen war anstrengend.«

»Und was ist mit Aufräumen?«, entgegnete ich.

»Das macht meine Mutter. Dafür, dass du auf dem Boden schlafen musst, hast du schon mehr als genug geschuftet.«

Mit einem energischen Griff zog mich Emilia aus der Küche. In kürzester Zeit hatte sie für mich ein bequemes Lager zurechtgemacht und war in ihr Nachthemd geschlüpft.

»Stopp, ich geb dir was von meinen Sachen. *Darin* kannst du dich unmöglich hinlegen, es sei denn, du willst, dass Cane dich zum Nachtisch vernascht.«

Ein unangenehmes Schlabbergefühl kroch von meinen Beinen hoch bis über mein Gesicht, als ich an mir herunterschaute. Nudelteig, Fleischfüllung und andere Lebensmittelreste zierten mein T-Shirt. Cane würde sich freuen. Er war Emilias *Findelkind*. Ein grauer, zotteliger Straßenköter mit heftigem Mundgeruch, den sie heimlich mit Küchenresten fütterte.

»Wie du meinst.« Ich zuckte mit den Schultern und nahm Emilias Nachthemd gleichmütig entgegen. Canes speicheltriefendes Maul blieb mir damit hoffentlich erspart.

Natürlich lieh sie mir auch am nächsten Morgen etwas aus ihrem Schrank – zum Glück hatten wir dieselbe Größe. Allerdings bestand sie auf ihrem neuesten Kleid.

»Du kannst es heute Nachmittag bei der Prozession tragen – wenn du möchtest. Deine Eltern haben sicher kein Problem mit der Länge.«

Ich wollte widersprechen, aber ich hätte sie damit nur gekränkt. Es war ihre Art, sich so bei mir für meine Hilfe zu bedanken.

»Wow!« Nicht nur meine Eltern kommentierten mein Outfit.

»Du solltest öfter ein Kleid tragen. So kommen deine Beine besser zur Geltung. Meinst du nicht auch, Philippe?«, fragte

Antonio, als er zu meiner Ostersuche mit seinem Bruder unser Haus betrat.

Philippe blickte schnell zur Seite und bestätigte Antonios Frage mit einem verschluckten »Mhm«. Er hatte tatsächlich auf meine Schenkel gestarrt!

Bevor ich rot anlief, drängte ich beide in den Garten, wo Emilia und Stefano auf uns warteten. Wie immer entwickelte sich die Suche zu einem Wettstreit, wer die meisten Geschenke finden würde. Da ich mir dieses Mal besondere Mühe gegeben hatte, erwachte bei den Jungs ihr angeborener Jagdinstinkt. Mit Hingabe versuchten sie, meine verschlüsselten Botschaften zu enträtseln. Jeder Hinweis brachte sie Schritt für Schritt näher an ihr Ziel. Letztendlich errang Stefano den Ehrentitel des besten Ostersuchers, und wir beschlossen, frühzeitig nach Sulmona aufzubrechen.

Der Andrang auf der Piazza war enorm. Trotz seiner Größe füllte sich der Platz rasch. Unablässig strömten Menschen aus den umliegenden Straßen und drängten die anderen dichter zusammen.

Obwohl ich Emilias dünnes Kleid trug, geriet ich ins Schwitzen. Es hatte seine Gründe, warum ich lieber zu Hause geblieben wäre – ich hasste Menschenansammlungen. Das Geschiebe und Gedränge an Bushaltestellen oder im Zug reichte aus, um ein flaues Gefühl in meiner Magengrube hervorzurufen.

Ich blendete die Frage, wie viel Tausend Menschen wohl um mich herumstanden, aus und konzentrierte mich auf meine Freunde neben mir und das beginnende Schauspiel.

Eine breite Schneise teilte die Massen und schuf eine Gasse für die Akteure. Langsam wurden die wertvollen Statuen der Heiligen neben der gepeinigten Madonna aus der Kirche getragen. Den gemäßigten Schritten der Träger folgend, stimmten die Zuschauer mit ein – wie eine rhythmische Woge, die über den Platz brandete. Auch ich wurde von der Begeisterung mitgerissen und fügte mich dem vorgegebenen Takt.

Die Heiligen entdeckten den wiederauferstandenen Jesus und versuchten, die Madonna aus ihrer Trauer zu erwecken. Sie wehrte ab, bis sie ihren Sohn schließlich selbst erblickte.

Die ersten Schritte der Ordensbrüder, die die Marienstatue über den Platz trugen, an dessen Ende ein Abbild Jesu wartete, spiegelte die Ungläubigkeit Marias wider: Zögernd schritt sie voran. Die Masse folgte ihrem langsamen Rhythmus, beschleunigte ihn und trieb die Madonna vorwärts.

Ich fühlte die Aufregung der Gläubigen um mich, die Marias Erkenntnis entgegenfieberten. Die Anspannung wuchs, da die Träger sich dieses Jahr besonders viel Zeit ließen. Immer dichter schob sich die Welle der wogenden Menschenmenge der Marienstatue entgegen, spornte sie an, endlich den sichtbaren Beweisen Glauben zu schenken.

Eine ungeduldige Gruppe zwängte sich an uns vorbei und trennte mich von meinen Freunden. Ich wollte zurück, doch der kurz bevorstehende Lauf der Madonna heizte die Euphorie der Besucher an. Immer weiter trennte mich die nach vorn strömende Masse von ihnen, quetschte mich zwischen den Leibern fremder Menschen ein und zog mich mit sich.

Ich rief nach Emilia und Philippe, aber mein Hilferuf ging im allgemeinen Trubel unter. Mein Magen zog sich zusammen, als ich erkannte, dass ich wohl nicht mehr so schnell zu ihnen zurückfinden würde. Panik breitete sich in mir aus, trieb meinen Puls in die Höhe und zwang mich zu einem hyperventilierenden Keuchen. Schon flimmerte schwarzer Nebel in meinem Blickfeld. Entsetzt wehrte ich mich gegen seinen Zugriff. Ich musste die Kontrolle über meinen Körper behalten, um nicht von der Masse erdrückt zu werden, wenn sie beim Fall des schwarzen Trauermantels der Marienstatue mit ihr liefen.

Obwohl ich dagegen kämpfte, schoben sich furchteinflößende Bilder vor meine Augen. Hunderte Menschen drängten auf mich zu, drückten mich zu Boden und überrannten mich.

Ich fühlte kantige Ellbogen und knochige Arme, die meine Rippen zu durchbohren schienen; spürte derbe Sohlen und spitze Absätze, die auf meinem Körper herumtrampelten. Ich schrie – der Schmerz war real.

Im selben Moment, in dem die Marienstatue ihren Mantel verlor und ihre Träger mit ihr nach vorne stürmten, wurde ich zu Boden gestoßen. Mein verzweifelter Versuch, wieder auf die Beine zu kommen, scheiterte kläglich. Der Höhepunkt der *settimana santa* zog alle in ihren Bann.

Ein derber Tritt in die Rippen raubte mir den Atem. Der schwarze Nebel weitete sich aus und verdichtete sich zu einem dunklen Abgrund, aus dessen Tiefe unzählige, weiß gebleichte Totenhände emporragten, um mich hinabzuziehen. Kurz bevor sie mich zu fassen bekamen, umhüllte mich der Duft eines Sommergewitters und mit ihm kehrte meine Erinnerung zurück. Schlagartig und vollständig!

Christopher!

All meine Gedanken waren auf ihn gerichtet. Mit jeder Faser spürte ich seine berauschende Nähe. Er war kein Traum, er existierte! Und er war hier. Bei mir.

Ich ließ meinen Blick entlang der zurückweichenden Menschen schweifen, die mit gebührendem Abstand einen Kreis um mich gebildet hatten und entsetzt auf mich herabstarrten. Er war nicht unter ihnen!

Mit einem tiefen Atemzug sog ich die Luft ein – deutlich nahm ich ihn wahr. Er musste in meiner Nähe sein! Dann dämmerte mir die Wahrheit und mit ihr kehrten auch all meine Gefühle zurück, die ich empfand, als er mich der Totenwächterin überlassen hatte. Ich krümmte mich vor Schmerz. Die unerwartete Erinnerung überstieg meine Kräfte. Er war hier – und doch unerreichbar!

Philippe, gefolgt von Emilia und Stefano, zwängte sich durch die Reihen. Besorgt kniete sich Philippe neben mir auf den Boden.

»Lynn! Bist du verletzt? Hast du Schmerzen?«

Trotz meiner quälenden Erinnerungen schüttelte ich den Kopf. Was meine äußere Hülle betraf, war ich unversehrt.

»Nein. Es ist alles in Ordnung«, log ich.

Philippe zog mich auf die Beine und legte mir einen Arm um die Taille – was ich dankbar annahm –, bevor ich noch einmal einen tiefen Atemzug wagte. Christophers Duft war noch immer präsent und doch trennte mich eine Welt von ihm.

In meinen Augen sammelten sich Tränen. Philippes Blick heftete sich auf mich. Meine Reaktion drängte ihn zum Handeln.

»Ich bringe dich heim – in Sicherheit«, flüsterte er mir beruhigend ins Ohr.

Souverän wie ein Bodyguard führte er mich durch die sich teilende Menschenmenge. Meine Freunde folgten uns. Niemand sprach. Erst auf der Rückfahrt wagte Emilia ein paar aufmunternde Worte.

Bei mir zu Hause angekommen, sorgte Philippe für Ruhe, schickte die anderen weg und kümmerte sich um meine Schürfwunden.

»Ich bleibe bei dir, bis deine Eltern zurückkommen.«

»Das ist wirklich lieb von dir, Philippe. Aber inzwischen geht's mir schon wieder besser.«

»Keine Chance, ich warte!«

Ich seufzte, da ich allein sein wollte, und änderte meine Taktik.

»Ich möchte mich ein bisschen hinlegen – und dabei würdest du nur stören. Oder willst du mir etwa zusehen, wie ich in meinem Bett schlafe?«

Philippe errötete. Er kannte mich gut genug, um den Wink zu verstehen.

»Ich geh ja schon. Aber du musst mir versprechen, anzurufen, wenn du wieder wach bist.« Kurz vor der Tür kramte Philippe ein kleines Päckchen aus seiner Hosentasche. »Übrigens, ich hab da noch was für dich – zu Ostern und als Ersatz für das Armband.«

Ein wenig verlegen nahm ich das Geschenk entgegen und öffnete die schmale Schachtel. Ein zierliches Madonnenbild an einer silbernen Kette kam zum Vorschein.

»Es ist zwar nicht das Medaillon eines Engelpapstes, doch dafür ist die Jungfrau Maria drauf.«

»Engelpapst?«

Philippe schüttelte ungläubig den Kopf. »Du hast wohl noch nicht viel von der Gegend mitbekommen, in der du lebst. Der Anhänger an der Kette, die ich dir zum Abschied geschenkt hab, soll von *Pietro del Murrone* sein. Der sagt dir hoffentlich was.«

»Klar.« Wie jeder hier kannte ich die nahezu unerreichbare Festung in der steilen Felswand über Sulmona, in die sich der Einsiedler vor achthundert Jahren zurückgezogen hatte.

»Er war mal Papst – mehr oder weniger freiwillig – und konnte angeblich heilen. Deshalb hielten die Leute ihn für einen Engel.«

Ich atmete erleichtert auf – das war schon lange her. *Ein* Engel genügte mir im Augenblick.

»Danke, Philippe. Für alles. Jetzt hast du mich schon zweimal gerettet.«

»Schon gut. Ich spiele gern den Lebensretter. Außerdem finde ich die Madonna hübscher als den Coelestin-Engel.«

Coelestin?! Wie der Schulleiter? Meine Anspannung stieg. Er war wirklich ein Engel – wie Christopher. Kaum hatte ich die Tür hinter Philippe geschlossen, stürmte eine Bilderflut auf mich ein, die – so absurd sie auch war – nur aus meinen Erinnerungen stammen konnte.

Ich sah Coelestin und die Engelsschule. Susan, Paul, Markus und all die anderen. Aron, der sich mit der Totenwächterin unterhielt. Und Christopher. Wie er in der Kapelle vor mir stand und versuchte, mir mit seiner Engelsgestalt Angst einzujagen. Es hatte nicht funktioniert, und er hatte akzeptiert, dass ich ihn liebte, bis er herausfand, dass ich gar kein Engel war. Er gab mich auf und überließ mich der Totenwächterin.

Meine Knie gaben nach. Unzählige Male durchlebte ich den Abschiedsschmerz und beschwor Christopher, mich nicht zu verlassen, bevor ich erneut in der Hölle der Wächterin versank.

Schließlich erlöste mich mein Verstand: Ich hatte Christopher wahrgenommen! Er war in meiner Nähe gewesen. Er hatte mich beschützt! Auch wenn er mich – laut meinem Gedächtnis – aus seiner Welt verbannt hatte, so war er doch bei mir gewesen. Als mein Schutzengel! Und das nicht nur heute.

Ich schöpfte Hoffnung. Wenn Christopher tatsächlich mein Schutzengel war – und das, was ich glaubte als meine Erinnerungen wiedererkannt zu haben, kein Fantasiegespinst –, dann müsste er auch jetzt in meiner Nähe sein.

Bis zum letzten Rest leerte ich meine Lungen – mein nächster Atemzug sollte so intensiv wie möglich sein. Der Gedanke an seinen Duft weckte vergessene Gefühle in mir, bis die Realität mich aus meinen Träumen riss: nicht die geringste Spur von Sommergewitter.

»Verdammt, wo steckst du? Ich weiß, dass du da bist.« Langsam wurde ich unruhig – und führte weitere Selbstgespräche. Genau genommen waren es ja keine.

Wie ein jagendes Raubtier lief ich durch das Haus und schnupperte in jeden Winkel. Selbst im Garten suchte ich nach seiner Fährte. Fehlanzeige! Schließlich gab ich auf. Zitternd stand ich auf der Terrasse und ließ meinen Tränen freien Lauf.

Hatte ich mir das alles nur eingebildet? Ein nach Sommerregen duftendes Parfum in der Menschenmenge gerochen und es auf mein Traumbild projiziert?

Waren meine wiederaufgetauchten Erinnerungen Wirklichkeit oder doch nur Illusion?

Wurde ich langsam verrückt?

Wie auch immer. Ich musste wissen, ob es einen Zusammenhang zwischen der Geistererscheinung im Wald, meinen Träumen und den merkwürdigen Erinnerungen gab. Also wischte ich mir die Tränen aus den Augen und sortierte meine Gedanken: Ich war überzeugt, einem Engel begegnet zu sein – und nicht nur einem! Ich glaubte, für eine gewisse Zeit in ihrer Welt gewesen zu sein. Dort hatte ich gelebt, gegessen, geschlafen, gelernt, neue Freundschaften geschlossen und mich unsterblich in einen von ihnen verliebt: in Christopher!

Mein Herz zog sich zusammen. Ich liebte ihn. Und ich wusste, dass nichts auf dieser Welt das je ändern würde. Aber was war mit ihm? Brachte er mir dieselbe Zuneigung entgegen? Liebte Christopher mich?

Für einen beängstigend langen Augenblick setzte mein Herz aus, bevor es mit einem dumpfen Schlag weiterpochte. Und wenn nicht? Was, wenn er anders empfand? Er hatte mich der Totenwächterin übergeben, nachdem sie entdeckt hatte, dass ich kein Engel war – als er festgestellt hatte, dass ich ihm nicht ebenbürtig war. Diese Erkenntnis bohrte sich in mein Inneres wie der Dolch, der die Marienstatue peinigte – ich genügte ihm nicht!

Es dauerte eine Weile, bis ich mich beruhigt hatte und sich mir eine weitere Frage aufdrängte: Warum hatte er mich dann beschützt? Es konnte unmöglich irgendein Parfum gewesen sein, das ich auf der Piazza gerochen hatte. Mit dem Duft, mit *seinem* Duft, war meine – wie auch immer geartete – Erinnerung zurückgekehrt, und ich sträubte mich zu glauben, dass es Zufall war.

Christopher hatte mich vor der aufgebrachten Menschenmenge beschützt und sie daran gehindert, mich niederzutrampeln.

Ein beängstigendes Gefühl breitete sich in mir aus, als mir

klar wurde, wie nah ich dem Tod gewesen war. Auf der Terrasse war es plötzlich eisig kalt, und ich beschloss, ins Haus zu gehen, um mich aufzuwärmen. Noch einmal versuchte ich, seinen Duft zu erschnuppern – erfolglos.

War es mir nur möglich, ihn wahrzunehmen, wenn ich mich in Gefahr befand? In Lebensgefahr?

Ich verdrängte den Gedanken, doch er stahl sich zurück. Hatte Christopher die Menge aufgehalten? War er mir deshalb nähergekommen als sonst? War das die Lösung?

Ganz von selbst suchte ich nach Möglichkeiten, die ihn dazu bewegen konnten, mich aus nächster Nähe zu beschützen. Drachenfliegen wie Stefano – dazu war ich, wie ich nach meinem Kurs im letzten Sommer wusste, zu feige. Eher würde ich eine waghalsige Klettertour in den Bergen unternehmen. Vielleicht konnte ich vor ein Auto oder einen Bus laufen oder mich mit dem Fahrrad auf die Straße wagen. Bei der italienischen Fahrweise wäre es nicht allzu schwierig, sich in Gefahr zu bringen.

Eine Gänsehaut überzog mich, als mir klar wurde, worüber ich gerade nachdachte. Ich spielte mit meinem Leben! War ich noch zu retten? Dachte ich ernsthaft darüber nach, mich in den Tod zu stürzen?

Eine Träne lief über mein Gesicht. Ich liebte Christopher und wünschte mir nichts sehnlicher, als bei ihm zu sein, aber ich liebte auch meine Eltern und meine Freunde. Ich würde sie für immer verlieren. Wollte ich das? War ich dazu wirklich bereit? Hatte Christopher mich gerettet, weil er wusste, dass der Abschied für mich zu früh gekommen wäre? Weil er wusste, dass die Ewigkeit auf uns wartete? Oder dass es keine gemeinsame Zukunft für uns geben würde?!

Meine Verzweiflung wuchs. Liebte er mich überhaupt, oder hatte er nur seine Pflicht als Schutzengel erfüllt? Weitere Tränen sammelten sich in meinen Augen. Es gab nur einen, der meine Fragen beantworten konnte – und der wollte sich nicht zeigen!

Doch ich war nicht bereit zu warten, bis er es für angebracht hielt, mich aufzuklären. Ich hatte ihn schon einmal gefunden und würde ihn wieder finden: den Zugang zum Schloss der Engel.

Kapitel 22

Verführerische Spiegelungen

Die Landschaft, die am Fenster des Taxis vorüberzog, hatte sich verändert. Der Frühling hielt auch hier seinen Einzug. Die kahlen Bäume erblühten und grüne Blattknospen streckten vorwitzig ihre Fühler aus. Das Land erwachte aus seinem Winterschlaf. Nur der Taxifahrer nicht – für meinen Geschmack fuhr er viel zu langsam.

Ich konnte es kaum erwarten, wieder ins Internat zurückzukommen. Obwohl mich ab und zu Zweifel quälten, hielt ich an meinem Glauben fest. Es gab eine Welt voller Engel, eine Welt mit Christopher. Es musste sie einfach geben! Andernfalls …?

Immer wenn ich diesen Punkt erreichte, beendete ich meinen Gedankengang und dachte darüber nach, warum ich Christophers Duft nur auf der Piazza wahrnehmen konnte. Irgendetwas hatte ich übersehen. Einen Hinweis, der erklären konnte, warum ausgerechnet dort. Inzwischen war mir klar, dass ich Christopher schon davor bemerkt hatte: den Sturm am Abgrund, der die Stimme vertrieb, und die Windböe bei den Steingräbern. Die Totenwächterin hatte Angst gehabt, bevor sie sich in Nebel auflöste – und bestimmt nicht vor Raffael. Dennoch hatte erst Christophers Geruch meine Erinnerungen geweckt.

Ich kletterte aus dem Auto und sog die klare Luft ein. Der Duft von Narzissen und Tulpen strömte mir in die Nase – das war jedoch nicht das, was ich erhofft hatte. Seit Ostern hatte ich Christopher nicht mehr gespürt. Weder im Traum noch sonst irgendwo.

Frau Schlatter entdeckte mich und kam unsicher auf mich zu.

»Hallo Lynn, schön, dass du wieder zurück bist.«

Sie räusperte sich und lenkte dadurch meine volle Aufmerksamkeit auf sich. Anscheinend hatte sie mir etwas Unangenehmes mitzuteilen.

»Ich hoffe, es macht dir nichts aus, aber … nun … Hannahs Eltern haben angerufen«, brachte sie endlich heraus. »Sie kann nicht mehr richtig schlafen, seit du mit ihr das Zimmer teilst, da du … nun ja … Hast du Probleme mit den Polypen?«

Ich atmete erleichtert auf, da ich fürchtete, dass Hannah mehr von meinen nächtlichen Aktivitäten mitbekommen hatte, als mir lieb sein konnte.

Obwohl ich nicht wusste, wohin das Ganze führen sollte, spielte ich mit. »Schon möglich.«

Frau Schlatter schien erleichtert. »Dann kannst du sicher verstehen, dass Hannahs Eltern darum gebeten haben, ihr eine andere Mitbewohnerin zuzuteilen.«

Ich musste meine Überraschung nicht vortäuschen. Hannah hatte klein beigegeben? Bestimmt nicht. Sicher spekulierte sie darauf, mich aus dem Gelben Haus zu ekeln, um zu verhindern, dass ich mit der Zeit nicht nur von Marisas, sondern auch von ihren Freunden akzeptiert wurde. Schließlich gab es seit Raffaels Auftauchen kein freies Zimmer mehr im Wohntrakt der Elften, und ihr Versuch, mich auszuquartieren, würde mir nicht gerade helfen, nach der Internatssperrstunde einen meiner Mitschüler – wie zum Beispiel Raffael – zu treffen.

»Also wenn es dir nichts ausmacht, nicht im selben Gebäude wie deine Klassenstufe zu wohnen«, fuhr die Mentorin fort, »kannst du dein altes Zimmer unterm Dach wieder haben. Ein Einzelzimmer scheint uns für dich am besten geeignet.«

Obwohl ich wahrscheinlich recht hatte, was Hannahs hinterhältige Absichten betraf, zwang ich mich in Gegenwart der

Mentorin, nicht allzu euphorisch zuzustimmen. Ich durfte wieder im Schloss einziehen, in das Zimmer, das so viele Erinnerungen an meine Zeit mit Christopher barg!

Doch als ich mit geschlossenen Augen in meinem Bett lag und mir vorstellte, ich wäre im Schloss der Engel, fühlte es sich falsch an. Christopher fehlte. Auch später – in meinen Träumen.

Ich entschied, noch vor dem Frühstück dem Putzraum einen weiteren Besuch abzustatten. Sachte zog ich die Zimmertür hinter mir zu, um niemanden zu wecken, und spähte auf den düsteren Flur. Mein Herz schlug viel zu schnell, als ich die dunkle Gestalt entdeckte, die lässig an der Wand lehnte. Ich schloss für einen Moment die Augen und versuchte, Christophers Duft wahrzunehmen. Nichts! Vielleicht war ich zu weit weg.

Vorsichtig betrachtete ich den Schatten, als ob meine Nähe ihn vertreiben könnte. Stand er Wache vor meinem Zimmer und hatte vergessen, sich unsichtbar zu machen? Leise, aber nicht lautlos genug, drückte ich mich vom Türrahmen ab.

»Schon so früh unterwegs? Du scheinst eine echte Frühaufsteherin zu sein.« Es war Raffael.

Ich versuchte meine Enttäuschung zu unterdrücken, doch es gelang mir nicht. Mit meinen Gefühlen kämpfend, stand ich reglos da und brachte nur ein Nicken zustande.

Raffael kam auf mich zu und ließ seine Finger über mein Gesicht wandern, um die Träne aufzufangen, die ich vergeblich versucht hatte zurückzuhalten. Ich erschauderte – unfreiwillig. Viel zu sehr erinnerte er mich im Augenblick an Christopher.

Schließlich gelang es mir, ein Stück weit meine Fassung wiederzuerlangen. »Heimweh«, stammelte ich.

»Kann ich verstehen«, antwortete er.

Verlegen wandte ich mich ab. »Lass uns zur Mensa gehen. Ich bin hungrig.« Meine Stimme klang belegt und mitgenommen.

Raffael hakte nicht nach, und ich war froh darüber. Er zeigte sich von seiner besten Seite und es gelang ihm sogar, mich aufzumuntern.

Aufgrund der zahlreichen Hausaufgaben, meiner Zusatzstunden und des Tanzkurses blieb mir viel zu wenig Zeit für meine Suche nach der Engelswelt. Vor allem aber erschwerte Raffaels permanentes Auftauchen zu den ungünstigsten Gelegenheiten mein Vorhaben. Wahrscheinlich hatte ihn mein vorgegebener Heimwehanfall dazu ermuntert, mir beizustehen. Um ihm zu entkommen, schwänzte ich am Freitag mein Kunstprojekt und täuschte Kopfschmerzen vor. Den Arbeitsdienst, falls mich jemand erwischen sollte, nahm ich in Kauf.

Natürlich begann ich im Abstellraum unter der Treppe. Wie erwartet stapelten sich dort Eimer, Putzmittel und dergleichen. Ich schnappte mir einen Besenstil und klopfte die Kammer nach irgendwelchen verborgenen Hohlräumen ab. Zentimeter um Zentimeter überprüfte ich zuerst den Boden und danach die Wände. Nichts deutete auf eine dahinterliegende Treppe hin. Frustriert schleuderte ich den Besen in die Ecke.

War alles doch nur Einbildung gewesen? Folgen meines Schädeltraumas? Sollte ich aufgeben und versuchen, mein altes Leben weiterzuführen?

Mein Herz zog sich so sehr zusammen, dass es schmerzte. Nein! Christopher lebte nicht nur in meiner Fantasie. Aber warum zeigte er sich mir dann nicht? Die Totenwächterin hatte keine Probleme damit.

»Kannst du oder willst du nicht?« Ich führte wieder Selbstgespräche. Irgendwie musste ich ja meinem aufsteigenden Ärger Luft verschaffen. »Aber wenn du glaubst, dass du mich loswirst, indem du dich versteckst, hast du dich geschnitten.« Wenn, dann musste er schon den Mut aufbringen und mir ins Gesicht sagen, dass er mich nie wieder sehen wollte!

Marisa erwartete mich oben im Flur. Ich zuckte zusammen, als ich sie entdeckte.

»Du warst unterwegs? Ich dachte, du hast Kopfschmerzen?« Sie betrachtete mich skeptisch.

»Und ich dachte, ein Spaziergang könnte sie vertreiben.« Erstaunlich schnell kam mir die Lüge über die Lippen.

»Ach ja? Und warum glaubst du, mich anlügen zu müssen, wenn du etwas anderes vorhast als dein Kunstprojekt?«

»Ich hatte nichts anderes vor!«

»Ach nein?!«

»Doch! Aber das geht dich nichts an!« Marisa wich vor mir zurück. Ich hatte sie angeschrien, und das, nachdem wir uns eben erst wieder versöhnt hatten.

»Na, dann hab ich hier wohl nichts mehr verloren.«

Sie war schon bei der Treppe, als ich endlich zur Vernunft kam. »Marisa. Bitte! Ich hab's nicht so gemeint. Es tut mir leid.«

Sie drehte sich zu mir um – und wartete.

»Ich … ich hab Stress mit … meinem Freund.«

»Deinem Freund?!« Marisa war mehr als überrascht. Klar, ich hatte nie einen erwähnt.

»Kenn ich ihn?«, fragte sie misstrauisch.

»Nein.«

Ihre Augenbrauen zogen sich zusammen. Offenbar glaubte sie mir nicht. »Aber ich werde ihn bestimmt kennenlernen, wenn ihr euch wieder vertragt.«

»Wohl kaum.«

»Zeigst du mir wenigstens ein Foto?«

Ich seufzte. Ein Foto! Wie gerne hätte ich selbst eins! »Nein. Es ist ein wenig kompliziert.«

Marisa wurde hellhörig und begann zu interpretieren: »Dann muss er berühmt sein.« – Und zu fantasieren. – »Wie romantisch, eure Liebe geheimzuhalten, damit du nicht von Paparazzi umlagert wirst.«

Genau. Romantisch! Marisas Weltbild würde einstürzen, wenn

sie die Wahrheit erführe. Vielleicht widersprach ich deshalb nicht ihrer verschrobenen Theorie.

Trotz Marisas verschwörerischen Blicken und Raffaels Aufmunterungsversuchen war ich beim Abendessen ein schlechter Zuhörer. Meine erfolglose Suche beschäftigte mich. Irgendetwas musste ich übersehen haben. Einen Hinweis, an welcher Stelle ich weitermachen sollte.

Mitten auf der Treppe zu meinem Zimmer kam ich endlich darauf: Ich hatte Christopher wahrgenommen, nach einer Nacht, die ich ungeplant bei Emilia verbracht hatte. Nach einer Nacht ohne den Einfluss einer geruchskillenden Kräutermischung!

Als ich die Tür öffnete, entdeckte ich es sofort. Es war ein Kräuterkissen, wie ich es angefertigt hatte. Dasselbe Muster, dieselbe Größe – und es lag mitten auf meinem Bett! Unscheinbar und doch so wirksam.

Christopher manipulierte mich! Es war kein Zufall, dass ich gerade eben erst auf die Lösung gekommen war.

Wütend schleuderte ich das Säckchen aus dem Fenster und brach in Tränen aus. Er war bei mir gewesen und hatte mich im Unklaren gelassen – ließ mich an meinem Verstand und meinen Erinnerungen zweifeln!

Das Gefühl, dass er mich hintergangen hatte, nistete sich bei mir ein. Was wollte er damit beweisen? Wollte er mich testen? Die Aufrichtigkeit meiner Liebe prüfen? Dachte er, ich wäre zu schwach für ihn? Träumte ich deshalb nicht mehr von ihm, weil er sich in meine Träume stahl und hoffte, ich würde ihn vergessen? Nicht umsonst wurde wohl ein Fach wie Schlafwächter an der Engelsschule unterrichtet.

Wieweit konnte er mich beeinflussen?! Ich hatte die Bedeutung des Kräutersäckchens erkannt, kurz bevor es auf meinem Bett auftauchte. Dann wiederum war ich zu den Steingräbern vorgedrungen, was sicher nicht in Christophers Absicht lag. Oder doch? Wollte er mich einschüchtern? Damit ich aufgab?

Aufgewühlt wanderte ich durch mein Zimmer.

Liebte er mich?

Warum sagte er mir nicht einfach, dass er mich nicht liebte? Warum zeigte er sich nicht, und warum ließ er mich diese beängstigenden Dinge durchleben? Konnte er sie nicht verhindern, oder wollte er es nicht? Musste ich den Entschluss, ihn zu vergessen, aus eigenem Willen treffen? Weil er sonst nicht wirksam war und ich mich wieder an ihn erinnern würde?

Ich war verwirrter denn je. So legte sich mein nächster Atemzug wie Balsam auf meine wunde Seele.

Sommergewitter!

Ich schloss die Augen und füllte meine Lungen mit diesem unverwechselbaren Duft. Ich hätte ihn unter Tausenden wiedererkannt.

»Wo bist du?«, flüsterte ich. Ich wagte nicht, die Augen zu öffnen. Viel lieber stellte ich mir vor, wie Christopher in meinem Zimmer stand und mich mit einem zärtlichen Blick betrachtete.

Der Duft wurde intensiver – er musste ganz in meiner Nähe sein. Ein elektrisierendes Rauschen durchpulste meine Adern bei jedem Atemzug. Er war bei mir. Es gab nichts, was ich mir sehnsüchtiger wünschte, und doch war ich zu feige, ihn anzusehen. Es gab Gründe – wichtige, vernünftige Gründe –, warum ich ihn gerade jetzt wahrnehmen konnte, und ich war mir sicher, dass ich keinen dieser Gründe erfahren wollte. Aber noch viel schlimmer war die Angst, ihn nicht sehen, nicht berühren zu können. Ich sehnte mich so sehr nach ihm.

Sei mutig, öffne die Augen!, feuerte ich mich an – trotzdem zögerte ich. Schließlich befahl ich meinen Lidern, sich zu heben – vorsichtig, als könnte ein Blick ihn vertreiben.

Tränen sammelten sich in meinen Augen. Es war, wie ich

befürchtet hatte: Ich konnte ihn nicht sehen, obwohl er bei mir war. Noch immer hüllte mich sein schwerer Duft ein.

»Warum tust du das?«, schluchzte ich entgegen jeglicher Vernunft – letztendlich war ich es gewesen, die die Entscheidung getroffen und das Kräutersäckchen aus dem Fenster geworfen hatte.

Christophers Duft wurde schwächer, und ich spürte, wie der Schmerz in meiner Brust sich verstärkte. »Nein!«, rief ich panisch. Auch wenn seine unwirkliche Gegenwart schwer zu ertragen war, noch schlimmer war es, auf ihn zu verzichten.

Sein Duft erreichte mich, bevor er sich erneut abschwächte – er war noch da. Unbändige Freude durchzog mich. *Ein Zeichen*?, schoss es mir durch den Kopf. Wollte er, dass ich ihm folgte?

Ich konzentrierte mich und versuchte, die Spur seines Dufts zu lokalisieren. Unmöglich. So leicht es war, ihn in seiner Welt zu entdecken, umso schwieriger war es in meiner – als ob mein Geruchssinn verkümmert wäre. Ich bemühte mich trotz allem. Mit geschlossenen Augen, um jegliche Ablenkung auszublenden, irrte ich in meiner Kammer umher, bis ich die intensivste Stelle erreichte: die Tür. Eigentlich hätte ich mir das denken können!

Wie von selbst zog es mich dorthin, wo Christopher immer auf mich gewartet hatte. Mein Instinkt enttäuschte mich nicht. Als ich seine berauschende Duftwolke erreichte, jubelte mein Herz. Ich wartete, bis der Geruch sich abgeschwächt hatte, folgte meiner Intuition und schlich leise die Treppe hinunter.

Der Keller! Wo sonst sollte er mich hinführen? Und tatsächlich wehte mir ein Hauch seines Dufts entgegen, als ich die Wandtür unter der Treppe öffnete. Wie um mich zu verspotten, beleuchtete das klägliche Licht der altersschwachen Glühbirne den Raum. Eimer, Putzmittel, Besen! Alles war an seinem Platz.

Hatte ich mich geirrt?

Mein Magen krampfte sich zusammen, und ich kämpfte erneut gegen die Tränen. Was war los mit mir? Wo war mein Kampfgeist geblieben? War ich wirklich so schwach, dass ich aufgab, bevor ich überhaupt begonnen hatte?

Neue Kraft durchströmte mich und schenkte mir Zuversicht. Wie bereits zuvor räumte ich die Eimer, Besen und sonstigen Putzutensilien beiseite, um den Boden zu inspizieren.

Es dauerte eine Weile, bis sich meine Augen an die Dunkelheit gewöhnt hatten und sie wahrnahmen, was ihnen bislang entgangen war: Kaum sichtbar und dennoch auffällig, trennte zwei der Holzdielen eine breite Fuge.

Ich suchte nach einem geeigneten Werkzeug, um das Brett hochzuhebeln, und fand überraschend schnell einen Schraubendreher, der eigentlich nicht hierhergehörte. Zufall? Ich bezweifelte es.

Nachdem ich mehrere Dielen entfernt hatte, schimmerte mir ein rostiger Metallring durch die Strohmatten entgegen. Ich arbeitete wie besessen: beseitigte weitere Bretter, riss die Strohmatten, auf denen die alten Holzdielen lagen, heraus und legte den darunter verborgenen Boden frei. Meine Finger tasteten sorgfältig den Untergrund ab, fanden die staubgefüllten Ritzen und kratzten sie frei, bis sie deutlich zu sehen war: die Luke, die nach unten führte.

Es kostete mich einige Anstrengung, die schwere Abdeckung anzuheben. Schließlich tastete ich mich mit zitternden Knien die steile Treppe hinunter. Mein Blut jagte durch meine Adern, als ich vor der alten Tür stand. Sie führte in *meinen* Keller! Christopher stand hinter dieser Tür und erwartete mich!

Ich versuchte, einen tiefen Zug seines Dufts einzufangen, bevor ich die Klinke berührte, doch das Atmen fiel mir plötzlich schwer. Er hatte einen Weg für uns gefunden! Mein Herz schien vor Glück zu zerspringen, aber mein Verstand wagte kaum zu hoffen.

Das diffuse Licht des Mondes fiel durch das vergitterte Kellerfenster, und ich erkannte, dass es durch einen Lichtschacht in den Raum geleitet wurde. Bestens verborgen lag das Fenster im Inneren des Schlosses – unauffindbar.

An die Dunkelheit gewöhnt, durchsuchten meine Augen den Raum. Er war so, wie ich ihn in Erinnerung behalten hatte: große Leinwände, alte Möbel und mittendrin der mannshohe venezianische Spiegel. Meine Anspannung wuchs. Christopher, wo war er bloß? Deutlich, als stünde ich nach einem Regenguss hoch oben in den Abruzzen, nahm ich seinen Duft wahr.

Eine Bewegung erregte meine Aufmerksamkeit und zog mich weiter in den Raum hinein. Mein Blick fiel auf den Spiegel und traf zwei smaragdgrüne Augen. Christopher stand hinter mir!

»Dreh dich nicht um!«

Seine samtweiche Stimme beschleunigte meinen Herzschlag und verstärkte meine Sinne. Ich spürte seine Gegenwart, nahm sein Wesen wahr und schlug seine Warnung in den Wind.

Meine Enttäuschung schnürte mir die Kehle zu. Es gab nichts außer alten Möbeln und staubiger Luft. Ich streckte die Arme nach ihm aus. Er war da gewesen und musste immer noch bei mir sein – sein Duft verriet ihn. Doch ich griff ins Leere.

»Du kannst mich nicht sehen«, hörte ich Christophers Stimme, »und auch nicht berühren.«

Ich wollte ihm nicht glauben und suchte weiter: nach ihm, nach seinem Körper, seinen Armen und seinen Händen, deren Berührung ich so sehr vermisste.

»Lynn, bitte, dreh dich um und schau mich an – ich habe nicht viel Zeit.«

Mein Herz zog sich bei seiner Mahnung zusammen, trotzdem folgte ich seiner Aufforderung. Christophers warmer Blick ruhte auf mir und raubte mir – wieder einmal – den Verstand. Er war noch immer hinter mir, nun so dicht, dass er mich mühelos berühren konnte.

Ich schloss die Augen, um die Wahrnehmungskraft meiner

Sinne zu verstärken. Sein Duft hüllte mich ein, sein gleichmäßiger Atem erreichte mein Gehör, seine Nähe wärmte mich. Deutlich konnte ich ihn spüren, als würde er mich berühren. Doch über all dem fühlte ich sein überwältigendes Wesen, das rein, stark und allgegenwärtig über mich wachte.

»Lynn, du musst aufhören. Du darfst nicht länger nach mir suchen.«

Christophers Stimme lenkte mich zurück zu seinem Spiegelbild. Eindringlich blickte es mir entgegen. Ich deutete seine Worte falsch. Von meiner Hoffnung geblendet, sah ich nichts als Zuneigung in seinem Blick.

»Was muss ich tun? Wie komme ich zu dir?«

Ich war mir so sicher, dass Christopher eine Lösung gefunden hatte, doch seine Antwort durchbohrte mich wie ein spitzer Dolch.

»Es gibt keinen Weg zu mir.« Seine Stimme war hart – wie seine frostig kalten Augen.

Ich zuckte vor seinem Spiegelbild zurück und berührte sein Wesen, das mich sogleich zur Gänze umhüllte. Seine Nähe linderte den Schmerz und tröstete mich. Sie vertrieb meine Ängste und vermittelte mir eine Sicherheit, die ich nur bei Christopher fand. Er liebte mich, ich fühlte es, durch die Art seiner körperlosen Umarmung.

Völlig unerwartet drang ich weiter in sein Wesen vor und erstarrte, als ich die Tiefe seiner Gefühle wahrnahm: Verzweiflung, Kummer, Wut und abgrundtiefer Hass. Wie eine erdrückende Last schwebten sie über ihm und drohten ihn zu vernichten. Als ich sein Wesen begriff, zog ein gequälter Ausdruck über Christophers Gesicht, der mich aus der Fassung brachte. Allzu schnell wich er zurück.

War ihm meine Nähe so zuwider?

Erneut tobte ein Kampf in seinen Augen, wechselte das Jadegrün zu warmem, weichem Smaragdgrün und wieder zurück.

»Ich möchte, dass du deine Suche beendest.« Seine Stimme verriet nichts von seinen Gefühlen. »Du hast mich gefunden – wie du es dir gewünscht hast –, und nun bitte ich dich, in deine Welt zurückzukehren und mich zu vergessen.«

Der Dolch stieß tiefer und erreichte mein Herz.

»Das kann ich nicht«, flüsterte ich.

»Du wirst es lernen«, antwortete er abweisend. »Ich habe dir gegeben, was du wolltest: Du hast mich gefunden – das muss dir genügen.«

»Und wenn nicht?«

»Es gibt keine Alternative.«

»Wegen der Totenwächterin, nicht wahr? Sie kann gefährlich für dich werden.«

»Sie *mir*?« Christopher lachte überheblich. »Wenn, dann bringe ich *dich* in Gefahr.«

Er hatte Angst um mich?! Der Dolch im meinem Herzen verschwand.

»Du hast mich schon einmal gewarnt, und ich habe dir bereits eine Antwort gegeben. Ich kann meine Gefühle nicht verleugnen, egal wie gefährlich es ist, bei dir zu sein.«

Christophers Maske schien zu fallen, denn ich glaubte, die Sorge, die hinter seinen Worten stand, zu spüren.

»Lynn, siehst du nicht, worauf du zusteuerst? Bist du mit Blindheit geschlagen?«

Eigensinn, verbesserte ich im Stillen.

»Du wirst scheitern! Die Totenwächterin war beinahe erfolgreich. Du bist ihr nur knapp entkommen. Willst du dich ihr tatsächlich ausliefern – freiwillig?«

»Werde ich nicht ohnehin früher oder später von ihr geholt?«

Christopher zögerte. »Das weiß ich nicht. Die Zukunft ist noch nicht geschrieben. Aber wenn du dich aus freien Stücken opferst, kann nichts und niemand sie aufhalten, sich zu nehmen, was sich ihr anbietet.«

Ein Glücksgefühl rauschte durch meine Adern. Alles war möglich. Selbst Christopher wusste nicht, was die Zukunft für mich bereithielt.

»Dann kann ich also doch noch ein Schutzengel werden?«

Jegliche Regung erstarb auf seinem Gesicht. »Zum Engel muss man berufen sein, und du weist keine Eigenschaften auf, die dich dazu befähigen, andere zu beschützen. Im Gegenteil, ohne Schutz wärst du verloren.«

Ich schluckte – damit hatte ich nicht gerechnet. Aber so schnell gab ich nicht auf.

»Und es gibt keine andere Möglichkeit?«

»Nicht, wenn die Totenwächterin sich deiner zu früh bemächtigt. Sie wird sich deine Gefühle zunutze machen und verhindern, dass dein Herz und dein Verstand zueinanderfinden. Denn nur dann kann sich deine unreife Seele vervollkommnen. Sie wird sich an deinem Scheitern ergötzen, bis nichts mehr von dir übrigbleibt und du nur noch Trauer und Leid empfindest.

Lynn, du musst dein Leben leben – als Mensch! Nur wenn du dort dein Glück findest, kann sich dein Schicksal noch wenden und deine Seele reifen.«

Ich verdrängte das ungute Gefühl, eines Tages doch bei der Totenwächterin zu landen. Ich war jung, Christopher hatte recht. Mein Leben lag noch vor mir. Die Totenwächterin konnte warten. Ich hatte nicht vor, freiwillig zu sterben, solange keine Chance für mich bestand, ein Engel oder sonst etwas zu werden, das in Christophers Welt Bestand hatte. Aber ich hatte eine andere Idee.

»Es gibt einen Weg ins Schloss der Engel – auch für mich. Und ich bin ihn schon einmal gegangen«, erklärte ich.

»Du kannst nicht in meiner Welt leben. Hast du beim letzten Mal nicht aufgepasst? Deine unvollständige Seele würde binnen weniger Tage sterben – für immer!«

Ich hatte mit dieser Antwort gerechnet. Tagelang hatte ich an einer Lösung gebastelt, obwohl sie eigentlich so naheliegend war.

»Ja, wenn ich versuchen würde zu bleiben. Aber was, wenn ich nur tagsüber in deiner Welt lebe und die Nächte in meiner verbringe? Du könntest mich als mein Schutzengel begleiten und über meinen Schlaf wachen.«

Christophers Pupillen weiteten sich, doch er hatte seine Gefühle schnell wieder unter Kontrolle.

»Es würde dich deines Lebens berauben. Deiner Zukunft. Das kann ich nicht zulassen.« Seine Stimme wurde eindringlicher. »Du bist ein Mensch und sollst ein normales, unbeschwertes Leben führen. Deshalb musst du aufhören, nach meiner Welt zu suchen!«

»Und wenn ich mir gar keine *normale* Zukunft wünsche?«

»Es steht außerhalb meiner Befugnisse, mich in dein Leben einzumischen.«

»Hast du das nicht schon längst getan?«

Ich spürte, dass er sich meinen Argumenten verschloss.

»Es gibt nichts, was ich getan habe, das nicht revidierbar wäre.«

»Du meinst, nichts, was ich nicht vergessen würde? Wurde mir nicht schon einmal versprochen, dass ich mich an nichts mehr erinnern würde?«

»Beim nächsten Mal werde ich erfolgreicher sein«, versprach er bitter.

»Das schaffst du nicht. Niemals werde ich *freiwillig* auf meine Erinnerungen verzichten!« Die steile Stirnfalte zwischen Christophers jadegrünen Augen verriet, dass ich ins Schwarze getroffen hatte. »Warum hilfst du mir nicht? Findest du nicht auch, dass unsere Beziehung sehr einseitig ist? Ich soll auf dich verzichten, und du darfst mich den ganzen Tag begleiten und als mein Schutzengel bei mir sein?«

Ein triumphierendes Lächeln legte sich auf Christophers Lippen, als steuere er dem gewissen Sieg entgegen. Seine Reaktion verunsicherte mich.

»Du irrst dich. Ich bin nicht dein Schutzengel.«

»Bist du nicht? Du hast mich nicht vor der Totenwächterin gerettet?«

Christophers Miene nahm einen höhnischen Zug an. »Ich sagte dir bereits, dass ich nicht dazu geeignet bin, Menschen zu beschützen.«

»Und du bist nicht in meine Gedanken eingedrungen, um mich hierherzulocken?«

Christopher schwieg für den Bruchteil einer Sekunde zu lang.

»Kannst du alle meine Gedanken lesen?«

»Nein.«

»Aber du kannst mich beeinflussen.« Ich erwartete keine Antwort, da ich fest davon überzeugt war, dass er es konnte.

»In gewisser Weise. Ich kann dir Bilder und Worte schicken, um deine Überlegungen zu erweitern, wenn du unschlüssig oder in Gefahr bist – vorausgesetzt, du lässt es zu«, schränkte er ein. »Du bist sehr schwer zu durchschauen. Nur wenn du träumst, bist du empfänglicher.«

Obwohl ich es längst geahnt hatte, machte mich sein Geständnis wütend.

»Habe ich überhaupt noch einen freien Willen, oder entscheidest du, wen ich lieben darf?« Allzu intensiv erinnerte ich mich an meine Träume mit Philippe. »*Du* hast sie mir geschickt, nicht wahr?«

Ich funkelte Christopher böse an. Er bestätigte meine Vermutung nicht, doch seine Antwort war eindeutig.

»Lynn, ich bin nicht gekommen, um mich zu rechtfertigen. Sobald du erkennst, dass das, was du als Liebe erachtest, eine Täuschung ist, wirst du lernen, mich zu vergessen.«

»Eine Täuschung?« Ich war außer mir. »Niemals werde ich

dich vergessen. Warum sollte ich lernen, etwas zu vergessen, das ich mehr liebe als mich selbst?«

Christophers Haltung veränderte sich. Eiserne Härte lag nun in seinem Blick.

»Weil du dich belügst. Du bist meinem Zauber als Engel verfallen – einem Zauber, dem kein Mensch widerstehen kann. Aber was du fühlst, ist keine Liebe. Die Sehnsucht, etwas Unerreichbares zu besitzen, treibt dich an. Das, was du für Liebe hältst, ist eine Illusion.«

Seine Worte schlugen wie Fausthiebe auf mich ein. Er zweifelte an der Aufrichtigkeit meiner Liebe?! Spürte er denn nicht, wie unumstößlich meine Gefühle für ihn waren? Ich schluckte den Schmerz hinunter, um antworten zu können.

»Du irrst dich! Ich liebe dich, und ich werde dich immer lieben – ewiglich!«

Ein kurzes Aufflackern huschte über seine Züge, es verschwand jedoch so schnell, wie es gekommen war.

»Ewiglich! Was weißt du schon von der Ewigkeit.« Christopher beherrschte sein Mienenspiel – es war wie gemeißelt, wie das Gesicht eines Engels aus Stein.

»Wenig, mit deinen Augen betrachtet. Und doch gibt es nichts auf dieser Welt, das meine Gefühle zu dir zerstören könnte.«

Christophers Tonfall wurde schneidend. Spott und Überheblichkeit sprachen nun aus ihm. »Daran erkennt man, dass du nicht viel über meine Welt weißt. Doch wie in deiner, gehören auch in meiner Welt zu einer erfüllten Liebe immer zwei, die dasselbe fühlen. Wenn ein Engel sich bindet, dann gilt dies nicht nur für die Dauer eines Menschenlebens, sondern für den Rest der Ewigkeit, und ich … bin bereits gebunden.«

Seine Worte wurden wieder zur Waffe. Unbarmherzig stieß er zu. Der Schmerz durchdrang all meine Sinne und riss mich in einen Abgrund tiefen Leids. Ich schwankte. Der Boden unter meinen Füßen öffnete sich und drohte, mich zu verschlingen.

Er liebte mich nicht? Hatte ich alles falsch gedeutet? Ich ergriff den letzten Anker, der mir geblieben war.

»Warum hast du mich vor der Menschenmenge gerettet?« Meine Worte waren kaum mehr als ein Flüstern.

»Das war nicht ich, sondern Philippe.«

»Und vor dem Abgrund?«

»Auch da half dir dein Freund.«

»Und auch bei den Steingräbern, nicht wahr?«

Ich sah meine Augen im Spiegel. Sie waren dunkel vor Schmerz und unterdrückter Wut, aber ich konnte auch den Schimmer Hoffnung in ihnen sehen, den ich nicht bereit war aufzugeben.

»Sag mir, dass nicht du es warst, der mich gerettet hat!«

Christophers Schweigen verriet ihn.

»Sag mir, dass du mich nicht beschützt hast! Sag mir, dass du mich nicht liebst und dass es keine Hoffnung für uns gibt.«

Christopher hob vorsichtig einen Arm, und ich fühlte bereits seine Hand in meinen Haaren, die sanft mein Gesicht berührte und es zu sich zog, um mich zu küssen.

»Ich bin gebunden an die Suche, an den Kampf und an die Zerstörung von Mächten, die jenseits deiner Vorstellungskraft liegen. Zu tief sind die Gefühle von Wut, Vergeltung und Hass in mir, um diesem Kampf jemals widerstehen zu können. Lynn, was auch immer geschehen ist, ich werde niemals lieben können. Durch dich habe ich erkannt, dass ich zur Rache geboren bin – nicht zur Liebe. Zu mächtig ist mein wahres Wesen – ich werde ewig ein Racheengel sein!«

Eine tiefe, unergründliche Angst erfüllte mich. Ich begegnete Christophers erbarmungslosem Blick und erkannte die Gefahr in ihm. Sein Wort konnte ein Todesurteil besiegeln. Er war ein unbeugsamer Krieger – ein Engel des Todes! Und trotzdem änderte dies nichts an meinen Gefühlen.

»Und ich werde ewig auf dich warten.«

»Dann hat die Ewigkeit für dich bereits begonnen. Es gibt keinen Weg zurück und es wird auch niemals wieder einen geben. Ich hätte dir den Schmerz erspart, doch du hast dich entschieden zu leiden, anstatt zu vergessen.«

Mit einer geschmeidigen Bewegung öffnete Christopher seine Hand. Ein kleines blaues Licht erhob sich daraus und schwebte langsam dem Spiegel entgegen.

Mein Entsetzen lähmte mich, und ich musste tatenlos mit ansehen, wie meine Hoffnung mitsamt seinem Spiegelbild zerbrach, als er den Zugang zum Schloss der Engel zerstörte. Ich hatte geahnt, dass mir das Meisterwerk den Einlass ermöglichen würde. Nun war mir der Weg in seine Welt für immer versperrt.

Unzählige kleine Risse durchzogen den gigantischen Spiegel, zerschmetterten seine funkelnde Oberfläche und trübten sie zu matt schimmerndem Silber. Und mit ihm zersplitterte mein Herz in tausend Stücke. Jeder Bruch im Spiegel war ein weiterer Schnitt, der es auseinanderriss und gnadenlose Zerstörung hinterließ.

Der Schmerz brannte sich tief in mich hinein und entfachte ein loderndes Inferno. Ich brach schluchzend zusammen. Weder mein Körper noch meine Seele war dieser Qual gewachsen.

Kapitel 23

Trübsal

Nur verschwommene Bilder blieben in meinem Gedächtnis, und diese mischten sich mit alten Träumen. Ich roch das Salz des Meeres und schwebte über dem Wasser, ehe ich mit Philippe Hand in Hand einen einsamen Strand entlanglief.

Jemand flößte mir etwas zu trinken ein – Tee vermutlich. Mein Verstand protestierte. Schon mehrmals hatte man mich damit ruhiggestellt. Ich wollte mich übergeben, doch eine energische Hand hielt mich zurück.

Mein Dämmerzustand wurde von kurzen, traumlosen Schlafphasen unterbrochen. Immer wieder erwachte ich und erinnerte mich daran, dass ich den Tee loswerden wollte. Jeder weitere Versuch scheiterte, noch bevor ich ihn auswürgen konnte. Zu offensichtlich war mein Plan.

Ich konzentrierte meine Gedanken auf einen imaginären Punkt hinter meiner Stirn. Als ich den Kreis deutlich vor mir sah, spielte ich mit seiner Größe und ließ ihn in allen Regenbogenfarben erscheinen. Mit einer blitzschnellen Bewegung krümmte ich mich zusammen und erbrach meinen Mageninhalt. Wer auch immer mich dazu gezwungen hatte, den Tee bei mir zu behalten, hatte versagt.

Ich fiel erneut in einen traumlosen Schlaf – im Hinterkopf die Angst, noch einmal ein beruhigendes Getränk verabreicht zu bekommen. Aber ich war bereit, mich zu wehren.

So unerträglich der Schmerz auch war, er war das Einzige, was mir von Christopher geblieben war. Ich wollte ihn nicht betäuben oder vertreiben. Im Gegenteil, ich ließ zu, dass er in mir wütete. Doch mein Körper rebellierte, entzog sich meinen Erinnerungen und fiel in einen ohnmachtsähnlichen Schlaf.

»Hallo, du Schlafmütze, es ist gleich Mittag! Zeit aufzustehen.« Marisas Stimme klang dumpf, als hätte ich Watte in den Ohren. »Puh, was stinkt denn hier so? Du solltest wirklich mal lüften. Lynn, wach endlich … O Mann, du hast …! Ist dir schlecht?« Marisa eilte zu mir ans Bett und betrachtete mich mitleidsvoll. »So schlimm?«

Ich bemerkte mein tränennasses Gesicht – selbst im Schlaf hatte ich geweint – und versuchte erst gar nicht, meine Gefühle zu unterdrücken. Hemmungslos schluchzte ich in mein Kissen. Marisas Hand legte sich auf meine Haare, um mich zu beruhigen. Ich zuckte unter der Berührung zusammen, und sie zog schnell ihre Finger zurück.

»Ich werd mich mal um die … Ich geh und hol einen Lappen.«

Marisa kümmerte sich um mich: entschuldigte mich bei meinen Freunden, wimmelte Raffael ab, versorgte mich mit heißer Schokolade – jedes andere Lebensmittel verweigerte ich –, nahm mich in die Arme, um mich zu trösten, und ließ mich in Ruhe, als sie spürte, dass ich allein sein wollte.

Ich erlaubte dem Schmerz, zurückzukehren. Er ließ nicht lange auf sich warten. Mit all seiner Gewalt wütete er in mir, und ich empfing ihn beinahe dankbar. Zusammengekauert saß ich in einer Ecke meines Zimmers und durchlitt aufs Neue, wie der Spiegel zerbarst und mit ihm meine Liebe – nur, dass Christopher dieses Mal einen Dolch in seinen Händen hielt. Mit grimmiger Entschlossenheit malträtierte er mein Herz, wobei ich den Zorn des Racheengels in seinen Augen erkannte. Härte und Grausamkeit hatten von ihm Besitz ergriffen. Ich flehte ihn an aufzuhören, aber er antwortete nur mit einem selbstgefälligen Lächeln.

Habe ich dich nicht gewarnt, dass du von einem Racheengel keine

Liebe erwarten kannst? Erkennst du jetzt endlich mein wahres Wesen?

Das habe ich – schon lange, antwortete ich. *Und wenn es das ist, was ich erdulden muss, um dich lieben zu dürfen, dann heiße ich den Schmerz willkommen.*

Ich erstickte meinen Schrei zu einem leisen Wimmern. Wieder und wieder spürte ich die Stiche tief in meinem Inneren, doch ich ertrug die Qual bis zu meiner körperlichen Grenze. Kurz bevor der ohnmachtsähnliche Schlaf mich erlöste, spürte ich es: Christophers Wesen, dessen Berührung ich zum ersten Mal vor dem Spiegel wahrgenommen hatte, hüllte mich ein, durchdrang jede Faser meines Körpers, jeden einzelnen Gedanken und erfüllte mich mit unendlicher Zuneigung – für diesen Moment lohnte es sich, den Schmerz zu ertragen.

Als ich wieder zu mir kam, war die Traurigkeit verschwunden, aber ich wusste, dass sie wiederkehren würde. Ich wartete geduldig, holte die Bilder aus meinem Gedächtnis und öffnete mich meinen Gefühlen. Es tat weh, doch aus dem brennenden Inferno war ein wärmendes Lagerfeuer geworden, dem ein stilles Nichts folgte.

Wut brandete in mir hoch. Christopher hatte das verursacht! *Er* hatte meinen Schmerz gezähmt! Genügte es ihm nicht, mir das Herz zu brechen? Wollte er mir nun auch noch die letzte Erinnerung an ihn stehlen? Das Einzige, was mir von ihm geblieben war?!

Niemals würde ich das zulassen!

Am Abend verließ ich das Schloss. In der kühlen Luft hing der schwere Duft von Frühlingsblumen. Ich entzog mich der reichhaltigen Fülle und lief meinem Ziel entgegen: der Kapelle am See. Sie bot ihm Zuflucht – auch wenn Christopher in diesem Augenblick vielleicht nicht dort war. In sie zog er sich zurück, um allein zu sein. An diesem Ort würde ich ihn am deutlichsten spüren.

Die Fläche, auf der sich in seiner Welt die Kapelle befand, hatte sich verändert. Ein Teppich aus Maiglöckchen überwucherte die Stelle. Ich legte mich mitten in die weiße Blütenpracht, betrachtete die Sterne und ließ das betörende Aroma der zarten Blumen auf mich wirken. Hier hatte er mich in seinen Armen gehalten und mich zum ersten Mal geküsst. Die Erinnerung brachte den Schmerz zurück, und ich begrüßte ihn euphorisch.

Ich blieb die ganze Nacht und auch den nächsten Morgen, bis ich mir sicher war, ihn niemals zu vergessen.

Marisa war erleichtert, als sie mich bei der alten Steinmauer am See entdeckte. Nach einem prüfenden Blick verfinsterte sich ihre Miene, doch sie sagte kein Wort, während sie mich zurück auf mein Zimmer brachte. Erst nachdem sie mich unter die Dusche gestellt, mir meinen dicken Bademantel und eine warme Decke um die Schultern gelegt und mich mit heißer Schokolade versorgt hatte, hielt sie sich nicht länger zurück.

»Was hat dein Freund mit dir gemacht?« Ihre Stimme klang ungewohnt scharf.

»Nichts, er …«

»Erzähl mir keine Märchen! Ich hab gestern Abend bis zur Sperrstunde in deinem Zimmer auf dich gewartet!« Marisa wurde eindringlich. »Hat er dir … wehgetan?«

Ich schüttelte den Kopf. Langsam dämmerte mir, was sie vermutete. »Nein, das hat er nicht. Er … er.« Tränen sammelten sich in meinen Augen. »Er hat mich verlassen«, flüsterte ich.

»Das … das tut mir ehrlich leid.« Mitleid vertrieb Marisas Besorgnis. Tröstend schlang sie ihre Arme um meinen Hals und zog mich an sich – und ich hielt meine Tränen nicht länger zurück.

Am Montag hatte sie mich wieder so weit, dass ich die Schulbank drücken konnte. Mit viel Make-up und Lippenstift – um von meinen verheulten Augen abzulenken – kaschierte sie mein Äußeres. Und obwohl die Erinnerung an Christophers Zerstörungswut meine Gedanken beherrschte, gelang es mir, den Unterricht zu überstehen. Marisa instruierte mich, welche Fächer ich hatte, und sorgte dafür, dass ich meine Hausaufgaben erledigte. Ich war dankbar für ihre Fürsorge, doch ich war nicht fähig, ihr das zu zeigen. Ich funktionierte wie eine Maschine – automatisch, ohne Anzeichen von Gefühlen. Vielleicht konnte ich so den Schmerz besser in mir halten, indem ich nichts davon nach außen dringen ließ.

Marisas Sorge wuchs. Sie bat Juliane, mit mir das Zimmer zu tauschen. Aber das wollte ich nicht. Daher riss ich mich aus meiner Starre und zwang mich, einigermaßen normal zu wirken – wenigstens bei Tag.

Sobald ich in meinem Bett lag, versuchte ich, mir Christophers Gesicht ins Gedächtnis zu rufen. Es fiel mir Tag für Tag schwerer. Gleichzeitig mit ihm verblassten auch meine Erinnerungen an die Engelswelt. Immer wenn ich glaubte, ein Stück von ihr zu sehen, verdüsterte sich das Bild. Was blieb, war dunkle Nacht. Ich begann, sie zu hassen. Sie schluckte all meine Gedanken, selbst meine Träume. Genau genommen träumte ich überhaupt nicht mehr.

Meine Freunde spürten, dass mit mir etwas nicht stimmte, und waren bemüht, sich nichts anmerken zu lassen. Sie schickten Marisa vor, um mich auf andere Gedanken zu bringen.

»Warum tust du dir das an? Kein Mensch auf dieser Welt ist es wert, dass du so leidest! Berühmtheit hin oder her. Wenn er auch nur einen Funken Verstand besitzen würde, hätte er dich nicht verlassen.«

»Er konnte nicht anders«, verteidigte ich Christopher.

»Wie, er konnte nicht anders? Sag bloß, du hast dich in was Adeliges verliebt und er hat dich sitzenlassen, weil du nicht standesgemäß bist.«

»So was in der Art.«

»Was?!«, rief Marisa perplex. Natürlich hatte sie ihre Theorie nicht ernst gemeint. »Und du findest dich einfach damit ab? Wir leben nicht mehr im Mittelalter! Warum kämpfst du nicht um ihn?«

»Ich hab's versucht, aber …«, widersprach ich matt.

Marisa fiel mir ins Wort. »Wenn er auch nur einen Hauch von dem empfindet, was du für ihn fühlst, dann gib nicht auf! Lass dich nicht von vorsintflutlichen Konventionen abschrecken. Es gab schon andere, die auf ihren Thron verzichtet haben. Und du wirst ja wohl hoffentlich nicht in einen Prinzen vernarrt sein?«

Ich schüttelte den Kopf. »Nein, weder Prinz noch Graf.«

»Na also.« Marisa schien mit ihrer Argumentation zufrieden. »Liebt er dich?«

»Das … das weiß ich nicht«, flüsterte ich und blinzelte meine aufsteigenden Tränen fort.

»Dann würde ich an deiner Stelle darüber nachdenken, ob es sich lohnt, für ihn zu leiden. Und wenn du zu dem Schluss kommst, dass auch nur die leiseste Möglichkeit besteht, dass er dich liebt, dann hol ihn dir zurück!«

Marisas Frage quälte mich. Liebte Christopher mich? Einen einfachen, sterblichen Menschen, dessen unreife Seele er für nicht stark genug hielt, um einen Engel zu lieben? Christopher, der von sich behauptete, keine Liebe empfinden zu können?

Je länger ich darüber nachgrübelte, umso klarer schien mir die Antwort. Auch wenn Christopher es nicht zugeben wollte, er hatte mich beschützt. Er war an meiner Seite geblieben, nachdem er mich der Totenwächterin übergeben hatte. Warum sollte er das tun, wenn ihm nichts an mir lag, zumal er kein Schutzengel war?

Und dann die Begegnung im Spiegel. Warum hatte er mich zu sich gerufen, wenn ich ihm egal war? Hatte er den Spiegel zerstört, weil er fürchtete, ich könnte in seiner Welt meine Seele verlieren? Hatte er mir den Zugang zum Schloss der Engel versperrt und mich von sich gestoßen, in der Hoffnung, ich würde ihn vergessen?

Und danach? Konnte er es nicht ertragen, mich leiden zu sehen, und hatte mich deshalb mit seinem Wesen berührt, um mich zu trösten? Warum sollte er das tun, wenn er nur noch Hass und Zerstörung kannte? Er hätte sich an meinem Leid erfreuen müssen wie die Totenwächterin.

Vor dem Spiegel hatte ich ihn gedrängt, mir ins Gesicht zu sagen, dass er mich nicht liebte – aber er konnte es nicht! Geschickt war er meiner Frage ausgewichen. Er fürchtete sich vor seinen Gefühlen. Wie konnte er auf Liebe hoffen, nachdem er alles verloren hatte? Er, ein Racheengel, geboren für den Kampf und die Vergeltung?

Ich klammerte mich an den Gedanken, dass Christopher mich liebte. Es gab eine Zukunft – auch für uns. Doch ich wusste, dass mein Wunsch sich erst erfüllen würde, wenn Christopher seine Gefühle akzeptierte und daran glaubte, dass ich stark genug war, um an seiner Seite zu bestehen – falls er das überhaupt konnte.

Als Raffael mich am Tag darauf fragte, ob ich mit ihm bei der Abschlussveranstaltung tanzen möchte, stimmte ich zu, obwohl ich ahnte, wie sauer Juliane reagieren würde. Dass Christopher etwas dagegen hatte, bezweifelte ich – dass er trotzdem eifersüchtig war, hoffte ich.

Raffael war quasi aus dem Nichts aufgetaucht, nachdem ich aus der Engelswelt geworfen wurde. Abgesehen davon, dass er wusste, wie er mich aufmuntern konnte, war er immer dann erschienen, wenn ich Christopher zu nahe kam. Zu viele Zufälle für meinen Geschmack. Christopher musste ihn geschickt haben, um mich *abzulenken*.

Mein Gewissen plagte mich: Hätte Raffael es geschafft, dass ich mich in ihn verliebte? Ich fand ihn nett, sehr nett sogar. Vielleicht hatte er mich auch ein wenig bezaubert – bevor ich mich wieder an Christopher erinnern konnte. Galt das schon als

Treuebruch? Aron hätte das sicher so gesehen – aber was kümmerte mich Aron?!

Außerdem war ich als Raffaels Partnerin die ideale Lösung. Ich wollte nichts von ihm – im Gegensatz zu Hannah. Und ein Abschlussball, bei dem ihr und Raffaels Körper miteinander verschmolzen, hätte nicht nur für Juliane traumatische Folgen nach sich gezogen. Ganz nebenbei saßen Juliane und ich zusammen, und nach den drei Pflichtrunden mit mir würde Raffael bestimmt auch die anderen Mädchen an meinem Tisch zum Tanzen auffordern. Ich musste es irgendwie hinbekommen, dass er zwischen uns beiden saß. Möglicherweise würde dann auch bei ihm der Funke überspringen.

Juliane war äußerst schweigsam, als sie erfuhr, dass ich mit Raffael tanzen würde. Hannah hingegen verbarg ihren Ärger nicht. Bei jeder Gelegenheit riss sie Witze auf meine Kosten, schwärzte mich bei meinen Lehrern an, ließ meine Hausarbeiten verschwinden oder schickte mir gefakte Nachrichten, weshalb ich zweimal zu spät zum Unterricht kam. Davon abgesehen kleckerte sie *ganz aus Versehen* heißen Kaffee auf mein weißes T-Shirt und amüsierte sich prächtig über das Missgeschick.

Ich versuchte, es gelassen zu nehmen. Erst als ich Timothy, einen ihrer größten Anhänger, am Tag vor dem Abschlussball mit seinen langen Fingern in meiner Schreibtischschublade erwischte, rastete ich aus. Mit einem Fußtritt beförderte ich den schlaksigen Eindringling aus meinem Zimmer.

»Und sag Prinzessin Nimmerschön, dass sie mich kreuzweise kann!« Ich hätte ihn bestimmt auch noch die Treppe hinuntergeschubst, wenn Raffael nicht aufgetaucht wäre.

»Wenn du wütend bist, kannst du ganz schön furchterregend sein«, scherzte er. Vermutlich, um mich zu besänftigen, doch ich war im Augenblick nicht zu Späßen aufgelegt.

»Und wenn *du* glaubst, ich bräuchte einen Babysitter, dann

liegst du falsch! Ich komm gut allein zurecht. Also verpisst euch! Alle beide!«

Ein weiterer Tritt und die Tür flog lautstark ins Schloss.

Ich ließ meinen Kopf gegen das Türblatt sinken. Ich hätte alles für ein wenig Hilfe gegeben, auch wenn es nur ein Traum aus der Engelswelt gewesen wäre, um meine Erinnerungen aufzufrischen. Bald würde ich nicht mehr wissen, in welcher Farbe Christophers Augen funkelten, wenn auf seiner Stirn die steile Falte erschien, während er mich nachdenklich anschaute.

Ich schob meine trüben Gedanken beiseite – sie würden mir nicht weiterhelfen – und durchsuchte mein Zimmer. Vor allem den Schreibtisch. Abgesehen von meinem Schokoladenostereiervorrat, Papiertaschentüchern und ein paar Bleistiften fand ich nichts Verdächtiges. Vorsichtshalber entsorgte ich die Schokoeier im Müll. Auch wenn ich damit auf mein abendliches Trostpflaster verzichten musste. Vielleicht hatte Timothy etwas mit ihnen angestellt, damit ich während des Balls über der Kloschüssel anstatt an Raffael hing.

Am nächsten Morgen traf mich beim Blick in den Spiegel der Schlag. Fleckig, wie ein rot-weißer Fliegenpilz, starrte mir mein Spiegelbild entgegen.

Hannah! Ich kochte vor Wut. Timothy hatte nichts unter die Ostereier, sondern in meinen Cremetiegel gemischt. Als meine ehemalige Mitbewohnerin wusste Hannah, dass ich mich jeden Abend eincremte. Und mit diesem Gesicht konnte ich mich allerhöchstens auf einer Halloweenparty blicken lassen – auf keinen Fall beim Abschlussball. Hannahs Hohngelächter konnte ich schon hören.

Statt mit den anderen den Ballsaal zu dekorieren, verkrümelte ich mich an meinen Schreibtisch und sortierte meine liegengebliebenen Sachen. Eigentlich wollte ich das Klopfen an meiner Tür überhören, aber Marisa überzeugte mich dann doch, ihr aufzumachen.

»Oh nein! Was hast du denn gemacht?!« Trotz ihres Mitleids konnte sie ein Grinsen nur schwer zurückhalten.

»Frag nicht mich, frag Hannah! Zumindest nehme ich an, dass sie es war, die ihr Chemieexperiment in meinen Cremetiegel mischen ließ. Damit kann ich ja wohl kaum zum Abschlussball.«

»Du räumst also widerstandslos das Feld, überlässt ihr Raffael und gönnst Hannah den Sieg?!«

Raffael. Daran hatte ich noch gar nicht gedacht. »Soll ich etwa *so* mein Zimmer verlassen?«

»Wenn du mutig bist und nicht klein beigeben willst: ja! Aber diese Pickel kann nicht mal das beste Make-up verdecken.«

»Ich hab gar keins dabei.«

»Du kannst meines nehmen. Ich helf dir auch beim Auftragen.«

Ich willigte ein. Hannah sollte nicht glauben, dass ich mich so schnell geschlagen gab. Doch bevor Marisa mich verwandelte, wollte ich noch mit Raffael reden.

»Was? Vorher?« Marisa betrachtete mich mit einem schiefen Blick. »Bist du sicher, dass er dich *vor* der Make-up-Behandlung sehen soll?«

»Ja. Vollkommen.«

Marisa hatte alles gegeben, aber ich sah immer noch aus wie ein Streuselkuchen. Raffael verzog keine Miene, als er mich abholte – schließlich hatte er mich ungeschminkt gesehen. Souverän schritt er neben mir die Treppe hinunter und führte mich durch den mit Rosensträußen, bunten Fächern, roten Samtschals und schwarzen Spitzentischdecken herausgeputzten Festsaal zu unseren Plätzen.

Ein paar Jungs und auch einige Mädchen, die nicht so sehr durch Raffael abgelenkt waren, warfen mir neugierige Blicke zu. Die Gruppe, die sich um Hannah scharte, hielt sich nicht so sehr zurück und kicherte lauthals – abgesehen von Timothy. Wenigstens er hatte Gewissensbisse. Ganz im Gegensatz zu

Hannah. Ihr Lächeln gefror, als sie mich entdeckte. Sie hatte wohl gehofft, ich würde gar nicht erst erscheinen.

Wie versprochen, tanzte ich die ersten drei Runden mit Raffael. Dann verzog ich mich auf mein Zimmer und schmiedete Rachepläne, die ich hinterher wieder verwarf – schließlich wollte ich nicht so werden wie Hannah. Stattdessen freute ich mich, dass nicht ihr Plan, sondern meiner aufgegangen war. Wenigstens ein Mädchen schlief an diesem Abend glücklich ein: Nachdem Raffael sich am Vormittag von meinem ersten Anblick erholt hatte, konnte ich ihn überzeugen, anstatt mit mir mit Juliane den Abend zu verbringen. Er hatte schon öfter mit ihr getanzt – und das nicht nur bei Damenwahl, wenn Hannah zu langsam war.

Raffaels Überredungskünste, mich umzustimmen, waren beeindruckend. Er gab erst auf, als ich durchblicken ließ, dass ich ihn zwar mochte, mir aber sicher war, dass aus uns beiden nichts würde, da ich inzwischen anderweitig vergeben war. Er nahm es mit Fassung – nach einer kurzen Schrecksekunde.

An diesem Abend erlebte nicht nur Juliane eine traumhafte Nacht. Nach drei langen Wochen träumte ich endlich wieder. So deutlich, als wäre sie in meinem Zimmer, erschien sie. Ihre langen blonden Haare flatterten im Wind, als flöge sie, nur langsamer, zäher, wie in einem Traum. Ihre Augen waren traurig – Mitleid sprach aus ihnen –, und ich bemerkte, dass es ihr schwerfiel, etwas zu sagen. Dann sammelte sie sich, und mit ihrer vertrauten, glockenklaren Stimme sprach Susan zu mir:

Warum hast du dich verschlossen? Hasst du ihn so sehr, dass du ihm den einzigen Weg verwehrst?! Er leidet – deinetwegen. Auch Engel können sterben. Ich habe es gesehen, das Engelsgrab. Wenn du ihn liebst …

Ein störender Gedanke tauchte in meinem Kopf auf. Ich schob ihn beiseite und konzentrierte mich auf Susans verschwimmendes Bild.

Beeil dich!, flüsterte sie.

Wieder drängte sich etwas in meinen Traum: der Geruch von Salz. Ich fluchte ihn weg. Auch wenn ich das Meer liebte, wollte ich kein einziges von Susans Worten verpassen. Verzweifelt hielt ich ihr Bild fest.

Was soll ich machen?, formte ich die Frage in meinem Kopf.

Er wartet auf dich. Bei mir, im …

Dieses Mal war es kein Gedanke, der die Verbindung zu Susan unterbrach. Dieses Mal fühlte es sich an, als würde eine Hand in meinen Schädel greifen, um Susans Bild aus mir herauszuzerren.

Eine Kältewelle raste durch meine Adern und riss mich aus meinem Traum. Aber nicht die Tatsache, dass in meinen Träumen herumgepfuscht wurde, erschreckte mich, sondern der Nachgeschmack, der mir auf der Zunge lag. Er schmeckte nach wilden Kräutern und salzhaltiger Luft! Nur einer roch nach beidem: Aron! Anscheinend setzte die Totenwächterin jetzt ihn auf mich an, nachdem sie allein gescheitert war.

Warum hast du dich verschlossen? Susans Frage ergab plötzlich einen Sinn: Aron blockierte meine Träume, damit Christopher mich nicht erreichen konnte. Susan hatte er wohl übersehen.

Oder? Auch beim letzten Mal war es Susan, die mich zu sich rief. Zumindest hatte das Mädchen bei den Steingräbern mich an sie erinnert – abgesehen von der Stimme. Doch die war heute anders: heller als die des schluchzenden Mädchens, glockenklar und eindeutig die Stimme Susans. Außerdem, warum sollte Aron, der mit der Totenwächterin gemeinsame Sache machte, einen Traum der Wächterin behindern? Schon seit ich den Fehler begangen hatte, an Christophers Liebe zu zweifeln, als er Susan tröstete, wollte Aron uns auseinanderbringen – was ihm letztendlich auch gelungen war. Vermutlich war er es, der Christopher aufgestachelt hatte, den Spiegel zu zerstören. Aron hatte großen Einfluss auf ihn. Christopher traute ihm.

Mit einem Satz war ich aus dem Bett. Christopher würde Aron sein Leben anvertrauen. Und meines!

»Wo bist du, Aron?! Ich weiß, dass du hier bist! Nur du riechst nach Salz *und* Kräutern.«

Nichts als Totenstille. Mir schauderte. Ich war mir sicher, dass Aron in meinem Zimmer stand und mich beobachtete.

Wozu reichten seine Fähigkeiten noch? In meiner Vorstellung legte sich seine Hand um meinen Hals. Ich keuchte entsetzt auf, als mir die Luft zum Atmen fehlte. Einbildung – oder nicht? Aber wollte ich das wirklich wissen? Meine Angst war auch so schon groß genug, und sicher rechnete Aron mit meiner Furcht. Doch so leicht würde ich es ihm nicht machen!

»Was ist? Seit wann bist du so schüchtern, Aron? Oder hat es dir die Sprache verschlagen, da ich dich so leicht entlarven konnte?«

Ich knipste die Lampe auf meinem Schreibtisch an. Um von meinen zitternden Händen abzulenken, kickte ich gegen den Stuhl, der daraufhin quer durch den Raum flog. Der Tritt beruhigte mich ein wenig, weshalb ich mir ein paar Stifte aus meinem Bleistiftkasten schnappte und sie ziellos durchs Zimmer schleuderte. Obwohl ich wusste, dass Aron körperlos war, hoffte ich doch, ihn irgendwie zu treffen – auch wenn es nur sein angekratzter Engelsstolz war.

»Ein Heuchler als Schutzengel! Wie lange, glaubst du, wird es dauern, bis Christopher dahinterkommt, wem deine Treue gilt?«

Langsam ging es mir besser. Das Stiftewerfen half, meine Aggressionen im Zaum zu halten. Je intensiver ich darüber nachdachte, ob Aron mein Schutzengel war, umso wütender wurde ich.

Welcher Schwachkopf hatte ihn mir zugeteilt? Eine *höhere Instanz*? Dann wäre Aron nur durch Zufall bei mir gelandet – kaum vorstellbar. Zudem wusste ich, dass Schutzengel ihre Protegés normalerweise vorher nicht kannten.

Christopher? Gut möglich. Oder Coelestin, der oberste Engel im Schloss? Egal. Wer auch immer Aron zu meinem Schutzengel gemacht hatte, kannte ihn nur zur Hälfte. Doch ich hatte auch seine gefährliche Seite kennengelernt.

Ärger sammelte sich in meinem Magen und quetschte ihn zusammen. Wenn Aron mich einschüchtern wollte, musste er sich schon mehr ins Zeug legen. So schnell fürchtete ich mich nicht vor einem Engel.

»Mich kannst du nicht täuschen, Aron. Was auch immer du vorhast, um Christopher und mich auseinanderzubringen, ich werde dahinterkommen!« Ich griff mir das erstbeste Buch vom Regal und warf es gegen die Wand. Meine Wut gab mir Kraft und vertrieb die Angst.

Kapitel 24

Reliquie

»Lynn, ich glaube, ich hab was für dich.«

Das geheimnisvolle Grinsen auf ihren Lippen machte mich skeptisch. Trotzdem ließ ich mich von Juliane auf ihr Zimmer schleppen, wo sie mit ihren zierlichen Fingern ein ramponiertes braunes Päckchen unter ihrem Bett hervorkramte.

»Im Sekretariat waren sie schon stinksauer. Anscheinend haben sie es bereits mehrmals zurückgeschickt, allerdings landet es immer wieder in der Schule. Ich war zufällig gerade bei der Sekretärin, als der Postbote es brachte.«

»Und *zufällig* hast du es mitgehen lassen.«

»Nein. Eigentlich war es Raffael«, verteidigte sich Juliane mit einem verträumten Lächeln. Sie war außerordentlich begeistert, dass Raffael sich jetzt um sie kümmerte.

In der Ballnacht waren sie sich nähergekommen. Vielleicht hatte ich Raffael die Entscheidung erleichtert, weil er begriffen hatte, dass er bei mir nicht landen konnte. Der einzige Grund weshalb es mir leidtat, nicht dabei gewesen zu sein, war Hannah. Ich hätte zu gern ihr Gesicht gesehen, als sie miterlebte, wie Raffael und Juliane sich amüsierten. Noch eine Woche danach blitzten ihre Augen, wenn sie mich sah, als würde sie jeden Moment explodieren.

»Klar, dass die mit Li de wang nicht viel anfangen konnten«, erklärte Juliane, warum sie das Päckchen hatte. »Aber wenn du die Empfängeradresse genauer betrachtest, siehst du, dass ein paar Buchstaben fehlen – als ob sich jemand einen Spaß erlaubt und sie weggekratzt hätte.«

Ich verstand nicht sofort, worauf sie hinauswollte, aber meine Neugier war geweckt. Erst als ich das Paket genauer betrachtete, begriff ich den Zusammenhang. Dort, wo das n von Linde und das Beer von Beerwang normalerweise stand, war die Oberfläche rauer als an den anderen Stellen.

»Komm schon, mach's auf!«, drängte Juliane. »Es ist bestimmt für dich.«

Ich nickte. Ein dumpfes Gefühl in meiner Magengrube bestätigte, dass auch ich ihre Vermutung teilte. Vorsichtig befreite ich das Päckchen von seinen Klebebändern. Eine seltsame Schwingung ging von ihm aus, und ich bereute, es in Julianes Gegenwart zu öffnen. Doch da sie es war, die es entdeckt hatte, würde sie niemals zulassen, dass ich mit dem ungeöffneten Paket ihr Zimmer verließ.

Nachdem ich das letzte Stück Zeitungspapier entfernt hatte, kam ein roter Beutel aus Samt zum Vorschein. Ich hielt den Atem an. Wer schickte mir denn so was?

»Na los, auf was wartest du noch?« Julianes Augen glänzten vor Anspannung.

Behutsam hob ich das Säckchen aus dem Karton. Darunter entdeckte ich einen Brief. *Lynn* stand in säuberlichen Buchstaben darauf. Ich klappte schnell den Deckel zu und schob das Päckchen beiseite. Juliane musste nicht alles wissen. Zum Glück entging ihr meine Aktion – zu sehr war sie auf den scharlachroten Beutel fixiert.

»Dein Lover kommt aus Italien?«, mutmaßte sie.

»Wie kommst du denn auf die Idee?«

»Hier wohnt er ja wohl nicht. Und wer sonst sollte dir Schmuck schicken? Zudem war die Zeitung aus Italien.«

Es stimmte. Schon beim Auspacken war mir das aufgefallen, und auch mit dem Schmuck konnte sie richtigliegen.

Juliane stupste erwartungsvoll mit dem Finger gegen den roten Samtstoff. »Soll *ich* es für dich öffnen?«

»Nein! Und wag bloß nicht, es noch mal anzufassen!«

Ich entzog den Beutel ihren gierigen Fingern und schob meinen Zeigefinger langsam in die kleine Öffnung, um sie zu vergrößern. Dabei berührte ich den kühlen Inhalt und zuckte erschrocken zurück: Er war nicht von dieser Welt. Deutlich fühlte ich einen heißen Stich durch meine Adern fließen. Eine Warnung – oder eine Aufforderung!

Juliane drängelte weiter: »Was ist los? Komm schon, spann mich nicht länger auf die Folter!« Sie griff nach dem Säckchen, doch ich war schneller.

Hatte Christopher mir eine Nachricht geschickt? Mit Raffaels Hilfe? Und Aron hatte versucht, es zu verhindern? Ich zögerte nicht länger. Ungeduldig riss ich den Beutel auf. Ein einfaches, altes, mit Gravuren überzogenes Silberkreuz an einer langen, ebenfalls aus Silber gefertigten Kette mit einer Münze als Verschluss kam zum Vorschein: Das Kreuz eines Geistlichen – eines spartanisch lebenden Mönchs. *Pietro del Murrones* Kreuz, das er trug, bevor er zum Papst gekrönt wurde.

Ich wusste es mit schlafwandlerischer Sicherheit. Nur Coelestin würde mir eine Kette schicken, auf der die Einsiedelei Murrones abgebildet war. Es war ein Hinweis, ein Zeichen, wie ich zurück zum Schloss der Engel kommen konnte. Weitere Erklärungen standen bestimmt in dem Brief.

»Was ist das denn? Wohnt dein Freund in einem Kloster, oder steht er auf so was?«

Julianes Enttäuschung war nicht zu überhören. Anscheinend hatte sie mit etwas anderem gerechnet – mit etwas Teurem, Funkelndem. Für mich jedoch konnte es nichts Wertvolleres gegeben als einen Schlüssel zu Christopher.

»Nicht alle haben den gleichen Geschmack«, erwiderte ich, ließ die Kette wieder in ihrem Beutel verschwinden, schnappte mir das Päckchen und eilte aus Julianes Zimmer.

Meine Bemühungen, einen Hinweis auf die Engelswelt zu

entdecken, waren bislang erfolglos geblieben. Weder im Schloss noch bei der Kapelle hatte ich etwas gefunden, das mit Engeln zu tun hatte – abgesehen von einem Kronleuchter mit Engelsflügelchen im Vorraum zum Festsaal –, weshalb ich mir vorgenommen hatte, vor den Pfingstferien noch einmal bei den Steingräbern vorbeizuschauen. Vielleicht hatte Coelestin sich deshalb eingeschaltet, weil er das für keine besonders gute Idee hielt – und ich im Grunde auch nicht.

Ich konnte es kaum erwarten, den Brief zu lesen. Er war in derselben exakten Handschrift verfasst wie der Umschlag und richtete sich an mich:

Lynn, wie viel bist du bereit, von dir für ihn zu geben?
Ich zeige dir einen sicheren Weg, doch meine Hilfe hat ihren Preis.
Entscheidest du dich, ihn zu wählen, gibt es kein Zurück.
Löse das Rätsel, und wir sehen uns, wenn die Nacht am dunkelsten ist.

Sei pünktlich!
Ein Freund

Ein Rätsel von einem unbekannten Freund, der mir helfen wollte, wenn ich ihm etwas als Gegenleistung dafür gab? Ratlosigkeit beschlich mich. Ich hatte den Brief mehrfach gelesen, ohne daraus schlau zu werden. Jetzt lag das ramponierte Stück Pergament, dessen Zustand auf ein hohes Alter schließen ließ, zusammen mit dem gravierten Silberkreuz in meinem Schrank, und ich saß mitten im Unterricht und grübelte über seine Bedeutung.

Wer konnte mir so etwas geschickt haben? Ein altes, mit Tinte beschriebenes Pergament, dessen löchrige, abgeschabte Oberfläche darauf hindeutete, dass es schon mehrfach beschrieben wurde? Coelestin? Gut möglich. Zumindest benutzte er Feder und Tinte. Aber es konnte auch jemand anderes gewesen sein.

Susan? Wohl kaum, auch wenn sie versucht hatte, mir im Traum eine Botschaft zu schicken. Sie hätte mit ihrem Namen oder zumindest mit *Eine Freundin* unterschrieben.

Die Totenwächterin, die mich erneut in eine Falle locken wollte? Ich verdrängte meine aufsteigende Furcht, da ich mir sicher war, dass Christopher sie nach meiner letzten Begegnung nicht mehr aus den Augen lassen würde. Es war unwahrscheinlich, dass es der Wächterin gelang, bis ins Schloss vorzudringen. Allerhöchstens Aron. Er hatte sich in letzter Zeit allzu still verhalten: Weder Meeresduft noch den Geruch von wilden Kräutern hatte ich wahrgenommen.

Ein Freund lautete die Unterschrift. Aron zählte ganz sicher nicht zu meinen Freunden, und seit wann benötigte er einen Termin, um sich mit mir zu treffen? Er konnte jederzeit in meinen Träumen erscheinen – und vielleicht nicht nur da. Ich verdrängte den gruseligen Gedanken so schnell wie möglich.

Paul? Nein. Er hätte einen Schönschreibkurs belegen müssen.

Altes Pergament, ordentliche Handschrift, das Kreuz und die geprägte Münze. Meine Vermutung, dass Coelestin der Absender war, verdichtete sich. Er wollte eine Gegenleistung von mir. Was würde ein Schutzengel wohl fordern? Ich rief mir Coelestins vernarbtes Gesicht vor Augen. War er überhaupt ein Schutzengel?

Meine Englischlehrerin, Frau Kupferberg, blieb vor mir stehen und wiederholte ihre Frage. Ich stammelte eine Antwort, die zum Thema, aber nicht zur Frage passte, und stand den Rest der Stunde unter *besonderer Beobachtung*.

Am Nachmittag holte ich erneut den Brief hervor. Ein Rätsel hatte ich bereits gelöst: *Wenn die Nacht am dunkelsten ist.* Am vorletzten Tag vor den Pfingstferien, in der Nacht von Mittwoch auf Donnerstag, war Neumond. Die dunkelste Stunde des Tages war Mitternacht – zumindest im übertragenen Sinn. Also hatte ich noch zwei Tage und eine halbe Nacht, um das Rätsel zu lösen.

Sei pünktlich! Anscheinend legte der Absender Wert darauf, die Geisterstunde einzuhalten, was wiederum meine Skepsis weckte. Wollte mich jemand auf den Arm nehmen? Hannah vielleicht? Doch woher sollte sie wissen, wonach ich suchte?

Ich unterzog die Zeilen nochmals einer genauen Prüfung und spürte, wie sich eine undefinierbare Angst in mir ausbreitete. Meine Entscheidung würde endgültig sein: *Es gibt kein Zurück*.

Energisch klopfte es an meiner Tür, und ich fand gerade noch Zeit, den Brief in der Schreibtischschublade verschwinden zu lassen, ehe Marisa mein Zimmer betrat.

»Ist es wahr, was Juliane mir erzählt hat?«

»Was genau meinst du?« Marisas ungläubige Miene bereitete mich auf ein schwieriges Gespräch vor. »Du weißt, wovon ich spreche. Das Päckchen!«

»Ja, ich hab eins bekommen. Was ist damit?« Meine vorgeschützte Gelassenheit entfachte ihren Argwohn.

»Es ist ein Geschenk von *ihm*, nicht wahr?«

Ich zuckte mit den Schultern, doch Marisa entdeckte den Beutel auf meinem Schreibtisch. Noch bevor ich reagieren konnte, hatte sie ihn an sich gerissen und geöffnet.

»Sag, dass das nicht wahr ist! Dein Freund ist ein *Priester*? Bist du von allen guten Geistern verlassen?« Ich wollte sie unterbrechen, kam jedoch nicht zu Wort. »Wie stellst du dir das vor? Hat er sein Gelübde schon abgelegt? O Lynn, es gibt so viele nette Jungs! Muss es ausgerechnet ein Geistlicher sein?«

Mein schallendes Gelächter brachte sie endlich zum Schweigen. Ich konnte nicht anders, ihr entsetzter Blick war einfach zu komisch.

Marisa ärgerte sich über meine Reaktion, erkannte das Missverständnis und fiel mit ein: »Juliane! Die wird was von mir zu hören bekommen! Dann ist er also kein Priester?!«

»Nein! Und auch kein Mönch. Ich hab die Kette von einem Freund aus Italien bekommen. Dort, wo ich wohne, gibt es viele Gläubige, und wahrscheinlich fürchtet er, dass ich hier zu vielen heidnischen Gefahren ausgesetzt bin.« Schon wieder fühlte ich mich gezwungen, Marisa zu belügen. Doch hatte ich eine andere Wahl?

Sie glaubte mir und sorgte dafür, dass ich nicht den Rest des Tages grübelnd an meinem Schreibtisch verbrachte. Stattdessen führte sie mich auf den Tennisplatz. Gemeinsam mit Max und Florian spielten wir ein gemischtes Doppel.

Trotz besserem Wissen hoffte ich auf eine Eingebung im Traum. Natürlich erhielt ich keine aufschlussreiche Botschaft.

Ich verdrängte meine Enttäuschung und schöpfte Hoffnung aus dem Brief. Wenn es mir gelang, das Rätsel zu lösen, stand mir nichts mehr im Weg, um Christopher zu überzeugen, dass ich seiner Liebe würdig war.

War es so? War ich wirklich mutig genug, den geforderten Preis zu bezahlen, egal wie hoch er auch sein mochte? War ich bereit zu sterben?

Meine Furcht kehrte ungeahnt heftig zurück. Ich wusste, dass ich nicht sofort ein Engel sein würde. So, wie es im Augenblick aussah, würde bei meinem Ableben die Totenwächterin Anspruch auf mich erheben.

Der Gedanke an die Wächterin löste Übelkeit in mir aus. War ich wirklich so weit, alles zu geben? War ich stark genug, für Christopher meine Seele zu opfern? Konnte ich der Totenwächterin widerstehen? In ihren Fängen an meiner Liebe festhalten, bis meine Seele gefestigt und ich aus ihrer Gefangenschaft erlöst werden würde? Oder blieben am Ende nichts als Leid und Trauer, wie Christopher es vorausgesagt hatte?

Die Furcht verwandelte sich in Angst – Todesangst. Ich schob sie beiseite. Der Verfasser des Briefes versprach, mir *einen sicheren Weg* zu zeigen, und das war es schließlich, was ich wollte.

Um mich wieder den rätselhaften Zeilen widmen zu können, mogelte ich mich frühzeitig aus meinem Kunstprojekt. Vorsichtig glättete ich das Pergament. Es musste schon viele Botschaften überbracht haben. An manchen Stellen war es so dünn, dass die helle Oberfläche meines Schreibtisches hindurchschimmerte.

Zufall? Oder war ich dem Rätsel einen Schritt näher gekommen?

Mein Puls schnellte nach oben. Mit fiebrigen Fingern tastete ich über den Brief. Es gab fünf Stellen, die unverkennbar eine dünnere Struktur aufwiesen. Ich hielt das Pergament gegen die Scheibe meines Dachfensters, und tatsächlich: Fünf helle Punkte stachen deutlich hervor.

Ich jubelte. Endlich hatte ich einen Hinweis entdeckt! Aber worauf?

Um zu überprüfen, ob die hellen Stellen mit den danebenstehenden Textpassagen in irgendeiner Beziehung standen, kehrte ich an meinen Schreibtisch zurück. Ich untersuchte sie auf eine verschlüsselte Botschaft, indem ich die Punkte in allen möglichen Kombinationen miteinander verband und die Buchstaben, die auf den Linien lagen, zusammensetzte. Nichts – zumindest nichts, was einen Sinn ergeben hätte.

Gereizt warf ich den Brief in die Schreibtischschublade – anscheinend war ich zu blöd, das Rätsel zu lösen.

Marisa und Max erwarteten mich auf dem Tennisplatz. Sie hatten von Florian und mir eine Revanche für ihre gestrige Niederlage gefordert, und ich nutzte die Gelegenheit, meinen Frust loszuwerden.

Vor dem Abendessen kramte ich das Pergament noch mal hervor. Beim Tennismatch hatte ich meine überschüssige Kraft verbraucht und fand nun wieder ein wenig Geduld, um mich meinem mysteriösen Rätsel zu widmen. Erneut unterzog ich das Pergament einer genauen Prüfung. Ich musste irgendetwas übersehen haben!

Mit meiner Schreibtischlampe beleuchtete ich die Rückseite des Briefes. Die fünf Punkte stachen deutlich hervor, aber ich entdeckte noch etwas anderes: Schattenhaft, wie eine verschmutzte Stelle, gab es einen Teil, der weniger Licht durchscheinen ließ. Ich hielt die Haut dichter gegen die Lampe und erkannte die Konturen von zwei sich schneidenden Balken. Alle hellen Punkte lagen innerhalb dieses Bereichs. Wie konnte mir das bloß entgangen sein?!

Ich hastete zu meinem Schrank und zog den Samtbeutel hervor, den ich unter meiner Wäsche versteckt hatte. Mit zittrigen Fingern nahm ich das Kreuz aus dem Stoffsäckchen, schob es unter den Brief und brachte es mit der dunklen Kontur zur Deckung. Es passte!

Nachdem ich die letzte dünne Stelle mit einem spitzen Bleistift durchstoßen hatte, entfernte ich das Pergament. Mein Herz klopfte vor Aufregung bis zum Hals. Fünf Buchstaben hatte die Bleistiftmine auf der gravierten Inschrift des Kreuzes markiert: *S O C B O*. Ein Blick genügte, und ich verstand die Botschaft: *bosco* – Wald.

Ich schleuderte das Kreuz und den Brief in die Schublade. Wald! Hier gab es Wald ohne Ende, was sollte ich mit so einem Hinweis anfangen?

Natürlich hoffte ich auf einen erleuchtenden Traum. Mein Wunsch wurde erhört. In seiner ganzen Pracht stand Christopher vor mir und blickte mit seinen Smaragdaugen tief in mein sich überschlagendes Herz. Ich schmolz vor Glück – und starb vor Kummer: Eindringlich bat er mich, meine Suche aufzugeben.

Lynn, bitte! Suche nicht länger nach meiner Welt, dort kann dich niemand beschützen. Bleib, wo du bist, und ich werde bei dir sein, jede Nacht – in deinen Träumen.

Der nasse Fleck auf meinem Kissen war riesig, und der Wunsch, bei Christopher zu sein, quälte stärker denn je – trotz seines unglaublichen Angebots. Doch ihm nur in meinen Träumen zu begegnen, ihn niemals wieder berühren zu können, genügte mir nicht. Noch hatte ich Zeit, das Rätsel zu lösen.

Als ich nach dem Frühstück in mein Zimmer zurückkehrte, fand ich eine schwarze Feder auf meinem Schreibtisch. Sie glich der Rabenfeder, die ich in meiner Engelsbiostunde gesehen hatte. Der Wind musste sie durch das Fenster geweht haben. Oder Raffael, der schon das Päckchen abgefangen hatte. Vielleicht stand er gar nicht mit Christopher, sondern mit Coelestin in Verbindung. Auf alle Fälle war ich mir sicher, dass es kein Zufall war, und ich wusste auch schon, wer mir weiterhelfen konnte. Raffael schied aus, falls er doch etwas mit Christopher zu tun hatte.

Sofort, nachdem Herr Müller, unser heimatkundlich bewanderter Geolehrer, die Stunde beendet hatte, stürmte ich zu ihm nach vorn.

»Lynn, hast du noch Fragen zum Unterricht?«

»Ähm. Nicht direkt.«

»Dann also ein anderes Thema. Lass mich raten. Etwas über verschollene Gräber?« Es hatte sich herumgesprochen, dass Raffael mich bei den Steingräbern gefunden hatte.

»Nein, das Totenreich habe ich hinter mir gelassen«, scherzte ich etwas gezwungen. »Aber vielleicht können Sie mir in einer anderen Sache weiterhelfen. Ich suche einen Wald.«

»Also doch etwas *Düsteres*.«

Ich biss mir auf die Zunge, um ihm nicht eine patzige Erwiderung entgegenzuschleudern – schließlich wollte *ich* ja *seine* Hilfe.

»Haben Sie schon mal von einem *Rabenwald* gehört?«

Herr Müller zog seine buschigen Augenbrauen zusammen, strich mehrmals über seine dunklen Stoppelhaare, wie über die Borsten eines Besens, und setzte sich auf den Rand seines Pults.

»Warum willst du das wissen?«

Ich spekulierte darauf, mit meiner Antwort sein Interesse zu wecken.

»Für meine Facharbeit. Ich bin noch auf der Suche nach einem passenden Thema.«

»Und da haben es dir geheimnisvolle Orte und mysteriöse Geschichten wohl angetan?! Wenn man bedenkt, dass es hier in der Gegend einen Hexenkult gab und einen Hexenkeller, in dem viele zu Unrecht gefoltert wurden, scheint mir dein Thema gar nicht so uninteressant.«

Hexenkult? Folter? Ich wusste nicht, wie das zu meinem Rabenwald passen sollte, trotzdem nickte ich zur Bestätigung.

»Es gab hier tatsächlich mal einen Wald, der Rabenwald genannt wurde. Ursprünglich sollen dort Raben genistet haben«, bestätigte Herr Müller.

Volltreffer! Die Rabenfeder war der Hinweis, den ich gebraucht hatte. Es musste jemanden geben, der sicher sein wollte, dass ich das Rätsel löste.

»Nachdem man den Wald abgeholzt hatte, verschwanden sie aus der Gegend. Die Dorfbewohner sahen das als böses Omen«, fuhr mein Geolehrer fort, während er nachdenklich über seine Borstenhaare strich. »Jedenfalls wurde die Schuld am Verschwinden der Raben den Holzarbeitern in die Schuhe geschoben. Man bezichtigte sie der Hexerei, da auf dem ehemaligen Waldboden niemals ein fruchtbares Feld bestellt werden konnte. Regelmäßig verfaulte das Korn, und irgendwann gaben die Bauern es auf, dieses Stück Land zu bestellen. Doch wenn du mich fragst, hat man wohl nur die Bäume um den ausgetrockneten See gefällt und versucht, auf dem ehemaligen Seegrund Landwirtschaft zu betreiben.«

»Und wo soll das sein?«, unterbrach ich ihn ungeduldig.

»Drüben, am anderen Ende des Sees. Ganz in der Nähe des *Friedhofs*«, betonte er mit einem Augenzwinkern. »Dort steht ein uralter Baum, auf dem sich im Winter heute noch Vögel sammeln. Krähen allerdings – keine Raben«, betonte er.

Ich fluchte leise vor mich hin, als ich den Friedhof auf der Übersichtskarte entdeckte. Er lag tatsächlich am anderen Ende des Sees. Um dort hinzukommen, musste ich entweder um den ganzen See laufen – also bei Nacht durch den Wald – oder über den See zum anderen Ufer rudern.

Ich entschied mich für die zweite Variante. Es standen genug Kanus bereit. Ich musste nur ein Paddel organisieren, wozu ich Marisas Hilfe brauchte. Als Kapitän des schuleigenen Drachenbootteams besaß sie einen Schlüssel zum Bootshaus, und ich wusste auch, wo er war: an ihrem Schlüsselbund.

Ich kam mir ziemlich mies vor, als ich mir ihre Schlüssel ausborgte, um ihr Französischheft aus ihrem Spind zu holen, weil ich angeblich die Hausaufgaben abschreiben wollte. Doch ich verdrängte das ungute Gefühl. Sie war meine Freundin und hätte mir bestimmt geholfen. Aber ich wollte niemanden mit hineinziehen. Vielleicht war nicht nur Aron der Meinung, dass ein Mensch und ein Engel nicht zusammengehörten.

Obwohl ich vorsichtshalber eine Pinkelpause während des Unterrichts nutzte, um das Paddel zu holen und im Schilf zu verstecken, musste Raffael etwas mitbekommen haben. Während des Abendessens warf er mir andauernd verstohlene Blicke zu, und auch im Gemeinschaftsraum fühlte ich mich unter ständiger Beobachtung. Ahnte er etwas von meinem nächtlichen Vorhaben? Hatte er das Kreuz entdeckt, das ich statt Philippes Madonnenanhänger seit heute Morgen bei mir trug? Wusste er, wer es geschickt hatte?

Auf jeden Fall erschien mir sein Verhalten merkwürdig, weshalb ich bei meinen Freunden blieb, bis wir ins Bett geschickt wurden. Ich nahm den Umweg über den Jungsflur, um sicher zu sein, dass er mir nicht ungebeten folgte. Die diensthabenden

Mentoren würden ihn jetzt nicht mehr zu mir ins Schloss lassen – zumindest so lange, bis alle Internatsbewohner auf ihren Zimmern waren. Dann zogen auch sie sich zurück, und ich konnte unbemerkt zu meiner Kanutour aufbrechen.

Nervös lief ich in meiner Kammer hin und her. Die Zeiger meiner Uhr schienen stehen geblieben zu sein. Meine Anspannung wurde stärker zusammen mit den Kopfschmerzen, die nach meinem Schlüsselklau aufgetaucht waren – Kopfschmerzen ausgelöst durch ein schlechtes Gewissen.

Gerade als ich meinen dicken Pullover überzog, hörte ich, wie sich jemand an meiner Tür zu schaffen machte. Ich verharrte mitten in der Bewegung und lauschte: ein Kratzen, sich entfernende Schritte und dann Stille. Da ich nicht riskieren wollte, jemandem zu begegnen, wartete ich einen Moment, bevor ich die Klinke herabdrückte. Sie klemmte! Ich versuchte es noch einmal. Sie rührte sich nicht. Und auch als ich mein Körpergewicht zu Hilfe nahm, ließ sich die Klinke nicht bewegen.

»Verdammt!«, knurrte ich leise, obwohl ich am liebsten die Tür eingetreten und Raffael den Hals umgedreht hätte. Er musste einen Stuhl unter die Türklinke geschoben haben. Oder war es jemand anderes gewesen, der die Tür verrammelt hatte?

Hatten Christopher oder Aron ihre Finger im Spiel? Christopher, der sich um mich sorgte, oder Aron, der verhindern wollte, dass ich mit Christopher glücklich wurde?

Meine Wut kehrte zurück, und ich konnte mich gerade noch beherrschen, um nicht mit meinen Fäusten gegen die Tür zu trommeln und Aron, Christopher und Raffael lauthals zu verfluchen. Ich war in meinem Zimmer eingeschlossen und würde den vielleicht wichtigsten Termin meines Lebens verpassen!

Ich war den Tränen nah. Warum war ich ins Schloss zurückgekehrt? Um die Zeit zu überbrücken, hätte ich mich auch unten am See verstecken können – anscheinend hatte ich meine Kontrahenten unterschätzt.

Oder sie mich! Ich hatte schnell eine andere Möglichkeit gefunden, wie ich mein Zimmer verlassen konnte. Es war nicht ganz ungefährlich, aber schließlich war ich geübt im Klettern. Neben meiner Vorliebe für Olivenbäume hatte uns Stefanos Vater, Bergführer im nahe gelegenen Naturschutzgebiet, regelmäßig zu Bergtouren ins Gebirge mitgenommen.

Ein Seil wäre mir jetzt von großem Nutzen, doch es würde auch so gehen. Ganz ohne Absicherung wollte ich trotzdem nicht übers Dach klettern. Also wählte ich die klassische Variante, riss mein Ersatzlaken und die Bettüberzüge entzwei und knotete sie aneinander. Danach befestigte ich meine Konstruktion am Heizkörper, der sicher in der Wand verankert war.

Bevor ich aus der Dachluke stieg, verband ich meine stabilsten Gürtel miteinander – dank der Vorliebe meiner Mutter für Lederwaren hatte ich sechs dabei – und wickelte sie mir um den Bauch.

Die Nacht war mild. Auf dem Dach strich mir eine laue Brise um die Nase. Beim Blick nach unten jedoch stockte mir der Atem: Es war steiler, als ich erwartet hatte. Ein Kribbeln überzog meine Haut, und ich spürte erneut diese dunkle Angst.

War ich bereit, den geforderten Preis zu bezahlen? War ich so weit, mein Menschenleben aufzugeben? Ich schauderte bei dem Gedanken und fühlte, wie die Angst sich in mir ausbreitete, die Furcht vor dem Tod – vor dem Ungewissen.

Würde mein unbekannter Freund mein Leben fordern? Würde er mich der Totenwächterin überlassen? Um meine Liebe zu prüfen? Ich hoffte, dass er eine andere Möglichkeit im Sinn hatte.

Mein ängstlich klopfendes Herz beruhigte sich für einen Moment, bis mein nächster Zweifel es wieder anfeuerte. Wer war es, der mich erwartete? Coelestin? Im Grunde hatte ich keinen Beweis, dass er es war. Wer dann? Aron? Die Totenwächterin?

Die Angst fraß sich weiter in mich hinein und hinderte mich

daran, einen klaren Gedanken zu fassen. Geschichten von unglückseligen Mädchen erwachten in mir, denen die Sprache, das Gehör oder gar ihre Liebe selbst genommen wurde – als Gegenleistung für die Erfüllung ihrer sehnlichsten Wünsche. Keine nahm ein gutes Ende. War auch ich dazu verdammt, zu verlieren, was ich mir am sehnlichsten wünschte?

Ich ignorierte das Brennen in meinen Augen und hielt meine Tränen zurück. Was würde er fordern? Meine Liebe? Müsste ich sie zurücklassen und darauf hoffen, sie neu zu entdecken? Eine Träne rollte mir übers Gesicht. Hatte ich nicht selbst behauptet, dass nichts meine Gefühle zu Christopher zerstören konnte? Und wenn ich mich irrte?

Ich biss die Zähne zusammen und ballte meine Hände zu Fäusten. Auch wenn der Preis hoch sein würde, ich musste das Risiko eingehen. Niemand hatte gesagt, dass es einfach war, einen Engel zu lieben, und Zweifel würden mich nicht zu Christopher bringen.

Entschlossen umklammerte ich mein improvisiertes Seil und wagte den ersten Schritt. Das Dach war steil, allerdings hätte ich auch ohne meinen selbstgebastelten Strick den Abstieg bis zur Dachkante geschafft. Für die letzten drei Meter zum darunterliegenden Balkon, war er mir nützlich. Die Knoten halfen mir beim Abstieg und ich landete sanft. Schnell versteckte ich mich unter der Fensterbrüstung und wartete. Die angrenzenden Räume gehörten dem Schulleiter, und ich hoffte, dass er entweder über einen guten Schlaf oder über ein schlechtes Gehör verfügte. Angespannt zählte ich die Sekunden – nichts regte sich.

Ich nahm die zweite Etappe in Angriff: Vom Balkon bis zum Boden waren es fünf bis sechs Meter. Zu tief, fand ich, um hinunterzuspringen. Glücklicherweise gab es einen Absatz – ein zugemauertes Fenster –, auf dem ich Halt finden konnte. Bis dorthin reichten meine Gürtel.

Ich befestigte das Gürtelband an einem der massiven Brüstungspfosten, schwang mich über das Geländer und stemmte meine Beine gegen das Mauerwerk. Langsam, wie ich es gelernt hatte, kletterte ich hinab. Meinen roten Gürtel hatte ich ganz unten angebracht – er war der schmalste. Ich spürte, wie sich das Leder langsam dehnte. Es war nur noch ein Meter bis zum Sims. Wenn er riss, bevor ich bei der Nische war, würde ich sie verfehlen – ich musste mich beeilen.

Um Schwung zu holen, stieß ich mich vorsichtig von der Wand ab und peilte den Vorsprung an. Dieser zusätzlichen Belastung hielt das Leder nicht stand. Während ich nach vorne pendelte, riss der Gürtel. Mit den Füßen bekam ich den Absatz zu fassen und versuchte, mich an die Fensterleibung zu klammern, doch ich war mit zu hoher Geschwindigkeit unterwegs, um mein Gleichgewicht halten zu können. So fiel ich rückwärts die letzten zwei Meter nach unten und landete – natürlich – in einem der Rosensträucher.

Ich unterdrückte ein Aufstöhnen – das Knacken der Zweige war laut genug – und verharrte reglos auf meinem unbequemen Landeplatz. Erst als ich mir sicher war, dass niemand meinen Absturz bemerkt hatte, befreite ich mich aus meiner misslichen Lage und betrachtete mein Werk: Der alte Rosenbusch war sichtlich geknickt, von der Balkonbrüstung hingen ein paar aneinandergereihte Gürtel und aus meinem Fenster ein langer Strick aus zusammengeknotetem Bettzeug. Wie ich das erklären sollte, ohne von der Schule zu fliegen, war mir ein Rätsel. Entweder musste ich rechtzeitig zurück sein – um wenigstens die Laken verschwinden zu lassen –, oder ich fand noch in dieser Nacht einen Weg zu Christopher, womit sich vielleicht alle Erklärungsversuche erübrigen würden.

Einen Ausflug bei Neumond fand ich nicht gerade faszinierend, geschweige denn eine Bootstour über den See. Praktischerweise wurde es im Norden um die Sommersonnenwende nie ganz dunkel, wenn nicht gerade dicke Wolken über den Himmel zogen – was heute nicht der Fall war.

Bis ich das Paddel in der Dunkelheit entdeckte, dauerte dennoch länger, als ich gedacht hatte. Hastig zog ich Schuhe und Strümpfe aus, warf sie mit dem Paddel in das nächstbeste Kanu und zog es ins Wasser. Es war eisig kalt, und ich beeilte mich, ins Boot zu klettern und loszurudern.

Das Kanu glitt schnell über die glatte Oberfläche. Nach der Hälfte der Strecke paddelte ich langsamer – ich hatte noch genügend Zeit bis Mitternacht – und riskierte einen Blick über den See: nachtblau. Eisige Dunkelheit. Mir schauderte. Susan war hier ertrunken – und ich beinahe auch.

Ich schloss die Augen und atmete tief durch, um mich zu beruhigen, doch Susans Bild ging mir nicht mehr aus dem Kopf: ihre wehenden Haare, ihre langsamen Bewegungen – wie in meinem Traum.

Plötzlich verstand ich die Botschaft: *Er wartet auf dich, bei mir …* Susan flog nicht, als sie zu mir sprach, sie war unter Wasser! Christopher erwartete mich im See.

Mein Puls begann zu rasen, verstärkte das leise Klopfen in meinem Kopf zu einem wilden Hämmern. Susan wollte, dass ich mich in die Tiefe stürzte? Dass ich ertrank?! Nachdem sie selbst noch immer darunter litt? Es gab leichtere Möglichkeiten zu sterben. Das konnte niemals ein Traum von ihr gewesen sein!

Wie in einem Déjà-vu fesselten wogende Blätter meinen Körper. Rasch schüttelte ich die Erinnerung ab und betrachtete den See: Wasser, nicht mehr. Dennoch verstärkte ich den Griff um das Paddel und stieß es tief nach unten. Trieb das Kanu voran, so schnell ich konnte.

Das Boot begann zu schlingern. Meine Bewegungen wurden hektisch. Unüberlegt. Das Paddel verfing sich. Meine Arme wurden nach hinten gerissen, und ich geriet aus dem Gleichgewicht.

Wasser schwappte über den Bug. Etwas durchstieß die Oberfläche. Das Kanu schwankte. Kippte. Ich schrie. Schleimiges Grün umklammerte meine Hände, verschloss mir den Mund und zog mich hinab in die Finsternis. Ich glaubte zu ersticken – mein Albtraum kehrte zurück!

Kapitel 25

Das Reich der Wächterin

Helle Lichtpunkte wanderten näher und verwandelten sich in bedrohlich funkelnde Schlitze – unter ihnen die glühenden Augen der Totenwächterin. Sie starrte durch die wabernde Pflanzenwelt und nahm mich mit ihrem Blick gefangen.

Eisige Kälte lähmte meinen Körper, hämmernde Kopfschmerzen lähmten meinen Verstand. Die Wächterin zog mich in ihren Bann. Ich wehrte mich gegen den Zugriff und beschwor Christophers Bild vor meine Augen: seine Engelsgestalt, mit der er die Totenwächterin vertrieben hatte.

Die Erinnerung wärmte mich und gab mir die Kraft, der Wächterin zu widerstehen. Die Fesseln, die meine Arme umschlangen, gaben nach. Ich bewegte mich in Zeitlupe, damit sie nicht wieder erwachten, obwohl alles in mir drängte, von hier zu verschwinden.

Lynn! Warum widersetzt du dich? Du wurdest mir versprochen, und dieses Mal wird dir niemand zu Hilfe eilen. Engeln ist der Zutritt zu meinem Reich verboten!

Die Stimme der Totenwächterin dröhnte bösartig in meinem Kopf. Ich ignorierte sie, dachte an Christopher und schwebte langsam nach oben.

Ein Fischschwarm versperrte mir den Weg. Zahnbesetzte Mäuler trieben mich zurück. Also änderte ich meinen Kurs, tauchte unter den Schwarm und dann senkrecht nach oben – mitten hinein. Was waren schon ein paar Bisswunden angesichts der Totenwächterin? Als nadelspitze Dornen mein Fleisch durchbohrten, biss ich die Zähne zusammen und kämpfte mich weiter, zwischen den Fischleibern hindurch. Sie ließen nicht von mir ab. Ich war die Beute – der Honigtopf.

Meine Lungen brannten, meine Beine wurden schwer. Zu viele Fische. Ihr Gewicht zog mich hinab. Zur Totenwächterin. Sie erwartete mich inmitten eines wabernden Pflanzenfeldes. Ein Lächeln umspielte ihre Lippen. Sie hatte gewonnen und spürte, dass ich es wusste. Ein paar Sekunden noch, vielleicht Minuten, und ich würde sterben und meine Seele an sie verlieren.

O nein! Das würde mir den ganzen Spaß verderben. DICH will ich lebend! Wieder sprach die Wächterin direkt in meinem Kopf. *Komm und lerne mein Reich kennen. Es wird dir gefallen.*

Ihre dürren Finger forderten mich auf, ihre Hand zu nehmen. Natürlich lehnte ich ab. *Und wenn ich mich weigere?!*

Wie könntest du? Schau dich um. Die Fimonen folgen mir aufs Wort. Ein Befehl und sie nehmen dich wieder gefangen.

Ich unterdrückte das Zittern, das beim Gedanken an die spitzen Zähne meinen Körper durchzog. Trotz der einschüchternden Warnung fiel mir der Widerspruch auf: Warum wollte sie, dass ich ihre Hand nahm, wenn ihre Fische mich in ihr Reich zwingen konnten?

Und dann? Beißen sich die Fimonen an mir fest und sehen zu, wie ich ertrinke?

Das wirst du nicht. In meinem Reich kannst du atmen.

Doch dort war ich nicht – noch nicht. Meine Lungen lieferten den eindeutigen Beweis, dass mir nicht mehr viel Zeit blieb. Die Wächterin wollte mich lebendig – was mich hoffen ließ –, aber ein Leben war kostbar.

Was gibst du mir, damit ich mitkomme?

Die Totenwächterin verlor für einen kurzen Moment die Fassung. Überraschung zeigte sich auf ihrem jugendlichen Gesicht.

Dein Leben.

Das reicht mir nicht.

Ich stand an der Schwelle zum Totenreich. Was sollte passieren, wenn ich pokerte? Entweder ich betrat lebend oder tot ihre Welt. Meine Lage konnte sich nur verbessern.

Die Wächterin spielte nicht mit und griff nach meinem Arm. Auch sie wusste, dass die Zeit drängte. Ich wich ihr aus, so dass sie nur meinen Pullover zu fassen bekam, doch als das Kreuz darunter sichtbar wurde, ließ sie mich los. Sie versuchte, ihren Schreck zu verbergen, aber es gelang ihr nicht. Anscheinend hatte mir wirklich ein Freund das Schmuckstück geschickt.

Wie du willst!, säuselte sie. *Den Anhänger für dein Leben und keine unersättlichen Fimonen, die dich quälen.*

Das ist zu wenig, wiederholte ich kühl – Pokern war mein Ding! Ich will zurück in die Welt der Engel – und das mit einer intakten Seele.

Das Gesicht der Wächterin wurde ausdruckslos, während sie sprach: *Jede Seele, die unbeschadet ins Reich der Engel wechseln darf, muss meinen Versuchungen entgegentreten. Widerstehst du ihnen, darfst du das Totenreich verlassen – versagst du, musst du bleiben! Aber auch wenn du Erfolg hast, solange du menschlich bist, musst du den Zugang allein finden.*

Die Worte der Totenwächterin drangen nur langsam in meinen Verstand. Schließlich begriff ich, was sie bedeuteten: Ich konnte ohne Lebensverlust und Seelennot zu Christopher! Doch zuvor hatte ich ihre Prüfungen zu bestehen. Sicher sehr verführerische und langwierige Versuchungen. Vielleicht lebenslange. So verlockend das Angebot auch klang, es bedurfte noch eines Zusatzes.

Ich möchte am Ende deiner Prüfungen nicht alt und tattrig sein. Wenn sie nicht länger als einen Monat dauern, bin ich einverstanden.

Für mich dauern sie eine halbe Nacht und einen halben Tag, für dich wird keine Minute vergangen sein – wenn du bestehst.

Das Funkeln in ihren Augen hätte mich warnen müssen, aber

ich war zu versessen darauf, in Christophers Welt zu kommen, dass ich es ignorierte und zustimmte.

Mein Blick trübte sich, kurz bevor wir den Zugang zum Reich der Wächterin passierten. Meine Lungen drohten auseinanderzureißen, als ich wieder Luft zum Atmen bekam. Keuchend krümmte ich mich vor Schmerz.

»Armes Kind. Soll ich dir Linderung verschaffen?« Das Angebot der Wächterin klang aufrichtig, doch ihre Stimme war ein wenig zu süß.

»Nein danke«, japste ich. »Ich komm schon allein zurecht.«

Sie lachte amüsiert, wobei mir bewusst wurde, wie sehr sie das Spiel genoss. Bestimmt pokerte sie heimlich – sicher mit Aron.

Nach mehreren Hustenattacken schaffte ich es endlich, mich aufzurichten. Erneut blieb mir der Atem weg. Das Reich der Wächterin war wunderschön: Eingebettet in eine gigantische Luftblase, erstreckte es sich unter einem riesengroßen See. Ich konnte Seegras, Muscheln und Fische erkennen. Die Hülle musste verspiegelt sein, wie bei getönten Gläsern: rausschauen – ja, reinschauen – nein. Darüber hinaus war sie phosphoreszierend, so dass ein mildes blaues Licht die weite, mit sanften Hügeln modellierte Ebene erhellte.

Verschlungene Kieswege durchzogen das Land, gesäumt von schmalen, blattlosen Pflanzen – oder Tieren –, deren langfaseriges Haar in Spiralen nach oben strudelte. Wogende Felder in Rosa, Veilchenblau, Weiß und Purpur wechselten sich ab mit moosbedeckter Erde, auf der knorrige, zu Knäueln verflochtene Bäume wuchsen. Ich entdeckte honiggelbe Früchte, die wie Bienenstöcke herabhingen, und leuchtende, gläserne Kugeln mit kreisrunden Öffnungen. Gerade noch schaffte ich es, ein entzücktes Seufzen zu unterdrücken, als ein buntgefiederter Vogel aus einem der Löcher herausflatterte und mit seinem Gesang mein Herz berührte.

Ich riss mich los von dem betörenden Gezwitscher. Es war zu schön – wie alles hier, obwohl ich das Highlight noch gar nicht bemerkt hatte: den auf einem Hügel thronenden Palast der Wächterin.

Aufgetürmte Wellen, eingefrorene, regenbogenfarbene Gischtschleier und erstarrte Schaumkrönchen. Ein zu Eis gewordener Wasserpalast. Da konnte selbst das Schloss der Engel nicht mithalten.

Ich hielt meine Euphorie zurück, doch selbst ein Gefühlstauber hätte meine Begeisterung gespürt. Alles in mir drängte, den Palast zu erkunden, aber ich war mir sicher, dass er zu ihren *Versuchungen* gehörte.

»Und? Gefällt er dir?«, fragte die Totenwächterin mit zweideutiger Stimme.

»Ja«, antwortete ich wahrheitsgetreu. »Doch nicht in allem, was schön aussieht, ist auch Schönes drin.«

Sie lachte. »Da hast du wohl recht. Aber ich versichere dir, dass er dich wieder gehen lässt, wenn du freundlich zu ihm bist.«

Ich schluckte. War sich die Wächterin so sicher, dass ich versagte? Warnte sie mich deshalb? Oder wollte sie mich verunsichern? Bei ihr musste ich mit allem rechnen. Sie war heimtückisch. Ich sollte auf der Hut sein.

Die Wächterin war amüsiert, da ich den Palast erst betrat, nachdem sie mich hereingebeten hatte. Doch ich ertappte sie, wie sie mich heimlich musterte, während wir durch ihr zum Traum erstarrtes Zuhause liefen – als müsste sie mich neu einschätzen.

Das Innere des Palastes war noch beeindruckender als sein Äußeres. Gigantisch große Steinplastiken oder zerbrechlich feine Eisskulpturen, farbig pigmentierte Wände und Drei-D-Decken, einige mit märchenhaften Gestalten verziert, andere aus Eis gestaltet, verliehen den Räumen einen eigenwilligen Charakter.

Die Eingangshalle und der Treppensaal wirkten düster und kalt – so wie ich es im Totenreich erwartet hatte –, der Empfangsraum dagegen fröhlich und heiter, wie das Feuer, mit dem er erhellt wurde. Die Totenwächterin liebte es offensichtlich, nicht nur mit verunsicherten Seelen, sondern auch mit dem Feuer zu spielen. In jedem Raum flackerte ein andersfarbiges Licht. Mal schimmerte warmes Gelb, mal kühles Blau oder nebulöses Grau in den Wand- und Deckenschalen und – wie ich mit einem Gefühl zwischen Entsetzen und Faszination feststellte – in den bizarr geformten Fenstern. Auch hier brannte ein Feuer. Hauchdünn, so dass man hindurchsehen konnte, doch stark genug, dass es die Form der Öffnung veränderte, die darum kämpfte, die lodernden Flammen zu bändigen.

Das Einzige, was fehlte, waren Untertanen. Das Schloss war leer. Wie ausgestorben. Vielleicht war es das ja auch. Doch wozu dann die vielen Räume? Ich würde mich unwohl fühlen, wenn ich allein in diesem riesigen Palast leben müsste.

»Nimm Platz«, forderte die Totenwächterin mich auf und deutete auf ein brokatbesetztes Sofa, das neu aussah.

War es das, oder wurde es nur selten benutzt? Oder hinterließen die Gäste der Totenwächterin keine Spuren, da es für gewöhnlich Geister waren? Inzwischen gefiel mir die Vorstellung, meine Seele aufs Spiel zu setzen, immer weniger. Aber hatte ich eine Wahl gehabt? So oder so wäre ich bei ihr gelandet. Noch am Leben zu sein war eindeutig die bessere Alternative.

Ich setzte mich auf das beängstigend bequeme Sofa und bezwang meinen Impuls, mich hineinzukuscheln. Es passte sich meinem Körper an, als wäre es für mich gemacht.

Die Totenwächterin bemerkte meine Reaktion und lachte wieder amüsiert. Offenbar fand sie Gefallen an ihrem neuen oder vielleicht sogar einzigen Spielzeug, das noch atmete.

Trotz meines Unbehagens ließ ich meinen Blick durch den eleganten Saal schweifen: ein kunstvoll gearbeiteter Sekretär nebst Stuhl und zwei bequem aussehende Ohrensessel vor einem raumhohen Bücherregal. Alles im Stil vergangener Jahrhunderte und doch so gut wie unberührt. Die Welt der Totenwächterin war wunderschön, ihr Palast geschmückt mit liebevollen Details, und dennoch hatte sie niemanden, mit dem sie ihren Reichtum teilen konnte.

Ein Gefühl von Traurigkeit erfasste mich. Die Wächterin entschied über das Schicksal von Tausenden, aber keiner war geblieben.

»Etwas zu essen? Oder zu trinken?«

Die Wächterin riss mich aus meiner trüben Stimmung. Ich lehnte ab. Nebenwirkungen auslösende Getränke kannte ich schon.

»Dann werde ich dir kurz die Regeln erklären, bevor ich dich in deinen Wohnflügel begleite.«

Meine Alarmglocken schrillten endlich los: Sie hatte einen ganzen Wohntrakt für mich reserviert? Ein Zimmer hätte es für eine Nacht auch getan – es sei denn, sie rechnete damit, dass ich länger blieb. Hatte sie mich ausgetrickst, da sie mich nur hierbehalten konnte, weil ich noch am Leben war? Vermutlich! Und ich hatte beinahe Mitleid mit ihr gehabt.

Obwohl ich am liebsten geflohen wäre, blieb ich sitzen. Sie erklärte die Regeln. Sie zu kennen würde mir helfen, heil aus diesem Schlamassel herauszukommen.

»Du darfst dich frei bewegen und alles anfassen, aber nichts mitnehmen, es sei denn, ich erlaube es dir. Das ist alles, was du zu beachten hast. Gelingt dir das, kannst du hingehen, wo immer du möchtest.«

»Auch ins Schloss der Engel?«, hakte ich nach.

»Ja. Auch dorthin«, bestätigte sie.

Während die Wächterin mich über weitläufige Flure zu meinem Wohnflügel führte, hämmerte ich mir die Regeln ins Gedächtnis. Anfassen: ja – mitnehmen: unter keinen Umständen!

Mein Gemach – anders konnte man die mit einem gigantischen Himmelbett, blumenverzierten Möbeln und dem überdimensionierten Home-Spa ausgestatteten Wohnräume kaum nennen – erstreckte sich über drei Etagen. Alles vom Feinsten. Prima für ein Luxuswochenende, aber nicht auf Dauer.

Ich verzichtete auf das spitzenverzierte Seidennachthemd, auch wenn ich es beim Tragen nur berühren und nicht mitnehmen würde, und legte mich in meinen Kleidern ins Bett. Auch hier passte sich der Untergrund meinen Bedürfnissen an. Ich versank in der Matratze, fühlte mich sicher und geborgen – beinahe wie in Christophers Armen.

Mit einem Satz war ich aus dem Bett. Auch wenn ich mir nichts sehnlicher wünschte, als bei ihm zu sein, so weit ließ ich mich von der Totenwächterin nicht manipulieren. Also schlug ich mein Nachtlager auf dem Boden auf. Ich brauchte Schlaf. Der nächste Tag würde bestimmt anstrengend werden.

Die Erholung war mir nicht vergönnt. Ein Schrei weckte mich: Philippe! Ich riss die Tür zum Flur auf. Totenstille.

Hatte ich geträumt? Mir Philippes gequälten Aufschrei nur eingebildet? Ich lauschte. Alles war friedlich, leer und verlassen. Zu verlassen. Irgendjemand musste sich um das Schloss kümmern. Ich hatte frische Orchideen in meinem Zimmer und konnte mir beim besten Willen nicht vorstellen, dass die Totenwächterin das kunstvolle Gesteck selbst arrangiert hatte. Außerdem war es hier extrem sauber. Weder Staub noch Spinnweben. Und die Wächterin mit Putzlappen und Staubwedel? Lächerlich!

Ich zog die Tür hinter mir zu. Umschauen war erlaubt – nur mitnehmen nicht. Vorsichtig schlich ich den Flur entlang. Vor jeder Biegung versuchte ich herauszufinden, ob mir jemand auflauerte. Wie zuvor begegnete ich keiner Menschenseele. Doch irgendwo mussten sie sein, die Menschenseelen, die von der Totenwächterin geprüft wurden.

Mein Herz zog sich zusammen. Ich hatte Philippe gehört. War er hier?

Ich verbot mir, darüber nachzudenken. Philippe hatte mit dieser Sache nichts zu tun. So weit durfte die Totenwächterin bestimmt nicht gehen. Wozu gab es schließlich Schutzengel?!

Um sicherzugehen, lief ich weiter und erreichte die Treppenhalle. Die Stufen schraubten sich tief ins Erdreich. Ich konnte kein Ende sehen. Vielleicht gab es auch keines, sondern nur ein Loch – wie in der Totengruft.

Die Erinnerung an das Grab überrollte mich. Die gierigen Hände, die mich hinabzogen. Ich schüttelte sie ab. Die Totenwächterin hatte nicht mehr gewagt, mich zu berühren, seitdem sie das Kreuz entdeckt hatte. Es beschützte mich vor ihr. Auf keinen Fall durfte ich es der Wächterin geben, bevor ich hier raus war.

Ich hatte die Treppenhalle zur Hälfte durchquert, als ich ein sanftes Leuchten neben dem Eingang bemerkte. Also gab es hier doch jemanden, es sei denn, die Totenwächterin schlief bei Licht.

Vorsichtig schlich ich durch den schmalen Flur und näherte mich der offen stehenden Tür, aus der ein Lichtschimmer drang. Anschauen war erlaubt, und ich wollte schließlich nur einen Blick hineinwerfen. Ich war neugierig, wie die Dienstboten der Wächterin aussahen. Waren es Menschen, Tiere oder andere Wesen?

Ich wurde enttäuscht – zumindest was die Gefährten der Totenwächterin betraf. Der Raum war leer. Aber ich traute meinen Augen kaum, als ich das Armband entdeckte, das in einer prunkvollen Vitrine auf einem schwarzen Samtkissen lag. Es war mein Armband. Die Kette mit dem Engelsmedaillon, die ich von Philippe zum Abschied geschenkt bekommen und im Wald verloren hatte – oder die mir von der Totenwächterin abgenommen wurde, bevor sie mich verbannte. Es musste eine

Bedeutung haben, dass sie das Schmuckstück so sorgsam verwahrte. Dennoch war es meines – nicht ihres!

Ich hatte schon meine Finger nach der Vitrine ausgestreckt, als mir klar wurde, warum es hier war: Sie wollte, dass ich es fand – dass ich es *nahm*. War ich wirklich so leicht hinters Licht zu führen und würde auf einen dermaßen einfachen Trick hereinfallen? Beinahe! Ich musste wirklich besser aufpassen – wenigstens in den nächsten paar Stunden.

Obwohl ich es gerne mitgenommen hätte, ließ ich das Armband an seinem Platz. Philippe würde das verstehen, wenn er wüsste, bei wem sein Geschenk war und warum es dort lag.

Ebenso leise, wie ich gekommen war, verließ ich den Raum. Ich wollte zurück auf mein Zimmer und dabei niemandem begegnen, der mich beim Rumschnüffeln erwischte – am wenigsten der Totenwächterin. Vermutlich war es in meinen Räumen einfacher, ihren Versuchungen zu widerstehen. Am besten verschlief ich die paar Stunden, die ich bei ihr verbringen musste.

Noch bevor ich die Treppenhalle erreichte, hörte ich es wieder. Mein Herz blieb stehen. Es *war* Philippe. Er litt!

Im Eiltempo raste ich die Treppe hinunter. Graue Fackeln erleuchteten die rauen Wände. Auf was auch immer ich stoßen würde, die Totenwächterin genoss sicher die Abwechslung, mit einer lebenden Seele zu spielen – sonst hätte sie mich im See ertrinken lassen.

Ich bereitete mich darauf vor, Philippe, an Händen gefesselt, von barbarischen Werkzeugen malträtiert vorzufinden. Es war schlimmer, als ich es mir ausmalen konnte. Tränen schossen mir in die Augen, als ich sein schmerzverzerrtes Gesicht erblickte. Seinen blutverschmierten Körper, der über rotglühenden Flammen röstete. Doch was mir das Herz zerriss, waren seine dunklen Augen, die mich anflehten, erlöst zu werden, da seine verstümmelte Zunge nicht mehr fähig war, Worte zu formulieren.

Ich zögerte nicht und griff nach seinen Fesseln. Die Eisenschellen waren glühend heiß. Erschrocken zuckte ich zurück. Wie konnte Philippe das aushalten? Ich hätte mir die Seele aus dem Leib geschrien.

Ein grausamer Gedanke durchfuhr mich: Besaß er überhaupt noch eine? War er noch der Philippe, den ich kannte? War es überhaupt der Philippe, den ich kannte? Er war kein Weichei, doch diese Tortur würde er nicht so einfach ertragen. Niemand würde das. Zumindest niemand, der noch lebte!

Ich sah in seine Augen. Sie wirkten beseelt, aber sie waren es nicht – nicht mehr. Der Lebensfunke war erloschen.

Ich drehte mich um. Ich konnte nichts mehr für ihn tun, selbst wenn ich ihn rettete und dabei alles verlor. Philippes Seele war tot. Gestorben. Auch wenn sein Körper noch lebte. Das konnte ich nie wiedergutmachen.

Tränenüberstömt rannte ich die Treppe nach oben. Der Totenwächterin war ich nicht gewachsen – ihrem heimtückischen Spiel. Sie wusste es. Und Christopher wusste es – nur ich nicht. Ich hatte seine Warnung in den Wind geschlagen. Durch meinen Starrsinn Philippes Seele verspielt. Christopher wäre außer sich, wenn er das wüsste. Doch woher sollte er? Das Einzige, was mich noch beschützte, war das Kreuz, das die Wächterin entdeckt hatte, bevor sie mich in ihr Reich verschleppte. Ich war hineingekommen – also musste es auch einen Weg hinaus geben.

Der Palast war seelenlos, wie immer, und niemand hielt mich auf, als ich im Morgengrauen das Schloss verließ. Statt der weiten Hügellandschaft empfing mich ein sorgfältig angelegter Garten, der angesichts seiner Größe durchaus als Park durchgehen konnte. Ich ließ mich nicht blenden von dieser Schönheit. Die Totenwächterin hatte damit gerechnet, dass ich fliehen würde – und hinter mir das Tor verschlossen.

Ich kämpfte die Tränen zurück. Die Wächterin wollte meine

Verzweiflung sehen – ich sie ihr aber nicht zeigen. Ich würde hier rauskommen. Lebend. Vorausgesetzt, sie hielt sich an ihr Versprechen, mich wieder gehen zu lassen. Doch darüber wollte ich im Augenblick nicht nachdenken.

Ich kehrte dem Schloss den Rücken, um einen Platz zu suchen, an dem ich mich verstecken konnte. Wo ich die Augen schließen, das Totenreich ausblenden und meine Trauer über Philippe zulassen durfte. Sein Anblick hatte sich in mein Gedächtnis eingebrannt. Sein seelenloser Blick.

Ein Steinweg führte mich in einen von silberglänzenden Hecken umgebenen Skulpturenpark. Statuen in allen Formen und Größen, gemeißelt nach menschlichen, tierischen oder sonstigen Vorbildern, schmückten die weitläufige Gartenanlage. Eine zog mich besonders an: die Figur eines Engels.

Mein Herz erstarrte, als ich vor ihm stand. Es war das Grab eines Engels. Das fehlende Gegenstück des Marmorengels, der die Kapelle am See bewachte: Simons Grab.

Ich fühlte Tränen in mir aufsteigen, als ich die Inschrift las.

Erkannt
berührt
geküsst
begehrt
unendliche Liebe
für immer verloren
auf ewig getrennt

Für immer verloren – auf ewig getrennt! War das das Schicksal, wenn man einen Racheengel liebte? Sah so meine Zukunft aus? Würde ich sterben und Christopher niemals wiedersehen?

»Erst jetzt habe ich begriffen, wie glücklich er war.«

Ich wirbelte herum. Christopher stand vor mir. Aufgewühlt stürzte ich in seine Arme. Seine Hände umschlossen mich, versteckten mich vor der Welt der Totenwächterin und ihrem grausamen Spiel, und ich fand, wonach ich gesucht hatte: Sicherheit und Trost.

Viel zu schnell löste er sich von mir. »Ich kann nicht bei dir bleiben. Aber ich kann dir helfen, von hier wegzukommen.«

»Und dann?!« Ich hatte Christopher zu lange vermisst, um ihn wieder ziehen zu lassen.

»Dann werden wir sehen.« Christopher erstickte meinen Protest mit einem flüchtigen Kuss. Ich wollte mehr, doch er schob mich von sich. »Versprich mir, von hier zu verschwinden.«

»Glaubst du, mich hält hier irgendetwas? Es sei denn ...« Meine Tränen kehrten zurück. Ich barg mein Gesicht an Christophers Brust. Er wartete, bis ich mich ein wenig beruhigt hatte, bevor er nachhakte.

»Philippe. Er ist ...«, ich brach ab, um mich erneut zu sammeln. Wenn ihm jemand helfen konnte, dann ein Engel, vor dem sich die Totenwächterin fürchtete. »Er ist im Verlies. Die Wächterin hat ihn gefoltert und ... und seine Seele geraubt.«

Christophers Miene zeigte keine Regung. Wahrscheinlich war es das, was die Totenwächterin üblicherweise machte. Trotzdem kam er mir entgegen.

»Wenn du mir versprichst, sofort aufzubrechen, werde ich sehen, was ich für ihn tun kann.«

Christophers Tonfall gefiel mir nicht. Außerdem klang sein Angebot nach Erpressung. Trotzdem stimmte ich zu. Vielleicht fürchtete er, ich könnte etwas Dummes tun und ihm folgen.

»Geh den Kiesweg entlang, bis er sich gabelt. Dann folge der rechten Abzweigung, bis du einen Pavillon siehst. Auf seiner Rückseite findest du ein Tor. Schließ es auf, und geh hindurch. Dann bist du in Sicherheit.« Christopher kramte einen kleinen goldenen Schlüssel hervor. »Hier, nimm! Damit kannst du das Schloss öffnen.«

Ich griff nach dem Schlüssel, doch als ich ihn berührte, fiel es mir wieder ein: *Du darfst alles anfassen, aber nichts mitnehmen!*

»Was ist los?«

Christophers sanfte Berührung, mit der er eine verirrte Strähne aus meinem Gesicht strich, vertrieb die Zweifel. Langsam näherte sich sein Mund meinen Lippen. Ich bemerkte das diabolische Funkeln in seinen Augen, doch es war zu spät. Mit roher Gewalt presste er meine Faust um den Schlüssel, drängte seinen Mund auf meine Lippen, zwang sie auseinander und küsste mich mit einer Brutalität, die ich kannte – aus meinen Träumen. Scharfe Klauen fuhren über meinen Rücken. Spitze Fänge umschlossen meinen Mund.

Ich schrie, doch mein Hilferuf wurde von einem erbarmungslosen Kuss erstickt. Ich wehrte mich und befreite meine Hand aus seiner Umklammerung, aber er zog mich nur noch fester an sich. Erst als der Schlüssel aus meinen Fingern glitt, ließ er mich los und gab seine wahre Gestalt zu erkennen, bevor er sich in nichts auflöste.

Ich presste die Hand vor den Mund, da ich zu würgen begann. Es war eine Frau. Sie glich dem Monster, von dem ich geträumt hatte, nur dass sie Flügel hatte – die Gleichen wie Christopher.

Kapitel 26

Der Pakt

Die Erinnerung an Christopher kehrte zurück. Der Schmerz, von ihm getrennt zu sein, war niemals größer. Doch wenn ich ihn wiedersehen wollte, musste ich kämpfen – gegen die Totenwächterin und ihre dämonischen Seelenräuber. Was auch immer mir in Christophers Gestalt erschienen war, ein zweites Mal würde ich nicht darauf hereinfallen – wen auch immer die Totenwächterin schickte.

Hoffnung keimte in mir auf. Vielleicht war es gar nicht Philippe gewesen, den ich in dem Verlies gesehen hatte. Es konnte ebenso gut eine Täuschung gewesen sein. Ein Versuch, mich in die Arme ihres Dämons zu treiben. Blieb die Frage, wo es sicherer war: im Schloss oder hier draußen.

Ich entschied mich gegen feste Mauern, als die aufgehende Sonne das dämmrige Phosphatblau der Hülle in strahlendes Türkis verwandelte. Auch wenn die Steinskulpturen durch das sich im Wasser brechende Licht beinahe lebendig wirkten, konnte ich hier wenigstens sehen, was – oder wer – auf mich zukam.

Ich setzte mich zu Füßen des Engels, zog die Beine an und legte den Kopf auf meine Knie. Der Marmorengel erinnerte mich an die Kapelle am See – und an Christopher. Auch wenn er ihm nicht ähnlich sah. Es reichte, um mir ein wenig Halt zu geben in einer Welt, die mir Angst einjagte. Die Totenwächterin würde mir sicher bald mit einer neuen Überraschung auflauern.

Sie ließ nicht lange auf sich warten. Obwohl mich ihre Wahl

enttäuschte. Mit raschen Schritten eilte Christopher mir entgegen. Ich blieb sitzen. Äußerlich gelassen, innerlich brodelnd. Doch nicht nur ich war wütend.

»Was um alles in der Welt machst du hier?!«

»Rumsitzen und warten, bis die Zeit vergeht.«

Mein schnippischer Kommentar brachte das, was immer mich auch anschaute, zur Weißglut. Gewaltsam riss es mich hoch und starrte mir in die Augen.

Ich zuckte zusammen. Dieses Mal hatte die Totenwächterin Christophers Jadegrün genau getroffen. Selbst der Duft stimmte.

»Lass mich los«, fauchte ich. »Was auch immer du bist, sag der Wächterin, dass ich nicht zweimal auf denselben Trick reinfalle. Da muss sie schon etwas kreativer werden, wenn sie mich zum Bleiben überreden will.«

»Lynn!« Das Christopher-Double schüttelte mich. »Erkennst du mich nicht?«

»Doch. Ich weiß ganz genau, wer und *was* du bist.«

Mein Gegenüber schien erleichtert. Es ließ mich los, und ich trat schnell ein paar Schritte zurück, bevor es mich wieder anfassen konnte. Meine Reaktion verwirrte das Christopher-Trugbild. Schließlich änderte es seine Taktik – und wurde zutraulich.

»Lynn, vielleicht habe ich einen Fehler gemacht und dich unterschätzt. Aber bitte, mach du nicht den gleichen Fehler bei der Totenwächterin. Wir müssen sofort von hier verschwinden. Sie wird jeden Augenblick hier sein, und ich fürchte, sie wird nicht allein kommen.« Es griff nach meiner Hand, doch ich zog sie weg, bevor es mich berühren konnte.

»Ich werde warten. Im Gegensatz zu dir traut sie sich nicht, mich zu berühren.«

Christophers nachgemachte Jadeaugen verengten sich zu Schlitzen. »Und seit wann nicht?«

Ich holte das Kreuz unter meinem Pullover hervor. Vielleicht schreckte mein Gegenüber ebenso sehr davor zurück wie die Totenwächterin.

»Sie mag meinen Anhänger nicht.«

Auf dem Gesicht des Christopher-Doubles zeigte sich Überraschung. Wirklich sehr authentisch. Ein elektrisierendes Kribbeln zwischen Schock und Anziehung lief mir den Rücken hinunter. Das Täuschungsgeschöpf der Wächterin wurde noch besser. Wie Christopher hatte es sich schnell wieder unter Kontrolle. Ich wappnete mich für weitere Finessen.

»Gib es mir. Es schadet mehr, als es nützt.«

»Ach ja?« Ich schüttelte den Kopf und begann zu lachen. »Netter Versuch. Wirklich, sehr dicht am Original. Aber sag der Wächterin, dass wir eine Abmachung haben und ich ihr den Anhänger erst gebe, wenn ich sicher bin, dass sie ihr Versprechen auch einhält.«

»Lynn!«, herrschte mich der nun wieder wütende Pseudo-Engel an. »Komm endlich zur Vernunft.«

Ich steckte das Kreuz unter meinen Pullover und trat noch ein wenig weiter zurück. Der Schein-Engel, der mir gegenüberstand, wirkte jetzt wirklich bedrohlich.

»Ich möchte nur ungern Gewalt gegen dich anwenden, aber wenn es sein muss …« Er ließ den Satz offen.

»Seit wann so zurückhaltend? Dein Vorgängermodell war nicht so zimperlich.«

Ich war nicht schnell genug, um ihm auszuweichen. Hart packte mich der Engel an den Schultern und zwang mich, ihn anzusehen.

»Was hat sie mit dir gemacht?« Eine Zornesfalte, wie Christopher sie hatte, wenn er wütend war, erschien. Ich sah zur Seite. Das war selbst mir zu viel.

Abrupt ließ er mich los und schob mich hinter sich. Mein Protest erstarb, als ich sah, was auf uns zukam: die Totenwächterin mit ihrem Gefolge. Umgeben von gehörnten, gefiederten, zwei- oder vierbeinigen Kreaturen – alle ausgestattet mit scharfen Klauen, Fängen oder anderen todbringenden Waffen –, ritt die Totenwächterin auf einem schwarzen, von Nebelfetzen durchzogenen Hengst.

Ich presste die Hände vor den Mund, um meinen Schrei zu dämpfen. Aus jedem Grab, das sie passierte, stieg neuer Nebel, der sich zu einem dämonischen Kämpfer formierte. Ein siegessicheres Leuchten erhellte die Gesichtszüge der Totenwächterin, als ich ihren Triumphschrei hörte.

»Das wird dich deine Flügel kosten!«

Ihre Worte griffen wie eisige Finger in mein Herz. Erst jetzt erkannte ich, wer wirklich neben mir stand. Doch zur Flucht war es nun zu spät. Zitternd stellte ich mich hinter Christopher. Das waren selbst für ihn zu viele.

»Ich werde sie aufhalten. Am anderen Ende des Friedhofs ist ein Teich. Dahinter erwartet dich Aron.«

Ich rührte mich nicht von der Stelle. Panik lähmte meine Beine. Hier würde ich nie wieder wegkommen – und Christopher auch nicht.

Er drehte sich zu mir um. Ungeduld lag in seinen Zügen.

»Sieh genau hin«, befahl er und verschloss meine Augen mit seiner Hand.

Ich sah nichts – außer Dunkelheit. Dann lichtete sich das Schwarz, und ich erkannte, was tatsächlich auf uns zukam: Irrlichter. Ich hatte sie schon einmal gesehen. Im Wald, als ich mich verlaufen hatte. Sie sahen unscheinbar aus, wie kleine, tanzende Flammen. Doch waren sie das auch?!

»Sie werden mir nichts tun, aber für dich ist es Zeit, zu verschwinden.«

»Ich gehe nicht ohne dich.«

»Dieses Mal wirst du meinen Rat befolgen. Ich kann nicht …« Christopher stockte, was mir zeigte, wie schwer es ihm fiel, mir den Grund zu verraten. »Ein kämpfender Racheengel ist das

Letzte, was ein Sterblicher sehen sollte. Geh jetzt. Sofort!« Die Farbe seiner Augen veränderte sich. Wurde kälter. Härter. »Und wage nicht noch einmal, einen Fuß in meine Welt zu setzen, wenn du nicht den Zorn eines Racheengels am eigenen Leib erfahren möchtest.«

Seine Wut trieb mich fort – nicht die Drohung. Ich fürchtete mich nicht vor dem Racheengel, aber ich hatte Angst, Christopher endgültig zu verlieren. Er hatte mich zum zweiten Mal weggeschickt. Beim ersten Mal, weil er mich vor der Wächterin schützen wollte, doch dieses Mal, weil er mich nicht für stark genug hielt, den Irrlichtern zu widerstehen. Und wahrscheinlich hatte er recht. Ich war schwach. Menschlich. Nicht für ihn und seine Welt geschaffen. Weder jetzt noch irgendwann.

Meine Tränen malten kleine Kreise in den stillen Teich hinter dem Friedhof. Ich würde der Totenwächterin entkommen und dennoch hatte ich verloren: meine Träume. Meine Hoffnung. Meine Liebe. Ich hatte versagt, in blindem Eifer nach einem Engel gegriffen.

Vielleicht war das mein Problem. Ich handelte planlos, begehrte, ohne nachzudenken. Ohne die Konsequenzen zu beachten für die, die ich liebte.

Christopher hatte mich aus dem Reich der Totenwächterin gerettet – doch der Preis dafür war viel zu hoch. Selbst wenn es ihm gelang, sie zurückzuschlagen. Er würde mich hassen. Ein Engel ohne Flügel war alles, nur kein Engel.

Sollte ich umdrehen? Ihm helfen? Könnte ich das, oder würde mein Eingreifen seine Chancen mindern, der Wächterin zu entkommen? Ich war ein Mensch und verstand nichts von Engelskämpfen, doch es gab jemanden, der das tat.

Ich stürzte mich kopfüber in den Teich. Zähfließendes Wasser umschloss meinen Körper, lähmte meine Gedanken und sog mich hinab in die Tiefe. Ich ließ es geschehen und ergab mich dem Strudel. An seinem Ende wartete Rettung oder der Tod.

Zwei starke Hände packten mich, zerrten an meinen Kleidern und rissen mich aus dem kreiselnden Nass. Dunkelgraue Augen ließen keine Zweifel aufkommen, dass die Hände mich lieber erwürgen als retten wollten.

»Aron. Bitte. Christopher …« Weiter kam ich nicht. Arons Finger hatten sich auf meinen Mund gelegt.

»Schweig und hör mir zu, oder ich werde dafür sorgen, dass nie wieder ein Wort über deine Lippen kommt! Du gehst jetzt zurück in dein Internat – ohne Umwege –, legst dich in dein Bett und schläfst. Und ab morgen wirst du eine brave Schülerin sein, deine Aufgaben erledigen und nie wieder an Engel denken, geschweige denn nach einem suchen. Hast du das verstanden?« Er lockerte seine Finger, damit ich antworten konnte.

»Sie wird ihm …« Erneut verschloss seine Hand meinen Mund.

»Ein Ja. Mehr will ich nicht. Ist das klar?!«

Ich nickte.

»Gut. Und falls dir Bedenken kommen, werde ich persönlich dafür sorgen, dass du dich an dein Versprechen erinnerst.«

Aron ließ mich los. Ich brachte so schnell wie möglich ein paar Meter zwischen uns. »Aron. Er ist dein Freund. Du musst zu ihm. Die Totenwächterin …«

»Daran hättest du denken müssen, bevor du dich auf sie eingelassen hast«, fiel Aron mir ins Wort.

»Aber ich … mir blieb keine andere Wahl!«

»Es gibt immer eine Wahl.«

»Dann hilf ihm«, flehte ich.

»Das werde ich, doch erst nachdem du von hier verschwunden bist.« Hier war ein kleiner Tümpel mitten in einem diffus beleuchteten Tunnel, an dessen Gewölbe sich Wassertropfen sammelten.

»Schwöre, dass du ihn nicht im Stich lässt«, forderte ich. »Dann werde ich gehen.«

»Im Gegensatz zu dir habe ich Christopher niemals enttäuscht. Wenn hier jemand einen Schwur leisten muss, dann bist du es!« Aron war mir bedrohlich nahe gekommen. Ich wich an die feuchte Tunnelwand zurück. »Je länger ich hier mit dir diskutiere, umso schwieriger wird es für Christopher. Entscheide dich schnell, wie du ihm am besten helfen kannst: indem du mich aufhältst oder indem du mir vertraust.«

Ich vertraute Aron nicht mehr, seitdem ich wusste, dass er mit der Totenwächterin in Verbindung stand. Doch er war Christophers Freund. Ich war mir sicher, dass er ihm helfen würde. Aron wollte *mich* loswerden, nicht ihn.

»Also gut. Du hast gewonnen. Welche Richtung?«

»Nach oben.«

Aron verfolgte mit seinem Blick, wie ich mich durch den dunklen Tunnel kämpfte. Jeder Schritt, der mich von Christopher entfernte, schmerzte. Doch ich musste weitergehen. Weg von ihm und seiner Welt, sonst würde Aron ihm nicht helfen.

Der Glockenturm ragte finster in den blassblauen Streifen am Horizont des schwarzen Himmels, als ich schmutzig, aber trocken aus dem Mühlenteich am Fuß des Kirchbergs kletterte. Ich beeilte mich, das abweisende Gebäude hinter mir zu lassen. Für heute hatte ich genug Düsteres gesehen und wollte weder Arons noch sonst eine Aufmerksamkeit aus der Engelswelt auf mich ziehen. Selbst in Christophers wutfunkelnde Augen zu schauen wäre mir im Augenblick schwergefallen, obwohl ich nichts lieber wollte, als ihn wiederzusehen – unversehrt, mit beiden Flügeln.

Vom Kirchturm ertönte der erste Glockenschlag. Er fuhr mir tief in die Glieder. Meine Nerven lagen blank, und ich zuckte bei jedem weiteren Schlag zusammen. Und dann noch einmal, als ich den bizarr geformten Baum entdeckte, der seine Wurzeln in den ehemaligen Seegrund geschlagen hatte. Nebelschwaden lagen über den abgestorbenen Pflanzenresten und ersetzten das

Wasser. Bei seinem Anblick richteten sich meine Nackenhärchen auf. Wie riesige schwarze Blüten hockten über hundert Krähen reglos in den Ästen und beobachteten mich.

Ein einzelner Ruf hallte beängstigend laut durch die Nacht. Aron hatte recht. Ich sollte schleunigst ins Internat zurückkehren, mich in mein Bett legen und schlafen – und das Nachdenken auf morgen verschieben.

Mit angehaltenem Atem lief ich los. Beim zehnten Schlag begann ich zu rennen, am Ufer des ehemaligen Sees entlang. Ein Tosen erfüllte die Luft, verzweifelte Schreie, übertönt von bestialischem Kampfgebrüll. Waren das die Schreie der Irrlichter, die Christopher niedermetzelte?

Die verblassenden Hilferufe der Sterbenden schnürten mir die Kehle zu. Keuchend blieb ich stehen und presste meine Hände auf die Ohren. Alles nur Einbildung. Nachwirkungen des Totenreichs.

»Ich schätze Pünktlichkeit.«

Erschrocken fuhr ich herum und starrte in ein mir völlig fremdes Gesicht. Ebenmäßige, beinahe sanftmütige Züge, schwarze Haare und erstaunlich blaue Augen. Als er meine Verwirrung bemerkte, leuchtete ein vergnügtes Funkeln in seinem jugendlichen Gesicht auf.

»Ich hoffe, du bist meinetwegen gekommen.«

»Ich … nein, ja … Das kommt darauf an«, stammelte ich, als mir klar wurde, dass der Rätselsteller, der mir das Kreuz geschickt hatte, vor mir stand.

»Schön, sonst wäre die ganze Mühe umsonst gewesen.«

Ich war mir nicht sicher, ob er auf das Päckchen, meine zirkusreife Abseilaktion oder meine Begegnung mit der Totenwächterin anspielte, und erwiderte nichts.

Mein Gegenüber betrachtete mich aufmerksam. Seine Mundwinkel zuckten. Anscheinend amüsierte ihn meine Sprachlosigkeit.

»Du hast also mein kleines Rätsel gelöst«, nahm er das Gespräch wieder auf. »Und bist gekommen, um dir mein Angebot anzuhören.«

Ich nickte. Vielleicht wusste er nichts von meinem kleinen Umweg unter den See. Seine freundliche Art und der Blick, mit dem er mich musterte, machten mich dennoch misstrauisch. Klar, nach allem, was ich in dieser Nacht schon erlebt hatte.

»Schön. Ich war mir nicht sicher, ob du entschlossen genug bist«, kommentierte er meine Zustimmung. Wieder huschte ein Lächeln über sein Gesicht, als er bemerkte, dass ich meinen Rücken durchdrückte und die Hände zu Fäusten ballte.

»Verrate mir, warum du einen Weg zum Schloss der Engel suchst?«

Warum? Was sollte ich ihm antworten? Wie viel konnte ich ihm anvertrauen? Auf welcher Seite stand er? Ich ermahnte mich zur Vorsicht.

»Ist das Warum entscheidend für Ihre Hilfe?«

»Hilfe«, er dehnte das Wort genüsslich aus. »So siehst du mein Entgegenkommen also.«

Ich schwieg und versuchte, meine Verunsicherung mit einem Lächeln zu überspielen. Aron würde mich auf der Stelle erwürgen, wenn er herausfand, dass ich nicht in meinem Bett lag, sondern darüber nachdachte, ob mein Gegenüber mir einen Weg in die Welt der Engel zeigen konnte.

»Nein, es ist nicht entscheidend«, beantwortete er meine Frage. »Aber ich bin ausgesprochen neugierig. Ist deine Liebe zu ihm wirklich so groß?«

»Ja, das ist sie!«, antwortete ich, ohne darüber nachdenken zu müssen.

»Und seine zu dir?«

Ich zögerte. Was sollte ich sagen? Christopher hatte mich aus dem Reich der Totenwächterin gerettet, doch der Blick, den er mir zuwarf, als er mich zu Aron schickte, war mehr als eine

Drohung. An das, was er davor zu mir gesagt hatte, wollte ich gar nicht erst denken. Er würde Aron helfen, mich zu erwürgen.

»Du weißt es also nicht.« Enttäuschung blitzte in den Augen meines Gegenübers auf. Gab es außer mir noch jemanden, der daran glaubte, dass ein Engel einen Menschen lieben konnte?

»Und trotzdem bist du bereit, mein Angebot in Betracht zu ziehen. Für die Hoffnung auf die Liebe eines Racheengels?!« Beim letzten Wort klang seine Stimme spöttisch.

»Sind Sie gekommen, um sich über mich lustig zu machen?« Meine Gelassenheit war heute schon überstrapaziert worden. »Dann sollte ich jetzt besser gehen.«

»Nein, bitte bleib!«

Er legte eine Hand auf meinen Ellbogen, um mich zurückzuhalten. Seine unerwartete Berührung ließ die Furcht, die ich bei Christophers letzten Worten empfunden hatte, wiederaufleben. Ich entzog ihm meinen Arm. Das unergründliche Schimmern in seinen königsblauen Augen versuchte ich erst gar nicht zu entschlüsseln.

»Eigenartig, dass uns erst die Ereignisse der letzten Zeit zueinandergeführt haben.«

Sein Blick bohrte sich beunruhigend tief in meine Augen, weshalb ich schnell zur Seite starrte – auch er schien die Fähigkeit zu besitzen, in mich hineinzuschauen. Ich konzentrierte mich auf die Umrisse der Kirche. Sollte auch er Gedanken erraten können, wollte ich so wenig wie möglich davon preisgeben.

»Lass uns mit den Spielchen aufhören und zum eigentlichen Grund unseres Treffens kommen – meinem Angebot. Deshalb bist du doch hier, nicht wahr?« Er klang belustigt über meinen Versuch, ihm auszuweichen.

»Nur deshalb.« Die Kirche verschwand hinter einem Nebelschleier, während ich ihn belog.

»Dann sind wir uns also einig. Du wünschst dir einen Weg in die Engelswelt, und ich bin bereit, ihn dir zu zeigen.«

Mein Herz geriet ins Stocken – er klang aufrichtig. Vielleicht war er doch der besagte Freund, für den er sich ausgab. Zumindest hatte mich sein Schmuckstück bei der Totenwächterin beschützt.

»Wie du weißt, ist eine Bedingung daran geknüpft. Und in diesem Punkt lasse ich nicht mit mir handeln. Wenn du dich mit meiner Forderung einverstanden erklärst und der Pakt besiegelt wurde, gibt es kein Zurück mehr.«

Die Angst kehrte mit unerwarteter Heftigkeit zurück. Kalt legte sie sich über meinen Körper und ließ mich innerlich erzittern. Er wollte einen Pakt?! War mein Gegenüber ein Geschöpf der Totenwächterin? Wollte es mich zurückbringen in ihr Reich oder mich gleich an Ort und Stelle töten? Ich biss mir auf die Unterlippe, bis ich Blut schmecken konnte. Es beruhigte mich, ich lebte – noch.

Wieder glitzerte der amüsierte Funke in den Augen meines Gegenübers. Meine Unsicherheit schien ihm zu gefallen, doch ich gönnte ihm die Freude nicht.

»Wie lautet die Bedingung?«

Das Funkeln verschwand, stattdessen wanderte sein Blick suchend über mein Gesicht. »Ich zeige dir den Weg ins Reich der Engel, und du wirst im Gegenzug ein Jahr an meiner Seite verbringen.«

Ein Jahr an der Seite eines mir völlig Fremden? Ein richtig übles Gefühl breitete sich in mir aus.

»Bedenke, ich will nicht dein ganzes Leben. Nur ein einziges Jahr, und im Gegenzug schenke ich dir Unsterblichkeit. Bist du bereit, ein Jahr für die Ewigkeit zu geben?«

Die Ewigkeit! Mein Blut gefror zu Eis – er forderte meinen Tod! Meine Stimme versagte. Mit neuer Intensität spürte ich die Angst vor dem Ungewissen. Ich zögerte. Würden meine Eltern sehr darunter leiden? War ich so weit, mein Dasein als Mensch aufzugeben? Meine Eltern, meine Freunde hinter mir zu lassen, für ein Leben mit Christopher?

Ich sah ihn vor mir, als Racheengel, wie er sich der Totenwächterin entgegenstellte. War er noch bei ihr? Hatte sie ihm seine Flügel genommen? Würde er ihr Reich unbeschadet verlassen?

Wie auch immer. Ich musste zu ihm. Ich brauchte ihn – und er vielleicht auch mich.

»Du kannst den Zeitpunkt selbst bestimmen – in einem gewissen Rahmen. Ich habe alle Zeit der Welt.«

Ich durfte wählen? Könnte mich noch von meinen Eltern und Freunden verabschieden?

Ein Jahr, was war das schon, wenn ich danach zu Christopher konnte? Wenn ich die Ewigkeit hatte, um ihn zu überzeugen, dass ich stark genug war, um an seiner Seite zu bestehen?

Dennoch blieb ich vorsichtig. Schließlich wusste ich nicht, was mich erwartete. Zudem war mir nicht ganz klar, welchen Vorteil mein Gegenüber sich davon versprach, außer vielleicht, dass ich für ihn schuften durfte. Und dann war da noch die Totenwächterin.

»Zu einem Jahr wäre ich unter besseren Umständen bereit, aber es gibt schon jemanden, der Anspruch auf mich erheben wird«, schränkte ich ein.

»Du meinst die Totenwächterin?«

»Ja.« Ich bemühte mich, bei ihrem Namen nicht zusammenzuzucken.

»Sei unbesorgt. Sie wird ihre Forderung zurückziehen. Und auch ich werde keine weiteren Ansprüche auf dich erheben, nachdem du dein Jahr bei mir abgeleistet hast.«

Trotz aller Euphorie weckte die Selbstgefälligkeit, mit der er mir diese wichtigen Details mitteilte, meinen Argwohn. Wer war er, dass er der Totenwächterin befehlen konnte?

»Woher wollen Sie wissen, dass die Totenwächterin mich in Ruhe lässt?«

»Sie wird sich meinen Wünschen fügen.«

»Warum sollte sie das?«

»Weil ich es ihr befehle.« Er hatte seine Stimme erhoben und duldete keinen weiteren Widerspruch.

Ich ignorierte seinen unausgesprochenen Wunsch. »Das reicht mir nicht.«

Zorn überzog die Miene meines Gegenübers und ließ seine Freundlichkeit für einen kurzen Moment verschwinden. »Wenn ich dir einen Beweis liefere, bist du dann bereit, mein Angebot anzunehmen?«

»Ein Jahr für die Ewigkeit?«

»Ja.«

»Wenn die Totenwächterin ihre Ansprüche fallenlässt …« Ich ließ die Antwort offen, willigte bewusst noch nicht ein.

Ein Lächeln huschte über die Züge des Fremden, dem offensichtlich viel an meiner Zustimmung lag, bevor er leise einige unverständliche Worte vor sich hin murmelte.

»Sie hat etwas für dich, das dich überzeugen wird. Geh zu ihr.«

Meine Ohren mussten defekt sein. Er wollte, dass ich zur Totenwächterin zurückging?! Sah ich wirklich so dämlich aus?

»Am Rabenbaum«, klärte er mich auf.

Ich verstand – und versteinerte.

»Hab keine Angst. Außerhalb des Totenreichs ist ihre Macht begrenzt. Und solange ich bei dir bin, wird dir nichts geschehen.«

Da war ich mir nicht ganz so sicher wie mein Gegenüber. Warum half er mir – wenn er das wirklich tat? Gehörte er zur Seite der Engel oder zu den Satanen der Totenwächterin? Er konnte offenbar meine Gedanken erraten, doch einen Bann hatte er nicht auf mich gelegt. Was sicher einfacher gewesen wäre, um zu bekommen, was er wollte – falls er das überhaupt konnte.

Während sich mir weitere Fragen aufdrängten, veränderte sich sein Äußeres für einen kurzen Moment. Er wirkte größer, und ich entdeckte hinter ihm dunkel leuchtende Umrisse. Flügel! Meine Erleichterung war mir bestimmt anzusehen. Ich straffte die Schultern und schluckte – meine Angst und meine Zweifel.

So schnell wieder auf die Totenwächterin zu stoßen, erweckte dennoch alles andere als Freude in mir. Da war die Krähenschar, die lauernd in dem gespenstischen Baum wartete, geradezu niedlich.

Die Wächterin erschien aus dem Nebel – wie es anscheinend ihre Art war – und starrte mich zornig an.

»Du hast also eine Möglichkeit gefunden, wie du mir entkommen kannst?« Sie spie mir die Worte geradezu ins Gesicht.

Ich unterdrückte meinen dringenden Wunsch, vor ihr zu flüchten. Von ihr konnte ich erfahren, was mit Christopher passiert war.

»Habe ich das?«

»Du hast das Totenreich durchquert. Deine Seele ist frei, und wenn Sanctifer dich einfordert, habe ich kein Anrecht mehr auf dich«, knurrte sie. »Ich dachte mir schon, dass er es war, der dir das Kreuz gegeben hat. Offenbar ist sein Interesse an dir gewachsen, seitdem du dich wieder an seinesgleichen erinnern kannst.«

Mein Misstrauen war zu groß, um ihr das einfach abzukaufen – auch wenn sie mir unbewusst bestätigt hatte, dass Sanctifer ein Engel war.

»Gib mir einen Beweis für deine Aufrichtigkeit.«

Der Hass in ihren Augen verstärkte sich. »Wer hat dir verraten, dass du es zurückfordern kannst?«, kreischte sie. »Hat er es dir gesagt?« Ihr langer, dürrer Zeigefinger erhob sich und deutete auf Sanctifer, der noch immer an derselben Stelle stand. Ich schwieg, da ich nicht wusste, wovon sie sprach, wohl aber ahnte, dass es von großer Bedeutung war.

»Verflucht sei er – und du mit ihm!«, donnerte sie.

Ich widerstand meinem Instinkt, vor ihr zurückzuweichen, und blickte die Wächterin herausfordernd an. Sie änderte ihre Taktik.

»Lynn, Liebes«, begann sie, weich wie Samt. »Du darfst nicht mit ihm gehen. Vertraue ihm nicht. Ich kann dir so viel mehr bieten. Du weißt, mein Reich ist wunderschön.«

Mit Engelszungen redete sie auf mich ein. Ich glaubte ihr kein Wort. Sie erkannte ihre Machtlosigkeit und entblößte ihre vor Wut rotgeäderten Zähne. »Du wirst den Tag deiner Geburt verfluchen, wenn du ihm folgst. Nichts als Qual und Schmerz wirst du finden.«

Das Fauchen, das ihrer Prophezeiung folgte, jagte eine frostige Gänsehaut über meinen Rücken. Dennoch wich ich keinen Millimeter zurück.

»Worauf wartest du? Soll ich Sanctifer zu uns bitten?«

Die Angst auf dem Gesicht der Wächterin verdrängte die Bedrohlichkeit, die von ihr ausgegangen war. Sie fürchtete Sanctifer ebenso sehr wie Christopher. Trotzdem ließ sie es sich nicht nehmen, mir zu erklären, dass ich am Anfang der Nahrungskette stand.

»Es ist deine Entscheidung, wem du vertraust. Aber vergiss nicht, dass ich dich gewarnt habe.«

Ein widerwärtiges Grinsen lag auf ihren Zügen, während sie in ihrer Rocktasche wühlte und mir den Gegenstand, den sie herauszog, vor die Füße warf. Noch bevor ich etwas über Christopher erfahren konnte, löste sie sich im Nebel auf. Das Einzige, was sie zurückließ, war ihr markerschütterndes Gelächter.

Meine Beine zitterten, als ich mich bückte, um das silberne Armband aufzuheben – mein Armband! Ich schloss die Faust darum und ließ es in meine Hosentasche gleiten – es würde mir Glück bringen. Wenn Christopher etwas passiert wäre, hätte die

Wächterin damit geprahlt. Es ging ihm gut. Es musste ihm einfach gutgehen!

Mit weichen Knien kehrte ich zu Sanctifer zurück, der mich mit hochgezogenen Augenbrauen erwartete.

»Hast du deinen Beweis erhalten? Hat sie dir das Medaillon zurückgegeben?«

»Ja, das hat sie.« Und nicht nur das – sie hatte mich freigegeben.

»Gut. Dann wirst du sicher verstehen, dass auch ich ein Pfand von dir benötige, bevor ich dir weiterhelfe.«

Das Schlucken fiel mir schwer, aber ich musste es tun, um meine Kehle freizubekommen. Langsam wurde es eng, und ich wusste immer noch nicht, auf was ich mich da gerade einließ.

»Ja, das verstehe ich«, antwortete ich bedächtig.

»Schön.« Meine Zustimmung entlockte ihm ein Lächeln.

Aus seinem langen Mantel zog er einen kleinen schwarzen Samtbeutel, in Form und Größe vergleichbar mit dem Säckchen, das er mir geschickt hatte, und holte einen großen Ring daraus hervor. Ich betrachtete fasziniert seine Form. Er ähnelte dem Medaillon an meinem Armband. Ein ovales mit einem Schwert verziertes Silberstück bildete die Mitte des Rings.

Ich schnappte nach Luft, als es aufklappte und der darunter verborgene Hohlraum sichtbar wurde. Aber erst nachdem ich den mit Edelsteinen übersäten Dolch in Sanctifers anderer Hand entdeckte, erkannte ich den Ernst der Lage. Entsetzt wich ich zurück, doch Sanctifer packte meinen Arm und hielt mich mit eisernem Griff.

»Wo willst du hin? Traust du meinen Worten nicht? Hast du plötzlich Angst bekommen?«

Entweder konnte er meine Gedanken lesen oder das panische Hämmern meines Herzens hören. Ja, ich hatte Angst – Todesangst. Ich war nicht bereit zu sterben – noch nicht.

Sanctifers Gesicht war nur ein paar Zentimeter von meinem entfernt. Seine blauen Augen funkelten spöttisch.

»Es wird interessant werden, dich bei mir zu haben. So viel Gefühl, so viel Liebe«, sinnierte er. »Aber im Moment will ich nur ein paar Tropfen deines Blutes. Das genügt mir. Und um meinen guten Willen zu beweisen, werde ich dir noch heute den Weg ins Schloss der Engel verraten – sobald du den Pakt besiegelt hast.«

»Schon heute? Noch bevor ich das Jahr abgeleistet habe?«

»Ich sagte bereits, dass Zeit für mich keine allzu große Rolle spielt.«

Der Rhythmus meines Herzschlags veränderte sich. Ich konnte noch heute ins Schloss der Engel und erfahren, ob Christopher dem Reich der Wächterin entkommen war. Entschlossen streckte ich meine Hand nach dem Dolch aus, bereit, den Blutzoll zu bezahlen.

Kapitel 27

Alte Rivalen

Ein roter Edelstein des reichverzierten Dolchs – vermutlich ein Rubin – glitzerte auf und machte mir Mut. Nur ein Tropfen meines Blutes trennte mich von Christopher! Die leicht gebogene Klinge war spitz und sah äußerst scharf aus. Sie würde schnell durch meine Haut dringen. Es gab nichts, wovor ich mich fürchten musste. Der Dolch würde mir Liebe und kein Leid bringen. Und dennoch beschlich mich erneut diese Angst, die in mir lauerte, seitdem ich den Brief erhalten und über meinen Tod nachgedacht hatte. Sie schwächte meine Entschlossenheit und weckte Zweifel: ein Jahr an der Seite eines Fremden. Ich sprach meinen Gedanken laut aus.

»Was wird mich bei Euch … erwarten?«

Ich strauchelte über meine eigenen Worte, als ich bemerkte, dass ich ihn unbeabsichtigt mit *Euch* angesprochen hatte – wie ein Untergebener seinen Herrn. Würde ich das werden? Würde er mich töten und sich meiner Seele bemächtigen, um sie in Besitz zu nehmen? Oder musste ich noch während meines Menschenlebens zu ihm?

Er sah mein Zittern und schenkte mir ein wissendes Lächeln.

»Hat dich dein Mut verlassen oder der Glaube an deine Liebe? Aber deine Frage ist durchaus berechtigt. Doch du kannst beruhigt sein. Ich werde nichts von dir fordern, wozu du nicht bereit bist. Du musst nur zuschauen und lernen.«

»Zuschauen und lernen«, wiederholte ich halbwegs erleichtert. Damit schied wohl aus, dass er mich tötete. »Ihr werdet mich also keinen Prüfungen unterziehen, mich zu nichts zwingen, als zuzuschauen, und mich nach einem Jahr wieder gehen lassen?«

»Zu nichts *anderem*«, betonte er.

Ich erblasste. Es gab einiges, was ich lieber nicht sehen wollte – und seit meinem Besuch bei der Wächterin noch viel mehr. Voller Misstrauen betrachtete ich Sanctifer. Wozu war er fähig? War er wie Aron? War er hinterhältig? Oder grausam, wie die Totenwächterin? Würde er wie sie barbarische Spielchen mit mir spielen, um mein Entsetzen zu genießen, wenn ich versagte? Ein eisiger Stich durchfuhr mich. Würde er Christopher etwas antun? Konnte er das? Tödliche Kälte stieg in mir auf.

»Versprecht mir, keinem meiner Freunde etwas anzutun!«

»*Du* stellst Bedingungen?«

Sein herrischer Tonfall ließ mich erschaudern.

»Aber wenn du dich dadurch wohler fühlst«, setzte er milde hinzu, »verspreche ich dir, keinem deiner Freunde auch nur ein Haar zu krümmen, solange du bei mir bist. Weder ihnen noch deinen Eltern – noch Christopher.«

Der Klang seines Namens verstärkte meine Sorge um Christopher. Ich musste zu ihm. Musste wissen, ob es ihm gutging. Erneut streckte ich meine Hand nach dem Griff des Dolches aus – ich war bereit.

Tu es nicht!

Es klang nach einem leisen Windhauch, vielleicht auch ein Flüstern in meinem Kopf, doch deutlich genug, um mich zögern zu lassen.

»Soll ich dir behilflich sein?« Sanctifer spürte meine innere Unruhe und ich seine wachsende Ungeduld.

»Wo liegt der Haken bei diesem Abkommen?«

»Der Haken liegt darin, dass danach niemand mehr Anspruch auf dich erheben wird und du die Ewigkeit mit Christopher verbringen musst. Anscheinend habe ich deine Gefühle für ihn unterschätzt.«

Ich fuhr zusammen, als ob er mich geschlagen hätte. Er hielt mich für schwach, aber das war ich nicht. Ich wusste, worauf ich mich mit Christopher einließ, nur bei ihm war ich mir nicht sicher.

»Und was habt Ihr davon?«

»Nun, solange du bei mir bist, werde *ich* bestimmen, mit wem du verkehrst.«

»Und Christopher wird wohl nicht darunter sein«, mutmaßte ich.

»Sieh es als kleine Vergeltung dafür, dass er mich im Stich gelassen hat. Hoffentlich widerfährt dir nicht das Gleiche wie mir.«

Das würde Christopher niemals tun! Entschlossen griff ich nach dem Heft des Dolches, das Sanctifer mir noch immer entgegenhielt. Die Waffe lag ausgewogen in meiner Hand, dennoch fühlte ich die Macht, die von ihr ausging – und sie faszinierte mich. Es wäre ein Leichtes, jemanden damit zu töten. Ein schneller Schnitt an der richtigen Stelle, ein gezielter Stoß ins Herz.

Ich erschrak vor meinen eigenen Gedanken. Wie vielen Leben hatte der Dolch bereits ein Ende gesetzt? Plötzlich fühlte er sich unsagbar schwer an.

Ein Lächeln huschte über Sanctifers Züge, und ich wusste, dass er meinem Gedankengang gefolgt war – anscheinend war ich heute so leicht zu lesen wie ein aufgeschlagenes Buch.

»Tu es jetzt, oder ich werde mein Angebot zurücknehmen.« Sanctifers Augen verengten sich. Mein Zögern schien ihn zu verärgern. »Verglichen damit, ein Leben lang einem Traum hinterherzujagen, wird der kleine Schnitt keinen dauerhaften Schmerz hinterlassen.«

Ich schloss meine Finger fester um den Dolch. Er hatte recht. Die scharfe Klinge schmiegte sich kalt an meine Haut. Noch ein wenig Druck und mein Blut würde fließen.

»Nein!«

Sanctifers Pupillen weiteten sich. Ich folgte seinem Blick. In seiner ganzen Pracht und Gefährlichkeit als Engel stand Christopher am Rand des ausgetrockneten Sees. Mir stockte der Atem. Seine Flügel blitzten. Wut spiegelte sich in seinen Zügen, zurückgehaltener Zorn – und trotzdem war er wunderschön.

»Lynn, komm zu mir!«

In Christophers Stimme lag eine Sorge, die mir das Herz zusammenschnürte. Alles würde gut werden. Er war gekommen, um mich zu beschützen, das spürte ich mit jeder Faser meines Körpers.

Sanctifer packte meinen Arm und hielt mich zurück – offensichtlich war er doch kein *guter* Engel! Ich funkelte ihn böse an, was ihm ein hinterhältiges Lächeln entlockte.

»Zum Fortlaufen ist es jetzt zu spät.«

Gewaltsam drückte Sanctifer meinen Arm nach unten, um die Klinge in mein Fleisch zu bohren. Ich wehrte mich und trat mit meinen Füßen nach ihm.

»Nur zu«, feuerte er mich an – meine Gegenwehr amüsierte ihn.

Zentimeter um Zentimeter rückte der Dolch näher. Lange könnte ich seiner Kraft nicht standhalten. Er forderte mein Blut! Deutlich las ich das diabolische Verlangen in seinen Augen. Schon jetzt konnte ich dem befehlenden Blick kaum widerstehen. Ein Jahr an seiner Seite und ich wäre nicht mehr ich selbst!

Sanctifers Wesen hüllte mich ein. Ich fühlte die maßlose Grausamkeit, seine Zerstörungswut und den Hass auf alles, was aufrichtig und rein war. Seinen Hass auf meine Liebe zu Christopher und sein Ziel, sie auszulöschen.

Mein eigener Zorn erwachte und schenkte mir die nötige Stärke, um mich gegen Sanctifer zur Wehr zu setzen. Doch während meine Kraft schnell dahinschwand, schien seine unerschöpflich.

Das Klagen der Sterbenden erhob sich von neuem. Schmerzverzerrte Hilferufe legten sich wie ein zu enges Band um mein Herz. Meine Wut erlosch, als ich die Qualen am eigenen Leib zu spüren glaubte. Mit letzter Kraft entzog ich Sanctifer meinen Arm, schleuderte den Dolch von mir und sank erschöpft zu Boden.

»War das schon alles?«, fragte er enttäuscht, während ein Schwert in seinen Händen erschien.

Mit drohend erhobener Waffe stand Sanctifer über mir. Rot wie ein Rubin – wie das Blut, das es vergossen hatte – leuchtete das Heft der schwarzen Klinge. Die Schreie um mich herum verstummten. Ich schloss die Augen. Er würde mich töten.

Meine Angst kehrte zurück. Sanctifer würde Anspruch auf mich erheben. Jetzt, da die Totenwächterin zurückgetreten war, stand ihm nichts mehr im Weg. Aber warum hatte er auf einen Pakt gedrängt, wenn er nach meinem Tod meine Seele haben konnte? Mit dem Bündnis hätte er mich nur für ein Jahr in seiner Gewalt. Oder wäre ich danach freiwillig bei ihm geblieben? Mir grauste bei dem Gedanken.

Ein ohrenbetäubendes Klirren fuhr mir bis tief in die Knochen. Über meinem Kopf kreuzten sich zwei Klingen: diffus schimmerndes Schwarz, gehalten von kristallklarem Licht. Zorn, Hass und unbändige Qual spiegelten sich in Christophers Zügen, als müsste er all die Schmerzen der Sterbenden ertragen, die ich gehört hatte.

»Ich hätte nicht gedacht, dass du so weit gehen würdest! Die Erinnerung an das Dahinscheiden all der vielen Engelseelen, die hier ihr Ende gefunden haben, muss unerträglich für dich sein. Sie wird dich schwächen, mein alter Freund.« Sanctifers gehässiges Lachen erfüllte die tödliche Stille. »Ist sie es wert? Ein Mensch, dessen Schicksal an einem seidenen Faden hängt?«

Sanctifers Waffe zuckte in meine Richtung. Christopher wehrte sie ab.

»Lynn, lauf! Verschwinde von diesem Ort!«

Christophers Stimme schnitt mir ins Herz. Er litt – meinetwegen! Ich rollte mich zur Seite, um Sanctifers nächstem Schlag auszuweichen, und kroch auf allen vieren weiter, aber ich war nicht fähig, Christophers Bitte nachzukommen. Meine Angst um ihn lähmte mich.

Sanctifer drosch wütend auf ihn ein – Christopher hielt dagegen, doch trotz seines machtvollen Äußeren konnte ich den Schmerz fühlen, der ihm mehr zusetzte als Sanctifers Schwert.

»Du hast dich wacker geschlagen. In all den Jahren hast du nie eine Schwäche gezeigt. Selbst den Verlust deines Freundes hast du akzeptiert. Doch nun bist du verletzbar.« Sanctifers Worte klangen wie ein Todesurteil. »Als du dich nach seinem qualvollen Sterben und deinem Versagen bei dem Mädchen in deine selbst auferlegte Verbannung zurückgezogen hast, hatte ich beinahe schon die Hoffnung aufgegeben, dass du jemals wieder ein Schwert ergreifen würdest. Anscheinend hast du deine Meinung geändert. Wer hätte gedacht, dass ein Geschöpf wie *du* so etwas wie Liebe empfinden könnte?«

Mein Herz stand still. Christopher war gekommen, weil er mich liebte. Doch schließlich ging auch mir ein Licht auf: *Ich* war seine Achillesferse, sein wunder Punkt, der ihn zu Fall bringen würde. Sanctifer hatte diesen düsteren Ort für unser Treffen gewählt, um Christopher in eine Falle zu locken. Es war ihm nie um mich gegangen. Alles, was er wollte, war Christopher!

»Warum opferst du dich für sie?«, bohrte Sanctifer weiter.

»Lass sie gehen. Sie ist unschuldig«, antwortete Christopher.

»Unschuldig?«, fragte Sanctifer verächtlich und holte aus. Ich wagte nicht zu atmen, während sein Schwert Christophers Hals entgegenstrebte.

Christopher sprang, kurz bevor es sein Ziel erreichte, entkam so dem mächtigen Hieb und landete hinter Sanctifers Rücken.

Sanctifer drehte sich langsam zu ihm um. Er genoss den Kampf – und seinen Triumph.

»Welch amüsantes Spiel, mitzuerleben, wie du versucht hast, ihre Unzulänglichkeiten zu übersehen. Meine Mühe hat sich wirklich gelohnt. Obwohl es nicht einfach war, das passende Band aufzutreiben und es ihr unterzujubeln. Ihren Schutzengel abzuziehen und den Aufenthalt im Schloss zu arrangieren war dagegen leicht – wenn man über die entsprechenden Beziehungen zum Dogenpalast verfügt.« Sanctifers Züge nahmen einen selbstherrlichen Ausdruck an, der mir Übelkeit verursachte.

»Doch dass du sie vor der Totenwächterin beschützt hast, nachdem du sie zurückgeschickt hattest, überraschte mich schon ein wenig. Und ich muss tatsächlich zugeben, dass du ein besserer Schutzengel bist, als ich erwartet hätte«, sagte Sanctifer boshaft.

Christopher schwieg. Doch seine verhärtete Miene verriet, wie wenig ihm Sanctifers Worte gefielen.

»Ursprünglich hatte ich ihre Seele ja der Wächterin versprochen. Dass ich mich nach ihrem Aufenthalt im Totenreich jetzt anders entschieden habe, verstehst du sicher – lebend gefällt sie mir so viel besser!«

Sanctifers anzügliches Lachen widerte mich an. Am liebsten wäre ich vor Scham im Erdreich versunken. Gab es irgendjemanden auf dieser Welt, der naiver war als ich?

»Was glaubst du, erreichen zu können, wenn du sie beschützt? Hast du vergessen, dass sie nur ein Mensch ist?! Oder ist es ihre befleckte Seele, deren Möglichkeiten dich reizen?«

Christopher zuckte zusammen. Anstatt Sanctifer zu antworten, umkreiste er ihn mit drohend erhobener Waffe und wandte sich an mich.

»Lynn, geh zurück zum Schloss. Bitte!«

Sein Flehen berührte mich, aber ich konnte nicht einfach wegrennen und Christopher allein zurücklassen. Sanctifer würde ihn nicht verschonen, und wenn Sanctifer den Kampf gewann, dann wäre auch mein Leben besiegelt. Warum also davonlaufen?

Auch wenn es noch nicht so weit war, dass die Schwerter tödliche Wunden hinterließen, entsetzte mich die Wildheit ihres Kampfes. Schließlich gewann Sanctifer die Oberhand und drängte Christopher in meine Richtung.

»Dein Plan, sie alles vergessen zu lassen, um die Ansprüche der Totenwächterin auf ihre Seele zunichtezumachen, wäre beinahe aufgegangen. Doch sie hat sich an dich erinnert. Du hast sie wohl unterschätzt – ein weiterer Grund, warum ich an dem Mädchen interessiert bin. Du weißt ja, wie gerne ich widerspenstige Seelen zähme.«

Nicht nur ich wurde wütend. Christophers Zorn war beispiellos. Mit gnadenlosen Hieben kämpfte er Sanctifer zurück. Christophers Anblick erschreckte mich zutiefst – bis ich in seine jadegrünen Augen schaute. Auch wenn seine Bewegungen geschmeidig und kraftvoll waren, konnte ich in ihrem Glanz unsäglichen Schmerz erkennen. Er würde unterliegen. Das sah ich. Es musste mir etwas einfallen, wie ich ihm helfen konnte.

Meine Aufmerksamkeit wanderte zu Sanctifer. Er war schwer zu durchschauen. Immer öfter verlor sein Körper an Kontur, während er mühelos Christophers Angriff parierte. Er schien noch nicht all seine Möglichkeiten ausgeschöpft zu haben.

Ich starrte auf Sanctifers Umriss, in der Hoffnung, eine Schwachstelle zu entdecken, aber es gelang mir nicht, seine verschwimmende Gestalt zu fixieren. Als würde er sein Wesen verschleiern, um den Kampf zu verlängern. Doch erst als er sprach, erkannte ich den Grund seines Zögerns – Sanctifer genoss Christophers Leiden.

»Besonders unterhaltsam fand ich dein Bemühen, die Totenwächterin in Schach zu halten, nachdem du sie in ihre Welt zurückgeschickt hast. Du hast nicht einmal bemerkt, dass ich einen *Flüsterer* eingeschleust habe.«

Christopher verlor die Kontrolle und hieb ungestüm auf Sanctifer ein. Sanctifers Klinge erreichte ihr Ziel. Rotgraue Dunstschleier stiegen von Christophers Schulter auf. Beißender Gestank erreichte mich. Ich presste meine Hände auf den Mund, um mich nicht zu übergeben.

Schnell gewann Christopher seine Fassung zurück, doch Sanctifer wusste, wie er ihn treffen konnte.

»Deine kleine Verfehlung« – mit einem Kopfnicken deutete er auf mich – »war nach anfänglichen *Schwierigkeiten* ziemlich begeistert von ihm. Bestimmt hast du bemerkt, wie leidenschaftlich sie mit ihm tanzt.«

Nein! Das durfte nicht wahr sein! Raffael. Wie konnte ich nur auf ihn hereinfallen?!

In sicherem Abstand vollführte Sanctifer ein paar Tanzschritte und schnelle Drehungen, während er eine imaginäre Partnerin in den Armen hielt.

»Wärst du nicht aufgetaucht, läge sie jetzt in seinen Armen!«

Mir wurde schlecht.

Christopher verzog keine Miene, als er sein Schweigen durchbrach. »Was hast du ihm versprochen?«

»Schönheit«, antwortete Sanctifer. »Nach seinem kleinen *Unfall* war er so darauf versessen, umschwärmt zu werden, dass er alles dafür getan hätte. Du weißt ja, wie leicht wir Menschen beeinflussen können«, rechtfertigte sich Sanctifer und sah mich an.

Ich erschauderte unter seinem spöttischen Blick.

»Zudem hast auch du nicht mit fairen Mitteln gekämpft! Es war an der Grenze des Erlaubten, ihre Freundin dazu zu bringen, sie in ihrem Zimmer einzuschließen«, fuhr Sanctifer fort, während sein Schwert Christophers Kehle gefährlich nahe kam. »Von dir jedoch war es unklug, dich ausgerechnet im Engelseelensee auf einen Kampf mit mir einzulassen. Einen zweiten in dieser Nacht.«

»Lass sie gehen«, wiederholte Christopher. »Sie hat nichts getan.«

»Ach ja?« Sanctifers Stimme war schneidend. »Sie hat sowohl das Schloss der Engel als auch das Reich der Totenwächterin betreten!«

»Es war ihr nicht bewusst.«

»Aber *du* hättest es bemerken müssen.«

Christophers gequälter Gesichtsausdruck entsetzte mich. Sanctifer verstand es, ihn zu schwächen.

»Dann werde *ich* die Konsequenzen tragen«, antwortete Christopher.

»NEIN!«, entfuhr es mir.

»Wie rührend. Ein Mensch stellt sich vor einen Racheengel! Aber ich habe nicht vor, ihn heute zu töten«, beschwichtigte Sanctifer mich, bevor er sich wieder an Christopher wandte. »Wie du weißt, ist sie durch ihre *besonderen Erfahrungen* ungemein nützlich. Wenn ich dich besiegt habe, werde ich sie zu mir holen. Und jedes Mal, wenn ich in ihre Augen sehe, werde ich deinen Schmerz fühlen.«

Ich rang nach Atem. Sanctifers Worte erstickten mich. Es war ein Fehler gewesen, mich auf ihn einzulassen. Seine Verlockungen waren tödlicher als jedes Gift. Lieber lebte ich mit meiner unerfüllten Liebe, als zuzulassen, dass Christopher an meiner Stelle litt. Ich musste eingreifen! Irgendwo in meiner Nähe lag der Dolch.

Verzweifelt suchte ich nach der Waffe. Meter für Meter tastete ich den nebelverschleierten Boden ab, bis ein unwirklich heller Blitz den Engelseelensee erhellte. Der Feuerball schien geradewegs aus Sanctifers Händen gekommen zu sein.

Christopher wehrte ihn mit einem gezielten Schwerthieb ab. Der nächste Feuerschwall erreichte sein Ziel. Die Flammen loderten Christophers Arme entlang und versengten seine Haut. Ich schrie an seiner Stelle. Christopher hingegen schien das

Feuer kaum zu bemerken. Nur seine verzögerten Bewegungen ließen erkennen, dass er verletzt war.

Wie viele Treffer würde er noch verkraften?

Mit zitternden Fingern suchte ich weiter. Wo war bloß dieser verdammte Dolch?! Die Wucht, mit der die Klingen aufeinandertrafen, wurde stärker. Die Zeit des Taktierens war vorbei. Mir blieb nicht mehr viel Zeit, die Waffe zu finden.

Rubinrot funkelte mir der Edelstein entgegen. Mutig legten sich meine Finger um das verzierte Heft. Niemals zuvor war ich entschlossener. Ich würde Christopher zu Hilfe eilen – egal um welchen Preis.

Christopher entdeckte den Dolch in meiner Hand. Sein flehender Blick bat mich zu fliehen, doch ich konnte nicht. Mein Ablenkungsmanöver sollte ihm genügend Zeit verschaffen, Sanctifer zu überwältigen – das jedenfalls sah mein Plan vor.

Mit erhobener Waffe stürmte ich los. Sanctifer bemerkte mich nicht. Meine Hände wurden feucht. Ich umklammerte das Heft fester. Nur noch wenige Schritte fehlten, dann war ich bei ihm. Ein Feuerball hüllte mich ein. Die Hitze verbrannte meine Haut. Ich schrie – dieses Mal war es mein Schmerz – und lief weiter.

Christopher nutzte Sanctifers Verblüffung, attackierte seinen Gegner und landete einen gewichtigen Treffer. Sanctifer geriet ins Straucheln und änderte seine Richtung. Schwankend kam er auf mich zu. Als mein Dolch aufblitzte, verzog er seinen Mund zu einem widerwärtigen Grinsen.

»Du hast es nicht anders gewollt!« Glühender Zorn verdunkelte seine Augen.

Eine Salve lodernden Feuers blitzte auf. Christophers Blick traf mich, bevor Sanctifers Attacke ihn niederstreckte. Das Strahlen seines Wesens erlosch, während er lautlos zu Boden glitt.

Unbändige Wut stieg in mir auf. Hatte er nicht versprochen,

ihn nicht zu töten?! Heißer als Sanctifers Feuer brannte mein Zorn und verlieh mir die nötige Kraft zum Angriff. Furchtlos stürzte ich mich auf ihn.

Sanctifer war schneller – geübter. Mit einem gezielten Tritt brachte er mich zu Fall und entriss mir den Dolch. Ein brennender Schnitt an meiner Kehle und sein flimmerndes Gesicht war das Letzte, was ich von Sanctifer sah. Dann verschwand er im Nebel.

Ich tastete nach meinem Hals und fühlte warmes Blut. Ich würde sterben, und Sanctifer würde Anspruch auf meine Seele erheben – aber das spielte jetzt keine Rolle mehr.

Christopher! Es war meine Schuld! Meine Liebe, meine Gier hatte ihn getötet. Ich sah das Engelsgrab im See vor meinen Augen – auch Engel konnten sterben. Warum war ich so egoistisch gewesen? Niemals würde ich mir vergeben! In Sanctifers Hände zu fallen, erschien mir plötzlich eine viel zu milde Strafe. Ich schloss die Augen und bereitete mich auf mein nächstes Treffen mit ihm vor.

Sanfte Hände streichelten über meinen Hals, weiche Lippen berührten meine Stirn. Ein Glücksgefühl durchströmte mich. Noch einmal durfte ich Christophers Nähe spüren.

»Lynn, mach die Augen auf. Sieh mich an!« Christophers besorgte Stimme umschmeichelte mich. »Du wirst nicht sterben – nicht, solange ich es verhindern kann.«

Er klang fordernd – lebendig. Hatte Sanctifer ihn verschont? Ich öffnete die Augen. Christophers gigantische Engelsschwingen schimmerten durch die Nacht und warfen einen trüben Schein um ihn.

»Verlass mich nicht. Ich brauche dich«, hauchte ich.

»Ich weiß.« Seine Smaragdaugen begannen zu leuchten, bevor seine Lippen sich näherten. Vorsichtig, als fürchte er, mich zu verletzen, küsste er mein Gesicht. Mit Samthänden berührte er all die Stellen, die von Sanctifers Feuer verbrannt waren.

Seine zarte Berührung linderte den Schmerz – und verursachte mir Herzrasen.

Christopher schenkte mir ein kleines Lächeln. »Mehr kann ich nicht für dich tun – sonst gerät dein Herz aus dem Takt. Eine kleine Narbe unter deinem Kinn wird alles sein, was zurückbleibt.« Christophers Stimme wurde bitter. »Aber ich werde dafür sorgen, dass er dir nicht noch einmal wehtut.«

Ein Beben lief durch meinen Körper, als mir seine Entschlossenheit bewusst wurde. Er würde bei mir bleiben – als Engel. Würde er mir erlauben, zu ihm zu kommen? Oder würde ich ihn nur in meinen Träumen wiedersehen?

Meine Augen füllten sich mit Tränen. Ich spürte, wie Christophers Lippen ihre Spur nachzeichneten. Niemals würde meine Liebe zu ihm erlöschen, auch wenn ich ihn nie wieder berühren konnte.

Sein Mund erreichte meine Lippen. Behutsam, als bitte er um Erlaubnis, hauchte er über sie hinweg, bevor er mich mit unendlicher Zärtlichkeit küsste. Ich schmolz dahin, in Liebe und Glückseligkeit, bis ein unbekanntes Gefühl in mir erwachte. Sein Kuss war anders – fremd – und wirbelte alles in mir durcheinander.

Tausend Empfindungen erwachten, weckten mich wie aus einem Dornröschenschlaf und entfachten einen wahren Sturm in mir. Ich wollte mehr: ihn fühlen, schmecken. Seinen Gewitterduft in mich aufnehmen. Ihn besitzen – und mich ihm schenken.

Ich vergrub meine Hände in seinen Haaren, verwehrte ihm so den Rückzug und erwiderte stürmisch seinen Kuss.

Christopher zögerte. Versuchte, mich zu besänftigen, doch ich ließ nicht locker, bis er endlich meinem Drängen nachgab und meinen Kuss voller Leidenschaft beantwortete.

Sein Verstand setzte schneller wieder ein als meiner. Sanft, aber mit Nachdruck, löste er meine Hände von seinem Nacken und zog sich zurück.

Ich fühlte mich leer, stehengelassen und suchte den Grund für seine Zurückweisung. War der Kuss ein Fehler gewesen?

Ich sah dieselbe Frage in Christophers Augen und zuckte zusammen. War unsere Liebe so falsch, dass sie uns beide quälte? Ich könnte es nicht noch einmal ertragen, ihn zu verlieren. Aber wäre ich jemals zufrieden, wenn ich ihm nur im Traum nahe sein könnte? Vielleicht wäre es möglich gewesen, doch nicht nach diesem Kuss! Ich war zu schwach, zu menschlich, um mein ganzes Erdenleben lang auf ihn zu warten, in der Hoffnung, ihn vielleicht irgendwann lieben *und* berühren zu dürfen.

Christophers Smaragdaugen verhärteten sich. Er wusste, was in mir vorging.

»Du musst zurück ins Schloss. Nur dort bist du im Augenblick in Sicherheit.«

»Und der Flüsterer?«

»Er wird dir nichts tun, wenn du dich nicht auf ihn einlässt. Er kann dich nur beeinflussen, indem er dich überredet, etwas zu tun, das du lieber nicht tun solltest. Flüsterer sind Menschen und wissen nur wenig von unserer Welt.«

»Werde ich …« Ich stockte. Ich fürchtete, dass er nein sagen könnte, und verschob die Frage, ob ich ihn wiedersehen würde, auf später. »Wirst du mich begleiten?«

Christopher kämpfte mit sich, deutlich konnte ich seinen Zwiespalt erkennen. Er klang gehetzt, als wäre der Kampf für ihn noch nicht vorbei.

»Du wirst nicht allein sein. Ein Engel wird auf dich aufpassen.« Seine Miene erhellte sich bei dem Gedanken ein wenig.

»Ein Schutzengel?! Wer?« Mein Magen rollte sich auf bei dem Gedanken, es könnte Aron sein.

»Das darf ich dir nicht verraten.«

»Bitte sag, dass es nicht Aron ist! Er hasst mich. Und er hat mir gedroht, mich lahmzulegen, wenn ich auch nur an dich denken würde.«

»Kein Engel auf dieser Welt kann dir das verbieten.«

Verbieten nicht, aber mich dafür bestrafen. Aron würde alles in seiner Macht Stehende tun, um mich von Christopher fernzuhalten.

»Warum kannst *du* nicht mein Schutzengel sein?«

»Ist das nicht offensichtlich?« Ein bekümmerter Ausdruck verdüsterte Christophers Züge. »Es liegt in meiner Natur, dunkle Wesen anzuziehen. Ich habe sie zu dir geführt. Nur meinetwegen warst du in Gefahr.«

»Das wird sich wohl nicht ändern.«

»Wie meinst du das?«, fragte Christopher alarmiert.

»Hast du geschlafen? Ich verstehe es auch ohne dich, mich in gefährliche Situationen zu begeben.«

»Allerdings! Heute hast du dich selbst übertroffen! Zuerst die Abseilaktion und dann Sanctifer.« Christopher schwieg. Ein Schatten legte sich auf sein Gesicht.

»Du vergisst meine Begegnung mit der Totenwächterin.«

»Nein, die habe ich nicht vergessen.« Eine Mischung aus Zorn und Verzweiflung schwang in seiner Stimme. »Sanctifer hat sie unterschätzt, als er ihr deine Seele versprach.«

Ich unterdrückte ein Zittern, als ein Schauder meinen Körper durchzog. Sanctifer hatte meine Seele verschachert. Einfach so. Ohne dass er mich kannte. Ich war nur zur falschen Zeit am falschen Ort. Dass ich mich in Christopher verlieben, mich an die Welt der Engel erinnern und das Reich der Totenwächterin unbeschadet verlassen würde, damit hatte er sicher nicht gerechnet, als er mich auswählte. Und auch nicht, dass es Christopher gelingen würde, mich zu retten.

»Mein Schutzengel. Ist er denn seiner Aufgabe überhaupt gewachsen? Du kamst ziemlich spät.«

»Er hat mein volles Vertrauen, und wenn du nicht Sanctifers *Geschenk* getragen hättest, dann hätte er eher erkannt, was du vorhattest.«

Ich tastete nach dem Silberkreuz. Es fehlte. Christopher musste es mir abgenommen haben. Ich seufzte im Stillen. Ob Aron oder nicht, Christopher vertraute meinem Schutzengel. Für ihn bestand nicht die Notwendigkeit, bei mir zu bleiben, um diese Aufgabe zu übernehmen. Was bedeutete, dass er mich wieder verlassen würde.

»Wirst … werde …« Meine Stimme versagte. Ich kannte die Antwort – und fürchtete sie.

Christophers Hände strichen über meine Haare, erreichten mein Gesicht und hielten es fest, so dass ich ihm in die Augen schauen musste.

»Ja, du wirst mich wiedersehen. Doch zuvor habe ich noch etwas zu klären.«

Seine Augen verhärteten sich für den Bruchteil einer Sekunde, bevor er sich wieder unter Kontrolle hatte und mich mit einem warmen Lächeln betrachtete, als hätte er meine nächste Frage vorausgeahnt.

»Wann, kann ich dir nicht sagen. Aber ich weiß, dass du stark genug bist, auf mich zu warten.«

Meine gerade eben erst zurückgekehrte Zuversicht verblasste. Das hörte sich nach *sehr* langem Warten an. Ich versuchte, mich seinem Griff zu entwinden. Es genügte, wenn einer von uns leiden musste. Christopher ließ es nicht zu und hielt mich umso fester.

»Ich werde mich beeilen, ich verspreche es!« Dann fühlte ich seine Lippen und vergaß all meine Ängste.

Kapitel 28

Engelsmedaillon

Mit einem äußerst unguten Gefühl war ich allein zum Schloss zurückgelaufen. Schutzengel hin oder her.

Nachdem ich die Spuren meiner Klettertour beseitigt hatte, lief ich aufgewühlt in meinem Zimmer auf und ab. Welche Aufgabe musste Christopher noch erledigen? Seine grimmige Entschlossenheit war mir nicht entgangen, aber ich weigerte mich zu vermuten, dass es etwas mit Sanctifer zu tun hatte.

Doch ich wusste, dass ich mir etwas vormachte. So vervielfachte sich meine Sorge um Christopher durch die Angst, ihn niemals wiederzusehen. Ich zählte jede Sekunde, wartete auf sein Erscheinen und zuckte bei dem kleinsten Geräusch zusammen, in der Hoffnung, dass er es verursacht hatte. Schließlich setzte ich mich auf mein Bett und grübelte weiter, bis mir vor Müdigkeit die Augen zufielen.

Entkräftet schreckte ich aus einem Traum. Ich hatte um Christopher gekämpft und ihn dennoch verloren.

Kurz vor Schulbeginn stürmte ich ins Gelbe Haus. Weder Raffael noch Juliane waren beim Frühstück aufgetaucht. Meine Anspannung wuchs. Auch auf ihren Zimmern waren sie nicht. In meiner Fantasie malte ich mir die schrecklichsten Dinge aus, wozu Raffael sie überredet haben könnte.

»Weißt du, wo Juliane ist?«, fragte ich Marisa nach der ersten Stunde.

»Ähm. Sie hat sich heute Morgen nicht wohl gefühlt und ist im Bett geblieben«, antwortete sie ausweichend.

»Da ist sie nicht mehr.«

Marisas wasserblaue Augen begannen zu leuchten. »Dann muss ihr Vorhaben wohl erfolgreich gewesen sein.«

»Und was wäre das genau?« Es nervte mich, dass sie in Rätseln sprach, vor allem heute, da ich schlecht geschlafen hatte und mies drauf war.

»Sie ist mit Raffael unterwegs.«

»Was?!« Meine Stimme schnellte um zwei Oktaven nach oben.

»Bist du etwa eifersüchtig?«

»Ich? Nein! Aber ich muss sie unbedingt finden.«

Marisa deutete mein Entsetzen völlig falsch. »Nicht mal im Traum würde ich dir verraten, wo sie sind. Und als Freundin solltest du ihr die paar Stunden mit Raffael gönnen!«

Ich seufzte. Wie konnte ich Marisa erklären, dass Raffael von Sanctifer ins Internat eingeschleust worden war, um mich zu manipulieren, und nur deshalb so gut aussah, weil er sich auf diesen hinterhältigen Engel eingelassen hatte? Besser, ich suchte allein nach ihnen.

Nachdem ich das ganze Schlossgelände durchforstet hatte, gab ich auf, setzte mich in Julianes Zimmer und wartete. Zur Essenszeit schlich sie herein.

»Was machst du denn hier?« Erschrocken fuhr sie zusammen, als sie mich entdeckte.

»Auf dich warten.«

»Und … warum?« Juliane klang verunsichert.

»Um dich zu warnen.«

»Ach ja?!«

»Raffael ist nicht so … so nett, wie du denkst. Er …«, ich suchte nach einer treffenden Erklärung. »Ich hab inzwischen einiges über ihn erfahren. Er ist nicht so unschuldig, wie er aussieht.«

Juliane zog fragend ihre Augenbrauen nach oben.

Okay. Auch wenn ich es nicht wollte, jetzt musste ich lügen.

»Er wurde schon von mehreren Schulen geschmissen, weil er *aufdringlich* war.«

Juliane zuckte die Schultern.

»Verstehst du nicht, was ich meine?«

»Doch, aber ich glaube dir kein Wort. Du bist bloß neidisch, weil er sich jetzt für mich und nicht mehr für dich interessiert!«

»Nein, das stimmt nicht. Ich …«

»Lynn, es reicht! Ich hab genug von deinen Lügengeschichten. Er wäre hier niemals aufgenommen worden, wenn das, was du behauptest, stimmen würde.« Mit einem vernichtenden Blick öffnete Juliane die Tür. »Du verschwindest jetzt besser.«

Mir blieb nichts anderes übrig, als zu gehen. Hoffentlich konnte ich das wieder einrenken.

Ich traf Raffael auf dem Weg zum Schloss. Als er mich sah, wirkte er wenig begeistert.

»Hallo *Flüsterer*. Überrascht, mich zu sehen?«

Mein Vorstoß traf ins Schwarze. Raffaels Augen weiteten sich vor Schreck, aber er sammelte sich schnell wieder.

»Ich weiß nicht, wovon du sprichst.«

»Tatsächlich? Dann ist dir der Name Sanctifer wohl kein Begriff?«

Raffael wurde kreidebleich.

»Ich muss zugeben, dass er sein Versprechen dir gegenüber gehalten hat. Doch Schönheit ist vergänglich. Du hättest dir lieber etwas mehr Verstand gewünscht, dann wärst du nicht auf ihn hereingefallen.«

Raffaels Miene verfinsterte sich. »Was weißt du denn schon!«, herrschte er mich an.

»Mehr, als du ahnst«, log ich.

»Dann weißt du auch, wie mächtig er ist.«

»Offensichtlich habe ich die mächtigeren Freunde. Und weil das so ist, rate ich dir, deine Finger von Juliane zu lassen. Sonst wirst du *meine Freunde* besser kennenlernen, als dir lieb sein kann«, flunkerte ich.

Raffaels Gesicht verhärtete sich, allerdings zeigte er keine Anzeichen von Furcht, wie ich es erwartet hatte.

»Es wird ihr das Herz brechen«, seufzte er gekünstelt.

»Lieber das Herz als das Genick«, fauchte ich zurück.

»Wenn das dein Wunsch ist.« Mit einem übertriebenen Lächeln verbeugte sich Raffael und ließ mich stehen.

Juliane würde mich hassen, wenn sie das erfuhr. Genau wie ich hatte sie sich verliebt. Hoffentlich war es für sie noch nicht zu spät.

Es war das erste Mal, dass ich mich nicht auf zu Hause freute, doch ich hatte versprochen, die Pfingstferien in Italien zu verbringen. Christopher war nicht erschienen. Weder an diesem Tag noch am vorherigen und auch nicht, während ich schlief. Besorgt stieg ich in den Bus, der mich zum Flughafen bringen sollte. Wo war er bloß? Würde er mich finden, wenn ich das Internat verließ?

Ich verfluchte meine Unsicherheit. Natürlich würde er das – wenn er wollte. Aber wollte er?

Noch einmal warf ich einen Blick zurück. Er war nicht gekommen, aber er würde kommen. Er hatte es versprochen! Ich entdeckte Juliane, die niedergeschlagen auf ihr Taxi wartete, und folgte ihrem Blick. Raffael stand an die Tür eines dicken schwarzen Mercedes gelehnt, auf seinen Lippen ein verführerisches Lächeln. Rosarot lackierte Fingernägel wühlten sich durch seine dunklen Haare und zogen sein Gesicht herab zu dem platinblonden Schopf, um ihn mit einem langen Abschiedskuss zu beglücken. Entspannt lehnte ich mich zurück. Hannah – sie hatte ihn sich wahrlich verdient.

Doch während das Schloss hinter den alten Baumriesen verschwand, verflog meine Gelassenheit. Es fühlte sich an, als würde ich auch Christopher verlassen.

Ich nahm den Nachtflug nach Rom, die Mittagsmaschine war ausgebucht. Meine Eltern erwarteten mich am Flughafen – ich hatte auf Philippe gehofft. Er ließ sich entschuldigen, was mich erleichterte: Er lebte!

Weit nach Mitternacht erreichten wir unser Haus. Ich verwickelte meine Eltern in ein ausführliches Gespräch und erzählte ihnen von meinen neuen Freunden und Lehrern aus dem Internat. Obwohl ich wirklich müde war, scheute ich mich vor dem Zubettgehen. Ich hatte Angst einzuschlafen. Trotz meiner Sehnsucht, Christopher endlich wiederzusehen, wollte ich nicht von ihm träumen.

Er war nicht zurückgekommen, und ein Teil von mir fürchtete, dass er in meinen Träumen erschien – und nur dort. Also zögerte ich das Zubettgehen hinaus, setzte mich auf meinen Teppich und blätterte in dem Magazin, das ich am Flughafen gekauft hatte, bis die Müdigkeit siegte und ich einschlief.

Keuchend schreckte ich aus einem Traum auf. Schwarz verhüllte Wesen im Kampf gegen Lichtgestalten. Gut gegen Böse – und ich mittendrin. Endlich wusste ich, was mein Albtraum bedeutete. Zu dumm, dass er kein Ende hatte. War mein Schicksal noch nicht entschieden? War der Kampf noch im Gange?

Ich spürte, dass ich innerlich bebte. Ich hatte Angst um Christopher. War er dabei, den Ausgang des Kampfes zu meinen Gunsten zu beeinflussen? Würde es ihm gelingen? Musste er noch einmal gegen Sanctifer antreten?

Ich blendete den Gedanken aus. Doch nach allem, was ich erlebt hatte, wusste ich, dass Christopher in höchster Gefahr schwebte. Und das alles meinetwegen! Ich kämpfte gegen meine Verzweiflung an – ich wollte nicht weinen. Mein Schutzengel sollte ihm nicht berichten, wie jämmerlich ich vor mich hin lamentierte, während er sein Leben aufs Spiel setzte.

Emilia leistete mir Gesellschaft bei meinem späten Frühstück. Ihre gute Laune steckte mich an und es gelang ihr, mich zu einem Ausflug mit Antonio, Stefano und seinem Vater zu überreden. Christopher würde mich finden, egal wo ich war.

»Und Philippe? Kommt er nicht mit?«

»Nein, am Dienstag kann er nicht. Ach übrigens, heute Abend treffen wir uns bei Stefano, um alles zu besprechen. Danach bringt uns sein Vater nach Sulmona.«

Mir war Emilias schneller Themenwechsel nicht entgangen, weshalb ich vorhatte – sobald sie Luft holen würde –, nach Philippe zu fragen. Emilia war in bester Erzähllaune. Schließlich vergaß ich meine Frage, da meine Gedanken immer wieder zu Christopher wanderten.

Bei Stefano nur Antonio ohne Philippe vorzufinden, überraschte mich dann trotzdem.

»Wo ist Philippe? Kommt er nach, oder hat er etwa keine Lust, mit uns wegzugehen?«

»Er wollte heute mal zu Hause bleiben. Ihm war nicht so nach Ausgehen«, wich Antonio meiner Frage aus.

Mein Blutdruck sackte ab. Irgendetwas stimmte nicht. Litt er etwa unter den Nachwirkungen einer Begegnung mit der Totenwächterin?

»Ist er krank?«

»Nein, keine Sorge! Philippe ist bei bester Gesundheit.«

Antonio grinste vielsagend, und ich ließ es erst mal auf sich beruhen, da Stefanos Vater begann, uns die Route zu erklären. Nachdem wir die Details unserer Tour besprochen hatten, drängte Emilia zum Aufbruch.

»Vielleicht ist es besser, wenn ihr ohne mich tanzen geht«, sagte ich.

»Wie bitte? Du willst zu Hause bleiben, anstatt dich zu amüsieren? Hat dich das Internatsleben so träge gemacht?«, spöttelte Stefano.

Ich druckste herum. Die Sorge um Christopher ließ nur wenig Raum für andere Gefühle. Und auch Philippes eigenartiges Verhalten beunruhigte mich.

»Nein, aber ich … ich will lieber bei Philippe vorbeischauen.«

»Oh, ich glaub nicht, dass das eine gute Idee wäre«, mischte sich Antonio ein.

»Warum? Hat er etwa was Besseres vor, als seine treueste Freundin nach sechs langen Internatswochen zu begrüßen?«

»Das soll er dir lieber selbst erklären. Ich werde ihm ausrichten, dass du vorbeikommen wolltest«, antwortete Antonio mit einem süffisanten Grinsen.

Ich schwieg. Mein schlechtes Gewissen erwachte. Ich war selbstsüchtig: Einerseits vermisste ich Philippe, andererseits wusste ich, dass er mir niemals so viel bedeuten würde wie ich ihm, und mein Besuch würde sicher falsche Hoffnungen bei ihm wecken.

Ich wartete voller Sehnsucht auf Christopher und voller Ungeduld auf Philippe. Am Montag ließ sich Philippe dann endlich bei mir blicken. Er reagierte verhalten, als ich ihn stürmisch umarmte. Ansonsten schien alles so zu sein wie immer, abgesehen davon, dass ich ihm eine Frage nach der anderen stellte. Ich wollte wissen, wie nahe ihm die Totenwächterin gekommen war. Offenbar gar nicht. Zumindest hatte Philippe nichts bemerkt – und auch nicht von teuflischen Folterknechten geträumt.

Als mir die Fragen ausgingen, begann ich zu berichten, was ich auf dem Internat erlebt hatte. Obwohl ich mich bemühte, meine Gefühle unter Kontrolle zu halten, entging Philippe meine Unruhe nicht.

»Lynn, was ist passiert?«

»Nichts, warum?«, schützte ich die Unwissende vor.

»Ich kenne dich nun schon so lange. Glaubst du, dass du mir

etwas vormachen kannst? Du wirkst besorgt – und irgendwie traurig.«

»Da täuschst du dich, ich bin nicht traurig. Und warum sollte ich besorgt sein? Auf dem Internat ist es toll und meine Freunde sind wirklich nett. Du würdest sie auch mögen.«

Ich wich seinem fragenden Blick aus. Ja, er kannte mich besser als alle anderen. Nicht einmal Emilia oder meinen Eltern war etwas aufgefallen. Ich sah aus den Augenwinkeln, wie er seine Hand nach mir ausstreckte, doch er zog sie zurück, bevor sie mich erreichte. Spürte er, dass ich mein Herz an jemand anderen verloren hatte?

»Ach, übrigens, ich hab dir ja noch gar nichts von Lucia erzählt«, begann er.

»Lucia?«

»Ja. Wir sind seit Donnerstag zusammen. Du wirst sie übermorgen kennenlernen.«

Ich war geschockt und erleichtert zugleich. Das also war der Grund, warum ich Philippe nicht besuchen sollte.

»Schön! Ich freu mich darauf, sie zu sehen. Aber besonders freue ich mich natürlich für dich.« Zu lächeln fiel mir leichter als erwartet.

Philippe hatte Lucia vor zwei Wochen beinahe überfahren, erzählte er. Wie aus dem Nichts war sie aus der Seitenstraße aufgetaucht und nur eine Vollbremsung konnte Schlimmeres verhindern. Ich ließ ihn reden. Sein Glück lenkte mich ab.

In der folgenden Nacht verdrängte ich all meine Bedenken und hoffte, von Christopher zu träumen. Nach Philippes Schwärmerei war meine Angst so weit angewachsen, dass ich – vorläufig – zufrieden gewesen wäre, Christopher nur in meinen Träumen zu sehen.

Es wurde eine lange Nacht – eine traumlose.

Frühmorgens wurde ich zu unserer Kletterpartie abgeholt. Die Sonne stand noch nicht in ihrem Zenit, als wir unseren

Ausgangspunkt erreichten. Stefanos Vater hatte eine mittelschwere Tour ausgewählt, da er uns zu Saisonbeginn nicht überfordern wollte.

Ich sog den Anblick der schroffen Berggipfel in mich auf. So wie ich das Meer wegen seiner scheinbaren Unendlichkeit liebte, mochte ich die Weite der Berge. Sie gaben mir das Gefühl von grenzenloser Freiheit und vertrieben die Horrorszenarien, die ich mir für Christopher ausmalte.

Erst als wir auf dem Rückweg eine steilere Passage hinabkletterten, kehrten meine Ängste zurück: Was tat er jetzt? War er in Sicherheit oder stand er gerade Sanctifer gegenüber? Lebte er noch?

Mir wurde flau – und meine Konzentration ließ nach. Mein Schuh rutschte ab, doch ich fand schnell wieder Halt. War das mein Schutzengel? Würde Christopher es merken, wenn ich abstürzte? Würde er erscheinen?

Für den Bruchteil einer Sekunde spielte ich mit dem Gedanken, ein paar Meter über dem Boden meine Sicherung zu vernachlässigen. Eiskalte Schauer liefen mir über den Rücken, als ich wieder zur Vernunft kam. Wie konnte ich mein Schicksal herausfordern, während Christopher sich in Gefahr begab – vermutlich, um mich zu beschützen?!

Meine Selbsterkenntnis schlug mir auf den Magen. Mit der Ausrede, vom Klettern müde zu sein, verabschiedete ich mich vor dem bei Emilia geplanten Abendessen. Selbst nach Stunden war mir noch immer speiübel. Ich würde garantiert keinen Bissen hinunterbringen.

Mit einem Buch versuchte ich, mich abzulenken – was gründlich misslang. Immer wieder wanderten meine Gedanken zu Christopher. Zu seiner Rettungsaktion bei der Wächterin, zu dem Kampf gegen Sanctifer und zu dem Kuss – dem ersten Kuss in seiner Engelsgestalt. Er war so anders. So unbeschreiblich. Hatte er deshalb stets darauf geachtet, mich niemals als Engel zu küssen, weil er wusste, was er in mir auslösen würde? Bereute er es?

Ich schlang meine Arme um die Beine, um das Gefühl der Einsamkeit zu vertreiben. Es verfolgte mich bis in den Schlaf.

Emilia und ich hatten den Bus nach Sulmona genommen. Während sie mit prallgefüllten Taschen heimkehrte, hatte ich nur mein Armband reparieren lassen. Ein Glied war gerissen, weshalb ich es bislang nicht tragen konnte.

Trotz seiner Vergangenheit wollte ich es bei mir haben. Christopher hatte es mir gelassen. Es brachte mir Glück, wenn ich es trug: Ich war Christopher begegnet. Nun umschloss es wieder mein Handgelenk, und ich fühlte, wie seine Gegenwart mich stärkte und ich zuversichtlicher wurde. Die Welt der Engel existierte. Christopher würde kommen, er hatte es versprochen!

Aus einer Laune heraus lieh ich mir für den Abend einen besonders kurzen Rock von Emilia. Die Nacht war mild, und ich genoss Antonios bewundernden Blick. Philippe ließ auf sich warten. Ich war neugierig auf seine Freundin und erkundigte mich bei Emilia.

»Er hat dir also schon von Lucia erzählt. Ich bin gespannt, was du von ihr hältst. Ich finde ja, dass sie dir ähnlich sieht.«

Ich konnte Emilias Ansicht nicht teilen. Zwar hatte Lucia ebenso dunkle Haare wie ich und auch ihre Augen waren braun – allerdings nicht dunkel-, sondern honigbraun –, aber sonst fand ich keine Ähnlichkeit zwischen ihr und mir. Auch in unserer Art unterschieden wir uns.

Schnell fügte sich Lucia in unseren Kreis ein, plauderte mit Stefano, flirtete mit Philippe und genoss seine ungeteilte Aufmerksamkeit. Es versetzte mir einen Stich, ihnen beim Turteln zuzusehen – nicht, weil ich eifersüchtig auf Lucia war. Je länger ich die beiden beobachtete, umso deutlicher wurde mir bewusst, wie gut es Philippe tat, verliebt zu sein. Der Grund für meine schlechte Laune war mein Singledasein: Während Philippe Lucia und Emilia Stefano hatte, war ich allein.

Würde das so bleiben? Oder hielt Christopher sein Versprechen? Und wenn ja, in welcher Form würde er dann zu mir kommen? Als Engel? Als mein offizieller Freund? Oder doch nur in meinen Träumen?

Mein Kummer verstärkte sich, nachdem die beiden zu knutschen begannen. Ich verabschiedete mich früher als gewöhnlich. Es war mir egal, dass es so aussah, als könnte ich Lucia nicht leiden.

Am Morgen war mein Kopfkissen wieder nass. Tagsüber gelang es mir, meine Tränen zurückzuhalten, doch im Schlaf zerbrach meine Selbstbeherrschung. Ich litt, aber ich sollte es nicht. Christopher hatte mich nicht verlassen. Im Gegenteil. In seiner Engelsgestalt hatte er versprochen, zurückzukommen. Und doch höhlte mich die Angst um ihn aus, zehrte an meiner Kraft und erschöpfte meine Reserven. Stundenlang saß ich zusammengekauert, mit an die Brust gezogenen Beinen, da und starrte ins Leere.

Das Telefon ignorierte ich. Bestimmt war es Emilia, die sich mit mir verabreden wollte. Allzu lange konnte ich ihr nichts mehr vormachen. Auch sie würde mein Elend früher oder später bemerken, doch das wollte ich nicht. Kurz bevor meine Eltern von der Arbeit nach Hause kamen, riss ich mich zusammen und schickte ihr eine SMS. Ich schob einen Magen-Darm-Infekt vor – Emilia schluckte die Lüge. Offenbar hatte ich im Schloss mehr gelernt, als auf dem Lehrplan stand.

Am Samstag waren meine Eltern zu Hause, und ich konnte nicht länger in meinem Zimmer vor mich hin leiden. Also rief ich Emilia an, um sie zu einer Tour nach Sulmona zu überreden. Sie lehnte ab. Warum zu Fuß gehen, wenn man auch den Bus nehmen konnte? Außerdem wollte sie sich noch mit Stefano treffen.

Im Grunde hatte ich auf eine Absage gehofft, dennoch schmerzte es. Früher hatte Emilia immer Zeit für mich – und ich keine Geheimnisse vor ihr. Ich beschloss, allein nach Sulmona zu gehen, und wählte den langen Weg, der sich durch wild wuchernde Kräuter und Gestrüpp den Berg hinabschlängelte. Ein wenig Bewegung würde mich ablenken.

Der frische Wind aus den Bergen kühlte meine vom Laufen erhitzte Haut. Es war warm, allerdings noch nicht so heiß wie im Sommer. Ich genoss die Stille und schickte auch meine Gedanken auf Wanderschaft, rief mir die Erinnerungen an meine gemeinsame Zeit mit Christopher ins Gedächtnis, bis ich bei seinem letzten Versprechen angelangt war.

Meine Einsamkeit trieb mir Tränen in die Augen. Ich unterdrückte sie – ich wollte doch stark sein. Was für mich eine Ewigkeit war, kam einem Engel bestimmt nur wie ein Wimpernschlag vor.

Ich tastete nach meinem Armband. Es war das einzig Greifbare, das mir aus seiner Welt geblieben war. Das Medaillon warf die Sonnenstrahlen zurück und ließ den Engel im hellen Licht erstrahlen – wie Christopher, als er zum ersten Mal seine Engelsgestalt vor mir enthüllt hatte.

Sehnsucht schnürte mir die Kehle zu. Ich ließ das Armband los, das nun ungewöhnlich schwer an meinem Handgelenk hing, und vergrub meine Finger in der Hosentasche, um das Medaillon zu vergessen. Zwecklos. Bei jedem Schritt schien sein Gewicht zu wachsen, als wolle es mich am Weitergehen hindern.

Ich blieb stehen und betrachtete das Schmuckstück. Sollte ich es lieber abnehmen? Es war im Besitz der Totenwächterin gewesen. Nachdem sie es mir abgenommen hatte, war es ihr möglich, mit mir in Verbindung zu treten.

Nervös fingerte ich an dem schwergängigen Verschluss herum. Er klemmte. Sosehr ich mich auch bemühte, er ließ sich nicht öffnen. Als weigere sich das Band, abgenommen zu werden. Ich seufzte ergeben und schob meine Hand wieder in die Hosentasche.

Es hatte diese Welt verlassen. Vielleicht wollte es zurück? Bloß wie? *Ich* kannte keine Möglichkeit.

Trotz der zunehmenden Last lief ich weiter. Und obwohl ich versuchte, das Band zu ignorieren, kreisten meine Gedanken unablässig um das silberne Schmuckstück. Schließlich wurde es so schwer, dass es schmerzte und mich zum Anhalten zwang. Offensichtlich war es mit meiner Route nicht einverstanden, denn der Schmerz ließ augenblicklich nach.

Vielleicht hatte es recht. Was sollte ich in Sulmona? Ich war erst vor vier Tagen mit Emilia dort gewesen. Aber wohin wollte es? Zu seinem Besitzer? Zu Coelestin, der hier vor Jahrhunderten in den Bergen lebte? Gut möglich, dass es ihm tatsächlich gehört hatte. Ich drehte um und schlug den Weg Richtung Berge ein.

Schon von weitem ragte die Einsiedelei wie eine Festung in den Himmel. Coelestin schien gerne den Überblick zu behalten. Von dort oben sah man frühzeitig, wer zu Besuch kam. Oder gab es andere Gründe für seinen Rückzug? Wurde Coelestin ein Engel, weil er sich vor den Menschen verborgen hatte? Sollte auch ich die Gesellschaft anderer meiden und ein Leben in Einsamkeit verbringen? Ich schob den Gedanken beiseite, als sich ein Bild vor meine Augen drängte, wie ich allein in einer Klosterzelle auf Christopher wartete.

Er würde kommen, er hatte es versprochen!

Und obwohl das Armband sich nun friedlich um mein Handgelenk schmiegte, fiel mir das Gehen zunehmend schwer. Ich zählte meine Schritte – jeder weitere zermürbte mich. Christopher hatte mich zum Warten verdammt! Warum? Um mich ruhigzustellen? Um mich von der Engelswelt abzulenken?

Ich presste die Zähne aufeinander und lief schneller. Wenn Christopher dachte, ich würde tatenlos zusehen, wie er gegen

Sanctifer kämpfte, schien er mich wohl zu unterschätzen! Vielleicht kannte das Medaillon einen Weg zu seinem ehemaligen Besitzer.

Der Anstieg war mühsam, doch ich fühlte mich befreit, als ich die Einsiedelei erreichte. Ich würde mich nicht in Selbstmitleid vergraben und auf Christopher warten, wenn es eine andere Möglichkeit gab.

Die Einsiedelei war nicht für Publikumsverkehr geöffnet, aber ich spekulierte auf das Interesse ihrer Bewohner. Ein junger Mann erschien auf mein eindringliches Klopfen und öffnete die Tür.

»Ja, bitte?!«

»Darf ich eintreten?«, fragte ich höflich.

»Es tut mir leid, wir empfangen heute keine Besucher«, antwortete er sachlich.

»Ich bin nicht hier, um die Einsiedelei zu besichtigen. Ich bin gekommen, weil ich jemanden suche, der mir weiterhelfen kann.«

Meine Bitte um Hilfe stimmte ihn freundlich. Nachdem ich ihm den Anhänger gezeigt und ihm erklärt hatte, dass ich einen Zusammenhang zwischen dem Medaillon und Coelestin V. vermutete, bat er mich, hereinzukommen.

Er forderte mich auf, das Armband abzulegen, damit er es zur genaueren Betrachtung mitnehmen konnte. Ich weigerte mich – schließlich war es der einzige Beweis, den ich aus der Engelswelt besaß. Auch wenn es nicht immer leicht war, es zu tragen.

»Dann werde ich jemanden holen, der sich damit auskennt. Wenn du so lange warten könntest.«

Er führte mich in eines der Zimmer und ließ mich allein. Schon wieder war ich gezwungen zu warten. Ich nutzte die Gelegenheit, um mich in dem düsteren Raum umzusehen. Das Gebäude war in den Felsen gehauen und eine Wand des Zimmers bestand aus nacktem Gestein. Neugierig trat ich näher, um sie zu betrachten. Sie hatte auffällige Verzierungen, die ich in einer Einsiedelei nicht erwartet hatte. Ich zuckte zusammen, als ein Räuspern in meinem Rücken ertönte, und zog schnell meine Hand zurück.

»Dich kann man wohl nirgends allein lassen, ohne dass du auf dumme Gedanken kommst.«

Ich fuhr herum und fühlte, wie mein Puls in die Höhe schoss. Christopher stand an der Tür und betrachtete mich mit einem amüsierten Funkeln. Nichts hielt mich mehr zurück. Mit fliegenden Schritten stürzte ich in seine Arme. Er hatte Wort gehalten! Er war zurückgekommen!

»Es hat lange gedauert, bis du hierhergefunden hast.«

»*Du?* Hast du das Armband manipuliert?«

»Ich wagte nicht, mich in deine Träume zu schleichen. Da erschien mir die Idee mit Coelestins Medaillon die beste Lösung. Ich hoffe, es hat dir nicht allzu sehr zugesetzt.«

Vorsichtig löste Christopher meine feste Umklammerung und schob mich ein Stück von sich. Während er mich betrachtete, trübte ein Schatten sein Gesicht. Sanft fuhr er mit seinen Fingerspitzen die dunklen Spuren unter meinen Augen nach.

»Was ist passiert, während ich nicht bei dir war?«

»Nichts.«

»Lynn! Versuche nicht, mich zu belügen! Ich sehe, dass du gelitten hast. Sag mir die Wahrheit! Hat dir jemand wehgetan?«

Es fiel ihm ebenso schwer, die Frage zu stellen, wie mir, zu antworten.

»Ich … du … ich wusste nicht, wann ich dich wiedersehen würde«, stammelte ich.

Christophers Züge verhärteten sich. Schützend zog er mich an sich. »Es waren doch nur ein paar Tage.«

»Eine Ewigkeit«, flüsterte ich und vergrub meinen Kopf an seiner Schulter.

»Du musst mir versprechen, geduldiger zu werden.«

Tränen sammelten sich in meinen Augen – tapfer kämpfte ich sie zurück. Beabsichtigte er, wieder fortzugehen?

»Nein, ich werde bei dir bleiben«, erriet er meine Gedanken.

Mein Herzschlag beschleunigte sich, bevor eine bange Vorahnung meine Freude trübte. Es musste einen Grund geben, warum er mich in die Einsiedelei gelockt und nicht einfach an meiner Tür geklingelt hatte.

»Werde nur ich dich sehen können? In meinen Träumen?«

Sein warmes Lachen erfüllte den Raum. »Nein. Solange du niemandem erzählst, was ich bin, werde ich in meiner menschlichen Gestalt für jeden sichtbar sein. Es wird also kein Weg daran vorbeiführen, mich deinen Freunden *und* deinen Eltern vorzustellen. Ich hoffe, du schaffst das?«, fügte er fragend hinzu, als er meine skeptische Miene entdeckte. »Oder ist es dir lieber, wenn ich dich unsichtbar begleite?« Seine Stimme klang unbewegt, doch ich hörte die Unsicherheit in ihr.

»Nein! Ich ziehe es vor, dich sehen *und* berühren zu dürfen.« Aber ich befürchtete, dass es auch andere geben würde, die das wollten.

Christopher spürte meine Sorge und zog mich dichter an sich.

»Ich bin nur deinetwegen hier. Außer dir kann nichts und niemand jemals etwas daran ändern. Ich bin ein Engel und treffe meine Entscheidungen für die Ewigkeit.«

Kapitel 29

Coelestins Geschenk

Christopher bestand darauf, mich nach Hause zu bringen.

Meine Mutter schnappte nach Luft, als sie ihn an meiner Seite erblickte. Ich konnte das gut nachvollziehen, schließlich war auch ich noch niemandem zuvor begegnet, der einem Vergleich mit Christopher standgehalten hätte.

»Schön, dich kennenzulernen, Christopher. Linde hat gar nichts von dir erzählt.« Meine Mutter brach ab, da sie bemerkte, dass sie peinliches Terrain betrat.

»Ich habe *Linde* darum gebeten, nichts von meinem Besuch zu sagen, da es noch nicht sicher war, ob und wann ich vorbeikommen würde.« Christopher betonte meinen Namen mit einem süffisanten Zug um die Mundwinkel, was ihm einen bösen Blick von mir einbrachte.

»Kennt ihr euch schon länger?«, bohrte meine Mutter weiter. Im Klartext hieß das: Seit wann seid ihr zusammen, und warum weiß ich nichts davon?!

»Christopher ist auch auf dem Internat. Wir hatten anfangs so unsere Probleme miteinander und sind erst seit kurzem befreundet.«

Ich warf Christopher einen warnenden Blick zu. Er ignorierte ihn, legte stattdessen besitzergreifend einen Arm um meine Taille und zog mich an sich.

»Probleme, die wir glücklicherweise aus dem Weg räumen konnten.«

Meine Mutter verschüttete die Milch, die sie gerade in ihren Kaffee goss, und betrachtete mich ungläubig.

»Dann bleibst du sicher bis zum Ende der Ferien. Reist du in Begleitung?«

Ich hielt den Atem an, da ich ahnte, worauf meine Mutter hinauswollte. Und auch Christopher schien ihre Gedanken zu kennen. Das Glitzern in seinen Augen ließ keine Zweifel aufkommen.

»Nein, ich bin allein unterwegs. Und ich habe vor, Lynn keine Sekunde aus den Augen zu lassen.«

Die Reaktion meiner Mutter überraschte mich. Natürlich erfasste sie nicht die Bedeutung, die hinter Christophers Worten lag, und betrachtete sie als Scherz.

»Soll ich schon mal das Gästezimmer herrichten oder gilt dein Versprechen auch für die Nacht?«

Ich errötete in Rekordzeit und hätte mich am liebsten in ein Erdloch verkrochen, was Christopher natürlich nicht entging. Nachdenklich musterte er mich, während er antwortete: »Danke, ich habe bereits eine Unterkunft. Allerdings hätte ich gegen ein Frühstück mit Lynn nichts einzuwenden.«

Meine Mutter warf mir einen verstörten Blick zu, der mich veranlasste, schnellstens das Weite zu suchen.

»Wolltest du dir nicht noch Sulmona anschauen? Wir verpassen den Bus, wenn wir weiter trödeln.« Ich schnappte Christopher am Arm und schob ihn aus dem Haus, wobei ich meiner perplexen Mutter zurief, dass sie nicht mit dem Abendessen auf mich warten solle.

»Was hast du dir dabei gedacht? Wolltest du meine Mutter oder nur mich in Verlegenheit bringen?«, fragte ich Christopher, als wir außer Sichtweite waren.

»Habe ich das?« Sein Tonfall war gelassen, es entging mir jedoch nicht, dass er etwas vor mir verbarg.

»Christopher, ich bin nicht so gut im Gedankenlesen wie du. Sag mir, was du mit deinen Andeutungen bei meiner Mutter bezwecken wolltest!«

»Bei deiner Mutter?« Christopher hob vielsagend eine Augenbraue. »*Deine* Reaktion war viel aufschlussreicher.«

»Und was glaubst du, darin gesehen zu haben? Habe ich bei irgendeinem mir unbekannten Test versagt?« Ich klang nicht nur verärgert, ich war es auch.

»Lynn, wenn du schon über den Gedanken stolperst, eine Nacht mit mir verbringen zu müssen, wie kannst du dann daran glauben, dein ganzes Leben mit mir teilen zu wollen?«

»Ist es das, was du von mir willst? Eine gemeinsame Nacht?« Meine Stimme bebte vor Enttäuschung.

»Ich glaube, du hast noch immer nicht ganz verstanden. Wenn es nur *das* wäre, würde ich mir keine Sorgen machen. Du musst zu mehr bereit sein, wenn du willst, dass ich in deiner Welt lebe.«

»Es sind Bedingungen daran geknüpft?«

»Ja, denn wenn es so einfach wäre, als Engel auf Erden zu weilen, hätte ich dich schon längst daran gehindert, nach mir zu suchen.«

Die vertraute Angst kroch wieder meinen Nacken empor. »Und mir klargemacht, dass du mich im Grunde gar nicht willst.«

»Lynn! Glaubst du das wirklich?«

Ich wusste, dass meine Antwort ihn verletzt hatte, und bedauerte den Vorwurf. »Ich … ich weiß nicht mehr, was ich glauben soll. Zuerst beteuerst du, dass dir etwas an mir liegt, kurz darauf lieferst du mich der Totenwächterin aus, damit sie mich zurückbringt. Dann löschst du mein Gedächtnis, begleitest mich aber als mein Schutzengel, bevor du es dir wieder anders überlegst und mir klarmachst, dass du mich nie wolltest, um mich danach mit deiner Anwesenheit zu trösten.«

»Du konntest mein Wesen spüren?« Christopher war blass geworden, eine Reaktion, die ich zum ersten Mal bei ihm wahrnahm.

»Ja. Darum habe ich nicht aufgegeben«, flüsterte ich.

Ich wandte mich von ihm ab. Christopher ließ es nicht zu und zog mich an sich.

»Verzeih mir, ich wollte dir niemals wehtun. Aber ich dachte, es wäre das Beste für dich.«

Ich wehrte seine Umarmung ab. »Mich der Totenwächterin auszuliefern hieltest du für das Beste?«

»Du konntest nicht bleiben, das weißt du genauso gut wie ich!«

»Warum hast du mir dann Hoffnungen gemacht, wenn du wusstest, dass ich gehen muss?«

Christopher wich meinem fragenden Blick aus, und ich erkannte, warum.

»Sanctifer hatte recht. Du wusstest es nicht! Du hast dich in mich verliebt, weil du dachtest, ich wäre ein Engel!« Ich drängte den bitteren Geschmack in meinem Mund zurück. »Bist du gekommen, weil du dich schuldig fühlst? Hast du mich deshalb vor der Totenwächterin gerettet? Du hättest dir die Mühe sparen können!«

Ich war den Tränen nah. Christophers Schweigen verstärkte meinen Kummer. »Vielleicht ist es besser, wenn du in deine Welt zurückkehrst.« Ich wandte mich zum Gehen, doch Christopher versperrte mir den Weg.

»Ich wusste, dass du tapfer bist, aber dass du bereit bist, nach allem, was du durchgemacht hast, deine Liebe zu opfern, hätte selbst ich nicht für möglich gehalten.«

Ohne weitere Erklärung nahm Christopher mich an der Hand. Wir liefen aus dem Dorf Richtung Berge. Auf einer Felsnase, die den Blick auf das umliegende Tal freigab, setzte er sich und bat mich, neben ihm Platz zu nehmen.

»Es ist Zeit, dass du verstehst, warum ich nicht anders handeln konnte. Darum bitte ich dich, mir bis zum Ende zuzuhören und erst dann eine Entscheidung zu fällen.«

Ich wollte nachhaken, aber sein eindringlicher Blick brachte mich zum Schweigen. Behutsam strich er über meine Finger. Die zärtliche Berührung erinnerte mich daran, wie sehr ich ihn liebte – wie lebensnotwendig er für mich war.

»Es stimmt. Ich dachte, ich hätte das Unmögliche geschafft und mich in einen Engel verliebt. In ein Wesen, das nach seiner Ausbildung fähig ist, an meiner Seite zu bestehen. Als ich erkannte, dass du ein Mensch bist, habe ich meinen Fehler bitter bereut.«

Christopher hielt meine Hand fest, da ich sie ihm entziehen wollte. Seine Augen baten um Vergebung.

»Ich glaubte, du wärst nicht stark genug, und nahm dir deine Erinnerungen. Aber ich habe dich unterschätzt. *Du* hattest niemals Zweifel an deiner Liebe. Doch das begriff ich erst, als es beinahe zu spät war und du bereit warst, Sanctifers Pakt zu besiegeln.«

Über Christophers Augen huschte eisiges Jadegrün, bevor sie wieder ihren weichen Farbton annahmen.

»Coelestin hat mir einen Weg offenbart, wie ich dich in deiner Welt beschützen kann. Dafür benötige ich jedoch deine Hilfe.«

Ich öffnete den Mund, um sofort meine Zustimmung zu geben, doch Christopher legte mir einen Finger auf die Lippen und brachte mich zum Schweigen.

»Du hast versprochen, bis zum Ende zuzuhören. Die Entscheidung musst du noch vor deiner Abreise ins Internat treffen – allerdings nicht heute. Und ich möchte, dass du dir diesen Schritt gründlich überlegst. Ich kann dich auch von meiner Welt aus beschützen. Solange du mich brauchst, werde ich bei dir bleiben.«

Christophers Versprechen ließ mein Herz höher schlagen. Unsere Blicke trafen sich und verloren sich ineinander.

Der Sonntagsbrunch dehnte sich bis zum frühen Nachmittag. Christopher verstand es blendend, meine Eltern für sich zu gewinnen.

Warum überraschte mich das? Selbst mein zurückhaltender Vater taute unter Christophers Charme auf. Am Ende war er überzeugt, mich in guten Händen zu wissen. Als wir uns verabschiedeten, um uns mit meinen Freunden zum Eisessen zu treffen, ermahnte er mich, freundlich zu Christopher zu sein.

Ich schwieg – ich war verunsichert. Würde es mit ihm an meiner Seite immer so sein? Ich, die graue Maus, und er, der strahlende Held? Müsste ich auch in meiner Welt um ihn kämpfen? Christopher beugte sich zu mir herab und flüsterte mir ins Ohr.

»Vergiss nicht: Ich bin nur deinetwegen hier.« Dann wanderte sein Mund weiter und ich verdrängte meine Befürchtungen.

Emilias Pupillen weiteten sich, als ich mit Christopher den Innenhof des Cafés betrat. Auch Lucias und Stefanos Blick blieb an Christopher hängen. Stefanos Haltung veränderte sich sofort. Besitzergreifend legte er einen Arm um Emilias Schulter. Der Einzige, der uns mit einem Lächeln begrüßte, war Philippe. Er war es auch, der Christopher sofort in ein Gespräch verwickelte, fast, als würden sie sich schon seit langem kennen. Vielleicht taten sie das auch – aus Philippes Träumen.

Ich zog mich zurück und beschränkte mich aufs Beobachten. Christopher punktete auch bei meinen Freunden – sein Engelslächeln wirkte wohl bei jedem. Ich wurde von Minute zu Minute schweigsamer und geriet ins Grübeln. War auch ich nur seinem Charme erlegen? Wollte er sich deshalb mit meinen Freunden treffen, damit ich mir seiner übernatürlichen Anziehungskraft bewusst wurde?

Christopher lehnte sich zu mir herüber. Ich fühlte, wie sein Wesen mich berührte.

»Ich spüre, dass du mehr von mir fühlen kannst, als du solltest, und weiß, dass du mich dennoch liebst«, flüsterte er.

Ein zärtlicher Schauer durchzog mich, und ich konnte der Versuchung nicht widerstehen, ihn innig zu küssen.

Beim Abendessen, das wir bei Emilia zubereiteten, nahm sie mich beiseite.

»Warum hast du nichts von ihm erzählt? Ich dachte, wir wären befreundet? Weißt du eigentlich, wie *unglaublich gut* er aussieht? Pass bloß auf, dass keine andere sich ihn krallt.«

Ich seufzte. Auch Emilia hatte wohl inzwischen einen Crashkurs im Gedankenlesen absolviert.

»Und du solltest lieber darüber nachdenken, was Stefano von deiner Begeisterung hält«, erwiderte ich zickig.

»Ich habe keine Absichten, was deinen Freund betrifft«, konterte Emilia spitz. »Außerdem hat er nur Augen für dich, falls dir das nicht aufgefallen ist. Noch nie habe ich jemanden gesehen, der seine Freundin so ansieht wie er.«

Ich war sprachlos. Bislang hatte ich geglaubt, dass nur ich Christopher anhimmelte.

Der Montag war der letzte Tag vor meiner Abreise ins Internat. Deutlich spürte ich Christophers Anspannung, obwohl er versuchte, sie vor mir zu verbergen. Schließlich hielt ich es nicht länger aus.

»Heute ist der Tag der Wahrheit. Was muss ich tun, damit du bei mir bleibst?«, scherzte ich.

»Gönn mir noch ein paar Stunden, bevor du dich entscheidest.« Christopher ging nicht auf meinen unbesorgten Tonfall ein.

»Warum?«

»Vertraue mir und frag mich das heute Abend.«

Ich nickte und lief schweigend neben ihm die Wiese entlang. Christopher hatte mich gebeten, meine Wanderstiefel anzuziehen. Und obwohl ich nicht gerade erpicht auf eine Klettertour war, tat ich ihm den Gefallen. Wir waren von unserem Haus aus gestartet, nachdem Christopher meinen Rucksack mit Wasser und viel zu viel Proviant gefüllt hatte.

»Nicht dass ihr unterwegs hungrig werdet«, meinte meine Mutter und nötigte ihn, noch mehr mitzunehmen. Ich mischte mich nicht ein – solange *ich* das Ganze nicht tragen musste. Christopher würde die Last kaum merken – oder täuschte ich mich?

Ich warf ihm einen verstohlenen Seitenblick zu. Er schien mit seinen Gedanken weit entfernt zu sein. Befürchtete er, ich würde versagen, wenn er mir erklärte, was ich opfern musste? Würde ich das? Ein weiterer Gedanke drängte sich mir auf angesichts Christophers Verschlossenheit. Musste auch er ein Opfer bringen? Seine Flügel? Oder seine Engelskräfte? Ein flaues Gefühl breitete sich in meiner Magengrube aus, zog weiter und legte sich wie Blei auf meine Beine. Langsam wurde ich nervös.

Christopher spürte meine Unsicherheit und schenkte mir ein Lächeln.

»Es ist nicht mehr weit. Ich habe nicht vor, den ganzen Weg nach oben zu klettern.«

Wir verließen die fruchtbare Alm, auf der wir gerastet hatten, und folgten einem schmalen Taleinschnitt, dessen Rinnsal die Schneeschmelze in einen rauschenden Bach verwandelt hatte. Eigentlich kannte ich die Gegend, doch in diesem verlassenen Tal war ich noch niemals zuvor. Endlich blieb Christopher stehen. Seine warmen Smaragdaugen blickten mich erwartungsvoll an.

»Vertraust du mir? Dann schließ die Augen.«

Ich schluckte meinen Einwand hinunter. Es gab niemanden, dem ich mehr vertraute. Ich fühlte Christophers Körper an meinem Rücken, danach seine Hände: eine, die meine Taille umschloss, und die andere, die mir die Augen zuhielt. Kurz bevor ich den Halt unter meinen Füßen verlor, nahm ich sein Engelswesen wahr.

»Es ist der letzte Flug, den ich dir schenken darf«, flüsterte er und gab meine Augen frei.

Es war unglaublich. Mit schwindelerregendem Tempo glitten wir über üppig blühende Wiesen, karge Geröllfelder und schroffe Felskanten, bis hinauf zu den weißen Gipfeln. Der Wind rauschte in meinen Ohren und ließ mich alles andere vergessen. Nur der faszinierende Flug und Christophers Nähe waren noch von Bedeutung.

Christopher steuerte auf einen der höchsten Bergrücken zu, nutzte den Aufwind und schraubte sich in die Höhe, bis die massiven Felswände den Blick auf das glitzernde Meer freigaben – atemberaubend schön. Schließlich landete er auf einer vorstehenden Felskante und hielt mich lange in seinen Armen.

In der Nähe der Einsiedelei beendete Christopher unseren Ausflug. Die untergehende Sonne brachte die Bergspitzen zum Glühen, und ich wusste, dass nun eine Entscheidung anstand. Meine Nervosität war greifbar.

»Lynn, du musst das nicht tun. Ich werde dich nicht schutzlos zurücklassen.«

»Hast du so wenig Vertrauen zu mir?«

Ich war gekränkt. Christopher bemerkte es sofort. Zärtlich zeichnete er mit seinen Fingern die Konturen meines Gesichts nach.

»Es ist nur …« Er brach ab und legte seine Hand um meine Schulter. »Lass uns reingehen. Meine Zeit in deiner Welt ist beinahe abgelaufen.«

Christopher spürte mein Entsetzen, doch er schwieg. Der Mann, den ich von meinem ersten Besuch in der Einsiedelei kannte, öffnete auch dieses Mal die Tür. Er begrüßte uns mit einem freundlichen Lächeln, bevor er uns allein ließ.

Christopher nahm meine zitternde Hand und führte mich durch eine verwirrende Anzahl von Korridoren, Türen, schmalen Räumen, Treppen und weiteren Fluren. In einem nur von brennenden Ölschalen beleuchteten Raum blieb er stehen. Die reichverzierten Wände bestanden aus behauenem Stein und deuteten darauf hin, dass wir uns tief im Inneren des Bergmassivs befanden.

»Es gibt einige Orte, an denen unsere Welten sich berühren, aber nur wenige, an denen man die Grenzen gefahrlos überschreiten kann. Coelestins Einsiedelei ist einer davon.«

»Und das Schloss der Engel ein anderer.«

»Ja«, bestätigte Christopher. »Um zu wechseln, bedarf es jedoch zweier Voraussetzungen: eine, die sich an dem Ort befindet, und eine, die man bei sich trägt.«

Mein Blick fiel auf Christophers Armband, das er seit ein paar Tagen trug. Eine massive silberne Spange, die von ledernen Bändern gehalten wurde. Zwei Flügel zierten ihre Mitte. Mein Herz begann laut zu hämmern. Würde er jetzt einfach so verschwinden und mich allein zurücklassen?

»Du wirst niemals allein sein. Ein Engel wird dich stets begleiten.«

Seine Worte sollten mich trösten, bewirkten aber das genaue Gegenteil.

»Und du? Wirst du jetzt in deine Welt verschwinden?«

Christophers Hände wanderten zu meinem Gesicht, umschlossen es und zwangen mich, ihm in die Augen zu sehen.

»Habe ich dir nicht versprochen, dass *du* die Entscheidung triffst?«

»Was muss ich tun?« Es drängte mich, zu handeln.

»Du musst mir erlauben, dass ich mich an dich binde.«

»*Du* musst dich an *mich* binden?«

Ich war überrascht. Irgendwie hatte ich erwartet, dass es andersherum sein würde. Christophers Augen verdunkelten sich, und ich erkannte die Trauer in ihnen. Verstört befreite ich mich aus seiner zärtlichen Umarmung. Nicht ich hatte ein Problem – er hatte eins.

»Was, wenn ich damit nicht einverstanden bin?«

»Dann werde ich deine Welt verlassen.«

Und damit mich, fügte ich in Gedanken hinzu.

»Und wenn du bleibst, verlierst du deine Engelskräfte.«

»Einige, nicht alle. Ich werde immer ein Engel sein. Wie sollte ich sonst auf dich aufpassen?«

Er versuchte sorglos zu klingen, trotzdem spürte ich seine Anspannung. Und plötzlich erkannte ich den Grund. Er musste mehr von sich geben als ich – und er war nicht bereit dazu!

Die alte Wunde riss wieder auf. Ich liebte ihn, doch wenn ich das wirklich tat, durfte ich ihn nicht an mich binden. Ich würde ihm so viel nehmen und konnte ihm nichts zurückgeben. Meine egoistische Stimme schrie danach, ihn zu halten. Ich brachte sie zum Schweigen. Ich musste handeln, bevor ich es mir anders überlegte. So zwang ich die größte Lüge meines Lebens über meine Lippen.

»Es tut mir leid, aber ich kann mich nicht darauf einlassen.«

Meine Gefühle rebellierten. Ich hielt sie verborgen. Christopher sollte nicht wissen, welcher Sturm in mir tobte. Als ich in seine Augen blickte, wankte mein Vorsatz. Nicht ich, er ging durch die Hölle.

»Warum?«

Ein einziges Wort brachte meine Mauern zum Einsturz.

»Weil du dann auf ewig an mich gebunden bist.«

Christopher kam auf mich zu. Er hielt sich zurück und vermied, mich zu berühren. Stattdessen blickte er mir nur in die Augen.

»Ich verstehe, dass ich dein Vertrauen nicht immer verdient habe. Aber ich weiß, was mich erwartet. Und es gibt nichts, was ich lieber wäre, als an dich gebunden.«

Ich stutzte. Er bat *mich*, ihm zu vertrauen?! *Ihm*, für den ich bereit war, alles zu geben?

»Du hattest mein Leben schon so oft in deinen Händen. Es gibt niemanden, dem ich mehr vertraue als dir. Was muss ich tun, damit du dich an mich binden kannst?«

Christopher ergriff meine Hände und führte sie an seine Lippen. »Ich kann nur in deiner Welt bleiben, wenn mich etwas in ihr hält. Wenn jemand bereit ist, sein Blut für mich zu opfern.«

Ich unterdrückte den Impuls, meine Hände von seinem Mund wegzuziehen. Er wollte mein Blut? Wie viel?

»Nur ein bisschen«, erriet er meine Gedanken. »Ein paar Tropfen genügen.«

»Und ... und wie?« Meine Fantasie trieb mir Bilder von reißenden Fangzähnen vor Augen, die gierig meine Haut durchstießen.

Christopher konnte sein Schmunzeln nicht verbergen, was mir zeigte, dass ich dringend an meiner Selbstkontrolle arbeiten musste. Er löste die silbernen Flügel aus seiner Armspange – ihre Spitzen waren messerscharf – und führte sie an mein Handgelenk.

»Es wird wehtun. Und es wird für immer sein.«

Ich nickte und drückte meinen Arm gegen die Silberschwingen. Der Schmerz war heftiger als erwartet, doch Christophers Mund betäubte ihn sofort. Sanft fuhr er mit seinen Lippen meinen Arm entlang, wanderte höher und erreichte mein Gesicht. In seinen Augen lag die Wärme, die für mich lebensnotwendig war.

»Dann also für immer«, flüsterte ich, bevor sein Kuss das Versprechen besiegelte.

Ausblick auf den zweiten Band

Tanz der Engel

(Erscheint im März 2013)

Als Raffael die Kantine betrat, nutzte ich die wenige Zeit, die mir noch blieb, bis meine Freunde wieder eintrudelten. Mit einem versöhnlichen Lächeln – das mir ziemlich schwerfiel – setzte ich mich zu ihm. Ich wollte keine weitere Minute damit verbringen, mir auszumalen, was *er* wusste und *ich* nicht.

»Du bist mir noch eine Erklärung schuldig«, begann ich.

Raffael zog fragend eine Augenbraue nach oben. »Tatsächlich? Worüber denn?«

»Wenn du schon behauptest, besser informiert zu sein als ich, wüsste ich gern, was du damit meinst.«

Raffael blickte sich in der Kantine um. »Nicht hier«, raunte er.

Sein argwöhnisches Verhalten verunsicherte mich. Außer uns war nur eine Handvoll Schüler anwesend, und die saßen weit genug entfernt, um uns nicht belauschen zu können. Trotzdem schlang ich mein Essen mit atemberaubender Geschwindigkeit hinunter. Mein Wissensdurst war größer als meine Bedenken.

»Dann leg mal los«, forderte ich, als wir die Mensa verließen.

Raffael schwieg. Ohne mich auch nur eines Blickes zu würdigen, schlug er den Weg zu der alten Steinmauer ein, die das erhöht gelegene Schlossgelände vom Seeufer trennte. Ich folgte ihm nur widerwillig – seine Geheimniskrämerei jagte mir allmählich Angst ein. Und auch die Rastlosigkeit, mit der er den See betrachtete, während wir das Gemäuer umrundeten. Erst als er sicher war, unbeobachtet zu sein, wandte er sich an mich.

»Und? Was willst du wissen?«

»Alles!«, platzte ich heraus.

»Das übersteigt meine Kenntnisse. Da musst du schon deinen *Engelsfreund* fragen«, antwortete er zynisch.

Ich presste meine Lippen aufeinander und starrte über die spiegelnde Oberfläche des harmlos scheinenden Sees.

Raffael deutete meine Reaktion richtig. »Du weißt wohl nicht, wo er steckt?! Das geht den meisten so.«

»Was ... wen meinst du?« Mein Herz schlug mir bis zum Hals. Ich war nicht die Einzige?

Raffael lehnte sich mit dem Rücken gegen die Steinwand. »Er hat dir also nicht verraten, welchen Vorteil Engel daraus ziehen, wenn sie sich an einen Menschen binden. Hat er dir deinen Lebenssaft entlockt, indem er behauptet hat, nur für dich da zu sein?«

Meine Beine drohten wegzuknicken. War Christophers Versprechen bloß ein Mittel zum Zweck? Hatte er mir seine Liebe nur vorgegaukelt? Dann wäre er keinen Deut besser als Sanctifer!

Das *Schloss der Engel* ist ein Fantasy-Roman. Jegliche Ähnlichkeit mit lebenden Personen ist reiner Zufall.

Danksagung

Ohne geduldige, liebevolle, entschlossene, ehrliche und mutige Mithilfe hätte unser *Schloss der Engel* niemals auf die Seiten eines Buches gefunden.

An erster Stelle danken wir unseren Jungs für ihr Verständnis, wenn wir in unsere fiktive Welt verschwinden. Petra und Jasmin Ulrich, Ursula Mutsch, Sylvia Englert und Michael danken wir nicht nur fürs unermüdliche Lesen, sondern auch für ihre moralische Unterstützung.

Es hat viel Spaß gemacht, mit euch zu lesen, eure Kommentare und die Suche nach Engelsspuren zu verfolgen. Danke an unsere Schloss-Torgelow-Lesegruppe: Josi, Stella, Lea und Anna-Lena sowie an die Familie Lehmann für ihre Unterstützung.

Ein herzliches Dankeschön auch an das Team vom Aufbau Verlag und unsere Agentin, Claudia Lichte, die von Anfang an durchschaute, was uns vorschwebte.

Und einen Riesendank an meinen Vater/Opa, der die tollsten Geschichten erfand. Wir werden die Familientradition fortsetzen.